Volker Kutscher

Transatlantik

PIPER

Volker Kutscher

TRANSATLANTIK

Der neunte Rath-Roman

PIPER

Mehr über unsere Autorinnen, Autoren und Bücher:
www.piper.de

Wenn Ihnen dieser Kriminalroman gefallen hat, schreiben Sie uns unter Nennung des Titels »Transatlantik« an *empfehlungen@piper.de*, und wir empfehlen Ihnen gerne vergleichbare Bücher.

Von Volker Kutscher liegen im Piper Verlag vor:
Die Gereon-Rath-Romane:
Band 1: Der nasse Fisch
Band 2: Der stumme Tod
Band 3: Goldstein
Band 4: Die Akte Vaterland
Band 7: Marlow
Band 8: Olympia
Band 9: Transatlantik

Unser Versprechen für mehr Nachhaltigkeit
• Klimaneutrales Produkt
• FSC®-zertifiziertes Papier
• Hergestellt in Europa

MIX
Papier | Fördert gute Waldnutzung
FSC® C083411
FSC
www.fsc.org

Ungekürzte Taschenbuchausgabe
ISBN 978-3-492-31987-4
November 2023

Satz: Tobias Wantzen, Bremen
Gesetzt aus der Goudy Old Style
Druck und Bindung: CPI books GmbH, Leck
Printed in the EU

D'ailleurs c'est toujours les autres qui meurent.

Grabinschrift von Marcel Duchamp,
Cimetière Monumental, *Rouen*

Westpassage

Schnelldampfer Europa
Position 41° 44′ N, 49° 57′ W
Kurs Westsüdwest
Zielhafen New York City
Dienstag, 25. August 1936

Dass sie sich auf hoher See befanden, war hier drinnen kaum zu spüren, der holzgetäfelte Salon hätte auch in einen gediegenen britischen Gentlemen's Club gepasst. Die Stirnseite schmückte ein Relief, irgendetwas Antikes, ein Ochsenkarren voller Weintrauben, angeführt von einem Flötenspieler im dünnen Hemdchen. Und auf dem Ochsen saß nicht etwa Europa, wie man es auf einem Schiff dieses Namens hätte erwarten sollen, sondern ein zweiter halbnackter Kerl, der blöde besoffen grinste. Marion Goldstein kannte sich nicht so aus mit griechischen Sagen, sie hatte keine Ahnung, wen oder was das darstellen sollte, aber dass das nicht Europa war und auch kein göttlicher Stier, das sah ein Blinder mit Krückstock.

Sie hielt ihre Zigarette nun schon eine ganze Weile in der Hand, doch niemand machte Anstalten, der ganz in schwarz gekleideten Dame Feuer zu geben, keiner der Stewards, die hier ebenso flink wie dezent durch die Tischreihen huschten, noch einer der distinguierten Herren, die in den weichen Lederpolstern saßen und rauchten. Niemand würdigte die blonde Witwe auch nur eines Blickes. Marion kannte das bereits: Der Rauchersalon der ersten Klasse war, auch wenn dies nirgends geschrieben stand, den Herren der Schöpfung vorbehalten.

Es war ihr nicht wichtig, dass ein Kavalier ihr eilfertig sein Feuerzeug unter die Nase hielt, doch sie genoss es, die Herren ein wenig schwitzen zu lassen, diese Feiglinge, die nicht wussten, ob sie ihrer guten Erziehung folgen sollten oder ihrem Dünkel. Abe hätte die Männer allesamt verachtet. Er hätte sich einen Scheiß um ungeschriebene Gesetze geschert oder darum, was die anderen denken mochten; er hätte sich zu der einsamen Dame gebeugt, hätte ihr sein Lächeln gezeigt und ihr Feuer gegeben. Mit genau jenem Feuerzeug, das seine Witwe nun aus der Handtasche holte.

Sie hatte es mit an Bord genommen, Abes Zippo. Seinen Glücksbringer, als solchen hatte er das solide Sturmfeuerzeug immer bezeichnet. In jener Nacht aber, in jener verhängnisvollen Nacht vor genau zwölf Tagen hatte er es, warum auch immer, im Hotel zurückgelassen.

Nach Abes Tod hatte sie sich geschworen, das Feuerzeug niemals mehr aus den Augen zu lassen. Des Nachts lag es neben ihrem Bett und verbreitete einen dünnen Benzindunst, den sie mit in ihre Träume nahm. Meist waren es schöne Träume, meist traf sie Abe dort, und ihr Herz lernte wieder fliegen. Schlimm war nur das Aufwachen jeden Morgen, wenn ihr langsam klarwurde, was das leere Bett neben ihr zu bedeuten hatte: dass er nicht da war. Nie wieder da sein würde.

Das Feuerzeug war ein kleiner Trost. Als sei es ein Teil von ihm, als sei er nicht ganz fort. Als sie es ihm geschenkt hatte, ein Jahr, nachdem er sie aus Berlin mit in die Staaten genommen hatte, waren sie bereits verheiratet.

Sie hätten niemals zurückkehren dürfen, nicht für einen einzigen Tag, nicht für die dämliche Olympiade und nicht für die anderen Dinge, die Abe in Berlin plante. Denn eines stand fest: Abraham Goldstein würde noch leben, wären sie vor gut einem Monat, als die *Manhattan* nach Europa aufbrach, nicht an Bord gegangen.

Das Feuerzeug flammte auf, und die Glut fraß sich mit leisem Knistern in die Zigarette hinein. Marion nahm einen tiefen Zug und pustete den Rauch weit in den Raum hinein. Sie ließ die Klappe zurückschnappen, und ein metallisches Klacken zerschnitt die ledergepolsterte Stille. Einige Herren schraken zusammen, andere vergaßen für einen Augenblick den unausgesprochenen Vorsatz, den weiblichen Eindringling zu ignorieren, und drehten sich um. Aber niemand sagte etwas. Vielleicht war die schwarze Trauerkleidung Grund für ihre Zurückhaltung, vielleicht hatte sich auch herumgesprochen, welchen Mann die blonde Witwe betrauerte. Fast war es, als säße Abe im leeren Sessel neben ihr und hielte jeden, der irgendetwas zu meckern hatte, auf Abstand.

Marion Goldstein wusste nicht viel von den Plänen, die ihren Mann nach Berlin getrieben hatten. Das meiste hatte sie erst erfahren, als sie am Abend seines Todes alles, auch die abgeschlossenen Schubladen in ihrer Suite im *Bristol*, leergeräumt hatte. Ein

Unbekannter, einer von Abes Berliner Kontakten, hatte sie angerufen und gewarnt, und sie hatte eiligst alles ausgeräumt und beiseitegeschafft. Als sie vom Lehrter Bahnhof zum Hotel zurückkehrte, hatten sie bereits damit begonnen, ihre Suite zu durchsuchen. Zwei Bullen in Zivil. Staatspolizei. Ihr Mann, der jüdische Kriminelle Abraham Goldstein, habe ein Attentat auf Reichsminister Hermann Göring geplant, so hatten sie erzählt, und Marion hatte es keine Sekunde geglaubt, die deutschen Sicherheitskräfte hätten den feigen Attentäter jedoch rechtzeitig gestellt und außer Gefecht gesetzt. *Außer Gefecht gesetzt.* Sie hatten ihn erschossen, diese Schweine!

Dass Abe kein Attentäter war, hatte Marion von Anfang an gewusst. Aus welchen Gründen er jedoch in Berlin gewesen war, hatten ihr erst die Dinge verraten, die er vor ihr verborgen gehalten und die sie vor der Polizei in Sicherheit gebracht hatte: Frachtpapiere, mit denen sie nicht viel anfangen konnte, eine Packung originalverpacktes Heroin mit dem Kreuz der Firma Bayer sowie eine Fahrkarte des Norddeutschen Lloyd für eine Atlantikpassage auf dem Schnelldampfer *Europa* von Bremerhaven nach New York am 21. August 1936, ausgestellt auf einen Doktor Werner Ferber aus Elberfeld im Rheinland.

Also hatte auch sie sich am 21. August auf der *Europa* eingeschifft. Zusammen mit Doktor Ferber, der, wie sich herausstellte, ein Chemiker der Eberfelder Bayer-Werke war, dem man wegen seines mosaischen Glaubens gekündigt hatte. Abe hatte dem jungen Doktor die Überfahrt in die Staaten besorgt, damit er dort neu anfangen könnte. Sie und Doktor Ferber teilten sich keine Kabine, selbstverständlich nicht, gleichwohl verbrachten sie an Bord viel Zeit miteinander, so viel, dass dies den übrigen Passagieren der ersten Klasse ausreichend Gelegenheit zum Tuscheln und Naserümpfen bot.

Sie hatte nicht vor, mit dem jungen Chemiker anzubändeln, ihr ganzes Interesse galt dem Sinn und Zweck seiner Überfahrt. Doktor Ferber war in dieser Sache sehr offen, handelte es sich bei Marion Goldstein doch um die Witwe seines Auftraggebers. Er war so offen, dass sie ihm klarmachen musste, dass diese Offenheit ihr gegenüber zwar angebracht sein mochte, anderen gegenüber aber unter allen Umständen zu vermeiden war. Sie sicherte ihm zu, Abes Abmachung einzuhalten: Doktor Ferber werde das Labor bekommen, das Abe ihm versprochen habe.

Wie sie das anstellen sollte, wusste sie noch nicht. Sie würde Verbündete brauchen, die Frage war nur, wem sie trauen konnte. Wenn sie an die Menschen dachte, die sie in New York erwarteten, Sally Epstein, Doktor M. oder Jack Helferich, dann wurde ihr klar, dass ihr aus Abes Umfeld nur Menschen einfielen, denen sie *nicht* traute.

Ein kaum hörbares Raunen wanderte durch den Saal, ein Raunen, das unmöglich ihr gelten konnte, denn sie saß still und friedlich in ihrem Sessel und rauchte. Sie schaute auf. Eine weitere Frau hatte den Rauchersalon betreten. Die Amerikanerin mit dem straff zurückgekämmten Haar und dem strengen, beinahe Angst einflößenden Blick war ihr schon beim Einschiffen in Bremerhaven aufgefallen, weil sie die Einzige in der ersten Klasse war, die ebenfalls schwarz trug.

Auch die amerikanische Witwe ließ sich regelmäßig mit einem Mann an ihrer Seite blicken, und bei den beiden war der Altersunterschied noch frappanter als bei Marion und Doktor Ferber. Nun aber war sie allein. Die Amerikanerin machte sich nichts aus dem Getuschel der Mitreisenden, und noch weniger schien sie das Geraune im Rauchersalon zu stören, im Gegenteil: Jeden ihrer Schritte, der sie weiter in diese Männerwelt hineintrug, kostete sie aus wie einen guten Schluck Cognac. Die Kombination aus schwarzem Abendkleid, hochhackigen Schuhen und kurzem Bolero war für eine Witwe schon fast zu elegant, der Hut hatte sogar einen kleinen schwarzen Schleier. Marion, die durchaus auf Kleidung achtete, war schmuckloser angezogen. Allerdings hatte sie auf die Auswahl des schwarzen Kleides bei Gerson auch nicht viel Zeit verwenden können, sie hatte Wichtigeres zu tun.

An Marions Tisch befanden sich nicht die einzigen freien Sitzgelegenheiten, doch an allen anderen Tischen wandten sich die Herren derart demonstrativ ab oder legten Taschen und Zeitungen auf die freien Sessel, dass der Neuen gar nichts anderes übrigblieb, als sich zu der einzigen anderen Frau im Rauchersalon zu setzen, wollte sie nicht auf dem Absatz wieder kehrtmachen. Doch die strenge Amerikanerin war keine Frau, die einfach so wieder umkehrte. Sie trat an Marions Tisch.

»Gestatten Sie, dass ick mir zu Ihnen setze?«

»Oh, Sie sprechen Deutsch! Ich hatte gedacht, Sie seien Amerikanerin!«

»Das bin ick auch.« Die Witwe streckte ihre schwarzbehandschuhte Hand aus. »Morgan. Olympia Morgan. Chicago, Illinois.«

Marion ergriff die dargebotene Hand. »Pleased to meet you«, sagte sie. »Goldstein. Marion Goldstein. From Brooklyn, New York. Nehmen Sie doch Platz.«

»Oh, Sie sind Amerikanerin«, sagte Misses Morgan und setzte sich. »Ick dachte, Sie sind Deutsche!«

»Auf eine gewisse Weise bin ich beides.« Marion drückte ihre Zigarette aus. »Aber auf Deutschland bin ich derzeit nicht gut zu sprechen. Dort habe ich meinen Mann verloren.«

»Oh, Sie Ärmste! My deepest condolences.« Die Witwe Morgan seufzte. »Dann haben wir beide dasselbe Schicksal! Ick habe mein Walter ebenfalls in Deutschland verloren. While he was at the Olympics. Heart Attack.«

»Oh, that's sad. I'm sorry for your loss.«

Marion beließ es bei dieser kurz angebundenen Beileidsbekundung. Sie wollte nicht nachfragen, sie wollte nicht mehr wissen. Schließlich musste ihre Schicksalsgefährtin auch nicht wissen, dass Mister Goldstein bei einem Polizeieinsatz erschossen worden war.

Das Gespräch stockte eine Weile.

»Dann bringen also auch Sie die sterblichen Überreste Ihres Mannes back to the States?«, fragte die Witwe schließlich.

»Nein. Ich habe ihn in Berlin beerdigen lassen. Da kommt seine Familie her. Auf dem Friedhof Weißensee.«

Die Witwe Morgan schaute neugierig, sagte aber nichts. Sie klappte ihr Zigarettenetui auf und hielt es Marion unter die Nase. *Marlboro,* eine amerikanische Damenzigarette.

»Thank you, Misses Morgan.«

Marion griff zu. Sie warf das Zippo an, gab erst der Witwe Feuer und dann sich selbst. Einer der Herren am Nebentisch hüstelte demonstrativ, und Marion ließ das Feuerzeug geräuschvoll zuschnappen.

»Ick habe Walters Urne in my cabin«, sagte die Frau aus Chicago. »I don't trust these Germans.«

Marion nickte. Auch sie hatte Abes Heroin in ihrem Handkoffer versteckt, und der stand in der Kabine unter ihrem Bett. Kein Gepäckträger hatte ihn anrühren dürfen. Sie wusste, dass man mit diesem Zeug in New York City gutes Geld verdienen konnte, und ob Abe ihr in den Staaten irgendetwas hinterlassen hatte, wusste sie nicht. Weil sie nicht wusste, was von seinem Besitz überhaupt legal und offiziell war. Ein Haus in Long Beach hatte er ihr versprochen, doch noch lebten sie in Williamsburg. Und wenn sie Pech hatte, würde ihr nicht einmal das bleiben, dann würde sie in den Staaten wieder bei null anfangen müssen. Dennoch: Alles besser als in Berlin zu leben. Ihre Heimatstadt war ihr seltsam fremd geworden, obwohl doch nur ein paar Jahre vergangen waren, seit sie ihr den Rücken gekehrt hatte. An Berlin hatte ihr immer das Amerikanische gefallen, die Unberechenbarkeit, der Duft von Freiheit, das Gefühl, alles sei möglich, doch davon war nichts mehr geblieben. Trotz der überbreiten Prachtstraßen erschien ihr die Stadt immer enger und armseliger.

»Sie reisen in Begleitung«, bemerkte Misses Morgan beiläufig. War doch neugieriger als sie tat.

»Nicht direkt. Doktor Ferber ist ein Bekannter meines verstorbenen Mannes. Abraham wollte ihm helfen, in den Staaten neu anzufangen. Nun muss ich mich wohl darum kümmern.«

»Oh, a doctor! Die werden immer gebraucht. Am besten, Sie fragen in die hospitals.«

»Doktor Ferber ist kein Mediziner, er ist Chemiker.«

»Oh!«

Die Witwe Morgan schaute, als sei sie gerade in einen Fettnapf getreten. Als sei es außerhalb ihrer Vorstellung, dass ein Doktor der Chemie überhaupt etwas Sinnvolles leisten könne.

»Bayer-Werke«, erklärte Marion und zählte die bekanntesten Marken auf: »Aspirin, Heroin, Lycetol, Prontosil …«

»Ah!« Die Amerikanerin nickte wissend.

»Und Ihr Begleiter?«, fragte Marion.

»Mister Fitzgerald? Oh, Sie glauben doch nicht etwa?« Sie winkte ab. »No, no! He was Walter's secretary, now he's mine.«

»Aha!«

Jetzt war es an Marion, wissend zu nicken.

»Was soll ick macken, die Geschäft geht weiter!« Olympia Morgan zuckte die Achseln. »So traurig es ist mit Walters Tod, but you know: business is bigger than all of us!«

»Da haben Sie recht«, meinte Marion Goldstein, »da haben Sie verdammt recht.«

Sie begann sich für die Witwe, die ebenso wie sie selbst keinen Deut darum gab, was andere Leute über sie dachten, zu interessieren.

»Sagen Sie doch«, fuhr sie also fort und schaute Olympia Morgan freundlich an, »von welchen Geschäften reden wir denn da?«

Buch Eins

Freitag, 23. April, bis Freitag, 7. Mai 1937

There's a feeling I get when I look to the west,
and my spirit is crying for leaving.

LED ZEPPELIN, STAIRWAY TO HEAVEN

1

Die Fenster waren sämtlichst geschlossen, dennoch drang das Scheppern und Schnaufen der Züge, die den Bahnhof Alexanderplatz verließen, zu ihnen in den Verhandlungssaal. Auf der anderen Seite der Stadtbahntrasse glänzten die vom letzten Regenschauer durchnässten Backsteine des Polizeipräsidiums in der schüchternen Aprilsonne. Charly konnte immer noch genau sagen, hinter welcher Fensterreihe die Büros der Mordinspektion lagen, obwohl es Jahre her war, dass sie dort gearbeitet hatte. Das regelmäßige Rattern der Eisenbahn, das ihren Arbeitstag begleitete, hatte damals etwas Beruhigendes gehabt, heute jedoch verstärkte es ihre nervöse Gereiztheit.

Sie hörte dem Mann im Zeugenstand zu und konnte ihre Ungeduld kaum im Zaum halten. Doktor Wolfgang Gerloff, SS-Mitglied und Amtsarzt der Staatspolizei, betete genau das herunter, was er Heiligabend des Jahres 1936 bereits schriftlich niedergelegt hatte, und das Gericht ließ ihn gewähren. Genausogut hätte der Vorsitzende das psychiatrische Gutachten verlesen lassen können. Dabei ging es in dieser Verhandlung um die Stichhaltigkeit genau dieses Gutachtens, aber statt dem Amtsarzt auf den Zahn zu fühlen und dessen Befund zu hinterfragen, bestätigte der Richter lediglich das gerade Gehörte. Stünde nicht so viel auf dem Spiel, Charly wäre eingeschlafen. So aber heizte die Schlafmützigkeit der Zeugenbefragung ihre Ungeduld nur an. Sie ertappte sich dabei, wie sie mit ihrem Stuhl zu wippen begann. Theo Contzen hingegen, der Rechtsanwalt neben ihr, wirkte so interessiert wie ein Atheist bei der Sonntagspredigt in der Kirche.

»Die staatspolizeilich veranlasste Einweisung des Thormann, Friedrich, in die geschlossene Abteilung der Wittenauer Heilstätten am vierundzwanzigsten Dezember sechsunddreißig«, wiederholte der Richter tausendfach bereits Durchgekautes, »folgte also letztlich nur dem von Ihnen, Doktor Gerloff, diagnostizierten amtsärztlichen Befund vom selben Tage, der dem Thormann schizoide paranoide Wahnvorstellungen attestiert?«

Der Arzt im Zeugenstand nickte.

»Richtig, Herr Vorsitzender. Wie ich bereits ausführte, äußerten sich die schizoiden paranoiden Wahnvorstellungen des Patienten in den wiederholten haltlosen Beschuldigungen zu Lasten eines ehemaligen SS-Angehörigen, dieser habe im August sechsunddreißig einen Mord im olympischen Dorf begangen. Dabei handelt es sich um einen Suizid, dessen Zeuge der Thormann geworden ist. Dabei ist nicht auszuschließen, dass genau dieses traumatische Ereignis den bereits schlummernden Wahn in dem Patienten ausgelöst hat.«

»Bereits schlummernd?«, fragte der Richter. »Wie ist das zu verstehen, Doktor Gerloff?«

»Nun, Herr Vorsitzender, natürlich muss eine Person, damit solch ein Wahn ausgelöst werden kann, eine gewisse Disposition mitbringen. Aufgrund der ungeklärten Vaterschaft des Thormann ist ein Defekt aus minderwertiger rassischer Vererbung daher höchst wahrscheinlich.« Der Amtsarzt machte eine Kunstpause, um seine Worte wirken zu lassen. »Allein schon deswegen, um eine Verschmutzung der Volksgemeinschaft durch solche Subjekte zu verhindern, war eine dauerhafte Unterbringung des Thormann in der geschlossenen Psychiatrie unabdingbar. Dies habe ich in meiner Expertise daher auch in aller Deutlichkeit zum Ausdruck gebracht.«

Das stimmte. Es war sogar beinahe wortwörtlich die Formulierung, die Doktor Gerloff in seinem Gutachten gewählt hatte, mit dem einzigen Unterschied, dass er dort das Präsens benutzt hatte und nicht das Präteritum. *Ist eine dauerhafte Unterbringung des Thormann in der geschlossenen Psychiatrie unabdingbar.* Mit derselben Begründung, denselben Worten. *Minderwertig. Verschmutzung.* Es hörte sich an, als rede man über Ungeziefer. Kaum zu glauben, dass es hier um einen sechzehnjährigen Jungen ging.

»Vielen Dank für Ihre deutlichen Ausführungen, Doktor Gerloff, das Gericht hat keine weiteren Fragen.«

Der Amtsarzt knöpfte sich das Jackett zu und machte Anstalten, aus dem Zeugenstand zu treten.

Charly stand auf. »Moment bitte«, sagte sie. »Wir hätten noch ein paar Fragen an den Zeugen.«

Doktor Gerloff fror mitten in der Bewegung ein und schaute sie überrascht an.

Ebenso der Richter. »Gnädige Frau«, begann er, »wäre es nicht eigentlich Sache des Rechtsanwaltes, den Zeugen zu befragen ...«

»Herr Vorsitzender, Doktor Contzen und ich vertreten die Interessen von Friedrich Thormann gemeinsam. Ich darf Sie daran erinnern, dass ich Jura studiert habe.«

»Nun ja, aber ...«

»Und wenn die Regierung mir nicht das zweite Staatsexamen verweigert hätte«, fuhr Charly fort, »dann *wäre* ich heute ebenso Rechtsanwalt wie Doktor Contzen.«

Der Richter schaute in seine Akten. »Nach meinen Informationen«, sagte er dann, »haben Sie zwei Jahre und zehn Monate als Rechtsanwalts*gehilfe* gearbeitet. Das ist dann doch etwas anderes als ein Rechtsanwalt.«

Mit so etwas hatte Charly gerechnet. Deswegen saß Theodor Contzen neben ihr, ein ehemaliger Kommilitone, der es in seinem Beruf nicht allzuweit gebracht hatte und froh war über jede Mark, die er sich dazuverdienen konnte. Mehr als ein Strohmann war Theo nicht, und mehr benötigte Charly auch nicht.

Eigentlich hatte sie Guido Scherer mit dem Fall betrauen wollen, doch der hatte abgewinkt. Keine Zeit. So hatte er ihr mit einem bedauernden Achselzucken zu verstehen gegeben.

Keine Zeit. Charly hatte gewusst, dass das gelogen war. Kein Mut, das wäre ehrlicher gewesen. Guidos Kanzlei lief seit einiger Zeit so gut, dass er seinen einstigen Vorsatz, den Benachteiligten und Mittellosen zu helfen, längst vergessen hatte. Ein paar Fälle in Not geratener armer Schlucker übernahm die Kanzlei *Scherer & Blum* immer noch, vorausgesetzt allerdings, bei den armen Schluckern handelte es sich um solche, die weltanschaulich ohne jeden Zweifel die Sache des Nationalsozialismus unterstützten und vollwertige Mitglieder der vielbeschworenen Volksgemeinschaft waren. Wenn der Fall überdies noch positive Schlagzeilen versprach, dann waren die Herren Blum und Scherer dabei, andernfalls nicht. In der Sache Thormann war nichts zu verdienen, weder Ruhm noch Geld. Man konnte sich höchstens die Finger verbrennen.

Aber das war Charly egal. Es ging hier nicht darum, ob man sich die Finger verbrannte, es ging um den Jungen, einzig und allein um den Jungen. Seit fast vier Monaten saß Fritze nun in der Heilanstalt, und es war nur einem Zufall zu verdanken, dass sie überhaupt davon erfahren hatte. Hätte der Junge sein Pensionszimmer in Breslau im Voraus bezahlt, hätte es sich bei der Pensionswirtin nicht um eine Jüdin gehandelt, würde Charly immer noch in Prag sitzen und denken, Fritze gehe es gut, er habe sich eben nur dafür entschieden, in Deutschland zu bleiben, statt ihr ins Ausland zu folgen.

Doch das hatte er nicht, das hatten andere getan. Die Geheime Staatspolizei hatte Friedrich Thormann in die geschlossene Abteilung der Wittenauer Heilstätten einweisen lassen, aufgrund eines fadenscheinigen psychiatrischen Gutachtens, das ein Amtsarzt der Gestapo verfasst hatte, ebenjener Doktor Gerloff, der schon beim Betreten des Gerichts den im Gang wartenden Staatspolizeibeamten vertraulich zugenickt hatte. Einen der Beamten kannte Charly noch aus der Burg. Michael Steinke hatte seinerzeit, im selben Kommissaranwärterjahrgang wie sie, bei der Kriminalpolizei gearbeitet, einer der unbegabtesten Kriminalisten, denen sie jemals über den Weg gelaufen war.

Sie fragte sich, ob Steinke sich auch an sie erinnerte. Wenn dem so sein sollte, hatte der Mann nichts dergleichen erkennen lassen. Oberkommissar Steinke, auf dessen Anordnung Fritzes Einweisung erfolgt war, hatte bereits als Zeuge ausgesagt. Das psychiatrische Gutachten sei eindeutig und habe ihm keine andere Wahl gelassen. Charly und Theo hatten ihn reden lassen, ohne sich einzumischen, den Gefallen konnten sie dem Amtsarzt nicht tun.

Theo stand auf. »Ich darf darauf hinweisen, Hohes Gericht, dass Frau Rath hier nicht die Rolle einer Rechtsanwaltsgehilfin übernommen hat. Sie vertritt die Rechte von Herrn Thormann ebenso wie ich und genießt mein volles Vertrauen. Ich darf Sie also darum bitten, die Worte aus ihrem Munde ebenso ernst zu nehmen, als kämen sie aus dem meinen.«

»Wie Sie wünschen, Herr Rechtsanwalt«, sagte der Richter, »dann stellen Sie bitte Ihre Fragen. Oder *lassen* sie stellen.«

Der Amtsarzt warf einen irritierten Blick auf die Richterbank, dann auf Contzen und zuletzt auf Charly, setzte sich aber, als der

Richter ihm dies mit einem energischen Wink bedeutete, wieder in den Zeugenstand.

Theo nahm Platz, und Charly stand auf.

»Herr Doktor Gerloff«, begann sie. »Sie messen der Herkunft von Friedrich Thormann einen großen Wert in Ihrer Diagnose bei.«

»Richtig.«

»Ist es denn Ihrer Meinung nach zulässig, rassenhygienische Gesichtspunkte in eine psychiatrische Begutachtung einfließen zu lassen?«

»Es ist nicht nur zulässig, es ist zwingend geboten.« Der Amtsarzt schaute beifallheischend zum Richtertisch. »Der Wert der Rasse für die Volksgesundheit, auch die psychische Volksgesundheit, kann gar nicht oft und stark genug betont werden. Die Aspekte der Rassenforschung spielen eine weitaus wichtigere Rolle in der Bewertung des Zustandes eines geistig gestörten Menschen als die Hirngespinste irgendeines dahergelaufenen jüdischen Quacksalbers aus Wien.«

»Demnach ist die Vererbungslehre also ein entscheidender Faktor für Ihre Diagnose.«

»Die schädliche Wirkung minderwertigen Erbguts. Selbstverständlich! Die zeigt sich hier ja in aller Deutlichkeit. Sie ist nicht *ein*, sie ist *der* entscheidende Faktor!«

Charly nickte. »Haben Sie vielen Dank, Doktor Gerloff«, sagte sie. »Mehr wollte ich nicht wissen.«

Sie setzte sich wieder hin, kritzelte ein paar Notizen in ihre Akte und tuschelte kurz mit Theo Contzen.

Der Amtsarzt schaute irritiert. Sein Blick wanderte zwischen Charly und der Richterbank hin und her. Dann platzte ihm der Kragen.

»Ich weiß nicht, worauf Sie mit Ihrer Fragerei hinauswollen«, rief er und stand auf. »Aber um solche Kinder, die doch nur aufgrund unverantwortlicher Fortpflanzung überhaupt existieren, hat sich der Staat zu kümmern. Und sie aus dem Volkskörper zu entfernen. Eine Einweisung in die Psychiatrie ist in solchen Fällen nicht nur angezeigt, sondern unerlässlich! Wie wollen Sie dem denn sonst Einhalt …«

»Es ist gut, Doktor Gerloff«, unterbrach ihn der Richter. »Wir haben alles Wichtige gehört. Wenn Frau Rath – oder Herr Contzen – keine weiteren Fragen haben, sind Sie aus dem Zeugenstand entlassen.«

»Wir sind fertig«, sagte Charly.

Gerloff, hochrot im Gesicht, warf ihr einen bösen Blick zu und verließ den Saal.

»Wie ich das sehe«, sagte der Richter, »wäre die Zeugenvernehmung hiermit abgeschlossen.«

»Einen Moment noch, Herr Vorsitzender«, sagte Theo Contzen und stand auf. »Wir bitten darum, dass das Gericht einen weiteren Zeugen aufruft.«

»Herr Rechtsanwalt!« Der Richter blätterte in der Akte. »Auf der Ladungsliste sehe ich keine weiteren Zeugen, daher ...«

»Keinen geladenen Zeugen, einen präsenten.«

Der Richter zog die Augenbrauen hoch. »Sie haben einen Präsenzzeugen?«

»So ist es«, sagte Theo Contzen und las den Zettel ab, den Charly ihm zugesteckt hatte. »Wir beantragen, dass Major Friedrich von Randow in den Zeugenstand gerufen wird.«

Der Richter nahm, kaum hatte der Anwalt den Offiziersrang genannt, unwillkürlich Haltung an.

»Befindet sich Major von Randow denn im Gebäude?«

»Jawohl, Herr Vorsitzender«, sagte Theo. »Er wartet draußen im Gang.«

Der Richter räusperte sich. »Gerichtsdiener? Schauen Sie bitte draußen nach Major von Randow und bitten ihn in den Zeugenstand.«

Der Uniformierte neben der Tür salutierte. »Major von Randow in den Zeugenstand, jawohl!«

Er verließ den Saal und kehrte kurz darauf mit einem Mann zurück, dessen Erscheinungsbild unbestritten Eindruck machte: ein silberblonder Hüne in grauer Wehrmachtsuniform, auf dessen Schultern die rot-silbern geflochtenen Epauletten eines Majors prangten. Gemessenen Schrittes trat Randow nach vorn, die Uniformmütze unterm Arm. Kein Laut war zu hören, als der Major den Zeugenstand betrat, alle Blicke ruhten auf dem großen blonden Mann. Ein überzeugender Auftritt, Charly war zufrieden.

Der Richter belehrte den Zeugen vorschriftsgemäß, und

Randow hörte sich die Ausführungen ruhig an, machte dazu jedoch ein Gesicht, als werde er gerade aufs Tiefste beleidigt, allein durch das Andeuten der Möglichkeit, er könne eventuell nicht die Wahrheit sagen.

Charly stand auf.

»Können Sie sich kurz vorstellen, Major von Randow?«, bat sie.

Der Major nickte. So ruhig und souverän er auch wirkte, ganz wohl zu fühlen schien er sich in seiner Rolle vor Gericht nicht.

»Mein Name ist Friedrich von Randow, geboren am achtzehnten Mai achtzehnhundertfünfundneunzig auf Schloss Randow in Pommern.«

»Wollen Sie kurz Ihren Werdegang schildern?«

»Meine Kindheit verbrachte ich auf dem elterlichen Schloss. Als ich zwölf Jahre alt war, schickte mich mein Vater, der Familientradition folgend, auf die Hauptkadettenanstalt in Groß-Lichterfelde, wo ich meine militärische Ausbildung durchlief. Im Weltkriege diente ich als Offizier in der dritten Infanteriedivision, zunächst an der Westfront und später an der Ostfront.«

»Für Ihre Verdienste um das Vaterland verlieh Seine Majestät der Kaiser Ihnen das Eiserne Kreuz erster Klasse ...«, fragte Charly.

»Jawohl.«

Sie hasste es, so vaterländisch daherzureden, doch für ihre Zwecke war es nötig.

»Wollen Sie kurz berichten, Herr Major, wie es Ihnen nach dem Krieg ergangen ist?«

»Ungern. Es war keine schöne Zeit.«

»Das war es für die wenigsten hier im Saal, denke ich.«

»Ich war dreiundzwanzig und Oberleutnant. Mein Wunsch war es, weiterhin dem Vaterlande in der Armee zu dienen, doch unsere Division wurde aufgelöst.«

»Und Sie schlossen sich einem Freicorps an.«

»Ich war froh, weiter für die deutsche Sache kämpfen zu können. Im Baltikum.«

»Aber im März zwanzig kehrten Sie nach Berlin zurück.«

»Richtig. Mit meinem Corps. Um die Novemberverbrecher aus der Stadt zu jagen.«

»Was bekanntlich fehlgeschlagen ist ...«

»Es war eine große Enttäuschung für mich. Man wusste ja nicht mehr, wie es weitergeht. Mit Deutschland. Mit Preußen. Mit der Armee.«

»Und in dieser Situation haben Sie jemanden kennengelernt.«

»Jawohl. Eine Dame.«

Die Stimme des Majors war leise geworden.

»Eine Dame, bei der Sie Zerstreuung gefunden haben.«

»Wie Sie das ausdrücken! Wir haben uns geliebt, Anna und ich.«

»Anna Thormann.«

»Ja.«

Der Richter merkte auf. Langsam schien ihm zu dämmern, worauf die Sache hinauslief.

»Aber Sie haben Fräulein Thormann nicht geheiratet?«, fragte Charly.

»Nein, das ging nicht.«

»Warum nicht?«

»Nun, es war eine ... nicht standesgemäße Verbindung.«

»Eine Verbindung, die Sie gelöst haben. Bevor Sie sich im Dezember neunzehnhundertzwanzig mit einer standesgemäßen Dame verlobt haben. Ihrer jetzigen Frau. Carola von Sternheim.«

»Hören Sie!« Von Randow wurde wieder lauter. »Ich habe eingewilligt, vor Gericht auszusagen, aber wir müssen hier nicht jedes Detail meines Privatlebens beleuchten. Es geht allein um den Jungen, über den sollten wir reden, über nichts sonst!«

»Sie haben Recht, Major von Randow, reden wir über den Jungen. In welchem Verhältnis stehen Sie zu Friedrich Thormann?«

»Wie meinen Sie das?«

»Nun ... verwandtschaftlich.«

Der Offizier zögerte einen Moment. Dann machte er sich gerade und sagte den entscheidenden Satz. »Friedrich ist ... nun ja, er ist mein Sohn.«

Im Saal war es für einen Moment so leise, dass man die berühmte Stecknadel tatsächlich hätte fallen hören können.

»Für das Protokoll bitte ich festzuhalten«, sagte Charly in die Stille, »Friedrich Thormann ist der leibliche Sohn von Anna Thormann und Major Friedrich von Randow.« Sie schaute auf die Richterbank. »Des Weiteren bitte ich das Hohe Gericht zu berücksichtigen: Das amtsärztliche Gutachten fußt, wie Doktor Gerloff soeben erläutert hat, auf der Annahme, dass Friedrich Thormann von minderwertiger rassischer Herkunft sei. Diese Annahme aber ist falsch, das genaue Gegenteil ist der Fall. Und so sehen wir die Einweisung in eine psychiatrische Anstalt als ungerechtfertigt an und bitten um die schnellstmögliche Entlassung des Jungen.«

Der Richter räusperte sich. »Major von Randow«, begann er. »Haben Sie diese Vaterschaft auch offiziell anerkannt?«

»Jawohl.«

»Und dennoch wurde Friedrich in die Obhut der staatlichen Jugendfürsorge gegeben.«

»Seine Mutter konnte sich nicht um ihn kümmern, sie wurde schwer krank, nachdem sie ihn zur Welt gebracht hatte.«

»Und Sie konnten sich nicht zu Ihrem Sohn bekennen.«

»Ich habe mich zu ihm bekannt.«

Der Richter blätterte in der Akte. »Und dennoch wurde der Junge im April einundzwanzig dem städtischen Waisenhaus Rummelsburg übergeben.«

»Richtig.«

»Herr Vorsitzender!« Charly stand auf und holte einen großen braunen Umschlag aus ihrer Tasche. »Erlauben Sie, dass ich Ihnen etwas zeige.«

Sie trat an den Richtertisch und holte ein Papier aus dem Umschlag.

»Dieses Schreiben beweist, dass der hier anwesende Major von Randow der leibliche Vater von Friedrich Thormann ist. Es ist ein Vertrag zwischen ihm und dem städtischen Waisenhaus Rummelsburg, dem er seinen Sohn anvertraut, indem er sich zu einer monatlichen Zahlung verpflichtet. Die Summe muss hier nicht öffentlich genannt werden. Aber ich bitte darum, dieses Schreiben zu den Akten zu nehmen.«

Der Richter schob seine Brille zurecht und las. Charly ging zurück zu ihrem Platz.

»Wenn sich das Waisenhaus, wie hier zu lesen ist, zur Diskretion verpflichtet, wie kommt es dann, dass wir hier und heute über dieses Schreiben reden?«

»Wissen Sie, Herr Vorsitzender, ich habe nicht nur Jura studiert, sondern bei der Berliner Polizei auch eine kriminalistische Ausbildung genossen.«

»Ah ja.«

Der Richter wirkte nicht sonderlich erfreut. Eine scheinbar belanglose Angelegenheit, die man schnell vom Tisch zu haben glaubte, hatte plötzlich unerwartete Dimensionen angenommen.

»Das Gericht wird die neue Sachlage eingehend werten«, sagte er. »Die Sitzung ist geschlossen. Die Verhandlung wird nächste Woche Mittwoch fortgesetzt.«

Charly packte die Akte ein und schloss ihre Tasche. Als sie den Saal an der Seite von Theo Contzen verließ, erhaschte sie den Blick von Oberkommissar Steinke, dem man die Vertagung offenbar bereits zugetragen hatte. Der ehemalige Mordermittler, der bei der Gestapo Karriere gemacht hatte, schien Charly nun doch zu erkennen. Und er sah nicht glücklich aus.

2

Glas, Stahl und Beton. Der schlichte moderne Kasten wirkte wie ein Fremdkörper in der altehrwürdigen, stuckbewehrten Häuserreihe. KANT GARAGEN-PALAST stand in großen Buchstaben ganz oben auf der gläsernen Fassade, Werbeschilder für Shell- und Olexbenzin zierten die Einfahrten. Ein Paradies für Automobilisten und eine fremde Welt für Andreas Lange. Der Kriminalkommissar hatte immer noch keinen Führerschein, deswegen saß er auch auf dem Rücksitz des Mordautos. Am Steuer saß ein Kriminalsekretär, Kowalski, der Neue aus Königsberg.

»Hier ist es«, tönte Czerwinski vom Beifahrersitz. »Da vorne links.«

Ein überflüssiger Hinweis, Kowalski hatte den Winker längst gesetzt, doch seit Anton Kowalski Anfang des Jahres vom Polizeipräsidium Königsberg an die Burg gewechselt war, tat Czerwinski so, als müsse er, der altgediente Berliner Bulle, dem Neuen aus der ostpreußischen Provinz zeigen, wo es in dieser Stadt denn langging.

Lange mischte sich nicht ein, schließlich war er Kriminalkommissar und kein Kindergärtner. Außerdem war es kurz vor halb acht, und er hatte noch keinen Kaffee getrunken. Das Telefon hatte geklingelt, als er sich gerade für die Rasur eingeseift hatte, und noch bevor er den Hörer abnahm, wusste er, dass der Anruf vom Alex kam.

»Wir haben einen Leichenfund«, hatte Wiesenkötter vom Bereitschaftsdienst gesagt, »das Mordauto ist schon unterwegs. Die Kollegen müssten in zehn Minuten bei Ihnen sein.«

Sie waren es in neuneinhalb. Lange hatte den Rest seiner Morgentoilette so schnell wie möglich hinter sich gebracht, für einen Kaffee allerdings hatte die Zeit nicht mehr gereicht. Der Wasserkessel hatte gerade zaghaft zu pfeifen begonnen, da hatte es auch schon an der Tür geklingelt. Seine neue Wohnung lag einfach zu nah am Präsidium.

Vor einem Jahr erst war Lange vom Prenzlauer Berg an den Werderschen Markt gezogen, die alte Adresse in der Franseckistraße war nicht mehr standesgemäß. Und insgeheim hatte er, wenn er ehrlich war, mit der Beförderung zum Oberkommissar gerechnet, die meisten aus seinem Jahrgang hatten die schon erfahren dürfen. Doch da tat sich seit Jahren nichts. Niemand sagte ihm, warum er so konsequent übersehen wurde, und das war auch nicht nötig. An seiner Aufklärungsquote konnte es nicht liegen, die war die beste in der ganzen Kriminalgruppe M. Es lag allein daran, dass er bislang weder in die NSDAP noch in die SS eingetreten war, nicht einmal in die SA. Genau wie sein Chef, Oberregierungsrat Ernst Gennat, hatte Andreas Lange sich jeglicher Annäherung an die neuen Machthaber verweigert.

Nun saß er ebenso schlecht gelaunt wie rasiert neben Christel Temme auf der Rückbank des Mordautos und beschäftigte sich vor allem mit der Frage, wann er heute wohl die erste Tasse Kaffee bekommen würde. Sein Kopf fühlte sich an wie in Watte gepackt.

Kowalski ließ den Gegenverkehr passieren und bog in die Einfahrt des Garagenhauses. Czerwinski hatte bereits das Beifahrerfenster geöffnet und zeigte dem Schupo, der unter dem Olex-Werbeschild unauffällig Wache schob, die Dienstmarke der Kriminalpolizei.

Der Blauuniformierte wies in das von Neonlicht erhellte Innere des Gebäudes. »Leiche liegt im dritten. Dahinten geht's ruff«, sagte er.

Kowalski nickte und steuerte mit solchem Schwung die enge, gewundene Rampe hinauf, dass die Reifen auf dem glatten Betonboden quietschten. Lange konnte das Geräusch kaum ertragen, geschweige denn den Blick aus dem Wagenfenster. Er schloss die Augen.

»Hier darf einem auch keiner entgegenkommen«, meldete sich Czerwinski vom Beifahrersitz.

»Passiert auch nicht«, entgegnete Kowalski. »Außer, einer vertut sich. Die Ausfahrt ist auf einer anderen Rampe.«

»Ach ne?«

»Ach ja. So baut man Parkgaragen. Sowas haben wir in Königsberg auch.«

Czerwinski sagte nichts mehr, er verschränkte die Arme und schaute beleidigt aus dem Fenster.

Etage für Etage schraubte sich das Mordauto nach oben, bis Kowalski im dritten Obergeschoss von der Rampe aufs Parkdeck lenkte. Er stellte den Wagen in respektvollem Abstand zu einer Menschentraube ab, die sich an der Wand vor einer weit geöffneten Fensterreihe gebildet hatte: drei Schupos und eine Handvoll Zivilisten, die sich um etwas scharten, das man nicht sehen konnte.

Lange stieg aus und öffnete der Stenotypistin den Wagenschlag, die so viel Zuvorkommenheit mit einem scheuen Lächeln beantwortete. Dann erteilte er seine Befehle.

»Czerwinski, holen Sie den Fotoapparat aus dem Wagen. Kowalski, Sie und Fräulein Temme kommen mit mir.«

Czerwinski schien einen Protest auf den Lippen zu haben, doch Lange ignorierte das, setzte seinen Hut auf und ging zu den Schupos hinüber.

»Kriminalkommissar Lange, Mordkommission«, stellte er sich vor. »Wer ist denn hier der befehlshabende Beamte.«

»Melde gehorsamst, das bin ich, Kommissar«, sagte ein Mann mit akkurat gestutztem Schnauzbart, »Oberwachtmeister Bertram, hundertzweiundzwanzigstes Revier.«

Bevor Lange etwas sagen konnte, riss Bertram den rechten Arm hoch. »Heil Hitler, Kommissar!«

Lange quittierte den Deutschen Gruß mit einem Nicken und schaute auf den Betonboden. Dort lag ein athletisch gebauter, dunkelhaariger Mittdreißiger, der einen eleganten, aber dreckverschmierten Anzug trug, jedoch keinen Hut. Aus dem bleichen Gesicht starrten zwei leblose blaue Augen an die Betondecke.

»Wegen dem da sind wir geholt worden«, sagte Bertram.

»Wer hat die Leiche denn gefunden?«

»Der Herr da mit der Chauffeursmütze.«

Die Beschreibung war unvollständig. Der hagere Mann, auf den Oberwachtmeister Bertram mit seinem fleischigen Zeigefinger wies, trug außer der grauen, mit goldener Kordel verzierten Schirmmütze auch Lederstiefel, Lederhandschuhe und einen eindrucksvollen, von zwei Knopfreihen zusammengehaltenen dunklen Mantel. Kompletter konnte man als Chauffeur nicht eingekleidet sein.

»Gestatten, Meinecke«, stellte sich der Mann vor. »Stefan Meinecke. Ich fahre Herrn Carlsen.«

»Carlsen? Ist das der Mann da auf dem Boden?«

»Gott bewahre! Nein! Das muss ein Selbstfahrer sein.«

»Wie kommen Sie darauf?«

»Nun, es ist jedenfalls keiner von uns. Die Kollegen kenne ich alle. Wenn wir Pause haben, sitzen wir unten im Groschenkeller zusammen.«

»Wer ist *wir*?«

»Na, die Chauffeure, die hier arbeiten. Noch. Werden ja immer weniger. Die meisten Herren steuern ihre Automobile lieber selbst.«

»Und als Sie heute morgen zur Arbeit kamen, lag der tote Mann dort auf dem Parkplatz?«

»Ne, da habe ich ihn ja erst hingebracht. Er saß im Auto. Da drüben.«

Meinecke zeigte auf eine hellgrüne Stahltür, die halb zur Seite geschoben war. Im Inneren der Garagenbox war ein dunkelgrüner Opel Olympia zu erkennen, dessen Fahrertür offenstand.

»Sie haben den Mann also bewegt?«

»Natürlich. Ich musste ihn doch da rausholen, hätte ja sein können, dass er noch lebt.«

»Und?«

»Wie: Und?«

»Lebte er noch?«

»Ne, der war tot. Ist ja auch kein Wunder bei so viel Abgasen.«

»Nun mal langsam: Was genau ist passiert?«

»Ich war in der Garage, um unser Automobil abzuholen.«

»Wann?«

»Ziemlich früh, so gegen sechse. Wollte den Wagen noch waschen, bevor ich Herrn Carlsen ins Büro fahre.« Meinecke wies auf eine geschlossene Garagenbox, auf deren Tür die Zahlen 313 gemalt waren. »Da drinne steht unsere Adler-Limousine. Also: die von Herrn Carlsen.«

»Solche Einzelheiten interessieren im Augenblick nicht.«

»Wie Sie meinen. Jedenfalls: Als ich aufschließen will, höre ich aus der Garage nebenan einen Motor im Leerlauf tuckern. Obwohl die Tür fest verschlossen war. Sowas ist ja gefährlich.« Der Chauffeur zeigte auf eines der Schilder, die in regelmäßigen Abständen an den Wänden des Garagenpalastes hingen.

MOTOR ABSTELLEN. VERGIFTUNGSGEFAHR.

»Und?«, fragte Lange.

»Ich habe geklopft. Hat aber niemand reagiert. Die Gase kamen schon durch den Türschlitz, also bin ick runter zur Pforte, die haben ja für alles einen Schlüssel, und bin mit Herrn Mölders so schnell es ging wieder hoch.«

»Moment, wer ist das?«

»Einer von den Garagenwärtern hier.«

Lange notierte sich den Namen.

»Jedenfalls«, fuhr Meinecke fort, »haben wir aufgeschlossen, und ick bin rein, hab mir ein Taschentuch vor die Neese gehalten, bin hin zum Auto und hab den Motor abgestellt. Und dann den Mann so schnell es ging aus der Garagenbox gezogen, die war ja schon völlig vernebelt.«

»Wo haben Sie den Mann denn vorgefunden?«

Meinecke schaute ihn an, als habe er in seinem ganzen Leben noch keine idiotischere Frage gehört. »Na, hinterm Steuer natürlich. War doch ein Selbstfahrer. Hatt ick Ihnen dette nich jesacht?«

Lange ließ sich von der eigenwilligen Berliner Freundlichkeit nicht irritieren, schließlich lebte er schon seit sieben Jahren in der Stadt. »Er saß also noch im Auto«, sagte er.

»Ja. Ist wohl zu lange sitzen geblieben. Und hat den Motor nicht ausgemacht. Selbstfahrer eben. Die wissen ja gar nicht, wie gefährlich so ein Automobil ist.«

»Und dann? Nachdem Sie den Mann aus der Garage gezogen haben?«

»Na, Mölders hatte inzwischen die Fenster hier aufgerissen. Da haben wir den Mann hingelegt, an die frische Luft. Hab noch Wiederbelebung versucht, war aber zwecklos.«

»Gibt es dafür weitere Zeugen?«

»Na, Herrn Mölders eben. Sonst wüsste ick keenen. Alle anderen kamen später, da war die Polente schon da. Also: Ihre Kollegen.«

Lange nickte. »Danke, Herr Meinecke. Das reicht fürs Erste. Wir müssen Sie gleich noch ausführlicher befragen. Halten Sie sich bitte zu unserer Verfügung.«

»Aber ...« Meinecke schaute auf die Uhr. »Wie lange wird das denn dauern? Herr Carlsen ...«

»Ihr Chef, fürchte ich, wird sich heute eine Kraftdroschke gönnen müssen.« Lange wandte sich an den Kriminalsekretär. »Kowalski, kümmern Sie sich doch bitte um Herrn Meinecke. Und prüfen Sie, ob es noch weitere Zeugen gibt, insbesondere diesen Herrn Mölders. Ich schaue mir den Fundort derweil genauer an.«

»Jawohl, Herr Kommissar.«

Kowalski nahm sich des Chauffeurs an, der auch nicht glücklicher dreinschaute, als er es mit einem neuen Gesprächspartner zu tun bekam, und Lange wandte sich der Garage mit dem grünen Opel zu. Das stählerne Tor war zwar ein ganzes Stück zur Seite geschoben, ungefähr so weit, dass ein Mensch gut hindurchpasste, dennoch musste Lange sich ein Taschentuch vor Mund und Nase halten, als er hineinging und an den Wagen trat. Die Fahrertür stand offen, der Zündschlüssel steckte. Der *Olympia* war ein neueres Modell, von Opel eigens anlässlich der Olympischen Spiele herausgebracht.

Etwas Ungewöhnliches konnte Lange auf den ersten Blick nicht feststellen. Aber er merkte, dass ihm das Atmen immer schwerer fiel; das Taschentuch half nicht viel, er musste zurück an die frische Luft. Draußen schaute er sich die Konstruktion an und notierte die Nummer auf dem Garagentor. *314*. Die Schiebetore liefen auf stählernen Schienen und verschwanden in geöffnetem Zustand komplett in den Seitenwänden der Garagenboxen. Sehr platzsparend.

Drüben bei der Leiche hatte Kriminalsekretär Kowalski damit bgonnen, die Zeugen zu befragen. Zwei Schupos hatte er an den Treppenhauszugängen postiert, um weitere Schaulustige fernzuhalten. Wer eine Garage in der dritten Etage sein Eigen nannte, der hatte heute morgen Pech gehabt. Eine Todesfallermittlung durfte nicht gestört werden; eine Selbstverständlichkeit, von der die Schutzpolizei im 122. Revier noch nichts gehört zu haben schien. Doch Kowalski war dabei, Ordnung ins Chaos zu bringen und die Menschentraube aufzulösen.

Czerwinski hatte es derweil immerhin fertiggebracht, die Kamera aufzubauen, und begann, die Leiche zu fotografieren.

»Nicht den Toten, Czerwinski!«, rief Lange.

Der dicke Kriminalsekretär schaute ihn irritiert an.

»Nicht die Leiche fotografieren. Das ist nicht die Auffindesituation. Wir brauchen Bilder aus Garage drei-eins-vier.«

Czerwinski murrte etwas Unverständliches, schulterte dann aber das Stativ und trottete zur Garagenbox hinüber.

»Machen Sie Aufnahmen von dem Opel«, sagte Lange. »Innen und außen. Und von der Garage selbst.«

Czerwinski versuchte, den Fotoapparat durch den Türspalt zu hieven, und verhakte sich mit dem Stativ.

Da hallte eine Stimme durch den Raum.

»An Ihrer Stelle würde ick damit noch ein bisschen warten.«

Lange drehte sich um. Dort stand ein Mann mit schütterem Haar, der einen grauen, groben Einteiler trug, auf dessen linker Brust ein Aufnäher mit den gelbgestickten Buchstaben KANT GARAGEN-PALAST prangte.

»Da drinne is noch allet voll mit Abjasen«, fuhr der Garagenmann fort. »Bevor Se da rinjehen, solltense erst ma jut lüften. Die Schilder hängen ja nich umsonst hier, wa?«

Czerwinski blieb stehen, das Stativ geschultert, und schaute seinen Vorgesetzten an.

»Sie sind hier angestellt?«, fragte Lange den Störenfried.

»Sieht man det nich?«

»Und Ihr Name?«

»Mölders. Erwin.«

»Sie haben Herrn Meinecke die Garage dreihundertvierzehn aufgeschlossen?«

»Richtig.«

»Prima, Herr Mölders, wir müssen uns unterhalten. Haben Sie auch einen Büroraum oder so etwas?«

»Sicher. Unten.«

»Das trifft sich gut. Wir brauchen einen Raum, in dem wir ungestört Zeugen vernehmen können.«

»Zeugen vernehmen? Können Se det nich am Alex machen?«

»Wenn Sie mit uns zum Alex kommen wollen, dann gerne.«

»Wie? Bin icke denn Zeuge? Ick hab nüscht jesehen. Nur die Jaraasche uffjeschlossen.«

»Glauben Sie mir, Sie *sind* Zeuge. Dann lassen Sie uns mal nach unten gehen. Und wenn Sie irgendwo noch eine Tasse Kaffee auftreiben könnten?«

Eine Viertelstunde später saß Andreas Lange sogar vor einem ganzen Kännchen. Erwin Mölders hatte sie in ein nach Motoröl riechendes Büro geführt und einen Kollegen zum Kaffeeholen in die benachbarte Kneipe geschickt, den *Groschenkeller*, von dem Meinecke bereits gesprochen hatte. Lange schenkte Kaffee nach und trank. So langsam wurde er wach.

Als Erstes vernahm er den Chauffeur noch einmal und ließ dessen Aussage von Christel Temme stenografieren. Kowalski stand an der Tür und hörte aufmerksam zu. Lange hatte ihn mit nach unten genommen, nachdem der Kriminalsekretär die Personalien sämtlicher Anwesenden aufgenommen und die Schaulustigen von den Zeugen getrennt hatte. Wobei die meisten Schaulustigen darauf bestanden hatten, gar keine zu sein, sondern nur ihr Auto abholen zu wollen. Kowalski hatte sie alle fortgeschickt. Ohne Auto. Letzten Endes waren tatsächlich nur zwei brauchbare Zeugen übriggeblieben, der Chauffeur Stefan Meinecke und der Garagenwärter Erwin Mölders.

Erst nachdem Meinecke seine Aussage gemacht hatte, die sich im Wesentlichen mit dem deckte, was er schon auf dem Parkdeck erzählt hatte, war Mölders an der Reihe. Der Parkhausangestellte, sichtlich unglücklich mit der Situation, die Polizei im Haus zu haben, konnte die Schilderungen des Chauffeurs bestätigen: Gegen viertel sieben sei Meinecke ganz aufgeregt im Büro aufgekreuzt, weil da jemand in einer verschlossenen Garage seinen Motor laufen lasse. Er, Mölders, sei mit dem Schlüsselbund hoch und habe die Box aufgeschlossen, Meinecke habe sich todesmutig hineingestürzt, den Motor abgestellt und den Fahrer aus dem Auto gezogen.

»Und Sie?«, fragte Lange.

»Icke? Hab die Fenster uffjerissen, wa? Is ja saujefährlich, det Zeuch.«

»Kohlenmonoxid.«

»Richtich. Sieht man ja auch an dem armen Rekowski.«

»An wem?«

»Klaus von Rekowski. Der Tote. Sie wissen wohl noch jar nüscht, wa?«

»Sie kennen den Mann?«, fragte Lange.

»Natürlich. Ick kenne all unsere Mieter. Und deren Chauffeure, falls die noch welche haben. Aber et jibt ja fast nur noch Selbstfahrer.«

»Und Herr von Rekowski war ein Selbstfahrer?«

»Sonst wäre ja wohl sein Chauffeur jestorben und nich er.«

»Hat der Mann noch gelebt?«

»Ne, der war mausetot. Meinecke hat Herzmassage jemacht und Mund-zu-Mund-Beatmung und so, aber da war nüscht mehr zu machen.«

»Und dann?«

»Na, icke runter und Ihre Kollegen anjerufen.«

»Das haben Sie genau richtig gemacht.«

»Schön. Nu sind Se ja ooch hier. Aber wie lange wollen Se eijentlich noch bleiben? Sie blockieren mir hier den janzen Betrieb.«

»Eine kriminalpolizeiliche Untersuchung braucht ihre Zeit.«

»Alle Automobilisten aus der Nachbarschaft jehören zu unseren Kunden. Die müssen doch irjendwohin mit ihren Fahrzeugen. Wat sollen die denn machen? Unter der Laterne parken und eenen Strafzettel riskieren? Wie sollen det aussehen, wenn die alle am Straßenrand parken? Stellen Sie sich det doch mal vor: die Kantstraße rechts und links mit Autos zujeparkt. Warum, meinen Se, jibt's denn solche Großgaragen wie die unsere?«

Lange ließ den Redeschwall tapfer über sich ergehen. »Tut mir leid, Herr Mölders«, sagte er dann, »aber das kann ich Ihren Kunden nicht ersparen. Allerdings könnte ich die Kollegen von der

Schutzpolizei anweisen, dass sie beim Ahnden von Laternenparkern in den nächsten Tagen hier in der Gegend etwas gnädiger vorgehen.«

Mölders sagte nichts, aber er sah nicht glücklich aus.

»Ist so etwas hier schon einmal passiert?«, fragte Lange. »Dass jemand bei laufendem Motor in seinem Auto erstickt ist?«

»Hier nicht. Soll aber vorkommen, wa? Det eener, der nich mehr leben will, sich seine Abjase direktemang vom Auspuff ins Auto leitet.«

Lange horchte auf. Meinecke war von einem Unfall ausgegangen. Ein Fahrer, der bei laufendem Motor zu lange in seinem Fahrzeug sitzen geblieben war.

»Könnten Sie sich das bei Herrn von Rekowski auch vorstellen?«, fragte er. »Dass es Selbstmord war?«

»Schwerlich.«

»Sie sind sich da sehr sicher. Kannten Sie ihn so gut?«

»Sie können ja mal kieken, inzwischen sollte man wieder rinkönnen in die Box. Dann sehense ja, ob da 'n Schlauch is oder so. Ick denke eher nich.«

Lange nahm seine Kaffeetasse und stand auf.

»Gut, Fräulein Temme, dann gehen wir mal nach oben und schauen uns die Sache an.«

»Jut, kann icke dann wieder an die Arbeit?«

»Sie kommen mit, Herr Mölders. Die Vernehmung ist noch nicht beendet.«

Missmutig folgte Erwin Mölders ihnen nach oben. Czerwinski hatte die Garagenbox inzwischen gut durchgelüftet und beide Türen ganz beiseitegeschoben. Das war auch das einzige, was er geändert hatte; der Opel stand genauso da wie vorhin, mit geöffneter Fahrertür. Auch die Leiche lag noch an ihrem Platz bei den Fenstern. Allerdings hatte sich gerade ein hagerer Mann im weißen Kittel darübergebeugt.

»Keine besonderen Vorkommnisse«, sagte Czerwinski eilfertig, kaum war Lange mit den anderen aus dem Treppenhaus getreten. »Nur Doktor Karthaus ist gerade gekommen.«

»Unübersehbar«, meinte Lange und ging hinüber. »Schon irgendwelche Erkenntnisse, Doktor?«

Karthaus schaute auf. »Nun mal langsam mit den alten Pferden.

Habe mir den Mann ja gerade erst angeschaut. Die genaue Diagnose bekommen Sie nach dem Bluttest.«

»Und die ungenaue Diagnose?«

»Totenflecken von hellroter Färbung. Deutet auf eine Kohlenstoffmonoxidvergiftung hin.«

»So weit waren wir auch schon.«

»Na, was fragen Sie dann?«, sagte Karthaus unwirsch und leuchtete dem Toten mit einer kleinen Taschenlampe in die weit geöffneten Augen. »Gehen Sie von einem Unfall aus? Oder war es ein Suizid?«

»Genau das wollen wir uns gerade anschauen.«

Lange betrat die offene Garagenbox und schnupperte vorsichtig. »Wie kann ich denn sicher sein, Doktor, dass man die Luft hier wieder atmen kann?«

»Riechen können Sie das nicht. Aber solange Sie keine Kopfschmerzen bekommen, Ihnen nicht übel wird und Sie nicht tot umfallen, sollte es gehen.«

Niemand lachte. Bei Karthaus konnte man nie sicher sein, ob so etwas als Witz gemeint war oder bierernst.

»Dann können Sie jetzt wohl loslegen, Czerwinski«, sagte Lange. »Sie haben den Doktor gehört: Sollten Sie tot umfallen, sagen Sie bitte Bescheid.«

Der Kriminalsekretär schulterte das Stativ und verfrachtete den Fotoapparat in die Garagenbox, während Lange den Opel unter die Lupe nahm. Ein Schlauch war nirgends zu sehen, weder im Innenraum noch am Auspuff.

»Sie scheinen recht zu haben«, meinte er zu Mölders, der sich die ganze Sache unbeeindruckt anschaute. »Sieht nicht nach Suizid aus.«

»Det jeht ooch ohne Schlauch, wenn die Garage nur schön dicht verrammelt ist. Aber trotzdem jloobe ick nich an Selbstmord.«

»Sie meinen, Rekowski ist hinter dem Steuer eingeschlafen?«

»Ne. Blödsinn. War ja abjeschlossen, und jenau det wundert mir.«

»Wieso?«

»Na, erstens: Warum sollte eener seine Garage abschließen, wenn er drinne is? Und zweitens: Selbst wenn er wollte, könnte er det jar nich. Unsere Garagenboxen lassen sich nur von außen abschließen.«

»Und das sagen Sie mir erst jetzt?«

»Vorher haben Se ja nich danach jefragt.«

»Das heißt, jemand muss Herrn Rekowski in seiner Garage eingeschlossen haben.«

»Anders isses nich möglich. Er selber kann's jedenfalls nich jewesen sein. Außer er kann durch Wände jehen.«

»Verdammt, Herr Mölders«, sagte Lange. »Sie wissen, was das bedeutet?«

»Nö.«

»Die Polizei wird Ihre schöne Parkgarage noch etwas länger sperren müssen. Wir haben es jetzt mit einer Mordermittlung zu tun.«

Mölders riss die Augen auf und machte Anstalten, etwas zu sagen, winkte dann aber ab. Mittlerweile schien er sich in sein Schicksal zu fügen.

Lange winkte Kowalski heran. »Lassen Sie sich von Herrn Mölders einen Fernsprecher zeigen, und rufen Sie am Alex an. Wir brauchen den ED für eine umfangreiche Spurensicherung im ganzen Gebäude. Das hier war kein Unfall. Und auch kein Suizid.«

Kowalski verschwand mit Mölders im Treppenhaus. Lange wartete, bis Czerwinski mit dem Fotografieren in der Box fertig war, dann zog er seine Handschuhe über und schaute sich das Innere des Wagens an. Auf der Rückenlehne der vorderen Sitzbank entdeckte er einen dunklen Fleck und tippte mit der Fingerspitze darauf. Der weiße Stoff seines Handschuhs färbte sich rot. Das war tatsächlich Blut. Noch nicht ganz geronnen. Ihn wunderte, dass sich der Blutfleck auf der Beifahrerseite befand, Meinecke hatte doch ausgesagt, der tote Rekowski habe hinter dem Steuer gesessen, also auf der Fahrerseite.

Lange kniete auf dem weichen Polster der Sitzbank und warf einen Blick in das Handschuhfach. Darin lagen tatsächlich Handschuhe, zudem eine Brieftasche, aus demselben schwarzen Leder gefertigt. Lange klappte sie auf und fand diverse Ausweispapiere, alle ausgestellt auf den Namen Klaus von Rekowski, einen Führerschein, einen Reisepass und einen Mitgliedsausweis. Darauf war der Tote in einer schwarzen Uniform abgelichtet. Klaus von Rekowski war Hauptsturmführer bei der Schutzstaffel. Lange steckte seinen Fund in eine Beweissicherungstüte und seufzte. Ein SS-Mann. Das hatte ihm gerade noch gefehlt.

Er suchte weiter, aber Hutablage und Rücksitz waren leer, ebenso der Fußraum. Unter der vorderen Sitzbank jedoch ertastete er einen kleinen Gegenstand auf der Beifahrerseite und kramte ihn hervor. Ein Lippenstift. *Guerlain Paris* stand in feinen Buchstaben auf der Hülle. *Ne m'oubliez pas.* Und das im Wagen eines SS-Offiziers. Frauen, die sich die Lippen anmalten, waren im neuen Deutschland eigentlich verpönt. Von Rekowski jedoch schien kein Faible für ungeschminkte, blondbezopfte Gretchen gehabt zu haben. Lange konnte ihn verstehen. Er tütete auch diesen Fund ein und tastete den Fußraum unter der Sitzbank weiter ab, bis seine Fingerspitzen an etwas Weiches stießen. Textil. Ein Stück Stoff. Mit spitzen Fingern zog er es hervor und betrachtete es. Ein Taschentuch. Ein weißes, zerknülltes Taschentuch mit einer filigranen goldfarbenen Stickerei, die einen Schlüssel zeigte, der mit einem Anker über Kreuz lag. Lange wollte das Tuch schon eintüten, da bemerkte er den Duft, der von dem weißen Leinen ausging. Der Kommissar führte das Taschentuch vorsichtig an seine Nase und schnupperte. Unangenehm süßlich. Ein Geruch, den er kannte. Von seinem Zahnarzt.

3

Charly saß am Frühstückstisch und legte die Zeitung beiseite. Es war kaum zu ertragen, die Seiten trieften geradezu vom Eigenlob, das die Reichsregierung sich angedeihen ließ. Selbst das *Berliner Tageblatt*, das Charly einmal sehr geschätzt hatte, ließ sich voll und ganz vor den Karren der Propaganda spannen. Wie alle Zeitungen in Deutschland. Seitenweise ging es um die Hitler-Ausstellung, die bald unter dem Funkturm ihre Pforten öffnen sollte. *Gebt mir vier Jahre Zeit.* Eine umfassende Schau des Nationalsozialismus, wie das *Tageblatt* schrieb. Eine einzige eklig eitle und verlogene Selbstbeweihräucherung der Nazi-Clique und ihres selbsternannten Führers, wie Charly fand.

Goebbels' Propagandaapparat feuerte aus allen Rohren. Andere Artikel schilderten die umfangreichen Vorbereitungen zum *Tag der nationalen Arbeit*, zu dem die Nazis den ersten Mai, den alten Kampftag der Arbeiterbewegung, vor vier Jahren erklärt hatten. Fahnen, Paraden, Reden, der übliche Zinnober. Berlin kam aus dem Jubeln und Marschieren gar nicht mehr heraus. Vergangene Woche erst hatten sie Hitlers Geburtstag mit ähnlichem Pomp gefeiert. Unerträglich. Was hatte der Mann denn geleistet außer achtundvierzig zu werden?

In einem plötzlichen Wutanfall fegte sie die Zeitung vom Tisch. Die Wanduhr in der Küche tickte leise, der Wasserhahn tropfte, sonst war nichts zu hören. Die Ruhe in der Wohnung machte sie verrückt. Warum, verdammt nochmal, war Greta nicht zuhause? Mit der hätte sie wenigstens reden können.

Charly steckte sich eine *Juno* an und inhalierte tief. Der Zigarettenrauch kräuselte sich vor dem Fenster, draußen ging der Regen in dicken Bindfäden auf die Spenerstraße nieder. Was für ein Start in die Woche. Wenn sie allein in der Wohnung war, überkam sie manchmal das Gefühl einer unerträglichen Einsamkeit. Als sei sie völlig allein auf der Welt. Und so fühlte sie sich inzwischen in dieser Stadt, daran änderten auch die viereinhalb Millionen Berliner nichts. Was nützte einem die Millionenstadt, wenn man darin kaum jemandem vertraute?

Sie tröstete sich damit, dass sie auf Abruf in Deutschland war. Sie musste den Jungen rausholen, dann konnte sie gehen. Für immer. Charly beneidete Greta, die mit ihrem schwedischen Pass hin- und herreisen konnte, wie es ihr beliebte. Für Monate war sie im Herbst nach Stockholm zu ihrer Mutter gefahren. Und wäre womöglich immer noch dort, wäre Charly nicht nach Berlin zurückgekehrt. So aber hatten sie ihre alte Frauenwohngemeinschaft wieder aufleben lassen. Charly war dankbar dafür, die Freundin hatte ihr Kraft gegeben in den letzten Wochen, mit Greta war die Wohnung in der Spenerstraße so etwas wie ein letzter Hort der Freiheit in einer Stadt, in der man nicht mehr sagen konnte, was man dachte, ohne damit seine Gesundheit oder gar sein Leben zu riskieren. In der Spenerstraße kamen Wilhelm Böhm, ihr Chef, oder Robert, den sie in Prag kennengelernt hatte, zu Besuch, oder andere Gleichgesinnte, die sich im eigenen Land inzwischen ebenfalls fremd fühlten. Viele waren das nicht.

Wo zum Teufel steckte Greta nur? Charly zog an ihrer Zigarette, aber auch das Nikotin konnte ihre nervösen Gedanken nicht beruhigen. Seit wann war sie eigentlich so dünnhäutig? Hätte sie sich früher schon solche Sorgen um die Freundin gemacht? Wo Greta Overbeck doch eine Frau war, die sich zu helfen wusste und um die man sich weiß Gott keine Sorgen zu machen brauchte. Dann schon eher um die Männer, mit denen sie etwas anfing.

Ob Greta glücklich war mit ihren ständig wechselnden Liebhabern? War Charly glücklich gewesen mit Gereon Rath? Bestimmt nicht immer. Wäre sie es geworden? Eine müßige Frage, denn Gereon war weg. Und sie merkte, dass er ihr fehlte. Manchmal kam es ihr vor, als sei er wirklich gestorben, so klein war die Hoffnung inzwischen geworden, ihn irgendwann wiederzusehen.

Er hatte irgendwo ein neues Leben angefangen. Irgendwo in Deutschland? Irgendwo im Ausland? Sie wusste es nicht. Sie durfte es auch nicht wissen, die Behörden waren misstrauisch. Sie hatten Gereon amtlich immer noch nicht für tot erklärt, dabei waren seit der Schießerei an der Schöneberger Brücke nun schon mehr als acht Monate vergangen. Nur seine Leiche hatte man eben nicht gefunden, das machte die Sache schwierig.

Charly erinnerte sich an den Schmerz, den sie verspürt hatte, als Reinhold Gräf ihr die Todesnachricht überbrachte. Wie gelähmt sie sich gefühlt hatte, innerlich taub, als sei alles Leben in ihr abgestorben. Es tat immer noch weh, wenn sie an diesen Moment dachte, obwohl es gar keinen Grund zur Trauer gab.

Oder eben doch. Denn das Leben, das sie führte, war nicht das, was sie sich gewünscht hatte. Sie war von dem Mann getrennt, den sie liebte, von dem Jungen, den sie hatte großziehen wollen, sie konnte den Beruf nicht ausüben, den sie ausüben wollte, weder den des Polizisten noch den des Rechtsanwaltes. Die Republik hatte ihr vorgegaukelt, ein selbstbestimmtes Leben zu haben, und sie hatte daran geglaubt. Bis die Nazis vor vier Jahren die Macht an sich gerissen hatten.

Greta konnte das ignorieren, die fuhr einfach nach Schweden, wenn es ihr in Deutschland zu eng wurde, und kam nach Berlin zurück, wann es ihr passte. Charly konnte das nicht. Dass sie im Januar aus Prag wieder hatte heimkehren können, war nur möglich gewesen, weil sie offiziell gar nicht ausgereist war. An der Grenze hatte sie einen falschen Pass vorgezeigt. Einer der Vorteile, dass sie bei Wilhelm Böhm angestellt war, ihrem früheren Vorgesetzten bei der Mordinspektion, der nun ein Detektivbüro betrieb und – weniger offiziell – als Fluchthelfer arbeitete: Es war kein Problem, an gefälschte Papiere zu kommen.

Die Gedanken an Böhm mahnten sie, dass es Zeit war aufzubrechen; sie drückte ihre Zigarette in den Aschenbecher und trank einen letzten Schluck Kaffee. Schon auf dem Weg zur Wohnungstür, den Mantel über dem Arm, die Handtasche geschultert, den Schlüssel in der Hand, hörte sie das Telefon klingeln. Charly erwog kurz, das Klingeln zu ignorieren, aber vielleicht war es ja Böhm mit einem Auftrag. Sie legte Mantel, Handtasche und Schlüssel auf den Garderobentisch und hob ab.

»Teilnehmer.«

»Ist das der Anschluss Greta Overbeck?«

Hätte sie es doch klingeln lassen! Wahrscheinlich einer von Gretas Liebhabern. Manche von denen waren ziemlich hartnäckig.

»Ja«, sagte sie, »aber Fräulein Overbeck ist gerade nicht im Haus.«

»Richten Sie ihr doch bitte aus, sie möge sich bei der Kriminalpolizei melden.«

»Kriminalpolizei? Was ist denn passiert?«

»Das kann ich Ihnen nicht sagen. Teilen Sie Fräulein Overbeck bitte mit, dass Sie sich umgehend melden soll. Es ist sehr wichtig.«

»Wenn Sie mir bitte noch sagen, wo genau Sie sich melden soll.«

»Selbstverständlich. Im Präsidium am Alex. Kriminalgruppe M, Kommissar Lange.«

Charly stutzte.

»Andreas?«, fragte sie. »Sind Sie das?«

»Mit wem spreche ich bitte?«

Die Stimme am anderen Ende der Leitung hörte sich leicht pikiert an.

»Charlotte hier. Charlotte Rath.«

»Charly! Mein Gott! Wie geht es Ihnen? Ich ... mein Gott, was für eine dumme Frage! Mein herzliches Beileid.«

»Danke.«

»Es tut mir so leid, die Geschichte mit Gereon, das ist ja so tragisch! Leider gab es noch keine Beerdigung, sonst hätte ich Ihnen doch längst ... Ach, das klingt jetzt ganz anders, als ich es eigentlich sagen wollte.«

»Schon gut. Ich habe schon verstanden, was Sie sagen wollen. Ich weiß Ihre Anteilnahme zu schätzen. Vielen Dank.«

Charly konnte ihn zwar nicht sehen, aber sie war sich sicher, dass Andreas Lange rot angelaufen war.

»Es tut mir leid, Sie mit so etwas Banalem belästigen zu müssen.«

»Schon gut. Die Arbeit der Mordinspektion ist ja nicht banal. Mich wundert nur, welche Rolle meine Freundin in einer Mordermittlung spielt.«

»Todesfall. Wir nennen es immer Todesfallermittlung.«

»Natürlich. Der alte Gennat. Hat ja auch recht damit.«

Die Erinnerung an alte Zeiten machte sie wehmütig. 1927 hatte sie als Stenotypistin in der Mordinspektion angefangen, und die Zukunft war groß, hell und offen gewesen.

»Um was für einen Todesfall geht es denn?«, fragte sie. »Es ist nichts Familiäres, hoffe ich.«

»Nein, nein. Wir hatten einen Leichenfund. Im Kant-Garagenpalast.«

»Und? Was hat Greta damit zu tun?«

»Nun, Ihre Freundin steht mit Telefonnummer und allem Drum und Dran im Notizbuch des Toten.«

»Mit allem Drum und Dran?«

»Neben der Berliner noch eine Stockholmer Adresse, dazu ein paar Notizen, auf die ich nicht näher eingehen kann.«

»Wer ist denn gestorben?«

Bitte, lass es nicht Robert sein, dachte sie, oder Wilhelm Böhm. Dessen Detektei lag ganz in der Nähe des Garagenpalastes.

»Sagt Ihnen der Name von Rekowski etwas? Klaus von Rekowski?«

Im ersten Moment war Charly erleichtert, als sie den Namen hörte. Keiner der wenigen Freunde, die ihr in Berlin geblieben waren. Aber dann begann eine Alarmsirene ganz leise, wie aus großer Ferne, in ihrem Kopf zu schrillen, aus einem Grund, den sie nicht greifen konnte.

4

Bislang waren sie gut durchgekommen, doch auf der Williamsburg Bridge gerieten sie mitten in den Berufsverkehr. Frenchie hupte, obwohl das sinnlos war, und fluchte, was noch sinnloser war.

»Fucking shit!«, rief er und schlug mit der Faust auf das Lenkrad. »Sorry, Mister Marlowe, I'm afraid we're gonna be late. Maybe an accident.«

»Nevermind.«

Sie sprachen Englisch miteinander, obwohl sie beide aus Deutschland stammten. Frenchie war, anders als sein Spitzname vermuten ließ, kein Franzose, sondern ein waschechter Berliner. Ein Hugenotte, aber solche feinen Unterschiede machten die Amis nicht. Wenn jemand Delacroix mit Nachnamen hieß, hatte er ein Franzose zu sein. Wobei Frenchie an diesem Missverständnis nicht ganz unschuldig war. Um einer Internierung als enemy alien zu entgehen, hatte er 1917 seinen schönen deutschen Vornamen Frank zu François gemacht. Das konnten die Amis nun gar nicht mehr aussprechen, seitdem hieß er einfach Frenchie.

Johann Marlow hatte diese Fragen nicht der Phantasie der New Yorker überlassen wollen, also hatte er seinen Vornamen amerikanisiert und seinem Nachnamen ein e angehängt. *John Marlowe* machte sich bestens auf Geschäftsbriefen und Firmenschildern, der Name klang amerikanischer als die seiner Geschäftspartner. Salomon Epstein. Mit diesem Namen hätte man auch eine koschere Fleischerei in der Grenadierstraße betreiben können.

Marlow hatte sich von allem Deutschen verabschiedet, als er vor anderthalb Jahren endgültig in die Staaten gegangen war. Und das, was er sich seither aufgebaut hatte, konnte sich sehen lassen. Immerhin konnte er wieder auf dem Rücksitz eines Duesenberg sitzen und sich durch die Gegend fahren lassen.

Wenn sie denn fahren würden. Im Augenblick standen sie. Eine U-Bahn rauschte hinter dem Stahlgestänge in der Mitte der Brücke an ihnen vorbei. Marlow steckte sich seine Zigarre an. Es kam nicht oft vor, dass er schon um diese Uhrzeit nach Manhattan hinüberfuhr. Er lebte immer noch in Brooklyn und überquerte den East River normalerweise erst nach Einbruch der Dunkelheit. Die meiste Zeit des Tages verbrachte er im Büro seiner Firma. *John Marlowe Imports*, so stand es an der Fassade des unscheinbaren Gebäudes in der Kent Avenue. Nur zwei Stockwerke, oben die Büros, unten das Lager. Mehr brauchte er nicht. Wenn er aus der Tür trat, konnte er das Stahlgebirge der Williamsburg Bridge sehen, zum Hafen war es nicht weit. Der beste Ort, um Geschäfte zu machen.

Heute morgen allerdings hatte er noch nicht im Büro vorbeigeschaut, sondern gleich den Weg von seinem Haus in Brownsville über den East River genommen. Jack hatte ihn um ein Treffen gebeten, Jack Helferich, seine rechte Hand, sein Mann in Manhattan.

Helferich, der Name war Programm. Immer eilfertig und immer korrekt, der Mann war der geborene Untertan. Nur dass er im falschen Land groß geworden war. Jack war erst sieben, als seine Eltern aus Deutschland eingewandert waren, er war in Brooklyn aufgewachsen, und hier gab es keinen Kaiser, dem man gehorchen konnte. Aber es gab Gangster.

Und seit Johann Marlow Deutschland vor anderthalb Jahren endgültig verlassen hatte, hatte verlassen müssen, war Doktor M. der neue Kaiser für Jack Helferich.

Schon in seinem Exiljahr vom Sommer 1933 bis Sommer 1934, als Marlow Deutschland verlassen musste, weil die neue Regierung sämtliche Ringvereine zerschlagen hatte und damit seine Geschäftsgrundlage, hatte er auf den Mann zurückgreifen können, den Abraham Goldstein ihm vermittelt hatte. Damals hatte Marlow den Fehler begangen, nach Deutschland zurückzukehren. Weil er geglaubt hatte, seine Geschäfte auf legale Beine stellen zu können, mit Hilfe seiner Kontakte bis in die allerhöchsten Kreise. Und es hatte sich ja auch vielversprechend angelassen, sie hatten ihn sogar ehrenhalber in die SS aufgenommen. Doch kurz darauf war er aufgrund einer Intrige seines ewigen Widersachers Gereon Rath in Ungnade gefallen und in eine Falle gelaufen, die sein einstiger Fürsprecher Hermann Göring ihm gestellt hatte. Göring hatte ihn umbringen wollen, von seiner Leibgarde eiskalt erschießen lassen, doch Marlow war entkommen. Anders als Liang Kuen-Yao, den sie erschossen hatten. Seinen Leibwächter, seinen Fahrer. Seinen Sohn.

Frenchie würde Liang niemals ersetzen können. Der Mann, den Jack ihm empfohlen hatte, mochte ein guter Schütze sein und mit seiner Statur beeindrucken, aber dass er sich jemals einer Kugel, die seinem Chef galt, in den Weg werfen würde, davon ging Marlow nicht aus. Und manchmal, in den Nächten, wenn die Trauer ihn packte wie ein wildes Tier, wünschte er, auch Liang hätte das nicht getan. Ja, Johann Marlow, der allen als gefühllos und eiskalt galt, hätte sein eigenes Leben für das seines Sohnes gegeben.

Langsam krochen sie über die Williamsburg Bridge. Ein paar Meter vor ihnen stand ein schwarz-grüner Ford des NYPD mit flackerndem Blaulicht, davor ein Uniformierter, der den Verkehr mit energischen Armbewegungen auf die rechte Spur leitete. Frenchie hatte recht, tatsächlich ein Unfall, der eine Fahrspur komplett blockierte und das Nadelöhr auf der Brücke verursachte, zwei Wagen, die sich ineinander verkeilt hatten. Der Verkehrspolizist tippte zum Gruß an den Schirm seiner Uniformmütze, als er den Duesenberg erkannte. Marlow nickte nur. Die Polizei, dein Freund und Helfer. Das war gerade in seiner Branche wichtig, damit war er schon in Berlin gut gefahren. Nur ein Bulle hatte sich nie einnorden lassen. Gereon Rath. Aber der hatte seine Quittung bekommen.

Als sie die Unfallstelle passiert hatten, ging es schneller voran. Bald hatten sie die Brückenrampe erreicht und überquerten die Bowery. Zehn Minuten später hielten sie in Chelsea vor dem *Venus Club.* Frenchie öffnete den Wagenschlag, und Marlow stieg aus. Normalerweise benutzten sie den Hintereingang, aber um diese Tageszeit nahmen sie die Vordertür, vorbei an den Garderoben. Seine Augen mussten sich erst an das Halbdunkel gewöhnen. Langsam schälten sich Konturen aus dem Dämmerlicht: die riesige Botticellimuschel, die als Bühne diente, links davon eine kleinere für die Jazzkapelle, die runden Tische, die in Halbkreisen davor gruppiert waren, und rechts die Umrisse des Tresens.

Marlow hatte den Club nach dem Vorbild des *Venuskellers* in Berlin gestalten lassen. Warum ein bewährtes Konzept ändern? Und der Erfolg gab ihm recht. Die Jazzkapelle spielte wilder als anderswo in der Stadt, so wild wie sonst nur in Harlem. An den Tischen in der ersten Reihe musste man laut sprechen, wenn man sich unterhalten wollte. Die Leute kamen auch nicht in den

Venus Club, um viel zu reden; sie kamen, um zu trinken, sie kamen, um Rauschmittel aller Art zu konsumieren, sie kamen, um die schönsten Frauen New Yorks auf der Bühne zu sehen. Oder um sich zu ihnen zu gesellen, an der Bar, am Tisch oder in einem der Separees. Es gab verbotene Substanzen, es gab verbotene Darbietungen, es gab Verbotenes aller Art; wenn man genügend Geld mitbrachte, wurden im *Venus Club* alle Wünsche erfüllt.

Die Cops im Distrikt drückten ein Auge zu, gegen gute Bezahlung, verstand sich, und sollten diese Vorsichtsmaßnahmen einmal nicht greifen, weil ein übereifriger Rookie oder Staatsanwalt über die Stränge schlug, hatte Marlow ein ausgeklügeltes Warnsystem installiert. Im Falle einer Razzia brauchte der Club keine zwei Minuten, um alle Vorräte an Heroin, Kokain und Morphin unauffindbar in der Versenkung verschwinden zu lassen und den unbekleideten Damen etwas überzuwerfen. Eine Nackttänzerin, die sich zwar lasziv ausziehen konnte, aber nicht in der Lage war, sich in einer halben Minute auch komplett wieder anzukleiden, wurde im *Venus Club* gar nicht erst eingestellt.

Im Augenblick waren keine Damen hier, nur ein paar Kerle, die den Boden fegten und die Tische von Gläsern und Aschenbechern befreiten. Es roch nach kaltem Zigarettenrauch und abgestandenem Whisky, die Katerstimmung nach einer durchfeierten Nacht. Die Party war erst vor wenigen Stunden zu Ende gegangen. Und nun war das Personal damit beschäftigt, die Spuren zu beseitigen.

Hinter dem Tresen war ein Kellner mit Gläserpolieren beschäftigt. Und davor saß jemand auf einem Barhocker und rauchte. Marlow setzte sich daneben, Frenchie blieb stehen.

»Jack. Was ist denn so wichtig, dass du mich frühmorgens über den Fluss kommen lässt?«

Mit Helferich sprach er meistens Deutsch, die anderen mussten nicht alles verstehen, was sie zu besprechen hatten. Selbst Frenchie war des Deutschen kaum noch mächtig, er war mit drei Jahren in die Staaten gekommen und hatte sich mehr auf der Straße herumgetrieben als bei seinen Eltern.

Jack Helferich zog ein kleines Stanniolbriefchen aus seinem Anzug und legte es auf den Tresen.

»Das hier«, sagte er.

Marlow entfaltete das Stanniol, tippte mit dem Zeigefinger in das weiße Pulver und probierte vorsichtig mit der Zungenspitze.

»Mmh, sehr gut.« Er nickte anerkennend. »Woher haben wir das?«

»Nicht *wir* haben das, das haben andere. Wir können unseren Gästen etwas in dieser Qualität leider nicht bieten. Dabei haben die ersten schon danach gefragt. Gegen das Zeug hier sieht unser Heroin ziemlich alt aus. Obwohl wir unseren Gästen das beste in der Stadt versprechen.«

»Wo hast du das her?«

»Wird oben an den Straßenecken in Harlem verkauft.«

»Auch in irgendwelchen Clubs?«

»Zum Glück nicht. Nur auf der Straße. In Harlem bei den Negern. Aber auch schon in Hell's Kitchen. Die rücken uns auf die Pelle.«

»Wer?«

»Wenn ich das wüsste!« Helferich zuckte die Achseln. »Das genau ist ja die Frage. Keine Ahnung, woher das Zeug kommt. Etwas in dieser Qualität hat es hier jedenfalls schon lange nicht mehr gegeben. Ist so gut wie das Originalprodukt.«

»Wie das von Bayer?«

»Richtig. Aber das bekommt man ja nicht mehr. Alles, was an Heroin heutzutage noch verkauft wird, ist gestreckt. Auch das im Venus Club.«

»Aber längst nicht so verschnitten wie das Zeug, das einem sonst auf der Straße angeboten wird.«

»Natürlich nicht. Aber mit dem hier können wir nicht mithalten, sosehr wir auch auf Qualität achten.« Helferich trank seinen Whisky aus und stellte das Glas ab. »Lass uns nach hinten gehen«, sagte er. »Ich rede nicht gern an der Theke über das Geschäft.«

Das Hinterzimmer des Clubs war Helferichs Büro. Von hier aus leitete er nicht nur den *Venus Club*, sondern auch die anderen Geschäfte, die er für Marlow in Manhattan betrieb. Vor allem den Straßenhandel mit Heroin und Kokain, neben dem Club ihr lukrativster Geschäftszweig. Normalerweise residierte Jack Helferich hinter einem riesigen Schreibtisch. Aber nun steuerte er den kleinen Konferenztisch an, auf dem sie sonst die Dollarnoten zählten und sortierten. Dort saß ein vielleicht zwanzigjähriger Mann mit einem Schnurrbart wie Clark Gable, der jedoch kein Geld zählte, sondern rauchte. Er hielt die Zigarette ziemlich lässig, als sei an ihm ein Filmstar verloren gegangen.

»Morning, Mister Marlowe«, sagte er und stand auf.

»Das ist Philip«, erklärte Helferich. »Der betreut die Ecken im West Village. Phil, tell Mister Marlowe what's going on.«

»Well, that's very simple: Nobody's buying our shit anymore.«

»Not even the addicts?«, fragte Marlow. Die Drogensüchtigen waren normalerweise eine sichere Bank.

»They're addicts, they have to buy. But some of them already moved north. Seems there's somebody sellin' better stuff.«

»For the same price?«

»Better product, lower price.«

»Do you know the guys who are selling it?«

Philip schüttelte den Kopf.

»No. Some new guys. Might be Italians. Some niggers. Never seen them before. But they're movin' south. I tell you, there's something going on.«

Marlow nickte. »You did the right thing telling us about this.« Er legte den Arm um die Schulter des Pushers. »I want you to put an eye on these guys. But don't act without permission. As long as they stay away from your corners.«

»Alright, Mister Marlowe.«

»Okay, Phil, that's enough«, sagte Helferich und wedelte mit der Hand, als wolle er ein Huhn verscheuchen. »Back to work.«

Der Junge nickte, nahm seinen Hut und verschwand. Marlow schaute Helferich an.

»Das hier könnte zu einem Problem werden, wenn wir nicht handeln«, sagte er.

»So sehe ich das auch.«

»Wir müssen wissen, woher das Zeug kommt, wer dahintersteckt. Und dann müssen wir mit denen ins Geschäft kommen. Kümmere dich darum.«

Helferich grinste. »Verstehe. Die Konkurrenz aufkaufen.«

»Wir können uns solche Konkurrenz nicht leisten. Der Venus Club lebt von seinem Ruf. Wenn sich herumspricht, dass es irgendwo in der Stadt bessere Ware gibt, ist das tödlich für das Geschäft. Für den Club brauchen wir das beste Produkt, das auf dem Markt ist. Und für den Straßenverkauf das zweitbeste.«

»Und was ist, wenn die sich auf der Straße weiter ausbreiten.«

»Das wird nicht passieren. Finde heraus, wer das Bayerprodukt anbietet, dann mache ich denen ein Angebot. Das werden sie nicht ablehnen.«

5

Reinhold Gräf hasste es, wenn Sebastian Tornow ihn frühmorgens zum Rapport antanzen ließ. Er hatte verdammt nochmal Wichtigeres zu tun, als dem Obersturmbannführer in dessen stickigem Büro Rede und Antwort zu stehen, der Mann brachte seinen ganzen Terminkalender durcheinander. Außerdem ahnte Gräf schon, worum es ging, und das machte ihn noch unwilliger.

»Ich habe mal bei der Kriminalpolizei nachgehorcht, Obersturmführer«, begann Tornow nach dem üblichen Begrüßungszeremoniell mit Hitlergruß und Hackenschlagen. »Seit dem dreizehnten August sechsunddreißig wurden fünf Leichen aus dem Landwehrkanal geborgen. Keine davon konnte als Gereon Rath identifiziert werden.«

Selbst Generaloberst Göring, dem sie damals das Leben gerettet hatten, glaubte an die Geschichte vom Heldentod des Oberkommissars Rath. Und an den noch heldenhafteren Einsatz von SS-Untersturmführer Gräf, der den jüdischen Göring-Attentäter und Polizistenmörder Goldstein erledigt hatte. Was ihm eine Beförderung zum Obersturmführer und bereits einige Einladungen von Deutschlands zweitmächtigstem Mann eingebracht hatte.

Nur Sebastian Tornow musste ewig nach dem Haar in der Suppe suchen. Und auf dem Umstand herumreiten, dass Raths Leiche bis heute nicht aufgetaucht war.

»Na, Sie wissen ja«, sagte Gräf, »dass der Kanal seine Toten so schnell nicht wieder freigibt. Die Leiche von Rosa Luxemburg wurde, obwohl mehrere Taucher nach ihr gesucht haben, auch erst …«

»Ich weiß, ich weiß: auch erst nach vier Monaten von einem Schleusenwärter gefunden. Ich kann diese Leier nicht mehr hören, Obersturmführer! Von Rath fehlt schon seit über acht Monaten jede Spur. Sind Sie sicher, dass Ihre Kugeln den Mann tödlich verletzt haben?«

»Eine ärztliche Bestätigung gibt es angesichts der Umstände natürlich nicht. Aber ... drei Schüsse in die Brust – ich habe noch keinen Fall erlebt, bei dem so etwas nicht tödlich ausgegangen ist.«

»Sind Sie sich denn sicher ob der Treffer? Rath ist doch gleich darauf von der Brücke gestürzt.«

»Ich weiß, wohin ich gezielt und wo ich getroffen habe, Obersturmbannführer. Ich bin ein guter Schütze.«

»Zweifelsohne. Das möchte ich ja gar nicht in Abrede stellen. Aber Sie haben Raths Leiche auch nicht gesehen? Ob sie gleich versunken ist oder schon von der Strömung fortgetrieben wurde?«

»Das ging nicht, das wissen Sie doch. Der Überfallwagen erschien, ich musste die Waffe ablegen, die Hände hochnehmen und mich den Beamten als Kollege zu erkennen geben. Erst als ich die Situation erklärt hatte, konnten wir nach dem Verbleib von Kommissar Rath schauen. Aber da war im Hafenbecken schon nichts mehr zu sehen.«

»Ich weiß, ich weiß, ich war an dem Abend ja selbst vor Ort. Und die Taucher haben am nächsten Morgen auch nichts gefunden. Nichts außer Raths Polizeiausweis. Schon seltsam.«

Gräf zuckte die Achseln. »So ist das eben manchmal in der Polizeiarbeit. Man bekommt nicht immer das Gewünschte.«

Tornow fixierte ihn mit einem skeptischen Blick. Gräf hielt dem stand, das hatte er inzwischen gelernt.

»Stehen Sie noch in Kontakt zu Charlotte Rath?«

»Aktuell nicht. Ich habe die Witwe Rath nach dem vierzehnten August, als ich ihr die Todesnachricht überbracht habe, noch einmal besucht. Das war an ihrem Geburtstag Ende Oktober. Seither habe ich sie nicht mehr gesehen.«

»Vielleicht können Sie Frau Rath dieser Tage noch einmal aufsuchen. Irgendein Vorwand dürfte sich finden. Sie kennen sich doch von früher.«

»Wie Sie meinen, Obersturmbannführer. Und was soll ich die Witwe Rath fragen?«

»Nichts Konkretes. Aber mal ein bisschen nachfühlen. Ob sich der werte Gatte nicht vielleicht doch bei ihr gemeldet hat.«

»Ich fürchte, ich verstehe nicht ganz, aber das klingt in meinen Ohren reichlich makaber.«

»Das ist nicht makaber, das ist realistisch«, sagte Tornow. »Möglicherweise hat Rath die Schüsse und den Sturz in den Kanal überlebt. Und die Gelegenheit zur Flucht genutzt.«

Wieder schickte der Obersturmbannführer seinen gefürchteten Blick über den Schreibtisch. Gräf erlaubte sich kein Zucken und kein Blinzeln. Er fragte sich, warum Tornow so beharrlich auf dieser Sache herumritt. Er hatte Gereon Rath loswerden wollen, und er war ihn losgeworden. Ob Gereon nun tot war oder irgendwo untergetaucht, das konnte ihm doch herzlich egal sein.

Es widerstrebte Gräf, in dieser Sache Aktivität zu heucheln. Und noch mehr widerstrebte es ihm, Charly in diese Sache hineinzuziehen. Manchmal fragte er sich, ob es wirklich richtig gewesen war, Gereon Rath am Leben zu lassen. Er hatte es doch nur ihretwegen getan. Persönlich war er mit dem Scheißkerl längst durch, auch wenn sie vor Jahren befreundet gewesen sein mochten, doch war es nun mal der Mann, den sie liebte. Charlotte Ritter, als sie noch nicht Rath geheißen hatte, war ihm von allen Kollegen an der Burg immer die liebste gewesen. Er hatte ihr einfach nicht den Mann nehmen können.

Und hatte genau das letztendlich doch getan. Er hatte Gereon zwar nicht erschossen, wie Tornow befohlen hatte, ihr aber dennoch weh tun müssen. Als er ihr die Todesnachricht überbrachte. Weil niemand wissen durfte, dass Gereon Rath noch lebte, auch sie nicht. Wenn er an diesen Moment dachte, zerriss es ihm immer noch das Herz.

Und dieser verdammte Tornow ließ nicht locker. Je länger er mit dem Obersturmbannführer zusammenarbeitete, desto mehr hasste er ihn. Der Mann war ein Verbrecher, als Polizist hatte er das Recht in die eigene Hand genommen, er war aus der Untersuchungshaft geflohen, war im Ausland untergetaucht. Und so einer konnte in der SS Karriere machen? Die Schutzstaffel, das sollte doch die Elite des deutschen Volkes sein, wie konnte einer wie Tornow da so weit kommen? Überhaupt war das einstmals strahlende Bild, das sich Gräf von der SS und dem neuen

Deutschland gemacht hatte, einer gewissen Ernüchterung gewichen.

»Bei meinem letzten Besuch im Oktober hat sie sich erkundigt, wie weit die Ermittlungen seien und wann man ihren Mann offiziell für tot erkläre, damit sie ihn endlich, auch wenn man die Leiche nicht finde, begraben könne. Das hört sich nicht so an, als habe jemand ihr Hoffnung gemacht, Gereon Rath könne noch leben.«

»Oktober, das ist lange her. Und noch immer ist keine Leiche aufgetaucht, nicht einmal ein Kleidungsstück oder so. Ich bin es jedenfalls leid, ich lasse Gereon Rath zur Fahndung ausschreiben. Reichsweit.«

»Mit Verlaub, Obersturmbannführer: Sie wollen nach einem Toten fahnden lassen?«

»Natürlich nur eine interne Fahndung unsererseits. Nur der Sicherheitsdienst ist zu beteiligen, keine Kriminalpolizei, keine Staatspolizei. Wir lassen den Fahndungsaufruf reichsweit an alle SD-Unterabschnitte geben. Kümmern Sie sich bitte darum, Obersturmführer.«

»Jawohl, Obersturmbannführer. Wird als Erstes erledigt, sobald ich von der Sicherheitsbesprechung zum Tag der nationalen Arbeit zurückgekehrt bin.«

»Ich fürchte, Sie haben mich falsch verstanden: Sie kümmern sich sofort darum. Unverzüglich.«

Gräf salutierte. »Jawohl!« In der Tür drehte er sich noch einmal um. »Mit Verlaub, Obersturmbannführer, ich verstehe Ihre plötzliche Ungeduld nicht. Warum ist die Causa Rath mit einem Mal wieder so wichtig. Erklären wir den Mann doch einfach für tot und ...«

Tornow stand auf und bekam einen Tobsuchtsanfall. Der leere rechte Ärmel seiner Uniform schlackerte hin und her, während er mit dem linken Arm wild gestikulierte.

»Sie haben hier nichts zu verstehen, Obersturmführer, Sie haben Befehle auszuführen, ist das klar? Tun Sie Ihre verdammte Pflicht!«

»Jawohl Obersturmbannführer!«

Gräf salutierte ein letztes Mal und verließ das Büro. Dieses verdammte einarmige Arschloch! Er fragte sich, was passiert sein mochte, dass Tornow das Thema Rath nach so vielen Wochen, in denen er es hatte ruhen lassen, plötzlich wieder aufgriff.

6

Von ihrem Schreibtisch blickte sie direkt auf die Kantstraße. Wenn sie sich ein wenig nach vorne beugte, konnte sie auf der anderen Straßenseite die Fassade des Garagenpalastes erkennen. Wo sie Rekowskis Leiche gefunden hatten.

Normalerweise half ihr der Blick auf die Straße beim Nachdenken, der Blick auf das Leben draußen, das geschäftige Hin und Her auf den breiten Gehwegen, das Be- und Entladen der Fuhrwerke und Lieferwagen am Straßenrand, das stete Fließen der Autos und der Elektrischen, doch heute fand ihr Gedankenkarussell keine Ruhe.

Klaus von Rekowski war tot. Gretas Nazi. Wenn sie es richtig erinnerte, hatten sich die beiden im *Groschenkeller* kennengelernt, einem Jazzschuppen direkt neben der Großgarage. Auch sie war ein paarmal dort gewesen, doch an jenem Abend, als sie Rekowski kennenlernte, war Greta allein ausgegangen. Wäre Charly dabei gewesen, da war sie sich sicher, hätte sie der Freundin den charmanten Nazi ausgeredet, der hätte gar nicht erst an ihrem Tisch Platz nehmen dürfen.

Von Anfang an hatte sie ein ungutes Gefühl gehabt, als Greta im Sommer 36 mit dem lässigen Bilderbuchdeutschen angekommen war. Ein SS-Mann, der in der Passstelle des Polizeiamtes Charlottenburg arbeitete. Was Greta für die Fluchthelfertätigkeit des Detektivbüros Böhm hatte ausnutzen wollen. Eine dumme Idee, von der Charly sie nur mit Mühe hatte abbringen können. Zum Glück hatte Klaus von Rekowski sich irgendwann als krankhaft eifersüchtig erwiesen, und das war genau das, was Greta am allerwenigsten ertrug. Es hatte eine Weile gedauert, bis diese Eigenschaft die Fassade des aufmerksamen Liebhabers und blendend aussehenden Karrieremenschen durchbrochen hatte, doch als Greta einmal angefangen hatte, sich gegen Rekowskis stetige Überwachung zu wehren, die sie in den ersten Wochen gar nicht bemerkt hatte, als sie sich ihre Freiheiten hatte zurückholen wollen, war es immer schlimmer geworden, so dass sie sich schließlich nur noch mit einer Hals über Kopf angetretenen Flucht zu ihrer Mutter nach Stockholm hatte retten können.

Jeder andere Mann hätte das unmissverständlich als Laufpass interpretiert, zumal sie seine zahlreichen Briefe nach Schweden unbeantwortet gelassen hatte – nicht so Klaus von Rekowski. Kaum war Greta im Januar zurückgekehrt, hatte er sie wieder belagert, als sei nichts gewesen, hatte mit einem Strauß Blumen in der Spenerstraße vor der Tür gestanden und sie mit Fragen gelöchert über ihren Aufenthalt in Schweden. Greta war mit ihm spazieren gegangen, danach hatte er sie nicht mehr besucht.

Das war auch gut so, denn selbst in den Zeiten, da Greta in Schweden weilte, war der schöne Nazi immer mal wieder in der Spenerstraße aufgetaucht und hatte sich nach ihr erkundigt, dabei über Charlys Schulter hinweg neugierige Blicke in die Wohnung geworfen, als könne sich die Gesuchte hinter dem Sofa verstecken. Den Blumenstrauß, mit dem er bewaffnet war, hatte er immer dagelassen, so dass Frau Brettschneider von nebenan mittlerweile glauben musste, der akkurate Mann in der SS-Uniform sei Charlys Verehrer. Jedenfalls verhielt sich die Nachbarin seit einiger Zeit so respektvoll und höflich, wie Charly sie selten erlebt hatte.

Rekowskis Besuche wurden so penetrant, dass Charly irgendwann froh war, dass ihre heimliche Ausreise nach Prag, die sie schon seit Monaten plante, kurz vor Weihnachten endlich über die Bühne gehen konnte. Dummerweise nur hatten die Ereignisse um Fritze sie wenige Wochen später zur Rückkehr gezwungen.

Es war wie verhext. Als wolle Berlin sie einfach nicht loslassen. Im Sommer hatte sie am Anhalter Bahnhof vergeblich auf Gereon gewartet und war in Berlin geblieben. Und beim zweiten Versuch, nach Prag zu gehen, hatte es dann nur für drei Wochen gereicht. Sie hatte nicht einmal eine Wohnung gefunden, sondern immer noch in der billigen Pension in Vinohrady gelebt, die Weinert ihr besorgt hatte, als der Brief aus Breslau auf der Post gelegen hatte. Charly hatte zunächst gedacht, der Junge, auf dessen Ankunft sie seit Weihnachten wartete, habe endlich geschrieben, denn Fritze war außer Böhm und Greta der einzige, der wusste, wie sie in Prag postlagernd zu erreichen war. Umso größer ihre Überraschung, als sie den Brief las. Die Pension Becker aus Breslau hatte sie als Erika Michalek angeschrieben, ein Name, den ebenfalls nur drei Menschen kannten, und sie darauf hingewiesen, dass ein gewisser Nepomuk Friedrich Hutzke, der sich für die Weihnachtstage in der Pension eingemietet habe, nicht mehr aufgetaucht sei und neben einer offenen Rechnung auch sämtliche Habseligkeiten in seinem Zimmer zurückgelassen habe.

Hutzke. Das war der Name aus Fritzes falschem Reisepass. Mit dem er eigentlich nach Prag hätte reisen sollen.

Hannah, hatte Charly sogleich gedacht: Fritze hat Hannah in Breslau besucht! Er hat Hannah besucht, und es ist nicht gutgegangen.

Ihre Befürchtungen sollten sich bestätigen. Charly hatte nach Breslau telefoniert und nach Berlin, wo sie immer noch Freunde im Polizeipräsidium hatte, und tatsächlich: Friedrich Thormann war am 23. Dezember von der Geheimen Staatspolizei Breslau in der Wohnung einer gewissen Hannelore Schneider, bei der es sich aber um die aus dem Irrenhaus geflüchtete Hannah Singer handele, festgenommen worden. Das Mädchen sei den Wittenauer Heilstätten zugeführt worden, der Junge ebenso.

Charly war zurück nach Deutschland gefahren, zunächst nach Breslau, hatte Fritzes Rechnung bezahlt und sich von der Witwe Becker die Habseligkeiten des Jungen aushändigen lassen. Es war Fritzes Glück, dass die Pensionswirtin es nicht gewagt hatte, sich an die örtliche Polizei zu wenden, und deshalb die einzige Adresse angeschrieben hatte, die sie bei Fritzes Sachen hatte finden können, andernfalls hätte Charly nie etwas vom Verbleib des Jungen erfahren. Aber Frau Becker war Jüdin und hatte als solche keine Hilfe von einer deutschen Polizeibehörde zu erwarten, eher im Gegenteil: Juden, die seit den Rassegesetzen von 1935 offiziell kein Teil der Volksgemeinschaft mehr waren, begaben sich in ernste Gefahr, wenn sie eine Polizeiwache aufsuchten, sie waren der Willkür der dortigen Beamten auf Gedeih und Verderb ausgeliefert.

Charly war nach Berlin gefahren und wieder in die Spenerstraße eingezogen, als sei sie niemals fort gewesen. Niemand außer Wilhelm Böhm wusste, dass sie eigentlich nicht mehr hatte zurückkehren wollen. So wirkte ihre Abwesenheit wie ein Winterurlaub, und so verkaufte sie es auch allen, die danach fragten. Sie konnte Deutschland nicht verlassen und den Jungen in den Händen der Staatsgewalt wissen.

Böhm hatte sie, ohne viel nachzufragen, als Mitarbeiterin seines Detektivbüros wieder eingestellt. »Mir soll es recht sein, Charly«, hatte er nur gesagt, »ich kann eine begabte Detektivin gut gebrauchen.«

Ob das auch heute der Fall war, daran hatte die begabte Detektivin gerade ihre Zweifel. Nur mit Mühe konnte sie sich auf die Arbeit konzentrieren; ihre Gedanken schweiften immer wieder ab von dem Fall, an dem sie arbeitete. Der übliche Kleinkram, einer der Aufträge, die das Detektivbüro Wilhelm Böhm finanziell über Wasser hielten: ein eifersüchtiger Ehemann, der seine Frau des Ehebruchs verdächtigt und dafür Beweise haben möchte.

Und in diesem Fall war die Sache besonders unappetitlich, denn ihr Auftraggeber hatte einen sehr konkreten Verdacht: Er ging davon aus, dass ihn seine Frau mit ihrem ehemaligen Hausarzt betrog. Und Doktor Wolfssohn war Jude. Sollte sich der Verdacht bestätigen, würde das nicht nur die Ehe von Harald Winkler zerrütten, sondern auch eine Anklage wegen Rassenschande gegen seine Frau und deren Liebhaber nach sich ziehen. Und Charly merkte, dass sie alles daransetzte, Beweise dafür zu finden, dass Karoline Winkler *kein* Verhältnis mit Doktor Wolfssohn hatte. Derzeit sah aber alles danach aus. Die Fotos, die Charly heimlich gemacht hatte, zeigten das Hotel *Europa*, in dem die Winkler verschwand, und direkt vor der Hotelfassade ein Automobil mit dem Kennzeichen IA-5349. Der Wagen von Doktor Wolfssohn.

Eigentlich genug, um Winkler ins Büro einzuladen, ihm die Ergebnisse zu präsentieren und dem Klienten die Rechnung auszustellen, aber Charly konnte das nicht. Bevor sie Karoline Winkler mit dem Arzt nicht in flagranti erwischte, würde sie dem eifersüchtigen Ehemann nichts von ihren Beobachtungen erzählen. Außerdem erhöhten weitere Recherchen den Rechnungsbetrag, und Harald Winkler sollte, wenn er sie schon zu solch ekligen Schnüffeleien zwang, ruhig etwas bluten für seine Eifersucht. Dem Detektivbüro Böhm würde es guttun. Und Winkler hatte Geld.

Es war an der Zeit, dass Charly sich an die Arbeit machte, doch sie konnte einfach nicht. Sie hatte viel zu viele andere Dinge im Kopf. Übermorgen stand die entscheidende Gerichtsverhandlung an, in der es um Fritzes Schicksal ging. Es sah gut aus, doch noch hatte der Richter kein Urteil gesprochen. Sobald der Junge auf freiem Fuß wäre, würde sie mit ihm in Richtung tschechische Grenze verschwinden, diesmal für immer.

So hatte sie gedacht. Doch nun machte sie sich auch noch Sorgen um Greta. Sie hatte immer noch nicht den blassesten Schimmer, wo sie sich herumtrieb. Obwohl sie nun sogar in einer Todesfallermittlung vorgeladen war. Der Termin stand, morgen früh sollte Greta im Präsidium erscheinen. Lange hatte Charly gebeten, die Zeugenvorladung zu übermitteln. Dazu aber musste Charly die Zeugin Overbeck überhaupt erst mal erreichen. Seit Freitag war Greta nicht mehr nach Hause gekommen, seit drei Tagen. Das war selbst für Greta Overbeck, die immer schon einen freien Geist hatte, eher ungewöhnlich. Vor allem, dass sie ohne jede Nachricht abtauchte.

Charly versuchte, sich keine Sorgen zu machen. Inzwischen hatte sie einige Übung darin, die Sorge um Menschen zu unterdrücken, von denen sie nicht wusste, wo sie sich befanden und was sie machten. Seit acht Monaten war Gereon untergetaucht, und sie hatte seither nicht ein einziges Lebenszeichen von ihm erhalten. Keines außer dem kurzen, knappen Anruf am Tag, nachdem Gräf ihr die Todesnachricht überbracht hatte. Manchmal war sie sich über ihre eigenen Gefühle nicht im Klaren. War es Wut, oder waren es doch Sorgen? Und wenn es Wut war, auf wen war sie dann wütend? Auf Gereon, der viel zu lange im Polizeidienst ausgeharrt hatte und es so weit hatte kommen lassen? Auf die Nazis, denen sie den Albtraum zu verdanken hatten, zu dem Deutschland geworden war? Oder auf Sebastian Tornow, der seinen persönlichen Rachefeldzug gegen Gereon Rath gefahren hatte?

Hätte Tornow nicht dazwischengefunkt, säßen sie alle längst friedlich und sicher in Prag, sie, Gereon und auch der Junge, das stand fest. Ja, ihre Wut zielte, wenn sie genauer darüber nachdachte, eindeutig auf Sebastian Tornow. Doch was half ihr das?

Gereon fehlte ihr. Sie hätte seine Hilfe nur zu gut gebrauchen können. Aber das allein war es nicht. Er fehlte ihr mehr, viel mehr, als sie hätte zugeben wollen. Sie fragte sich, wie es ihm wohl gehen mochte. Ob sie sich jemals wiedersehen würden. Und falls ja, was dann aus ihnen beiden geworden war. Geworden sein würde.

Es gab gar nicht genügend Konjunktive für ihre verdammte Zukunft! Was für hundsmiserable Zeiten!

Das Telefon klingelte und riss sie aus ihren Gedanken.

»Detektivbüro Böhm«, meldete sie sich, »Rath am Apparat.«

7

Er parkte den Lieferwagen vor der langgestreckten Fachwerkfassade des *Neroberghotels* und zog die Handbremse an. Beim Aussteigen streifte sein Blick den Rückspiegel und ließ ihn einen Moment stutzen. Noch immer irritierte ihn sein Spiegelbild, vor allem der Schnauzbart, an den er sich in all den Monaten nicht hatte gewöhnen können. Er schlug die Fahrertür zu, zündete sich eine *Overstolz* an und ging um den Wagen herum. WEINGUT JACOBY stand groß auf der Hecktür und noch einmal größer auf den Seiten des Lieferwagens. Werbung sei wichtig, hatte ihm der alte Jacoby schon beim Einstellungsgespräch eingebläut, und dazu gehöre auch das Auftreten der Auslieferungsfahrer. Deswegen riss er sich auch so gut wie möglich am Riemen, selbst wenn ihm einer der Kunden blöd kam. Und das war nicht selten der Fall, denn in den allermeisten Fällen waren es die Sommeliers der besseren Hotels, die seine Lieferung entgegennahmen, und die pflegten ihren Standesdünkel nach wie vor, auch wenn sich die großen Zeiten der Wiesbadener Hotellerie zusammen mit dem Kaiserreich in Luft aufgelöst hatten.

Er holte die Sackkarre aus dem Wagen, packte die ersten vier Kisten auf die blecherne Ladeschaufel und schob los zum Lieferanteneingang. Der Sommelier des Grandhotels erwartete ihn bereits. Erhardt war einer der netteren Menschen, mit denen er beruflich zu tun hatte.

»Da sind Sie ja, Kessler. Alles direkt in den Weinkeller, Sie wissen ja, wo's langgeht.«

Er nickte, obwohl er sich an den Namen ebensowenig gewöhnt hatte wie an sein Äußeres, dabei fuhr er nun schon seit mehr als vier Monaten unter diesem Namen für das Dotzheimer Weingut Jacoby. Seltsamerweise war es die Arbeit, obwohl die mit seinem alten Leben am allerwenigsten zu tun hatte, an die er sich am schnellsten gewöhnt hatte. Auslieferungsfahrer statt Kriminalkommissar. Warum nicht? In diesen schrägen Zeiten musste man nehmen, was kam.

Er stellte die Sackkarre ab und packte die erste Weinkiste, um sie die Kellertreppe hinunterzutragen. Eine eintönige Arbeit, aber er mochte sie. Es hätte ihn schlimmer treffen können. Wenigstens hatte er in Deutschland bleiben können. Allerdings um einen hohen Preis: Alle Welt, jedenfalls beinahe alle Welt, hielt ihn für tot. Der Kriminaloberkommissar Gereon Rath war am Abend des 13. August 1936 bei einem Schusswechsel an der Schöneberger Brücke von mehreren Kugeln tödlich getroffen in den Landwehrkanal gestürzt. Das mussten, das sollten alle glauben.

Er durfte niemanden aus seinem alten Leben sehen, niemanden sprechen, nicht einmal schreiben. Keine Fahrt nach Berlin, keine nach Köln, auch kein Brief und schon gar kein Telefonat, nichts davon konnte er riskieren, wollte er nicht alles aufs Spiel setzen. Seine einzige Hoffnung war, dass die Regierung Hitler als die Verbrecherbande erkannt wurde, die sie zweifelsohne war, und mitsamt ihrer SS und Sebastian Tornow irgendwann zum Teufel gejagt würde. Doch so sah es nicht aus. Überall hörte er nur begeisterte Stimmen, bei jedem banalen Alltagsgespräch, das er auf der Arbeit oder sonstwo führte, vergaß niemand zu erwähnen, welch unermessliches Glück, welch nie da gewesenen Aufschwung Deutschland doch der nationalsozialistischen Bewegung und insbesondere ihrem Führer Adolf Hitler zu verdanken habe.

Nur drei Menschen wussten, dass Gereon Rath noch am Leben war. Immerhin. Doch auch zu denen durfte er keinen Kontakt aufnehmen, nicht einmal zu Charly. Er lebte abgeschottet in dieser kleinen, verschlafenen Wiesbadener Welt, die keinerlei Verbindung hatte zu seiner alten, sei es in Berlin oder Köln, lebte ohne Freunde, ohne Kollegen, ohne Vergnügen. Der einzige Luxus, den er sich ab und an gönnte, waren einsame Kinobesuche. Um wenigstens für anderthalb Stunden wieder das Gefühl zu haben, noch dazuzugehören zu der Welt und den Menschen um ihn herum, obwohl er das nicht tat.

Stetig und beharrlich wie ein Uhrwerk verrichtete er seine

Arbeit, trug Kiste um Kiste in den Weinkeller des *Neroberghotels* hinunter. Nach einer knappen halben Stunde war alles erledigt. Der Sommelier verglich die Lieferung mit dem Lieferschein und stutzte für einen Moment.

»Das waren zwei Kisten Judenkirch weniger als bestellt, Kessler. Sagen Sie das dem alten Jacoby.«

»Kein Problem, wird morgen nachgeliefert«, sagte Rath und tippte mit Zeige- und Mittelfinger an seine Schirmmütze.

Eigentlich hätte das Grandhotel morgen nicht auf seiner Tour gelegen, doch er nutzte jede Gelegenheit, um auf den Neroberg zu fahren. Wann immer es ging, legte er seine Lieferungen so, dass er hier oben Pause machen konnte. Wiesbadens Hausberg mit dem grandiosen Blick weit über die sich ins Tal ergießende Stadt war der erklärte Lieblingsplatz seines neuen Lebens, das genaue Gegenstück zu der engen Wohnung im ebenso engen Wiesbadener Westend, wo der Blick, ganz gleich, wo man sich befand, immer nur bis zur nächsten Mauer reichte.

Rath packte die Sackkarre ein und setzte sich wieder hinters Steuer. Langsam ließ er den Lieferwagen vom Hotelgelände rollen, nur um ihn nach ein paar Hundert Metern vor dem Opelbad abzustellen. Ein wenig unterhalb schimmerten die goldenen Türme der russischen Kapelle durch die Baumwipfel. Das Bad öffnete erst im Mai, der Lieferwagen des Weinguts Jacoby war das einzige Fahrzeug auf dem Parkplatz. Ein paar Spaziergänger flanierten durch die Grünanlagen rund um den Rundtempel, sonst war nicht viel los. Rath nahm die braunlederne Aktentasche, in der Brotdose und Thermoskanne verstaut waren, und stieg aus dem Wagen. Am liebsten saß er auf einer der Bänke dort oben, aß seine Brote, rauchte und ließ den Blick über die Stadt im Tal schweifen.

Er hatte die Autotür gerade geschlossen, da spürte er einen Blick auf sich ruhen und drehte sich um. Ein paar Meter hinter ihm, am Rande des Parkplatzes, stand eine Frau und schaute ihn aus dunklen Augen an.

Sie musste von der russischen Kapelle hergekommen sein, den Berg hinauf, eine schlanke Gestalt im Wintermantel. Für den Bruchteil einer Sekunde erstarrte Rath, als sich ihre Blicke kreuzten. Die Frisur war anders, doch das ondulierte Haar umrahmte ein Gesicht von seltener Schönheit. Er konnte es nicht glauben. Was machte sie hier? In Wiesbaden?

Ohne die Zwiebeltürme der russischen Kapelle, die hinter ihr golden durchs Geäst leuchteten, wäre er womöglich nicht so schnell darauf gekommen, um wen es sich bei der geheimnisvollen Schönen handelte. Geistesgegenwärtig senkte er den Kopf und drehte sich wieder zum Auto, steckte den Schlüssel ins Schloss und öffnete die Fahrertür. Tat so, als suche er etwas im Handschuhfach und im Fußraum, wühlte dort herum, als habe er etwas Wichtiges im Wagen vergessen. Im Rückspiegel aber behielt er die Frau im Auge. Endlich, sie wandte sich ab und ging weiter, blieb einmal noch kurz stehen und warf einen Blick auf den Lieferwagen, setzte ihren Weg dann aber fort und stieg den Hang zum Hotel hinauf. Rath atmete auf.

Kein Zweifel, sie war es, und sie war immer noch schön, auch wenn sie, genau wie er, einige Jahre älter geworden war. Auf eine ganz andere Art schön als Charly. Auf eine aristokratische Art. Eine geheimnisvolle Art. Eine beängstigende Art.

Swetlana Gräfin Sorokina.

Acht Jahre lag es zurück, dass er in ihrer Dachstube am Kreuzberger Luisenufer gesessen hatte. Dass sie ihm Tee eingeschenkt und ihr Herz ausgeschüttet hatte. Ihr Gesicht hatte er da schon längst gekannt, hatte bereits Wochen nach ihr gesucht, mithilfe eines Werbeprospekts, das sie als Lana Nikoros anpries, Nachtclubsängerin im sündigen Berlin. Die aber eigentlich eine russische Gräfin war. Eine russische Gräfin, der er geholfen hatte, das Vermögen ihrer Familie vor dem Zugriff der Sowjets zu retten. Die er in Paris wähnte, in New York, in Schanghai, überall auf der Welt, aber bestimmt nicht in Wiesbaden. Was zum Teufel machte sie ausgerechnet in der Stadt, in der Gereon Rath untergetaucht war?

Er startete den Motor und fuhr zurück ins Tal. Die Lust auf eine Mittagspause auf dem Neroberg war ihm für heute vergangen, der Schreck saß ihm in den Knochen. Es war noch einmal gutgegangen, dennoch war etwas passiert, was nie hätte passieren dürfen: Er war seinem früheren Leben begegnet.

Zum Glück war es nur die Gräfin Sorokina, zum Glück hatte es nur einen kurzen Blickwechsel gegeben, doch hatte ihm die Begegnung klargemacht, dass er immer noch in derselben Welt lebte wie früher. Sein altes Leben war irgendwo da draußen, die Kollegen, die Familie, alle. Sie mochten weit weg sein, aber sie waren da.

Vor allem sie. Charly.

Die Gedanken an sie waren die schlimmsten. Mit allem hatte er sich abgefunden in seinem neuen Leben, aber sobald er an sie dachte, wurde es unerträglich.

Es machte ihn schier wahnsinnig zu wissen, dass er nur zum Bahnhof gehen und den nächsten Zug nach Berlin nehmen müsste, um Charly wiederzusehen, dass er das aber nicht durfte. Weil es lebensgefährlich war. Gleichwohl hatte er mehr als einmal mit dem Gedanken gespielt. Und manchmal fragte er sich, ob es nicht besser wäre, es einfach zu tun und den Tod in Kauf zu nehmen, als dieses falsche Leben, das nicht seines war und nie seines werden könnte, weiterzuleben.

8

Es gab Zeiten, da war sie hier ein und aus gegangen. Dennoch kam sie sich fremd vor, als sie aus dem Treppenhaus trat und in den langgestreckten Gang schaute, der sich hinter der Glastür öffnete. *INSPEKTION A* hatte einmal in großen, akkuraten Buchstaben auf dem Glas gestanden, nun stand dort *KRIMINALGRUPPE M*. Vor ein paar Jahren hatten sie hier alles umstrukturiert. Aus der Inspektion A und ein paar weiteren Dezernaten, unter anderem auch der Weiblichen Kriminalpolizei, hatte man die Kriminalgruppe M gebildet, die aber immer noch von dem Buddha geleitet wurde, Oberregierungsrat Gennat, neben Wilhelm Böhm einer ihrer Förderer damals am Alex.

Charly öffnete die Glastür. Die wenigen Beamten, die ihr entgegenkamen, kannte sie nicht, und sie schenkten ihr kaum Beachtung. Hielten sie wohl für eine Besucherin, und genau das war sie ja auch. Sie hatte das Präsidium nicht mehr betreten, seit sie der Wieking, ihrer alten Chefin bei der WKP, die Kündigung auf den Tisch gelegt hatte. Vier Jahre war das jetzt her.

Als Charly das Büro von Ernst Gennat passierte, war sie versucht, kurz anzuklopfen und Hallo zu sagen, doch sie beherrschte sich und ging weiter. Sie klapperte alle Türen ab, bis sie auf den Namen stieß, nach dem sie gesucht hatte. *Andreas Lange, Kriminalkommissar* stand auf der Milchglasscheibe. Das letzte Büro im langen Gang der Mordkommission.

Das hatte sie nicht gewusst. Andreas Lange arbeitete tatsächlich in Gereons altem Büro. Diese Entdeckung traf sie völlig unvermittelt. Charly spürte einen Kloß im Hals und musste sich einen Moment sammeln, bevor sie an die Tür klopfte. An die Tür, durch die sie schon so oft gegangen war.

»Ja bitte«, flötete eine Frauenstimme.

Im Vorzimmer sah es haargenau so aus, wie Charly es in Erinnerung hatte. Hinter dem Schreibtisch saß eine blonde Frau, die irgendetwas abtippte. Erika Voss. Lange hatte also auch Gereons Sekretärin übernommen. Charly schluckte. War ihr in den Gängen der Burg noch alles auf eine komische Art fremd vorgekommen, nicht nur wegen der allgegenwärtigen Hakenkreuze, erschien es ihr nun, als habe sich hier überhaupt nichts verändert. Fehlte nur, dass sich die Tür hinter der Voss auftat und Gereon heraustrat, um seine Frau zu begrüßen.

»Guten Morgen, Fräulein Voss«, sagte sie und lächelte. »Halten Sie hier noch die Stellung?«

Erika Voss schaute auf. »Ah, guten Morgen, Frau Rath!«

Wenigstens kein Hitlergruß, dachte Charly. Die Voss war gar nicht so verkehrt. Gereon hatte immer große Stücke auf seine Sekretärin gehalten.

»Ich wollte zu Kriminalkommissar Lange.«

»Ich weiß. Die Pforte hat Sie bereits angekündigt.«

Erika Voss drückte auf einen Knopf irgendwo auf ihrem Schreibtisch. »Herr Kommissar? Frau Rath wäre jetzt da.«

Kurz darauf öffnete sich die Tür, und Andreas Lange kam ihr entgegen.

»Charly. Wie schön, Sie zu sehen.« Er schaute über Charlys Schulter. »Haben Sie Fräulein Overbeck nicht mitgebracht?«

»Leider nein.«

»Na, kommen Sie doch erst mal rein. Darf ich Ihnen den Mantel abnehmen?«

»Gern.«

»Kann ich Ihnen etwas zu trinken anbieten? Eine Tasse Kaffee vielleicht?«

»Gerne.«

»Fräulein Voss, wären Sie so nett?«

Die Sekretärin stand auf und setzte sich in Bewegung. Charly folgte Lange ins Büro. Er hängte ihren Mantel an den Garderobenständer, denselben, den auch schon Gereon genutzt hatte, und schloss die Tür. Sie waren allein im Raum. Keine Stenotypistin, die ihr Gespräch protokollieren sollte, keine Kollegen.

»Bitte«, sagte Lange und wies auf den Besucherstuhl, »nehmen Sie doch Platz.«

Charly setzte sich und schaute sich um. Auch hier hatte sich wenig verändert. Alles stand noch am selben Platz. Nur der Schreibtisch war aufgeräumter, als er es bei Gereon je gewesen war. Und hinter Lange hing statt Hindenburg dessen Nachfolger an der Wand, Adolf Hitler. Aber nirgends ein Hakenkreuz.

»Dann haben Sie Fräulein Overbeck also meine Vorladung nicht übermitteln können?«, fragte Lange, als er hinter seinem Schreibtisch Platz genommen hatte.

»Leider nein. Ich weiß nicht, wo Greta gerade ist.«

»Aber Sie wohnen doch zusammen ...«

Der Kommissar klang harmlos bei seinen Fragen, und er wurde schnell rot, aber das konnte sie nicht täuschen. Charly wusste, dass Andreas Lange, der mit ihr im selben Kommissaranwärterjahrgang angefangen hatte, ein kluger Kriminalist war, den man keinesfalls unterschätzen durfte.

»Ja, wir wohnen zusammen. Nach dem Tod meines Mannes bin ich wieder zu ihr gezogen.«

Die Tür ging auf, und Erika Voss erschien mit einer Tasse und einer Kaffeekanne. Sie stellte die Tasse vor Charly auf den Schreibtisch und goss ein.

»Milch und Zucker?«

»Danke. Lieber schwarz.«

»Sie auch noch ein Tässchen, Kommissar.«

»Nein, danke.«

»Herr Kommissar, wenn Sie mich im Augenblick nicht brauchen ... ich muss ja heute noch in die Registratur und ...«

»Natürlich, Erika. Kein Problem.«

Die Voss verschwand und schloss die Tür. Sie waren wieder allein.

Charly trank einen Schluck Kaffee. Der Mordinspektionskaffee schmeckte besser, als sie ihn in Erinnerung hatte.

»Wo waren wir stehen geblieben?«, fragte sie.

»Sie wohnen mit Frau Overbeck zusammen …«

»Richtig. Wir wohnen zusammen. Aber seit dem Wochenende habe ich sie nicht mehr gesehen.«

»Sie ist nicht nach Hause gekommen?«

»Nein.«

»Seit wann?«

»Das muss Freitagmorgen gewesen sein. Da haben wir noch zusammen gefrühstückt.«

»Das ist vier Tage her. Ist das nicht sonderbar? Machen Sie sich keine Sorgen? Aus solchen Anlässen sind bereits Vermisstenanzeigen aufgegeben worden.«

Tatsächlich war das sonderbar, und Charly machte sich auch Sorgen. So lange wegzubleiben ohne eine einzige Nachricht, das war überhaupt nicht Gretas Art. Aber das ging Andreas Lange nichts an.

»Greta ist eine sehr unabhängige Frau«, sagte sie. »So etwas kommt schon mal vor bei ihr.«

»Aber mit Verlaub: seit Freitag? Nun haben wir Dienstag.«

Charly zuckte die Achseln, als sei das alles nichts Besonderes.

»Vielleicht ist sie zu ihrer Mutter nach Stockholm gefahren, die besucht sie manchmal.«

»In Schweden?«

»Ja, soweit ich weiß, ist Stockholm die Hauptstadt von Schweden.«

Es war nicht angebracht, so patzig zu reagieren, aber Charly konnte nicht anders. So reagierte sie nun mal, wenn sie sich angegriffen fühlte. Und Andreas Lange griff gerade an.

Der Kommissar reagierte mit einem Stirnrunzeln und zückte einen Bleistift.

»Das dürfte die Stockholmer Adresse erklären«, sagte er.

»Die Sie in Rekowskis Notizbuch gefunden haben …«

Lange schaute sie an, als bereue er mittlerweile, ihr gegenüber am Telefon so offenherzig gewesen zu sein. Er kritzelte irgendeinen Vermerk in seine Akte.

»Können Sie uns sagen, in welchem Verhältnis Greta Overbeck zu Herrn von Rekowski gestanden hat?«

Das war die Frage, auf die es hinauslief, die Frage, auf die sie schon die ganze Zeit gewartet hatte.

»Sie hatten eine Liaison, die liegt aber schon eine Weile zurück. Im Sommer war das, während der Olympiade.«

»Und aktuell?«

»Mit wem sie aktuell liiert ist?«

Lange warf ihr einen kurzen irritierten Blick zu. Charly musste aufpassen mir ihrer Patzigkeit.

»Nein. Wie Fräulein Overbecks aktuelles Verhältnis zu Klaus von Rekowski aussieht.«

»Ich glaube nicht, dass sie sich noch sehen. Greta ist da sehr konsequent, was Ex-Liebschaften angeht.«

Das entsprach mehr Charlys Hoffnung als ihrem Wissen, aber jede Information, die Greta nicht zu nah an Klaus von Rekowski rückte, war hilfreich.

»Hat Sie denn eine neue Liebschaft?«

»Ich weiß auch nicht alles über meine Freundin.« Charly zuckte die Achseln. »Aber soweit ich weiß, ist sie im Moment nicht liiert. Es sei denn, ihre jetzige Abwesenheit ist mit einer neuen Herrenbekanntschaft zu erklären, die ich noch nicht kenne.«

»Mit der Moral scheint Ihre Freundin es nicht allzu genau zu nehmen.«

»Kommt ganz darauf an, was man unter Moral versteht. Ich kann Ihnen nur sagen, dass ich, wenn es um Herzensgüte und Hilfsbereitschaft geht, kaum einen moralischeren Menschen kenne als Greta Overbeck.«

»So, so.«

Wieder machte Lange sich eine Notiz. Charly war sich nicht sicher, ob er wirklich etwas Wichtiges notierte oder sie nur nervös machen wollte. Ein alter Trick, den sie auch manchmal angewendet hatte. Den Gereon ihr beigebracht hatte. Sie ließ sich nicht nervös machen. Nun wühlte der Kommissar umständlich in einer Schublade, förderte etwas Kleines, Zylindrisches zutage und stellte es vor Charly auf den Schreibtisch. Einen Lippenstift.

»Kommt Ihnen der bekannt vor?«

»Das ist ein Lippenstift, aber persönlich vorgestellt wurden wir einander noch nicht.«

Schon wieder hatte sie viel zu schnippisch reagiert. Es war ihr rausgerutscht, sie hatte einfach nicht anders gekonnt. Das war allerdings auch die schlimmste Attacke, die der Kommissar bislang geritten hatte. Immerhin eines hatte sie damit erreicht: Andreas Lange lief rot an. Charly hoffte, dass er vor lauter Verlegenheit nicht bemerkte, wie nervös sie selbst angesichts des Lippenstifts geworden war.

Das war Gretas Marke, keine Frage. Charly nahm den Lippenstift vom Tisch und drehte ihn in ihrer Hand, betrachtete ihn von allen Seiten.

»*Guerlain Paris*«, las sie. »Aus Frankreich.«

Langes Gesichtsfarbe war schon dabei, sich wieder zu normalisieren. Seine Augen hatte er keine Sekunde von Charly abgewendet.

»Dieser Lippenstift«, sagte er, »wurde im Wagen des toten Klaus von Rekowski gefunden.«

»Aha?«

Deswegen also wollte er Greta unbedingt sprechen, es ging nicht nur um ihren Namen in Rekowskis Notizbuch.

»Ist das die Marke, die auch Ihre Freundin benutzt?«, fragte er.

»Kann sein.«

»*Kann sein?* Sie wollen mir allen Ernstes erzählen, dass sie nicht wissen, welche Lippenstiftmarke die Frau benutzt, mit der Sie das Badezimmer teilen?«

Verdammt! Lange war wirklich nicht zu unterschätzen. Eine unvorsichtige Antwort, und er hieb gleich in die Kerbe.

»Greta benutzt eine Menge exklusiver Kosmetikprodukte, die alle nicht ganz billig sind«, entgegnete Charly. »Sie besitzt bestimmt ein halbes Dutzend unterschiedlicher Lippenstifte.«

»Auch von dieser Marke?«

»Wie gesagt: Kann gut sein. Aber wenn dieser Lippenstift der ihre sein sollte und Sie den bei Rekowski im Wagen gefunden haben, dann müsste er schon ewig dort gelegen haben.«

»Wann hatten Fräulein Overbeck und Herr von Rekowski denn das letzte Mal Kontakt?«

»So Ende September, Anfang Oktober würde ich sagen, dann ist sie für einige Monate zu ihrer Mutter gefahren.«

Jetzt hatte Charly eindeutig gelogen. Mindestens im Februar hatten Greta und Rekowski sich noch einmal gesehen. Und gesprochen sowieso. Und dann war da noch die zufällige Begegnung im Café *Reimann*. Aber das ging Lange nichts an.

»Nach Schweden«, sagte er.

»Richtig.«

»Und danach haben sie sich nicht mehr gesehen, Fräulein Overbeck und Herr von Rekowski?«

»Wie gesagt: Sie hatte die Liaison mit ihm meines Wissens beendet. Aber wann genau, da fragen Sie Greta am besten selbst.«

»Das würde ich ja auch gerne, wenn die Dame denn zu greifen wäre.« Lange seufzte. »Wie gut kannten Sie selbst denn Herrn von Rekowski, Charly?«

»Er war der Liebhaber meiner Freundin, das ist alles. Habe ihn vielleicht drei-, viermal gesehen. Immer nur flüchtig.«

Auch das war gelogen, und Charly merkte, dass es ihr überhaupt nichts ausmachte.

»Keine gemeinsamen Unternehmungen?«

»Gott bewahre!«

Der Satz war ihr ein wenig zu schnell rausgerutscht. Ihre Abneigung gegen die SS ging Andreas Lange, obwohl der sicherlich kein Nazi war, überhaupt nichts an.

»Sie mochten Herrn von Rekowski nicht allzusehr?«, hakte der nach.

Charly zuckte die Achseln, betont gleichgültig.

»Der Mann war mir einfach – wie soll ich sagen? – ziemlich schnuppe.«

Der Kommissar notierte auch jetzt ein paar Worte, und Charly versuchte zu erspähen, was er da hinschrieb, doch Langes Schrift war unleserlich.

»Einstweilen, Charly«, sagte er und klappte die Akte zu, »haben Sie vielen Dank, dass Sie sich zur Verfügung gestellt haben und so bereitwillig Auskunft geben. Es ist aber sehr wichtig, dass Fräulein Overbeck auch persönlich im Präsidium vorspricht. Wir müssen sie dringend in persona zu all diesen Dingen befragen.«

»Natürlich. Ich werde es ausrichten, sobald ich sie sehe.«

»Ich bitte darum.«

Charly trank einen Schluck Kaffee. Im Augenblick fühlte sie sich erleichtert, dass die Befragung vorbei war. Und dass sie anstelle von Greta hier saß. Die Mordinspektion tappte im Dunkeln, und die einzige Spur, die sie hatten, oder jedenfalls eine wichtige, führte zu ihrer besten Freundin.

»Konnten Sie denn Fingerabdrücke sichern«, fragte sie, »von dem Lippenstift, meine ich?«

»Kronbergs Leute sind darin mittlerweile ziemlich gut.«

»Wie ist Herr von Rekowski eigentlich ums Leben gekommen?«, fragte sie und versuchte, dabei möglichst harmlos zu klingen.

»Sie fragen zu viel, Charly. Zu den Todesumständen darf ich Ihnen nichts sagen, das wissen Sie doch. Sie sind Zivilistin. Außerdem kannte Ihre Freundin den Toten und ist womöglich eine wichtige Zeugin.«

»Verzeihen Sie meine Neugier. Aber manchmal vermisse ich die Arbeit in der Mordinspektion schon sehr.«

Lange lächelte. »Na, wie ich höre, sind Sie ja weiterhin detektivisch tätig. Bei Wilhelm Böhm.«

»In der Detektei Böhm befassen wir uns aber nicht mit Mord. Höchstens mal mit Ehebruch. Ich ...«

Sie konnte nicht weiterreden, denn die Zwischentür wurde aufgerissen, und Czerwinski platzte in den Raum, ein Papier in der Hand.

»Oh, hallo, Charly«, grüßte er, als er sie auf dem Besucherstuhl sitzen sah. »Schön, dass du uns mal besuchst.«

»Guten Morgen, Paul. Ist ja alles wie immer hier.«

Der Kriminalsekretär setzte eine wichtige Miene auf. »Was will man machen. Muss halt alles seinen Gang gehen.« Er wandte sich an Lange. »Habe mich um die Stickerei auf dem Taschentuch gekümmert, Kommissar. Anker und Schlüssel, Sie erinnern sich?«

»Natürlich, Sie sollten ...«

»Ist das Symbol des Norddeutschen Lloyd«, sagte Czerwinski mit einem Stolz in der Stimme, als habe er eine wissenschaftliche Entdeckung gemacht, für die man mindestens den Nobelpreis verdient. Bevor Lange etwas dazu sagen konnte, legte er die Akte, die er mitgebracht hatte, auf den Schreibtisch. »Und hier das Ergebnis der Blutanalyse. Bestätigt die Kohlenmonoxidvergiftung. Chloroform konnte Doktor Karthaus in der Leiche ebenfalls noch nachweisen. Rekowskis Blutgruppe ist allerdings nicht identisch mit der im Sitzpolster.«

Er schaute den Kommissar an, als erwarte er ein Lob für all diese Neuigkeiten, doch der wirkte völlig vor den Kopf gestoßen.

Charly sah Andreas Lange, dem beherrschten Andreas Lange an, dass er völlig konsterniert war und kurz davor zu explodieren. Sie konnte ihn verstehen, aber zum ersten Mal in ihrem Leben war sie Paul Czerwinski für dessen unbedarfte Dämlichkeit dankbar.

»Das hört sich nach viel Arbeit an«, sagte sie und stand auf. »Ich will die Herren dann auch nicht länger stören.«

9

Die Witwe Rath hatte die offene Zwischentür nicht geschlossen, als sie das Büro verließ, und Andreas Lange blickte der ehemaligen Kollegin nachdenklich hinterher. Irgendetwas stimmte mit Charlotte Rath nicht, darauf hätte er wetten können, sie verheimlichte ihm etwas. Und er wäre auch noch darauf gekommen, was, aber gerade als er dabei war, sie ein wenig einzulullen und dabei unmerklich ein paar Fragen zu stellen, musste Czerwinski hereinplatzen.

Lange wartete, bis Charlotte das Vorzimmer durchquert und die Bürotür geschlossen hatte. Dann erst wandte er sich dem Kriminalsekretär zu, der immer noch vor dem Schreibtisch stand und schaute, als erwarte er einen Orden.

»Sind Sie eigentlich von allen guten Geistern verlassen, Czerwinski?«, fuhr er den Kriminalsekretär an, dessen erwartungsfrohes Gesicht zu einer Grimasse gefror. »Was denken Sie sich eigentlich? Oder anders gefragt: Denken Sie überhaupt?«

Czerwinskis Gesichtsstarre brauchte einen Moment, um sich zu lösen.

»Wie?«, stammelte er.

»Davon abgesehen, dass Sie eine Vernehmung gestört haben,

plaudern Sie im Beisein einer Zeugin frisch, fromm, fröhlich, frei Ermittlungsergebnisse aus! Eine absolute Todsünde. Wo waren Sie, als das Thema in der Polizeischule durchgenommen wurde? Im Lunapark?«

»Zeugin? Aber ... das war doch Charly.«

»Frau Rath war als Zeugin geladen.«

»Ich dachte, Charlys Freundin, dieses Fräulein Overbeck, ist unsere Zeugin.«

»Sie sagen es: ihre beste Freundin. Wenn Sie Frau Rath also die Todesursache auf die Nase binden, können Sie genausogut gleich auch ein Telegramm an Fräulein Overbeck schicken.«

»Ach? Ja, wissen wir denn inzwischen, wo sie sich aufhält?«

»Nein, aber darum geht es doch auch nicht!«, sagte Lange und schlug mit der Faust auf den Tisch. Etwas, das er noch nie getan hatte.

Seine Stimme war lauter geworden als beabsichtigt. Warum aber auch hatte Gott, oder in diesem Fall der Buddha, ihn mit solch einem Mitarbeiter gestraft? Kowalski, der neue Konkurrent aus Ostpreußen, hatte zwar ein wenig Ehrgeiz in Paul Czerwinski geweckt, aber das änderte nichts daran, dass der Mann meist schwer von Begriff und so gut wie immer eine Nervensäge war. So manches Mal hatte Lange sich schon gefragt, ob Czerwinskis Begriffsstutzigkeit wirklich echt war oder nicht bloß eine Masche, die der Kriminalsekretär sich angewöhnt hatte, weil er jede Kritik so an sich abperlen lassen konnte. Auch jetzt gab er sich ungerührt.

»Wir wissen also immer noch nicht, wo sich Fräulein Overbeck aufhält?«, fragte er.

»Sonst wäre sie ja heute morgen hier erschienen und nicht ihre Freundin.«

»Freundin? Sie meinen: Charly.«

»Genau.«

Lange seufzte. Es hatte keinen Zweck. Dem phlegmatischen Gleichmut von Paul Czerwinski war er einfach nicht gewachsen. Er setzte sich wieder hin, und nach kurzem Zögern setzte sich auch der Kriminalsekretär. Seinem Gesicht war anzusehen, dass er immer noch nicht ganz verstand, was er falsch gemacht hatte. Oder nicht verstehen wollte.

Lange zeigte auf das rechtsmedizinische Gutachten. »Dann ist es jetzt also amtlich?«

»Jawohl. Doktor Karthaus hat unsere Theorie bestätigt: Der Mörder muss seinem Opfer aufgelauert haben …«

»Aber das Blut stammt nicht vom Opfer.«

»Vielleicht vom Beifahrer. Der Blutfleck befindet sich ja auf der Beifahrerseite. Vielleicht hat es einen Kampf gegeben.«

»Dann dürfte der Mörder höchstwahrscheinlich zusammen mit Rekowski in die Garage gefahren sein.«

»Aber dann muss es jemand sein, den das Opfer kannte und dem es vertraute.«

»Oder jemand, der dem Opfer eine Pistole an den Kopf gehalten hat. Dass von Rekowski unter Gewaltandrohung oder anderweitigen Druckmitteln gezwungen wurde, in die Garage zu fahren, dürfen wir ebensowenig ausschließen.«

Czerwinski nickte und machte ein Gesicht, als würde ihm das erst in dieser Sekunde klar. Dabei hatten sie die möglichen Tatabläufe zusammen mit Kowalski mehr als einmal durchgekaut.

»Da haben Sie recht, Kommissar«, sagte er schließlich. »Unzweifelhaft ist aber: Der Mörder hat sein Opfer mit Chloroform betäubt, den Motor gestartet und dann die Garage von außen verschlossen.«

»Das dürfte unstrittig sein. Fragt sich jedoch, was davor passiert ist. Ein Streit, zumal eine körperliche Auseinandersetzung, bei der auch Blut geflossen ist, passt nicht zur perfiden, heimtückischen Tötungsmethode. Und warum ist das chloroformdurchtränkte Taschentuch am Tatort zurückgeblieben?«

»Da gibt es eigentlich nur zwei Erklärungen!« Czerwinski sprach nun so eifrig wie ein Sextaner, der eine missratene Antwort vor dem Studienrat wiedergutmachen will. »Erstens: Der Täter hat gar nicht bemerkt, dass er das Taschentuch verloren hat. Hat es nach der Tat in die Tasche gestopft, und dann ist es ihm rausgefallen. Als er den Wagen anließ oder so.« Der Kriminalsekretär hielt inne und schaute den Kommissar an, auf Beifallsregungen lauernd, doch Lange blieb still.

»Zweitens«, fuhr Czerwinski fort, »er hat gesehen, dass das Taschentuch unter die Sitzbank gefallen ist, hatte aber keine Zeit, lange danach zu suchen. Weil der Motor schon lief und er sich selbst nicht vergiften wollte. Vielleicht hat er auch jemanden gehört, jedenfalls hatte er keine Zeit, lange nach seinem verlorenen Taschentuch zu suchen.«

»Na, Czerwinski, in Ihnen steckt ja doch noch ein Kriminalist. Gut kombiniert. Was Sie allerdings außer Acht lassen: Sie sprechen immer von *dem* Mörder. Sollte man nicht in Erwägung ziehen, dass es auch eine Dame gewesen sein könnte? Gerade bei dieser Mordmethode?«

»Aber das Taschentuch ist ein Herrentaschentuch, oder? Und vom Norddeutschen Lloyd. Also von einem Seemann oder so.«

»Das muss nichts heißen. Auch eine Dame kann ein Herrentaschentuch mit Chloroform tränken, wenn sie einen Mord plant. Denn das war es, ein von langer Hand eiskalt geplanter und ausgeführter Mord, keine Tat im Affekt. Und damit sind wir bei der dritten Möglichkeit, warum wir das Taschentuch im Auto gefunden haben: Der Täter hat es ganz bewusst dort drapiert, um uns auf eine falsche Fährte zu lotsen. Gerade wenn es eine Dame war.«

»Hm.« Czerwinski strich sich das Kinn. »Aber doch nicht Charly«, sagte er schließlich und schaute seinen Vorgesetzten bange fragend an.

»Nein, warum sollte sie?« Lange schüttelte unwillig den Kopf. »Sie hätte doch überhaupt kein Motiv. Aber vielleicht hatte ja Fräulein Overbeck eines. Es ist doch jedenfalls merkwürdig, dass sie wie vom Erdboden verschluckt scheint und sich einer kriminalpolizeilichen Vernehmung so beharrlich entzieht.«

10

Charly lief die steinernen Treppen des Polizeipräsidiums hinunter und konnte ihre eigenen Gedanken nicht leiden. Sie dachte wie eine verdammte Polizistin, obwohl sie doch längst keine mehr war. Sie hasste sich für ihre Gedanken und konnte doch nichts dagegen tun.

War das wirklich möglich? Natürlich war es das, wer wusste das besser als sie? In einer Mordermittlung musste man alles für möglich halten, musste man jedem Menschen alles zutrauen. Wenn es ein Motiv gab und eine Gelegenheit, dann war immer auch ein Mord denkbar, ganz gleich ob man den betreffenden Menschen einer solchen Tat für fähig hielt oder nicht.

Aber Greta?

Sie wollte den Gedanken nicht weiterspinnen, aber sie musste. Ein Motiv? Natürlich hatte Greta ein Motiv, Klaus von Rekowski loszuwerden. Der Mann hatte ihr nachgestellt, sie geradezu belästigt, auch nachdem sie ihm klargemacht hatte, dass sie keine feste Liaison wünsche. Auch nach ihrer Rückkehr aus Schweden. Und eine Gelegenheit? Der Kant-Garagenpalast, wo sie Rekowskis Leiche gefunden hatten, lag gleich neben dem *Groschenkeller*, dem Lokal, in dem Greta den schönen Bilderbuchnazi kennengelernt hatte. Ob das etwas zu bedeuten hatte?

Wenn sie nur wüsste, wo die Freundin sich am Wochenende herumgetrieben hatte. Und wo sie sich jetzt herumtrieb. Warum, verdammt nochmal, meldete Greta sich nicht?

Am Ausgang begegnete sie Wiesenkötter, einem alten Kollegen, der sie mit einem nickenden Gruß bedachte, den sie halbherzig erwiderte, bevor sie die Burg verließ. Das Gerichtsgebäude auf der anderen Seite der Stadtbahn erinnerte sie an den Verhandlungstag, der ihr noch bevorstand. Fritze. Noch jemand, um den sie sich Gedanken machte. Aber da war wenigstens ein gutes Ende in Sicht, während sie in Sachen Greta völlig im Dunkeln tappte, nicht wusste, ob es besser wäre, eine Vermisstenanzeige aufzugeben oder aber auf eigene Faust nachzuforschen, was es mit deren Verschwinden auf sich hatte.

Sie ging hinüber zu den Stadtbahnbögen an der Dircksenstraße. Die meisten der vielen Hundert Bögen in der Stadtbahntrasse zwischen Savignyplatz und Schlesischem Bahnhof waren an Gewerbetreibende vermietet, auch die in Moabit, wo sie aufgewachsen war, aber Charly hatte all die Jahre nie einen betreten. Bis vor wenigen Wochen.

RADIO UND ELEKTRO GUNTHER verkündete ein Schild in Großbuchstaben, *Reparatur und Verkauf.* Im Schaufenster standen die neusten Volksempfänger VE 301 neben Electrola-Plattenspielern. Zudem verkaufte der Laden kleinere Elektrogeräte für den Haushalt, elektrische Mixer, Staubsauger, Waschmaschinen und vieles mehr.

Die Ladenglocke bimmelte, als Charly die Tür öffnete und das Geschäft betrat. Unter der Ladendecke hing der Himmel voller elektrischer Lampen, und hinter der Verkaufstheke stand ein hagerer Mann in einem grauen Kittel, der mit konzentriertem Blick an einem elektrischen Haartrockner herumschraubte.

»Kleinen Moment«, sagte er, ohne aufzuschauen, »ich bin gleich bei Ihnen.«

»Verkaufen Sie auch elektrische Klobürsten?«

Der Mann schaute auf und schob sich die Brille zurecht.

»Charlotte«, sagte er und zog die Augenbrauen hoch, »welch eine Überraschung!«

»Morgen, Robert. War gerade in der Nähe und wollte mal schauen, wie es bei Ihnen so läuft.«

»Ich kann nicht klagen, die Elektrifizierung der Privathaushalte schreitet voran. Und es gibt immer Kunden, die wollen, dass ich ihnen ein Radio besorge, das auch Auslandssender reinbekommt. Oder dass ich ihnen ihren schlichten Volksempfänger so umbaue, dass er mehr empfängt als nur Völkisches.«

»Das lässt einen ja noch hoffen für Deutschland.«

»Man sollte die Hoffnung jedenfalls nie aufgeben, nicht wahr?«

Charly lächelte. Der unscheinbare Mann im Handwerkerkittel war einer der wenigen Menschen in Berlin, mit denen sie noch offen reden konnte. Dabei kannte sie Robert noch kein halbes Jahr. Sie hatte ihn in Prag kennengelernt; dort lebte Verwandtschaft, die er über Weihnachten besucht hatte. Reichsdeutsche Verwandtschaft, die noch nicht allzu lange in der Tschechoslowakei lebte, wie er ihr augenzwinkernd erklärt hatte, als sie sich im Kaffeehaus von der eisigen böhmischen Winterluft erholten.

Robert hatte sie in der Prager Hauptpost angesprochen, weil er in ihr die Deutsche, die Berlinerin erkannt hatte.

»Verzeihung, meine Dame, wenn ich Sie belästige. Aber ich habe zufällig mitbekommen, dass Sie Deutsch sprechen. Können Sie mir vielleicht sagen, wo ich in dieser Stadt eine anständige deutsche Tageszeitung bekomme.«

»Kommt ganz darauf an, was Sie unter einer anständigen Zeitung verstehen.«

»Nicht den Völkischen Beobachter.«

»Dann gehen Sie am besten ins Café Arco. Die haben keine völkischen Zeitungen und auch sonst keinen Nazikram, aber dort können Sie die Neue Zürcher Zeitung oder das Prager Tagblatt lesen und dazu in aller Ruhe eine Tasse Melange genießen.«

»Hört sich sehr wienerisch an.«

»Etwas Gutes hat Österreich seinem alten Kronland dann doch überlassen.«

»Die glücklichen Böhmen. Und uns Piefkes hat Österreich nur einen unfähigen Reichskanzler dagelassen.«

Charly hatte sich instinktiv umgeschaut und den Kopf eingezogen. Solche Töne konnten einen in Deutschland in die allergrößten Schwierigkeiten bringen. Sie musste sich ständig bewusst machen, dass sie in Prag war, dass man hier sagen durfte, was man wollte, so sehr hatte sie sich schon an die Denunziantenstimmung in Deutschland gewöhnt.

Das respektlose Reden über Hitler und die Nazis hatten sie kurz darauf im Kaffeehaus fortgesetzt, zwei Berliner, die nur im Ausland frei sprechen durften. Charly hatte den etwas linkischen, aber charmanten Mann sofort gemocht. Von Anfang an, auch als er sie zum Kaffee einlud, hatte sein Verhalten etwas Väterliches gehabt. Wie sich herausstellen sollte, war er auch fast siebzehn Jahre älter als sie. Von eher hagerer Gestalt, bereits ergrautes, schütteres Haar. Einer von denen, die sich im neuen Deutschland nicht wohl fühlten, aber nicht die Kraft (und vielleicht auch nicht das Geld) hatten, um das Land zu verlassen. So betrieb er also weiterhin seinen Elektroladen in den Stadtbahnbögen. Charly hatte ihn nach ihrer Rückkehr gleich aufgesucht.

Robert legte den Schraubenzieher beiseite, wischte sich die Hände an einem alten Lappen ab und bat sie nach hinten. Dort hatte er sein Büro, eher eine kleine Werkstatt, in der auch ein Esstisch mit zwei Stühlen stand, an dem er mit Charly schon so manche Stunde bei ein oder zwei Tassen Kaffee gesessen hatte. Für Charly war diese fensterlose Kammer, in der es immer nach Lötzinn roch, eine der wenigen Inseln der Freiheit inmitten eines Landes, das ihr immer mehr wie ein Gefängnis vorkam.

»Gut, dass Sie vorbeikommen«, sagte Robert, nachdem er ihr eine Tasse Kaffee eingeschenkt hatte. »Ich hab da was für Sie.«

Er reichte Charly eine Zeitung über den Tisch, die einen reichlich zerknitterten Eindruck machte. Charly faltete sie auseinander. Das *Prager Tagblatt*.

»Von letzter Woche. Die Nachrichten sind auch nicht gerade beruhigend, vor allem, wenn man nach Spanien schaut, aber wenigstens entsprechen sie der Wahrheit.«

»Von Ihrem Bruder?«

Er zwinkerte. »Manchmal bekomme ich kleine Pakete aus Prag. Röhren und andere Ersatzteile. Man muss die zerbrechlichen Dinge ja irgendwie einwickeln.«

»Darf ich die Zeitung behalten?«, fragte sie.

»Natürlich. Ich hab sie schon gelesen. Aber lassen Sie sich nicht damit erwischen.«

»Danke. Böhm wird sich freuen, wenn ich ihm ein bisschen Lektüre mitbringe. Der ist ganz wild auf ausländische Zeitungen.«

»Wer ist das nicht?« Robert lächelte, denn Charly war schon dabei, einen Blick in die verbotene Zeitung zu werfen, wenigstens die Überschriften zu überfliegen. Und obwohl die Nachrichten niemanden froh stimmen konnten, sagte ihr allein die Existenz dieser Zeitung, dass es außerhalb Deutschlands noch eine freie Welt gab, und das beruhigte sie ein wenig.

»Meinen Sie, dass sich in Spanien gerade ein neuer Weltkrieg entwickelt.«

Robert zuckte die Achseln. »Ich hoffe nicht. Obwohl sich, wenn man der BBC Glauben schenken darf, die deutsche und die italienische Luftwaffe massiv in die Kämpfe eingemischt und eine kleine Stadt in Nordspanien in Schutt und Asche gebombt haben.«

»Das ist ja schrecklich.«

»Und unsere Zeitungen schreiben etwas von Hetze gegen Deutschland als Ablenkung von roten Gräueln.«

»Ich schenke der BBC jedenfalls mehr Glauben als dem Berliner Tageblatt.«

»Eine Schande, nicht wahr? Und das war einmal so eine gute Zeitung.« Er schüttelte den Kopf. »Aber lassen Sie uns das Thema wechseln. Wie geht es dem Jungen? Haben Sie ihn bald rausgeholt?«

Charly legte die Zeitung weg und steckte sich eine *Juno* an.

»War schon länger nicht mehr bei ihm«, sagte sie und wedelte das Streichholz aus. »Morgen ist der entscheidende Verhandlungstag. Wenn ich ihn das nächste Mal in Wittenau besuche, dann hoffentlich, um ihn mitzunehmen.«

»Sie schaffen das schon. Kein deutsches Gericht wird es wagen, ein Gutachten anzuerkennen, das dem leiblichen Sohn eines adligen Wehrmachtsoffiziers eine minderrassige Abstammung unterstellt.«

»Ich hoffe, Sie behalten recht.«

Seine Zuversicht machte ihr Mut. Robert hatte die Idee gehabt, Fritzes leiblichen Vater ausfindig zu machen. Dass sie damit einen derartigen Volltreffer landen würden, hatten sie natürlich nicht geahnt. Major von Randow war ein Geschenk des Himmels.

»Hat Greta sich in den letzten Tagen mal bei Ihnen gemeldet?«, fragte sie.

Er schüttelte den Kopf. »Ihre Freundin habe ich das letzte Mal gesehen, als ich bei Ihnen in der Spenerstraße zu Besuch war.«

Charly konnte sich gut an den Tag erinnern. Sie hatten eine Flasche Wein geleert, das BBC-Programm gehört, das Robert ihnen eingestellt hatte, und derart ungeniert über Politik und die Zustände in Deutschland gesprochen, dass Frau Brettschneider von nebenan die Ohren geklingelt haben mussten. Das war gut eine Woche her. Danach waren sie noch ins Café *Reimann* gegangen.

»Warum fragen Sie? Ist etwas passiert?«

»Ja und nein.«

Charly erzählte ihm von ihren Sorgen um Greta und dem Mordfall in der Kant-Garage. Robert hörte aufmerksam zu. Das schätzte sie an ihm, er war ein guter Zuhörer, dem kein Detail entging.

»Hm«, machte er, als sie geendet hatte. »Rekowski, ist das dieser Mann, der uns neulich am Ku'damm belästigt hat?«

»Genau das ist er.«

Der Vorfall war Charly immer noch unangenehm, obwohl es nicht sie war, die sich danebenbenommen hatte. Klaus von Rekowski hatte sie im Café *Reimann* sitzen sehen, Charly, Greta und Robert, und eine derart peinliche Szene hingelegt, dass Charly sich für ihn geschämt hatte.

»Ein grässlicher Mensch«, meinte Robert. »Und Sie glauben, dass Greta etwas mit seinem Tod zu tun haben könnte?«

»Ich weiß nicht, was ich glauben soll. Jedenfalls war das ihr Lippenstift, den die Polizei in seinem Auto gefunden hat. Ich wünschte, ich könnte sie fragen, aber sie ist seither nicht mehr nach Hause gekommen.«

»Sind Sie sich sicher mit dem Lippenstift? Der könnte auch von einer anderen Dame stammen.«

»Der ist aus Paris. So einen haben nicht viele Frauen in Berlin.«

»Wenn ich das richtig verstehe, machen Sie sich auf der einen Seite Sorgen, Greta könne etwas zugestoßen sein, und auf der anderen Seite fürchten Sie, Greta könne einen Mord begangen haben und auf der Flucht sein.«

»So ähnlich, ja. Und an die Polizei kann ich mich nicht wenden. Wenn ich eine Vermisstenanzeige aufgebe, landet die direkt bei der Mordinspektion, und die sehen sich in ihrem Verdacht bestätigt, dass Greta abgetaucht ist.«

»Kommissar Lange, sagen Sie?«

Charly nickte. »Zusammen mit den Kriminalsekretären Kowalski und Czerwinski.«

»Czerwinski? Ich glaube, den kenne ich.«

Charly war überrascht. »Ach! Das ist aber ein Zufall!«

»Wie man's nimmt. Ein Großteil meiner Kundschaft kommt aus dem Polizeipräsidium. Ist ja gleich nebenan.«

»Jedenfalls möchte ich Sie bitten, Robert: Sollte Greta sich bei Ihnen melden, sollten Sie ihr zufällig irgendwo in der Stadt über den Weg laufen, sagen Sie ihr bitte, sie soll sich dringend bei mir melden.«

»Natürlich.« Er tätschelte ihre Hand. »Machen Sie sich keine Sorgen. Wird sich schon alles aufklären. Gibt wahrscheinlich eine ganz banale Erklärung, und in drei Tagen lachen wir darüber und über unseren Kleinmut.«

Die Türglocke klingelte, und Robert stand auf.

»Kundschaft«, sagte er. »Lassen Sie uns das Gespräch ein andermal fortsetzen.«

Charly drückte ihre Zigarette aus und nickte. Sie folgte Robert in den Laden. Dort stand ein Mann in einem einfachen Anzug, der sie misstrauisch beäugte, als Robert sie zur Tür brachte und verabschiedete.

Als sie am Bahnhof Charlottenburg aus der S-Bahn stieg, war es kurz vor elf. Charly überlegte kurz. Wilhelm Böhm wusste, dass sie einen Termin am Alex hatte, er erwartete sie ohnehin nicht vor Mittag. Also ließ sie das Detektivbüro links liegen, hoffte, dass Böhm gerade nicht aus dem Fenster schaute, und ging weiter zum Garagenpalast. Direkt neben dem modernen Gebäude stand eine kleine Villa mit Renaissancegiebel, und in deren Souterrain lag der *Groschenkeller*. Die Schilder an der Fassade warben für *Pilsator Löwen Böhmisch*, direkt daneben hing die Werbung für eine Box-Sportschule. Das passte, dachte Charly. Der *Groschenkeller* zog die unterschiedlichste Klientel an. Kleine und große Ganoven, Filmstars, Linke und Nazis, vor allem aber Jazzbegeisterte, denn allabendlich jammten auf der kleinen Bühne einige der besten Musiker Berlins.

Heute morgen jedoch war die Bühne leer, und der *Groschenkeller* hatte vorübergehend zu seiner ursprünglichen Bestimmung zurückgefunden: den Chauffeuren des benachbarten Garagenpalastes als Kantine und Aufenthaltsraum zu dienen.

Im Gastraum hing noch der Bierdunst vom Vortag, durchsetzt mit dem Duft frisch aufgebrühten Kaffees und dem Rauch vereinzelter Zigaretten. Nur zwei Tische in dem kleinen Gastraum waren besetzt. Charly, die den *Groschenkeller* nur im Nachtbetrieb kannte, wenn er proppenvoll war, kam der Raum, so leer, wie er heute morgen war, seltsamerweise kleiner vor, als sie ihn in Erinnerung hatte.

Eine Handvoll Männer, einige in stattliche Chauffeursuniformen gekleidet, andere in Zivil, saß an den Tischen; halblautes Gemurmel füllte den Raum, das abebbte, als Charly eintrat. Alle Blicke galten ihr.

»Ham Se sich in der Uhrzeit vertan, Gnädigste?«, fragte sie der Wirt, als sie an den Tresen trat. »Musike jibt's hier erst ab achte. Also: achte abends.«

Der Mann hatte Haare, die für die derzeitige Mode ein wenig zu lang gewachsen waren. Und ein wenig zu schwarz geraten waren. Die Strähnen, die ihm in die Stirn hingen, gaben ihm etwas Verwegenes.

»Aber eine Tasse Kaffee gibt es doch vielleicht schon jetzt«, sagte Charly.

»Wenn Se ooch 'n Kännchen nehm, komm wer ins Jeschäft.«

»Ein Kännchen tut's auch. Solange Sie mir eine Tasse danebenstellen.«

Der Wirt verzog keine Miene und drehte ab, um in die Küche zu gehen. Charly holte ihre Zigaretten aus der Handtasche und steckte sich eine *Juno* an. Dann suchte sie in ihrer Brieftasche nach dem Foto, das sie immer bei sich trug. Das einzige außer dem Hochzeitsfoto mit Gereon. Es erinnerte an längst vergangene Zeiten und zeigte zwei junge Frauen in Sommerkleidern, die auf einer Restaurantterrasse am Ufer des Tegeler Sees standen und lachten. Guido Scherer, ihr ehemaliger Kommilitone und zeitweiliger Chef, hatte es seinerzeit geschossen und ihr geschenkt. Musste im Sommer 32 gewesen sein, als sie noch Kommissaranwärterin war. Mein Gott, wie lange war das her!

»Haben Sie diese Dame hier links in der letzten Zeit mal im Groschenkeller gesehen?«, fragte sie den Wirt, als er ihr ein kleines Tablett vor die Nase stellte, auf dem eine leere Tasse, ein gutgefülltes Milchkännchen und eine Zuckerdose neben einer kleinen dampfenden Porzellankanne standen.

Der Mann schaute nur kurz auf das Foto und dann deutlich länger auf die Fragestellerin.

»Wat sollen dette jetzt? Sind Sie von der Polente?«

Charly seufzte und kramte die Visitenkarte der Detektei Böhm aus der Handtasche. »Keine Polizei«, sagte sie. »Ich ermittle privat.«

Der Wirt zog die Augenbrauen hoch und musterte sie über den Rand seiner Brille. »Und für wen?«

»Meine Auftraggeber legen Wert auf Diskretion.«

Der Wirt schaute sich das Foto nun etwas genauer an.

»Is im Strandgarten, oder?«, fragte er. »In Tegel.«

Charly nickte.

»Det sind ja Sie, da rechts.«

»Genau, es geht aber um die Dame links.«

»Is det Ihre Freundin?«

»Da haben Sie mich ertappt«, sagte Charly. »Ich bin mein eigener Auftraggeber.«

»Na, diskreter jeht's ja nich.« Der Wirt kratzte sich am Kinn. »Hm, ja, die hab ick schon mal öfter hier gesehen. Öfter als Sie jedenfalls. Aber Sie waren auch schon mal hier, oder?«

»Ist lange her.« Charly lächelte. »Wissen Sie vielleicht auch noch, wann die Dame zum letzten Mal hier war?«

»Ewig nicht mehr. Aber kürzlich war Se wieder da, vor ein paar Tagen erst.« Der Wirt überlegte. Oder tat so, als überlege er. Jedenfalls schielten seine Augen hoch zur Kneipendecke, unter der sich der Zigarettenrauch sammelte. »Freitagabend, würde ich sagen. Ja, Freitag!«

»Können Sie sich genauer erinnern? War sie allein da?«

»Natürlich nicht.« Er klang beinah entrüstet. »Welche Dame geht schon allein aus?«

Es gab durchaus Damen, die allein ausgingen, und Greta Overbeck gehörte zweifellos dazu, aber darüber wollte Charly nicht streiten.

»Kannten Sie ihren Begleiter denn?«, fragte sie und schenkte sich eine Tasse von dem Kaffee ein.

»Rekowski. Der kommt öfter mal her. Mit dem war sie auch früher immer hier.«

»Früher?«

»Ja, letzten Sommer. Während Olympia. Da war hier die Hölle los. Und die beiden immer mittendrin. Und Rekowski immer in Uniform. Machten schon was her, die zwei.«

»Das heißt, wenn sie hier waren, waren sie immer zusammen hier?«

»Richtig.« Der Wirt nickte. »Hab sie aber ewig nicht mehr gesehen. Also: ihn schon, aber sie nicht. Bis eben vor ein paar Tagen.«

»Und er wieder in Uniform?«

»Ne. Das war auch nur im Sommer, hatte sich wohl für Olympia in Schale geworfen. Sonst war der immer in Zivil hier. Auch an dem Abend. War schon anders als früher. Hatten auch schon mal verliebter ausgesehen.«

»War sonst noch jemand dabei?«

»Nein, die beiden sind zu zweit gekommen und zu zweit gegangen.«

»Zu welcher Uhrzeit ungefähr?«

Achselzucken.

»Ungefähr.«

»Gekommen so gegen achte, würde ick sagen, und verduftet so kurz nach neune.«

»Haben die beiden sich gestritten? Ist sonst irgendwas Auffälliges passiert?«

»Gestritten? Ne. Die haben sich unterhalten. Dahinten haben sie gesessen, weit weg von der Bühne, und haben gequatscht. Also wegen der Musike waren die nicht hier, kann ick Ihnen sagen, die hatten was zu bereden.« Er musterte sie misstrauisch. »Warum wollen Se denn det allet wissen?«

»Das kann ich Ihnen aus Diskretionsgründen nicht verraten. Ich habe auch nur noch eine einzige Frage, dann sind Sie mich los.«

»Ja?«

»Freitagabend, als Rekowski mit der Dame hier war, war da vielleicht auch jemand unter Ihren Gästen, der nach Seefahrt aussah?«

»Seefahrt?« Der Wirt schaute sie an, als habe sie den Verstand verloren. »Also eine Hafenkneipe ist der Groschenkeller nicht, Gnädigste! Matrosen verkehren hier normalerweise keene.«

»Muss auch kein Matrose sein. Ein Offizier oder was auch immer. Irgendwas Maritimes. Jemand vom Norddeutschen Lloyd.«

»Ne, dazu liegt die Kantstraße denn doch zu weit weg vom Meer. Da fragense mal lieber in Hamburg.«

»Der Norddeutsche Lloyd kommt aus Bremen.«

»Wennse meenen.«

»Nichts für ungut. Haben Sie vielen Dank.«

Der Wirt warf ihr einen letzten skeptischen Blick zu und machte sich wieder an seine Arbeit. Charly trank einen Schluck Kaffee und schaute sich nachdenklich im Lokal um. Greta hatte sich also tatsächlich noch einmal mit Klaus von Rekowski getroffen. Am Vorabend seines Todes. Genau hier, direkt neben der Parkgarage, in der er gestorben war. Und seitdem war sie verschwunden. Weil sie auf der Flucht war? So würde es die Polizei sehen, wenn Greta nicht bald im Präsidium erschiene.

Aber Charly war sich sicher, dass ihre Freundin keine Mörderin war. Nicht weil sie ihr eine solche Tat nicht zutraute. Sondern weil sie sicher war, dass Greta, hätte sie Rekowski wirklich umgebracht, sich längst bei ihr gemeldet hätte. Und um Hilfe gebeten hätte.

Sie drückte ihre Zigarette aus und legte ein paar Münzen auf das Kaffeetablett.

»Stimmt so«, sagte sie zu dem Wirt, der gerade, nachdem er ein paar Tische abgeräumt hatte, wieder hinter dem Tresen erschienen war.

»Die Firma dankt«, sagte der und sammelte die Münzen ein.

Charly nahm ihre Handtasche. Sie wollte sich der Tür zuwenden, doch ein »Frollein!« ließ sie innehalten. Sie drehte sich wieder um.

»Frollein«, sagte der Wirt, »da ist noch was.«

»Ja?«

»Sie haben doch nach 'nem Seemann gefragt ...«

»Nach jemandem vom Norddeutschen Lloyd.«

»Also am Freitag war niemand da, der mir da aufgefallen wäre. Aber ein paar Tage davor war so 'n komischer Kauz hier, der sprach sehr norddeutsch. Und der war noch neugieriger als Sie, Frollein. Hat allen hier Fragen gestellt.«

»Ihnen auch?«

»Natürlich.«

»Was wollte er denn wissen?«

»Das ist es ja!« Der Wirt machte eine bedeutungsschwangere Pause, und eine Weile befürchtete Charly schon, er wolle Geld haben, bevor er weiterredete, doch dann tat er das auch gratis. »Er hat nach einem Mann gefragt. Nach genau dem, mit dem Ihre Freundin ein paar Tage später hier war. Nach Rekowski.«

Der Wirt schaute sie an, als könne er nun ein paar Erklärungen von Charly erwarten, doch sie sagte nichts. Sie nickte kurz und verließ den *Groschenkeller*.

11

Er lag in seinem Bett und konnte nicht schlafen. Trotz der Medikamente, die sie ihm gegeben hatten. Vielleicht auch wegen der Medikamente. Allein der Teufel wusste, was für ein Zeug sie ihm da immer verabreichten. Und wie sollte er auch schlafen, so wie sie ihn verpackt hatten? Er lag auf dem Rücken, die Arme eng an den Körper gepresst, so eng, dass es schmerzte, und starrte die Decke an. Sie hatten ihn wieder einmal angeschnallt. Wie sie das immer machten, wenn der Patient Thormann sich aggressiv gegenüber Insassen und Personal gebärdet hatte.

Aggressiv gebärden. So nannten sie das. Das Einzige, was er getan hatte: Er hatte Wärter Scholtens angeschrien, als der ihn vom Fenster weggezerrt hatte. Weil da unten auf der Wiese doch die Frauen ihren Hofspaziergang absolvierten und mit trüben Gesichtern ihre Runden drehten. Eine der seltenen Gelegenheiten, wenigstens einen Blick auf Hannah zu werfen, wenn er sie schon nicht sprechen konnte.

Aber das verstand Wärter Scholtens nicht. Oder er verstand es gerade und machte sich einen Spaß daraus, Fritze auch diese einzige Freude des Tages zu nehmen. Jedenfalls hatte sich Scholtens, nachdem sie ihn überwältigt hatten – zu dritt wohlgemerkt, Fritze hatte sich tapfer gewehrt –, keine Mühe gegeben, ein Grinsen zu verbergen, als sie den Patienten Thormann ans Bett schnallten. Wie immer hatte er die Gurte fester angezogen als nötig.

»So, Thormann«, hatte er gesagt und gegrinst, »da kannste dich jetzt mal 'ne Weile ausruhen.«

Und dann hatte Scholtens ihm noch eine Spritze in die Vene gedrückt, mit was auch immer. Ein Schlafmittel war es jedenfalls nicht. Draußen dämmerte es bereits, und Fritze fragte sich, wann sie ihn wieder losbinden würden. Nicht nur weil die Arme schmerzten, er musste auch dringend mal pinkeln. Aber das war denen hier egal. Meistens wartete Scholtens, so kam es ihm jedenfalls vor, ganz absichtlich den Moment ab, bis Fritze sich eingenässt hatte, bevor er die Schnallen der Bettgurte löste. Um dann über den verdammten Bettnässer zu schimpfen und ihn die Sauerei wegwischen zu lassen.

Hannah hatte ihm damals, als sie zusammen auf der Straße unterwegs waren, erzählt, wie schlimm es in Dalldorf war. Hatte ihm von den Schreien der Verrückten erzählt, die einen nachts nicht schlafen ließen, von den Wärtern, die einen malträtierten, und von den Medikamenten, die einen ganz dumpf und stumpf machten. Aber mit keinem Wort hatte sie erzählt, wie schlimm es wirklich war. Vielleicht, weil es dafür keine Worte gab. Sie hatte lange gebraucht, um überhaupt über ihre Zeit in Dalldorf reden zu können, da hatten sie sich schon eine ganze Weile gekannt. Wer erzählt auch gern von seinem Leben in der Irrenanstalt? Vor allem, wenn er gar nicht irre ist?

Sie hatten sie weggesperrt, weil sie sich nicht erklären konnten, warum ein fünfzehnjähriges Mädchen den Holzverschlag anzündet, in dem ihre betrunkenen Peiniger, darunter der eigene Vater, ihren Rausch ausschlafen. Wer so etwas machte, musste verrückt sein. Punkt. Wie diese Männer dem Mädchen das Leben zur Hölle gemacht hatten, danach hatte niemand gefragt.

Und ihn? Warum hatten sie ihn weggesperrt? Weil er der Polizei erzählt hatte, dass der SS-Mann Herbert Rösler für den Mord an Doktor Schmidt im olympischen Dorf im August 1936 verantwortlich war. Sie hatten ihm nicht geglaubt, wie schon im Sommer nicht, sie hatten ihn einfach für verrückt erklärt und seine Zeugenaussagen zu Wahnvorstellungen umgedeutet.

Genau das, womit ihm schon sein ehemaliger Pflegevater Wilhelm Rademann im Sommer gedroht hatte, sollte er bei seinen Behauptungen bleiben, der Tod von Doktor Schmidt sei kein Selbstmord gewesen.

Fritze war den Rademanns davongelaufen, er hatte sich mit dem falschen Pass, den Charly ihm eigentlich für die Ausreise nach Prag besorgt hatte, eine neue Existenz aufgebaut. Aber dann hatte er Hannah wiedersehen wollen. Und das war gründlich schiefgegangen.

Vier Jahre hatte er sie nicht gesehen, und die Sehnsucht nach ihr war mit jedem Tag gewachsen. Damals hatte er wenigstens gewusst (oder immerhin gehofft), dass sie ein gutes Leben führt, nicht auf der Straße, wo sie sich kennengelernt hatten, sondern in einer hübschen Wohnung mit einer Arbeitsstelle und allem Drum und Dran, so wie es jedem Menschen zustehen sollte.

Und dann, als er sie endlich besuchen wollte nach all den Jahren, in Breslau, wo sie untergetaucht war, hatte die Gestapo sie doch noch aufgespürt und gleich wieder in die Klapsmühle gesteckt.

Immerhin hatten sie ihn in dieselbe Klapse gesteckt, so dass er ihr letzten Endes also näher war als all die Jahre zuvor. Doch was nutzte ihm das? Der Frauentrakt war in einem anderen Gebäude untergebracht, und das hieß hier in Dalldorf: in einer anderen Welt. Zwar konnte er Hannah ab und zu sehen, aber immer war mindestens eine Fensterscheibe zwischen ihnen, manchmal auch Gitter und meistens mehrere Meter Luftlinie. Mit ihr reden konnte er nicht. Sie in den Arm nehmen sowieso nicht. Sie so nah zu wissen und dann doch nicht zu ihr zu können, das war viel schlimmer, als sie gar nicht zu sehen.

Und sosehr er es auch wünschte, sie ließen ihn einfach nicht zu ihr. Die Geschlechter wurden in der geschlossenen Abteilung der Heil- und Pflegeanstalt Wittenau streng getrennt, und natürlich gab es für einen Bekloppten wie ihn keine Sondergenehmigung. Es war nicht üblich, dass sich die Verrückten untereinander besuchten, und schon gar nicht die aus der Geschlossenen. Wenn sie einmal aus ihrer Abteilung rausdurften, zum Hofgang zum Beispiel, was selten genug vorkam, dann immer nur unter Aufsicht mehrerer Wärter, als wären sie im Knast. Und so fühlte es sich auch an.

Charly, die ihn ab und zu besuchte, hatte ihn beruhigt, er solle sich gedulden, sie würde ihn schon bald rausholen, er sei doch nicht verrückt. Das wäre ja noch schöner, wenn man Menschen in Deutschland einfach so in die Irrenanstalt stecken könnte, obwohl sie ganz normal sind.

»Und Hannah?«, hatte er nur gefragt.

Charly hatte geschwiegen und betreten zu Boden geguckt.

Dass Hannah hier eingesperrt war, das schmerzte Fritze mehr als sein eigenes Schicksal. Und am allermeisten schmerzte ihn, dass er an allem schuld war.

Er wusste nicht, wie sie ihr auf die Schliche gekommen waren, wie sie herausgefunden hatten, dass die junge Warenhausverkäuferin Hannelore Schneider aus Breslau eigentlich die aus der Irrenanstalt entwichene gesuchte Mörderin Hannah Singer war, aber er wusste, dass Hannah jahrelang gefahrlos ihr neues Leben hatte leben können und erst aufgeflogen war, nachdem er, der Vollidiot Friedrich Thormann, angefangen hatte, ihr Briefe zu schreiben. Weil er eine bessere Zukunft für sie beide erträumte. Weil er …

Ach, verdammt!

Alles, was du anrührst, wird zu Scheiße, Fritze Thormann! Hätte deine Mutter, die verdammte Hure, dich doch nie zur Welt gebracht, dich nutzlosen Bastard, zu nichts gut als dazu, andere Menschen ins Unglück zu stürzen.

Er zerrte an seinen Gurten, obwohl er wusste, dass das völlig sinnlos war und nur den Schmerz verschlimmerte, aber je länger er hier festgebunden war, desto stärker wurde sein Freiheitsdrang, so war das immer. Er wurde schier wahnsinnig. Wenn er gekonnt hätte, wie er wollte, er hätte hier alle und alles zu Klump geschlagen und wäre mit Hannah über alle Berge. Aber das war nur ein Traum. Der einzige, der ihm noch geblieben war.

Wenn Charly ihn wirklich hier rauspauken sollte aus dieser Hölle, dann würde er alles daransetzen, dass dieser Traum wahr würde. Mochte Charly auch ratlos sein, wie man Hannah helfen könnte, Fritze Thormann würde schon etwas einfallen! Eines wusste er jedenfalls: Hannah Singer würde er niemals im Stich lassen, niemals.

12

Charly war noch nervöser als beim letzten Verhandlungstag. Dabei hielt sie doch alle Trümpfe in der Hand, Major von Randow stand diesmal sogar auf der Ladungsliste. Der Richter hatte ihn vorladen lassen, was dafürsprach, dass er sich vom Auftritt des Zeugen hatte beeindrucken lassen.

Vielleicht war sie deswegen so nervös, weil Fritze nicht ihre einzige Sorge war. Den ganzen Tag und die ganze Nacht hatte sie sich Gedanken um Greta gemacht, so sehr, dass sie sich kaum auf die Verhandlung hatte vorbereiten können. Obwohl Böhm sie schon um drei nach Hause geschickt hatte.

»Um die Sache Winkler können Sie sich auch in den nächsten Tagen kümmern, Charly, das eilt nicht. Sorgen Sie erst einmal dafür, dass der Junge wieder freikommt. Ist ja wirklich ein Skandal, dass man den Ärmsten einfach in eine Heilanstalt gesperrt hat.«

Und so war sie nach Hause gefahren, in die Spenerstraße, in die Wohnung, die sie mit ihrer Stille jede Sekunde daran erinnerte, dass Greta nicht dort war. Seit Tagen nicht nach Hause gekommen war.

Charly hatte einen Moment gezögert, aber dann hatte sie Gretas Zimmer durchsucht. Etwas, das sie unter normalen Umständen niemals gemacht hätte, aber nun schien es ihr gerechtfertigt. Vor Tagen hatte sie sich schon Sorgen gemacht, seit ihrem Besuch im Präsidium aber schrillten sämtliche Alarmglocken in ihrem Kopf unüberhörbar laut.

Da stimmte etwas nicht.

Sie hatte gehofft, in Gretas Sachen Anhaltspunkte zu finden, wo sie nach der Freundin suchen könne. Aber ein Blick in den Kleiderschrank bestätigte nur das, was Charly bereits ahnte: Greta war nicht verreist. Alle ihre Kleider hingen noch am Platz; lediglich das dunkelgrüne Satintanzkleid, in dem sie Freitag losgezogen war, fehlte in der Sammlung. Sie ertappte sich sogar dabei, wie sie Gretas Schubladen durchsuchte, und kam sich dabei vor wie eine eifersüchtige Geliebte. Aber was sollte sie tun? Tatenlos herumsitzen?

Dennoch fühlte es sich nicht richtig an. Was sie da gerade tat, dass sie in den allerprivatesten Sachen ihrer Freundin herumschnüffelte, wurde ihr erst bewusst, als sie ein verschlossenes Sperrholzkästchen aus den Tiefen der unteren Schreibtischschublade zutage förderte. Gretas Briefesammlung. Die konnte sie unmöglich öffnen, das wäre ja, als würde sie das Tagebuch der Freundin durchstöbern.

Nein, sie hatte die Briefschatulle wieder zurückgestellt und lediglich ein Foto eingesteckt, das Greta zusammen mit Rekowski beim Betreten des Berliner Zoos zeigte, sie hatte Schränke und Schubladen wieder geschlossen und Gretas Zimmer verlassen, ein wenig verschämt, dass sie sich dazu hatte hinreißen lassen. Hatte die Tür geschlossen und sich endlich den Prozessakten zugewandt. Gleichwohl war es ihr schwergefallen, sich darauf zu konzentrieren, obwohl sie doch wusste, wieviel von diesem Verhandlungstag heute abhing.

Als sie den Gerichtssaal im Obergeschoss erreichte, entdeckte sie ein bekanntes Gesicht unter den Wartenden im Gang. Wilhelm Rademann. Fritzes ehemaliger HJ-Chef und sein letzter Pflegevater. Der, vor dem der Junge letztendlich weggelaufen war. Weil auch der ihm die Sache mit dem Soldaten, der Doktor Schmidt hatte sterben lassen, nicht glauben wollte und sich gegen den eigenen Pflegesohn gestellt hatte. Rademann hatte sich in Schale geworfen, er trug die Uniform der Reichsjugendführung, mit der HJ-Binde am linken Arm.

Was wollte der hier? Manchmal schon hatte sie sich gefragt, ob Rademann mit denen, die Doktor Schmidts Tod zu verantworten hatten und Fritze aus gutem Grund keinen Glauben schenken wollten, unter einer Decke steckte, mit Leuten wie Sebastian Tornow oder Michael Steinke.

Rademann würdigte sie keines Blickes. Sie überlegte, ihn anzusprechen, doch das verhinderte Theo Contzen, der sich bereits in seine Robe geworfen hatte und Charly abfing. Und dann wurden sie auch schon in den Saal gerufen. Charly war nervös. Heute kam es darauf an. Heute würde sich entscheiden, ob Fritze bald wieder auf freien Fuß käme. Vier Monate hatte der Junge schon in der geschlossenen Abteilung der Wittenauer Heilstätten verbringen müssen, und sie hoffte, dass er keinen Schaden davongetragen hatte. Bei ihren Besuchen war er schweigsamer gewesen als sonst. Als habe Fritze Thormann, der doch so fröhlich sein konnte, plötzlich jeden Lebensmut verloren. Allerdings kannte sie das schon von früher. Auch als Fritze bei ihnen in der Carmerstraße lebte, hatte es Phasen gegeben, in denen er Trübsal geblasen und nichts ihn hatte aufheitern können.

Charly hoffte sehr, dass der Junge zu seiner alten Fröhlichkeit zurückfand, sobald er frei sein würde. Sie hoffte, ihn zu sich nehmen zu können, und hatte einen entsprechenden Antrag gestellt. Um bloß eine Einweisung in ein Waisenhaus zu vermeiden. Weil sie wusste, dass dies für den Jungen genauso schlimm war wie die Irrenanstalt oder das Gefängnis. Vielleicht sogar schlimmer.

Aber auch für den Fall hatte sie vorgesorgt: Sie würde ihn aus dem Waisenhaus holen und mit nach Prag nehmen, sie würde ihn kurzerhand entführen, wenn ihr sonst keine Wahl bliebe. Den falschen Pass auf den Namen Hutzke gab es noch, den hatte sie in dem Schließfach im Breslauer Hauptbahnhof gefunden, in dem Fritzes Habseligkeiten (unter anderem auch Briefe von Hannah und ihr) gesteckt hatten, alles, was ihm zu wertvoll erschienen war, um es in der Pension zu lassen.

Auch Charly hatte ihren falschen Pass noch. Mit dem war sie schon zweimal als Erika Michalek über die Grenze gekommen, das sollte auch ein drittes Mal funktionieren. Zumal sie dann nicht mehr zurückkehren würde.

Nur für Hannah konnte sie nichts tun, jedenfalls nicht auf legalem Wege. Hannah Singer hatte mit ihrer Brandstiftung in der Silvesternacht 1931, einem Akt der puren Verzweiflung, mehrere Menschen getötet, darunter ihren eigenen Vater. Hannah konnte im Gegensatz zu Fritze froh sein, dass man sie für verrückt erklärt hatte. Andernfalls wäre sie womöglich auf dem Schafott gelandet.

Der Richter betrat den Saal, die Verhandlung begann. Major von Randow machte einen gefassteren Eindruck als beim letzten Mal, als er in den Zeugenstand gerufen wurde. Charly fragte sich, ob das die Erleichterung war, nach all den Jahren endlich zu seiner Vaterschaft gestanden zu haben. Oder die Erleichterung darüber, dass dieser Umstand nicht in den Zeitungen breitgetreten worden war. Außer den Teilnehmern dieser Gerichtsverhandlung und der Leitung des städtischen Waisenhauses Rummelsburg wusste nach wie vor niemand davon. Nicht einmal der Junge selbst. Charly hatte Fritze noch nichts von ihrer Entdeckung erzählt. Wann und wie sollte sie es ihm beibringen? Dass sein leiblicher Vater ein hoher Wehrmachtsoffizier war, einer aus altem Adel sogar. Der zwar regelmäßig bezahlt hatte, aber nichts von seinem Sohn wissen wollte. Wann erzählte man einem Menschen so etwas? Aber dass er ein Recht darauf hatte, die Wahrheit zu erfahren, war ihr klar. Ob Fritze seinen Vater dann auch sehen wollte, da war sie sich nicht so sicher. Und noch weniger, ob der Vater den Sohn sehen wollte. Sie ahnte, dass das noch schmerzhaft für Fritze werden könnte.

»Major von Randow«, begann der Richter seine Befragung, »vor fünf Tagen haben wir gehört, dass Sie sich zur Vaterschaft an Friedrich Thormann bekennen. Das spricht ohne Zweifel für den

Jungen.« Er räusperte sich. »Ich habe Sie heute noch einmal in den Zeugenstand berufen, um auch etwas über Friedrichs Mutter zu erfahren.« Der Richter blätterte umständlich durch seine Akten. Er schien sich mit den Fragen, die er zu stellen beabsichtigte, nicht ganz wohl zu fühlen. »Sie waren mit Anna Thormann«, begann er schließlich und machte eine kurze Pause, als suche er das richtige Wort, »ähh … liiert.«

»Wir waren ein Paar«, sagte der Major, der auch heute wieder seine Uniform trug. »Von April bis September neunzehnhundertzwanzig.«

»Wie muss ich mir diese ähh … Liaison vorstellen.«

»Hohes Gericht, wie ich schon in der letzten Sitzung sagte: Ich bin nicht bereit, mein komplettes Privatleben in vorehelichen Zeiten hier auszubreiten. Zumal ich den Sinn darin nicht erkennen kann!«

Die kurze Tirade machte sichtlich Eindruck auf den Richter. Charly hätte darauf wetten können, dass der Mann gedient hatte und wie die meisten Männer in Deutschland immer noch innerlich zusammenzuckte, wenn er den altbekannten Kasernenhofton hörte.

»Das Gericht möchte Ihnen keinesfalls zu nahe treten, Herr Major. Es geht nur darum, wie gut Sie Anna Thormann kannten.«

»Ich kannte sie so gut, wie man einen Menschen nur kennen kann. Ich habe sie geliebt.«

»Aber dennoch haben Sie Fräulein Thormann verlassen.«

»Wie ich schon sagte. Die Verbindung war nicht standesgemäß.«

»Warum haben Sie sich nicht offiziell zu Ihrem Sohn bekannt?«

»Das war unmöglich. Als Friedrich zur Welt kam, war ich bereits verlobt. Ich wusste ja nicht, dass Anna schwanger war, als ich die Verbindung zu ihr gelöst habe.«

»Sonst hätten Sie die Verbindung womöglich nicht gelöst?«

»Solch eine hypothetische Frage ist schwer zu beantworten, Hohes Gericht.«

»Sie haben die Vaterschaft zu Friedrich also nicht offiziell gemacht, weil das Ihre Verlobung zerstört hätte.«

»Und meine Karriere. Die Reichswehr rief, und ich konnte in der neugegründeten dritten Division meinen Dienst in Berlin antreten.«

»Was die Verbindung zu einer Prostituierten ohne Zweifel zunichtegemacht hätte.«

»Ich protestiere aufs Schärfste! Anna war doch keine Prostituierte!«

Der Richter blätterte beinahe verzweifelt in seinen Akten. »Nun«, sagte er schließlich und rückte sich die Brille zurecht, »die Unterlagen der Sittenpolizei sagen etwas anderes.«

»Was weiß denn die Sittenpolizei schon?« Der Major wurde lauter. »Anna Thormann war eine durch und durch ehrbare Frau, die allein die blanke Not in Situationen getrieben hat, die die Sittenpolizei gerne einmal falsch versteht.«

»Sie wollen, mit anderen Worten, also sagen, die Aussagen der Sittenpolizei sind falsch?«

»Ich sage nur eines: Anna Thormann war keine Prostituierte, sondern eine ehrbare Frau.«

»Aber warum hat sie sich dann nicht um ihren Sohn gekümmert, sondern ihn in ein Heim gegeben?«

»Das war meine Idee, Hohes Gericht. Anna ging es nach der Geburt nicht gut, sie wurde krank. Nur deshalb hat sie doch nach mir geschickt, nur deshalb habe ich überhaupt erfahren, dass ich Vater geworden bin. Ich habe veranlasst, den Jungen in ein gutes Heim zu geben, die darüber getroffene Vereinbarung kennen Sie ja bereits. Und darüber hinaus habe ich dafür gesorgt, dass Anna zu ihrer Verwandtschaft nach Hamburg fahren konnte. Sie hatte ja in Berlin niemanden, der sich um sie kümmerte.«

»Und dann hat Anna Thormann sich in Berlin nicht mehr blicken lassen, obwohl sie einen Sohn in der Stadt hatte. Wie passt denn das zum Bild der ehrbaren Frau, das Sie zeichnen?«

»Dass Anna nicht mehr zurückgekehrt ist, hat einen ganz einfachen und einleuchtenden Grund«, sagte der Major und schaute dem Richter fest in die Augen. »Sie konnte ihren Sohn nicht mehr sehen, weil sie nur wenige Wochen nach der Geburt gestorben ist. An der Spanischen Grippe.«

Das wusste der Richter offenbar nicht, das hatte auch Charly nicht gewusst, das wusste nicht einmal Fritze selbst. Der Verbleib seiner Mutter war nirgends verzeichnet. Nur dass sie nicht mehr in Berlin lebte, war aktenkundig. Und dass sie sich nach der Geburt nicht mehr um ihren Sohn gekümmert hatte. Da für den

Kleinen gesorgt war, hatte offenbar niemand weitere Nachforschungen angestellt. Auch Charly hatte es erst von dem Major erfahren.

»Nun gut, diese Tatsache war dem Gericht nicht bekannt«, schloss der Richter seine Befragung. »Haben Sie noch Fragen an den Zeugen, Herr Rechtsanwalt?«

Contzen verneinte, und auch Charly schüttelte den Kopf. Es war alles gesagt worden, was wichtig war.

»Gut, Major, dann sind Sie entlassen. Auf eine Vereidigung können wir auch dieses Mal verzichten.«

Der Wehrmachtsoffizier verließ den Zeugenstand und auch den Saal. Er würdigte niemanden eines Blickes, nicht einmal Charly, die ihn doch ausfindig gemacht hatte. Major von Randow schien froh zu sein, die Sache endlich hinter sich gebracht zu haben.

»Haben Sie noch Zeugen, Herr Anwalt?«

Theo Contzen stand auf.

»Wir haben keinen Zeugen mehr, Herr Vorsitzender.«

»Das freut mich zu hören. Allerdings muss das Gericht sich noch ein genaueres Bild machen, bevor es zu einem Urteil gelangen kann. – Frau Rath? Ich darf auch Ihnen ein paar Fragen stellen?«

»Mir?«

»Jawohl. Sie sind doch anwesend, denke ich, also kann ich Sie auch befragen.«

»Wenn Sie das für nötig halten, Herr Vorsitzender, dann gerne.«

»Ich halte es für unabdingbar. Sie waren mehr als zwei Jahre die Pflegemutter von Friedrich Thormann.«

Charly stauchte ihre Papiere zusammen und stand auf.

»Frau Rath«, begann der Richter, »woher kennen Sie Friedrich Thormann?«

»Der Junge war von März dreiunddreißig bis Oktober fünfunddreißig mein Pflegesohn.«

»Und dann?«

»Dann hat ihn das Jugendamt Charlottenburg an eine andere Pflegefamilie gegeben.«

»Aus welchem Grund?«

»Da müssen Sie das Jugendamt fragen.«

»Weil man Sie und Ihren Mann für politisch unzuverlässig hält.«

»Das mag sein, Herr Vorsitzender, aber ich weiß nicht, was das hier zur Sache tut.«

»Ich möchte mir nur ein Bild davon machen, in welchem Verhältnis Sie zu Friedrich Thormann stehen.« Der Richter schaute sie streng über den Brillenrand an, und Charly versuchte, sich nicht einschüchtern zu lassen. »Warum, Frau Rath«, fuhr er fort, »setzen Sie sich so für den Jungen ein?«

»Ganz einfach: weil es sonst niemand tut. Und weil ich mich ihm immer noch nahe fühle. Wir waren immerhin eine Familie.«

»Daher auch Ihr Antrag, den Thormann wieder als Pflegekind aufzunehmen.«

»Jawohl.«

»Wie haben Sie den Jungen in den Jahren erlebt, da er bei Ihnen im Haushalt lebte?«

»Fritze ist ein aufgeweckter Junge von klarem Verstand, sehr wissbegierig, eine richtige Leseratte. Hilfsbereit. Sehr selbstständig, er weiß sich zu helfen. Anzeichen von Wahnvorstellungen jedenfalls konnte ich zu keiner Zeit erkennen.«

»Wie, Frau Rath, haben Sie von der Einweisung Friedrich Thormanns erfahren?«

»Über eine Bekannte beim Jugendamt«, log Charly.

»Und Sie waren sich gleich sicher, dass der Junge nicht verrückt ist?«

»Ich habe mich jedenfalls gewundert, ich kenne ihn doch. Und als ich ihn in Wittenau besucht habe, hat das meinen Eindruck nur bestärkt: Friedrich Thormann sitzt zu Unrecht in der Psychiatrie. Also habe ich ihm einen Anwalt besorgt.«

»Dass das amtsärztliche Gutachten in der Einschätzung der minderwertigen rassischen Herkunft des Thormann falschliegt, hat Ihr Rechtsanwalt ja nun eindrucksvoll dargelegt. Wie aber erklären Sie sich dann die mehrfach bezeugten Wahngeschichten, die der Junge über einen Todesfall im olympischen Dorf verbreitet? Ein Selbstmord, der angeblich ein Mord gewesen sein soll, begangen von einem ehemaligen SS-Angehörigen?«

Charly wusste, dass alles, was sie nun vortragen musste, gelogen war, aber ihr blieb keine andere Wahl.

»Der Junge war Zeuge dieses Selbstmordes«, begann sie also. »Er konnte dem Selbstmörder nicht helfen. Während er ein Messer holte, um ihn vom Seil schneiden zu können, ist der Mann gestorben. Natürlich versucht eine verletzte Kinderseele dann, Erklärungen zu finden. Im Sommer war es angeblich ein Wehrmachtssoldat, der den Selbstmörder im Stich gelassen hatte, so hat er es damals meinem verstorbenen Mann erzählt, der in der Sache ermittelt hat. Und ein halbes Jahr später erfindet Fritz einen SS-Mann, der sogar aktiv den Tod von Doktor Schmidt herbeigeführt haben soll. Daraus spricht doch die reine Verzweiflung.« Sie machte eine Pause. »Mag sein, dass der Junge angesichts dieser seelischen Erschütterung einer psychiatrischen Betreuung bedarf, er gehört aber nie und nimmer in eine Heil- und Pflegeanstalt. Und noch weniger in die geschlossene Abteilung.«

»Das sind Dinge, die nicht Sie entscheiden, verehrte Frau Rath, das ist Sache des Gerichts. Wir haben bereits eine neue ärztliche Untersuchung des Jungen veranlasst, die mit etwas mehr Sorgfalt und Respekt vor seiner Herkunft durchgeführt worden ist.« Der Richter schaute auf seine Taschenuhr. »Haben Sie noch Fragen an Frau Rath, Herr Rechtsanwalt?«

Theo Contzen wirkte etwas überrumpelt. Er verneinte.

»Dann werden wir an dieser Stelle unterbrechen, es ist schon spät. Die Verhandlung wird um vierzehn Uhr fortgesetzt.«

13

Das Lager machte gute Fortschritte. Wenn man bedachte, dass sie letzten Sommer überhaupt erst damit begonnen hatten, das Gelände zu roden. Ein großes Dreieck, von den Schutzhäftlingen selbst in den Kiefernwald nordöstlich von Oranienburg geschlagen und mit einem von Stahlbetonpfeilern gehaltenen Hochspannungszaun umgeben. Sebastian Tornow meinte sogar, ein Summen zu hören. Vielleicht bildete er sich das auch nur ein, jedenfalls flößte der zwischen Porzellanisolatoren gespannte Draht, ob er nun summte oder nicht, Respekt ein. Selbst der große schwarze Hund, der sie begleitete, schien die Gefahr zu wittern und hielt respektvoll Abstand.

Vor dem Zaun hatte der Kommandant ein Blumenbeet anlegen lassen. Tornow lächelte. Er mochte solche Feinheiten. Ein Schutzhaftlager musste nicht wie eine Fabrik oder eine Müllhalde ausschauen.

Lagerkommandant Koch schien seine Gedanken zu lesen.

»Schön, die Blumen, nicht wahr?«, sagte er. »Aus unserer Lagergärtnerei. Aber hüten Sie sich, eine zu pflücken, gleich dahinter beginnt die Todeszone.«

»Ah ja?«

Koch zählte auf: »Stolperdraht, Stacheldrahtrollen, und wen das nicht aufhält, für den ist spätestens am Elektrozaun Schluss.«

Tornow nickte anerkennend. »Sehr gut. Das entlastet die Wachmannschaft.«

»Na, die brauchen wir schon auch noch. Sie glauben gar nicht, wie renitent dieses rote Gesocks sich manchmal aufführt. In Sachsenhausen sind mehr Kommunisten versammelt als in ganz Berlin. Aber keine Sorge, wir haben alles im Griff. Ich muss Ihnen mal etwas zeigen, Obersturmbannführer!« Der Lagerkommandant klopfte mit der flachen Hand auf den rechten Oberschenkel. »Afra! Fuß!«

Die riesige Deutsche Dogge, die neben Karl Otto Koch hertrottete, seit Tornow vor der Kommandantenbaracke aus dem Wagen gestiegen war, flitzte los und folgte ihrem Herrchen wie befohlen. Tornow stiefelte notgedrungen hinterher. Eigentlich war er hier, um eine wichtige Sache zum Abschluss zu bringen, doch der Lagerkommandant war so stolz auf den Baufortschritt, dass er den Besuch aus Berlin unbedingt herumführen musste. Nun strebte Koch zum Torgebäude, das den Bereich der Kommandantur vom eigentlichen Schutzhaftlager trennte, ein hoher Fachwerkturm, gekrönt von einer Turmstube mit großen Fensteröffnungen und flankiert von zwei weiß getünchten gemauerten Seitenflügeln.

»Turm A«, erklärte der Kommandant, als sie den Treppenaufgang betraten, »ist nicht nur der Zugang, sondern auch das zentrale Gebäude von Sachsenhausen. Von da oben haben Sie das gesamte Schutzhaftlager im Blick.«

Und damit hatte er zweifellos recht. Die Turmstube, in deren Mitte ein riesiges Maschinengewehr postiert war, bot eine phantastische Aussicht in alle vier Himmelsrichtungen. Zwei gelangweilt wirkende SS-Männer schoben Wache und schlugen sofort die Hacken zusammen, als ihr Lagerkommandant den Raum betrat.

»Melde gehorsamst, Obersturmbannführer: keine besonderen Vorkommnisse.«

»Danke, Scharführer! Weitermachen.«

Der Scharführer griff zu einem Feldstecher und setzte eine wichtige Miene auf; sein Kamerad positionierte sich am Maschinengewehr, als gelte es, jeden Moment eine Salve abzufeuern. Sie erinnerten Tornow an Arbeiter, die eigentlich gerade nichts zu tun haben und die kurzerhand zum Besen greifen, wenn ihnen der Chef unerwartet auf die Finger schaut. Karl Otto Koch schien den Übereifer seiner Männer nicht zu bemerken. Er zeigte auf die nördliche Fensterreihe, dahinter öffnete sich das Schutzhaftlager in seiner gesamten Weite.

»Aus Turm A«, sagte er, »lässt sich mit einem einzigen Maschinengewehr das ganze Lager bespielen.«

Bespielen, ein schönes Wort, dachte Tornow und schaute aus dem Fenster. Der erste Barackenring stand bereits, am zweiten wurde kräftig gebaut. Die Häftlinge packten an, als gehörten sie einem militärischen Bautrupp an. Trotz der abgerissenen Lagerkleidung sah es ziemlich diszipliniert aus. In einigen Abständen standen SS-Wachen mit schussbereiten Karabinern.

»Wir schaffen fast eine ganze Baracke pro Tag«, erklärte der Lagerkommandant. »Bis zum Sommer stehen alle vier Ringe. An der SS-Siedlung wird auch bereits gebaut, und das Truppenlager dürfte nächstes Jahr fertig sein.«

»Eindrucksvoll, eindrucksvoll, Kommandant. Da sieht man mal, wie gut es ist, dass das Konzentrationslagerwesen nun voll und ganz in den Händen der SS liegt.«

»Da möchte ich Ihnen nicht widersprechen, Obersturmbannführer. Die SA hätte ein Lager dieser Art niemals hinbekommen.«

Sie stiegen die Treppe wieder hinab und traten auf den Appellplatz. Aus der Ferne waren die Kommandos und Rufe der Baukolonne zu hören. Die erste Reihe der Häftlingsbaracken stand in Reih und Glied im Halbkreis. Das Schutzhaftlager Sachsenhausen schickte sich wirklich an, ein Musterlager zu werden, ein Vorzeigelager für die Presse aus dem In- und Ausland.

»Dann werden wir Sachsenhausen im Sommer schon voll belegen können?«

»So ist es. Dann sind alle Häftlingsbaracken fertig.«

»Gehört der Häftling Rösler auch zu einer Baukolonne?«

Der Kommandant stutzte, als wittere er hinter dieser Frage eine Falle.

»Als ehemaliger SS-Mann untersteht Rösler gesonderter Bewachung«, sagte er schließlich.

»Das heißt, er muss nicht arbeiten?«

»Die meiste Zeit ist er ohnehin arbeitsunfähig.« Koch räusperte sich. »Sie müssen wissen, der Häftling Rösler genießt bei uns nicht gerade eine Vorzugsbehandlung, nur weil er einmal in der SS war. Eher im Gegenteil. Die Kameraden mögen es nicht, wenn einer aus den eigenen Reihen sich als Verräter und Versager erweist.«

»SS-Mann, deine Ehre heißt Treue!«, deklamierte Tornow.

»Sie sagen es, Obersturmbannführer!«

»Sie sollten wissen, Kommandant, dass der Sicherheitsdienst Ihre Meinung teilt. Der Schutzhäftling Rösler hat seine Strafe in aller Härte verdient.«

»Er leugnet nach wie vor.«

»Befragen Sie ihn denn noch? Das haben die Gestapo und der SD doch längst erledigt.«

»Dazu müssen Sie ihn nicht erst befragen, das erzählt er ungefragt. Immer dieselbe Leier, kein Wunder, dass er dauernd aufs Maul kriegt. Sämtliche Vorwürfe seien haltlos, man habe ihn hereingelegt, er sei denunziert worden.«

Das war Herbert Rösler tatsächlich. Eine anonyme Anzeige, garniert mit ein paar fadenscheinigen Beweisen, Rösler habe Verbindungen zum kommunistischen Untergrund, dem er heimlich Informationen zukommen lasse. Eigentlich haltlose Anschuldigungen, doch Tornow hatte sie dankbar angenommen und die sofortige Verhaftung Röslers veranlasst. Der Mann war zunehmend zum Sicherheitsrisiko geworden. Hätte er sich bei der Beseitigung Doktor Schmidts nicht von diesem Pimpf überraschen lassen, wären ihnen – und vor allen Dingen ihm, Obersturmbannführer Tornow – all die Probleme erspart geblieben, mit denen er sich seither herumschlagen musste.

Jetzt schickte sich Charlotte Rath, dieses lästige Weibsbild, auch noch an, den Jungen wieder aus der Psychiatrie zu holen. Dabei war das doch wirklich die eleganteste Lösung für sämtliche Beteiligte. Aber die Rath ließ nicht locker, sie hatte es tatsächlich hinbekommen, das Einweisungsgutachten für Friedrich Thormann in Zweifel zu ziehen. Da ließ sich juristisch nichts mehr machen. Zum Glück hatten sie einen Ausweg gefunden, der dennoch sicherstellte, dass der Hitlerjunge seine Geschichte nicht weiter in die Welt setzen konnte.

Tornow fragte sich, was die Witwe Rath wusste. Ihr Mann hatte immerhin im Fall Morgan ermittelt. Konnte sie sich da etwas zusammenreimen? Jedenfalls wusste sie, dass ihr einstiger Pflegesohn einen SS-Mann des Mordes an Doktor Schmidt bezichtigte, so stand es ja leider in Gerloffs Gutachten, das ihr Anwalt für den Prozess hatte einsehen können. Der Amtsarzt hätte die Wahnvorstellungen des Jungen etwas vager formulieren sollen, aber um solche Kleinigkeiten hatten sie sich damals nicht kümmern können, es hatte ja schnell gehen müssen, sie waren froh, dass sie den Thormann überhaupt erwischt hatten. In Breslau, wo er sein Judenliebchen hatte besuchen wollen, die verrückte Mörderin. War ja eher ein unerwarteter Fang, einen Tag vor Heiligabend, da waren alle ein bisschen überfordert. Tornow hatte über die Feiertage Urlaub genommen und sich nicht selbst darum kümmern können, Oberkommissar Steinke von der Gestapo hatte die Angelegenheit übernommen. Der hätte ihn mal besser aus dem Urlaub zurückgerufen, anstatt alles selbst regeln zu wollen. Steinke unterliefen leider, wenn weltanschaulich auf ihn auch Verlass sein mochte, immer wieder Nachlässigkeiten.

Na ja, für den Jungen würde jetzt gesorgt werden. Behutsam. Sie konnten ihn ja nicht einfach aus dem Weg räumen, das hätte viel zu hohe Wellen geschlagen, zumal Thormann offensichtlich der Bastard eines angesehenen Wehrmachtsoffiziers war.

Das Problem Rösler aber musste einer endgültigen Lösung zugeführt werden, daran führte kein Weg mehr vorbei. Herbert Rösler hatte seine Bewährungsprobe gehabt, er hatte versagt, Tornow brauchte den Mann nicht mehr,

»Hören Sie, Kommandant, es geht nicht an, dass ein unehrenhaft entlassener SS-Mann die Redlichkeit von Staatspolizei und

SD anzweifelt, und nichts anderes tut er ja, wenn er behauptet, er sitze unrechtmäßig im Schutzhaftlager.«

»Ich kann Ihnen versichern, Obersturmbannführer, solche Bemerkungen bekommen dem Häftling Rösler auch nicht gut.«

»Aber offensichtlich doch so gut, dass er sie immer wieder äußern kann.«

»Nun ja, nach der Sache mit dem Häftling Ehlers dachte ich, dass wir bei Gefangenen, die wir von Ihnen zugewiesen ...«

»Aber das war doch etwas ganz anderes! Herbert Ehlers ist von einem unbefugten SS-Mann, der nicht einmal Mitglied der Wachmannschaft war, ohne jeden Grund zu Tode geprügelt worden. Deswegen haben wir damals Ermittlungen angestellt. Schließlich war Ehlers ein Häftling des SD.«

»Das ist Rösler ja auch. Deswegen dachte ich ...«

»Wenn Sie gedacht haben sollten, dass der SD Rösler noch für irgendwelche Vernehmungen braucht, kann ich Sie beruhigen, Kommandant. Der Fall ist abgeschlossen, mit dem Mann sind wir durch.«

»Verstehe.« Der Lagerkommandant grinste. »Das wird meine Leute freuen, Obersturmbannführer. Die mussten sich bislang viel zu sehr beherrschen.«

»Wenn das so ist, sollten Sie Ihren Männern die Neuigkeiten baldmöglichst mitteilen, finden Sie nicht?«

»Gleich nach dem Mittagessen, Obersturmbannführer. Ich habe da etwas Besonderes zubereiten lassen. Wild aus der Umgebung. Sie sind selbstverständlich eingeladen?«

»Sehr freundlich, Kommandant, aber die Pflicht ruft. Ich muss auf direktem Wege zurück nach Berlin.«

»Dann erlauben Sie, dass ich Sie zurück zu Ihrem Wagen begleite.«

Der Dienstmercedes des Sicherheitsdienstes parkte direkt vor der Kommandantur, die noch provisorisch in einer Bretterbaracke untergebracht war. Draußen aber hatten es sich die Befehlshabenden von Sachsenhausen schon nett gemacht, es gab einen kleinen Teich, Blumenrabatten, geharkte Kieswege und aus krummen, rohen Ästen kunstvoll gezimmerte Gartenmöbel.

»Ach, eine Sache noch, Kommandant«, sagte Tornow, als ihm sein Fahrer die Wagentür bereits geöffnet hatte. »Das unglückselige Ende des Häftlings Ehlers haben Sie ja vorhin selbst angesprochen. Ich hätte da noch eine Frage ...«

Koch schaute ihn erwartungsvoll an. Die Dogge, die neben ihrem Herrchen stand und den Kiesweg vollsabberte, hatte ihren schweren Kopf nahezu im gleichen Winkel auf die Seite gelegt.

»Der SS-Hauptsturmführer von Rekowski, der Ehlers im August sechsunddreißig erschlagen hat«, fuhr Tornow fort, »hat der sich an diesem Tag noch andere Häftlinge vorführen lassen?«

»Nein. Er hat nur und ganz konkret nach Ehlers verlangt.«

»War er denn davor oder danach noch einmal im Lager?«

»Nein. Das wüsste ich. Die Disziplinierungsmaßnahmen des SD müssen dem Hauptsturmführer ziemlichen Respekt eingeflößt haben.«

»Das will ich doch hoffen.« Tornow nickte nachdenklich. »Gleichwohl würde ich Sie bitten, mir eine Liste zukommen zu lassen, Kommandant. Mit allen Häftlingen, die zwischen dem vierzehnten August sechsunddreißig und dem dreiundzwanzigsten April siebenunddreißig aus Sachsenhausen entlassen worden sind.«

Karl Otto Koch grinste.

»Kann ich gerne veranlassen, Obersturmbannführer. Aber eines kann ich Ihnen jetzt schon sagen: Das wird keine lange Liste.«

14

Die Sitzungspause zog sich hin, und Charly beschloss, bei *Aschinger* eine Kleinigkeit zu essen, bevor es weiterging. Hier, einen Steinwurf vom Präsidium entfernt, hatte auch Gereon früher meist seine Mittagspause verbracht, in der Polizeikantine hatte man ihn nur selten angetroffen. Das halbe Polizeipräsidium – jedenfalls die Hälfte, die das Kantinenessen nicht mochte – aß bei *Aschinger* am Alex.

Die letzte halbe Stunde hatte sie damit verbracht, den Alexanderplatz und seine Umgebung nach Wilhelm Rademann abzusuchen, doch vergebens. Als Charly den Gerichtssaal verließ, konnte sie Rademanns braunes Hemd gerade noch im Treppenhaus verschwinden sehen. Sie hatte sich eilig von Theo Contzen verabschiedet und versucht, den Mann einzuholen, doch als sie vor dem Amtsgerichtsportal auf die Neue Friedrichstraße trat, war die braune Uniform wie vom Erdboden verschluckt. Wilhelm Rademann schien kein besonderes Interesse daran zu haben, ihr zu begegnen.

Sie dagegen schon. Es hätte sie brennend interessiert, woher Rademanns plötzliche Anteilnahme am Schicksal des Jungen rührte. Auch das *Aschinger* suchte sie zunächst nach Wilhelm Rademann ab, bevor sie nach einem freien Platz Ausschau hielt. Vergeblich. Stattdessen entdeckte sie ein anderes bekanntes Gesicht. Paul Czerwinski saß allein an einem Fensterplatz und löffelte einen Teller Erbsensuppe. Sie ging hinüber.

»Ist es erlaubt, sich dazuzusetzen?«, fragte sie.

Czerwinskis Gesicht hellte sich auf, als er sie erkannte.

»Charly! Aber natürlich.«

Der Kellner kam vorüber, und sie bestellte eine Fleischbrühe mit Schrippe und ein Selters.

»Was treibt dich denn zum Alex?«, fragte Czerwinski. »Hat Kommissar Lange dich wieder vorgeladen?«

»Er hatte ja eigentlich meine Freundin vorgeladen. Weil die den Toten in eurem Mordfall kannte. Aber dann hat er mich ausgequetscht, obwohl ich eigentlich nur da war, um Greta zu entschuldigen. Na ja, was soll's, man hilft ja gerne.« Sie zuckte mit den Achseln. »Ich hoffe, es hat euch wenigstens etwas weitergebracht.«

»Wie man's nimmt. Der Kommissar steht jedenfalls ganz schön unter Druck. Er fürchtet, dass die SS ihm bald im Nacken sitzt, wenn er keine Ergebnisse liefert.«

»Stimmt, von Rekowski war ja SS-Mann. Hat er etwa in Uniform im Wagen gesessen, als er gestorben ist?«

»Ne, der war in Zivil. War ja auch nur aus Karrieregründen in der SS. Eigentlich ein hohes Tier im Polizeiamt Charlottenburg. Passwesen und Meldeangelegenheiten. Hat in der Hauptsache geprüft, wo in Charlottenburg überall Juden und Ausländer gemeldet sind.«

»Ihr wart schon an seinem Arbeitsplatz?«

»Natürlich. Und in seiner Wohnung. Ebenfalls in der Kantstraße. Keine drei Minuten von der Garage entfernt. Über dem Tabakgeschäft, weißt du?«

Charly nickte und freute sich über die Leutseligkeit des früheren Kollegen. Der Kellner kam mit der Bestellung. Bevor sie einen Löffel nahm, tunkte sie ihre Schrippe in die heiße Brühe.

»Wie ist der eigentlich so? Kommissar Lange?«, fragte sie, nachdem sie eine Weile schweigend gegessen hatten. »Einer von den Hundertprozentigen, was?«

»Hundert? Das reicht nicht.« Czerwinski beugte sich vor und senkte seine Stimme. »Unter uns, Charly: Gereon als Chef war mir tausendmal lieber. Und das sage ich nicht nur aus Pietät.«

»Danke, Paul. Das ist sehr freundlich.«

»Habe mir deinen Mann mehr als einmal zurückgewünscht, das kannst du mir glauben. War mir immer einer der liebsten Kollegen in der Mordinspektion.«

»Na ja, Kommissar Lange ist eben anders. Jeder Mensch übt seinen Beruf doch auf seine spezielle Art und Weise aus.«

»Und manche auch sehr speziell! So einen Paragraphenreiter wie den hast du noch nicht erlebt! Du kennst ihn ja noch als Kriminalassistenten, aber seit er Kommissar ist ... ich sag's dir!« Czerwinski wedelte mit den Händen, als habe er sich verbrannt. »Mit dem ist nicht gut Kirschen essen, regt sich über jede Kleinigkeit auf. Wenn der uns hier sitzen sehen könnte, der würde glatt ein konspiratives Treffen vermuten.«

»Lange hat früher auch interne Ermittlungen geleitet, das prägt. Sowas macht einen misstrauisch.«

»Apropos Misstrauen: Sag deiner Freundin bitte, dass sie sich so schnell wie möglich in der Burg meldet. Ist wirklich dringend. Sonst denkt Lange hernach noch wer weiß was.«

»Ich habe einen Zettel auf den Küchentisch gelegt. Den sieht sie, wenn sie nach Hause kommt. Mehr kann ich im Moment nicht tun. Bin auch selten da.«

»Es wäre schon gut, sie würde sich melden, Charly. Alles andere macht sie verdächtig.«

»Ihr verdächtigt sie doch nicht ernsthaft des Mordes, Paul!«

Czerwinski schaute auf den Teller und stocherte in seiner Erbsensuppe herum. »Du weißt doch, wie das ist: Wir ermitteln in alle Richtungen. Da kann man auch Fräulein Overbeck nicht ausschließen, nur weil sie deine Freundin ist.«

»Natürlich nicht. Das weiß ich doch.« Sie lächelte ihn an. »Aber du gibst mir doch Bescheid, wenn ihr eine heiße Spur habt. Und Greta außer Verdacht ist.«

»Wenn sie nicht mehr zum Kreis der Verdächtigen gehört, kann ich dir das gerne mitteilen, wenn es dich beruhigt.«

»Danke, Paul! Du bist der Beste. Wenigstens noch einer vom alten Schrot und Korn!«

Czerwinski wirkte sichtlich geschmeichelt. »Ein paar von uns müssen ja die Stellung halten in der Burg«, sagte er.

»Da hast du recht.« Sie hob ihr Glas. »Auch wenn das nur Selterswasser ist«, sagte sie, »lass uns anstoßen. Auf die alten Zeiten!«

Czerwinski nahm sein Bierglas. »Auf die alten Zeiten.«

»So.« Charly stellte das Glas ab und holte ihre Geldbörse aus der Handtasche. »Ich muss dann auch mal weiter.«

»Lass mal, Charly, ich lade dich ein«, sagte Czerwinski, »der alten Zeiten halber.«

»Danke, Paul, das wäre doch nicht nötig.«

»Ist mir ein Vergnügen.«

»Na dann, vielen Dank. War schön, dich zu sehen. Lass uns in Kontakt bleiben. Der alten Zeiten halber.«

Er hob zum Abschied noch einmal sein Bierglas. Charly stand auf und schulterte ihre Handtasche.

Als sie ins Gericht kam, wartete Theo Contzen bereits vor dem Saal, die Uhr zeigte vier Minuten vor zwei. Wilhelm Rademann war auch wieder da; er saß auf demselben Platz wie heute morgen und versuchte, jeden Blickkontakt mit ihr zu vermeiden. Er wollte partout nicht mit ihr reden, so viel stand fest. Und dann war es auch zu spät dafür, der Gerichtsdiener war auf den Gang getreten und bat sie in den Saal.

Charly hatte ein ungutes Gefühl, und sie sollte recht behalten. Kaum hatte der Richter die Sitzung eröffnet, ließ er den Zeugen Rademann in den Saal führen. Jetzt erst, auf dem Weg in den Zeugenstand, warf Wilhelm Rademann ihr einen, wenn auch flüchtigen, Blick zu. Charly fragte sich, was er zur Sache beizusteuern hatte. Ob er den Versuch unternahm, die Einweisung des Jungen doch noch zu rechtfertigen?

Nachdem der Richter den Zeugen belehrt hatte, begann er die Befragung.

»Herr Rademann, wollen Sie sich bitte kurz vorstellen?«

»Mein Name ist Wilhelm Rademann, SA-Standartenführer und Hauptbannführer der Hitlerjugend. Ich leite in der Reichsjugendführung das Hauptreferat Schrifttum im Amt für weltanschauliche Schulung. Seit der Zuweisung durch das Jugendamt Charlottenburg im Oktober fünfunddreißig bin ich der Pflegevater von Friedrich Thormann.«

»Ihnen ist bekannt, dass der Junge seit Dezember sechsunddreißig Insasse der Heilanstalten Wittenau ist?«

»Selbstverständlich. Das Jugendamt hat mich darüber in Kenntnis gesetzt. Er war ja längere Zeit verschwunden, seit August. Wir waren sehr froh, dass er noch lebte, wir hatten uns über Monate große Sorgen gemacht.«

»Warum haben Sie sich Sorgen gemacht?«

»Wir wussten ja nicht, wo er war.«

»Er ist fortgelaufen?«

»Das hatte einen konkreten Grund. Die Staatspolizei war bei uns, weil Friedrich den Führer beleidigt haben soll – was, wie sich später herausstellte, eine anonyme Verleumdung ohne jede Grundlage war. Die Angst vor einer polizeilichen Vernehmung hat Friedrich aus dem Haus getrieben. Er hat lange auf der Straße gelebt und daher eine unnatürliche Angst vor der Polizei.«

»Aber die ersten Pflegekindjahre hat er doch in einem Polizistenhaushalt verbracht.«

»Das ist korrekt.«

Mehr sagte Rademann nicht. Alle im Saal schienen darauf zu warten, dass er noch etwas Erklärendes hinterherschob, aber da kam nichts mehr. Und diese Auslassung war boshafter als alles, was er hätte sagen können.

»Waren Ihnen die Wahnvorstellungen des Jungen bekannt?«

»Hohes Gericht, mit Verlaub, ich würde hier nicht von Wahnvorstellungen sprechen. Es gibt ja durchaus plausible Erklärungen, wie eine Kinderseele nach solchen Phantasien greift, um das Unerklärbare zu erklären. Es liegt doch auf der Hand, dass eine offensichtliche Fehldiagnose des Amtsarztes zu Friedrichs Einweisung in die Psychiatrie geführt hat.«

Charly wunderte sich. Rademann war auf ihrer Seite. Damit hatte sie nicht gerechnet.

»Wie haben Sie den Jungen in dem Jahr erlebt, da er in Ihrer Familie lebte?«

»Ich kannte Friedrich ja schon länger. Seit Juli vierunddreißig leite ich ihn in der Hitlerjugend an. Dort war er stets einer der Eifrigsten; er gehörte zur Auswahl, die am Reichsparteitag des Friedens teilnehmen durfte, und diente während der Olympiade im Jugendehrendienst. Alles in allem ein vorbildlicher Hitlerjunge, wie man ihn sich nur wünschen kann.«

»Und als Mitglied Ihrer Familie?«

»Nun, Friedrich hat sich mit meinen leiblichen Söhnen Arthur und Jürgen gut verstanden. Er war folgsam und ist meiner Frau sogar im Haushalt zur Hand gegangen.« Rademann warf Charly einen kurzen Blick zu. »Wenn es etwas zu beklagen gab, dann waren das wohl Eigenschaften, die er sich, wie ich vermute, in seiner alten Pflegefamilie angeeignet hatte.«

»Wovon sprechen Sie?«

»Friedrich war trotz vorbildlicher Schulung in der HJ weltanschaulich nicht immer so gefestigt, wie sich das der Führer von der deutschen Jugend wünschen darf. Und dieser – wie soll ich es nennen? – Wankelmut verdankt sich allein dem schädlichen Einfluss der zersetzenden Schriften, die man ihm im Hause Rath zugänglich gemacht hat, darunter schlimmste Asphaltliteratur.« Rademann hob die Schultern zu einer bedauernden Geste. »Das hat die Erziehung des Zöglings leider nicht immer leicht gemacht.«

»Vielen Dank, Standartenführer, für Ihre vorbildliche und aufschlussreiche Einlassung. – Herr Rechtsanwalt, haben Sie noch Fragen an den Zeugen?«

Contzen schaute Charly fragend an, und sie stand auf.

»O ja, die haben wir! Danke, Herr Vorsitzender.«

Rein juristisch gesehen hatte sie eigentlich keine Fragen mehr. Dass Rademann als Zeuge vernommen wurde, war sowieso eine einzige Farce, seine Aussagen trugen nichts zur Sache bei. Aber es hatte sie wütend gemacht, sie konnte das, was der Mann da gerade von sich gegeben hatte, nicht einfach stehen lassen. Machte die Familie Rath schlecht, nur um selbst umso strahlender dazustehen. Hier ging es längst nicht mehr um die Entlassung Fritzes aus der Anstalt, hier ging es um etwas ganz anderes.

»Verehrter Zeuge«, begann sie, »wenn Sie, wie Sie sagen, Kenntnis darüber hatten, dass Ihr Pflegesohn auf polizeiliche Anordnung in die geschlossene Psychiatrie eingewiesen wurde, warum haben Sie nichts dagegen unternommen?«

»Nun, da das Jugendamt in dieser Angelegenheit die Federführung übernommen hatte, fiel Friedrich natürlich wieder in die Verantwortung der staatlichen Jugendwohlfahrt.« Rademanns Stimme klang so sanft und ungerührt wie immer. »Man musste also davon ausgehen, dass alles seine Richtigkeit hatte.«

»Dieses Verfahren läuft schon eine Weile. Wie kommt es, dass wir Sie erst heute hier sehen?«

»Weil ich heute eine Aussage machen wollte.«

»Mich wundert Ihr plötzliches Interesse«, sagte Charly, »nachdem Sie sich monatelang, seitdem der Junge vor Ihrer Familie Reißaus genommen ...«

»Ich verbitte mir solche Unterstellungen! Der Junge hatte Reißaus vor der Staatspolizei genommen, doch nicht vor unserer Familie!«

»Nun gut. Aber Sie haben nichts unternommen, als der Junge verschwunden war, und heute ...«

»Nichts unternommen? Selbstverständlich habe ich etwas unternommen! Ich habe Friedrich umgehend als vermisst gemeldet. Wir haben uns große Sorgen gemacht.«

»Wenn Sie sich wirklich um den Jungen sorgten, dann hätten Sie ihn auch einmal in der Heilanstalt besucht!«

»Ich weiß nicht, warum Sie das etwas angehen sollte und was das hier zur Sache tut, aber wenn Sie es wissen wollen: Gestern erst war ich in Wittenau und habe nach einem ausführlichen Gespräch mit dem Stationsarzt den Eindruck gewonnen, dass Friedrich von seinen Wahnvorstellungen gänzlich geheilt ist und bereit, wieder in die Obhut meiner Familie zu kommen.«

Charly war für einen Moment sprachlos.

»Wie bitte?« fragte sie, etwas zu laut.

»Standartenführer Rademann hat, ebenso wie Sie, verehrte Frau Rath, beantragt, Friedrich Thormann wieder als Pflegekind anzunehmen«, sagte der Richter und blätterte durch seine Akten. »Der Antrag liegt mir in schriftlicher Form vor.«

»Wann ist das denn erfolgt? Das ist doch ...«

Sie fuhr Wilhelm Rademann, der mit einem süffisanten Grinsen auf den Lippen im Zeugenstand saß, die Uniformmütze auf dem Schoß, direkt an: »Was wollen Sie von dem Jungen? Er ist Ihnen einmal weggelaufen, er wird Ihnen wieder weglaufen. Sie können ihn doch nicht einsperren. Oder haben Sie genau das vor?«

»Liebe Frau Rath!«, donnerte der Richter dazwischen, »ich verbitte mir solche Unterstellungen. Sollten Sie noch Fragen zur Sache haben, dann stellen Sie diese, aber unterlassen Sie bitte jegliche Verleumdung und Verunglimpfung des Zeugen! Wir befinden uns hier in einem Gerichtssaal!«

Charly zeigte sich zerknirscht, obwohl sie ahnte, dass das Porzellan, das sie gerade zerschlagen hatte, nicht mehr zu kitten war. »Es tut mir leid, Hohes Gericht«, sagte sie. »Ich habe keine Fragen mehr.«

»Gut.« Der Richter wirkte zufrieden. »Dann ist der Zeuge entlassen. Ich darf Sie bitten, Standartenführer Rademann, den Zeugenstand zu verlassen und wieder draußen Platz zu nehmen.«

»Gerne, Herr Vorsitzender.«

Wilhelm Rademann hatte sein freundlichstes Lächeln aufgesetzt, als er Charlys Tisch passierte. Dieser elende, Gutmütigkeit heuchelnde Scheißkerl!

Sie hörte kaum noch zu, als der Richter erklärte, das Gericht ziehe sich nun zur Beratung zurück, das Urteil ergehe in einer halben Stunde. Sie fragte sich, ob sie dann überhaupt noch anwesend sein sollte, aber natürlich musste sie das, sie konnte Contzen da nicht allein lassen. Das Urteil allerdings, da war sie sich sicher, war bereits gefällt. Im Namen des deutschen Volkes. Fritze würde freikommen, das neue amtsärztliche Gutachten würde ihn zweifelsohne aus Wittenau entlassen. Aber nicht sie würde ihn dort abholen dürfen, sondern das Oberhaupt einer weltanschaulich unzweifelhaften Familie: SA-Standartenführer und HJ-Hauptbannführer Wilhelm Rademann.

Das alles war ein abgekartetes Spiel, und sie konnte nichts dagegen tun.

Sie hatte mit allem gerechnet, dass Fritze wieder ins Heim geschickt wurde, dass man eine neue Pflegefamilie für ihn sucht, vielleicht sogar, dass er adoptiert wurde, nicht jedoch damit. Dass er in genau jene Familie zurückgeschickt wurde, der er im Sommer entflohen war.

15

Rath war todmüde, als er den Lieferwagen in der Hermannstraße abstellte, im tiefsten Wiesbadener Westend. Endlich zuhause. So einen zähen, sich ewig hinziehenden Arbeitstag hatte er schon ewig nicht mehr erlebt. Was für ein beschissener Tag! Was für eine beschissene Zeit! Was für ein beschissenes Leben!

Er öffnete die Hecktür und angelte eine Flasche *Judenkirch* aus einer offenen Weinkiste. Immer mal wieder, an Tagen, an denen er sich in den Schlaf trinken musste, zweigte er eine Flasche aus der Lieferung ab. Man gönnte sich ja sonst nichts. Durfte nur dem alten Jacoby nicht auffallen. War es bislang auch nicht.

Die Weinflasche in der einen, die Aktentasche in der anderen Hand überquerte er den Hinterhof. Das Dudeln eines Radios begleitete seinen Weg die Treppe hinauf. So gut wie nie begegnete er einem seiner Nachbarn, die Menschen hier gingen sich aus dem Weg. Und für Wilhelm Kessler, den neuen Mieter, den Eigenbrötler, der nie Besuch empfing, interessierte sich sowieso niemand. Hier im Westend fühlte er sich sicher, hier wusste niemand, dass es einen Mann namens Gereon Rath jemals gegeben hatte. In seiner Dachwohnung im Hinterhaus hatte er seine Ruhe, kein Mensch musste an seiner Tür vorbei, und der Briefträger kam sowieso niemals zu ihm, die Klappe über dem Briefschlitz war schon völlig verstaubt.

Als er den Schlüssel ins Schloss steckte, wunderte er sich: Die Tür war nicht verriegelt. Rath umfasste den Hals der Weinflasche und drückte die Klinke. Er lauschte auf jedes Geräusch, doch alles, was er hörte, war das Radio unten im Haus und das leise Knarren der Türangeln.

Er lugte durch den Türspalt und erstarrte.

In seiner Wohnung saß jemand.

Es dauerte einen Augenblick, bis er merkte, dass der Mann, der da in seinem Sessel saß, sich nicht mehr regte. Sondern mit aufgerissenen Augen in die Dunkelheit starrte, den Kopf in einer unnatürlich schiefen Haltung. Es sah aus, als habe er sich zum Musikhören dorthin gesetzt und sein Ohr zum Plattenspieler geneigt, um zu lauschen. Doch es lief keine Musik. Und der Mann konnte auch nicht mehr hören.

In dem senfgelben Sessel saß eine Leiche. Ein Mann, den Rath noch nie zuvor gesehen hatte. Hager und schmächtig, vielleicht Mitte vierzig, in einen unauffälligen grauen Anzug gekleidet. Als er sich noch fragte, wer das sein mochte und wie er in seine Wohnung gelangt war, hörte er ein Geräusch und fuhr herum, bereit, mit der Weinflasche zuzuschlagen, sollte es nötig sein.

Eine tiefe, warme Frauenstimme ließ ihn innehalten.

»Nicht! Tun Sie mir nichts!«

Er blinzelte in die Dunkelheit. Vor dem stumpfen Glas des Dachfensters, in dem sich das Mondlicht brach, erkannte er die Umrisse einer schlanken Gestalt. Zwei abwehrende Hände, die sich ihm entgegenstreckten.

»Tun Sie mir nichts, Kommissar!«

Der russische Akzent war es, mehr noch als die Stimme, der ihm verriet, mit wem er es zu tun hatte.

»Was suchen Sie in meiner Wohnung, Gräfin Sorokina?«, fragte er, ließ die Flasche sinken und schaltete das elektrische Licht ein. »Und wer zum Teufel ist dieser tote Mann da in meinem Sessel?«

»Kommissar Rath«, sagte sie. »Entschuldigen Sie. Ich ... Sie müssen mir helfen.«

»Ihnen helfen? Ich denke eher, ich sollte die Polizei rufen. Da liegt eine Leiche.«

»Die Polizei?« Sie schaute ihn an. Ihre Stimme, eben noch flehentlich, klang nun erstaunlich hart. »Ich denke, wir wissen beide, dass Sie das nicht tun werden, Herr Rath. Oder liege ich falsch, wenn ich Gründe dahinter vermute, dass ein Kriminalkommissar aus Berlin unter falschem Namen als Weinlieferant in Wiesbaden lebt.«

Er sagte nichts.

»Nicht wahr, Herr Kessler?«, fuhr sie fort, »Sie wollen in dieser Stadt genauso unerkannt bleiben wie ich?«

Er stellte die Weinflasche auf den Tisch und griff zu seinen Zigaretten.

»Und wenn schon«, sagte er und steckte sich eine an. »Das ändert nichts daran, dass Sie mir eine Erklärung schulden.«

Sie fischte ein kleines Zigarettenetui aus ihrer Handtasche und setzte sich an den Tisch. Rath nahm den freien Stuhl und gab ihr Feuer.

»Eine Erklärung …«, sagte sie und inhalierte tief, »da haben Sie wahrscheinlich recht.« Sie schwieg eine ganze Weile und schien nachzudenken. Und dann begann sie zu erzählen. Von ihrer Begegnung am Neroberg und welchen Schrecken ihr das eingejagt habe. »Ich wusste zunächst gar nicht, wer Sie sind, Kommissar, nur dass ich Sie irgendwoher kenne. Dabei bin ich in dieser Stadt, weil ich hier niemanden kenne. Sie waren das erste bekannte Gesicht.«

»Willkommen im Club.«

Sie zeigte ein zitronensaures Lächeln. »Schließlich ist der Groschen gefallen. Der korrupte Kommissar aus Berlin, mein ehemaliger Nachbar.«

Sie habe noch erinnert, dass er am Neroberg in einen Lieferwagen des Weinguts Jacoby gestiegen sei. Ein Anruf in Dotzheim, und der alte Jacoby habe ihr erzählt, dass sein Ausfahrer Kessler heiße und im Wiesbadener Westend wohne.

»Und dann sind Sie auf die Idee gekommen, mir eine Leiche in die Wohnung zu legen?«

»Natürlich nicht, Kommissar. Ich habe Sie aufgesucht, weil ich niemanden sonst kenne, der mir helfen kann.« Sie schaute beinahe trotzig. »Ich werde erpresst. Irgendjemand droht damit, mich an die Sowjets zu verraten, wenn ich nicht zahle.«

»Wissen Sie, wer dahintersteckt?«

Sie schüttelte den Kopf.

»Und?«

»Wie: und?«

»Haben Sie gezahlt?«

Sie zog an ihrer Zigarette. Nickte. »Leider. Ein Fehler. Denn es hört nicht auf. Vor drei Tagen kam die nächste Forderung. Über eine noch größere Summe.«

»Wie viel?«

Sie zeigte auf eine schwarze Reisetasche, die unscheinbar in der Zimmerecke stand. »Eine halbe Million.«

Er pfiff durch die Zähne. »Eine schöne Stange Geld.«

»Wenn man bedenkt, dass es mit hunderttausend angefangen hat.« Sie zog an ihrer Zigarette. »Ich kann das Geld aufbringen,

Herr Rath, das ist es nicht. Ich fürchte nur, das wird ein Fass ohne Boden. Ich will, dass es ein Ende hat.«

»Und für dieses Ende haben Sie gesorgt?«

»Wie?«

Rath zeigte auf die Leiche im Sessel. »War das Ihr Erpresser?«

Sie zuckte die Achseln. Verbarg schließlich das Gesicht hinter ihren Händen. Schien wirklich am Ende mit den Nerven zu sein.

»Ich weiß es nicht, Herr Kommissar. Ich weiß nicht, wer dieser Mann ist. Ich weiß nur, wenn mein Inkognito auffliegt, ist mein Leben nichts mehr wert. Niemand in dieser Stadt weiß, wer ich bin, nicht einmal Oswald.«

»Oswald?«

»Mein ... Lebensgefährte.«

»Dann weiß der auch nicht, dass Sie erpresst werden?«

»Er weiß nicht einmal, wer ich bin. Das darf auch niemand wissen. Für ihn und für alle hier bin ich Irina Jawlenka. Das gilt auch für Sie.«

»Natürlich, Frau Jawlenka. Wie Sie wünschen. Aber dann nennen Sie mich bitte auch nicht mehr Rath. Oder Kommissar. Das bin ich nicht mehr.«

»Meinetwegen.« Die Gräfin drückte ihre Zigarette aus. »Für heute war die nächste Geldübergabe anberaumt. Und ich bin auch hin. Bin hingefahren mit dem Geld, habe vor dem Kino gestanden ...«

»Vor dem Kino?«

»Dort sollte die Übergabe stattfinden. Wie schon beim letzten Mal. Aber dann habe ich gedacht, die können mich mal, ich wehre mich. So schnell werden die mich schon nicht verraten. Die Kuh, die man melken will, schlachtet man nicht.«

»Da haben Sie wahrscheinlich recht.«

»Ich bin also zu Ihnen ...«

»Warum zu mir?«

»Weil Sie der einzige in dieser Stadt sind, der ohnehin weiß, wer ich bin. Weil Sie Polizist sind. Weil ich verdammt nochmal verzweifelt bin und dachte, Sie könnten mir vielleicht helfen.«

Rath schwieg.

»Doch Sie waren nicht da«, fuhr sie fort. »Ich habe eine Weile gewartet und wollte schon wieder gehen. Und dann ...« Sie zögerte und warf einen Seitenblick auf die Leiche. »Dann bin ich im Treppenhaus dem da begegnet.«

»Und haben ihm den Hals gebrochen ...«

»Natürlich nicht!« Sie klang entrüstet. »Ich weiß doch selbst nicht, wie es passiert ist! Ich wollte mich an ihm vorbeidrängen, er hat mich festgehalten, ich habe mich losgerissen, da ist er die Treppe hinuntergestürzt. Es hat so komisch gekracht, dann ist er unten auf dem Treppenabsatz mit verrenktem Hals liegen geblieben.«

»Und Ihnen ist nichts anderes eingefallen, als die Leiche in meine Wohnung zu bringen?«

»Ich musste den Kerl doch irgendwie aus dem Treppenhaus schaffen!« Sie hob ihre Schultern. »Und dann sind Sie auch schon nach Hause gekommen.«

»Das Ganze ist also nicht länger als eine halbe Stunde her?«

Sie nickte und schaute ihn ratlos an.

»Und niemand hat etwas mitbekommen?«

»Nicht, dass ich wüsste.«

Rath beugte sich über die Leiche und durchsuchte die Taschen des grauen Anzugs. Er fand eine Brieftasche mit ein wenig Kleingeld, einem Führerschein und einem SS-Mitgliedsausweis, ausgestellt auf den Namen Bouffier, Wolfgang.

»SS«, sagte er. »Kann es sein, dass der SD über Ihre Identität Bescheid weiß?«

Das Erschrecken in ihrem Gesicht wirkte echt.

Vier Stunden später hielt der Lieferwagen des Weinguts Jacoby mitten auf der Mainzer Rheinbrücke. Es regnete wie aus Eimern. Bei diesem Sauwetter und um diese Uhrzeit war außer ihnen kein Mensch unterwegs. Rath schaute die Gräfin an, die neben ihm saß, mit unbeweglichem Gesicht. Bislang war alles überraschend glattgelaufen. Schweigend hatten sie zusammengearbeitet, ohne viel reden zu müssen. Er hatte den Teppich von Möbeln freigeräumt, sie hatte die Leiche darin eingewickelt, während er nach der Wäscheleine suchte, und Rath hatte den Eindruck gewonnen, dass die Gräfin solche Dinge nicht zum ersten Mal erlebte. Natürlich nicht. Sie hatte den Mord der Bolschewiki an ihrer Familie überlebt, sie hatte an der Seite eines trotzkistischen Untergrundkämpfers gelebt, sie hatte zusammen mit einem Gangster wie Johann Marlow das Gold ihrer Familie in Sicherheit gebracht. Wusste er, wie viele Menschen sie schon auf dem Gewissen, wie viele Leichen sie schon verscharrt haben mochte? Er wollte es auch gar nicht wissen.

Sie hatten sich allerdings gegen Verscharren entschieden und den Teppich mit den sterblichen Überresten des Sturmscharführers Bouffier mit Steinen beschwert. So lag er nun hinten im Wagen. Rath blieb noch sitzen, bis er ganz sicher war, dass sich außer ihnen niemand auf der Brücke befand, dann nickte er ihr kurz zu, und sie stiegen aus. Mit vereinten Kräften schleiften sie das schwere Bündel über den Asphalt. Gar nicht so einfach, das Paket über das schmiedeeiserne Geländer zu hieven. Vielleicht hätten sie doch weniger Pflastersteine hineinpacken sollen. Schließlich schafften sie es, die Leiche kippte rheinwärts über das Geländer, ein Platschen aus dem Dunkel sagte ihnen, dass ihre Sendung angekommen war. Rath schaute nach unten, konnte in der Schwärze der Nacht aber nur das Glitzern der Wasseroberfläche erkennen. Er nahm die leere Brieftasche des SS-Sturmscharführers und warf sie hinterher. Den SS-Ausweis und den Führerschein hatten sie schon in Raths Ofen verbrannt.

Sie stiegen wieder in den Wagen. Rath wendete noch auf der Brücke und fuhr zurück nach Kastel und weiter über Amöneburg nach Wiesbaden. Die Uhr am Zementwerk zeigte Viertel vor fünf, bald würde dort die Frühschicht beginnen.

»Und nun?«, fragte die Gräfin. Es waren die ersten Worte, die sie seit Stunden sprach.

»Ich bringe Sie nach Hause, wenn Sie wollen. Und dann werde ich zur Arbeit fahren und Wein ausliefern und alles vergessen, was gerade geschehen ist. Und wir beide, Frau Jawlenka, sind uns wieder fremd, sollten wir uns noch einmal in der Stadt begegnen.«

»Das wird nicht passieren. Lange werde ich nicht mehr in Wiesbaden bleiben.« Sie hob die Reisetasche. »Könnten Sie noch am Bahnhof vorbeifahren? Ich möchte so viel Geld nicht zuhause herumstehen haben, da nehme ich lieber ein Schließfach.«

Rath nickte und tat ihr den Gefallen; der Hauptbahnhof lag ganz in der Nähe. Sie wirkte erleichtert, als sie ohne Tasche aus dem

Bahnhofsgebäude trat und zum Wagen zurückkehrte. Sie nannte ihm ihre Adresse. Beethovenstraße. Eine feine Gegend. Das genaue Gegenstück zum Westend. Der Morgen graute bereits, als sie vor dem Haus hielten. Der Regen war dünner geworden.

Sie reichte ihm zum Abschied die Hand. »Haben Sie vielen Dank!«

»Nicht der Rede wert«, sagte Rath und fragte sich, ob sie seinen Sarkasmus verstand.

Sie stieg aus, und er schaute ihr nach, als sie durch den Vorgarten zur Außentreppe hinüberging. Die Haustür hatte sich geöffnet, und oben am Treppenabsatz erschien ein Mann im Morgenmantel. Blondes Haar, ein wenig bullig, aber gutaussehend. Sein fragender Blick wanderte zwischen der Sorokina und dem Lieferwagen hin und her. Rath legte einen Gang ein und fuhr los. Höchste Zeit, hier wegzukommen.

16

Der Kellner trat an ihren Tisch und fragte, ob sie noch etwas wünsche, doch Charly verneinte. Gefühlte Ewigkeiten saß sie nun schon in diesem schäbigen Café in der Köthener Straße, und nichts passierte. Der dunkelrote Audi von Doktor Wolfssohn, Kennzeichen IA-5349, parkte seit Punkt neun Uhr vor dem *Europahotel*, und Karoline Winkler war immer noch nicht aufgetaucht. Normalerweise harrte Charly eisern auf einem Beobachtungsposten aus, doch jetzt war sie am Ende ihrer Geduld. Und ihrer Kräfte. Es ging einfach nicht mehr.

Wie konnte sie sich hier stundenlang den Allerwertesten plattsitzen, wo doch ganz andere Dinge durch ihren Kopf gingen als die dämliche Eifersucht von Harald Winkler? Nein, sie konnte nicht mehr. Sie legte zwei Markstücke auf den Tisch und verließ das Lokal, ohne eine Rechnung zu verlangen. Scheiß auf die Spesen!

Charly wusste nicht mehr genau, wie sie gestern vom Amtsgericht nach Hause gekommen war, wahrscheinlich mit der S-Bahn, wie immer, doch sie konnte sich weder erinnern, am Alex ein-

noch am Bahnhof Bellevue ausgestiegen zu sein. Sie wusste nur noch, dass sie, als sie endlich in die dunkle, kalte Wohnung trat, ihre Handtasche mit einem lauten Schrei gegen die Blumenvase auf dem Buffet gepfeffert hatte. Das Klirren der Vase, die auf dem Fußboden in tausend Stücke zersplitterte, war noch lauter als Charlys Schrei, es war so laut, dass Frau Brettschneider durch die immer noch geöffnete Wohnungstür schaute und fragte, ob denn alles in Ordnung sei.

Charly hatte ihr wortlos die Tür vor der Nase zugeknallt, mit aller Kraft, mit all der Wut, die sie immer noch in sich spürte.

Natürlich war überhaupt nichts in Ordnung.

Fritze kam zurück zu den Rademanns, und Charly hatte nicht einmal jemanden, mit dem sie darüber reden konnte, keine Freundin, die sie hätte trösten können, die ihr ein wenig Hoffnung gemacht, die ihr einfach zugehört hätte.

Nein, Greta war immer noch nicht wieder aufgetaucht, sie war kein Trost, sondern eine weitere Sorge, die Charly bedrückte und um die sie sich kümmern musste. Es gab so viel zu tun. Es gab so verdammt viel zu tun, dass sie nicht einmal wusste, wo sie anfangen sollte. Sie fühlte sich völlig zerrissen. Auch eine Nacht mit nervösem Schlaf hatte daran nichts geändert.

Ihr Pflichtbewusstsein war das Einzige, was noch funktionierte. Alle nötigen Verrichtungen heute morgen hatte sie erledigt wie eine Maschine: die Morgentoilette, das Frühstück und die Fahrt zur Köthener Straße. Sie wusste, dass Doktor Wolfssohn jeden Donnerstagmorgen ein Zimmer im Hotel *Europa* nahm und dass Karoline Winkler an den vergangenen drei Donnerstagen dort regelmäßig aufgekreuzt war. Also musste auch sie dorthin.

Aber sie musste nicht den ganzen Morgen in der Köthener Straße verbringen, zumal die Winkler sich ohnehin nicht blicken ließ. Ob sie ihren Liebhaber versetzt hatte? Oder Lunte gerochen hatte? Charly war es egal.

Sie lief die Köthener Straße hinunter, ohne zu wissen, wohin sie eigentlich wollte. Sie musste gehen, in Bewegung bleiben, sie musste ihrer Rastlosigkeit nachgeben, sonst würde sie noch wahnsinnig.

Und endlich mit jemandem reden.

Nur gab es nicht mehr so viele Leute in dieser Stadt, denen

sie sich anvertrauen konnte. Sie hätte zurück ins Büro zu Wilhelm Böhm fahren können, ihm von ihrer ergebnislosen Observierung berichten und sich dann bei ihm ausheulen können, doch alles in ihr sträubte sich dagegen. Nicht nur wegen der abgebrochenen Observierung und weil sie sich ihrem Chef, so gern sie ihn mochte, nicht schwach zeigen wollte, sondern auch, weil sie wusste, dass Wilhelm Böhm mit seiner grummeligen Art niemand war, der gut zu trösten verstand.

Und mit einem Mal war ihr völlig klar, was sie tun musste.

Sie nahm den Achter Bus am Potsdamer Platz, stieg gleich auf das Oberdeck und steckte ihre Nase in den Fahrtwind, als könne der ihr Hirn einmal ordentlich durchpusten und ihre verwirrten, verwickelten Gedanken entheddern.

Als sie am Alex ausstieg und die Stadtbahnbögen entlangspazierte, fühlte sie sich schon besser. Sie hatte Glück, das Schild war auf GEÖFFNET gedreht. Das war nicht immer der Fall, Robert hielt sich nicht sehr streng an die auf die Ladentür gemalten Öffnungszeiten.

Er war gerade im Gespräch mit einem Kunden, der offensichtlich an einem Staubsauger interessiert war, jedenfalls hielt er ein solches Gerät in der Hand und redete auf Robert ein. Der hatte Charly erspäht und grüßte sie mit einem knappen Nicken. Sie konnte nicht hören, was er sagte, aber er hatte das Verkaufsgespräch jetzt an sich gerissen und den Kunden in weniger als zwei Minuten aus dem Laden komplimentiert. Ohne Staubsauger.

»Ich hoffe, mein Besuch war jetzt nicht geschäftsschädigend«, sagte Charly. »Meinetwegen hätten Sie dem Mann ruhig vier bis fünf Staubsauger verkaufen können.«

Robert machte eine wegwerfende Handbewegung. »Ach, der wollte sowieso nichts kaufen, der wollte nur gucken. Ich kenne solche Vögel.«

Er stellte den Staubsauger wieder an seinen Platz ins Regal hinter dem Tresen. Charly schaute ihm zu und wusste mit einem Mal nicht mehr, was sie sagen sollte und warum sie überhaupt hier war. Er schien ihr anzusehen, dass etwas nicht stimmte.

»Was ist los, Charlotte? Haben Sie wieder Zeitung gelesen? Sie wissen doch, dass Sie das nicht tun sollten. Nur Lügen, die schlechte Laune machen.«

»Ach, ich weiß nicht. Ich bin einfach erschöpft. Ich mache und mache, und irgendwie scheint alles vergebens.«

»Nichts ist vergebens. Vielleicht hilft es Ihnen, wenn ich Ihnen sage, Sie sind nicht allein. Ich bin an Ihrer Seite. Wenn ich irgendwo helfen kann, sagen Sie Bescheid.«

»Es ...«

Charly wollte etwas sagen, aber der Kloß in ihrem Hals, den sie eben noch hatte ignorieren können, war inzwischen so groß, dass kein einziges Wort mehr an ihm vorbeipasste.

»Ist es wegen des Jungen?«, fragte Robert. »Gestern war doch die Gerichtsverhandlung, oder?«

Charly konnte nicht sprechen. Sie spürte, wie Tränen über ihr Gesicht flossen, und konnte nichts dagegen tun.

Robert machte ein bestürztes Gesicht. Er kam um den Verkaufstresen herum und machte zunächst Anstalten, sie in den Arm zu nehmen, hielt das dann aber wohl doch für unangebracht und drehte stattdessen das Schild an der Ladentür um.

»Ist sowieso gleich Mittagspause«, sagte er und schloss ab. »Lassen Sie uns nach hinten gehen, ich mache uns einen Tee. Kommen Sie erst einmal zur Ruhe, und dann erzählen Sie, was passiert ist.«

Charly nickte. Immerhin das konnte sie noch.

Wenig später saß sie in seinem Hinterzimmer. Es hatte eine Weile gedauert, bis sie sich wieder im Griff hatte, aber jetzt ging es. Ihre Tränen, die einfach so geflossen waren, ohne dass sie etwas dagegen tun konnte, waren getrocknet. Robert hatte sie in Ruhe gelassen und derweil den Tee zubereitet.

Er sagte nichts, als er sich zu ihr setzte, schenkte ihr nur eine Tasse ein, dann auch sich selbst, und wartete.

Bislang hatte Charly bei ihm immer Kaffee bekommen, aber vielleicht war Tee jetzt genau das Richtige. Sie gab etwas Zucker hinein, trank einen Schluck und fühlte sich gleich besser. Wenigstens ein bisschen.

»Es ist ...«, begann sie und merkte, dass ihre Stimme immer noch ein wenig kratzte, »... es ist ja nicht nur wegen des Jungen. An den komme ich schon ran. Es ist ... ach verdammt! Greta ist verschwunden, und ich habe immer noch keine Ahnung, wo sie ist. Die Polizei verdächtigt sie. Mein Mann fehlt mir, ich wünschte, er wäre hier! Alles an diesem neuen Deutschland ist so ... ist so, dass ich am liebsten gar nicht hier wäre. In was für Zeiten leben wir nur?«

»In sehr schrägen Zeiten, leider.« Robert rührte in seiner Teetasse. »Wie Sie so über Ihren Mann reden – glauben Sie denn, er könnte noch leben?«

»Nein, natürlich nicht. Es ist nur – ich vermisse ihn halt. Und dass man seine Leiche immer noch nicht gefunden hat ... Ach, das macht die Sache auch nicht leichter.«

»Da haben Sie wohl recht. Theoretisch besteht ja noch die Möglichkeit, dass er die Schießerei überlebt hat.«

»Lassen Sie uns bitte nicht darüber reden.«

Charly ärgerte sich über sich selbst. Völlig unnötig, dieser Rundumschlag, der sogar Gereon einschloss. Über den sprach sie mit Robert sonst nur wenig. Sie hatte Angst, selbst vor ihm hatte sie Angst, und vor Greta und Wilhelm Böhm sowieso, dass sie sich verplappern könnte. Deswegen sprach sie am liebsten gar nicht darüber, weder über den lebenden noch über den toten Gereon Rath. Solch ein Geheimnis zu wahren war gar nicht so einfach. Schon auf der Trauerfeier, die sie für ihn ausgerichtet hatten, war es ihr schwergefallen, die trauernde Witwe zu spielen. Obwohl sie sich miserabel fühlte. Aber Trauer und sich miserabel fühlen waren eben doch zwei sehr unterschiedliche Dinge.

»Charlotte, die Probleme, die da auf Sie einstürzen, machen sich größer, als sie sind. Wenn Sie die der Reihe nach angehen, schrumpfen sie auf Normalmaß, glauben Sie mir.«

Charly nickte. Allein schon Roberts Stimme zu hören beruhigte sie.

»Nun gut, Ihr Mann fehlt Ihnen, den kann Ihnen niemand zurückgeben. Das ist sehr traurig. Aber den Rest, den kriegen wir schon hin. Erzählen Sie mir doch erst einmal, was mit dem Jungen passiert ist. Hat das Gericht ihn doch nicht aus der Psychiatrie gelassen?«

»Doch. Das schon. Aber ... er kommt genau wieder zu der Familie, der er eigentlich weggelaufen ist.« Sie zögerte einen Moment. Sollte sie Robert wirklich von den Ereignissen im Olympischen Dorf erzählen? Vom Tode Doktor Schmidts, von Herbert Rösler und von dem Komplott, in das nicht nur der SD, sondern auch Wilhelm Rademann verstrickt war? Besser nicht.

»Sie haben mir doch erzählt, dass Sie auf Dauer nach Prag wollen. Und dass Sie vorhaben, den Jungen mitzunehmen.«

Sie nickte. Das hatte sie ihm tatsächlich erzählt. Nachdem er freimütig eingestanden hatte, dass sein Bruder, den er Weihnachten in Prag besucht hatte, aus politischen Gründen aus Deutschland ausgewandert war.

»Nun«, fuhr Robert fort, »wenn ich das richtig sehe, ist das sowieso kein legales Vorhaben, was Sie da planen. Verabreden Sie sich mit ihm, er soll noch einmal wegbleiben von seiner Pflegefamilie, und dann steigen Sie mit ihm in den nächsten Zug nach Prag. Papiere haben Sie doch, sagen Sie.«

Charly nickte. Auch das hatte sie ihm erzählt. Aber natürlich nicht, woher sie diese Papiere hatte. Und dass Wilhelm Böhm damit zu tun hatte.

»Es gibt da allerdings ein Problem«, sagte sie, »der Familienrichter hat Fritze nicht nur den Rademanns zugesprochen, er hat auch das Kontaktverbot erneuert, dass mich daran hindert, den Jungen überhaupt zu sprechen.«

»Haben Sie das damals nicht auch unterlaufen? Da gibt es doch Mittel und Wege. Lassen Sie sich mal nicht ins Bockshorn jagen.«

»Ach, Robert, Sie haben ja recht. Aber bevor ich nicht weiß, was mit Greta ist, kann ich das Land sowieso nicht verlassen.«

»Das wird sich schon noch aufklären.«

»Aber nicht von allein. Und was habe ich davon, wenn Greta wieder auftaucht und die Polizei sie als Mordverdächtige festnimmt?«

»Haben Sie denn schon etwas herausgefunden?«

Charly erzählte von ihrem Besuch im *Groschenkeller*.

»Hm, sie war also da. Zusammen mit diesem Rekowski. Immerhin wissen Sie das jetzt.«

»Ja. Aber die Polizei wird das früher oder später auch herausfinden, und dann ist Greta endgültig die Hauptverdächtige.«

Robert kratzte sich nachdenklich am Kinn. »Dieser Norddeutsche«, sagte er, »der macht mich irgendwie stutzig. Was wollte der von Gretas Liebhaber?«

»Liebhaber? Das war er doch schon lange nicht mehr.«

»Vielleicht ja doch. Wissen Sie das so genau?«

»Nein, das hätte sie mir erzählt. Er war hartnäckig, und sie hat versucht, ihn abzuwimmeln, das ist alles. Sie haben doch selbst erlebt, wie er sich neulich benommen hat. Im Café Reimann.«

»Eben. Das wirkte auf mich nicht so, als hätten die beiden schon ewig keinen Kontakt mehr.«

»Aber Greta hat es gehasst, wie er sie bedrängt hat.«

»Wissen Sie das so genau? Auch solche Menschen haben ihre guten Tage und sind dann wie verwandelt. Und da wird eine Frau womöglich wieder schwach. Aber das ist auch egal. Entscheidend ist, dass Rekowski offensichtlich mit einem Taschentuch des Norddeutschen Lloyd betäubt wurde, bevor man ihn den Abgasen aussetzte. Und wenige Tage zuvor hat sich ein Mann mit norddeutschem Akzent nach ihm erkundigt. Dem sollte die Polizei nachgehen.«

»Ich hoffe, das tut sie auch.«

»Na, Sie haben doch noch Kontakt zu Ihren alten Kollegen«, sagte Robert. »Der ein oder andere dezente Hinweis könnte denen vielleicht auf die Sprünge helfen.«

Charly dachte an Czerwinski. Ob ausgerechnet der Kriminalsekretär der Richtige wäre, um die Mordkommission auf eine heiße Spur zu lotsen? Aber zu ihm hatte sie den besten Draht.

»Vielleicht haben Sie recht«, sagte sie. »Aber das ändert nichts daran, dass ich nicht weiß, wo Greta steckt. Ich mache mir immer größere Sorgen, dass ihr etwas zugestoßen sein könnte.«

»Na, wollen wir mal nicht das Schlimmste hoffen. Immerhin wissen Sie schon, dass sie Freitagabend im Groschenkeller war. Da kann man doch ansetzen. Die Frage ist, was danach passiert ist.«

»So ist es wohl.« Charly nickte nachdenklich. Und erschrak gleich darauf, weil in ihrem Kopf ein Bild auftauchte, das ihr schon ein paarmal erschienen war und das sie nicht sehen wollte.

Greta Overbeck, die in einem Opel Olympia sitzt und dem Fahrer ein chloroformgetränktes Taschentuch unter die Nase hält.

17

Manche Dinge änderten sich nie, ganz gleich, was draußen in der Welt vor sich ging, und dazu gehörte das Büro von Oberregierungsrat Gennat. Das durchgesessene grüne Sofa, die Mörderfotos an der Wand und natürlich das Kuchentablett auf dem Tisch. Wenn Ernst Gennat, hinter seinem Rücken respektvoll Buddha genannt, zum Gespräch bat, gab es immer etwas zu essen, daran hatten auch seine Beförderung und sein Aufstieg zum Leiter der Kriminalgruppe M nichts geändert. Andreas Lange konnte nicht sagen warum, aber er fand das sehr beruhigend. Für seinen Geschmack hatten sich in Deutschland in den letzten Jahren zu viele Dinge geändert.

Lange und Kowalski saßen auf den grünen Plüschsesseln, Gennat auf dem Sofa. Trudchen Steiner, Gennats Sekretärin, schenkte derweil Kaffee ein. Lange kannte das schon, Kowalski hingegen machte einen unglücklichen Eindruck, als Gennat ihm ungefragt ein Stück Schwarzwälder Kirsch auf den Kuchenteller schaufelte. Kein Wunder, sie kamen gerade aus der Kantine. Lange hatte angesichts des Gesprächs bei Gennat wohlweislich aufs Dessert verzichtet, ihm gönnte der Buddha jedoch nur ein Stück Nusskuchen.

Wie immer fragte er sich, ob das etwas zu bedeuten hatte, ob Gennat mit seiner Kuchenverteilung etwas sagen wollte, bislang hatte er darin aber noch kein sinnvolles System erkennen können.

»Dann langen Sie mal zu, die Herren«, sagte Gennat und begann selbst mit einem Stück Stachelbeertorte, das er sich mit erkennbarer Freude in den Mund schob.

»Na, Kollege Kowalski«, fragte der Buddha, nachdem er den ersten Bissen hinuntergeschluckt hatte, »wie haben Sie sich denn eingelebt in unserer Kriminalgruppe?«

Kowalski wurde durch die Frage etwas überrumpelt, er kaute noch an seinem Kuchen.

»Danke, gut«, sagte er schließlich. »Es war schon länger mein Wunsch, nach Berlin versetzt zu werden, ich bin froh, dass es endlich geklappt hat.«

»Fleißige Kriminalisten können wir hier immer gebrauchen.«

Gennat schob die nächste Gabel Kuchen nach, Lange trank einen Schluck Kaffee, der Nusskuchen war tückisch. Er hatte gut daran getan, denn die nächste Frage des Buddhas galt ihm.

»Wo ist denn der Kollege Czerwinski?«

»Mit dem ED unterwegs. Spuren und mögliche Beweise in der Jagdhütte des Mordopfers sichern.«

»Herr von Rekowski besaß eine Jagdhütte?«

»Im Spandauer Forst. Vielleicht findet sich da etwas, das uns weiterbringt.«

»Das heißt, Sie sind bislang noch nicht allzuweit gekommen.«

»Wie man's nimmt. Todesursache und -zeitpunkt stehen recht eindeutig fest. Der Mann wurde zwischen halb zwei und vier Uhr morgens mit einem chloroformgetränkten Taschentuch betäubt und dann den giftigen Abgasen des eigenen Automobils ausgesetzt. Das Taschentuch verweist auf den Norddeutschen Lloyd, könnte aber auch eine Finte sein, eine bewusst ausgelegte falsche Spur.« Lange räusperte sich. »Zeugen für die Tat gibt es leider keine. Zwar ist die Pforte der Parkgarage die ganze Nacht besetzt, die Tat ereignete sich jedoch im dritten Stockwerk und wurde erst am frühen Morgen bemerkt. Da war Herr von Rekowski schon tot.«

»Und sein Mörder? Der muss die Parkgarage doch auch verlassen haben.«

»Das letzte Automobil, das laut Eintrag des Pförtners die Einfahrt passiert hat, war der Opel Olympia des Mordopfers. Das war kurz nach halb zwei. Danach gab es keinen Betrieb mehr bis zum Leichenfund. Der Mörder hat die Parkgarage also entweder zu Fuß verlassen, es gibt einen Hinterausgang, der zu den S-Bahn-Gleisen führt, oder er hat sich bis Tagesanbruch versteckt und dann unters Volk gemischt.«

»Sie haben doch hoffentlich die Personalien aller Anwesenden aufgenommen.«

»Natürlich, das hat Kriminalsekretär Kowalski übernommen. Und wir haben mittlerweile auch alle befragt. Keine Verdachtsmomente. Die meisten haben ein Alibi.«

»Darf ich fragen, in welche Richtung Sie vordringlich ermitteln? Der SD hat nachfragen lassen, wie weit die Ermittlungen im Fall Rekowski gediehen sind.«

Lange erschrak ein wenig. Bislang hatten sich die Organe der Partei, die sich sonst immer gern einmischten, wenn ein SS-Mitglied oder ein Parteigenosse ums Leben gekommen war, erfreulich zurückgehalten.

»Hält man es nun doch für einen politischen Fall?«, fragte er.

Der Buddha schüttelte den Kopf. »Ich glaube nicht. Wenn Sie nicht ohnehin von einem politischen Motiv ausgehen, sollten Sie auch nicht in dieser Richtung ermitteln.«

»Wenn ich ehrlich bin, tappen wir, was das Motiv angeht, noch ziemlich im Dunkeln. Es könnte ein persönliches sein, enttäuschte Liebe oder so etwas. Die Geliebte von Herrn Rekowski, ein Fräulein Overbeck, ist seit der Tat verschwunden. Am Abend vor der Tat wurde sie aber noch in seinem Auto gesehen, sie haben die Parkgarage gemeinsam verlassen. Wir haben sie bereits zur Fahndung ausgeschrieben.«

»Hmm«, machte der Buddha. »Ist sie denn auch mit Rekowski zurückgekehrt?«

»Nein. Zu einer Beziehungstat will auch der Tathergang nicht recht passen. Die Tat war wohlüberlegt und gut vorbereitet, das war kein Mord im Affekt oder aus Leidenschaft.«

»Warum schaltet sich der SD überhaupt ein?«, fragte Kowalski. »Deutet das nicht womöglich doch auf ein politisches Motiv? Ein Motiv, von dem die SS möglicherweise weiß und wir nicht?«

Gennat hob die Augenbrauen. Der junge Kriminalsekretär aus der Provinz schien ihm zu gefallen.

»Nun«, sagte er, »der Tote war SS-Mitglied, da ist es normal, dass der SD nachfragt. Ansonsten aber halten sich die Herren aus dem Prinz-Albrecht-Palais auffallend zurück, da will uns niemand in die Parade fahren, auch die Gestapo hält sich raus. Ich glaube also nicht, dass ein politisches Motiv wahrscheinlich ist. So wichtig war dieser Rekowski in der SS doch auch nicht, oder?«

»Immerhin hat der die Passstelle im Polizeiamt Charlottenburg geleitet«, meinte Kowalski. »Da kann man sich durchaus auch politisch Feinde machen. Allerdings sind wir auf keinen Fall besonderer Härte gestoßen, für den Rekowski verantwortlich gewesen wäre, eher im Gegenteil: Sämtliche Passanträge, die gestellt worden sind, wurden früher oder später auch bewilligt. Auch die von Antragstellern mosaischen Glaubens. Klaus von Rekowski hat niemandem Steine in den Weg gelegt oder sonst etwas getan, das Rachegelüste hätte heraufbeschwören können.«

»Rache ist immer ein naheliegendes Mordmotiv«, sagte der Buddha. »Und die muss nicht zwingend politisch motiviert sein.«

Kowalski nickte. Sein Teller war bereits leer, und Gennat legte mit einem Stück Kirschstreusel nach. Der Kriminalsekretär schaute entsetzt, sagte aber nichts. Lange kannte die Spendierfreudigkeit seines Chefs und ließ sich mit dem Nusskuchen Zeit.

Er fragte sich, ob er Gennat von Charlotte Rath erzählen sollte. Er wusste, dass der Buddha immer noch große Stücke auf Charly hielt und es bedauerte, dass sie den Polizeidienst vor vier Jahren quittiert hatte. Er selbst, wenn er ehrlich zu sich war, bedauerte das nicht weniger.

Doch wie es aussah, hatte sie bei ihrer Aussage am Dienstagmorgen die Unwahrheit gesagt.

Rekowskis Notizbuch gab ihnen zwar immer noch viele Rätsel auf und war mit derart vielen Abkürzungen gespickt, dass nicht immer klarwurde, wer oder was damit gemeint war, aber in einem Punkt waren sie sich inzwischen sicher: Die Abkürzung *Gr* konnte nur Greta Overbeck zugeordnet werden. Sollte das stimmen, dann hätte sich Fräulein Overbeck nach dem angeblichen Bruch der Beziehung im Oktober 1936 noch ganze vierzehn Mal mit dem vermeintlichen Ex-Liebhaber getroffen, fast immer zur Abendzeit. Das waren verdammt viele Schäferstündchen für eine verflossene Liebe. Und das waren nur die, die Rekowski auch notiert hatte.

Ob Charlotte ihn bewusst angelogen hatte? Das konnte er sich eigentlich nicht vorstellen. Als sie noch in der Mordinspektion angestellt war, hatten sie einige Male zusammengearbeitet, und er hatte sie als ehrliche, offene, nicht immer ganz einfache Kollegin mit einem starken Willen kennengelernt.

Lange beschloss, es mit der halben Wahrheit zu versuchen.

»Bei der verschwundenen Geliebten«, sagte er, nachdem er seinen Nusskuchen fast vertilgt hatte, aber ganz bewusst ein kleines Stück auf dem Teller zurückließ, »handelt es sich übrigens um die Freundin einer ehemaligen Kollegin.«

Gennat, der gerade einen Bissen Stachelbeertorte auf seiner Kuchengabel balancierte, hielt mitten in der Bewegung inne und horchte auf.

»Charlotte Rath«, fuhr Lange fort. »Sie ist seit vielen Jahren mit Greta Overbeck befreundet und wohnt sogar mit ihr zusammen. Leider konnte uns Frau Rath auch nicht weiterhelfen.«

»Sie haben Charly also schon vernommen?«, fragte Gennat.

»Wir haben sie zu ihrer Freundin und deren Verhältnis zu Klaus von Rekowski befragt, ja.«

»Haben Sie Anlass zu der Annahme, Frau Rath könne ihre Freundin in Schutz nehmen?«

Verdammt! Dem Buddha konnte man nichts vormachen.

»Nicht direkt«, sagte Lange und wusste, kaum hatte er das gesagt, dass das die dämlichste Antwort war, die man geben konnte. »Ich glaube eher, sie ist sich ihrer Freundin selbst nicht so ganz sicher und sorgt sich um sie. Gibt sich aber große Mühe, dies uns gegenüber nicht zuzugeben. Angeblich sei das alles ganz normal, dass Greta Overbeck über Tage nicht nach Hause komme.«

Der Buddha schaute auf die Kuchenreste auf seinem Teller, als wolle er darin die Wahrheit lesen. »Nun, meine Herren«, sagte er schließlich, »Sie sollten keine voreiligen Schlüsse ziehen, Sie sollten aber auch keine übertriebene Rücksicht walten lassen. Tun Sie, was zu tun ist, auch wenn eine ehemalige Kollegin in den Fall involviert ist.«

»Jawohl, Herr Oberregierungsrat. Selbstverständlich.«

»Und noch etwas ...«

»Oberregierungsrat?«

»Beim nächsten Mal, wenn Sie Frau Rath vernehmen, sagen Sie mir Bescheid, dann möchte ich zugegen sein.«

18

Fritze saß im Besuchsraum und schaute aus dem vergitterten Fenster in den trüben Tag. Er kam sich vor wie im Knast, und so ähnlich war es ja auch. Vielleicht sogar schlimmer. Im Knast konnte man zwischendurch wenigstens mal raus zur Arbeit, hier aber gab es nur einmal am Tag einen Spaziergang. Unter Aufsicht der Wärter natürlich. Sie waren ja alle bekloppt und gemeingefährlich. Im Knast hatte man nach Einschluss seine Ruhe, in Wittenau brüllten und tobten die Verrückten die ganze Nacht. Im Knast hatte man wenigstens noch einen letzten Rest an Freiheit, nämlich die seiner Gedanken, hier in der Klapse pumpten sie einen derart mit Medikamenten voll, dass der Kopf kein Hort der Freiheit mehr war, sondern nur noch ein wattiger, schwammiger Matsch, in dem alles versank. Ja, in Wittenau hatten sie es hinbekommen, einem auch noch das letzte bisschen Freiheit zu nehmen.

Jetzt aber fühlte er sich einigermaßen frisch. Die Pillen, die sie ihm gaben, schluckte er seit einiger Zeit schon nicht mehr, und eine Spritze hatten sie ihm heute noch nicht gegeben. Solange er sich ruhig verhielt und in die Gegend stierte wie ein Vollidiot, hielten sie das auch nicht für nötig. Wenn er seine Ruhe haben wollte, konnte Fritze sehr gut so tun, als hätten sie ihn unter Drogen gesetzt. Neulich erst hatte ihm wieder ein Arzt auf die Pelle rücken sollen, aber Fritze war ruhig geblieben, und der Mann hatte keinerlei Verdacht geschöpft, dass der Patient Thormann die Medikamente verweigerte. War auch viel freundlicher gewesen als die Ärzte, mit denen er es sonst hier zu tun hatte.

Heute aber war Fritze so aufgeregt, dass es ihm schwerfiel, den tumben Betäubungsmittelgolem zu spielen.

»Besuch für dich«, hatte Oberschwester Ingeborg ihn nach dem Mittagessen angeschnauzt, als habe er etwas angestellt. Er hatte nur dumpf gegrunzt und war ihr in den Besuchsraum gefolgt, hatte ihr geduldig dabei zugesehen, mit welchem Schlüssel sie welche Tür auf- und wieder abschloss. Seit Wochen schon beobachtete er das. Für den Fall der Fälle, falls es doch nötig sein sollte auszubüxen. Was er natürlich nur machen würde, wenn er bei der Gelegenheit noch jemanden aus dem Frauentrakt drüben jenseits der Wiese mitnehmen könnte.

Verdammt, wenn er doch nur einmal zu Hannah könnte!

Heute morgen, als die Mädchen Hofgang hatten und stumpf ihre Runden drehten, da hatte er seine Nase an der Scheibe plattgedrückt und sich zu ihr hinübergewünscht. Und doch immer gewusst, dass es mehr war als nur eine Fensterscheibe, was ihn von Hannah trennte.

Er fragte sich, was für Neuigkeiten Charly mitbringen würde. Sie war die Einzige, die ihn hier in der Anstalt besuchte. Wer auch sonst? Hannah saß selbst in der Klapse, Gereon war tot. Und sonst gab es niemanden, der überhaupt etwas für ihn empfand. Friedrich Thormann war ja selbst seiner Mutter scheißegal gewesen und seinem Vater sowieso. Von dem wusste man nicht einmal, wer es überhaupt war. Und seine ehemaligen Kameraden bei der HJ, die er einmal für Freunde gehalten hatte, würden sich bestimmt nicht dazu hergeben, einen Bekloppten zu besuchen. Wenn die überhaupt wussten, dass man ihn nach Dalldorf in die Klapsmühle gesteckt hatte.

Er hatte sich so sehr auf Charly gefreut, dass er tatsächlich erschrak, als er sah, wem Oberschwester Ingeborg die Tür zum Besuchsraum öffnete. Einem Mann, mit dem er hier am allerwenigsten gerechnet hatte. Er brachte keinen Ton heraus, als der Besucher an den Tisch trat, an dem Fritze bereits saß, und ihn mit einem freundlichen »Heil Hitler, mein Junge!« begrüßte. Nicht einmal die Kopfnuss von Oberschwester Ingeborg konnte ihn dazu bringen, den Gruß zu erwidern.

»Tut mir leid, Herr Rademann«, sagte die Oberschwester, »der Junge ist manchmal ein bisschen verstockt.«

»Schon gut«, sagte Wilhelm Rademann. »Das wird sich schon legen, wenn er hört, warum ich hier bin. Wenn Sie uns nun bitte einen Augenblick allein lassen könnten?«

»Selbstverständlich, Standartenführer!«

Oberschwester Ingeborg hörte sich so zackig an, als habe sie im Weltkrieg gedient. Sie verließ den Besuchsraum und schloss die Tür hinter sich ab. Nun waren sie allein.

Fritze sagte nichts, und auch Wilhelm Rademann schwieg erst einmal und musterte ihn nur. Mit einem Blick, als sei er ein Schmetterlingssammler, der ein besonders schönes Exemplar betrachtet, das er gerade aufgespießt hatte.

»Nun, Friedrich«, sagte er schließlich. »Lange nicht gesehen.«

Fritze schwieg.

»Es wird dich freuen zu hören, dass gestern ein gerichtliches Urteil erging, welches deine Einweisung in diese Anstalt für nichtig erklärt hat. Deine Entlassung wird heute noch erfolgen.«

Und tatsächlich freute sich Fritze. Nur hatte er erwartet, dass ihm jemand anders diese Nachricht überbrachte. Dass Charly ihm diese Nachricht überbrachte.

»Das Gericht hat überdies entschieden«, fuhr Rademann fort, »dich nicht in die Hände der staatlichen Jugendfürsorge zu geben. Der Richter ist ebenso wie ich der Meinung, dass der Heimerziehung immer noch die Sittenstrenge und Zucht einer deutschen Familie vorzuziehen ist.« Rademann machte Anstalten, Fritzes Hand in die seine zu nehmen, doch Fritze zog seine Hand zurück, als habe er einen Stromschlag bekommen.

Rademann lächelte säuerlich, doch fuhr er im selben warmen, ruhigen Ton fort, in dem er bislang gesprochen hatte. In dem er eigentlich immer sprach.

»Ich habe bewirken können, dass du schon mit dem heutigen Tage wieder als Pflegekind in meine Familie zurückkehren darfst. All das, was du uns angetan hast, ist vergessen. Sei gewiss, du wirst aufgenommen, als sei nichts geschehen.«

Fritze schaute Rademann an, fassungslos, mit wütendem Blick. Er hatte eigentlich nichts sagen wollen, aber nun konnte er nicht mehr an sich halten.

»Das können Sie sich abschminken«, zischte er durch die zusammengepressten Zähne. »Keinen Tag bleibe ich bei Ihnen.«

»Du musst mich doch nicht siezen, Junge! Ich bin dein Pflegevater.« Rademann lächelte mild und freundlich, so wie es seine Art war. »Schau, Friedrich, ich glaube, dass du so lange bei mir bleiben wirst, wie ich es wünsche, und dich benehmen wirst wie ein gehorsamer, braver Hitlerjunge.«

»Warum sollte ich das tun? Ich hasse Sie! Sie wollten mich doch im Sommer schon in die Klapse stecken!«

»Doch nur zu deinem Besten, Junge. Damit du in deinem Wahn keine seltsamen Lügengeschichten mehr erzählst.«

»Das sind keine Lügen, und das wissen Sie genau. Sie stecken mit den Mördern von der SS unter einer Decke! Vielleicht sollte ich auch das erzählen.«

»Du wirst gar nichts erzählen, keine deiner Wahngeschichten wirst du mehr erzählen, glaube mir.«

»Ich wüsste nicht, was mich daran hindern sollte.«

»Denk doch mal nach, Friedrich. Erst einmal würde das deine Entlassung gefährden. Aber noch viel wichtiger: Du bist nicht allein auf der Welt. Nicht alle hier in Wittenau haben das Glück, heute die geschlossene Abteilung verlassen zu dürfen.«

Fritze verschlug es die Sprache. Rademann meinte Hannah! Der Drecksack meinte Hannah!

»Ich weiß nicht, was du an dem Judenflittchen findest. In der HJ haben wir dir solche Flausen jedenfalls nicht in den Kopf gesetzt. Aber das spielt auch keine Rolle. Es reicht, wenn du weißt, dass es ganz allein von dir abhängt, wie es Hannah Singer hinter den Mauern dieser Anstalt ergeht. Solange du ein braver Hitlerjunge bist und keine Lügengeschichten erzählst, wird es ihr gutgehen.« Er lachte kurz auf. »Also: so gut, wie es einem in einer Irrenanstalt eben ergehen kann, natürlich. Auf Rosen gebettet wird hier niemand.« Er beugte sich über den Tisch zu Fritze hinüber, bis sein Gesicht und der Rasierwassergeruch ganz nah waren, und senkte seine Stimme. »Wenn du aber auf die Idee kommen solltest, wieder wegzulaufen oder sonstwie Ärger zu machen, kann ich für das Leben und die Unversehrtheit dieser verrückten Mörderin nicht mehr garantieren.«

»Wenn Sie Hannah etwas antun, bringe ich Sie um!«

»Ich fürchte, du hast mich nicht verstanden, Friedrich. Niemand hat die Absicht, diesem Judenflittchen etwas anzutun. Du allein bist es, der entscheidet, ob es ihr gutgeht oder nicht.«

Fritze fühlte sich mit einem Mal wie gefesselt, wie in einer Zwangsjacke, obwohl er das gar nicht war. Er hatte gedacht, mehr Freiheit, als die Heilanstalt ihm genommen hatte, könne man ihm gar nicht nehmen, aber er hatte sich geirrt. Er hatte sich verdammt nochmal geirrt.

Und so fühlte er sich, als er einige Zeit später mit seinen paar Habseligkeiten an der Hand von Wilhelm Rademann die geschlossene Abteilung verließ und in die vermeintliche Freiheit trat, wie einer seiner Romanhelden aus dem Mittelalter, die man in das tiefste Verlies warf, das man finden konnte. In eines, in das kein Funke Tageslicht mehr drang.

19

Als Charly die Tür öffnete, kam ihr mit dem Kneipenlärm ein dicker Schwall Zigarettenrauch entgegen. So kannte sie den *Groschenkeller:* keine Chauffeure, die sich an ihrem kalt gewordenen Kaffee festhielten, stattdessen ein buntgemischtes Publikum, Nachtschwärmer aller Couleur, die sich unterhielten, vor allem aber der Musik lauschten. Auf der kleinen Bühne spielten die Musiker in wechselnden Besetzungen; lediglich der Kern, Bass, Schlagzeug, Piano, blieb immer gleich, ansonsten kam mal ein Saxophonist auf die Bühne, mal ein Trompeter oder ein Gitarrist, und in der ersten Reihe saßen noch einige mehr, die ihre Instrumentenkoffer auf dem Schoß balancierten und auf ihren Auftritt warteten. Der *Groschenkeller* war kein Hochglanzlokal wie die *Kakadu*-Bar oder das *Delphi*, wo die Jazzbands lediglich der Bespaßung des mondänen Publikums dienten, der *Groschenkeller* war ein Laden für Jazz-Enthusiasten, ein Treffpunkt für Musiker, die sich hier zum Jammen trafen, als sei man mitten in Harlem.

Mit dem Unterschied, dass hier nicht ein einziger schwarzer Musiker auf der Bühne stand und auch die Inneneinrichtung des *Groschenkellers* eher an kleinbürgerliche deutsche Spelunke erinnerte denn an Weltstadtbühne. Aber das war den Gästen egal. Und den Musikern sowieso. Im *Groschenkeller* waren alle gesellschaftlichen Schichten vertreten, hier saßen Bürger in Zivil neben Nazis in Uniform, Arbeiter neben Abendanzügen, Berliner neben Touristen. Das Einzige, was sie einte, war die Liebe zur Musik. Charly fragte sich, ob Gretas SS-Mann ein Jazzliebhaber gewesen sein mochte. Eigentlich war die sogenannte Negermusik bei den Nazis verpönt, aber nicht jeder Nazi, diese Erfahrung hatte sie gemacht, und beileibe auch nicht jeder SS-Mann hielt sich immer hundertprozentig an die Weltanschauung seiner Partei.

Genau das hatte Greta ja so für ihren SS-Liebhaber eingenommen. »Klaus ist kein Nazi«, hatte sie irgendwann einmal gesagt, im Sommer, als sie noch verliebt war und sie sich dauernd seinetwegen gestritten hatten. »Er ist halt ein hoher Beamter bei der Meldepolizei, da gehört es sozusagen zum guten Ton, dass man auch einen SS-Rang bekleidet.«

»Gereon ist auch bei der Polizei und bekleidet keinen SS-Rang«, hatte sie geantwortet. »Und wenn er das täte, wären wir längst geschiedene Leute.«

»Ach, Charly, ich frage mich, ob du nicht manchmal etwas naiv bist. Nicht jeder, der eine Hakenkreuzarmbinde trägt, muss doch gleich ein Nazi sein.«

»Ich frage mich, wer hier naiv ist. Du hörst dich an wie Gereon, weißt du das?«

Das hatte Greta zum Nachdenken gebracht. Mit Gereon Rath wollte sie keinesfalls verglichen werden. Jedenfalls hatte sie fortan keinen Versuch mehr unternommen, ihre Liebe zu Klaus von Rekowski vor Charly zu rechtfertigen.

Charly bestellte einen Wodka Martini. Die meisten hier hatten ein Bier vor sich stehen. Was die Getränke anging, war der *Groschenkeller* auch abends eher bodenständig.

Der Wirt erkannte sie wieder.

»So komplizierte Bestellungen gibt's hier normalerweise nicht«, sagte er. »Aber bei Ihnen will ich mal sehen, was sich machen lässt.«

Er verschwand nach hinten. Er dauerte eine Weile, bis er mit ihrem Cocktail zurückkam. Er hatte sogar eine Olive auf einen Zahnstocher gespießt.

»Gerührt, nicht geschüttelt«, sagte er, als er das Glas auf den Tresen stellte.

»Danke.«

»Immer noch auf der Suche nach Ihrer Freundin?«

Charly nickte.

»Warum schalten Sie denn nicht die Polizei ein?«

»Was meinen Sie, wie aktiv die bei einer Vermisstenanzeige werden? Die gleichen nur die Einlieferungen in die umliegenden Krankenhäuser und Leichenhallen mit der aktuellen Vermisstenliste ab. Da gehe ich der Sache lieber selber nach.«

»Na, Sie sind ja auch vom Fach. Sind der erste weibliche Privatdetektiv, der mir über den Weg läuft.«

»Wenn Sie mal Hilfe brauchen … Das Detektivbüro Böhm ist schräg gegenüber.« Charly gab ihm ihre Karte, und der Wirt steckte sie ein.

»Sie können mir ein wenig helfen«, sagte sie, »wenn Sie mir verraten, wer von den heutigen Gästen letzten Freitag hier war.«

»Von allen kann ich Ihnen das nicht sagen, aber bei den Stammgästen bin ich mir ziemlich sicher.«

»Das wäre doch ein Anfang.«

Die Stammgäste, die der Wirt ihr zeigte, waren allesamt Musiker, die nah bei der Bühne saßen. Charly ging hinüber und sprach einen an, der gerade sein Saxophon zusammenbaute. Sie suchte in ihrer Manteltasche nach dem Zoofoto, das sie in Gretas Schublade gefunden hatte. Wie glücklich die Freundin darauf wirkte. Bevor sie auf dieses Foto gestoßen war, hätte Charly darauf gewettet, dass Greta noch nie in ihrem Leben im Berliner Zoo gewesen war, und schon gar nicht zusammen mit Rekowski. Wie man sich täuschen konnte.

Sie hielt dem Saxophonisten das Bild unter die Nase.

»Dieses Pärchen hier, ist Ihnen das vergangenen Freitag aufgefallen?«, fragte sie.

Der Saxophonist schaute sich das Foto an.

»Aufgefallen, kann man wohl sagen. Die saßen dahinten links in der Ecke. Haben überhaupt nicht applaudiert, so sehr waren die in ihr Gespräch vertieft. Da fragt man sich, warum so welche überhaupt in den Groschenkeller kommen, wenn nicht wegen der Musik. Und dann sind die auch noch mitten in der Nummer, die wir gerade spielten, aufgestanden und gegangen. Kulturbanausen. War froh, als die weg waren.«

»Über was die beiden geredet haben, das haben Sie nicht mitbekommen? Oder wohin sie gegangen sind?«

»Na, Sie haben Nerven. Ick stand auf der Bühne. So laut haben die dann auch wieder nicht geredet. Da muss man schon brüllen, wenn man lauter als die Band sein will.«

Da hatte er recht. Es war gar nicht so einfach, sich vor der Geräuschkulisse der Musik zu unterhalten. Sie hatten beide ihre Stimmen erhoben und mussten sich dennoch direkt ins Ohr sprechen, um sich zu verstehen. Die Umsitzenden und auch die Musiker auf der Bühne quittierten das mit missbilligenden Blicken.

»Vielleicht fragen Se mal Freddy. Der hat an dem Abend am Nebentisch gesessen. Hat mit 'ner Dame rumgeschäkert und war kaum auf der Bühne. Vielleicht hat der was mitbekommen.«

»Freddy?«

Er nickte zu dem Rothaarigen hinüber, der am Klavier saß und gerade den Schlussakkord spielte. Alles applaudierte, auch Charly. Obwohl sie sich aus Musik eigentlich nicht viel machte, wollte sie hier dennoch nicht als Kulturbanause gelten.

Der Saxophonist stand auf.

»Wenn Se mich nun entschuldigen. Meine Kanne wird gebraucht. Ick muss auf die Bühne.«

»Könnten Sie bei der Gelegenheit Freddy sagen, dass ich ihn gern sprechen würde.«

Der Saxophonist taxierte sie, als müsse er erst abschätzen, ob sie das auch wert sei. Dann betrat er die Bühne, flüsterte dem rothaarigen Pianisten etwas ins Ohr und zeigte auf Charly.

Der Rothaarige nickte kurz. Er stand auf und sprach mit einem der Männer, die vor der Bühne saßen, und kam dann zu Charly hinüber.

»Sie wollen mich sprechen, meine Dame, sagt Tommy?«

»Ja. Schön, dass Sie Zeit finden.«

»Die nimmt man sich eben, wenn eine so bezaubernde Dame wie Sie anfragt.« Er grinste sie unverschämt an. Aber auf eine Art und Weise, die ihr gefiel. »Jakob kann mich ersetzen.« Er nickte zur Bühne hinüber, wo der Mann, den er angesprochen hatte, gerade am Klavier Platz nahm. »Klavierspielen kann ich immer, aber so hübsche Frauen lassen sich hier selten blicken.«

»Danke für die Komplimente.« Charly zeigte dem Pianisten ihre Visitenkarte und das Foto.

»Sie sind Privatdetektiv? Das hat Tommy mir nicht erzählt. Und ich dachte, Sie wollten mich wegen meiner schönen blauen Augen sprechen.«

Freddy hatte braune Augen, mit denen er sie nun, kaum hatte er das mit den blauen Augen gesagt, anstrahlte. Charly musste schmunzeln. So charmant war sie schon lange nicht mehr angesprochen worden. Sie war auch schon lange nicht mehr ausgegangen. *Auch heute abend gehst du nicht aus! Du hast noch was vor*, mahnte sie sich.

»Ne, ist eher beruflich. Ihr Kollege Tommy meinte, Sie hätten letzten Freitag die meiste Zeit des Abends drüben am Tisch gesessen. Und diese beiden …« Charly zeigte auf das Zoofoto – »… am Tisch daneben.«

Freddy schaute sich das Bild an und nickte.

»O ja. An die kann ich mich gut erinnern. Hatten ernste Dinge zu besprechen. Wenn Sie mich fragen, hatten sie sich dafür den falschen Laden ausgesucht.«

»Was für ernste Dinge?«

»Das kann ich Ihnen so genau nicht sagen. Hab die ja nicht belauscht, außerdem hatte ich selber Gesellschaft, der ich mich widmen musste. Aber ernst war es, das konnte man schon an den Gesichtern sehen.«

»Sie können sich so genau erinnern?«

Er tippte an seine Schläfe. »Fotografisches Gedächtnis.«

»Haben Sie irgendetwas aufschnappen können?«

»Ne. Nur dass er ihr irgendwann anbot, sie nach Hause zu fahren. Dagegen hatte sie wohl nichts einzuwenden. Dann haben sie bezahlt und sind aufgestanden.«

»Wann war das ungefähr?«

»Kann ich Ihnen ziemlich genau sagen: kurz vor neun.«

»Sie können sich so genau an die Uhrzeit erinnern?«

»Weil das eher ungewöhnlich ist, dass da welche gehen. Um neun fängt der Abend hier doch gerade erst an.«

Charly schaute auf ihre Armbanduhr. Zehn vor neun.

»Dann werde ich Sie wohl auch mit dem angefangenen Abend allein lassen müssen«, sagte sie und nahm ihre Handtasche.

»Sie wollen schon gehen? Das ist jammerschade, wir spielen gleich noch ein paar ganz heiße Nummern. Und spätestens um elf bin ich fertig, dann könnte ich mich den ganzen Rest des Abends allein Ihnen widmen.«

»Widmen Sie sich mal lieber Ihrem Klavier. Ich muss weiter. Ein andermal vielleicht.«

Freddy machte ein enttäuschtes Gesicht, und dennoch schien er zu lächeln, seine Augen jedenfalls. Charly fragte sich, wie er das fertigbrachte.

Als sie kurz darauf die Kantstraße hinunterging, bedauerte sie es ein wenig, nicht geblieben zu sein. Das mit Freddy hätte vielleicht ein schöner Abend werden können. Fast so wie früher. So wohl wie gerade unter den Komplimenten des rothaarigen Pianisten hatte sie sich schon lange nicht mehr gefühlt, die letzten Monate in Berlin waren ihr dunkel und grau und ohne Freude erschienen. Und so war es ja auch, verdammt nochmal. Die Sorglosigkeit der früheren Jahre war vorbei.

Das Haus mit dem Tabakwarengeschäft lag nicht weit vom *Groschenkeller* entfernt. Kurz nach neun, die Haustür war noch nicht abgeschlossen. Charly ging ins Treppenhaus und klapperte die Etagen ab. Klaus von Rekowski wohnte in der dritten; an der Wohnungstür prangte das Siegel der Kriminalpolizei. Im Treppenhaus war es ruhig, dennoch schaute sie sich um, bevor sie die Sperrhaken aus der Manteltasche zog.

Irgendwie, so dachte sie, während sie versuchte, das Schloss zu öffnen, war sie, ohne es gleich zu merken, immer mehr wie Gereon geworden. Wie hatte sie es gehasst, seine Eigenmächtigkeiten, seine illegalen Methoden. Gereon Rath hätte alles getan, ohne Rücksicht auf Rechtsstaatlichkeit oder Dienstvorschriften, wenn es ihn denn in einem Fall, in den er sich verbissen hatte, auch nur ein winziges Stück weiterbrachte. Sie hatte es gehasst und hatte ihm das mehr als einmal vorgehalten. Und nun war sie selbst dabei, in eine versiegelte Wohnung einzudringen. Sie hatte die Privatsphäre ihrer besten Freundin verletzt und in deren Kleiderschrank und deren Schubladen herumgeschnüffelt. Aber hatte sie eine andere Wahl, wenn sie Gretas Verschwinden aufklären wollte?

Das Schloss war gut geölt, es machte kaum Geräusche, als es aufschnappte. Das Zerreißen des Polizeisiegels war lauter. Sie drehte sich noch einmal um, und erst als sie ganz sicher war, dass niemand sie beobachtete, huschte sie in die Wohnung und schloss die Tür so behutsam wie möglich.

Als ihre Augen sich an die Dunkelheit gewöhnt hatten, konnte sie erste Umrisse erahnen und tastete sich voran. Sie öffnete eine Tür, und es wurde gleich heller. Rekowskis Wohnung ging nach vorne raus zur Kantstraße, und von dort leuchteten die Straßenlaternen und Neonreklamen durch die Fenster. Sie befand sich in einer Art Wohnzimmer oder Salon, moderner eingerichtet, als sie es von einem Nazi erwartet hätte. Vom linken Fenster aus konnte sie die Fassade des Detektivbüros Böhm sehen. Hinter diesen Fenstern würde sie morgen wieder sitzen. Und Böhm kein Wort von ihren nächtlichen Untaten erzählen. Spätestens mit dem Zerstören des Polizeisiegels hätte der rechtschaffene Böhm jedes Verständnis für ihre Unternehmungen verloren.

Die Wohnung war durchaus geräumig. Klaus von Rekowski schien gut verdient zu haben. Oder hatte reiche Eltern. Vielleicht auch beides.

Charly wusste nicht genau, wonach sie suchte. Nach irgendeinem Anhaltspunkt, der ihr einen Hinweis auf den Verbleib Gretas geben könnte. Oder auf ein Mordmotiv. Eines, das Greta hoffentlich entlasten würde. Irgendeinen Hinweis auf das, was an jenem Freitagabend passiert war.

Im Musikschrank – ein teures Telefunken-Modell – fand sie jede Menge Jazz-Schallplatten, bei denen Gereon neidisch geworden wäre. Auch amerikanische. Jedenfalls nichts, was die Parteigenossen des SS-Hauptsturmführers gutgeheißen hätten. Auch getränketechnisch hätte sich Rekowski bestens mit Gereon verstanden, die Bar war gut bestückt. Cognac, Whisky, Gin, Wodka, Wermut. Ein Bücherregal gab es nicht, dafür hingen einige kitschige Bilder an der Wand, wie sie jetzt in Mode waren, kantige Männer, zopfige Frauen, die aber überhaupt nicht zu der Inneneinrichtung passen wollten.

Als Nächstes nahm sie sich das Schlafzimmer vor. Auch hier hing zeitgenössische Kunst, arische Akte vor nordischer Landschaft. Dafür, dass Rekowski Junggeselle gewesen war, hatte er sich ein großzügig bemessenes Bett gegönnt. Ein Lebemann, hatte Greta ihn nicht irgendwann mal so genannt? Was für ein bescheuertes Wort. Im Kleiderschrank hingen leichte Sommeranzüge neben eleganten Abendanzügen. Die SS-Uniform jedoch war außerhalb des Schranks auf einem Herrendiener drapiert, so akkurat, als sei sie in einem Museum ausgestellt. Charly durchsuchte noch den Nachttisch, konnte außer einer angebrochenen Packung Kondome jedoch nichts finden.

Sie war erleichtert, dass im Bad nur Herrenartikel auf der Porzellanablage unter dem Spiegel standen. Ein wenig hatte sie befürchtet, weitere Utensilien, zu finden, die auf Greta hindeuteten, ihr Parfum etwa oder noch einen Lippenstift. Allerdings dürfte die Spurensicherung solche Dinge, wenn sie denn hier gestanden hatten, längst mitgenommen und auf Fingerabdrücke untersucht haben.

Die kleine Küche wirkte nahezu unbenutzt, typisch für eine Junggesellenwohnung. Außer dem morgendlichen Kaffee schien

Klaus von Rekowski sich nichts zubereitet zu haben. Und wenn, dann hatte wahrscheinlich die Zugehfrau für ihn gekocht und hinterher alles wieder weggeräumt. Dass Greta einmal an diesem Herd gestanden hatte, konnte Charly sich nicht vorstellen. Greta war hausfraulich ebenso unbegabt wie sie selbst.

Klaus von Rekowski hatte auch ein Arbeitszimmer mit einem ausladenden Schreibtisch besessen, das ebenso selten benutzt wirkte wie die Küche. Charly durchsuchte die Schubladen, fand aber nichts Besonderes. Das Notizbuch, von dem Lange gesprochen hatte, dürfte sich am Alex befinden, selbstredend, natürlich stellten die Kollegen solche Spuren sicher. Auch das Regal hinter dem Schreibtisch sah geplündert aus. Nur noch zwei leere Leitzordner standen traurig neben Hitlers *Mein Kampf*, dem einzigen Buch, das der Tote sich geleistet hatte. Musik schien die alleinige kulturelle Neigung Klaus von Rekowskis gewesen zu sein.

In diesem Raum hing keine Nazi-Kunst an den Wänden, nur ein paar gerahmte Fotos. Idyllische Aufnahmen von einer Hütte im Wald, über deren Tür ein Geweih prangte. Und mehrere Fotos, die Rekowski und ein paar andere Männer neben erlegtem Rotwild zeigten. Auf einem meinte Charly sogar Hermann Göring zu erkennen, war sich aber nicht ganz sicher, weil es so schummrig war; das Arbeitszimmer ging nach hinten raus, und dort schien nur der Mond. Der hohe Schrank neben dem Aktenregal war verschlossen. Nach einigem Suchen fand Charly den Schlüssel unter der ledernen Schreibtischunterlage und schloss auf. Ein Waffenschrank. Drei unterschiedliche Gewehre.

Charly verstand nichts davon, aber sie ging davon aus, dass es sich um Jagdwaffen handelte. Klaus von Rekowski hatte also der Jagd gefrönt. Das war die einzige Neuigkeit über den Toten, die ihr der riskante Einbruch in dessen Wohnung gebracht hatte, ansonsten fand sie nichts. Nichts, was ihr irgendeinen Anhaltspunkt hätte geben können, keine Verbindung zum Norddeutschen Lloyd, auf die sie insgeheim gehofft hatte, keinen Hinweis auf Gretas Verbleib, aber auch sonst nichts. Ganz gleich, was ihr hätte helfen können, es war nicht mehr da. Die Mordinspektion hatte sich bereits bedient.

20

Der starke Kaffee, der ihm sonst morgens aus dem Haus half, schien heute kaum zu wirken. Todmüde stieg er die Treppen hinunter. Es half ja nichts, er musste zur Arbeit. Keine dreißig Stunden war es jetzt her und zwei Nächte ohne Schlaf, dass er eine Leiche aus seiner Wohnung hatte verschwinden lassen müssen, und er fragte sich immer noch, wie er den gestrigen Arbeitstag bewältigt hatte. Die Nacht war ihm nicht aus dem Kopf gegangen, so viele Weinkisten er auch geschleppt hatte. Allerdings kamen ihm die Bilder, die durch seinen Kopf jagten, immer mehr vor wie ein schlechter Traum.

Nur war es kein Traum. Er hatte der verfluchten Gräfin geholfen, eine Leiche zu beseitigen. Die Leiche eines SS-Sturmscharführers und SD-Mitarbeiters. Spätestens wenn Sturmscharführer Bouffier ein paar Tage nicht zur Arbeit erschienen war, würde der Sicherheitsdienst das ganz große Fass aufmachen und nach dem Mann suchen. Da konnte man dann nur hoffen, dass keine Spur ins Westend und in die Hermannstraße führte. Rath ging lieber auf Nummer sicher. War an der Zeit, dem braven Wilhelm Kessler eine neue Bleibe zu besorgen. Zu viele Leute wussten, wo er wohnte. Die neue Adresse würde er mit niemandem mehr teilen, nicht einmal mit dem alten Jacoby.

Doch erst einmal galt es, den Alltag zu bewältigen. Immer noch mehr oder weniger im Halbschlaf schlurfte er über den Hof zu seinem Lieferwagen und stieg ein. Er startete den Motor und wollte gerade die Handbremse lösen, als sich die Beifahrertür öffnete und jemand zustieg.

Rath erkannte das Gesicht sofort und war mit einem Schlag hellwach. Da saß der Mann, den er gestern am frühen Morgen, bevor er nach Dotzheim gefahren war, auf der Außentreppe eines Hauses in der Beethovenstraße gesehen hatte. Blond und blauäugig. Der Liebhaber der Gräfin. Oswald, oder wie hieß der Mann?

»Was wollen Sie?«, raunzte er den Kerl an. »Sich prügeln? Dazu gibt es keinerlei Anlass. Ich weiß nicht, was Sie denken, aber ich habe Ihre Herzdame lediglich nach Hause gebracht.«

»Wenn ich mich prügeln wollte, hätten Sie schon längst ein paar in die Fresse bekommen. Ich will mit Ihnen reden. Nun fahren Sie schon zu!«

Der Mann machte eine unwirsche Handbewegung. Rath hätte den Liebhaber der Sorokina am liebsten hinausgeworfen, aber er konnte es sich nicht erlauben, irgendein Aufsehen zu erregen, in das sich am Ende womöglich die Polizei einschaltete, also fuhr er los.

»Nun gut«, sagte er und zündete sich eine *Overstolz* an. »Sie wollen reden? Dann reden Sie.«

»Sie haben meine ... Verlobte also nur nach Hause gefahren«, begann Oswald. Sein Blick war lauernd. Als warte er auf irgendeine verräterische Antwort oder Geste.

Rath nickte nur und zog an seiner Zigarette.

»Darf ich fragen, wie es dazu kam? Mitten in der Nacht?«

»Hat Sie es Ihnen denn nicht erzählt?«

»Hat sie. Natürlich. Ich weiß nur nicht, ob ich ihr die Geschichte glauben soll.«

»Hören Sie, ich weiß nicht, was Ihre Verlobte Ihnen erzählt hat und ob es der Wahrheit entspricht, und das ist mir auch herzlich egal. Ich weiß nur, wo ich sie aufgegabelt habe und dass ich eine Frau nicht allein auf der Landstraße stehen lassen wollte.«

»Auf der Landstraße? Wie ist sie dahin gekommen?«

»Das hat sie mir nicht erzählt. Ich habe sie einfach nach Hause gefahren. Weil ich helfen wollte. Das war alles.«

»Welche Landstraße?«

»Irgendwo zwischen Mainz und Wiesbaden.«

Der Mann, der Oswald hieß, schaute ihn an, als glaube er ihm kein Wort.

»Unterhalten Sie ein Liebesverhältnis mit Irina?«, fragte er.

»Wo denken Sie hin? Nein!«

»Was hat Sie dann von Ihnen gewollt?«

»Nichts! Ich kenne Ihre Verlobte gar nicht.«

»Ganz bestimmt nicht?«

»Nein, zum Teufel!«

»Und sie hat auch nichts von Ihnen gewollt?«

»Ich habe keine Ahnung, worauf Sie hinauswollen.«

»Na, dass sie um irgendeinen Gefallen gebeten hat, was weiß ich?«

»Der einzige Gefallen, den ich ihr getan habe, war, sie nach Hause zu fahren. Das ist alles.«

»So, so.«

Der Kerl schaute ihn immer noch an, als wollte er in seinem Gesicht die Wahrheit lesen. Irgendetwas irritierte Rath an diesem Blick, und schließlich wusste er, was es war: Nicht Eifersucht sprach aus diesen Augen, eher ein tiefes Misstrauen.

»Sagen Sie, Herr Kessler«, fragte er unvermittelt, »kenne ich Sie eigentlich irgendwoher?«

»Ich glaube kaum. Es sei denn, Sie handeln mit Wein.«

Der blonde Hüne musterte ihn weiter mit unverhohlenem Misstrauen. »Ich kann mir nicht helfen, aber irgendwie kommen Sie mir bekannt vor.«

Rath hatte genug von der Nervensäge und fuhr rechts ran. Sie waren bereits in Dotzheim, er hielt kurz vor der Bahnschranke.

»So«, sagte er, »dort drüben hält die Straßenbahn. Die Linie sieben fährt direktemang zum Boseplatz, falls Sie zurück nach Wiesbaden wollen. Oder Sie nehmen den Zug. Jedenfalls darf ich Sie bitten, mein Fahrzeug jetzt zu verlassen, ich habe zu arbeiten.«

»Das trifft sich gut«, sagte der Mann und schoss einen letzten misstrauischen Blick ab, »ich auch.«

Er öffnete die Tür und stieg aus. Rath schaute ihm hinterher, wie er die Schienen überquerte und zur Straßenbahnhaltestelle hinüberging. Komischer Kauz. Gutaussehend, keine Frage, aber auch ein ziemlicher Stinkstiefel. Was die Gräfin an so einem finden mochte?

Nun hatte er auch noch einen eifersüchtigen Verlobten am Hals. Eine neue Wohnung allein würde nicht reichen, es wurde Zeit, ganz aus dieser Stadt zu verschwinden. Er würde sich Gedanken machen müssen. Einen Plan entwickeln. Aber bis es so weit war, galt es, weiterhin brav der Arbeit nachzugehen, als sei nichts geschehen. Nicht dass der alte Jacoby sich noch Sorgen um Wilhelm Kessler machte und eine Vermisstenanzeige aufgab.

Ein paar Stunden später hatte Rath mit der Neroberglieferung mehr als die Hälfte seiner Tour bereits erledigt. Zeit für eine Pause. Er parkte vor dem Freibad, ging zum Monopteros und setzte sich auf eine Parkbank. Es war ein schöner Tag, Rath schraubte die blecherne Thermoskanne auf, griff zu seinen Zigaretten und genoss den Blick ins Tal und die Ruhe. Die allerdings nicht lange währte.

Er hatte gerade ein paar Züge genommen und den ersten Schluck Kaffee getrunken, da setzte sich jemand neben ihn. Eine Frau. Rath seufzte, als er sie erkannte.

»Nichts für ungut«, sagte er, »aber hatten wir nicht vereinbart, uns aus dem Weg zu gehen?«

»Hatten wir.« Die Gräfin lächelte schief. Ihr Gesicht war bleich. Die Blässe machte sie noch schöner.

»Und?«

»Ich dachte, es ist vorbei«, sagte sie und holte ein Blatt Papier aus der Tasche, das sie auseinanderfaltete. Ihre Hand zitterte. »Aber es ist nicht vorbei.«

»Was ist das?«, fragte Rath.

»Er hat wieder geschrieben.«

»Wer?«

»Der Erpresser.«

»Zeigen Sie her.«

Sie reichte ihm den Zettel, und Rath las.

WO WAREN SIE? ICH HOFFE, IHR NICHTERSCHEINEN HATTE EINEN GUTEN GRUND! ICH GEBE IHNEN NOCH EINE CHANCE. SAMSTAGABEND WIE GEHABT. SPÄTVORSTELLUNG. SOLLTEN SIE DIESE EBENFALLS VERSÄUMEN, WIRD DAS SOWJETISCHE KONSULAT MORGEN ABEND NOCH EIN SCHREIBEN ERHALTEN, IN DEM IHRE WAHRE IDENTITÄT AUFGEDECKT WIRD, GRÄFIN SOROKINA. ICH DENKE, ICH MUSS NICHT ERWÄHNEN, DASS SICH DIE IN REDE STEHENDE SUMME AUFGRUND IHRES FEHLVERHALTENS VERGRÖSSERT HAT. ICH ERWARTE 600.000 MARK.

»Er war es nicht«, sagte sie. »Der Mann im Treppenhaus.«

»Wenn das nicht Ihr Erpresser war, dann frage ich mich, wen Sie da getötet haben.«

»Ich habe ihn nicht getötet, es war ein Unfall«, zischte sie.

»Wie auch immer.« Er gab ihr das Papier zurück. »Hatte ich mich nicht klar ausgedrückt: Ich wollte Sie nie wiedersehen.«

»Aber ich kenne sonst niemanden, der mir helfen könnte. Bitte!«

»Sie haben mich schon einmal in einen Schlamassel hineingezogen, in den ich niemals hätte geraten dürfen. Mein Bedarf ist gedeckt!«

»Ich denke, Sie wollen ebensowenig wie ich, dass Ihr Inkognito aufgedeckt wird, Kommissar Rath!«

»Wollen Sie mich erpressen?«

»Ich will, dass Sie mir helfen. Das ist alles.«

»Und was soll ich für Sie tun?«

»Dafür sorgen, dass ich mein Geld nicht verliere. Den Erpresser stellen. Es wird Ihr Schaden nicht sein.«

»Oh, Sie wollen mich bezahlen? Wie nobel.«

»Lassen Sie Ihren Sarkasmus. Natürlich werde ich mich erkenntlich zeigen.«

»Gesetzt den Fall, ich schaffe es, den Erpresser bei der Geldübergabe zu stellen – was meinen Sie, was dann passiert: Er wird Sie verpfeifen. Und ich werde ihn bestimmt nicht für Sie umbringen, um das zu verhindern.«

»Das müssen Sie auch nicht. Es reicht, wenn Sie ihm das Geld abnehmen.«

»Ich soll ihn überfallen? Ich bin doch kein Verbrecher!«

»Selbst wenn er Sie für einen Räuber hält – er wird sich schon nicht an die Polizei wenden. Das machen Erpresser üblicherweise nicht.«

»Verstehe ich das richtig? Sie wollen, dass ich das Geld zurückstehle, das der Erpresser Ihnen abgepresst hat?«

Die Gräfin nickte.

»Na, Sie haben gut reden. Wie soll ich den Kerl denn überfallen? Ich habe nicht einmal eine Waffe. Was, wenn er Komplizen hat?«

»Daran habe ich gedacht.«

Im Schatten ihrer Handtasche drückte sie ihm einen kalten, schweren Gegenstand in die Hand. »Eine Walther PPK«, sagte sie. »Damit können Sie doch umgehen, oder?«

Rath steckte die Pistole so schnell es ging in die Tasche seiner Lederjacke.

»Sie haben Nerven«, sagte er. »Dafür müssen Sie wirklich etwas springen lassen, das geht über einen Freundschaftsdienst weit hinaus.«

»Wenn Sie alles erledigt haben, bringen Sie mir das Geld. Nicht in die Beethovenstraße. Wir sind in einem Hotel am Kochbrunnenplatz.«

»Wir?«

»Oswald und ich. Es ist alles vorbereitet. Wir werden das Land verlassen und in Frankfurt den Zeppelin besteigen.«

»Den Zeppelin«, sagte Rath und pfiff durch die Zähne. »Nobel geht die Welt zugrunde!«

Er überlegte einen Moment, ob er der Gräfin erzählen sollte, dass ihr eifersüchtiger Liebhaber heute morgen bei ihm aufgekreuzt war, aber dann ließ er es bleiben. Bald wäre er sie alle beide los, die Sorokina und den schönen Oswald, und damit auch seine Probleme. Vielleicht würde er doch in Wiesbaden bleiben können.

»Und was gibt Ihnen die Garantie, dass ich nicht das ganze Geld behalte, wenn ich schon einmal erfolgreich eine neue Karriere als Räuber eingeschlagen habe?«, fragte er.

»Die Tatsache, dass Sie bestimmt nicht wollen, dass die Gestapo erfährt, dass ein gewisser Gereon Rath aus Berlin unter falschem Namen in Wiesbaden untergetaucht ist.«

Rath nickte anerkennend. »Aus einem ähnlichen Grund sollten Sie aber auch nicht daran denken, *mich* übers Ohr zu hauen.«

»Keine Sorge. Wenn alles reibungslos läuft, bekommen Sie Ihr Geld. Reichen dreißigtausend?«

Rath versuchte, unbeteiligt zu wirken, doch die Summe beeindruckte ihn. Mit so viel hatte er nicht gerechnet. Ein bisschen Bargeld wäre nicht verkehrt in diesen Zeiten. Das würde ihm ganz neue Möglichkeiten eröffnen.

Er räusperte sich. »Also gut«, sagte er. »Spätvorstellung morgen abend, schreibt Ihr Erpresser. Wo soll die Übergabe denn stattfinden? Im Theater?«

»Im Kino. Ufa im Park. Der Hund von Baskerville.«

»Sherlock Holmes?«, meinte Rath. »Na, das passt ja.«

21

Es fühlte sich an, als säße er in einem Albtraum, dabei saß er am gut bürgerlichen, gut nationalsozialistischen Mittagstisch der Familie Rademann. Und das war schlimmer als jeder Albtraum, denn hieraus gab es kein Erwachen. Gestern noch hatte Fritze den Haferschleim von Wittenau hinuntergewürgt, nun saß er vor einem Teller mit Buletten, Erbsen und Salzkartoffeln und verspürte keinerlei Appetit. Obwohl er schon sein Schulbrot nicht gegessen hatte.

Der Gang in die Schule nach langen Monaten der Abwesenheit hatte sich zu einem einzigen Spießrutenlauf entwickelt. Alle wussten Bescheid, Atze musste gepetzt haben.

»Na, Thormann, hamse dir als jeheilt entlassen?«, war das Erste, was er hörte, als er den Klassenraum betrat. Er hatte nichts dazu gesagt, auch nicht, als die Beleidigungen schlimmer wurden. »Missgeburt!«, »Hirnamputiert, wa?«, »Volksschädling!« Er hatte geschwiegen, hatte den ganzen Schultag geschwiegen, selbst als Lehrer Krause ihn in Rassekunde einmal drangenommen hatte. Er wollte nicht hier sein, warum sollte er dann sprechen? Warum sollte er überhaupt etwas tun? Er gehörte nicht hierher!

»Thormann, was ist denn los?«, hatte Krause gesagt, während er das erste Ungenügend, das Friedrich Thormann jemals in der Schule kassieren musste, ins Klassenbuch eintrug, »hast du deine Stimme zusammen mit deinem Verstand in Wittenau abgegeben?« Was in der Klasse für große Heiterkeit gesorgt hatte. Danach waren alle Hemmungen gefallen. In der zweiten großen Pause hatten sie ihn angerempelt, zuerst harmlos, wie aus Versehen, dann immer heftiger und offensichtlicher, sie hatten ihm alberne Grimassen geschnitten, ihn nachgeäfft, als sei er ein Vollidiot, hatten ihn mit Schlammklumpen aus der großen Pfütze beworfen und den Inhalt seines Schulranzens aus dem ersten Stock auf den Schulhof gekippt. Er hatte alles stoisch über sich ergehen lassen. Auch dass sie auf seine Schulbrote pinkelten. Die hatte er ohnehin nicht essen wollen. Sie hatten ihn dazu zwingen wollen, aber dann hatte die Pausenklingel ihn erlöst. Die vollgepissten Schulbrote waren auf dem Asphalt des Pausenhofs liegen geblieben. Den Rest seiner Schulsachen, Hefte, Bücher, Stifte, hatte Fritze vom Hof gesammelt, unter den Arm gepackt und oben zurück in den Ranzen gestopft. Was ihm gleich wieder den Rüffel eines Lehrers einbrachte. Fritze konnte sich kaum noch vorstellen, dass er einmal gern zur Schule gegangen war.

Auf dem Nachhauseweg war er den anderen in einigem Abstand hinterhergetrottet. Er ahnte, dass sie sich über ihn lustig machten, immer wieder drehten sie sich um und tuschelten und kicherten, Atze mittendrin. Es war ihm egal, er war froh, dass sie ihn ansonsten in Ruhe ließen. Zuhause angekommen hatte Atze ihm die Haustür vor der Nase zugeknallt.

Und nun tat er wieder so, als sei er Fritzes bester Freund oder sogar sein Bruder. Aber auch nur, weil er wusste, dass sein Vater schlechtes Benehmen streng bestrafte.

Herr Rademann saß wie immer am Kopfende und hatte den ganzen Tisch im Blick. Am anderen Tischende seine Frau, zu seiner Rechten die leiblichen Söhne Atze und Jürgen und zu seiner Linken das ungeliebte Pflegekind.

Fritze fragte sich, warum Herr Rademann ihn überhaupt hatte zurückhaben wollen. Um ihn zu quälen? Weil er wusste, dass er ihn mit der Drohung, Hannah etwas anzutun, im Griff hatte? Weil es nur darum ging: Friedrich Thormann, den lästigen Zeugen im Griff zu haben. Im Würgegriff. Da hätten sie ihn eigentlich auch gleich totschlagen können. Aber vielleicht wäre das dann doch ein bisschen zu auffällig gewesen, das hätte Charly auf den Plan gerufen.

Charly. Er musste oft an sie denken. In den letzten Wochen in Wittenau war sie seine einzige Hoffnung gewesen, und nun hatte er gar keine Hoffnung mehr.

Niemand sagte ein Wort, nur das Besteck klimperte gegen das Porzellan. So war das immer bei Rademanns; nachdem der Hausherr dem Führer für das gute Mahl gedankt hatte, wurde gegessen und geschwiegen. Der Einzige, der etwas sagen durfte, war Herr Rademann selbst.

Und das tat er auch jetzt.

»Schön, dass wir wieder vollzählig sind«, sagte er. »Ich habe eine Überraschung für euch. Wie ihr ja alle wisst, hat der Führer heute morgen die große Ausstellung auf dem Messegelände eröffnet, die größte, die dort jemals gezeigt worden ist. Dort kann das deutsche Volk mit eigenen Augen sehen, welch großartige Errungenschaften die nationalsozialistische Bewegung dem deutschen Vaterland in den vergangenen vier Jahren erkämpft hat. – Nun, um es kurz zu machen: Über die Reichsjugendführung ist es mir gelungen, fünf Karten schon für den heutigen Eröffnungstag zu bekommen. Auch du darfst mitfahren, Monika.« Er bedachte seine Frau mit einem generösen Blick. »Lasst uns also rasch aufessen, dass ihr eure Hausaufgaben machen könnt und den Abwasch, und dann geht's los.«

Atze und Jürgen zeigten ihre Begeisterung, indem sie an ihrer Bulette herumsäbelten, als gelte es, einen Weltrekord zu brechen. Fritze stocherte ein wenig auf seinem Teller herum, spießte eine Erbse auf und steckte sie in den Mund.

»Friedrich«, sagte Herr Rademann, »bitte verdirb uns nicht das schöne Mittagessen. Ich darf dich bitten, etwas schneller zu essen. Du willst doch keinen Ärger machen, oder?«

Das Wort *Ärger* war es, das Fritze schließlich dazu brachte, trotz aller Appetitlosigkeit weiterzuessen. Er wollte keinen Ärger machen. Er wollte nicht, dass Rademann Hannah irgendetwas antat. Oder zuließ, dass ihr etwas angetan wurde.

Er aß seinen Teller leer, mechanisch, als sei er ein Roboter, der Buletten und Kartoffeln in sich hineinschaufelt. Aber er tat ihnen nicht den Gefallen, dabei ein glückliches Gesicht zu machen. Und schon gar nicht gab er vor, es würde ihm schmecken.

Dennoch waren alle anderen, selbst Atze und Jürgen, die jeder einmal nachgenommen hatten, früher mit dem Essen fertig als er. Frau Rademann räumte die Teller ab und kam mit einem Tablett voller Apfelkompottschälchen aus der Küche zurück.

»Friedrich möchte keinen Nachtisch, Monika«, sagte Herr Rademann, »ihm scheint es nicht recht geschmeckt zu haben.«

Frau Rademann nahm die Kompottschälchen vom Tablett und stellte vor jeden eines hin. Nur vor Fritze keines. Eine Portion blieb übrig, die sie in der Hand hielt, abwechselnd ihren Mann und das Schälchen anblickend.

»Stell die überzählige Portion in die Mitte, Monika. Wer seinen Nachtisch als Erster verputzt hat, bekomme eine Extraration. Auf! Die Wette gilt!«

Bei solchen Spielchen, die er auch im HJ-Lager veranstaltete, kam sich Herr Rademann immer besonders jung und junggeblieben vor, aber Fritze durchschaute ihn. Der Mann war ein Spießer, der war schon als alter, hüftsteifer Mann auf die Welt gekommen. Und so einer führte die HJ. So einer war einmal sein Vorbild gewesen.

So saß Fritze also da, während die anderen um die Wette Apfelkompott in sich hineinlöffelten, und obwohl er gar keinen Appetit hatte und es ihm um das Essen nicht schade war, fühlte sich das komisch an, an diesem Tisch zu sitzen, während alle anderen aßen, so traurig, so seltsam, so unendlich einsam, viel einsamer, als er sich in Wittenau je gefühlt hatte, dass er merkte, wie sich ein Kloß in seinem Hals festsetzte, und er alle Kraft aufbieten musste, die Tränen zurückzuhalten. Alles in ihm wollte weinen, doch Fritze ließ es nicht zu. Nicht vor den Rademanns. Ein deutscher Junge weint nicht!

22

Charly saß an ihrem Schreibtisch in der Kantstraße und tippte das Protokoll der gestrigen Observierung in die Schreibmaschine. Sie musste, weil sie ihren Beobachtungsposten verlassen hatte, ein wenig pfuschen, was sonst überhaupt nicht ihre Art war. Fast zwei Stunden war sie nicht auf ihrem Posten gewesen, zwei Stunden, in denen einiges hätte passieren können. Doch als sie jetzt das Protokoll tippte, gab sie an, dass Frau Winkler während der ganzen Zeit, da Wolfssohns Auto vor dem Hotel *Europa* geparkt hatte, nicht dort erschienen sei.

Charly war nach dem Besuch bei Robert noch einmal zur Köthener Straße zurückgekehrt. Weil der dunkelrote Audi immer noch an Ort und Stelle stand, hatte sie dreißig Pfennige in einen weiteren Kaffee investiert und die Observierung fortgesetzt. Zahlreiche Menschen, Frauen und Männer, hatten das Hotel betreten und verlassen, genau wie schon am Morgen, aber Karoline Winkler war nicht darunter. Und gegen dreiviertel sieben hatte dann auch Doktor Wolfssohn das Hotel wieder verlassen, in dem er fast zehn Stunden des Tages verbracht hatte, war in sein Auto gestiegen und weggefahren.

Charly zerbrach sich den Kopf darüber, warum sich der Doktor so viele Stunden in diesem eher billigen Bahnhofshotel aufhielt, ohne sich mit seiner mutmaßlichen Geliebten zu treffen. Und selbst wenn er sich in den zwei Stunden, da Charly die Beobachtung abgebrochen hatte, mit ihr vergnügt haben sollte – was hatte er dann in den übrigen Stunden getan? Irgendetwas stimmte da nicht, das *Europa* war kein Liebesnest, sie musste den Fall Winkler, der dem Detektivbüro Böhm einiges an Geld bringen sollte, anders aufziehen.

Sie holte das Blatt aus der Walze und ging damit zu Wilhelm Böhm, um ihm ihre Erkenntnisse mitzuteilen.

»Ich habe Ihnen zwar gesagt, die Sache eilt nicht, Charly, aber wir können die Nachforschungen auch nicht endlos in die Länge ziehen«, meinte Böhm, nachdem er sich ihren Bericht angehört hatte. »Herr Winkler hat gestern erst angefragt und sich erkundigt.«

»Eine Woche noch, mehr nicht. Sagen Sie ihm das.«

»Gut. Dann werde ich einen Termin für ... sagen wir den achten Mai ausmachen. Dann brauche ich aber Ergebnisse. Kriegen Sie das hin?«

Charly nickte. »Irgendwas werde ich bis dahin herausgefunden haben. Und wenn es die Tatsache sein sollte, dass Karoline Winkler die treueste Ehefrau im ganzen Reich ist und ihre Lügen ganz andere Ursachen haben.«

»Gut.« Böhm schaute sie an. »Was ist mit dem Jungen?«, fragte er.

»Ach ...« Charly seufzte und erzählte ihm vom Ausgang des Prozesses.

»Zurück zu den Rademanns. Hm. Das ist sicher nicht das, was Fritz wollte.«

»Ganz bestimmt nicht.«

»Vielleicht sollten wir uns ans Jugendamt wenden und ...«

»Nein, das hat doch keinen Zweck. Bei so einem Vorzeigenazi wie Rademann!«

Charly klang unwirscher als beabsichtigt. Sie ärgerte sich über

Böhms Naivität. Vielleicht ärgerte sie sich auch darüber, dass er nicht alles wusste, und sie ihm auch nicht davon erzählen wollte. Von dem fingierten Selbstmord im olympischen Dorf, von Fritzes Augenzeugenschaft und von der Verschwörung gegen ihn. Sie wollte eigentlich überhaupt nicht darüber reden, aber dass man den Jungen nicht mit Hilfe des Jugendamtes würde befreien können, das müsste Böhm doch eigentlich wissen. Auch wenn sie ihm nicht erzählt hatte, dass der Richter das Kontaktverbot erneuert hatte. Warum eigentlich nicht? Weil sie sich dafür schämte?

Er schaute sie leicht irritiert an. »Wie Sie meinen«, sagte er. »Aber wenn ich Ihnen irgendwie helfen kann … Sagen Sie Bescheid.«

Charly nickte. Es tat ihr leid, wie sie ihren alten Mentor und Chef behandelte, aber sie konnte ihn einfach nicht in alles einweihen. Nicht in ihre Sorgen um Fritze. Nicht in ihre Sorgen um Greta. Und erst recht nicht in die um Gereon Rath.

Böhm ging zum Garderobenständer und griff zu Hut und Mantel.

»Ich muss dann mal los«, sagte er. »Der Fall Kubiczek. Die Sache mit diesem Okkultistenbetrüger.«

»Ach ja.«

Böhm warf sich den Mantel über und setzte sich den Bowler auf den Kopf. In der Tür blieb er noch einmal stehen, als wolle er noch etwas sagen, besann sich dann aber anders und verließ das Büro.

Charly kehrte zu ihrem Schreibtisch zurück und fühlte sich miserabel. Wenigstens hatten sie heute keine Termine mehr. Und Laufkundschaft kam im Detektivbüro Böhm nur selten vorbei. Sie würde einen ruhigen Nachmittag verleben.

Überhaupt war es ruhiger geworden in ihrer Arbeit. Aufträge gab es genug, aber alles nur alltäglicher Kram, wie es sich für ein anständiges Detektivbüro gehörte. Als Fluchthelfer waren Wilhelm Böhm und sie in den letzten Monaten kaum noch in Erscheinung getreten. Wie es aussah, hatten alle, die das Land verlassen wollten, dies bereits erledigt, und der Rest hatte sich mit dem abgefunden, was aus Deutschland geworden war. Oder wartete ab, bis die Dinge wieder besser wurden.

Charly hatte sich mit nichts abgefunden, sie glaubte auch nicht, dass die Dinge wieder besser würden, und normal sowieso nicht. Was war denn schon normal? Heute galten Verhaltensweisen in Deutschland als normal, die vor vier Jahren noch als Verbrechen geahndet worden wären. Und anderes galt als Verbrechen, das vor vier Jahren noch jedermanns verbrieftes Recht war.

Sie erledigte ein bisschen Papierkram, heftete Akten ab, rechnete ein paar Spesen durch und setzte Rechnungen für die jüngsten abgeschlossenen Ermittlungen auf. Mit diesen Routinearbeiten konnte sie ihre eigene innere Rastlosigkeit überspielen, einigermaßen wenigstens.

Sie erschrak ein wenig, als die Türklingel ging, so vertieft war sie in die Arbeit. Ausgerechnet jetzt, wo Böhm unterwegs war, musste ein Laufkunde kommen. Für die Geschäftsanbahnung war Böhm der bessere Gesprächspartner. Die meisten potenziellen Kunden zogen misstrauisch die Augenbrauen hoch, wenn sie erfuhren, dass Charly nicht als Sekretärin, sondern als Detektivin angestellt war.

Der Mann, dem sie die Tür öffnete, zog nicht die Augenbrauen hoch, er lächelte sie freundlich an.

»Freddy! Was treibt Sie denn hierher?«

»Ich kann Visitenkarten lesen und mir Hausnummern merken.« Der Pianist lüftete einen schicken Filzhut und zeigte seine roten Haare. »Darf ich nicht erst mal reinkommen?«

»Aber bitte.« Sie trat beiseite und ließ ihn ein.

Er schaute sich um. »Schönes Büro. Dann sind wir also beinahe Nachbarn und haben das die ganze Zeit nicht gewusst.«

»Nachbarn? Sie müssen nicht glauben, dass ich hier wohne.«

»Nachbarn beruflicherseits. Sie müssen auch nicht glauben, dass ich im Groschenkeller wohne.«

»Was verschafft dem Detektivbüro Böhm denn die Ehre Ihres Besuchs?«

»Diese Ehre gilt nicht dem Detektivbüro, sondern ganz allein Ihrer Person, Verehrteste. Charlotte Rath, nicht wahr? Sie haben das Lokal gestern abend so abrupt verlassen, Sie hatten ja nicht einmal Gelegenheit, mein Solo bei Goody Goody zu bewundern.«

»Ich hatte angenommen, Sie hätten meiner Befragung von gestern abend noch etwas hinzuzufügen. Wenn dem nicht so ist, darf ich Sie bitten, unser Büro zu verlassen.«

»Befragung würde ich unser Gespräch nun nicht zwingend nennen. Und dem habe ich durchaus noch etwas hinzuzufügen.«

»Und das wäre?«

»Einiges mehr, als ich es Ihnen hier zwischen Tür und Angel sagen kann. Deswegen wollte ich Ihnen einen zweiten Abend im Groschenkeller vorschlagen. Wenn Sie heute abend Zeit hätten?«

»Zwischen Tür und Angel muss nicht sein. Aber heute abend habe ich schon etwas anderes vor. Wenn Sie mir noch etwas zu sagen haben, sollten Sie dies in diesem Büro tun.«

»Gern.« Er lächelte und warf seinen Hut mit einem eleganten Schwung an den Garderobenhaken. »Wo darf ich Platz nehmen?«

Sie zeigte auf ihren Schreibtisch direkt am Fenster. »Dort.« Die Sitzgruppe mit den gemütlichen Sesseln, wo sie sonst ihre Klienten empfingen, wollte sie ihm nicht gönnen. Man musste solche Frechheit ja nicht auch noch belohnen.

Er setzte sich brav auf den Besucherstuhl, und Charly nahm hinter ihrem Schreibtisch Platz.

»Und?«, fragte sie. »Was haben Sie mir noch zu sagen?«

»Ich hab mit Siggi gesprochen. Gestern abend.«

»Siggi?«

»Dem Wirt vom Groschenkeller. Mit dem Sie auch gesprochen haben.«

»Natürlich.«

»Wir haben noch ein bisschen gequatscht nach Feierabend. Also: heute früh. Siggi sagt, Sie haben neulich schon nach Ihrer Freundin gefragt.«

Charly wusste nicht, ob sie sich geschmeichelt fühlen oder ob es ihr Angst machen sollte, dass man sich im *Groschenkeller* nach Feierabend über sie unterhielt.

»Stimmt«, sagte sie.

»Und Sie haben nach einem Norddeutschen gefragt.«

»Nach jemandem vom Norddeutschen Lloyd.«

»Eben. Das ist ja in dem Fall dasselbe.«

»Wie meinen Sie das?«

»Na, weil dieser Norddeutsche, nach dem sie gefragt haben, vom Norddeutschen Lloyd ist.«

»Ach?«

Sie fragte sich, ob der Mann sich nur wichtigmachen wollte oder wirklich etwas wusste.

»Ja. Mit mir hat der Norddeutsche auch gesprochen. Und mir ein Foto gezeigt. So ähnlich wie Sie gestern war der unterwegs. Aber längst nicht so charmant. Und auch nicht so professionell. Wenn ich das sagen darf: Der Mann ist uns allen mit seiner Fragerei ziemlich auf den Wecker gefallen.«

»So, so. Und?«

»Nun, der war vom Norddeutschen Lloyd, mehr wollte ich ja gar nicht sagen.«

»Warum sind Sie sich denn da so sicher?«

»Weil ich ihn erkannt habe.« Er tippte an seine Stirn. »Fotografisches Gedächtnis. Sie erinnern sich? Musste noch nie in meinem Leben vom Blatt spielen. Kann mir alles merken. Hab natürlich auch das absolute Gehör.«

»Natürlich.« Die Angeberei des rothaarigen Pianisten ging Charly langsam auf die Nerven. Wenn er über solch übermenschliche Fähigkeiten verfügte, warum spielte er dann Klavier in einer verrufenen Spelunke?

»Jedenfalls«, fuhr Freddy fort, »ich hab vor vier Jahren mal eine Tour auf der Bremen mitgemacht.«

»Und?«

»Also eigentlich zwei Touren. Von Bremerhaven nach New York und wieder retour. Gab gutes Geld für uns Musiker, waren schwere Zeiten damals. Wie auch immer: Der Norddeutsche aus dem Groschenkeller war einer der Stewards. Vielleicht sogar einer der Chefstewards. So genau habe ich deren Hierarchie nie verstanden.«

»Ja und?«

»Mein Gott, muss ich Ihnen denn alles erklären? Die Bremen ist ein Schiff des Norddeutschen Lloyd, also ist der Mann, der uns im Groschenkeller auf die Nerven gegangen ist, auch vom Norddeutschen Lloyd. Das wollten Sie doch wissen, oder?«

Charly nickte. »Das stimmt, aber dazu brauche ich Ihre scharfe Beobachtungsgabe nicht, das habe ich mir auch so schon zusammengereimt.«

»Nichts für ungut. Wollte Ihnen bloß helfen.«

Und einen Vorwand für dieses Gespräch finden, dachte Charly.

»Wenn Sie so ein tolles Gedächtnis haben, wie Sie behaupten ...«

»Ein fotografisches Gedächtnis. Hat mich gut durch die Schule gebracht. Ich habe Mathematik bis heute nicht verstanden, hatte aber immer eine Eins.«

»Dann hatten Sie einen phantasielosen Lehrer.«

»Mag sein, in den Klassenarbeiten standen immer nur Aufgaben aus unserem Mathebuch.«

»Und warum sind Sie Musiker geworden? Und nicht Mathematikprofessor?«

»Weil ich lieber Klavier spiele. Und weil ich Mathematik nicht mag. Außer sie begegnet mir in Form von Rhythmen, Intervallen, Melodien und Harmonien.« Er grinste sie an. »Sie sind eine harte Nuss, was?«

»Ich weiß nicht, wie Sie das meinen.«

»Na, nicht leicht zu knacken.«

»Hören Sie, mein Herr, wenn Sie irgendetwas knacken wollen, dann sind Sie hier fehl am Platz. Wenn Sie aber wirklich über so ein phänomenales Gedächtnis verfügen, wie Sie behaupten, dann können Sie mir diesen Mann, diesen Steward, vielleicht beschreiben. Oder, da Ihr Kopf ja ein Fotoapparat zu sein scheint, machen Sie mir doch gleich ein paar Abzüge. Dreizehn mal fuffzehn.«

Der Kerl ließ sich überhaupt nicht aus der Fassung bringen, er grinste immer noch.

»Gerne«, sagte er. »Aber nicht jetzt.«

»Wann denn dann?«

»Kommen Sie in den Groschenkeller, wann auch immer Sie Zeit erübrigen können. Da können wir uns gerne weiter unterhalten. Und ich beschreibe Ihnen den Mann so genau, dass Sie ihn zeichnen können. Vorausgesetzt, ich darf Sie einmal zum Abendessen ausführen.«

Charly wollte etwas erwidern auf diese Unverschämtheit, aber in diesem Moment öffnete sich die Tür, und Wilhelm Böhm trat ins Büro. Er schaute überrascht, als er den Besuch sah.

»Sie müssen Herr Böhm sein«, sagte Freddy und stand auf, schüttelte Böhm die Hand und angelte sich seinen Hut vom Garderobenständer. »War sehr angenehm, mit Ihrer Kollegin zu plaudern. Ich darf mich empfehlen.«

Der Pianist lüftete seinen Hut und verschwand. Böhm blickte ihm hinterher.

»Wer war das denn?«, fragte er. »Ein neuer Klient?«

»Wenn überhaupt, ein neuer Informant. Vielleicht kann er mir helfen in der Causa Winkler.«

»Aha«, sagte Böhm, legte Hut und Mantel ab und setzte sich wieder an seinen Schreibtisch.

»Und außerdem«, fuhr Charly fort, »ein unverschämter Kerl. Verspricht mir Informationen, die er mir aber nur geben will, wenn ich mich mit ihm in einem Lokal treffe.«

»Darauf sollten Sie sich auf gar keinen Fall einlassen.«

»Natürlich nicht, was denken Sie?«

Böhm sagte eine Zeit lang nichts, er hing irgendwelchen Gedanken nach.

»Aber grundsätzlich, Charly«, sagte er nach einer Weile.

»Ja?«

»Grundsätzlich sollten Sie schon mal wieder ausgehen, finden Sie nicht?«

»Aber das tue ich doch.«

»Ja, Sie treffen sich mit ein paar Freunden zum Kaffeetrinken auf dem Ku'damm und so. Aber ins Nachtleben, so wie früher, haben Sie sich schon länger nicht mehr gestürzt, wenn ich das richtig verfolgt habe. Seit Ihrer Rückkehr aus Prag nicht mehr.«

»Das Nachtleben so wie früher gibt es auch nicht mehr. Und außerdem habe ich für so etwas keine Zeit.«

»Charly, Sie sind verwitwet, und ich weiß, Sie haben es nicht leicht. Aber Sie sind noch jung, Sie haben Ihr Leben noch vor sich; für *so etwas*, wie Sie es nennen, sollten Sie sich immer Zeit nehmen.« Böhm räusperte sich. »Berlin ist groß, es gibt immer noch Lokale, in denen man schöne Abende verbringen kann. Ihre Freundin Greta weiß das. Gehen Sie mal öfter mit ihr aus, lernen Sie junge Männer kennen. Sind ja nicht alles Nazis.«

Dass er Gretas Namen erwähnte, versetzte ihr einen Stich. Er wusste nichts von ihrem Verschwinden, aber natürlich hatte er recht: Sie war schon lange nicht mehr gemeinsam mit Greta durch die Säle gezogen. Doch nun war Greta verschwunden. Weil sie vor einer Woche allein durch die Säle gezogen war. Aber Greta hatte Charly auch nie eingeladen mitzukommen. Genau so war es die letzten Wochen gelaufen, wenn sie darüber nachdachte. Sie hatte aber nicht darüber nachgedacht, weil es ihr recht war. Wie sollte sie sich in die Reste des Berliner Nachtlebens stürzen, wo sie doch die trauernde Witwe von Gereon Rath war? Es gehörte zu ihrer Rolle, das nicht zu tun. Zu einer trauernden Witwe hätte es doch nicht gepasst, mit einer alten Freundin die Nacht durchzutanzen und die Männer verrückt zu machen. Und außerdem stand ihr der Sinn nicht danach, sie musste ihre Trauer gar nicht spielen, obwohl sie wusste, dass Gereon noch lebte. Aber machte das einen Unterschied? Er fehlte ihr dennoch.

Böhm schien ihre Gedanken zu lesen.

»Sie sind oft so traurig, die letzte Zeit, Charly«, sagte er. »Zu oft. Ich verstehe das ja, aber Ihr Mann ist jetzt seit über einem halben Jahr tot, sie können nicht ewig um ihn trauern. So banal es auch klingt: Das Leben geht weiter. Sie haben die Flinte nicht ins Korn geworfen, als die Nazis sich unser Land unter den Nagel gerissen haben, Sie dürfen auch jetzt nicht aufgeben.«

»Das tue ich ja auch nicht. Aber trotzdem fällt es mir schwer.«

»Gehen Sie verdammt nochmal feiern, Charly. Sie brauchen das. So niedergeschlagen wie in den letzten Wochen habe ich Sie noch nie erlebt. Lassen Sie sich von den Nazis nicht fertigmachen! Deutschland ist auch immer noch unser Land!«

Charly nickte nachdenklich. Das hätte sie niemals gedacht: dass Wilhelm Böhm, ausgerechnet Wilhelm Böhm, der in seinem ganzen Leben wahrscheinlich noch nie tanzen gegangen war, sie einmal dazu anhalten würde, die Nacht durchzufeiern.

23

Frenchie stand in der Tür und machte ein verlegenes Gesicht. Er hob die Schultern, als wolle er sagen: Was sollte ich denn tun? Marlows Männer wussten nicht, wie man mit einer energischen Frau umging, die ihren Willen durchsetzen will. Den brutalsten Schläger hätten sie jederzeit daran gehindert, die Räume von *Marlowe Imports* zu betreten, aber einer zierlichen blonden

Dame gegenüber wirkten sie seltsam hilflos. Liang hätte die Witwe nicht bis zum Büro vordringen lassen, das war sicher, aber Liang war tot.

Johann Marlow machte gute Miene zum bösen Spiel, obwohl ihm der unangemeldete Besuch überhaupt nicht in den Kram passte. Jede Minute konnte Helferich anrufen, das wichtigste Gespräch des Tages, wenn nicht der Woche. Weswegen Frenchie die strenge Order hatte, niemanden einzulassen. Nun aber stand Marion Goldstein direkt vor seinem Schreibtisch, und Johann Marlow fragte sich, ob er anstelle eines Muskelpakets wie Frenchie nicht besser eine Frau ihres Kalibers in sein Vorzimmer setzen sollte, um ungebetenen Besuch in der Kent Avenue abzuwimmeln.

Er schaute von den Frachtpapieren auf, mit denen er sich gerade beschäftigt hatte, und lächelte sie an.

»Marion, Liebes, was kann ich für dich tun?«

»Ich denke, das weißt du. Ich möchte einen Anteil von den Geschäften, die du von Abe übernommen hast. Nicht nur die armseligen Almosen, die du mir jeden Monat zahlst.«

»Almosen nennst du das? Davon kannst du dir doch einen ganz beachtlichen Lebensstil leisten. Du hast die Wohnung in der Hooper Street behalten, du trägst schicke Kleider, du fährst sogar Auto. Was beschwerst du dich?«

»Abe hätte mich nicht mit so wenig ... abgespeist.«

»Ich weiß ja nicht, wie er dich behandelt hat, Mädchen, aber Abe, Gott hab ihn selig, ist seit einem halben Jahr tot. Und hat dir nichts hinterlassen. Sei froh, dass ich in die Bresche gesprungen bin.«

»Nenn mich nicht Mädchen! Ich bin nicht dein Mädchen!«

»Du bist auch keine Gangsterkönigin, führst dich aber so auf. Was meinst du, warum du überhaupt Geld von mir bekommst? Allein aus Respekt vor deinem verstorbenen Mann. Wenn du nicht mit Abraham verheiratet gewesen wärest, müsstest du dich heute wieder als Nackttänzerin verdingen, und ich weiß nicht, ob ich dich wieder einstellen würde. Deine goldenen Jahre sind vorbei.«

»Aus Respekt? Hör dich doch reden! Wenn du Respekt vor Abe hättest, hättest du auch Respekt vor mir. Du handelst nicht aus Respekt, sondern aus schlechtem Gewissen.«

»Was soll denn das heißen? Abe Goldstein wollte Hermann Göring umbringen, meinst du etwa, ich hätte ihn dazu angestiftet? Hältst du mich für einen Kommunisten?«

»Was für Gründe hätte Abe denn haben sollen?«

»Ganz einfach: Abe war Jude, und Göring ist Nazi. Wenn das kein Grund ist.«

Sie dachte kurz nach, er hatte sie aus dem Konzept gebracht.

»Ich weiß nur eins«, sagte sie. »Abe würde noch leben, wenn er sich nicht mit dir eingelassen hätte.«

»Mach dir doch nichts vor, Marion, dein Mann war ein Gangster. Da lebt man nun einmal gefährlich.«

»Und du? Was bist du?«

»Ich bin Geschäftsmann. *Ich* bin ein Risiko eingegangen, als ich mich mit *ihm* eingelassen habe.«

»Und jetzt hast du dir sein Geschäft unter den Nagel gerissen.«

»Sein Geschäft? Du weißt doch nicht, wovon du redest. Abe hatte kein Geschäft. Er hatte nichts, was ich hätte übernehmen können, nichts, was er dir hätte vererben können. Und wenn doch, dann bin bestimmt nicht ich derjenige, der dir darüber etwas erzählen könnte. Da müsstest du Salomon Epstein fragen, der hat die Geschäfte für ihn geführt.«

»Sally? Der hat in mir doch immer nur die Schickse gesehen, die Abe niemals hätte heiraten dürfen.«

»Aber Sal war nun mal der engste Geschäftspartner deines Mannes, nicht die Marlowe Imports. Und was zahlt *er* dir?«

Sie winkte ab. »Ist doch zwecklos, mit dir zu reden.«

»Nichts, nicht wahr? Der geizige Jude zahlt dir nicht einen Cent. Vielleicht solltest du dieses Gespräch mit Sal führen statt mit mir.«

»Ihr seid doch sowieso alle gleich. Ihr sitzt auf eurem Geld. Dabei würdet ihr nur halb so viel verdienen, wenn Abe nicht gewesen wäre. Er hat für euch doch immer die Kohlen aus dem Feuer geholt; ohne den Respekt, den er euch beiden verschafft hat, hättet ihr es niemals so weit gebracht.«

»Ich verstehe das ja, du warst seine Frau, du siehst ihn mit anderen Augen, aber glaube mir, Marion: Du vergötterst deinen verstorbenen Mann zu sehr. Du überschätzt seine Wichtigkeit. Abraham Goldstein ist seit einem halben Jahr tot, und was soll ich sagen: Die Geschäfte laufen auch ohne ihn sehr gut. So gut, dass ich sogar etwas für seine Witwe abzweigen kann. Für eine Witwe, die keinen Finger für meine Geschäfte rührt.«

Das Telefon auf seinem Schreibtisch klingelte.

»Entschuldige, Marion, aber da muss ich rangehen. Grüß Sal von mir, solltest du ihn heute noch sprechen.«

Und mit diesen Worten und einem freundlichen Lächeln wedelte er sie mit der Linken aus seinem Büro, während die Rechte den Telefonhörer von der Gabel nahm.

Marion warf ihm einen letzten trotzigen Blick zu, ließ sich dann aber von Frenchie widerstandslos hinausführen. Marlow wartete noch, bis sie die Tür geschlossen hatten, dann meldete er sich.

»Jack, what's up? Konntest du den Termin vereinbaren?«

Für einen Moment war nichts als das Rauschen der Telefonleitung im Hörer zu vernehmen.

»Jack?«

»Nein.«

»Wie?«

»Es gibt kein Treffen.«

»Passt ihnen der Termin nicht?«

»Sie wollen nicht. Die Bastarde wollen kein fucking Treffen. Sie wollen auch kein Geschäft mit uns.«

»Mit wem hast du denn gesprochen?«

»Phil hat mich zu dem Typen geführt, der den Straßenverkauf in West Harlem organisiert.«

»Vielleicht sollten wir mit jemandem reden, der eine Etage höher sitzt.«

»Höher rauf ging es nicht. Die lassen sich nicht in die Karten schauen.«

»Und du bist sicher, die wollen keine Geschäfte mit uns machen?«

»Der Bastard war ziemlich deutlich.«

»Hast du angedeutet, was wir zu zahlen bereit sind?«

»Natürlich. Aber so komisch sich das anhört: Denen scheint es nicht um Geld zu gehen.«

»Um was denn sonst?«

»Was weiß ich? Um Macht. Die wollen den Markt an sich reißen.«

»Das betrifft dann ja nicht nur uns.«

»Nein. Sal ist auch ziemlich sauer. Und die Italiener sowieso.«

»Dann stecken die also nicht dahinter?«

»So it seems.«

»Gut. Dann sollten wir uns mit denen zusammensetzen. Ruf Sal an, er soll ein Meeting mit den Italienern arrangieren.«

»Wird erledigt.«

Marlow pfefferte den Hörer auf die Gabel. Warum musste immer irgendwer Schwierigkeiten machen? Kaum war ein Problem gelöst, klopfte schon das nächste an. Würde das denn nie ein Ende nehmen?

Er musste über Marion Goldstein nachdenken und über die Ansprüche, die sie stellte. Ob sie etwas ahnte? Dass Abe Goldstein im Sommer in seinem, in Marlows Auftrag unterwegs gewesen war? Dass er tatsächlich Göring hatte töten sollen? Und Gereon Rath? Und alle, die für Liangs Tod verantwortlich waren? Fast alle hatte Abe erledigt, Göring jedoch nicht.

Abraham Goldstein hatte seinen Auftrag nicht ausgeführt, jedenfalls nicht vollständig, deswegen sah Marlow auch nicht ein, dass die Witwe in den Genuss des lukrativen Honorars kommen sollte, das er ihrem Mann versprochen hatte. Für einen Auftrag, von dem sie nicht einmal wusste. Und auch niemals wissen durfte. Attentatspläne auf Deutschlands zweitmächtigsten Mann mussten so geheim bleiben wie irgend möglich.

Nein, Abe Goldstein hatte seinen verdammten Auftrag nicht erfüllt. Marlow wusste ja nicht einmal, ob Gereon Rath wirklich tot war. Dessen Leiche war immer noch nicht gefunden worden, und deswegen traute Marlow den offiziellen Berichten nicht, Goldstein habe ihn erschossen. Konnte alles fingiert sein. So sah es auch Lembeck, der einzige Draht nach Berlin, der Marlow geblieben war. Zum Glück auch der beste, den man sich vorstellen konnte. Der Mann war bestens vernetzt, er wusste über alles Bescheid, was in der Reichshauptstadt vor sich ging. Sollte Gereon Rath wirklich noch leben, dann würde er das herausfinden. Er hatte seine Fühler in alle Richtungen ausgestreckt. Vor wenigen Tagen erst hatte er telegraphiert, dass Rath auf einer internen Fahndungsliste von SD und Gestapo gelandet sei. Das Geld, das Marlow an Lembeck bezahlte, war gut investiert.

Aber nun musste er sich zunächst einmal auf die Probleme im

Heroingeschäft konzentrieren. Am liebsten löste er solche Probleme mit Geld, aber wenn diese Lösung abgelehnt wurde, gab es nur einen anderen Weg: Gewalt. Und dazu brauchte er vor allem das Plazet der Italiener, ohne die lief nichts in dieser Stadt. Es ärgerte ihn, dass er immer noch Salomon Epstein brauchte, um solch ein Treffen zu arrangieren. Sal würde sich das bezahlen lassen, er ließ sich alles bezahlen.

Viel mehr als die Begleitumstände des Treffens mit seinen Verbündeten beschäftigte ihn die Frage, wer denn überhaupt ihr Feind war. Wer war in der Lage, Heroin aus Bayer-Produktion zu beschaffen? Das Einzige, was ihn tröstete: Bayer produzierte das Zeug nicht mehr, es gab nur noch Restposten und alte Lagerbestände. Irgendwann würde diese Quelle versiegen.

24

Zum Glück kannte sie sich aus und wusste, welchen Weg sie nehmen musste, ohne einer Menschenseele zu begegnen, dennoch pochte ihr Herz bis zum Halse, als sie durch die leeren Korridore des Polizeipräsidiums schlich. Was hätte sie erzählen sollen, hätte jemand sie gefragt, was sie hier um diese Uhrzeit suche, fast drei Stunden nach Mitternacht? Ihr war nur Schwachsinn eingefallen, als sie nach einer halbwegs plausiblen Ausrede gesucht hatte.

Es war auch herzlich egal, was sie erzählte: Wenn sie in diesen Räumen erwischt werden sollte, geriete sie in ernsthafte Schwierigkeiten, und es gäbe in ganz Berlin niemanden mehr, der ihr da heraushelfen könnte, nicht einmal Wilhelm Böhm, von Ernst Gennat ganz zu schweigen. Ein Einbruch ins Polizeipräsidium, das hätte auch Böhm ihr nicht verziehen, obwohl der Laden jetzt von Nazis geleitet wurde und er den neuen Polizeipräsidenten Helldorff zutiefst verachtete.

Gereons altes Büro war das letzte im Trakt der Mordinspektion, wenn man jedoch vom Südflügel kam, also von hinten, war es das erste. Charly schaute vom dunklen Treppenhaus in den hellerleuchteten Gang. Auch wenn es mitten in der Nacht war, die Mordinspektion schlief nie. In der Mordbereitschaft hielten zwei Beamte die Stellung. Zum Glück lag die am anderen Ende des Ganges.

Alles war ruhig, und Charly huschte aus ihrem Versteck. Jetzt stand sie auf dem Gang, jetzt gab es kein Zurück mehr. Sie hatte die Sperrhaken schon in der Hand, dennoch würde sie eine halbe Minute brauchen. Sie hielt die Tür der Mordbereitschaft im Blick, bereit, sofort in Deckung zu gehen, sollte die sich öffnen, während ihre Finger mit den Haken im Schloss nach Widerständen tasteten. Sie brauchte länger als sonst, sie war viel zu nervös. Endlich schnappte der Riegel zurück, viel zu laut, aber das Schloss sprang auf. Sie drückte die Klinke, huschte ins Vorzimmer und schloss die Tür hinter sich. Nur das Licht vom Gang, das durch die Milchglasscheibe leuchtete, auf der nun der Name von Andreas Lange stand und nicht mehr der von Gereon Rath, erhellte den akkurat aufgeräumten Schreibtisch von Erika Voss.

Charly schaute durch die Postkörbe der Voss, dort fand sich jedoch nichts zur Todesfallermittlung Rekowski. Die Zwischentür war nicht abgeschlossen, sie betrat Langes Büro. Vor dem Fenster ratterte irgendein nächtlicher Güterzug über die Stadtbahntrasse, endlos, wie es ihr schien. Sie ließ die Zwischentür geöffnet, damit sie von beiden Seiten Licht hatte, denn durch die Fenster drang nur diesiges Mondlicht und das bisschen, was die Laternen von der Dircksenstraße beisteuern konnten.

Schon ihr zweiter Einbruch diese Woche, wer hätte gedacht, dass sie sich jemals zu so etwas würde hinreißen lassen? Aber was sollte sie tun? Hätte Lange nicht alles von Wichtigkeit requirieren lassen, was die Kripo in Rekowskis Wohnung gefunden hatte, wäre das gar nicht nötig. Sie hoffte nur, dass die Sachen nicht noch bei der Spurensicherung waren, in Kronbergs Räume hätte sie sich nicht getraut.

Aber sie hatte Glück. Auf dem Büroschrank hinter Langes Schreibtisch, direkt unter dem Hitlerbild, fand sie einen Pappkarton, in den alles gepackt war, was die Mordkommission aus der Wohnung Rekowski beschlagnahmt hatte, in erster Linie Akten und Briefe.

Charly nahm den Karton, der einiges wog, und trug ihn zur Tür, weil das Licht dort besser war. Zunächst ging sie einen Stapel aktueller Briefe durch, suchte fieberhaft nach irgendeiner Verbindung, vor allem nach dem Briefkopf des Norddeutschen Lloyd, doch sie fand nichts dergleichen, obwohl es sich um Geschäftspost oder Amtsschreiben handelte und kein einziger Privatbrief darunter war. Dann nahm sie sich die Aktenordner vor. Neben ein paar Versicherungsunterlagen, Waffenbesitzkarten und Ähnlichem fielen ihr vor allem Lieferscheine und Rechnungen auf, große Mengen an Lebensmitteln, überwiegend Obst- und Gemüsekonserven, aber auch Kondensmilch und Haferflocken, Erbsen und Linsen, Reis, Roggenmehl und andere haltbare Lebensmittel, die Klaus von Rekowski geordert hatte. Hatte er solche Mengen für die SS bestellt? Oder verbarg sich hier irgendwo die Verbindung zum Norddeutschen Lloyd? *Schönwalder (Jhs Oberjäger)* war als Lieferadresse eingetragen. Hörte sich nicht gerade maritim an. Charly notierte die Adresse zusammen mit ein paar Rechnungsdaten. Die Schönwalder Straße lag im Wedding, ganz in der Nähe des Lenzener Platzes, wo ihr Vater ums Leben gekommen war.

Die in Klammern gesetzte Abkürzung *Jhs* war unterstrichen; Charly fragte sich, was das zu bedeuten hatte, übertrug es aber genau so in ihren Notizblock.

Dann stieß sie in einem Korrespondenzordner zwischen diversen Geschäfts- und Behördenschreiben auf einen schon etwas älteren Brief, dessen Handschrift sie kannte. Ein privates Schreiben, datiert vom 17. November 1936, abgeschickt aus Stockholm.

Greta hatte Rekowski geschrieben.

Lieber Klaus, las sie, und allein die Anrede gefiel ihr nicht. Klaus von Rekowski hatte kein *lieber Klaus* mehr zu sein, nicht für Greta Overbeck, nicht im November 36, nicht, nachdem er sie derart mit seiner Eifersucht verfolgt hatte.

Lieber Klaus, es ist sehr rührend, wie Du Dich um mich sorgst, so viele liebe Briefe, und tatsächlich habe auch ich so manches Mal an unsere schönen Tage in Berlin gedacht. Aber ich muß Dich enttäuschen, so bald werde ich nicht zurückkommen, und es ist besser, Du vergißt mich ganz einfach.

Wir hatten unsere besonderen Momente, oh ja, und ich habe mich nie in meinem Leben so am richtigen Platz gefühlt wie in diesen Momenten und in Deiner Gegenwart. Aber was hilft das, wo wir doch einfach nicht zusammenpassen? Und das tun wir nicht, das ist die Lektion, die ich unter Schmerzen gelernt habe, und auch deshalb bin ich zu meiner Mutter und zu meinen schwedischen Freunden gefahren. Ich bin ja nicht einmal eine richtige Deutsche, und Du, Du bist bei der SS und ganz der deutschen Sache verpflichtet – wie soll das gutgehen? Du hast so oft davon gesprochen, daß man sich wappnen müsse, sollte die Welt vom internationalen Judentum wieder in einen Krieg gestürzt werden. Weißt Du denn, ob wir uns bei einem solchen Krieg, den Gott verhindern möge, auf derselben Seite wiederfänden? Vielleicht hat dieser Krieg längst begonnen. Ich hoffe nicht, daß die Kämpfe in Spanien sich zum Weltkriege ausweiten, aber sollten sie das tun, würden wir sicherlich auf entgegengesetzten Seiten stehen.

Ich weiß, Politik ist nicht alles, aber in unserem Fall ist sie es. Wir können unsere Liebe nur leben, wenn wir die Politik ausschließen, aber die Politik läßt sich auf Dauer nicht ausschließen, höchstens für kurze, vergängliche Momente, und daher lassen wir es lieber ganz sein.

Charly war fassungslos. So rührselig kannte sie Greta gar nicht. Wenn es darum ging, einen Mann eiskalt abzuservieren, war Greta Overbeck immer ihr großes Vorbild gewesen. Doch bei Klaus von Rekowski, der ihr offenbar mehrfach nach Stockholm geschrieben hatte, schlug sie ganz andere Töne an. Wenn das der Laufpass war, den Greta ihrem Liebhaber gegeben hatte, dann klang der mehr nach Liebesgesäusel als nach allem anderen. *Unsere schönen Tage in Berlin. Besondere Momente. Unsere Liebe leben.*

Du lieber Himmel, was war da los? Es war ihr, als habe sie Greta Overbeck überhaupt nicht gekannt, als sei das eine ganz andere Frau, die da aus diesen Zeilen sprach, nicht aber ihre beste Freundin.

So viele liebe Briefe ... Warum hatte ihr Greta nichts davon erzählt? Nichts von den *vielen lieben* Briefen, die Rekowski ihr nach Schweden geschrieben hatte, nichts von ihrer Antwort? Gab es vielleicht noch mehr desgleichen? Charly wühlte in dem Ordner, sie suchte im Karton, doch sie konnte keine weiteren finden. Wenigstens das. Greta hatte es bei diesem einen Brief belassen.

Sie musste an den Tag denken, als sie mit Greta und Robert im Café *Reimann* gesessen hatte und Rekowski überraschend aufgetaucht war. Da hatte Greta ihm die kalte Schulter gezeigt, und Rekowski hatte sie angegiftet. Nichts, was auf einen solchen Briefwechsel hinwies.

Sollte einer mal schlau werden aus anderen Menschen! Sie packte die Aktenordner sorgfältig zurück in den Karton und stellte alles wieder auf die Anrichte unter die strengen Augen Adolf Hitlers, der sie anschaute, als missbillige er alles, was sie hier tat. Sie streckte dem Porträt die Zunge heraus. Charly fragte sich, was Lange wohl gedacht haben mochte, als er diesen Brief las. Jedenfalls stellte sich die Beziehung zwischen Greta und dem Mordopfer ganz anders dar, als die Zeugin Rath sie geschildert hatte.

Der Brief hatte sie verwirrt, aber wirklich weitergebracht hatte sie der Einbruch in Langes Büro nicht. Und dafür diese waghalsige Aktion!

Was sie nicht gefunden hatte, war Rekowskis Notizbuch. Das Notizbuch, in dem die Kripo überhaupt erst auf Gretas Namen gestoßen war. Das musste doch auch irgendwo sein. Charly kramte noch einmal durch den Karton, fand aber nichts. War das Buch mit dem Lippenstift und dem Taschentuch in der Asservatenkammer gelandet? Unwahrscheinlich, so etwas musste man auswerten. Sie durchsuchte die Schubladen von Langes Schreibtisch und konnte nichts finden. Sollte der übereifrige Lange das Buch mit nach Hause genommen haben? Charly nahm sich den zweiten Schreibtisch im Raum vor, der deutlich unaufgeräumter wirkte als der des Kommissars; sie tippte auf Czerwinski. Zwischen zusammengeknülltem Butterbrotpapier und einem angekauten Apfel lag ein braunledern eingebundenes Notizbuch auf der Schreibtischplatte, daneben ein aufgeklappter Schreibblock, auf dem einige spärliche Notizen gekrakelt waren.

Charly schlug das Buch auf. Nach einigem Blättern hatte sie Gretas Adresse gefunden. Volltreffer, das war das gesuchte Büchlein. Rekowski hatte alle Eintragungen mit Datum versehen. Demnach hatte er Greta am 18. Juli 1936 kennengelernt oder an diesem Tag wenigstens ihre Adresse bekommen. Das Buch war voll mit allen möglichen Eintragungen, alles akkurat mit Datum, manchmal sogar mit Uhrzeit versehen, und immer in gestochen scharfer Schrift. Klaus von Rekowski schien ein Pedant gewesen zu sein.

Charly blätterte durch das Buch und überlegte, wo und mit welchen Notizen sie überhaupt anfangen sollte. Da hörte sie Schritte auf dem Gang und erstarrte. Sie warf einen Blick auf die Uhr. Sieben Minuten nach vier, weit entfernt von Dienstbeginn. Ob die Mordbereitschaft etwas reinbekommen hatte? Wenn es sich um eine größere Sache handelte, dann würden sich hier im Trakt bald mehr Mordermittler versammeln, als ihr lieb sein konnte.

Irgendetwas schien passiert zu sein, vielleicht war es auch nur die allgemeine Nervosität vor der großen Maifeier morgen, jedenfalls klingelte irgendwo ein Telefon. Dann knallte eine Tür.

Verdammt, verdammt, was für eine Schnapsidee, hier ins Büro einzudringen! Und dabei nicht einmal etwas Verwertbares zu finden. Charlotte Rath, wie dämlich bist du eigentlich?

Sie wog das Buch in ihrer Hand. Vielleicht der einzige sinnvolle Fund, den sie heute gemacht hatte, doch fehlten ihr Zeit und Nerven, das noch auszuwerten. Sie musste hier raus, so schnell wie möglich. Charly überlegte kurz, dann steckte sie das Büchlein in ihren Mantel.

Sie zog die Zwischentür zu und lauschte am Glas der Bürotür. Keine Geräusche auf dem Gang, auch keine vorbeihuschenden Schatten. Sie wagte es, öffnete die Tür und lugte hinaus. Kein Mensch zu sehen.

Sie schlüpfte hinaus und schloss die Tür, holte die Sperrhaken, um wieder abzuschließen, da ließ eine lauter werdende Stimme sie zusammenzucken. Die Tür der Mordbereitschaft hatte sich geöffnet. Da stand ein Kollege, den sie nicht kannte, die Klinke noch in der Hand und sprach mit jemandem, der sich im Raum befand.

Er hatte ihr den Rücken zugewandt, hatte sie noch nicht gesehen, doch Charly war für einen unendlichen Moment wie erstarrt und konnte sich nicht rühren. Dann ließ sie die Bürotür Bürotür sein und huschte rückwärts so schnell es ging die wenigen Meter aus dem Gang durch die Glastür ins dunkle Treppenhaus und presste sich an die Wand. Im hellerleuchteten Gang der Mordinspektion war ein Schatten zu sehen, der immer größer wurde. Laut hallende Schritte. Der kam ausgerechnet in ihre

Richtung. Klar, wenn er zum Mordauto wollte, das stand unten im Lichthof.

Charly wusste nicht, wohin, sie konnte ja schlecht die Treppe hinunterlaufen, da hätte sie auch gleich ins Mordauto steigen können. Im letzten Moment kam ihr die rettende Idee, sie öffnete die Glastür zum nächsten Trakt, in der die Weibliche Kriminalpolizei untergebracht war, und verschwand in der Damentoilette, einer der wenigen, die es im Polizeipräsidium gab. Hierhin würde es ihren ahnungslosen Verfolger, der ja nicht einmal wusste, dass er sie verfolgte, bestimmt nicht verschlagen.

Sie machte kein Licht und versteckte sich in einer Kabine, ohne abzuschließen. Sie schaute auf die Uhr. Kurz vor halb fünf. Was sollte sie tun? Warten, bis hier der normale Behördenbetrieb losging, und sich unauffällig hinausschleichen? Schwierig, hier waren zu viele Kollegen, die sie noch kannten, sowohl in der Mordinspektion wie auch in der WKP. Nein, sie musste vorher verduften. Sobald dieser Einsatz oder was auch immer es war, endlich über die Bühne gegangen war.

Von den Gängen war nichts mehr zu hören, das einzige Geräusch, das ihr Gesellschaft leistete, war ein Wasserhahn, der irgendwo im Dunkeln tropfte. Charly wagte sich aus ihrer Kabine hervor. In der Ecke entdeckte sie ein kleines Fenster, das zum Lichthof hinausging. Die Dämmerung war inzwischen fortgeschritten, draußen wurde es immer heller.

Charly nahm einen Holzhocker, der neben den Waschbecken stand, und stellte ihn vor das Fenster, um hinausschauen zu können.

Unten wartete tatsächlich das Mordauto mit laufendem Motor. Der Beamte, vor dem sie gerade davongelaufen war, stand an der geöffneten Fahrertür und redete mit dem Mann am Steuer. Dann schlug er die Tür zu, und der schwarze Mercedes brauste los. Der Mann ging zurück in die Burg.

Charly stieg vom Hocker, ging zur Toilettentür und lauschte. Nach einiger Zeit meinte sie tatsächlich, Schritte im Treppenhaus zu hören. Als die wieder leiser wurden, wagte sie sich hinaus. Der Gang der WKP war leer. Sie nahm ein anderes Treppenhaus, das direkt zur Dircksenstraße hinunterführte und nur selten benutzt wurde. Zu dieser Uhrzeit sowieso.

Als sie aus den roten Mauern der Burg auf die Straße trat, fühlte sie sich unsäglich erleichtert. Sie wechselte die Straßenseite und schlenderte die S-Bahn-Bögen entlang. Auf ihrem Weg zum Bahnhof kam sie an Roberts Elektrogeschäft vorbei, doch das war noch dunkel, die Rollläden unten. Sie hätte auch, bei aller Freundschaft, nicht die Ruhe gehabt, jetzt mit ihm einen frühen Kaffee zu trinken, sie wollte nach Hause. Die ersten S-Bahnen fuhren bereits, für den Rückweg musste sie wenigstens kein Taxi nehmen. Manchmal ärgerte sie sich, dass sie Gereons Auto verkauft hatte. Aber sie brauchte ja alles Geld für den Neuanfang in Prag, so hatte sie gedacht. Und dann war daraus doch nichts geworden.

In der S-Bahn saßen nur Menschen, die früh mit der Arbeit begannen, kein einziger Nachtschwärmer. Charly war die Einzige, die nach Hause fuhr und nicht von zuhause kam.

Sie stieg am Bahnhof Bellevue aus und überquerte die Spree. Der erste Mai zeigte sich mit einem trüben Himmel, dennoch begannen die Vögel zu singen. Charly war todmüde. In der Spenerstraße angekommen zog sie sich nur den Mantel und die Schuhe aus und ließ sich, ohne ins Bad zu gehen, so wie sie war aufs Bett fallen und schlief sofort ein.

Sie wusste nicht, wie lange sie geschlafen hatte, als ein Klingeln sie aus wirren Träumen riss. Zunächst konnte sie das grelle Geräusch gar nicht zuordnen und hieb reflexartig auf den Wecker ein, doch der klingelte gar nicht. Es war die Türglocke. Charly blinzelte. Kurz nach neun, knapp zweieinhalb Stunden hatte sie geschlafen, immerhin.

Sie zog sich das Kissen über den Kopf, doch das Klingeln ging weiter. Entnervt schälte sie sich aus dem Bett, rief ein »Kleinen Moment noch« Richtung Wohnungstür und betrachtete ihr Spiegelbild im Bad. Die Haare zerzaust, das Kleid zerknautscht, sie sah nicht gerade aus wie das blühende Leben.

Charly zupfte an ihrem Kleid herum, schüttete sich zum Wachwerden ordentlich Wasser ins Gesicht und fuhr sich mit den nassen Fingerspitzen durchs Haar, um ihre Frisur wenigstens einigermaßen zu richten.

Noch einmal klingelte es. »Jaja!«, rief sie. »Ich komme ja gleich!«

Verdammt, dachte sie. Wahrscheinlich Maltritz, der Hausverwalter. Pünktlich zum Ersten die Monatsmiete einsammeln, das sah ihm ähnlich, Feiertag hin oder her. Na, wenn es sein muss, dachte sie: den eben abfertigen, dann erst mal einen Kaffee aufsetzen. Oder gleich wieder ins Bett. Sie schlurfte in die Küche, holte achtzig Mark aus dem Steinguttöpfchen im Geschirrschrank und öffnete die Wohnungstür.

Öffnete die Wohnungstür und erstarrte.

Im Treppenhaus stand Andreas Lange. Neben ihm Paul Czerwinski, verlegen lächelnd. Und schräg dahinter der Beamte, den Charly erst wenige Stunden zuvor im Polizeipräsidium gesehen hatte.

So schnell also konnte es gehen.

25

Andreas Lange hatte damit gerechnet, dass sie nicht gerade erfreut dreinschauen würde. Aber dass sie ihn richtiggehend panisch anstarrte, als sie die Tür öffnete, wenn auch nur für einen kurzen Moment, nach dem sie sich gleich wieder im Griff hatte, das wunderte ihn dann schon. Vor allem Kowalski, den sie doch gar nicht kannte, hatte sie mit einem seltsam schreckhaften, beinahe entsetzten Blick bedacht. Aber jetzt lächelte sie wieder.

»Guten Morgen, Frau Rath«, sagte Lange und fremdelte ein wenig mit der eigenen Förmlichkeit, doch es ging nun mal nicht anders, »entschuldigen Sie die frühe Störung. Wir wollen eigentlich gar nicht zu Ihnen. Ihre Mitbewohnerin Fräulein Overbeck ist nicht zufällig zuhause?«

Sie reckte ihr Kinn nach vorn. Angriffslustig. »Nein«, sagte sie. »Andernfalls hätte sie sich doch längst bei Ihnen gemeldet.«

Er entfaltete das Schreiben des Richters. »Ich habe hier einen Durchsuchungsbeschluss, der es uns erlaubt, die Räumlichkeiten von Frau Overbeck zu betreten und nach Beweismitteln im Mordfall Klaus von Rekowski zu suchen.«

Sie starrte auf das Schreiben, brauchte wohl einen Moment, um das Ganze zu verarbeiten, lächelte ihn dann aber freundlich an und trat beiseite. »Dann kommen Sie doch rein. Dass Sie ausgerechnet an einem Feiertag arbeiten müssen …«

»Dienst ist Dienst«, sagte Lange und trat ein.

Ihm folgten Kowalski und Czerwinski. Beide Kollegen bedachte die Witwe Rath mit einem Nicken.

»Morgen. Guten Morgen, Paul.«

»Morgen, Charly«, erwiderte Czerwinski. Dem Dicken war es sichtlich peinlich. Lange hatte schon erwogen, ihn wegen Befangenheit von dem Fall abzuziehen, es dann aber doch nicht getan. Gennat hätte ihm nur schwerlich Ersatz gegeben und letzten Endes wohl auch die Frage aufgeworfen, ob nicht jeder Kollege, der Charlotte gekannt habe, als befangen gelten müsse, und das waren eine Menge. Und andererseits ging es in diesem Fall ja auch nicht um Charlotte Rath, sondern um Greta Overbeck. Nur dass sie es anstelle von Fräulein Overbeck, die wie vom Erdboden verschluckt erschien, immer nur mit Frau Rath zu tun bekamen.

»Ich bin gerade dabei, Kaffee zu kochen«, sagte sie. »Darf ich Ihnen eine Tasse anbieten? Oder gilt das dann schon als Bestechung?«

»Gerne«, antwortete Czerwinski, bevor Lange etwas anderes sagen konnte.

Kowalski war bei der Garderobe im Flur stehen geblieben und machte Anstalten, den Mantel zu durchsuchen, der dort hing.

»Finger weg, das ist *mein* Mantel«, giftete Charlotte den armen Kriminalsekretär an, der zurückzuckte, als habe in die Garderobe gerade der Blitz eingeschlagen.

»Natürlich. Entschuldigung, Frau Rath, ich wusste nicht …«, stammelte er.

»Nun stehen Sie nicht rum wie die Ölgötzen, machen Sie Ihre Arbeit«, sagte sie und holte Kaffeetassen aus dem Geschirrschrank, »umso schneller haben wir's hinter uns.«

Lange nickte dem jungen Kriminalsekretär unmerklich zu. Sie alle wussten, dass das hier eine heikle Angelegenheit war. Eine Aktion, die allen Beteiligten ein wenig peinlich, in jedem Fall jedoch unangenehm war, die aber nichtsdestoweniger getan werden musste.

Er räusperte sich und erteilte seine Befehle. »Kowalski, Sie übernehmen das Schlafzimmer von Fräulein Overbeck, Czerwinski, Sie das Bad, und ich bleibe in der Wohnküche.«

»Mein Zimmer lassen Sie aber bitte in Frieden! Diese Tür dort, das ist das Zimmer von Fräulein Overbeck.«

Sie wies die Richtung mit dem Kinn, während sie mit dem Wasserkessel zum Spülstein ging. Kowalski nickte, er hatte sichtlich Respekt vor der Hausherrin. Sie drehte den Hahn auf, und allein das hohl blecherne Geräusch des einsprudelnden Wassers füllte den Raum. Niemand sagte einen Ton, wortlos gingen alle ihrer Arbeit nach; Kowalski fand das richtige Zimmer, Czerwinski öffnete die Badezimmertür, und Lange selbst begutachtete das Bücherregal über dem Sofa, während Charlotte Rath Kaffeewasser aufsetzte.

Lange betrachtete die Bücher. Würde er das Ganze auch unter politischen Gesichtspunkten angehen, wozu die Kriminalpolizei eigentlich angehalten war, hätte er hier eine Menge beschlagnahmen können. Da stand einiges an Asphaltliteratur, einiges an verbotenen Autoren, einige Titel, die er selber gerne gelesen hätte. Er als Polizeibeamter hätte sich so ein Bücherregal jedenfalls nicht leisten können. Fast war er ein wenig neidisch.

»Sagen Sie, Charly«, fragte er, während er die Bücher unter die Lupe nahm, »haben Sie immer noch nichts von Ihrer Freundin gehört?«

»Nein, sonst hätte ich Ihnen doch Bescheid gegeben.«

»Und Sie machen sich keine Sorgen?«

»Greta ist eine erwachsene Frau. Ihre Freiheit geht ihr über alles. Manchmal ist sie über Monate weg.«

»Fährt sie auch mal zur See?«

Die Witwe Rath kurbelte gerade an der Kaffeemühle und hielt einen Moment inne. Nur um eine Gegenfrage zu stellen: »Wie?«

»Können Sie sich erinnern, ob Fräulein Overbeck mal eine Schiffsreise unternommen hat?«

»Wohin?«

»Das ist zweitrangig. War sie mal auf einem Schiff oder nicht?«

»Würde mich wundern, wenn nicht. Allein, um nach Stockholm zu kommen, muss sie ja ein Schiff nehmen.«

»Vielleicht auch eines des Norddeutschen Lloyd?«

»Haben die auch einen Ostseedienst?« Sie zuckte mit den Schultern. »Keine Ahnung. Über so etwas sprechen wir nicht.«

Lange gab sich zufrieden und widmete sich weiter den Büchern, da stellte sie noch eine Frage.

»Warum wollen Sie das wissen, Andreas? Wegen des Taschentuchs?«

Verdammt. Sie hatte sich alles gemerkt. Hätte Czerwinski nur nicht so leichtfertig geplaudert.

»Wie?«

»Na, wegen des chloroformgetränkten Taschentuchs. Mit dem Rekowski außer Gefecht gesetzt wurde, das war doch ein Taschentuch des Norddeutschen Lloyd.«

»Richtig.«

»Und Sie gehen allen Ernstes davon aus, dass meine Freundin sich auf welche Weise auch immer solch ein Taschentuch beschafft haben soll, um damit ihren Ex-Geliebten umzubringen? Warum auch immer sie das hätte tun sollen?«

»Charly, wir ermitteln in einem Todesfall. Da muss ich Ihnen doch nicht erklären, dass wir alle denkbaren Eventualitäten in Betracht ziehen müssen. Das geht doch nicht persönlich gegen Ihre Freundin.«

»Ach, wirklich? Ich für meinen Teil würde es jedenfalls sehr persönlich nehmen, wenn Sie mich des Mordes verdächtigten, das können Sie mir glauben!«

Wie um Charlottes Wut zu unterstreichen, fing nun auch der Wasserkessel an zu pfeifen.

Lange trat an den Tisch und wartete, bis sie das heiße Wasser in die Kaffeekanne gegossen hatte.

»Charly«, sagte er, »nichts für ungut. Aber Sie wissen doch, wie das läuft. Nichts würde mich mehr freuen, als wenn wir entlastende Beweise fänden. Es wäre nur verdammt hilfreich, wenn Ihre Freundin dazu auch einen Beitrag leisten könnte. Damit wäre uns allen geholfen.«

Charlotte stellte den Wasserkessel zurück auf den Herd. Dann setzte sie sich an den Tisch und klappte ihr Zigarettenetui auf.

»Ich will Sie ja gar nicht kritisieren, Andreas«, sagte sie und steckte sich eine an. Der Duft frisch aufgebrühten Kaffees vermischte sich mit dem Zigarettenqualm. »Aber vielleicht sollten Sie auch mal in Erwägung ziehen, dass der Besitzer des Taschentuchs selbst der Mörder sein könnte und nicht irgendwer, der ihm das Taschentuch gestohlen hat. Ist das nicht das Naheliegendste? Dass irgendein Mitarbeiter des Norddeutschen Lloyd Klaus von Rekowski auf dem Gewissen hat?«

»Natürlich.« Lange setzte sich zu ihr an den Tisch. »In diese Richtung haben wir doch schon ermittelt, was glauben Sie denn? Nur hat sich leider Gottes keinerlei Verbindung Klaus von Rekowskis zum Norddeutschen Lloyd ergeben, weder geschäftlich noch privat. Und ein Schiff hat der Mann sein Leben lang nicht betreten, wie es aussieht.«

»Vielleicht hat er seinen Mörder ja auch anderswo kennengelernt.« Sie nahm einen tiefen Zug von ihrer *Juno*, bevor sie weitersprach. »Wissen Sie eigentlich, dass sich vor gut einer Woche ein Steward des Norddeutschen Lloyd nach Klaus von Rekowski erkundigt hat.«

Lange fühlte sich wie vor den Kopf gestoßen.

»Woher wissen Sie das?«

»Ich habe mich halt umgehört.« Sie griff zur Kaffeekanne und füllte die bereitgestellten Tassen. Mit ungerührter Miene.

»Charly, wollen Sie mir in die Ermittlungen pfuschen?«

»Natürlich nicht. Aber ich war im Groschenkeller und habe bei der Gelegenheit ein bisschen was aufgeschnappt.«

»Aufgeschnappt?«

»Ja, aufgeschnappt.«

Lange schüttelte unwillig den Kopf. »Wie auch immer Sie davon erfahren haben, Sie müssen mir so etwas sagen!«

»Aber das habe ich doch gerade getan.«

»Nun gut, ich will da nicht weiter nachhaken, wir werden Ihrem Hinweis nachgehen. Aber, Charly, ich warne Sie: Spielen Sie kein falsches Spiel mit mir. Teilen Sie Ihr Wissen mit uns, auch was Ihre Freundin angeht.«

Charlotte Rath saß über ihrem Kaffee und pustete, bis sich die dampfende Flüssigkeit kräuselte.

»Natürlich«, sagte sie, und er wusste, dass sie das nicht ernst meinte.

Czerwinski öffnete die Badezimmertür.

»Rieche ich hier Kaffee?«, sagte er.

»Setz dich, Paul, mach mal eine Pause.«

»Du musst mir sowieso mal helfen, Charly. Ich weiß nicht, was von dem Kosmetikkram dir gehört und was Greta.«

»Zum Teil benutzen wir es beide. Ja, wollt ihr denn wirklich alles mitnehmen?«

»Nein, natürlich nicht.« Czerwinski wollte noch etwas sagen, doch ein strenger Blick von Lange reichte, um ihn zum Schweigen zu bringen. »Danke für den Kaffee«, sagte der Kriminalsekretär nur und griff zu einer Kaffeetasse.

Auch Kowalski steckte seinen Kopf durch die Tür, womöglich ebenfalls angelockt durch den Kaffeeduft.

»Herr Kommissar, hier sind auch private Briefe«, sagte er.

»Prima, alles einpacken. Und dann setzen Sie sich zu uns. Ist sowieso gerade Kaffeepause, wie es scheint.«

»Gut. Sieht übrigens nicht so aus, als ob die Dame verreist wäre, der Kleiderschrank hängt noch voll.«

Wenig später kam Kowalski mit einem Sperrholzkästchen zurück, das er auf dem Küchenbuffet abstellte.

Charlotte schaute das Kästchen entgeistert an. »Wollen Sie das wirklich mitnehmen?«, fragte sie. »Das ist allerprivateste Korrespondenz.«

»Wir ermitteln hier in einem Mordfall«, erwiderte Lange. »Solche Dokumente, die wichtige Anhaltspunkte liefern können, die wollen wir nicht nur, die müssen wir sogar mitnehmen.«

Die Stimmung am Tisch war für eine Weile eisig, alle schwiegen sich an. Lange wunderte sich, dass es ausgerechnet der wortkarge Ostpreuße Kowalski war, der das Schweigen brach.

»Entschuldigen Sie, Frau Rath, dass ich Ihnen noch gar nicht kondoliert habe«, sagte er. »Sie müssen wissen, dass ich Ihren Mann gekannt habe, wir haben in Königsberg und Masuren zusammengearbeitet.«

»Ach?« Die Witwe Rath zog die Augenbrauen hoch, der kleine Wutanfall war vergessen.

»Ich habe Ihren Mann sehr geschätzt, müssen Sie wissen. Die Zusammenarbeit mit ihm hat mich ermutigt, mich auf eine Stelle in Berlin zu bewerben.«

»Dann haben Sie es ja geschafft. Willkommen in der Reichshauptstadt.«

»Danke.«

Lange wunderte sich. Das hatte Kowalski ihm noch nicht erzählt. Und Czerwinski offensichtlich auch nicht.

»Mensch, ernsthaft?«, sagte der Dicke, und seine Augen glänzten. »Vor drei Jahren oder so, die Sache in Treuburg?«

»Vor fünf Jahren«, verbesserte Kowalski. »Aber genau: die Ermittlungen in Treuburg.«

Czerwinski strahlte. Es schien, als sei er der Konkurrenz aus Ostpreußen gegenüber nun gleich weniger feindselig eingestellt.

Für eine Weile tranken sie schweigend ihren Kaffee. Eine unangenehme Sache musste Lange noch ansprechen, bevor sie die Durchsuchung fortsetzten.

»Charly, ich darf Sie noch um etwas bitten. Wir suchen hier nicht nur nach Schriftstücken und Unterlagen und so etwas, sondern auch nach Gegenständen aus dem Besitz Ihrer Freundin, die wir daktyloskopisch untersuchen können. Vielleicht können Sie uns da behilflich sein. Zum Beispiel dem Kollegen Czerwinski sagen, welches das Zahnputzglas von Fräulein Overbeck ist. Vielleicht fallen Ihnen auch geeignetere Gegenstände ein.«

Sie entgegnete nichts, sondern schaute ihn nur über den Rand ihrer Tasse hinweg an und pustete in den heißen Kaffee.

Lange räusperte sich. Wenigstens wurde er nicht mehr rot, wenn ihm etwas unangenehm war, meistens jedenfalls. »Und noch etwas ... Um die Abdrücke Ihrer Freundin von den Ihren unterscheiden zu können, darf ich Sie bitten, dass wir auch bei Ihnen ...«

Sie sagte immer noch nichts, sie starrte ihn bloß an, obwohl sie bereits zu ahnen schien, worauf er hinauswollte.

»Charly, es tut mir leid, aber ich muss ein Daktylogramm von Ihnen nehmen.«

26

Was für ein Sauzeug! Charly brauchte ewig, um die schwarze Tinte von den Fingerspitzen zu schrubben. Und was für eine Demütigung! Nahmen Fingerabdrücke von ihr, als sei sie eine Verbrecherin. Oder die Freundin einer Verbrecherin. Sie scheuerte mit der Wurzelbürste an ihren Fingern herum, als könne sie damit auch ihre Wut, ihre Enttäuschung und ihre Verzweiflung loswerden.

Lange und Kollegen waren keine Stunde in der Wohnung gewesen, und Charly hatte jede Minute gedacht, sie halte keine Sekunde länger mehr durch. Überall hatten sie herumgeschnüffelt, in jedem Zimmer außer in Charlys Schlafzimmer, hatten sich alles angeschaut, jede Kleinigkeit, hatten Kaffee getrunken und gequatscht und weiß Gott was noch alles, und die ganze Zeit hatte Charlys sandfarbener Mantel, in dessen Innentasche Rekowskis Notizbuch steckte, an der Garderobe im Flur gehangen. Das wenige Stunden zuvor von Czerwinskis Schreibtisch gestohlene braune Buch. Direkt vor ihrer Nase hatte es gehangen, und Charly hatte jedesmal, wenn sich ihm jemand näherte, Blut und Wasser geschwitzt.

Das Gefühl der Erleichterung, als sich die Tür hinter Lange, Czerwinski und dem Neuen endlich schloss, war so gewaltig, dass Charly am liebsten geschrien hätte, aber sie lauschte, bis sie die Haustür ins Schloss fallen hörte, stürzte zum Fenster, schaute nach unten, wo der Opel der Fahrbereitschaft stand, mit dem die Kriminalbeamten gekommen waren, wartete, bis der Wagen sich in Bewegung setzte, und ließ erst dann ihren Gefühlen freien Lauf, brüllte ihre ganze Erleichterung, aber auch ihre Wut in die leere Wohnung.

Sie hatten nicht viele Dinge konfisziert, aber die Briefe hatten sie mitgenommen. Gretas Briefschatulle, in die hineinzuschauen Charly nicht gewagt hatte. Warum war sie nur so gut erzogen? Sie selbst, Gretas engste Freundin, hatte Skrupel gehabt, aber drei wildfremde Männer, die Greta überhaupt nicht kannten, sollten nun Einblick in deren privateste Angelegenheiten bekommen? Sie hätten, ohne zu zögern, auch ein Tagebuch mitgenommen, hätte Greta denn so etwas geführt. Hatte sie aber nicht.

Charly konnte nur mutmaßen, wer ihrer Freundin alles geschrieben und welche Briefe sie aufbewahrt hatte. Womöglich waren auch ihre eigenen darunter. Von Prag hatte sie Greta nach Stockholm geschrieben. Unter dem Namen Erika Michalek. Und dann von Berlin, Ende Januar, als sie wieder zurückgekehrt war, unter ihrem eigenen Namen. Charly hatte immer sehr vorsichtig formuliert, weil man ja nie wusste, ob die Post ins Ausland nicht von der Gestapo gelesen wurde, bevor man sie weiterleitete, aber sie hätte auch nicht gedacht, dass ihre Briefe an Greta jemals Bestandteil einer Mordermittlung werden könnten.

Sie war, verdammt nochmal, einen Tag zu früh in Langes Büro eingebrochen!

Nun konnte sie nur abwarten, was die weiteren Ermittlungen ergaben. Ob die Fingerabdrücke auf dem Lippenstift von Greta stammten. Ob die Briefe irgendeine Verbindung Gretas zum Norddeutschen Lloyd nahelegten. Hoffentlich nichts von alldem. Aber eine weitere Vorladung ins Präsidium war so gut wie sicher. Andreas Lange hatte sie die ganze Zeit über mit misstrauischen Blicken bedacht. Er glaubte ihr nicht, jedenfalls nicht ihre Zuversicht, was Gretas Verschwinden anging. Er schien zu ahnen, dass sie sich Sorgen machte. Der Mann war ihr schon immer ein wenig unheimlich gewesen, selbst als sie mit ihm zusammengearbeitet hatte. Andreas Lange traute niemandem. Und er stellte sein Pflichtbewusstsein über jede Freundschaft. Deswegen hatten sie ihn auch für interne Ermittlungen eingesetzt.

Wenigstens hatte Charly die drei Herren von der Mordkommission auf die Spur des mysteriösen Norddeutschen aus dem *Groschenkeller* bringen können, von dem sie offensichtlich noch nichts wussten. Wenn sie nicht von allein darauf kamen, musste man sie eben mit der Nase darauf stoßen. Auf diese Weise würden sie zwar auch herausbekommen, dass Rekowski am Vorabend seines Todes noch mit Greta zusammen unterwegs war, aber es ging ja nicht anders. Wahrscheinlich wussten sie das sowieso schon. Und würden in diesem Fall endlich ernsthaft nach ihr suchen, ganz gleich, ob als Mordverdächtige oder als Vermisste. Inzwischen plagten Charly immer größere Ängste, dass Greta etwas zugestoßen sein könnte. Dass Rekowski sie womöglich sogar ermordet hatte. Kurz bevor er selber ermordet wurde. Oder waren beide demselben Mörder zum Opfer gefallen?

Die Gedanken in ihrem Kopf rotierten.

Sie fühlte sich nach den wenigen Stunden Schlaf todmüde, andererseits stand sie viel zu sehr unter Strom, als dass sie sich nun wieder hätte ins Bett legen können. Sie schenkte sich den letzten Kaffee ein, den die drei Kriminalbeamten ihr übriggelassen hatten, und zündete sich eine *Juno* an. Dann holte sie das braune Buch aus der Manteltasche und legte Stift und Papier bereit.

Klaus von Rekowski hatte eine feine, filigrane Schrift, gestochen scharf, aber nicht immer leicht zu entziffern. Das Buch war eine Mischung aus Notizbuch und Terminkalender, jeder Eintrag, selbst die banalsten Dinge wie Adressen und Telefonnummern, war mit einem Datum versehen. Die Einträge reichten zurück bis zum Dezember 1935; Charly ging das Ganze systematisch an und begann hinten, also bei den jüngsten Einträgen, mit dem Lesen und blätterte langsam zurück, in der Hoffnung, irgendetwas zu finden, was auf den Norddeutschen Lloyd hindeutete. Und in der Furcht, auf etwas zu stoßen, das auf Greta hinwies und womöglich sogar auf ein Mordmotiv.

Der letzte Eintrag stammte vom Tag vor seinem Tode. 23. April 1937. Der Freitag, an dem er sich mit Greta im *Groschenkeller* getroffen hatte. *1930 Gr!!!* stand unter dem Datum, mit drei Ausrufezeichen. Stand das *Gr* für *Greta* oder für *Groschenkeller*? Oder für beides? Lange und Kollegen hatte die Abkürzung hoffentlich nichts gesagt.

Da das Buch mittlerweile auf Czerwinskis Schreibtisch gelandet war, sprach vieles dafür, dass sich die beiden anderen Kollegen schon intensiv damit beschäftigt hatten. Offensichtlich ohne zufriedenstellendes Ergebnis, wenn sie nun auch den dicken Kriminalsekretär da ranließen.

Am 20. April hatte Rekowski als Mitglied der Allgemeinen SS an der Parade zu Hitlers Geburtstag teilgenommen, darauf ließ jedenfalls der Eintrag zu diesem Tag schließen: *1000 Aufst. Prd. F. Geb.*

Als sie zurückblätterte, stieß Charly auf weitere Einträge mit dem Kürzel *Gr*, fast immer am Wochenende: *2000 Gr, 2030 Gr, 1900 Gr.* Entweder war Rekowski regelmäßig in den *Groschenkeller* gegangen oder er hatte sich regelmäßig mit Greta getroffen. Sie tippte auf Ersteres. Das hatte der Wirt ja auch erzählt, während er Greta seit dem Sommer nicht mehr in seinem Laden gesehen hatte. Außer am 23. April.

Charly notierte sich die Termine und blätterte weiter zurück.

Mitte Februar rissen sie ab und setzten erst wieder im Oktober 1936 ein. Charly schluckte. Die Zeit, in der Greta in Schweden war! Keine *Gr*-Termine mehr. Weil *Gr* nicht in Berlin war?

Wenn sich Greta nach ihrer Rückkehr wirklich noch so oft mit

Rekowski getroffen haben sollte, warum hatte sie Charly dann nichts davon erzählt? Vielleicht aus demselben Grund, aus dem sie ihr nichts von dem rührseligen Brief erzählt hatte, den sie aus Stockholm an ihn geschrieben hatte. Weil es ihr peinlich war. Weil es ihr peinlich war zuzugeben, dass sie sich nach wie vor mit diesem krankhaft eifersüchtigen Nazi traf, von dem sie wusste, dass Charly ihn nicht mochte.

Charly kringelte ein großes Fragezeichen hinter die *Gr*-Termine in ihrem Block.

Andere, wenn nicht die meisten terminlichen Eintragungen in Rekowskis Kladde waren nicht minder rätselhaft; Charly konnte nicht sagen, ob es sich um Arzttermine handelte, um berufliche Termine oder um etwas völlig anderes. Immer nur Abkürzungen, so gut wie nie ein ausgeschriebenes Wort. *Besprg. Dr. Schl. Jgd. Crh.*

Im Herbst hatte er ein paarmal groß *Lfrg.* notiert, meist morgens um 10 oder 11 Uhr. Lieferungen. Einmal *div. Kons.*, ein andermal *Rs. + Ls.*, dann *Z. + S.*, *Hfl.* Alles in großen Mengen, es las sich wie ein gigantischer, leicht kryptischer Einkaufszettel. Charly musste an die ellenlangen Warenlisten in Rekowskis Aktenordner denken. Hatte der Mann nebenher einen florierenden Lebensmittelhandel betrieben? Dagegen sprach, dass diese Lieferungen nur zwischen Mitte November und Mitte Dezember vermerkt waren, davor und danach nichts dergleichen.

Sie blätterte in ihren eigenen Notizen, die sie sich in der Nacht im Präsidium gemacht hatte. Die Daten passten zu den Rechnungen. Lieferadresse Schönwalder Straße. Wedding. Sie musste herausbekommen, was sich dahinter verbarg. Vielleicht war das ja wirklich die Verbindung zum Norddeutschen Lloyd. Lebensmittellieferungen. Der Norddeutsche im *Groschenkeller* war Steward auf der *Bremen*. Laut Aussage des charmanten Freddy.

Fotografisches Gedächtnis. So ein Angeber! Oder stimmte das tatsächlich?

Sie merkte, wie ihre Gedanken zu dem rothaarigen Pianisten abdrifteten, und ärgerte sich. Konzentrier dich auf die wichtigen Dinge, Mädchen! Sie steckte sich noch eine Zigarette an.

Also, weiter im Text. Sie blätterte zurück, bis die ersten Septembertermine kamen. Gab es dort weitere *Gr*-Einträge? Es gab sie. Es gab sie auch im August, da mehrfach die Woche, klar, während der Olympiade hatten sich Greta und Rekowski sehr häufig getroffen. Auch am 13. August stand ein *2000 Gr.* Der Tag, an dem Gereon beinahe erschossen worden wäre. Einen Tag später hatte sie am Anhalter Bahnhof vergeblich auf ihn gewartet.

1000 KL Shsn. stand am 14. August in Rekowskis Kalender. KL war die offizielle Abkürzung für Konzentrationslager. Rekowski gehörte der allgemeinen SS an, er war ein Bürohengst vom Meldeamt, was machte so einer in einem Lager? Nachdem sie das Datum notiert und mit einem großen Fragezeichen versehen hatte, drückte sie die Zigarette aus und steckte das Buch zurück in ihre Manteltasche. Sie musste sich noch überlegen, wie sie es unauffällig wieder in Langes Büro zurückschmuggelte, aber die heutige Durchsuchung gab ihr den passenden Vorwand für einen baldigen Besuch im Präsidium, selbst wenn Lange sie nicht vorladen sollte.

Sie trat ans Fenster. Auf der sonst so ruhigen Spenerstraße hatten sich ungewöhnlich viele Menschen versammelt. Alle in Uniform. Gerade musste jemand einen Befehl gegeben haben, denn die Männer sortierten sich in Reih und Glied. Ein Trupp des Reichsarbeitsdienstes, die blankgeputzten Spaten geschultert wie Gewehre. Selbst das simpelste Arbeitsgerät musste in Deutschland militarisiert werden.

Einen Moment war sie irritiert, dann wusste sie, was diese Menschenansammlung in der biederen Spenerstraße bedeutete: Die Männer hatten Aufstellung genommen für die große Parade zum Maifeiertag. Eine gigantische Parade, die sich vom Tiergarten über die Linden zum Lustgarten ziehen sollte. Und die Spenerstraße gehörte wie das gesamte Straßennetz rechts und links der Charlottenburger Chaussee weitläufig zum Aufmarschgebiet. So hatte es gestern im *Tageblatt* gestanden, anschaulich illustriert mit einem Stadtplan, damit auch jeder Volksgenosse Bescheid wusste, wo er Aufstellung zu nehmen hatte.

Charly spürte auf einmal, wie müde sie war, sie brauchte dringend Schlaf. An einem Tag wie diesem wollte sie sowieso nicht auf die Straße gehen; es gab keinen Winkel in Berlin, wo man vor diesem nationalen Feiertag, den die Nazis den Arbeitern gestohlen hatten, sicher sein konnte.

Wie recht sie mit diesem Gedanken hatte, das wurde ihr klar, als sie eine gute halbe Stunde später in ihrem Bett lag und aus dem Schlaf, in den sie gerade erst gesunken war, gerissen wurde. Durch eine laute, schnarrende Stimme.

»Wir Deutsche aber sind von der Natur auf dieser Erde mehr als stiefmütterlich bedacht worden. Ein großes Volk, ein unendlich fähiges Volk …«

Adolf Hitler plärrte durch irgendwelche Lautsprecher.

»… ein fleißiges Volk, das leben will und an das Leben Ansprüche stellen darf, lebt in einem Raum, der viel zu eng und zu begrenzt ist, um selbst bei größtem Fleiß ihm aus Eigenem all das zu geben, was notwendig ist.«

Charly zog sich die Bettdecke über die Ohren. Das durfte doch nicht wahr sein. Hatten sie nun auch auf der Spenerstraße Lautsprecher installiert, wie überall in der Stadt, an jedem dritten Laternenmast, damit niemandem mehr auch nur ein Wort von Hitler oder Goebbels entging?

Sie schälte sich aus dem Bett und schloss das Fenster, doch der Lärm blieb. Das Geplärre kam von nebenan, es kam durch die Wand. Das waren keine Laternenlautsprecher auf der Spenerstraße, das war der Volksempfänger von Frau Brettschneider, der in voller Lautstärke aus der Nachbarwohnung dröhnte.

Charly hämmerte mit der Faust gegen die Wand, besann sich dann aber eines Besseren. Nicht dass hernach noch Herr Maltritz, der Blockwart, auf der Matte stand und es Ärger gab, weil sie gegen das Radioprogramm protestiert hatte. Sie nahm Kissen und Bettdecke unter den Arm und schlurfte damit über den Flur in Gretas Zimmer. Das teilte sich wenigstens keine Wand mit der Wohnung von Frau Brettschneider.

27

Im Lustgarten hatten sich mehr als hunderttausend Menschen versammelt, dennoch kam es Fritze vor, als sei er niemals einsamer gewesen, niemals so von der ganzen Welt im Stich gelassen. Trotz der Menschenmassen, trotz der Uniform, die ihn doch als einen der ihren auswies, trotz des andächtigen Schweigens, das sie alle einte wie eine kolossal zu groß geratene Kirchengemeinde.

Es war wirklich wie in der Kirche; alle schwiegen, einer sprach, eine Stimme, verstärkt und vervielfältigt durch unzählige Lautsprecher, die überall auf dem Platz installiert waren.

»*Es ist natürlich leichter*«, tönte es blechern über die Köpfe der Massen hinweg, »*in einem Verein mit zwanzig Mann eine Rolle zu spielen als in einer großen Volksgemeinschaft. Das sehen wir ein. Aber die Leute sollten lernen, sich unterzuordnen, denn alle Menschen müssen sich unterordnen.*«

Früher war es erhebend gewesen, die Stimme des Führers zu hören, selbst wenn sie nur aus dem Radio kam, doch jetzt empfand Fritze überhaupt nichts, obwohl man den Führer sogar sehen konnte, wie er da auf der Tribüne stand, hinter einem Strauß von Mikrofonen und vor der fahnenbehangenen Kulisse des Alten Museums. Manche seiner Kameraden stellten sich sogar auf die Zehen, um einen Blick zu erhaschen, ungeachtet der tadelnden Blicke von Herrn Rademann, der den von ihm selbst zusammengestellten Trupp anführte. Fritze stellte sich nicht auf die Zehenspitzen, er stand stramm. Er funktionierte. Ein mechanischer Hitlerjunge.

Ja, er war tatsächlich wieder Hitlerjunge. Als hätte es die vergangenen Wochen und Monate nie gegeben, als hätte er nie im Irrenhaus gesessen, wäre nie ausgebüxt, hätte sich nie vor den Rademanns dieser Welt versteckt gehalten.

Als sie gestern zur Hitlerausstellung gefahren waren, hatte Herr Rademann schon so etwas angedeutet, doch Fritz hatte es nicht ernst genommen. Die drei Jungen hatten auf dem Rücksitz von Herrn Rademanns BMW gesessen, und Atze hatte gestänkert.

»Hätte der Bekloppte nicht zuhause bleiben können? Ist viel zu eng hier hinten für drei Leute.«

»Arthur, mäßige dich! Friedrich ist geheilt aus der Anstalt entlassen worden. Er hat schlimme Dinge erlebt, er hat gesehen, wie sich ein Mensch ums Leben gebracht hat. Da solltest du etwas Rücksicht nehmen.«

»Und dann wird er gleich verrückt? Ist ja nicht gerade hart wie Kruppstahl. Wie soll denn so einer jemals für den Führer kämpfen?«

»Die harte Zucht der Hitlerjugend wird Friedrich wieder auf den rechten Weg führen, da bin ich mir ganz sicher.«

Die harte Zucht der Hitlerjugend. Damit war es Herrn Rademann ernst. Gleich nach ihrer Rückkehr vom Messegelände, im Beisein der ganzen Familie, hatte er seinem Pflegesohn mit einem Brimborium, als handele es sich um die Blutfahne oder etwas ähnlich Heiliges, eine nagelneue HJ-Uniform überreicht.

»Deine alte hast du leichtfertig weggegeben, Friedrich, aber ich habe dir eine neue anfertigen lassen; ein Hitlerjunge braucht eine Uniform. Zumal es morgen den Tag der nationalen Arbeit zu feiern gilt.« Er hatte ganz gönnerhaft geguckt. »Trotz deiner Verfehlungen, Friedrich, und damit du siehst, wie gut ich es mit dir meine, habe ich dir noch einen Platz in der Abordnung des HJ-Stammes Berlin besorgt. Für den Jugendempfang im Olympiastadion wie auch für die große Kundgebung im Lustgarten.«

Atze wäre beinahe geplatzt vor Neid. Aber dann hatte sein Vater weitergesprochen.

»Natürlich, Friedrich, werde ich dir die ausgelegten Kosten vom Taschengeld abziehen. Damit du den Wert einer solchen Uniform zu schätzen lernst und sie nicht wieder an wildfremde Jungen verschenkst.«

Das hatte Fritze verletzen sollen, doch mit so etwas konnten sie ihn nicht mehr treffen. Er hatte sich Rademanns Mahnungen angehört, ohne eine Miene zu verziehen. Was sollte er mit Taschengeld? Er wollte seine Freiheit, nichts sonst, und die gaben sie ihm nicht. Hannah war das Pfand, die Geisel, mit der Herr Rademann ihn an sich gekettet hatte. Das Einzige, was noch größer war als die Sorge um sich selbst war Fritzes Sorge um Hannah, die immer noch in Dalldorf saß, in ewiger Gefangenschaft und in der Gewalt von Sadisten wie Wärter Scholtens.

Hitler redete immer noch, zwischendurch brandete Jubel auf, die Leute rissen ihre Arme zum Deutschen Gruß hoch und grölten ihr »Heil« in die Berliner Luft. Fritze hob mechanisch seinen Arm im Rhythmus der anderen. Als habe ihn jemand aufgezogen, ihn, den mechanischen Hitlerjungen.

Den ganzen Morgen hatten sie sich schon im Olympiastadion die Beine in den Bauch stehen müssen, und er hatte das nicht mehr als Ehre empfunden wie noch vor einem Jahr, sondern als Strafe. Als etwas, das er erdulden musste, um Rademann keinen Vorwand zu geben, Hannah etwas anzutun.

Seit den Spielen im Sommer war er nicht mehr im Stadion

gewesen, seit Dave Albritton Silber im Hochsprung geholt hatte. Er dachte an die schöne Zeit beim Jugendehrendienst, die dann so traurig geendet war. Wie überhaupt sein Traum, das neue Deutschland halte auch für einen wie ihn einen Platz in der Volksgemeinschaft bereit, jäh geplatzt war.

Im Stadion hatte er sich geduldig die Rede des Führers angehört, der nicht mehr sein Führer war, er war marschiert und hatte den rechten Arm gehoben, hatte Heil gerufen, wann immer das geboten war, weil Herr Rademann das so wollte.

Er stand nicht direkt neben Atze, und das war auch besser so. Der konnte ihn sowieso nicht leiden, aus der einstigen Freundschaft war eine von Neid und Missgunst zerfressene Feindschaft geworden. Was Fritze mehr schmerzte, war das Verhalten von Maxe, seinem Freund aus Reinickendorf, der im Olympischen Dorf, als alle anderen von ihm abgerückt waren, noch zu ihm gehalten hatte. Damit war es jetzt vorbei, wie er bei der Aufstellung erfahren hatte, als er Max in der Abordnung der Reinickendorfer entdeckte und ihn freudig begrüßen wollte.

Fritze hatte keine Ahnung, welche Geschichten sie Max erzählt haben mochten, ob es die Tatsache war, dass er in der Irrenanstalt gesessen hatte oder seiner Familie ausgebüxt war oder etwas ganz anderes – jedenfalls sprach Maxe kein Wort mit ihm und zeigte ihm buchstäblich die kalte Schulter. Und Maxes Schweigen war schlimmer als das Gespött der anderen, das konnte er ertragen, das kannte er ja schon aus der Schule.

In der Reihe hinter ihm stand Heinzi, einer von Atzes Kumpanen. Immer wieder knuffte der ihn in den Rücken, doch Fritze ließ sich nicht aus der Ruhe bringen; er stand stramm, wie es sich für einen Hitlerjungen gehörte.

»Wenn du damit nicht aufhörst, Gebhardt«, zischte er, nachdem Heinzi ihn zum bestimmt zehnten Mal in die Seite geboxt hatte, »dann zieh dich beim nächsten Gruppenabend warm an, dann ist 'ne Abreibung fällig!«

»Meinst du, ich hab Angst vor dir, Thormann?«, raunte Heinzi. »Du bist allein, wir aber sind viele.«

Damit hatte er leider recht. Alle Kameraden, denen Fritze heute wiederbegegnet war, benahmen sich entweder abweisend oder gleich offen feindselig.

Für einen Augenblick glaubte Fritze, Heinzi Gebhard ließe ihn nun endlich in Ruhe. Aber dem war nicht so. Beim nächsten Mal jedoch war es kein Boxhieb in die Seite oder in den Rücken, sondern nur ein kurzer Griff an den Kragen von Fritzes HJ-Hemd, ganz kurz nur, und Fritze wunderte sich zunächst, was das denn sollte. Es dauerte eine Weile, aber dann begann es, erst leicht, dann immer schlimmer und an immer mehr Stellen an seinem Hals und seinem Rücken, höllisch zu jucken. Fritze versuchte, sich zu beherrschen, aber es gelang ihm nicht, seine rechte Schulter zuckte, ohne dass er etwas dagegen tun konnte. Und es half nicht einmal gegen das Jucken.

»Was stellste dich denn so an, Thormann«, hörte er Heinzi hinter sich, »ist doch nur Ahorn.« Ein paar Kameraden kicherten wie alberne Schulkinder, hörten aber sofort damit auf, als Hauptbannführer Rademann ihnen einen strengen Blick zuwarf.

Alle schienen Bescheid zu wissen, das war ein abgekartetes Spiel, von langer Hand vorbereitet: zerstoßene Ahornsamen, kleine Härchen, die höllisch kitzelten. Fritze hatte keine Zweifel mehr, wahrscheinlich hatte sich der halbe HJ-Zug an der Herstellung des Juckpulvers beteiligt, und Heinz Gebhard hatten sie nur ausgeguckt, ihm das Zeug in den Kragen zu kippen, weil der an der richtigen Stelle stand. Aber der Urheber des Ganzen, anders konnte Fritze sich das nicht erklären, musste Atze sein. Atze Rademann, sein einstiger bester Freund, hatte sämtliche Kameraden gegen ihn aufgehetzt.

Fritze merkte, wie es ihm immer schwererfiel, sich zusammenzureißen. Seine Schultern zuckten und sein Gesicht, weil er sich jede andere Regung untersagte. Er konnte sich ja nicht einfach kratzen wie ein Affe im Zoo, nicht im Angesicht des Führers. Außerdem juckte es an Stellen, die er gar nicht erreichen konnte. Ihm war danach, sich sämtliche Klamotten vom Leib zu reißen und in die Spree zu springen, allein das hätte geholfen.

Je mehr er versuchte, das unerträgliche Jucken zu ignorieren, desto schlimmer wurde es, er konnte an gar nichts anderes mehr denken, er glaubte, schier wahnsinnig zu werden. Und hinter ihm fingen sie wieder an zu giggeln, bei jedem Zucken, das ihm unterlief. Alberne Bande! Und obwohl das alles so lächerlich war, spürte Fritze, wie ihm die Tränen kamen. So schnell also konnte es gehen, sie hatten ihn aus ihrer Gemeinschaft ausgeschlossen. Seine früheren Kameraden behandelten ihn wie einen Aussätzigen, Fritze Thormann, den einstigen Vorzeigepimpf, den Stolz des ganzen Banns, den Nürnbergmarschierer und Olympiaehrendienstler. Das alles zählte nicht mehr.

So also fühlte es sich an, wenn man nirgends mehr dazugehörte. Nicht in der HJ, nicht in der Schule, nicht in der Familie. Von der Volksgemeinschaft ganz zu schweigen.

Fritze hielt es nicht länger aus, das Jucken wurde unerträglich, mehr noch das gehässige Gekicher in den Reihen hinter ihm. Er scherte aus der perfekt aufgestellten Reihe der HJ aus und bahnte sich einen Weg durch die Menge. Der strenge Blick von Herrn Rademann traf ihn, doch das war auch alles, mehr passierte nicht. Rademann hielt ihn nicht auf, er lief ihm nicht hinterher, der Hauptbannführer durfte sich ja ebensowenig wie die anderen von seinem Platz rühren und musste strammstehen. Aber er lief rot an vor Zorn, das konnte man sogar aus der Ferne sehen. Die Unordnung in seiner HJ-Formation würde ihn vor den Augen des Reichsjugendführers in einem schlechten Licht dastehen lassen.

Fritze war das herzlich egal. Er konnte nicht mehr, er musste diese schrecklich juckende Uniform irgendwie loswerden. Er arbeitete sich durch die dichten Reihen des Reichsarbeitsdienstes und wollte den Lustgarten über die Kaiser-Wilhelm-Brücke verlassen, doch ein SA-Mann, der als Ordner eingeteilt war, packte ihn beim Kragen, als sei er ein Lausbube, den man bei einem Streich ertappt hatte.

»Was ist denn los, Junge? Du kannst doch deinen Platz nicht einfach so verlassen! Mitten in der Rede des Führers! Außerdem kommen gleich noch die Nationalhymnen.«

»Tut mir leid«, stammelte Fritze, »aber mir ist schlecht.«

»Wie?«

»Ich weiß nicht, vielleicht hab ich was Falsches gegessen.« Fritze hielt sich die Hand vor den Mund und blähte die Backen auf. »Ich glaube, ich muss mich übergeben. Und ich will doch nicht vor dem Führer ...«

Der SA-Mann riss die Augen auf und ließ den Kragen augenblicklich los, als könne Fritzes Uniform tödliche Krankheiten übertragen.

»Dann sieh zu, dass du schnell hier rauskommst, bloß weg vom Kundgebungsgelände! Am Neuen Markt ist eine öffentliche Bedürfnisanstalt, vielleicht schaffst du es bis dahin. Oder schlag dich irgendwo in die Büsche.«

»Wo?«

»Na, was weiß ich? Auf jeden Fall erst mal weg hier! Na los, mach schon! Bevor du hier alles vollkotzt!«

Der Mann klang tatsächlich panisch.

Fritze nickte brav und rannte los. Der SA-Mann schaute ihm nach, erleichtert über jeden Meter, den der Hitlerjunge sich entfernte. Und Fritze war froh, eine einigermaßen akzeptable Entschuldigung für sein inakzeptables Verhalten gefunden zu haben. Sogar mit dem Segen der SA. Aber würde Herr Rademann das gelten lassen?

Eine Treppe an der Kaimauer führte zur Spree hinunter. Fritze riss sich das juckende Hemd vom Leib und hockte sich auf den feuchtkalten Stein. Mit beiden Händen schaufelte er sich Wasser auf seinen juckenden Rücken. Oben im Lustgarten hatten sie bereits angefangen, das Deutschlandlied zu spielen.

28

Der lange Schlaf hatte ihr gutgetan. Gegen sechs Uhr abends war sie nach einem traumlosen, von Hitlerreden unbehelligten Schlaf aufgewacht und hatte sich erst einmal einen Kaffee aufgebrüht. Und war dann mit der S-Bahn nach Charlottenburg gefahren.

Im *Groschenkeller* ging es noch turbulenter zu als bei ihrem letzten Besuch. Es war gerappelt voll, und der Zigarettenrauch hing in dem kleinen Raum wie eine Nebelbank. Sonnabend.

Freddy saß am Klavier und hatte Charly gleich erspäht, kaum hatte sie die Kneipe betreten. Auch der Wirt hatte sie erkannt und grüßte sie, Charly kam sich vor wie ein Stammgast. Ohne dass sie eine Bestellung aufgeben musste, stellte Siggi ihr einen Wodka Martini auf den Tresen. Mit Olive.

Sie zündete sich eine *Juno* an, rauchte und lauschte der Musik. Einen aufdringlichen Galan, der fragte, ob man sich zu ihr setzen dürfe, ließ sie mit der Methode abblitzen, die sie bei Greta gelernt hatte: »Natürlich. Solange Sie die Schnauze halten.« Der Mann wandte sich pikiert ab und suchte sich einen Platz in sicherem Abstand zu Charly.

Es dauerte drei Zigaretten und zwei Wodka Martini, bis Freddy endlich Pause machte. Er kam von der Bühne direkt zu ihr und lächelte sie an.

»Hat mein Charme Sie also doch beeindruckt.«

»Weniger Ihr Charme, eher Ihr fotografisches Gedächtnis.«

»Wie dem auch sei: Sie sind meinetwegen hier, das ist die Hauptsache. Dann ist es doch bestimmt auch erlaubt, neben Ihnen Platz zu nehmen. Oder schicken Sie mich genauso in die Wüste wie den armen Möchtegern-Casanova dort drüben?«

»Ihnen entgeht aber auch nichts.«

»Auf der Bühne hat man eben alles im Blick.«

»Müssen Sie sich da oben nicht aufs Klavierspielen konzentrieren?«

»Wenn eine schöne Frau im Raum ist, kann ich mich auf vieles konzentrieren.«

»Schöne Frau? Ich nehme das mal als Kompliment.«

»Ich bitte darum.«

Freddy winkte dem Wirt: »Siggi, 'ne Molle für mich. Und die Getränke der Dame gehen auf meine Rechnung.«

»Oh, danke, das wäre aber nicht nötig.«

»Sie müssen nicht denken, dass ich ein armer Schlucker bin, nur weil ich in einer Kaschemme wie dieser Klavier spiele.«

»Nichts läge mir ferner.«

Der Wirt stellte das frisch gezapfte Bier auf den Tresen, und Freddy prostete Charly zu.

»Schön, dass Sie hergekommen sind«, sagte er.

Charly nickte nur, hob ihr Glas und trank.

»Sie haben versprochen, mir den Steward zu beschreiben, wenn ich noch einmal herkomme. Das heißt: Eigentlich haben Sie mir ja sogar ein paar Abzüge aus der Produktion Ihres phänomenalen Fotoapparats da oben versprochen.«

»Da habe ich wohl ein bisschen angegeben. Ist letzten Endes

doch nur ein Kopf und kein Fotoapparat. Dafür kann mein Kopf aber auch Dinge, die ein Fotoapparat nicht kann.«

»Mir reichen die fotografischen Fähigkeiten.«

»Wie gesagt: Einen Abzug kann ich Ihnen leider nicht bieten, aber wenn Sie mir einen Zeichner schicken, kommen wir der Sache schon näher.«

»Solche Zeichner hat nur die Polizei. Aber vielleicht kann ich das veranlassen.«

»Tun Sie das. Dann werde ich Ihnen ein Porträt von Herrn Ehlers liefern, das so genau ist, dass er das in seinen Pass kleben könnte.«

»Was haben Sie da gerade gesagt?«

»Na, dass Sie nach meiner Beschreibung ein Passbild anfertigen können.«

»Nicht das, den Namen.«

»Ehlers?«

»Ja. Woher haben Sie den?«

»Na, gehört halt. Wir sind zusammen auf der Bremen gefahren, da schnappt man schon mal was auf, auch ein paar Namen von Kollegen, mit denen man nicht so viel zu tun hat.«

»Und Sie sind sich sicher, was den Namen angeht? Der Mann, der alle hier nach Rekowski befragt hat, heißt wirklich Ehlers?«

Freddy tippte an seinen Kopf. »Natürlich. Sie wissen doch: phänomenales Gedächtnis. Nicht nur was das Auge, sondern auch was das Ohr angeht. Ich bin Musiker, schon vergessen? Der Norddeutsche, nach dem Sie suchen, heißt Ehlers.«

Charly leerte ihr Glas. »Es tut mir leid«, sagte sie und stand auf. »Aber mir ist gerade ein wichtiger Termin eingefallen, ich muss los. Heute wird das nichts mit uns beiden Hübschen.«

»Sie sind mir ja eine!« Der rothaarige Pianist schüttelte den Kopf, aber gleichzeitig lächelte, nein: grinste er sie an. »Wenn das mit Ihnen immer ein derart kurzes Vergnügen ist, sollten wir uns vielleicht einfach *öfter* treffen, was meinen Sie?«

Charly erwiderte das Lächeln und zuckte die Achseln.

»Mal sehen«, sagte sie, schaute ihm noch einmal in die Augen und ging zur Tür.

Als sie draußen auf der Kantstraße war, grinste sie übers ganze Gesicht. Der würde so schnell nicht lockerlassen. Und zu ihrer

Überraschung merkte sie, dass ihr das gefiel. Ob Greta das mit Rekowski ähnlich gegangen war? Dass sie dessen Hartnäckigkeit erlegen war?

Auf ihrem Weg zum S-Bahnhof begegnete sie jeder Menge Nachtschwärmer. Alle brachen sie auf, um sich in die Berliner Nacht zu stürzen, die immer noch einige Verheißungen bereithielt, nur Charly war auf dem Weg nach Hause. Es kam ihr vor, als schlüge sie immer genau die entgegengesetzte Richtung zu allen anderen Berlinern ein. Und ein bisschen war das ja auch so.

Aber so nett es sich mit Freddy heute wieder angelassen hatte, sie hätte keine Minute länger im *Groschenkeller* sitzen können. Nicht, seit der Name Ehlers gefallen war.

Herbert Ehlers. Der Steward vom Norddeutschen Lloyd.

Das war sie, die Verbindung. Auch wenn Charly noch nicht schlau daraus wurde. Und nicht einmal wusste, was sich da mit wem verband. Denn Herbert Ehlers konnte man sowohl mit Greta als auch mit Klaus von Rekowski in Zusammenhang bringen. Und mit Charlotte Rath sowieso.

Sie selbst hatte Greta im Sommer um den Gefallen gebeten: Sie solle ihren Klaus doch fragen, ob der seinen Einfluss in der SS geltend machen könne, um einen unschuldig in Lagerhaft sitzenden Gefangenen rauszupauken, Herbert Ehlers, einen Angestellten des Olympischen Dorfs, der durch Gereons Schuld in die Mühlen der SS geraten war.

Schon in der S-Bahn blätterte Charly in ihrem Notizblock. Am 14. August hatte Klaus von Rekowski um zehn Uhr eine Verabredung im Konzentrationslager gehabt. Im Konzentrationslager Sachsenhausen.

Greta hatte ihr damals erzählt, leider sei im Fall Ehlers nichts zu machen gewesen. Charly hatte das nicht geglaubt, hatte angenommen, Rekowski habe keinen Finger gerührt, um sich dieselben in einer so heiklen Angelegenheit nicht zu verbrennen. Sie hatte sich in dem Mann getäuscht. Dieser Eintrag zeigte, dass er sogar persönlich im Lager gewesen war.

Was sie aber regelrecht elektrisierte und woran sie bislang überhaupt nicht gedacht hatte, war etwas anderes: Herbert Ehlers, jener Steward im Olympischen Dorf mit der kommunistischen Vergangenheit, dem Rekowski nicht hatte helfen können, war ein Mitarbeiter des Norddeutschen Lloyd. Wie alle Stewards im Olympischen Dorf.

Da war sie nun endlich, die Verbindung, nach der sie gesucht hatte, doch half es ihr nicht wirklich weiter. Rekowski war in Sachsenhausen gewesen, hatte Ehlers' Freilassung jedoch nicht bewirken können. Wie konnte das ein Mordmotiv sein? Sie konnte sich keinen Reim darauf machen, dennoch war da endlich ein Zusammenhang zwischen dem Toten und dem Norddeutschen Lloyd, und Charly spürte, dass das etwas zu bedeuten hatte.

Irgendwie und irgendwann musste Herbert Ehlers aus dem Lager entlassen worden sein. Oder war er geflohen? Charly wusste schon, wen sie danach fragen konnte. Aber, und das war die viel entscheidendere Frage, was hatte Ehlers dazu bewogen, im *Groschenkeller* nach Klaus von Rekowski zu suchen?

29

Die Fassaden der Wilhelmstraße hingen immer noch voller Fahnen, der nationale Tag der Arbeit hatte auch in Wiesbaden seine Spuren hinterlassen, selbst am Kurhaus und an der Spielbank prangten die Hakenkreuze. Rath hatte den ganzen Feiertag zuhause verbracht, weil er es nicht ertragen konnte, wie die Nazis, die ganz allein die Schuld an seiner Misere trugen, sich selbst feierten. Erst gegen Abend hatte er sich in Schale geworfen, kurz bevor er losmusste. Er trug weder Lederjacke noch Manchesterhose, sondern seinen grauen Anzug, ein Paar Budapester und einen Filzhut. Wie immer, wenn er ins Kino ging, hatte er sich schick gemacht. So viel Luxus musste sein. Heute abend sah er Gereon Rath ähnlicher als in all den Wochen zuvor. Nur der Schnurrbart passte nicht. Den Mantel trug er überm Arm, noch lag die Wärme des Tages in der Luft, doch es begann schon kühler zu werden.

Das *Ufa im Park* war eines der modernsten Lichtspielhäuser der Stadt. Rath kannte das Kino, er kannte die meisten Kinos in Wiesbaden. Sogar den Film hatte er schon einmal gesehen.

»Sie sind spät dran«, sagte der Mann im Kassenhäuschen. »Die Wochenschau ist schon durch.«

Rath gab weder Mantel noch Hut an der Garderobe ab, sondern nahm beides mit in den Saal. Sein Platz lag ganz nah am Ausgang. Die Sorokina würde vorne in der ersten Reihe sitzen, genau an der Ecke, auf dem Platz, den der Erpresser ihr vorgeschrieben hatte, doch das war in der Dunkelheit des Kinosaals, der nur schwach und unregelmäßig vom flackernden Licht des Projektors erhellt wurde, nicht zu erkennen. Einmal schälte sich kurz die Silhouette eines extravaganten Hutes aus dem Dunkel, das musste sie sein. Rath schaute auf die Leinwand und merkte, dass er dem Film überhaupt nicht folgen konnte. Eine aufgeregte Lady im Gespräch mit Doktor Watson. Dann ging es ins Moor. Nebel und Dunkelheit, dämonisches Licht und dazu eine nervenzehrende Musik. Er schaute auf die Uhr. Bis zur entscheidenden Stelle würde es noch eine Weile dauern. Laut den Instruktionen des Erpressers sollte sie wenige Minuten vor dem Ende des Films, genau in jenem Moment, wenn Stapleton, der Bösewicht, ins Moor floh und dort mit seiner Kutsche versank, die Garderobenmarke, die sie für ihre Geldtasche erhalten hatte, in den Gang halten.

Während er auf das Ende des Films wartete und den Platz im Blick hielt, auf dem die Gräfin sitzen musste, tastete Rath nach der Waffe in seinem Hosenbund. Er hoffte, sie nicht benutzen zu müssen. Er hoffte, die Pistole würde den Erpresser derart einschüchtern, dass er seine Beute ohne Gegenwehr herausgab. Er hatte nicht viel Übung in Raubüberfällen.

Schließlich war es so weit. Holmes hatte den Fall gelöst, den jungen Lord gerettet, und der Täter versuchte zu entkommen. Im Moor von Baskerville herrschte finsterste Nacht, und auch im Kinosaal wurde es immer dunkler. Rath glaubte, jemanden ein paar Reihen vor ihm aufstehen zu sehen, doch das konnte auch Einbildung sein. All seine Sinne waren gespannt, er achtete überhaupt nicht mehr auf den Film, nur noch auf den Gang, während alle anderen im Saal gebannt auf die Leinwand starrten. Da! Ein Schatten huschte vorüber. Dann fiel für einen kurzen Moment ein Lichtschein von draußen in den Saal. Die Tür. Rath stand auf und zog seinen Mantel über.

Bevor er das Foyer erreichte, blieb er auf der Treppe stehen und beobachtete die Garderobe. Der blonde Mann, der dort wartete, hatte ihm den Rücken zugewandt. Die Garderobiere erschien und händigte dem Wartenden einen Hut und einen Mantel aus. Rath wollte sich schon enttäuscht abwenden, da reichte die Dame auch noch eine schwarze Reisetasche über den Tresen.

Die Tasche der Sorokina. Die Tasche mit dem Geld.

Und dann drehte sich der Mann um, und Rath huschte so schnell es ging hinter den nächsten Mauervorsprung. Der blonde Hüne, der sich da mit einer Tasche voller Geld aus dem Staub machen wollte, kannte ihn. Gestern morgen noch hatten sie sich in Raths Lieferwagen angeregt unterhalten.

Der schöne Oswald ging nicht zur Wilhelmstraße hinaus, er schlug die andere Richtung ein. Rath setzte seinen Hut auf und folgte ihm zum Hinterausgang. Vor ihm erhob sich das Backsteingebirge der Marktkirche, zu seiner Rechten hörte er das Klacken von Schuhsohlen auf dem Pflaster. Das müde Licht der Straßenlaternen kämpfte sich mühsam einen Weg durch die dunstig neblige Nacht; fast kam es ihm vor, als sei er in dem Film gelandet, den er gerade im Kino gesehen hatte. Er konnte Oswalds Silhouette erkennen, bevor der hinter der nächsten Ecke verschwand.

Rath wusste nicht, was er tun sollte, doch er folgte ihm. Der ursprüngliche Plan war Makulatur, wenn der Erpresser den Mann kannte, der ihn überfiel. Dennoch musste er dem Kerl irgendwie das Geld abnehmen. Jetzt erst recht. Er beschleunigte seine Schritte, fing an zu laufen und rannte in die menschenleere Spiegelgasse, sah den Mann mit der Reisetasche. Endlich war er nah genug und rief ihn an.

»Bleiben Sie stehen, Oswald. Ich weiß, was Sie getan haben. Damit kommen Sie nicht durch.«

Zu seiner großen Überraschung blieb der Mann tatsächlich stehen.

Stand da und grinste ihn an.

»Hab ich's mir doch gedacht«, sagte er. »Sie stecken mit ihr unter einer Decke.«

»Ach ja?«

»Ach ja. Nur ein Mensch kennt mich unter dem Namen Oswald. Die liebe Gräfin Sorokina. Hat sie Sie also doch um einen Gefallen gebeten.«

»Sie hat mich darum gebeten, ihr Geld von Ihnen zurückzuholen.«

»Und wenn ich es nicht rausrücke? Die Polizei werden Sie wohl kaum holen, nicht wahr, Oberkommissar Rath?«

»Alle Achtung!« Rath nickte anerkennend. »Sie haben Ihre Hausaufgaben gemacht. Lernt man das in der Erpresserschule?«

»Das lernt man beim Sicherheitsdienst. Sie stehen auf allen SD-Fahndungslisten reichsweit. Ihr Gesicht kam mir schon gestern morgen so bekannt vor, da habe ich nochmal nachgeschaut. Das Foto passt. Wenn man sich den Schnurrbart wegdenkt. Nun ist mir auch klar, warum die liebe Swetlana Sie aufgesucht hat. Ein abgetauchter Bulle, der das Tageslicht ebenso scheut wie der russische Adel. Vor allem, wenn er jüdische Wurzeln hat.«

»Die Sorokina ist Jüdin?«

»Einer ihrer Vorfahren war Peter Pawlowitsch Schafirow. Ein jüdischer Volksverderber. Von Zar Peter geadelt.«

»Dann haben Sie sich als strammer SS-Mann mit einer Viertel- bis Achteljüdin eingelassen? Nennt man so etwas nicht Rassenschande?«

»Dienst ist Dienst. Meinen Sie, ich hätte persönlich ein Auge auf sie geworfen? Das war ein dienstlicher Auftrag. Der SD wollte dieser Judenschlampe auf den Zahn fühlen. Und natürlich herausfinden, wo die nicht unbeträchtlichen Reste des Sorokin-Vermögens abgeblieben sind.«

»Aber von diesem Vermögen hat sie Ihnen nichts erzählt, wie sehr Sie sie auch bezirzt haben, nicht wahr?«

»Sie hat sich um jeden Preis an ihre neue Identität geklammert, niemand sollte erfahren, wer sie wirklich ist. Konnte ja nicht ahnen, dass ich das längst wusste. Nicht einmal von der Erpressung hat sie mir erzählt, da hat sie sich lieber an Sie gewandt.« Er lachte. »Hat ihr ja auch nicht viel geholfen.«

»Wie man's nimmt. Was meinen Sie, was die Gräfin sagen wird, wenn sie herausfindet, dass *Sie* hinter der Erpressung stecken?«

»Das wird sie nicht herausfinden.«

»Meinen Sie etwa, übermorgen einträchtig mit der Geliebten, die Sie betrogen haben, in Frankfurt den Zeppelin besteigen zu können? Das werde ich nicht zulassen.«

»Oh, das hat sie Ihnen auch erzählt. Was sie allerdings nicht weiß: Sie wird Frankfurt niemals erreichen. Sowenig, wie Sie heute abend Ihre armselige Dachkammer erreichen werden, Herr Oberkommissar.«

Plötzlich hielt Oswald eine Parabellum-Pistole in seiner Rechten. Ein SS-Modell.

Rath dachte an die Walther in seinem Hosenbund und verfluchte seine Zögerlichkeit.

»Nehmen Sie doch bitte die Hände hoch«, sagte Oswald.

Rath gehorchte. »Ist das Ihre Dienstwaffe?«, fragte er. »Was Ihre Vorgesetzten wohl dazu sagen, wenn Sie erfahren, dass sich ein Erpresser damit seinen Weg freigeschossen hat?«

»Meine Vorgesetzten werden mir einen Orden verleihen, wenn sie erfahren, dass ich einen reichsweit zur Fahndung ausgeschriebenen Volksverräter ausgeschaltet habe. Das dürfte sie auch darüber hinwegtrösten, dass die Gräfin Sorokina das Zeitliche gesegnet hat, bevor sie den SD über den Verbleib ihres Vermögens informieren konnte.« Er wedelte mit seiner Pistole. »Ich würde Ihnen jetzt empfehlen, sich umzudrehen und zu gehen, Kommissar.«

»Damit Sie mich auf der Flucht erschießen? Von hinten? Das macht ihr Brüder doch so gerne.«

»Ich würde Sie auch von vorne erschie…«

Der blonde Hüne stockte mitten im Satz. Es kam kein weiteres Wort aus seinem Mund, stattdessen ein Würgen und ein großer Schwall Blut. Oswald starrte Rath mit großen Augen an, Fassungslosigkeit im Blick, ließ Pistole und Tasche fallen und fasste sich mit beiden Händen an die Gurgel, aus der etwas Spitzes ragte. Dann ging er in die Knie und kippte nach vorn. Hinter ihm erkannte Rath die Silhouette einer schlanken Frau, die einen extravaganten Hut trug.

Die Gräfin beugte sich zu dem immer noch röchelnden Oswald und zog ihm eine lange, blutige Nadel aus dem Hals, wischte sie an dessen Mantel ab und steckte sie zurück in ihren Hut. Dann hob sie die Pistole auf, setzte Oswald den Lauf auf den Hinterkopf und drückte ab. Der Körper des Hünen zuckte ein letztes Mal, dann blieb er bäuchlings liegen.

Die Sorokina drehte die Leiche auf den Rücken und durchsuchte ungerührt die Manteltaschen, steckte alles ein, was sie fand, Brieftasche, Autoschlüssel, sogar ein Taschentuch. Nur das Messer, das sie aus dem Hosenbund zog, steckte sie nicht ein, sondern klappte es auf und fuhr mit heftigen Bewegungen durch Oswalds Gesicht, bis davon schon nach wenigen Schnitten nur noch eine blutige Masse übrig war.

Rath merkte, wie ihm übel wurde. Er war unfähig zu sprechen, ja sich überhaupt zu rühren.

»Besser, er wird nicht gleich erkannt«, sagte sie, so gleichgültig, als habe sie gerade ihren Lippenstift nachgezogen. »Ich würde ihn ja in den Rhein werfen wie seinen feinen Kollegen, aber dafür fehlt uns die Zeit.«

Damit hatte sie recht. Der Schuss musste irgendwen aufgeschreckt haben, aus der Ferne war die Sirene eines Überfallwagens zu hören. Die Gräfin wischte die blutige Klinge an Oswalds Hose ab und klappte sie ein, steckte Messer und Pistole in ihren Mantel und nahm die Geldtasche vom Boden.

»Kommen Sie«, sagte sie.

»Was?«

Mehr brachte Rath nicht heraus. Er befand sich in Schockstarre. Obwohl er wusste, dass die Gräfin vor acht Jahren schon kaltblütig zwei Morde geplant hatte, die sie nur deswegen nicht hatte ausführen können, weil ihr jemand zuvorgekommen war, obwohl er das wusste, hätte er der schönen Frau, die so zart und zerbrechlich wirkte, ein derart kaltblütiges Vorgehen nie und nimmer zugetraut. Nun war er sicher, dass der Genickbruch von SS-Sturmscharführer Bouffier kein Unfall war. Und er wusste nicht, ob er erleichtert sein sollte, weil sie ihm gerade das Leben gerettet hatte, oder ob es nicht vernünftiger wäre, Angst zu haben, eine Heidenangst.

»Nun kommen Sie schon«, sagte die Gräfin, bevor er diesen Gedanken zu Ende führen konnte, und ergriff seine Hand. »Wir müssen schleunigst hier verschwinden.«

30

An ihren letzten Besuch am Luisenufer hatte Charly keine gute Erinnerung, aber es war besser, ihn an einem Sonntagmorgen zuhause zu besuchen als an einem Werktag in seinem Büro im Prinz-Albrecht-Palais. Reinhold Gräf war beim SD, er war ein SS-Mann, ein überzeugter Nazi, das musste sie sich immer wieder sagen. Das durfte sie nicht vergessen, auch wenn sie schon lange befreundet waren, auch wenn es Reinhold war, der Gereon das Leben gerettet hatte. Was sie sich aber wiederum in seiner Gegenwart niemals anmerken lassen durfte.

Die alten Straßenschilder waren überklebt, auch das Luisenufer war zum Opfer der Nazis geworden. Auf den neuen Schildern stand der Name *Curth-Damm*. Charly hatte keine Ahnung, wer das sein sollte, ob Herr Curth noch lebte oder schon tot war, aber mit Sicherheit war er ein Nazi.

Sie begegnete niemandem, als sie über den Hof ging, und auch nicht den Weg die Treppe hinauf. Sie klingelte an der Wohnungstür. *R. GRÄF* stand auf dem Schild. Solides Messing. Das erinnerte sie daran, dass Reinhold schon länger an dieser Adresse lebte als Gereon, der es nur zu einem Pappschild gebracht hatte, dort jemals gewohnt hatte. Vor fast fünf Jahren hatte Reinhold die Wohnung übernommen, und Charly konnte sich noch an ihre ersten Besuche am Luisenufer erinnern, das musste vor sechs, sieben Jahren gewesen sein, misstrauisch beäugt von Annemarie Lennartz, der Hauswartsfrau, die wahrscheinlich auch jetzt hinter der Gardine stand. Damals hatte sie Gereon eine zweite Chance gegeben. Und war sich bis heute nicht sicher, ob das eine gute Entscheidung gewesen war.

Aus der Wohnung war kein Laut zu hören, und Charly klingelte ein zweites Mal. Ob Reinhold noch schlief? Oder schon wieder weg war? Vielleicht doch im Einsatz heute?

Sie wartete noch zwei Minuten, dann holte sie ihren Notizblock aus der Handtasche und riss eine Seite heraus.

Guten Morgen, Reinhold, schrieb sie, *habe Dich leider nicht angetroffen. Würde mich gerne mal wieder mit Dir unterhalten. Ruf mich doch mal an. Tel.: Hansa 29 78 – Charly*

Sie faltete den Zettel und warf ihn durch den Briefschlitz.

Einen Augenblick überlegte sie, ob sie es im Prinz-Albrecht-Palais versuchen oder wenigstens dort anrufen sollte, doch sie entschied sich dagegen. Selbst wenn Reinhold Gräf Sonntagsdienst schieben sollte: Die Fragen nach der Entlassung Herbert Ehlers' aus der Schutzhaft wollte sie ihm lieber privat stellen. Es war nicht sinnvoll, irgendwelche Pferde scheu zu machen, schon gar nicht bei der SS. Sie stieg am Kottbusser Tor in die U-Bahn und fuhr zum Rosenthaler Platz.

Charly war zum ersten Mal an dieser Adresse und schaute die stuckbehangene Fassade hinauf, die halb von einer Hakenkreuzfahne bedeckt war. Das Mietshaus in der Lothringer Straße wirkte feister als alles, was sie und Gereon dem Jungen jemals hatten bieten können, nicht einmal die Carmerstraße konnte da mithalten. Und Prag sowieso nicht, da würden sie ganz von vorn anfangen müssen. Entschlossen stieg sie die marmornen Treppen hoch. Am Mittwoch, unmittelbar nach der Gerichtsverhandlung, hatte sie mit Rademann nicht reden können, da hatte sie sich gefühlt, als habe man ihr den Boden unter den Füßen weggezogen.

Sie holte noch einmal tief Luft, dann klingelte sie. Es dauerte nicht lange, und der Hausherr öffnete persönlich.

Wilhelm Rademann musterte sie von oben bis unten.

»Frau Rath«, sagte er. »Was führt denn Sie in die Lothringer Straße?«

»Wenn ich Ihnen erzählte, ich sei gerade zufällig in der Gegend, dann wäre das gelogen. Ich bin hier, weil ich den Jungen gerne sehen würde.«

»Gibt es dafür einen besonderen Grund?«

»Ich möchte einfach nur wissen, ob es ihm gutgeht.«

»Ganz schön anmaßend. Sie tun ja, als seien Sie von der Jugendfürsorge.«

»Sie wissen ganz genau, dass ich persönlich am Wohlergehen des Jungen interessiert bin. Ohne mich säße er immer noch in Wittenau.«

»Na ja. Man könnte auch sagen: Ohne *mich* säße er immer noch in Wittenau.«

»Lassen Sie uns nicht darüber streiten, die Hauptsache ist doch, er ist wieder draußen.«

»Da haben Sie natürlich recht. Und falls es Sie beruhigt, kann ich Ihnen mitteilen, dass sich Friedrich schnell wieder in seiner Familie eingelebt hat. Er geht zur Schule und zur HJ, es geht ihm gut.«

Genau das bezweifelte Charly, aber das konnte sie dem Mann nicht sagen, da hätte er ihr die Tür vor der Nase zugeschlagen.

»Das glaube ich gerne«, sagte sie also, »aber ich würde ihn gerne sehen. Können Sie ihn nicht an die Tür bitten? Vielleicht hat er Lust auf einen kleinen Spaziergang.«

»Friedrich ist gerade mit dem Abwasch beschäftigt.«

»Ich kann warten.«

»Frau Rath, und wenn Sie stundenlang warten: Das Gericht hat das Kontaktverbot erneuert, Sie dürfen Friedrich gar nicht sehen.«

»Herr Rademann, warum sind Sie so streng mit mir? Sie haben doch gewonnen. Das Vormundschaftsgericht hat *Ihnen* den Jungen zugesprochen und nicht mir. Ich gebe mich geschlagen. Das Einzige, worum ich Sie bitte, ist ein kleiner Spaziergang mit Fritze. Dass ich von ihm Abschied nehmen kann. Dann sehen Sie mich nie wieder.«

Rademann guckte skeptisch.

»Drücken Sie doch ein Auge zu«, fuhr sie fort, »lassen Sie mich den Jungen sehen. Das ist nur eine kleine Ordnungswidrigkeit, aber mir bedeutet es viel, von ihm Abschied zu nehmen.«

Er musterte sie eine Weile, dann setzte er ein generöses Gesicht auf. Es war Wilhelm Rademann anzusehen, dass er einer jener Menschen war, die es genossen, Macht auszuüben, ganz gleich, welcher Art, sobald sie denn welche hatten.

»Nun gut«, sagte er, »ich werde mit Friedrich reden.«

Dann schlug er ohne ein weiteres Wort die Wohnungstür zu.

Charly stand da, ein wenig perplex, aber hoffnungsvoll. Der Mann war doch nicht so stur, wie sie befürchtet hatte.

Es dauerte eine Weile, bis sich die Tür wieder öffnete. Da stand Fritze, in einer brandneuen HJ-Uniform und brav gescheitelt, hinter ihm Wilhelm Rademann, der dem Jungen die Hand auf die Schulter gelegt hatte. Fritze sah so unglücklich aus, dass es ihr das Herz zerriss. Er vermied es, Charly direkt anzuschauen, sein Blick wirkte abwesend und teilnahmslos.

»Da Friedrich bereit ist, mit Ihnen einen Spaziergang zu unternehmen, so will ich dem denn nicht im Wege stehen«, sagte Rademann, und Charly fiel ein Stein vom Herzen.

»Ich danke Ihnen, Herr Rademann.«

»Friedrich soll sich nur ordentlich von Ihnen verabschieden können. Aber dann lassen Sie ihn gefälligst auch in Ruhe und belästigen uns nicht weiter. Ich gebe Ihnen eine halbe Stunde, dann bringen Sie ihn bitte wieder nach Hause in seine Familie.«

Eine halbe Stunde Zeit mit Fritze war mehr, als Charly erwartet hatte.

Sie nickte. Rademann schob den Jungen an den Schultern zur Tür hinaus und schloss sie ohne ein weiteres Wort.

Charly und Fritze standen sich eine Weile gegenüber. Dann nahm sie den Jungen in den Arm.

»Es tut mir so leid«, sagte sie. »Ich wollte nicht, dass du wieder zu den Rademanns kommst. Ich hoffe, sie behandeln dich gut.«

Fritze nickte. Der Junge erwiderte die Umarmung kaum, er machte sich steif wie ein Brett.

»Lass uns aus dem Haus gehen, da können wir in Ruhe reden.«

Auf der Lothringer Straße herrschte sonntägliches Treiben. Die Fahnen vom Vortag hingen noch an den Fassaden. Eine Weile spazierten sie schweigend zum Prenzlauer Tor hinüber. Der Junge hatte diese Richtung eingeschlagen, und sie war ihm gefolgt. Er machte immer noch keine Anstalten zu sprechen, also brach Charly das Schweigen.

»Ich habe deinen Vater gefunden«, sagte sie. »Er hat geholfen, dich freizubekommen.«

Ein kurzer Ausdruck der Überraschung huschte über Fritzes Gesicht.

»Wenn du willst, kann ich ihn fragen, ob ihr euch treffen könnt.«

»Warum sollte ich ihn treffen wollen? Er hat sich all die Jahre einen Scheißdreck um mich gekümmert.«

»Ich weiß. Ich dachte nur, vielleicht möchtest du ja wissen, wer dein Vater ist.«

»Warum? Er will ja auch nicht wissen, wer ich bin.«

»Das weißt du doch nicht.«

»Wenn es so wäre, warum holt er mich dann nicht zu sich?«

Darauf wusste Charly auch keine Antwort.

Sie gingen eine Weile schweigend nebeneinander her.

»Ich werde dich schon noch da rausholen«, sagte sie schließlich. »Versprochen ist versprochen. Eigentlich würde ich dich ja jetzt sofort mit nach Prag nehmen, aber das geht leider nicht.« Sie schaute ihn an. »Greta ist verschwunden, darum muss ich mich erst kümmern. Aber dann können wir jederzeit los.«

»Ich will nicht nach Prag«, sagte Fritze, und diese Worte trafen Charly wie ein Faustschlag.

»Wenn es wegen Hannah ist – auch da finden wir eine Lösung. Aber wichtiger ist es, dass wir dich in Sicherheit und aus Deutschland rausbringen.«

»Ich möchte nicht aus Deutschland raus.«

Charly schluckte. Was war mit dem Jungen los?

»Aber, Fritz! So hatten wir es doch geplant.«

»So hast *du* dir das überlegt. Du hast mir ja auch gesagt, wenn ich aus Wittenau raus bin, holst du mich erst mal zu dir.«

»Ich wollte doch. Aber das Gericht hat anders entschieden.«

»Du hast gesagt, du holst mich zu dir, und dann gucken wir weiter. Nach Prag wollte ich nie.«

»Ja, willst du denn bei den Rademanns bleiben?«

»Wo denn sonst? Das hat das Gericht doch so beschlossen.«

»Aber Wilhelm Rademann steckt wahrscheinlich mit denen, die dich für verrückt erklärt haben, unter einer Decke.«

»Jetzt gibt er mir die Chance für einen Neuanfang.«

»Glaubst du das wirklich?«

Fritze schwieg. Er schaute nicht sie an, er starrte die Straße hinunter. Da kam ein Schutzpolizist des Weges.

Charly wollte ihn passieren, doch der Mann blieb stehen und grüßte.

»Heil Hitler«, sagte er und riss den rechten Arm hoch.

»Guten Tag, Wachtmeister«, erwiderte Charly. Den Hitlergruß brachte sie einfach nicht zustande. Aber das hier war ein Schupo, kein SA-Mann oder so, das musste nicht unbedingt ein Nazi sein. Den Uniformen der Partei ging Charly im Alltag so gut wie möglich aus dem Weg.

»Darf ich fragen, wohin Sie unterwegs sind?«, sagte der Schupo mit wichtiger Miene.

»Wir haben kein Ziel, wir gehen einfach ein wenig spazieren.«

»Und der junge Mann da, ist das Ihr Sohn?«

»Ein Waisenkind. Er war mal mein Pflegesohn.«

»Dürfte ich Ihre Ausweispapiere sehen.«

»Reicht der Führerschein?«

Der Polizist hob die Augenbrauen. Damen, die Auto fuhren, waren immer noch eine Seltenheit.

»Meinetwegen«, sagte er.

Charly kramte in ihrer Handtasche. Den Führerschein hatte sie schon ewig nicht mehr benutzt, weil sie Gereons Buick vor ihrer Ausreise nach Prag verkauft hatte.

Der Schupo faltete das Dokument auseinander und verglich das Passfoto mit dem Original.

»Frau Charlotte Rath«, sagte er, »dann stimmt die Beschreibung.«

»Wie bitte?«

»Wir haben einen anonymen Hinweis erhalten, dass Sie sich unbefugt mit Ihrem ehemaligen Pflegesohn treffen. Obwohl ein erstmals im Oktober fünfunddreißig erlassenes und vor wenigen Tagen erneuertes Kontaktverbot Ihnen genau dies untersagt.« Er wandte sich dem Jungen zu. »Du bist doch Friedrich Thormann, oder?«

Fritze nickte.

Charly konnte es nicht fassen. Rademann! Diese Ratte! Hatte sie ganz bewusst in die Falle laufen lassen. Aber wie hatte der Schupo sie so schnell gefunden? Sie hätten doch einen ganz anderen Spazierweg einschlagen können. Hatte Rademann sie verfolgt und dann von einer Telefonzelle aus das nächste Polizeirevier informiert?

Wie auch immer er das angestellt haben mochte, ihr Spaziergang mit Fritze, der bislang ohnehin eher enttäuschend verlaufen war, hatte ein abruptes Ende gefunden. Nun hatte sie keine Gelegenheit mehr, den offensichtlich total verwirrten Jungen wieder in die Spur zu bringen.

Sie schaute ihn an. Fritzes Gesicht wirkte nicht erschrocken, es wirkte nicht überrascht, es wirkte genauso gleichgültig traurig, wie es schon die ganze Zeit gewirkt hatte, seit sie die Wohnung Rademann verlassen hatten. Was hätte sie gegeben, ihn aus dieser resignierten Gleichgültigkeit herausreißen zu können. Aber ein paar Minuten allein mit ihm unter vier Augen hätte es dazu schon noch gebraucht.

»Sie haben ja recht, Wachtmeister, aber wollen Sie nicht mal ein

Auge zudrücken? Ich wollte mich von dem Jungen nur verabschieden, in Abstimmung mit seinem Pflegevater. Dann, ich schwöre, werde ich ihn in Ruhe lassen.«

»Sie haben sich eine Ordnungswidrigkeit zuschulden kommen lassen, die mit einem Ordnungsgeld von zwanzig Reichsmark geahndet wird. Wollen Sie die Summe hier und jetzt begleichen?«

»Zwanzig Mark? Das ist ja mehr oder weniger alles, was ich dabeihabe.«

»Nun, Ihre Personalien habe ich aufgenommen. Wir können Sie auch anschreiben. Aber wenn Sie jetzt zahlen, werde ich noch einmal Gnade vor Recht ergehen lassen und keine weiteren Maßnahmen einleiten.«

»Weitere Maßnahmen?«

»Das ist hier kein Spaß, junge Frau! Sie haben sich eines ernsten Vergehens gegen den Jugendschutz schuldig gemacht.«

Zähneknirschend zählte Charly dem Schupo zwei Zehnmarkscheine in die Hand und nahm die Quittung entgegen.

»Danke«, sagte der Wachtmeister. »Sie können von Glück reden, dass das kein schlimmeres Nachspiel hat. Ich könnte auch anders, wenn ich wollte.«

»Das haben Sie ja auch unmissverständlich deutlich gemacht, Wachtmeister.«

»Das ist schließlich meine Aufgabe. Und nun darf ich Sie bitten zu gehen. Und den Jungen und seine Familie nicht mehr zu belästigen.«

»Aber ich werde den Jungen doch wenigstens noch nach Hause bringen dürfen.«

»Natürlich nicht. Das überlassen Sie mal mir.« Der Schupo legte Fritze eine Hand auf die Schulter, als wolle er ihn abführen. »Und Sie, Gnädigste, gehen bitte in die andere Richtung. Steigen Sie am Horst-Wessel-Platz in die U-Bahn, dann sind Sie weit genug entfernt von uns. Und lassen Sie sich vorerst nicht in der Lothringer Straße blicken. Ich habe ein Auge auf Sie.«

Charly hob die Hand, denn der Schupo hatte sich zwischen sie und den Jungen gestellt. Händeschütteln oder Umarmen war unmöglich.

»Mach's gut, Fritze«, sagte sie und deutete ein Winken an, »dann müssen wir heute wohl auf Apfelkuchen und Kakao verzichten.«

Sie suchte nach einer Reaktion in seinem Gesicht, doch Fritzes Miene blieb ungerührt. Aber dann, kurz bevor er sich umdrehte, huschte doch ein kurzes Lächeln über sein Gesicht. Ob er verstanden hatte? Vielleicht. Ein kleines Vielleicht.

Der einzige kleine Hoffnungsschimmer an diesem Tag, an dem ansonsten alles schiefging, was auch nur schiefgehen konnte.

Sie schaute dem Jungen hinterher, der von dem Schupo förmlich über den Gehweg geschoben wurde, und fühlte sich mit einem Mal unglaublich hilflos.

31

Der Polizist sprach nicht viel, und Fritze war es nur recht. Er trottete neben dem Mann her, der ihm seine Pranke auf die Schulter gelegt hatte, und hoffte, die Sache bald hinter sich zu haben. Einmal blickte er noch über die Schulter und sah Charly einsam auf dem Gehweg stehen und in seine Richtung schauen. Er konnte es nicht ertragen und wendete sich wieder ab. Wie gerne hätte er ihr alles erklärt, aber das durfte er ja nicht. Er durfte nichts tun, was Hannah in irgendeiner Weise gefährdete, das hatte Herr Rademann ihm gerade eben noch einmal unmissverständlich deutlich gemacht.

Er kam sich vor wie ein Verräter, wie ein Judas. Er hatte Charly in die Falle gelockt, nur weil Herr Rademann es ihm befohlen hatte. Und er hatte sie angeblafft, damit sie ihn in Ruhe ließ. Weil es so doch einfacher für sie alle wäre.

Sie hatten die Wohnung Rademann erreicht. Endlich. Der Polizist klingelte und schob Fritze über die Türschwelle, als sei er ein entlaufener Hund.

»Vielen Dank, Wachtmeister, dass Sie mir den Jungen zurückgebracht haben.«

»Das einundsiebzigste Revier hat zu danken. Es geht doch nicht an, dass sich politisch zweifelhaftes Gesindel an unserer Jugend zu schaffen macht. Vielen Dank für Ihren Anruf.«

»Das ist doch selbstverständlich.«

Der Schupo salutierte. »Also dann: schönen Sonntag noch. Heil Hitler!«

»Heil Hitler!«

Herr Rademann schloss die Tür und wandte sich Fritze zu.

»Das hast du sehr gut gemacht, Friedrich.«

Fritze sagte nichts.

»Ich bin stolz auf dich, du weißt, was gut für dich ist. Und gut für Deutschland.« Herr Rademann klopfte ihm auf die Schulter. »So. Und nun geh in die Küche und hilf Monika beim Tischdecken. Und wenn du fertig bist, rufe Arthur und Jürgen zu Tisch.«

Fritze nickte und stiefelte los. Er wusste gar nicht, wie ihm geschah. Warum tat Herr Rademann das, warum war er so freundlich zu ihm? Wo er ihm kurz zuvor, keine halbe Stunde war das her, noch unverblümt gedroht hatte, Hannah etwas anzutun, wenn Fritze Charly nicht in Richtung des 71. Polizeireviers führe. Und nun raspelte er wieder Süßholz. War es das, was Wilhelm Rademann unter Erziehung verstand?

Fritze wusste es nicht. Er wusste nur, dass er sich noch nie für ein Lob so sehr geschämt hatte. Für den Verrat an Charly hätte er lieber eine Tracht Prügel kassiert als diese warmen Worte seines Peinigers, der sich wie ein Wohltäter aufführte.

Selbst nach dem Mittagessen lobte Herr Rademann seinen Pflegesohn vor versammelter Mannschaft für diese schändliche Tat – die er allerdings *vorbildliches Verhalten* nannte.

»Friedrich weiß, wo er hingehört, das ist das Entscheidende in der heutigen Zeit. Solche Subjekte wie seine ehemalige Pflegemutter sind nicht nur liederliche Personen, sie sind auch Deutschlands schlimmste Feinde. Man hüte sich, das zu unterschätzen! Der innere Feind ist oftmals gefährlicher als der äußere. Weil man ihn nicht gleich erkennt.«

Er schaute in die Runde, um zu sehen, ob auch alle seinen Ausführungen lauschten. Natürlich taten sie das, sie wussten doch, wie er reagierte, wenn man ihm nicht zuhörte.

»Der Führer selbst hat es in seiner erhebenden Rede angesprochen, der Zeuge zu werden wir gestern die Ehre hatten.«

Manchmal sprach Herr Rademann bei Tisch, als halte er selber gerade eine erhebende Rede. Aber niemand wagte, sich darüber lustig zu machen, alle lauschten ergriffen.

»Wir alle haben diese Rede gehört, aber Friedrich hat es sich heute zu Herzen genommen und gezeigt, dass er trotz aller Sünden der Vergangenheit wahrhaft zu unserer Volksgemeinschaft gehört. Und dass er den Wert unbedingten Gehorsams erkannt hat.«

Es war Fritze ungeheuer unangenehm, dass nun alle Blicke, der wohlwollende von Herrn Rademann ebenso wie der missgünstige von Atze und die gleichgültigen von Frau Rademann und Jürgen, auf ihm ruhten. Er tupfte sich den Mund mit der Serviette ab und legte sie beiseite.

Endlich stand Herr Rademann auf, ein Zeichen dafür, dass sie mit dem Abräumen des Tisches beginnen konnten, eine Aufgabe, die heute die beiden ältesten Jungen übernommen hatten. Darauf legte Herr Rademann Wert, dass sie sich auch an Frauenarbeiten beteiligten. »Wenn ihr eine Schwester hättet, wäre das natürlich etwas anderes«, sagte er immer.

Atze sprach keinen Ton mit ihm, als sie gemeinsam den Tisch abdeckten und danach die Küche aufräumten und das Geschirr abwuschen. Nachdem sie mit Spülen fertig waren, rief Herr Rademann, der zeitunglesend bei einer Tasse Bohnenkaffee im Wohnzimmer saß, die beiden Jungen zu sich.

»Arthur, Friedrich, kommt bitte, wir müssen noch über den gestrigen Vorfall reden!«

Jetzt also doch. *Der gestrige Vorfall*, das war Fritzes überstürzter Aufbruch von der Maikundgebung, der eine unschöne Lücke in die Reihen der Hitlerjugend gerissen hatte. Gestern hatte Herr Rademann sich in aller Ruhe die Entschuldigung angehört, die Magenverstimmung, die Fritze auch dem SA-Ordner vorgegaukelt hatte, und ihn auf sein Zimmer geschickt. Ohne Abendessen. Nicht als Strafe natürlich, sondern aus Rücksichtnahme, so hatte er das dargestellt.

»Bei einem verdorbenen Magen lässt man besser Vorsicht walten. Monika wird dir einen Kamillentee zubereiten.«

Mit knurrendem Magen hatte Fritze im Kinderzimmer gesessen und an dem eklig schmeckenden Tee genippt, während von nebenan die Geräusche des Abendessens zu ihm drangen, klapperndes Besteck, klirrendes Porzellan, gedämpfte Stimmen. Er hatte die Zeit genutzt, seine Uniform von den restlichen Härchen zu befreien, die der Ahornsamen im Gewebe hinterlassen hatte. Alle hatte er immer noch nicht erwischt, wie er heute merkte, wurde Zeit, dass die Uniform in die Wäsche kam. Aber morgen war erst einmal Heimabend, den musste er noch durchstehen. Immerhin war das Jucken jetzt erträglich, im Gegensatz zu gestern.

Fritze hatte gehofft, mit dem Ausschluss vom Abendessen und einer beiläufigen Erkundigung nach seinem Wohlbefinden vor dem Frühstück heute morgen sei das Thema erledigt, aber nun bat Herr Rademann zum Rapport. Seltsamerweise nicht nur ihn, sondern auch Atze.

»Friedrich«, begann er, als sich die beiden Jungen vor ihm aufgebaut hatten, in Reih und Glied, als seien sie bei einem Appell der HJ. »Friedrich, du hast mir gesagt, dir sei unversehens schlecht geworden gestern, deswegen hättest du unsere Formation so überstürzt verlassen müssen.«

»Jawohl, ich hatte das starke Gefühl, mich übergeben zu müssen, und habe deswegen nach einer öffentlichen Toilette gesucht.«

»So, so«, sagte Herr Rademann. Es klang, als glaube er ihm nicht.

»Ein SA-Mann hat mich zur öffentlichen Bedürfnisanstalt auf dem Neuen Markt geschickt«, schob Fritze hinterher. Die Autorität der SA wurde im Hause Rademann nicht in Zweifel gezogen.

»Warum lügst du mich an, Friedrich?«

Fritze schwieg.

»Du musst nichts sagen, ich denke, ich kenne die Antwort.« Er schaute Fritze an, als erwarte er ein Geständnis, doch Fritze blieb bei seinem Schweigen.

»Es war eine Notlüge, nicht wahr?«, fuhr Herr Rademann fort. »Eine Notlüge, um deine Kameraden nicht zu verraten. Du kannst es ruhig zugeben, ich nehme es dir nicht übel. Es ist verständlich, seine Kameraden in Schutz nehmen zu wollen. Merke dir aber: Es gibt Missetaten, die haben keine Deckung verdient, auch wenn sie von Kameraden begangen werden.«

Fritze zog es vor zu schweigen. Was führte Herr Rademann im Schilde? Es war manchmal so schwer vorherzusagen, was der Mann mit einem vorhatte, wann er lobte, wann er tadelte, wann er strafte. Und ob sein Lob nun Strafe war oder der Tadel Lob.

Manchmal war nicht einmal klar, wen er zu strafen gedachte. So war das jedenfalls, wenn er sie bei der HJ ins Gebet nahm. Und heute war es auch hier so.

»Arthur«, sagte Rademann, und Atze zuckte zusammen, als er seinen Namen hörte. »Arthur, kann es sein, dass ich vorgestern in deinem Zimmer einige Ahornsamen auf deinem Schreibtisch gesehen habe?«

Atze war völlig überrumpelt.

»Ich ... äh, ich weiß nicht, Papa. Warum?«

»Jürgen hat mir davon erzählt. Willst du es leugnen?«

»Natürlich nicht. Ahornsamen. Kann schon sein. Hab wohl ein bisschen gebastelt. Aber warum ist das so wichtig.«

»Weil die Formation der Hitlerjugend gestern vor den Augen des Führers nicht von Friedrichs verdorbenem Magen gestört wurde, sondern von einem dummen Streich.«

»Ach?«

»Von einer Juckpulverattacke.«

Atze wurde bleich.

»Wer sagt das?«

Er warf Fritze einen wütenden Blick zu. Und schielte gleichzeitig ängstlich zu seinem Vater hinüber.

»Der Hitlerjunge Gebhardt hat bereits gestanden«, sagte Herr Rademann, immer noch ganz ruhig. »Er war es, der Friedrich das Juckpulver in den Kragen gekippt hat. Das von euch Hitlerjungen gemeinsam hergestellte Juckpulver.«

Fritze fragte sich noch, wie es Herrn Rademann gelungen sein mochte, Heinzi zum Reden zu bringen, da zuckte er zusammen, denn Herr Rademann hatte mit der Faust auf den Tisch gedonnert und brüllte unvermittelt los.

»Wie im Kindergarten!«, brüllte er. »Wie in einem verdammten Kindergarten habt ihr euch benommen! Aber die Maikundgebung am Tag unseres nationalen Feiertags vor den Augen des Führers und hochrangiger Parteigenossen, das ist kein Kindergarten!« Er schaute Atze böse an. »Habt ihr, als ihr diesen Streich ausgeheckt und gemeinsam Ahornsamen ausgepult habt, auch nur einen Moment daran gedacht, was für ein Licht es auf unseren Bann, ja auf die ganze Hitlerjugend und nicht zuletzt auf mich als euren Hauptbannführer wirft, solch einen ...« Er schüttelte sich, als widere ihn das Wort an. »… *Streich* ausgerechnet unter den Augen des Führers durchzuführen? Das grenzt ja schon an Sabotage!«

Einen Streich durchführen. Das war genau das seltsame Deutsch von Herrn Rademann.

»Aber Papa«, stammelte Atze, »das war doch nur ein Scherz.«

»Dann wirst du lernen müssen, was einen Scherz von dem heiligen Ernst unterscheidet, mit dem sich ein Hitlerjunge unserer nationalen Aufgabe widmen sollte. Geh und hol die Peitsche, Arthur.«

Atze wurde bleich. »Aber, Papa.«

»Die Reitpeitsche, sofort!«

Atze sagte nichts mehr und kehrte wenig später mit der Reitpeitsche zurück, die Herr Rademann für seine seltenen Ausritte nutzte, die er im Tiergarten unternahm und bei denen er sich meist mit wichtigen Parteigenossen verabredete.

Mit gesenktem Blick und ausgestrecktem Arm reichte Atze seinem Vater die Peitsche, dann zog er sich, ohne dass es eines weiteren Befehls bedurft hätte, die Hosen und die Unterhosen bis auf die Kniekehlen hinunter und beugte sich über den Sessel.

»Fünfzehn Hiebe«, verkündete Herr Rademann, und Atze fing an zu schluchzen. Fünfzehn waren offensichtlich mehr, als er erwartet hatte.

»Ertrage deine Strafe wie ein Mann, Arthur! Du hast es dir selbst zuzuschreiben.«

Fritze wusste nicht, wohin mit sich. Ihm tat sein früherer Freund, obwohl der hinter all den Bosheiten steckte, die ihm seit seiner Entlassung aus Wittenau widerfahren waren, mit einem Mal unendlich leid. Am liebsten hätte er Atze geholfen, wäre Herrn Rademann in die Parade gefahren, aber das ging natürlich nicht. Einfach aufs Zimmer gehen? Auch nicht. Die Stimme von Herrn Rademann hielt ihn zurück.

»Friedrich, Jürgen, ihr schaut zu. Lasst euch Arthurs Züchtigung eine Mahnung sein.«

Dem kleinen Jürgen musste man das nicht zweimal sagen, der schien mit einer gewissen Vorfreude auf die Bestrafung seines Bruders zu warten. Fritze hätte am liebsten weggeschaut, aber er traute sich nicht.

Herr Rademann hob die Peitsche und schlug zu. Mit aller Kraft, als würde er ein ungehorsames Pferd prügeln. Es klatschte laut, und auf Atzes Hintern erschien ein roter Striemen.

»Eins«, zählte Herr Rademann.

Fritze beobachtete Jürgen. Um dessen Mundwinkel hatte sich so etwas wie ein Lächeln gebildet, es schien ihm tatsächlich zu gefallen, dabei zuzuschauen, wie sein Bruder gequält wurde.

Herr Rademann zählte und schlug weiter, und bei jedem Schlag war es Fritze, als würde der ihn treffen. Er hätte erleichtert sein sollen, dass nicht er dort mit heruntergezogenen Hosen über dem Stuhl hockte, dass Herr Rademann durchaus noch einen Sinn für Gerechtigkeit besaß und sein Pflegekind nicht zum Sündenbock für alles machte, doch er fühlte sich alles andere als erleichtert. Die Prügel, die Atze jetzt erhielt, würden Fritzes Außenseiterrolle nur noch weiter zementieren. In der HJ, in der Schule, in der Familie, überall.

Und dann fragte er sich, ob es nicht genau das war, was Herr Rademann mit der Bestrafung seines ältesten Sohnes beabsichtigte.

32

Rath stand am Fenster des *Grandhotels Rose* und schaute auf den Kochbrunnenplatz, der seinem Namen gerade alle Ehre machte. Überall in dieser verdammten Stadt dampfte es aus der Erde, aber an diesem Platz, der genau über einer heißen Quelle lag, dampfte es am spektakulärsten. Vor wenigen Tagen noch war Rath mit seinem Lieferwagen über das Pflaster dort unten gefahren und über den Dampf, der aus allen Gullis kroch, und hatte dem Sommelier des *Rose* ein Dutzend Weinkisten geliefert, heute stand er in einer Luxussuite des Grandhotels, versteckt hinter dem Vorhang, lugte an dem dunkelroten Samt vorbei auf das Leben draußen und traute sich nicht hinaus, traute sich nicht auf die Straße, traute sich nicht einmal mehr aus dem Zimmer.

Der gestrige Abend war völlig anders gelaufen als geplant. Er war so gelaufen, dass Rath nicht mehr Herr des Verfahrens war, wie Charly so etwas immer genannt hatte. Nein, er war ganz und gar nicht mehr Herr des Verfahrens, er hatte sich vollkommen in die Gewalt der Gräfin Sorokina begeben.

Er hatte gehofft, die Gräfin und ihren eifersüchtigen Liebhaber loszuwerden und sein zurückgezogenes Leben in Wiesbaden fortführen zu können, aber das war gründlich schiefgegangen. Er war Oswald losgeworden, das schon, aber anders als gedacht.

Na ja, wenigstens hatte er auf diese Weise erfahren, dass der SD ihn auf die Fahndungsliste gesetzt hatte. In Berlin war man offensichtlich nicht hundertprozentig vom Ableben des Oberkommissars Gereon Rath überzeugt.

Die Gräfin war unterwegs, fast den ganzen Tag schon. Gleich nach dem Frühstück, das sie sich aufs Zimmer hatten bringen lassen, war sie aufgebrochen. Rath wusste nicht genau, wo sie sich herumtrieb; wenn er es richtig verstanden hatte, ging es um seine Papiere. Jedenfalls hatte sie seinen Führerschein mitgenommen, also den von Wilhelm Kessler, und den Reisepass von Hartmut Oswald, den sie in dessen Mantel gefunden hatte. Neben einigen anderen Papieren. Dem amerikanischen Konsulat war Oswalds falscher Pass nicht aufgefallen, das Visum für ihn war ebenso anstandslos ausgestellt worden wie das für Irina Jawlenka. Ein perfekter Plan, der nur eines nicht vorgesehen hatte: dass der Mann, der sich Hartmut Oswald nannte, tot auf dem Pflaster der Spiegelgasse enden würde.

Was das Gastspiel von Wilhelm Kessler in Wiesbaden nach rund acht Monaten endgültig beendet hatte. Wenn der alte Jacoby sich morgen früh wunderte, wo sein Lieferwagenfahrer blieb, und womöglich in der Hermannstraße nach ihm schicken ließ, wäre Rath schon nicht mehr in der Stadt. Heute abend würden sie bereits in Frankfurt übernachten.

Das ewige Warten und das Nichtstun machten ihn schier verrückt. An das Alleinsein in seiner winzigen Wohnung hatte er sich gewöhnt, aber in dieser riesigen Suite fiel ihm das ungleich schwerer. Er hatte das *Nicht stören*-Schild an die Tür gehängt, aus lauter Angst, irgendjemand vom Personal, der ihn als Willi Kessler kannte, könne das Zimmer betreten und sich wundern, den Weinlieferanten plötzlich in einer Luxussuite vorzufinden.

Gestern abend war er der Sorokina mit hochgezogenem Mantelkragen durchs Hotelfoyer gefolgt. Zum Glück herrschte zu dieser Uhrzeit wenig Betrieb, niemand hatte ihn erkannt. Er war ja auch ganz anders gekleidet, Lederjacke und Manchesterhose hingen noch in seiner Wohnung im Westend. Die Sorokina hatte ihn so, wie er war, ins Hotel geführt, er hatte nichts mitnehmen können, nichts von dem, was der brave Willi Kessler sich hier zusammengespart hatte. Vor allem den Plattenspieler würde er schmerzlich vermissen, schon den zweiten, den er innerhalb weniger Monate zurücklassen musste. Auch aus seinem Berliner Leben hatte er nichts mitnehmen können. Monatelang hatte er es bedauert, wieder völlig von vorne anfangen zu müssen, aber jetzt stellte sich das als Segen heraus: Sollte die Polizei oder der Vermieter irgendwann das Zimmer des spurlos verschwundenen Wilhelm Kessler durchsuchen, sie würden nichts finden, was auf eine Person namens Gereon Rath hindeutete, sie würden überhaupt nichts Verdächtiges finden. Außer ein paar leeren Flaschen *Judenkirch*, die in den Beständen des Weingutes Jacoby fehlten. Na, der alte Jacoby könnte den Plattenspieler versetzen, das würde die einzige Rechnung, die Willi Kessler in Wiesbaden offen hatte, mehr als begleichen. Die Miete war bis Monatsende bezahlt.

Kein Grund also für irgendwelche Nachforschungen.

Rath griff zum Etui auf dem Beistelltisch hinter dem Vorhang und zündete sich eine *Overstolz* an. Er wusste nicht, die wievielte das heute schon war. Er war nervös. So nervös wie schon lange nicht mehr, nicht nur wegen der Ungewissheit und weil er sich voll und ganz auf einen anderen Menschen verlassen musste, sondern auch, weil er derart zur Untätigkeit verdammt war. Warum hatte er sich auch auf die Gräfin Sorokina eingelassen?

Er wusste warum, natürlich wusste er das, und das ärgerte ihn umso mehr. Es war nicht die verzweifelte Drohung, ihn zu verraten, die hätte sie niemals wahr gemacht. Allein schon, weil Rath ebensogut *sie* hätte verraten können. Nein, es waren allein die dreißigtausend Mark, ganz allein die Gier nach dem Geld, die ihn dazu gebracht hatte, den Auftrag anzunehmen, den schwachsinnigen Auftrag, einen Erpresser zu überfallen. Um sich mal wieder etwas leisten zu können. Tja, das hatte er nun davon.

Vielleicht war es auch zu seinem Besten. Das Land zu verlassen hatte er nicht geplant, das hätte er auch niemals bezahlen können, aber jetzt ergab sich mit einem Mal die Möglichkeit dazu. Und die Notwendigkeit. Wenn der SD bereits nach ihm fahndete, war er in Deutschland nicht mehr sicher. *Volksverräter* hatte Oswald ihn genannt. Welche Lügen Tornow über ihn verbreitet haben mochte?

Er musste es nur durch die Grenzkontrolle schaffen. Wenn alles gutging, wäre er in einer Woche in Amerika. Beim Gedanken daran überfiel ihn plötzlich eine große Wehmut. Die Vorstellung, Deutschland zu verlassen, all die Menschen, die ihm etwas bedeuteten, endgültig zu verlassen, bereitete ihm beinahe körperliche Schmerzen. Was für beschissene Zeiten, was für beschissene Zeiten!

Er nahm den Aschenbecher vom Beistelltisch und schleuderte ihn mit aller Macht gegen die nächstbeste Wand. Das Telefon auf dem Nachttisch schepperte laut, als es zu Boden fiel.

Rath erschrak. Verdammt, reiß dich zusammen, Idiot!

Er beseitigte die Sauerei, ein, zwei Zigarettenstummel waren auf dem Kissen gelandet, und hob das Telefon wieder auf. Er schlug mehrmals auf die Gabel und horchte kurz in den Hörer, ob der Apparat tot war. Es tutete, Rath war beruhigt.

Dann hörte er ein Klacken und erschrak.

»Rezeption hier, was kann ich für Sie tun?«

Rath stand da wie versteinert. Was sollte er tun? Einfach auflegen. Aber hernach würden sie jemanden schicken zum Nachschauen, ob der Gast im Zimmer 319 womöglich hilflos neben dem Bett lag.

»Hallo, Frau Jawlenka, sind Sie das? Herr Oswald?«

Rath räusperte sich. »Ja«, sagte er, »Zimmer drei eins neun hier. Rezeption?«

»So ist es. Sie sind mit der Rezeption verbunden.« Bei aller über lange Jahre eingeübten Selbstbeherrschung hörte sich die Stimme am anderen Ende der Leitung gleichwohl ein wenig ungeduldig an. »Kann ich etwas für Sie tun, mein Herr?«

»Äh, natürlich. Sie könnten mir einen Gefallen tun. Könnten Sie mir ein Ferngespräch nach Köln vermitteln?«

»Sehr wohl, der Herr.«

Rath nannte die Nummer, und nach wenigen Sekunden des Wartens hörte er das Freizeichen in der Leitung. Er wusste nicht, ob jemand abheben würde, aber allein das Gefühl, gerade eine freie Leitung in seine Heimatstadt zu haben, ließ ihn seine Lage besser ertragen.

33

Was war nur mit Fritze los? Charly verstand den Jungen nicht. Wie abweisend er ihr gegenüber reagiert hatte. Und wie teilnahmslos er die Polizeikontrolle verfolgt hatte. Beinahe, als habe er so etwas erwartet. Sie hatte nicht das Gefühl, ihn heute in irgendeiner Weise erreicht zu haben, er hatte sämtliche Schotten dichtgemacht. Sollte Wilhelm Rademann es wirklich schon geschafft haben, den Willen des Jungen zu brechen?

Sie konnte es sich nicht vorstellen. Fritzes Blick zum Abschied, sein Lächeln, das sie sich hoffentlich nicht nur eingebildet hatte, gaben ihr ein wenig Hoffnung. Vielleicht hatte er ja verstanden. Apfelkuchen und Kakao. Das hatte es bei ihren freitäglichen Treffen im Café *Franz* immer gegeben. Sie würde jedenfalls nächsten Freitag an Ort und Stelle sein. Sie würde jeden Freitag dort hingehen und hoffen, ihn zu treffen.

In die Lothringer Straße hatte sie sich nicht mehr getraut. Das Risiko, noch einmal auf diesen Schupo zu treffen und womöglich größeren Ärger zu riskieren als zwanzig Mark Verwarngeld, war ihr zu groß. Sie war den ganzen Tag durch die Stadt gestreift, das Wetter lud ja geradezu dazu ein. Als Erstes hatte sie sich die Schönwalder Straße im Wedding einmal angeschaut, eine kurze Straße, die zwischen Weddingplatz und der Neuen Hochstraße über die Panke führte. Sie war nicht gern in dieser Gegend, weil die Erinnerung an den Tod ihres Vaters immer noch schmerzte, dennoch hatte sie sich die Fassaden angesehen, in der Hoffnung, irgendeinen Anhaltspunkt zu finden, irgendetwas, das mit der SS zu tun hatte oder mit dem Norddeutschen Lloyd.

Fehlanzeige.

Charly war zum Tiergarten gefahren und durch die schattigen Grünanlagen spaziert, durchs Hansaviertel, die Spree entlang bis zum Charlottenburger Schlosspark und hatte versucht, ihre Gedanken zu sortieren, doch es war ihr nicht gelungen. Und schließlich, zu ihrer eigenen Überraschung, als hätten ihre Füße sie ohne Wissen und Willen dorthin getragen, fand sie sich in der Kantstraße wieder. Genau vor dem Garagenpalast. Auf der anderen Straßenseite zwar, aber auf exakt derselben Höhe. Und neben dem imposanten Gebäude duckte sich der *Groschenkeller*. Für einen kurzen Moment war sie versucht, einen Blick in das Lokal zu werfen, um zu sehen, ob der rothaarige Freddy schon dort war, aber dafür war es wohl noch zu früh. Sie bedauerte, dass sie ihn gestern so einfach hatte sitzen lassen. Aber ihr war nicht mehr nach Flirten zumute gewesen, wo ihr all diese Gedanken um Herbert Ehlers durch den Kopf gingen.

Warum hatte Ehlers sich nach Rekowski erkundigt?

Und was zum Teufel war hier vor neun Tagen passiert?

Charly überquerte die Straße und ging geradewegs zur Pforte der Parkgarage. Sie legte das Liebespaarfoto aus dem Zoo auf den Tresen.

»Die hier schon mal gesehen?«

»Das ist doch der Rekowski«, sagte der Mann im grauen Arbeitsanzug, der hinter dem Schalter saß. »Der, dense ermordet haben, wa?«

»Genau. Mir geht es aber um die Frau. Haben Sie die schon mal hier gesehen?«

»Die sind ein Paar, oder? – Ich meine: *waren* ein Paar.«

»Wie kommen Sie darauf?«

»Na, wenn Mann und Frau zusammen parken und dann zusammen nach Hause gehen.« Er zwinkerte. »Und wie seine Putzfrau sieht sie nicht aus.«

»Sie haben die beiden also öfter gesehen.«

»Zwangsläufig. Rekowski hat ja hier seine Garage. So ein-, zweimal die Woche bestimmt in den letzten Monaten.«

Diese Auskunft wunderte Charly mittlerweile schon nicht mehr.

»Und am Abend des dreiundzwanzigsten April? Hatten Sie da Dienst?«

»Bis zehne.« Der Mann schaute sie misstrauisch an. »Det wollte die Polente ooch schon wissen. Und warum fragen *Sie*?«

Charly zeigte ihm die Visitenkarte der Detektei Böhm.

»Det is ja gleich gegenüber.«

»Genau. Wir stellen in der Sache private Ermittlungen an.«

Mehr sagte sie nicht, und mehr wollte der Garagenwärter auch nicht wissen.

»Also, der Kripo ha'cks ja schon jesacht: Die waren hier, so kurz nach neune, und haben den Wagen abjeholt. Hatte mich schon jewundert, weil det ja sonst eher die Zeit war, wo sie hier anjekommen sind.«

»Ist er dann alleine wieder zurückgekommen?«

»Also, in meiner Schicht, bis zehne, is keener von beiden zurückgekommen. Mölders hatte die Nachtschicht. Der hat das dann ja auch mit der Polizei geregelt und so. Ick meine: als sie die Leiche gefunden haben.«

»Ist dieser Herr Mölders zu sprechen?«

»Ne, der hat heute keenen Dienst. Aber irgendwann in der Nacht wird der Rekowski schon zurückgekommen sein. Sonst hätte er hier ja nich sterben können, wa?«

»Die Frage ist, ob er allein war.«

»Soweit ick weiß, ja. Is wohl ziemlich spät erst wiedergekommen, so ein, zwei Uhr. Hat der Mölders allet der Kripo erzählt, fragense mal am Alex nach.«

»Das werde ich tun. Danke.«

Charly stellte sich auf den Gehweg vor die Ausfahrt und versuchte, sich vorzustellen, wohin Rekowski gefahren sein mochte. Rechts, Richtung Moabit, Richtung Spenerstraße? Oder nach links, stadtauswärts.

Sie ging nochmal zurück zu dem Garagenwärter.

»Frollein?«

»Eine Frage noch: Können Sie sich erinnern, wie Rekowski an jenem Abend aus dem Parkhaus gefahren ist, nach rechts oder nach links?«

»Det is ja witzig, det hat noch keener jefracht.« Der Mann schielte kurz nach oben, als werde seine Erinnerung gerade an die Decke der Pförtnerloge projeziert. »Ick bin mir ziemlich sicher: nach links«, sagte er und wirkte sehr bestimmt.

Nach links. Stadtauswärts also.

»Ich danke Ihnen.«

Charly ging zurück zur Kantstraße und schaute in Richtung Westen. Wohin, zum Teufel, hatte Rekowski Greta gefahren? In die Spenerstraße jedenfalls nicht, da hätte er nach rechts abbiegen müssen. Hatten sie eine zweite Wohnung? Ein Liebesnest, von dem Charly nichts wusste? Wie sie ja überhaupt vieles von ihrer besten Freundin nicht zu wissen schien. Was war mit der ominösen Adresse Schönwalder Straße, der Lieferadresse für Rekowskis Lebensmittelbestellungen? Aber die lag im Wedding, auch um dorthin zu gelangen, hätte er nach rechts abbiegen müssen.

Sie ging zurück ins Parkhaus.

»Ich muss Sie noch einmal stören.«

Der Wärter schaute amüsiert. »Wenn det so weiterjeht, Frollein, denn stell ick Ihnen 'nen Stühlchen raus. So unterhält es sich jemütlicher, oder?«

Charly quälte sich ein Lächeln ins Gesicht. »Danke, nicht nötig. Aber Sie können mir doch sicher mit einem Straßenführer aushelfen?«

Der Mann schaute irritiert, aber er nickte. Er öffnete einen Schrank und reichte ihr ein aktuelles, aber schon leicht abgegriffenes Exemplar von *Scherls Straßenführer* über den Tresen.

Charly blätterte, bis sie die Stelle gefunden hatte. Seite 413 oben: Es gab tatsächlich zwei Schönwalder Straßen in Berlin, einmal die im Wedding, die sie schon abgeklappert hatte. Die zweite lag in Spandau.

Stadtauswärts.

Sie reichte dem Mann den Straßenführer zurück und fragte nach einem Telefon.

»Da drüben.«

An der Wand hing ein öffentlicher Fernsprecher, und Charly ging hinüber. Es dauerte einen Moment, ehe abgenommen wurde. Aber sie war froh, dass er überhaupt ans Telefon ging, endlich klappte heute auch mal was.

»Robert, gut, dass ich Sie erreiche. Ich brauche dringend ein Automobil. Könnten Sie mir Ihres leihen?«

»Wohin soll's denn gehen?«

»Nach Spandau.«

»Können Sie auch einen Chauffeur gebrauchen?«

»Haben Sie denn Zeit?«

»Für Sie immer, Charlotte.«

»Gut. Wenn Sie mich an der Kantstraße abholen würden. Ich bin gerade im Garagenpalast.«

»Ich habe eine bessere Idee. Gehen Sie die Straße ein paar Schritte runter, da ist das Café Spalteholz. Warten Sie dort auf mich. Ich bin in einer guten halben Stunde bei Ihnen.«

»Sie kennen sich aber gut aus im Westen.«

»Mit Gerti Spalteholz war ich zusammen in der Schule. Lang ist's her.«

Das Café lag ein Stück stadtauswärts, Charly kannte es noch nicht. Es war klein und gemütlich.

»Wir schließen aber um fünfe«, sagte die Kellnerin, als sie an Charlys Tisch trat. Sie war noch ziemlich jung, höchstens siebzehn, achtzehn, und machte den Eindruck, als arbeite sie nicht freiwillig an einem Sonntag.

»Das sollte hinhauen«, meinte Charly. »Bringen Sie mir doch bitte eine Gulaschsuppe, ich brauche eine Kleinigkeit zu essen.«

Erst jetzt merkte sie, wie sehr ihr Magen knurrte. Die heiße Suppe, die sie zusammen mit einer Schrippe verzehrte, tat gut. Sie hatte sie gerade ausgelöffelt, da trat Robert durch die Tür. Er trug denselben grauen Kittel wie werktags. Schien auch keinen Feierabend zu kennen, der Mann. Umso mehr freute sich Charly, dass er sich Zeit für sie nahm.

»Wunderbar, Sie haben es sich gutgehen lassen«, sagte er. »Haben Sie den frischen Hefekuchen probiert?«

Charly verneinte. »Mir war nicht nach Kuchen.«

»Dann sollten Sie den beim nächsten Mal probieren. Sie arbeiten doch ganz in der Nähe, oder?«

Charly nickte.

Die Kellnerin kam mit der Rechnung und grüßte freundlich, als sie Robert erkannte.

»Hallo, Onkel Robert.«

»Hallo, Klara, wieder fleißig heute? Grüß deine Mutter schön.«

»Gerne.«

»Wir müssen dann auch los.«

Klara schien nichts dagegen zu haben. Charly schaute auf die Uhr. War ja auch schon fünf nach fünf.

Robert war mit seinem Lieferwagen gekommen, einem hellblauen DKW F5, der an den Seiten in großen Buchstaben für *Radio und Elektro Gunther* warb. Charly wusste gar nicht, ob er überhaupt ein anderes Fahrzeug besaß. Sie nahm auf dem Beifahrersitz Platz.

»Dann also auf nach Spandau. Worum geht es denn?«, fragte er.

Sie erklärte es ihm kurz.

»Und Sie glauben, dass er mit Greta an diese Adresse gefahren sein könnte?«

»Ich weiß es nicht. Aber ich habe so wenige Anhaltspunkte, dass ich den wenigen, die ich habe, nachgehen muss, auch wenn ich mir keinen Reim darauf machen kann.«

»Dorthin hat Rekowski Lebensmittel liefern lassen, sagen Sie?«

»So steht es jedenfalls in diversen Lieferscheinen, die ich gefunden habe. Könnte er vielleicht für die SS bestellt haben. Vielleicht auch für die Stadt Berlin.«

»Und was soll er mitten in der Nacht mit Greta dort gewollt haben?«

»Was weiß ich?« Charly merkte, wie sie ärgerlich wurde ob seiner Bedenkenhuberei. »Vielleicht ist da ja nicht nur ein Lebensmittellager, sondern auch eine Art Liebesnest oder so.«

Robert nickte. Er sagte nichts mehr, sondern widmete sich allein dem Fahren. Das mochte sie an ihm. Er wusste, wann es besser war, einfach mal den Mund zu halten.

Eine gute halbe Stunde später hatten sie Spandau erreicht. Sie durchkurvten die kleinen Gässchen der Altstadt und überquerten den geschäftigen Hafenplatz, bis sie die Schönwalder Straße erreicht hatten, die in nordwestlicher Richtung aus Spandau hinausführte. Eine typische vorstädtische Ausfallstraße, kleine bis mittelgroße Mietshäuser, zwei Tankstellen. Robert fuhr im Schneckentempo, und Charly achtete auf Tafeln oder Werbeschriften an den Häusern.

»Nach was suchen wir eigentlich genau?«, fragte er.

»Ich weiß es nicht. Irgendwas, wo man größere Mengen Lebensmittel lagern kann, vielleicht etwas Städtisches.«

Es war ihr immer noch ein Rätsel, warum und für wen Klaus von Rekowski solch große Mengen Lebensmittel geordert hatte.

»Haben Sie denn keine Hausnummer?«

»Das ist ja das Seltsame. Nein. Nur eine komische Abkürzung.« Charly blätterte in ihrem Block. »Jot, ha, es. Und Oberjäger.«

»Wie?«

»Jakob, Heinrich, Samuel. Und dann Oberjäger.«

»Hm.« Robert wusste offensichtlich auch nicht weiter. »Meinen Sie, das könnte irgendwo an einer Hausfassade stehen?«

»Das hoffe ich jedenfalls. Irgendeine Firma oder so.«

»Vielleicht sollten wir aussteigen und zu Fuß suchen«, schlug Robert vor.

»Fahren Sie schön langsam, dann geht das schon.«

Das tat er dann auch. Die hupenden Autos ignorierte er. Alle naselang wurden sie überholt.

Charly hoffte auf irgendeine Eingebung, darauf, dass sie ein Haus sah, eine Lagerhalle oder was auch immer und sofort wusste: Das ist es.

Doch das passierte nicht.

»Das war's«, sagte Robert schließlich und fuhr rechts ran. »Hier ist die Schönwalder Straße zu Ende. Vielleicht sollten wir doch aussteigen. Dahinten kommt nur noch die Schönwalder Allee und dann der Spandauer Forst und die brandenburgische Einöde.«

Charly horchte auf. »Was sagten Sie? Schönwalder *Allee*?«

»Ja. Dahinten geht's ins Grüne. Zwischen Spandau und Schönwalde ist nichts als Wald, kilometerweit. Da stehen höchstens ein paar Jagdhäuser.«

Charly stutzte.

»Jagdhäuser?«, fragte sie, mehr an sich selbst als an Robert gerichtet. »An der Schönwalder Allee?«

»Wahrscheinlich nicht direkt an der Allee, aber ...«

»Fahren Sie weiter«, unterbrach Charly, »fahren Sie weiter, ich glaube, ich weiß jetzt, was wir suchen. Ein Jagdhaus. Ein Jagdhaus irgendwo im Spandauer Forst. Und ich glaube, ich weiß auch, wie es aussieht.«

Die Schönwalder Allee war keine Allee im eigentlichen Sinne, obwohl sie natürlich von Bäumen – genauer: von Wald – gesäumt war. Es war ein schmales, gepflastertes Sträßchen, das sich schnurgerade durch den maigrünen, endlosen Spandauer Forst zog. Die Bäume trugen noch kaum Blätter, eher zarte Knospen, so konnten sie einigermaßen weit in den Wald hineinschauen. Ohne jedoch eine einzige Jagdhütte zu entdecken, nicht einmal ein Forsthaus. Immer wieder zweigten allerdings kleine Waldwege von der gepflasterten Hauptstraße in den Forst ab.

»Ich fürchte, die müssen wir alle abklappern«, sagte sie zu Robert. »Jeden einzelnen Forstweg.«

»Haben wir denn keine konkreteren Anhaltspunkte? Keine genauere Adresse?«

»Es muss das Jagdhaus sein, da bin ich mir sicher.«

»Und warum lässt man sich dorthin so viele Lebensmittel liefern?«

»Was weiß ich? Das ist doch auch erst einmal egal!«

Sie spürte, dass sie wieder ärgerlich wurde. Aber wie sollte sie ihm auch erklären, dass sie es einfach im Gefühl hatte, dass Klaus von Rekowski an jenem verhängnisvollen Freitagabend genau zu dieser Adresse gefahren war.

»Schon gut, Charly. Sie haben ja recht. Wir müssen jeder Spur nachgehen. Aber lassen Sie uns erst einmal die gesamte Allee entlangfahren und dann entscheiden, wo …«

»Halten Sie an!«

»Wie?«

Robert bremste.

»Fahren Sie ein paar Meter zurück, bis zu dem kleinen gepflasterten Weg.«

Robert legte den Rückwärtsgang ein, und der Wagen rollte mit singendem Getriebe zurück, bis er den letzten Abzweig wieder erreicht hatte.

Charly hatte richtig gesehen. Da stand ein Straßenschild mitten im Wald.

Oberjägerweg las sie.

»Hier ist es.« Charly merkte, wie ihr Spürsinn erwachte. »Hier irgendwo muss es sein.«

Robert bog ab, er setzte sogar den Winker, obwohl sie weit und breit das einzige Fahrzeug waren. Charly blätterte durch ihren Notizblock. Richtig. *Jhs. Oberjäger*, so hatte es in den Lieferpapieren gestanden.

Robert hielt an einem Schild.

Zufahrt nur für forstwirtschaftlichen Verkehr.

»Besser, wir gehen zu Fuß weiter«, sagte er und machte den Motor aus. »Ich möchte keine Scherereien mit irgendwelchen Oberförstern riskieren.«

Charly zog die Stirn in Falten, sagte aber nichts. Sie kannte das schon. Robert war, bei aller Opposition zu den Nazis, tatsächlich oberkorrekt. Korrekter sogar als sie selbst. Wobei auch Charly längst nicht mehr so gewissenhaft handelte wie noch vor einigen Jahren. Sie fragte sich, wie Gereon das empfunden haben mochte, die Akkuratesse und Gesetzestreue seiner Frau, er, der Rheinländer, der sich an gar keine Gesetze, Richtlinien oder Vorschriften hielt, und wenn, dann nur, weil er die Konsequenzen scheute und nicht etwa aus besserer Einsicht. Und schon gar nicht aus Prinzip.

Robert schloss den Wagen ab, und sie gingen den endlosen Weg entlang, schauten konzentriert nach rechts und links in den Wald. Und dann zweigte da nach rechts tatsächlich noch ein weiterer Wirtschaftsweg in den Wald ab, unbefestigt, man sah nur die Reifenspuren. Charly fragte sich, ob die von einem Opel Olympia stammen mochten. Sie folgten der Spur und gelangten nach wenigen Metern an eine kleine Lichtung, auf der ein hölzernes Gebäude stand.

Als sie es sah, wusste Charly, dass es das richtige war. Mochte sie auch nicht über ein fotografisches Gedächtnis verfügen wie der gute Freddy, so war sie sich doch sicher, dass sie dieses Jagdhaus schon einmal auf einem Foto gesehen hatte. An der Wand von Rekowskis Arbeitszimmer.

Das Haus hatte ein bruchsteinernes Fundament und war ansonsten aus Holz gezimmert. Vor der Eingangstür, die von zwei Fenstern flankiert war, hatte Rekowski sich eine überdachte Veranda gegönnt, über der Tür prangte ein Tierschädel mit einem Geweih. Charly kannte sich mit so etwas nicht aus, aber diese Trophäe musste von einem imposanten Hirsch stammen. Ob Rekowski den selbst geschossen hatte? Oder ob er das nur zum Angeben nutzte? Die Fotos in seiner Wohnung und die Gewehre im Waffenschrank bezeugten jedenfalls eine gewisse Jagdleidenschaft.

Sie trat über die kleine hölzerne Treppe auf die Veranda, und die Holzbohlen knarrten, Robert stand noch am Rand der Lichtung und schaute sich unschlüssig um.

Charly hielt sich die Hand vor Augen und lugte erst durch das rechte, dann durch das linke Fenster, doch sie konnte nicht viel erkennen, nur schemenhafte Umrisse, ein paar Stühle, einen Tisch. Sie kramte die Sperrhaken aus der Manteltasche und machte sich am Schloss zu schaffen. Ein richtiges Türschloss, kein Vorhängeschloss.

»Charlotte, Sie wollen doch nicht etwa dort einbrechen? Das ist Hausfriedensbruch!«

Robert war ihr gefolgt. Er stand vor der Veranda und blickte umher, als befürchte er irgendwo einen Zeugen. Eine große Hilfe war er nicht, er war einfach zu rechtschaffen. Es wäre besser gewesen, sie hätte sich einfach sein Auto geliehen.

»Diese Jagdhütte gehörte Klaus von Rekowski«, sagte sie. »Ich möchte wissen, ob er mit Greta hier war. Vielleicht finden wir ja einen Hinweis.«

»Sollte man das nicht besser der Polizei überlassen?«

»Die Polizei war schon hier.«

Charly zeigte auf das Polizeisiegel, das zwischen Tür und Rahmen geklebt war.

Das machte Robert noch nervöser. »Charlotte, Sie bringen uns in Teufels Küche!«

»Niemand sieht uns. Niemand weiß, wer in dieser Einöde ein Stück Papier zerfetzt. Vielleicht war es ja ein wildes Tier.«

Und während sie das sagte, schnappte das Schloss auf, und das Siegel riss.

In der Hütte roch es muffig, als sei schon länger nicht mehr gelüftet worden. Charlys Augen brauchten einen Augenblick, um sich an die dämmrige Dunkelheit zu gewöhnen, dann aber konkretisierte sich das Bild vor ihren Augen in wenigen Sekunden wie ein Fotoabzug im Entwicklerbad.

Im Eingangsbereich befand sich eine Art Stube mit Esstisch und einem Kanonenofen, auf dem ein Wasserkessel stand. In den Küchenregalen lagerten Lebensmittel, aber bei weitem nicht in den Mengen, wie Klaus von Rekowski sie sich an diese Adresse hatte liefern lassen. Eine angebrochene Packung Zwieback, zwei Konservenbüchsen und ein paar Vorratsdosen. Charly schaute hinein: Kaffeebohnen, Zucker, Salz und eine kleine Menge von etwas, das an Mehl erinnerte, aber keines war. Charly fuhr mit dem Zeigefinger hinein und probierte mit der Zungenspitze. Kein Zweifel: Kokain. Sie wusste, dass Greta ab und zu von dem Zeug genommen hatte, aber dass der rechtschaffene SS-Mann Klaus von Rekowski Kokain aufbewahrte, wunderte sie dann doch. Es erklärte vielleicht auch, warum die beiden nicht voneinander lassen konnten. Und warum Greta nichts davon erzählt hatte.

Charly fragte sich, wer das Polizeisiegel an der Eingangstür angebracht hatte, und tippte auf Czerwinski. Den anderen Beamten der Ermittlungsgruppe traute sie eine solche Schlamperei nicht zu. Vielleicht hatte sie Glück, und der Kriminalsekretär hatte noch mehr übersehen als nur die Kokainvorräte.

In die Außenwand der Stube war ein Kamin gemauert, dessen Schornstein man von draußen schon hatte sehen können. Davor lagen zwei Wildschweinfelle auf dem Boden. Gleich neben der Garderobenleiste hing ein Waffenregal an der Wand, das Platz für drei Gewehre bot, aber nicht bestückt war. Klaus von Rekowski schien seine Jagdgewehre lieber in der Kantstraße aufzubewahren.

Der Dielenboden knarzte. Robert hatte die Hütte nun auch betreten und schaute sich zögerlich um. In seinem grauen Kittel mit der Radio-Elektro-Stickerei auf der Brust wirkte er wie ein Handwerker, der vorbeigekommen ist, um den besten Platz für den neuen Volksempfänger zu finden.

»Sie müssen nicht reinkommen, wenn Sie nicht wollen«, sagte Charly. »Ich möchte nicht, dass Sie sich des Einbruchs schuldig machen. Vielleicht ist es sogar besser, Sie warten draußen. Falls jemand kommen sollte.«

»Ich habe Ihnen doch gesagt, ich bin an Ihrer Seite. Da muss man ab und an wohl mal über seinen Schatten springen.«

»Da sagen Sie was. Das musste ich bei meinem Mann auch lernen. War nicht immer einfach, ihm zur Seite zu stehen.«

»Sie vermissen ihn sehr, nicht wahr?«

»Lassen Sie uns lieber über etwas anderes reden.«

»Entschuldigung. Ich wollte Ihnen nicht zu nahe treten.«

»Schon gut. Es ist nur … Ich habe im Moment wirklich andere Sorgen als meinen Mann.«

Robert nickte und schwieg.

Sie schauten sich in der Stube um, fanden aber nichts Auffälliges, nichts, das auf weiblichen Besuch hingedeutet hätte, nicht einmal Kokainspuren auf dem Tisch.

Neben der großen Stube, die Essküche und Wohnzimmer in

einem war, verfügte die Hütte nur über einen einzigen weiteren Raum, und das war das Schlafzimmer. Auch das war deutlich geräumiger, als man es bei einem schlichten Jagdhaus erwarten würde; das Bett war so großzügig gehalten, dass die Hütte durchaus den Eindruck eines Liebesnestes erwecken konnte. Rekowski hatte dieses Domizil nicht allein der Jagd auf Rot- und Schwarzwild gewidmet, soviel stand fest.

Außer dem Bett befanden sich noch ein Waschtisch und ein Stuhl im Raum. Über dem Waschtisch hing ein Spiegel, neben der leeren Waschschüssel stand ein Zahnputzglas. Es war eingestäubt worden, offensichtlich hatte die Kripo hier vor kurzem Fingerabdrücke genommen.

Charly gab es auf. Wenn hier irgendwelche Spuren gewesen waren, die auf Greta hindeuteten, dann hatte die Kriminalpolizei sie sichergestellt. Und was hätte es ihr auch genutzt zu wissen, dass Greta einmal hier gewesen war? Sie wollte wissen, wo sich die Freundin *jetzt* aufhielt.

Sie ging um das Haus herum. Nach hinten hatte es einen schuppenartigen Anbau, der nur mit einem Vorhängeschloss gesichert war. Hier hatten sie das Polizeisiegel vergessen. Deutete wirklich alles auf Czerwinski.

Charly knackte das Schloss und öffnete den Schuppen, der durchaus geräumig war. Ein einziges Fenster spendete ein wenig Licht. An der Decke hingen Haken, ein schwerer, von Blut durchtränkter Holztisch stand in der Mitte, darunter eine große Zinkwanne; an der fensterlosen Wand befand sich eine Kommode mit vielen Schubladen, darauf lagen diverse Messer und anderes Jagdgerät, von dem Charly gar nicht wissen wollte, wozu es gebraucht wurde. Wenigstens baumelte kein Tierkadaver von der Decke. Ihr wurde ein wenig flau bei der Vorstellung, wie Klaus von Rekowski hier seine Jagdbeute häutete und ausbluten ließ.

Sie schaute sich noch ein wenig um, schaute in die Schubladen der Kommode, die ebenfalls Werkzeuge enthielten, konnte aber nichts finden, das ihr irgendeinen Hinweis hätte geben können, ob Rekowski mit Greta am 23. April hier gewesen war, und falls ja, was dann passiert sein mochte. Sie verriegelte die Tür und ließ das Vorhängeschloss wieder zuschnappen. Sonst gab es keine weiteren Gebäude auf dem Gelände, nur ein Toilettenhäuschen, dem man tatsächlich ein Herz in die Tür geschnitzt hatte, und einen gemauerten Brunnen, den eine Schwengelpumpe krönte, wie man sie auch an Berliner Straßenecken fand. Daneben stand ein Zinkeimer.

Charly trat enttäuscht gegen den Eimer.

Robert schaute sie an, sagte zum Glück aber nichts. Wenn sie eines nicht vertragen konnte, war das Mitleid. Sie zeigte ihm ein Achselzucken und sagte: »Fahren wir zurück.«

Er nickte.

Bevor sie die Lichtung verließ, drehte sie sich noch einmal um und rief so laut sie konnte: »Greta?«

Ein Schwarm Vögel flatterte irgendwo auf, sonst passierte nichts.

»Greta Overbeck, wo, verdammt nochmal, bist du?«, rief Charly in den Wald. Sie wusste, es war sinnlos, aber sie konnte nicht anders.

34

Anton Kowalski fragte sich, ob es wirklich eine gute Idee gewesen war, den ruhigen Alltag im Polizeipräsidium Königsberg mit dem deutlich turbulenteren am Berliner Alexanderplatz zu tauschen. Sonntagsarbeit war in Königsberg eher die Ausnahme, in Berlin schien es die Regel zu sein. Aber nach dem Tod seines Onkels, dem letzten Familienmitglied, das ihm geblieben war, gab es nicht mehr viel, was ihn in Ostpreußen gehalten hatte, und seine Verwicklung in den Fall Wengler hatte ihn in seiner Heimatstadt Treuburg zu einer Persona non grata gemacht. Bis heute wusste er nicht, ob auch der Tod von Onkel Fritz dem Hass geschuldet war, den die Einwohner des Städtchens der Familie Kowalski seit jenen Ereignissen im Frühjahr 1932 entgegenbrachten.

Er hatte jedenfalls schon vor Onkel Fritzens Tod um seine Versetzung nach Berlin gebeten, in die berühmte Mordinspektion des noch berühmteren Ernst Gennat, sich dessen wohl bewusst, dass es nicht einfach werden, dass man seine Papiere in Berlin gründlich lesen würde.

Letzten Endes hatte es vier Jahre gedauert, ehe er zum Gespräch an den Alexanderplatz eingeladen wurde und er die weite Reise auf sich nahm. Ernst Gennat persönlich hatte mit ihm gesprochen, und Kowalski hatte zu seinem großem Entsetzen erfahren, dass Gereon Rath, der Kriminalkommissar, mit dem er seinerzeit im Fall Wengler erfolgreich zusammengearbeitet hatte (und worauf er in seinem Bewerbungsschreiben auch dezent hingewiesen hatte), vor wenigen Wochen erst bei einem Einsatz ums Leben gekommen sei. Was seine Freude, als Gennat ihm nach dem Gespräch eröffnete, er könne im Januar seinen Dienst am Alex antreten, deutlich getrübt hatte. Insgeheim hatte Kowalski gehofft, in Berlin wieder mit Rath zusammenarbeiten zu können oder wenigstens von dessen Freundschaft zu profitieren. Nun musste er mit dessen Kollegen in der Kriminalgruppe M vorliebnehmen und feststellen, dass längst nicht alle gut von dem Verstorbenen sprachen. Obwohl man über Tote ja eigentlich nichts Schlechtes sagen sollte. Aber dass man in Berlin in Sachen Höflichkeit anders tickte als in Königsberg, das hatte er schnell gemerkt.

Kommissar Lange sprach eigentlich so gut wie gar nicht über Gereon Rath, und Kriminalsekretär Czerwinski schien den verstorbenen Oberkommissar zwar auf eine gewisse Weise zu bewundern, hielt aber offensichtlich überhaupt nichts von seinem neuen Kollegen aus Ostpreußen. Kowalski hatte das Gefühl, das Verhältnis habe sich von dem Moment an ein wenig verbessert, als er erzählt hatte, schon einmal mit Rath zusammengearbeitet zu haben. Was Kowalski sehr erleichterte, denn auch heute waren sie wieder gemeinsam unterwegs. Wie immer saß Kowalski am Steuer und Czerwinski, der keinen Führerschein besaß, auf dem Beifahrersitz.

Den sonntäglichen Einsatz hatten sie der Witwe Rath zu verdanken. Ein Steward des Norddeutschen Lloyd habe sich in der Kneipe neben der Parkgarage nach dem Mordopfer erkundigt. Ganz schön blamabel, denn die Mordkommission hatte im *Groschenkeller*, wie das Lokal hieß, das den Chauffeuren ebenso wie den Garagenangestellten als Kantine diente, bereits Befragungen angestrengt. Genauer gesagt: Czerwinski hatte das erledigt, allerdings tagsüber. Obwohl der als alteingesessener Berliner doch wissen musste, dass sich die Chauffeurskantine in den Abendstunden in einen Jazzkeller verwandelte und ganz andere Gäste anzog.

Und die durften sie jetzt befragen. Rauchschwaden wehten ihnen entgegen, als sie die Tür öffneten. Mit der Musik konnte Anton Kowalski nicht viel anfangen, das war Großstadtmusik, er mochte eher Blasmusikklänge wie die des Musikvereins Marggrabowa, bei dem er in seiner Jugend Klarinette gelernt hatte. Czerwinski war nicht anzumerken, was er von der Musik hielt, er steuerte gleich die Theke an, bestellte ein Bier und zeigte dem Wirt die Polizeimarke. Kowalski hielt sich abseits und täuschte Interesse für die Musik vor, schnippte ungelenk im Takt, doch es war zwecklos, auch ihn hatte man längst als Polizisten erkannt.

»Ick fress 'nen Besen, wenn Sie und Ihr Kollege nicht von der Kripo sind«, sprach ihn ein junger Mann an, der direkt vor der Bühne stand. »Stimmt's?«

Kowalski nickte.

»Hat Charlotte Sie geschickt?«

»Wie man's nimmt ...«

Der Mann lüftete seinen Hut und zeigte feuerrote Haare. »Angenehm, Siegel, Friedhelm Siegel. Dann müssen Sie der Polizeizeichner sein.« Er schaute zur Bühne. »Ich muss gleich wieder ans Klavier, aber in einer halben Stunde kommt Jakob, der kann übernehmen, dann stehe ich zu Ihrer Verfügung und beschreibe Ihnen den Ehlers.«

Kowalski wusste gar nicht, wie ihm geschah, mit einem derart redseligen Menschen hatte er es noch nie zu tun gehabt, nicht einmal in Berlin. Er wollte noch etwas erwidern, aber bevor er dazu kam, saß der rothaarige Herr Siegel schon am Klavier, und die Jazzkapelle legte wieder los. Der Kriminalsekretär seufzte. Ihm blieb wohl nichts anderes übrig, er setzte sich neben Czerwinski und orderte ebenfalls ein Bier.

35

Das Wetter war eine trübe Suppe und trug nicht gerade dazu bei, ihre miserable Laune aufzuhellen. Von wegen *Alles neu macht der Mai*! Alles war so beschissen wie immer, und Charly hatte das Gefühl, trotz allen Bemühens auf der Stelle zu treten.

Was hatte ihr der gestrige Ausflug zu Rekowskis Jagdhütte gebracht? Nichts.

Sie war sich fast sicher, dass der Mann am Abend seines Todes mit Greta dort gewesen war. Aber falls es irgendwelche weiterführenden Hinweise geben sollte, dann waren die jetzt im Besitz der Polizei. Die Jagdhütte hatten Lange und Kollegen bei der Wohnungsdurchsuchung am Sonnabend nicht erwähnt, natürlich nicht. Das hieß aber auch, dass sie Greta dort nicht tot unter dem Bett gefunden hatten. Wenigstens das.

Sollte sie der Mordkommission von Herbert Ehlers erzählen und von ihrer Vermutung, dass der sich, nachdem er aus der Schutzhaft entlassen worden war, auf die Suche nach Klaus von Rekowski gemacht hatte? Nein, das war noch zu früh, sie hatte doch selbst nicht die leiseste Idee, was für einen Grund Ehlers hätte haben können, Rekowski umzubringen.

Sie schaffte es nicht, sich von diesen Gedanken, die sich notgedrungen, mangels weiterführender Erkenntnisse, im Kreis drehten, loszureißen, das schaffte erst die Stimme von Wilhelm Böhm.

»Charly, ich muss dann gleich weg zu meiner Besprechung mit dem Finanzamt. Sie halten hier die Stellung?«

»Kein Problem. In der Sache Winkler bin ich erst morgen wieder unterwegs.«

Böhm räusperte sich.

»Wie war denn Ihr Wochenende, Charly?«

»So lala.«

»Haben Sie meinen Rat befolgt und sind mit Ihrer Freundin ausgegangen?«

Nein. Ich habe die Freitagnacht damit verbracht, ins Polizeipräsidium einzubrechen. Außerdem ist Greta spurlos verschwunden.

»Nein, ich war allein aus. Im Groschenkeller, einem Jazzlokal. Aber nicht lang.«

Böhm räusperte sich noch einmal. Er tat sich schwer damit, persönliche Dinge anzusprechen. Aber er hielt es offenbar für nötig.

»Ich mache mir ein wenig Sorgen um Sie, Charly«, sagte er. »Sie wirken zwar reichlich übermüdet heute morgen. Aber keineswegs glücklich. Vielleicht war das mit dem Ausgehen eine Schnapsidee von mir. Ich bin ein alter Mann, ich habe keine Ahnung, ob man sich heutzutage noch unbeschwert amüsieren kann in Berlin.«

»Das mit dem unbeschwert ist sowieso schwierig in den heutigen Zeiten, egal ob es ums Amüsieren geht oder was sonst.«

Böhm ließ sich nicht ablenken.

»Charly, wenn Sie irgendwas auf dem Herzen haben, dann sagen Sie mir das. Man kann doch nicht alles in sich hineinfressen. Oder reden Sie wenigstens mit Greta. Sie haben schon ewig nichts mehr von ihr erzählt, was ist denn los? Haben Sie sich verkracht?«

»Nein, nein, alles gut«, sagte Charly und versuchte ein Lächeln. Sie merkte selbst, wie ihr das misslang.

Böhm zuckte die Achseln, kehrte zurück zu seinem Schreibtisch und packte die Unterlagen für die Steuererklärung in seine Aktentasche.

Charly fühlte sich unbehaglich, aber was sollte sie tun? Sie konnte ihm nichts erzählen, verhielt sie sich im Grunde genommen doch genauso wie Gereon Rath, dessen Eigenmächtigkeiten Wilhelm Böhm immer verabscheut hatte. Sie hatte Angst, ihren langjährigen Mentor und väterlichen Freund, den sie seit fast zehn Jahren kannte, so sehr zu enttäuschen, dass er ihr die Freundschaft kündigte. Und sie konnte es ja auch verstehen. Sie schämte sich doch selbst für ihre Heimlichkeiten, für ihre Gesetzesübertretungen, für ihr ganzes Verhalten. Aber was blieb ihr anderes übrig?

Sie beugte sich über den Schreibtisch und täuschte eifriges Aktenstudium vor, bis Wilhelm Böhm das Büro verlassen hatte. Sie wartete, bis sie ihn auf der Kantstraße in die Elektrische steigen sah, dann meldete sie das Ferngespräch nach Bremen an. Es dauerte eine Weile, bis sie den richtigen Mitarbeiter an der Strippe hatte.

»Asmussen, Norddeutscher Lloyd. Was kann ich für Sie tun?«

»Rath mein Name. Bin ich da im Personalbüro?«

»Das will ich meinen. Wollen Sie sich bewerben, meine Dame? In diesem Fall möchte ich Ihnen raten, den Postweg einzuschlagen und eine schriftliche Bewerbung einzureichen. Wir melden uns dann bei Ihnen.«

»Nein, es geht um etwas anderes. Ich bin auf der Suche nach einem Steward. Herbert Ehlers. Ist der zufällig noch oder wieder bei Ihnen beschäftigt?«

»Wie war der Name noch gleich?«

»Ehlers. Emil, Heinrich, Ludwig, Emil, Richard, Samuel.«

»Samuel? Sie meinen Siegfried!«

»Ich meine den Buchstaben S. Ehlers mit S am Ende.«

Charly wusste, dass die Nazis sogar die offizielle Buchstabierungstabelle geändert und alle jüdischen Namen gegen arische ausgetauscht hatten, aber sie sah es nicht ein, bei diesem Blödsinn mitzumachen. Sie hatte es in der Schule noch anders gelernt.

»Ehlers, Ehlers«, hörte sie am anderen Ende der Leitung. Und dann lange nichts. Ob Herr Asmussen gerade eine Tasse Tee trank oder nach dem Namen Ehlers blätterte, vermochte sie nicht zu sagen.

»Ehlers, ja, den haben wir«, tönte es plötzlich so laut aus dem Hörer, dass sie erschrak.

»Prima. Könnten Sie mir die Adresse von Herrn Ehlers geben?«

»Warum wollen Sie die denn haben?«

»Eine Privatsache. Das kann ich nicht näher erklären.«

»Wenn das so ist, kann ich Ihnen auch nicht weiterhelfen. Ich kann doch nicht wildfremden Menschen so ohne Weiteres die Adressen unserer Mitarbeiter geben.«

Da hatte er natürlich recht. Charly überlegte.

»Am besten, ich frage ihn selber. Könnten Sie mich vielleicht mit dem Herrn verbinden?«

»Natürlich nicht.«

Das klang weniger entrüstet als verständnislos. Als habe sie gerade die dämlichste Frage der Welt gestellt.

»Und warum nicht, wenn ich fragen darf?«

»Na, unsere Stewards haben doch keine Arbeitsplätze hier in der Verwaltung. Entweder haben sie frei, oder sie sind auf See.«

»Und wo befindet sich Herr Ehlers gerade?«

»Auf der Ostsee. KDF-Vergnügungsfahrt mit der Stuttgart.«

»Ah ja. Können Sie mir denn sagen, wie lange schon? Oder ist das auch ein Geheimnis?«

»Ne, steht ja in jeder Broschüre.« Der Mann blätterte wieder irgendetwas nach. »Seit gut einer Woche«, sagte er dann, »seit Sonntag.«

»Und wann ist Herbert Ehlers wieder zurück?«

»Herbert? Wieso Herbert?«

»Na, von dem reden wir doch. Herbert Ehlers. Steward beim Norddeutschen Lloyd.«

»Ne, Verehrteste. Ich rede von Hinnerk Ehlers, *Ober*steward beim Norddeutschen Lloyd.«

»Aber ein Herbert Ehlers muss auch bei Ihnen gearbeitet haben.«

»Die Akten von *ehemaligen* Mitarbeitern werden aber ganz woanders gelagert, meine Dame!«

»Na, wenn Sie sich so gut auskennen, ist es für Sie doch bestimmt ein Leichtes, auch diese Akte zu ziehen.«

»Muss ich aber nach nebenan gehen.«

»Tun Sie das.«

Wieder dauerte es eine ganze Weile.

»Warum suchen Sie Herrn Ehlers noch gleich?«, war das Erste, was Asmussen fragte, als er sich wieder meldete.

»Ich müsste ihn dringend sprechen. In einer privaten Angelegenheit.«

»Das wird schwerlich möglich sein.«

»Wieso das?«

Dieser renitente Bürohengst! Charly fiel es immer schwerer, ihre Stimme im Zaum zu halten.

»Nun«, antwortete Asmussen, »ganz einfach, weil Herbert Ehlers nicht mehr lebt.«

»Wie?«

»Herbert Ehlers ist verstorben.«

Charly war so schockiert, dass sie nichts sagen konnte. Und zugleich packte sie das schlechte Gewissen. Nach den Ereignissen um Gereon und den Jungen und ihre eigene Ausreise hatte sie Herbert Ehlers, um dessen Freilassung sie sich anfangs noch bemüht hatte, völlig aus den Augen verloren. Das letzte Mal, dass sie an den armen Teufel gedacht hatte, war der Tag, als Greta ihr mitteilte, Rekowski habe in der Sache nichts ausrichten können. Und kurz darauf war ihr Leben aus den Fugen geraten.

»Hallo? Frollein? Sind Sie noch da?«

»Äh, ja«, stammelte sie. »Natürlich.«

Ein schlimmer Verdacht keimte in ihr auf.

»Ist Ehlers«, fragte sie vorsichtig, »etwa in der Schutzhaft gestorben?«

»Am vierzehnten August sechsunddreißig in Sachsenhausen«, las Asmussen ungerührt. »Arbeitsunfall.« Charly hörte ihn blättern. »Wenn ich mir die Akte hier so anschaue, hätte den sowieso keiner mehr eingestellt. Ein Kommunist. Und so einer war ausgerechnet im Olympischen Dorf eingesetzt.«

»Immerhin war *so einer* auch bei Ihnen angestellt.«

»Konnte ja keiner ahnen. Wo sein Onkel sich doch für ihn verbürgt hat. Und der ist in der SA.«

»Sein Onkel?«

»Ja. Hat seinem Neffen ein Empfehlungsschreiben ausgestellt. Liegt hier in der Akte. Unterschrieben von SA-Obertruppführer Hinnerk Ehlers.«

»Moment: Hinnerk Ehlers ist der Onkel von Herbert Ehlers?«

»Sie sind auch nicht gerade von der schnellen Truppe, was?«

»Herr Asmussen, danke für das Gespräch.«

Charly legte auf.

Der Mann hatte recht: Sie war wirklich nicht von der schnellen Truppe. Wie hatte sie nur derart auf dem Schlauch stehen können?

36

Reinhold Gräf saß an dem hochglanzpolierten Nussbaumschreibtisch, den der SD ihm gönnte, und haderte mit seinem Schicksal. Warum war er nur in die SS eingetreten? Klar, er wusste, warum: Weil er diesen Verein für die Speerspitze der nationalsozialistischen Bewegung und des deutschen Volkes gehalten hatte. Und so war es ja auch: Er hatte Kameraden, an deren charakterlicher und politischer Einstellung gab es keine Zweifel. Andererseits aber waren da SS-Offiziere wie Sebastian Tornow, die schlichtweg wie Verbrecher dachten und handelten. Und manchmal auch eine entsprechende Vergangenheit hatten. Seltsamerweise waren genau diese Typen vor allem in den höheren Diensträngen zu finden. Immer häufiger ertappte Gräf sich bei dem Gedanken, dass er sogar an der Integrität und Charakterstärke von Reinhard Heydrich zweifelte, dem Chef des SD und der Staatspolizei, und der war doch eigentlich über jeden Zweifel erhaben.

Er musste an den Zettel denken, den Charly ihm gestern durch den Briefschlitz geschoben hatte. *Ruf mich doch mal an.* Und ihre Telefonnummer. *Hansa 29 78.*

Er war Tornows Auftrag bislang nicht nachgekommen, den Kontakt zur Witwe Rath zu suchen – um ihr auf den Zahn zu fühlen, ob Gereon Rath noch lebte. Was sollte das auch, er wusste ja, dass Gereon Rath noch lebte? Charly war diejenige, die das nicht wusste. Er hatte Angst vor der Begegnung mit ihr. Weil er es nicht ertragen konnte, sie so unglücklich zu sehen, wie sie um ihren vermeintlich toten Mann trauerte. Weil er sich womöglich verraten würde. Er hatte Angst, überhaupt mit ihr zu sprechen. Aber irgendwann würde er sich bei ihr melden müssen, wollte er den letzten Rest an Freundschaft, der ihnen geblieben war, nicht auch noch aufs Spiel setzen.

Das Telefon auf seinem Schreibtisch klingelte und schreckte ihn aus seinen Gedanken.

»Ja?«

Es war Sielaff, sein Adjutant.

»Da ist ein Anruf für Sie, Obersturmführer Gräf. Eine Dame. Soll ich durchstellen?«

»Welche Dame denn?«

Gräf ärgerte sich. Als Obersturmführer beim SD stand ihm ein Adjutant zu, doch aus irgendeinem Grund hatten sie ihm den dämlichsten von allen zugeteilt.

»Eine Frau Rath. Sie sagt, es sei dringend.«

Charly! Wenn man vom Teufel ...

Gräf fluchte leise, aber es half ja nichts.

»Stellen Sie durch, Sielaff.«

Gräf räusperte sich einmal kräftig, er hatte das Gefühl, einen Frosch im Hals vertreiben zu müssen.

»Charly«, sagte er dann, als die Leitung stand, »Schön, dass du anrufst. Wollte mich ohnehin bei dir melden.«

»Dann störe ich dich gerade nicht bei der Arbeit?«

»Du störst mich nie.«

Er musste aufpassen, durfte es mit dem Süßholzraspeln nicht übertreiben. Charly war sehr hellhörig in solchen Dingen.

»Schade, dass du gestern nicht zuhause warst.« Sie machte eine kleine Pause. Schien etwas auf dem Herzen zu haben. Gräf betete, dass sie nicht über ihren Mann reden wollte. Seine Gebete wurden erhört. Besser wurde es dadurch aber auch nicht.

»Ehlers«, sagte sie, und Gräf merkte, wie sich alles in ihm verkrampfte. »Herbert Ehlers. Sagt dir der Name etwas?«

Obwohl er es gerade erst getan hatte, musste er sich noch einmal räuspern. »Ehlers? Ist das nicht der Schutzhäftling, von dem du mir mal erzählt hast? Ob ich da helfen könne?«

»Genau. Gestern wollte ich dich eigentlich fragen, ob du weißt, wann er entlassen worden ist. Nun aber habe ich erfahren, dass er im August gestorben ist. In Sachsenhausen.«

»Oh. Das tut mir leid.«

»Könntest du vielleicht herausfinden, unter welchen Umständen? Ich habe gehört, ein Arbeitsunfall, aber das kann ich nicht glauben.«

»Wenn es so in den Akten steht, dann wird es wohl so gewesen sein.«

»Da bin ich mir nicht so sicher. Ehlers ist am selben Tag gestorben, an dem er Besuch von einem SS-Mann bekommen hat, den wir um Hilfe gebeten hatten, seine Freilassung zu erwirken. Klaus von Rekowski. Sagt dir der Name etwas?«

Gräf schluckte. »Ich kann mal nachhorchen, aber ich glaube nicht, dass ich da mehr herausfinde, als die Aktenlage hergibt.«

»Es würde mir schon helfen, wenn ich einen Blick in die Akte werfen könnte.«

»Das ist unmöglich, Charly, tut mir leid. Aber Akten der Schutzstaffel bleiben in der Schutzstaffel. Die können nicht von Privatpersonen eingesehen werden.«

»Und was, wenn andere Behörden Einsicht verlangen? Die Polizei zum Beispiel?«

»Das ist etwas anderes; es liegt aber im Ermessen der Schutzstaffel, diese Einsicht zu gewähren.«

»Gut. Ich schaue mal, was sich da machen lässt.«

Es war sicherlich nicht so gemeint, aber in seinen Ohren klang das wie eine Drohung. Noch lange nachdem Charly aufgelegt hatte, hielt Reinhold Gräf den schwarzen Hörer in der Hand und schaute aus dem Fenster, ohne wirklich hinauszusehen.

Verdammt! Warum musste Charly an Dingen rühren, an denen sie besser nicht rührte? Zum Glück stand in den Akten nur die offizielle Version: ein Arbeitsunfall. Herbert Ehlers war von einem herabstürzenden Balken getroffen worden und seinen Verletzungen im Krankenlager erlegen.

Dennoch führte kein Weg daran vorbei: Er musste Tornow warnen, dass da etwas im Busch war. Die einzigen SS-Leute, die wussten, was am 14. August wirklich passiert war, waren Gräf selbst, Obersturmbannführer Tornow und Lagerkommandant Koch.

37

Erika Voss hatte sich längst in den Feierabend verabschiedet, Kowalski ebenso und Czerwinski sowieso. Andreas Lange war der Einzige, der in dem kleinen Büro ganz hinten in der Mordinspektion die Stellung hielt. Mal wieder. Vor einigen Jahren, als er noch Kriminalassistent war, hatte Lange gedacht, je höher hinauf man die Karrieretreppe falle, desto weniger müsse man arbeiten. Leider war es genau andersherum. Vielleicht machte er aber auch einfach etwas falsch.

Er hatte versucht, Charlotte Rath zu erreichen, es war an der Zeit, sie wieder zu sprechen, doch hatte er sie weder unter ihrem Privatanschluss noch in ihrem Büro an den Apparat bekommen. Dort hatte Wilhelm Böhm abgenommen, der überrascht zu sein schien, dass seine Mitarbeiterin von der Mordinspektion nachgefragt wurde. Lange hatte nichts preisgegeben, sondern lediglich um Rückruf gebeten. »Noch besser, Frau Rath kommt morgen früh persönlich im Präsidium vorbei, vielleicht so gegen neun.«

Er hatte es möglichst harmlos klingen lassen wollen, nicht dass es sich wie eine Vorladung anhörte, jedoch das Gefühl gehabt, dass sein ehemaliger Vorgesetzter Misstrauen schöpfte.

»In welcher Angelegenheit«, hatte Böhm nachgefragt.

»Oh, Frau Rath wird Bescheid wissen, wenn Sie ihr sagen, dass ich sie sprechen will.«

Das war alles, was Lange gesagt hatte, bevor er sich verabschiedete und auflegte.

Jetzt saß er hier, obwohl es schon fünf Uhr durch war und es eigentlich nichts mehr zu tun gab, außer noch einmal die Akte durchzugehen, die er schon tausendmal durchgegangen war.

Sie hatten eine ganze Menge eingesammelt, Informationen und mögliche Beweismittel, doch es wollte einfach nicht zusammenpassen. Und eine Geschichte erzählte es schon gar nicht, eine Geschichte dessen, was am 23. April in der Kantstraße passiert war.

Lange hatte sich in der täglichen Morgenlage vor Gennat und den anderen fast schon geschämt, keine weiteren Ermittlungsfortschritte vorweisen zu können, sondern lediglich ein Sammelsurium an Spuren und Hinweisen, ein »Kuriositätenkabinett«, wie es Mertens, einer der anwesenden Kollegen, genannt hatte. Außerdem hatte er eingestehen müssen, dass sie Rekowskis Notizbuch verschludert hatten. Czerwinski, wer sonst, hatte das Buch auf seinem Schreibtisch gehabt und es heute morgen nicht mehr finden können. Fast den ganzen Tag hatte der Dicke mit der Suche nach dem verschwundenen Beweismittel verbracht, hatte seine Aktentasche und sämtliche Schubladen seines Schreibtischs ausgeräumt, hatte an den unmöglichsten Stellen nachgeschaut – vergebens.

Lange holte einen Bogen Schreibmaschinenpapier aus der Schublade von Erika Voss und machte Notizen. Manchmal half es ihm, die Dinge einfach aufzuschreiben. Was hatten sie alles? Da war der Blutfleck im Polster der Beifahrerlehne, dessen Blutgruppe mit der von Greta Overbeck übereinstimmte, aber nicht mit der des Toten. Tatrelevant war mit Sicherheit das chloroformdurchtränkte Taschentuch mit dem Symbol des Norddeutschen Lloyd. Dann waren da die Fingerabdrücke von Greta Overbeck, die sie fast überall gefunden hatten. Auf dem Lippenstift im Auto, im Wagen selbst, in Rekowskis Wohnung, sogar in dessen Jagdhaus. Ein ganzes Bündel Briefe, die Rekowski an Fräulein Overbeck geschrieben. Mehrere Treffen mit ihr, die er in seinem Kalender notiert hatte. Es war offensichtlich, dass die Overbeck deutlich intensiveren Kontakt zu Rekowski hatte, als Charlotte es ihnen gegenüber zugegeben hatte. Auch am Abend von Rekowskis Tod waren sie noch zusammen gesehen worden.

Ein einigermaßen sinnvoller Tatablauf ließ sich daraus jedoch nicht rekonstruieren. Natürlich: Rekowski war mit dem Chloroform betäubt und dann den tödlichen Abgasen ausgesetzt worden. Das sprach für eine vorsätzliche, gutgeplante Tat. Das passte wiederum nicht zum möglichen Motiv Greta Overbecks, einem Mord entweder aus Leidenschaft oder aber als Eskalation eines Streites, bei dem zunächst sie, worauf die Blutspuren hindeuteten, verletzt worden war.

Und welche Rolle spielte Charlotte Rath in dieser Sache? Sie verheimlichte ihm etwas, nicht nur das Liebesleben ihrer Freundin. Ihrem Hinweis auf einen Steward des Norddeutschen Lloyd, der sich in dem Jazzschuppen neben der Garage nach Rekowski erkundigt habe, waren sie nachgegangen, und tatsächlich hatten das gleich vier Zeugen bestätigen können. Womöglich ein Steward namens Ehlers, wenn man einem der Zeugen Glauben schenken konnte. Heute hatten sie nach den Angaben des Mannes ein Phantombild anfertigen lassen. Gleichwohl entließ das Greta Overbeck nicht aus dem Kreis der Tatverdächtigen. Denn auch sie, so hatten Kowalskis Recherchen ergeben, hatte das Lokal regelmäßig besucht und hätte theoretisch auf diesen Ehlers treffen, ihm vielleicht sogar das Taschentuch entwenden können, um eine falsche Spur zu legen. Nun mussten sie den Steward erst einmal auftreiben und befragen.

Das einzig Gute an dem Fall: Niemand baute Druck auf. Er hatte kein Presseecho gefunden, und auch aus der politischen Ecke kam nichts. Lange wunderte sich, dass es angesichts der Tatsache, dass es sich bei ihrem Mordopfer um einen SS-Mann handelte, bis auf eine kurze Nachfrage noch keinerlei Einmischung irgendeiner Dienststelle gegeben hatte, weder seitens des SD noch der Gestapo. Nicht einmal die Polizeiverwaltung Charlottenburg, bei der Klaus von Rekowski angestellt war, hatte sich gemeldet.

Die Mordkommission selbst war es, die Rekowskis Arbeitsstätte im Passamt aufgesucht und mit seinem Vorgesetzten – einem Parteigenossen, aber keinem SS-Mitglied – gesprochen hatte. Lange wunderte sich, aber er beschwerte sich nicht.

Immer wieder kam es vor, dass sich Parteiorgane in Mordermittlungen einmischten, weil der Verstorbene irgendeine Funktion innerhalb des allgegenwärtigen Parteibonzenwesens bekleidet hatte. Klaus von Rekowski jedoch schien den Organen, denen er angehört hatte, neben der SS auch dem Nationalsozialistischen Kraftfahrcorps, völlig gleichgültig zu sein. Nun war Rekowski auch ein Beamter der Meldepolizei, und da war eine SS-Mitgliedschaft eher zweitrangig, jedenfalls nicht zwingend nötig. Klaus von Rekowski schien einer jener SS-Männer zu sein, denen die schwarze Uniform nur deshalb erstrebenswert schien, um sich in ihrer Welt mehr Respekt zu verschaffen, ganz gleich ob im Beruf oder im Privatleben. Uniformen spielten in Deutschland eben wieder eine Rolle, letztlich eine größere, als sie unter dem Kaiser je gespielt hatten.

Richtig schlau waren sie bis heute aus dem Mann nicht geworden. Ein harmloser Schreibtischhengst, der sich mit der SS-Uniform schmückt. Ein SS-Mann, der die von seiner Partei verpönte Negermusik hört. Ein Automobilist, der eine Jagdhütte besitzt. Ein Junggeselle, der Lebensmittel bestellt, die mehrere Großfamilien für Monate versorgt hätten. Lebensmittel, vor allem Konserven, deren Erhalt Rekowski zwar quittiert hatte, deren Verbleib aber nach wie vor ungeklärt war.

Egal welchen Zipfel er ergriff, um sich in diesen Mordfall hineinzudenken, irgendwann geriet Andreas Lange an einen Punkt, an dem es nicht mehr weiterging. Und dann hatte Czerwinski auch noch ein wichtiges Beweisstück verschludert. Zum Glück hatten sie die wesentlichen Informationen aus dem Büchlein schon protokolliert, dennoch ärgerte sich Lange über diese Schlamperei, vor allem über die damit verbundene Blamage vor Gennat und den Kollegen. Czerwinski machte einem, bei aller Liebe, regelmäßig mehr Arbeit, als dass er einem nutzte. Aber was sollte man machen? Man konnte sich seine Mitarbeiter nicht backen.

Das Telefon klingelte und riss ihn aus seinen Gedanken. Es war die Pforte.

»Ah, Sie sind doch noch im Büro, Kommissar Lange. Prima. Hier ist eine Dame für Sie. Sie sagt, es sei eilig. Soll ich sie hochschicken?«

»Welche Dame?«

»Rath. Charlotte Rath.«

Lange wunderte sich. Sie kam sogar persönlich vorbei. Heute schon.

»Ja«, sagte er. »Schicken Sie.«

Er fühlte sich überrumpelt, er hatte sich für ein Gespräch mit ihr noch nicht präpariert. Außerdem hatte Gennat darum gebeten, bei Charlottes nächster Befragung dabei zu sein. Lange rief im Büro des Oberregierungsrats an. Trudchen Steiner schien schon im Feierabend zu sein, aber der Buddha ging persönlich ans Telefon.

Als Charlotte wenige Minuten später an die Tür klopfte, war Lange immer noch allein. Gennat wollte erst später hinzukommen, wie zufällig in Langes Büro platzen, um die Witwe Rath nicht von Anfang an misstrauisch zu machen. Langes Aufgabe bestand darin, sie mit belanglosem Gerede bei der Stange zu halten und in Sicherheit zu wiegen, bevor der Buddha dazustieß und es in medias res gehen sollte. Vor diesem belanglosen Gerede fürchtete Andreas Lange sich mehr als vor jeder knallharten Vernehmung.

»Charly, schön, Sie zu sehen«, begrüßte er die ehemalige Kollegin. Ein wenig zu überschwänglich, dachte er im selben Moment, und fiel in einen anderen Tonfall. Freundlich, aber sachlich. »Ich hatte ehrlicherweise erst morgen früh mit Ihnen gerechnet. Hat Böhm Ihnen nicht gesagt, dass …«

»Ich muss mit Ihnen reden, Andreas«, unterbrach sie ihn. »Ich weiß jetzt, wer Klaus von Rekowski auf dem Gewissen hat. Und warum.«

38

Kommissar Lange saß hinter seinem Schreibtisch und stierte sie an, als sei sie eine Marienerscheinung oder so etwas, mindestens aber das achte Weltwunder.

»Wie bitte?«, fragte er.

»Ich glaube, ich weiß, wer Rekowski ermordet hat«, wiederholte Charly. »Hinnerk Ehlers, ein Steward des Norddeutschen Lloyd.«

Lange schaute seltsamerweise kurz auf seine Armbanduhr, dann fischte er ein Blatt Papier vom Schreibtisch. Das zeigte eine Zeichnung, auf der ein vielleicht fünfzigjähriger Mann mit schütterem Haar zu sehen war.

»Der hier?«, fragte der Kommissar.

»Ich weiß nicht, wie er aussieht. Aber das lässt sich ja bewerkstelligen. Lassen Sie sich die Personalakte vom Norddeutschen Lloyd kommen, ich habe mit denen bislang nur telefoniert. Jedenfalls hat Ehlers ein Motiv.«

»Ach ja?«

Lange hörte interessiert zu, allerdings schaute er sie an, als traue er ihr nicht ganz. Wieder huschte sein Blick zur Uhr. Charly ließ sich nicht irritieren.

»Hinnerk Ehlers hat – oder besser: hatte – einen Neffen, der im Sommer sechsunddreißig in Schutzhaft genommen wurde. Unschuldig. Ich wollte dem Mann helfen und habe darum Greta gebeten, sie möge ihren Liebhaber …«

»Klaus von Rekowski.«

»Richtig. Sie sollte Rekowski fragen, ob er in Sachen Ehlers etwas tun könne, so als SS-Mann.«

»Und? Konnte er?«

»Wie man's nimmt. Rekowski war am vierzehnten August in Sachsenhausen. Und am selben Tag ist Herbert Ehlers gestorben.«

»Was unterstellen Sie denn da? Einen Mord?«

»Ich weiß es nicht. Jedenfalls muss Rekowskis Besuch ursächlich mit dem Tod von Herbert Ehlers zu tun haben. Das kann doch kein Zufall sein. Offiziell ist Ehlers bei einem Unfall auf der

Baustelle ums Leben gekommen, aber das glaube ich nicht. Sie sollten bei der SS einmal nachfragen.«

Man sah nachgerade, wie Lange erschrak. »Ich kann doch bei der SS nicht nachfragen, ob die jemanden ermordet haben. Wie denken Sie sich das denn?«

»Jedenfalls bin ich mir sicher, dass Ehlers' Todesumstände im Lager ein offenes Geheimnis sind. Und irgendein entlassener Häftling muss Hinnerk Ehlers vor wenigen Wochen aufgesucht und ihm die Wahrheit erzählt haben.«

»Und der hat sich dann für den Tod seines Neffen gerächt?«

»Genau. Rache. Ein klassisches Mordmotiv.«

»Charly, das hört sich alles nach einer ziemlich gewagten These an«, meinte Lange.

»Aber Ehlers war im Groschenkeller. Direkt neben dem Tatort. Und ich möchte wetten, dass es sein Taschentuch ist, das Sie im Auto gefunden haben. Sie sollten ihn also wenigstens befragen, meinen Sie nicht? Dann wird sich schon herausstellen, wie gewagt meine These ist. Oder ob sie nicht ganz einfach der Wahrheit entspricht.«

Lange nickte nachdenklich.

»Wenn es stimmt, dass Klaus von Rekowski den Tod seines Neffen verursacht hat, dann ist dieser Ehlers natürlich dringend tatverdächtig.« Er schaute sie an. »Woher wissen Sie eigentlich, dass Rekowski an jenem Tag in Sachsenhausen war?«

Scheiße! Charly ließ sich ihr Erschrecken nicht anmerken.

»Von Greta. Von wem sonst? Die hat mir das erzählt. Dass er da war. Und nichts habe ausrichten können.«

»Und dann können Sie sich noch so genau an das Datum erinnern?«

»Natürlich. Es war ...« Sie stockte. »Es war der Tag, an dem mir die Nachricht vom Tode meines Mannes überbracht wurde.«

Fast tat ihr Andreas Lange leid, wie er jetzt betreten auf seine Schuhspitzen schaute.

»Oh, Entschuldigung. Ich wollte nicht ... Entschuldigen Sie ...«

Ein energisches Klopfen an der Tür unterbrach die peinliche Stille. Ohne ein Herein abzuwarten, wurde die Tür geöffnet, und Ernst Gennat trat ein. Charly erhob sich, um dem Chef der Kriminalgruppe M die Hand zu schütteln.

»Charly, welch angenehme Überraschung«, sagte Gennat. »Entschuldigen Sie die Störung, Kommissar«, meinte er zu Lange, »ich wusste nicht, dass Sie mitten in einem Gespräch ...«

»Aber Sie stören doch nicht, Herr Oberregierungsrat, Sie kommen im richtigen Moment. Der Parkgaragenmord. Frau Rath glaubt, ihn aufgeklärt zu haben.«

Das klang durchaus spöttisch, und Charly ärgerte sich über Langes Ignoranz. Als ob nur die Kriminalpolizei imstande sei, Mordfälle zu lösen. Der Kommissar stand auf und bot seinem Chef einen Stuhl an, den er kurzerhand von Czerwinskis Schreibtisch wegnahm.

Da saßen sie nun also zu dritt in dem kleinen Büro. Es war ungewöhnlich, mit Ernst Gennat in einem Raum zu sitzen, ohne dass Kaffee und Kuchen auf dem Tisch standen.

Charly wiederholte ihre Theorie, und Gennat hörte aufmerksam zu. Aufmerksamer als Lange, so hatte sie den Eindruck.

»Hm, Charly«, sagte er, nachdem sie geendet hatte, »das hört sich recht plausibel an, was Sie da vortragen.«

»Nicht wahr!« Charly freute sich über den Zuspruch. Obwohl sie seit Jahren nicht mehr in der Burg arbeitete, war ein Lob aus dem Munde von Ernst Gennat immer noch etwas, das Hochgefühle in ihr auslöste.

»Aber Ihnen ist doch klar, dass Sie mit diesem Hinweis früher zu uns hätten kommen müssen. Statt Ihre Erkenntnisse mit uns zu teilen, haben Sie einfach parallel zur Kriminalpolizei Ihre eigenen Untersuchungen angestellt!«

Charly schluckte. Sie hatte mit allem gerechnet, als sie das Polizeipräsidium betreten hatte, mit einem Rüffel von Lange sowieso, und sie hätte es mit Würde ertragen; eine Strafpredigt von Ernst Gennat aber, damit hatte sie nicht gerechnet, und sie merkte, wie sehr sie die Worte des Buddhas trafen.

»Wenn ich mir das Vernehmungsprotokoll anschaue«, fuhr Gennat fort, »haben Sie sich nicht gerade kooperativ verhalten. Vor allem, was die Angaben zum Verhältnis Ihrer verschwundenen Freundin zum Mordopfer angeht. Ende September, Anfang Oktober, so sagten sie, hätten die beiden das letzte Mal Kontakt gehabt. Wie es aussieht, haben sie sich aber danach noch mindestens vierzehnmal getroffen, das letzte Mal am Abend seines Todes.«

Charly sagte nichts. Gennat zeigte sich erstaunlich gut informiert, er schien sich intensiver mit dem Fall befasst zu haben. Sie fragte sich, ob sich Gereon auch so gefühlt hatte, wenn er nach einer seiner Extratouren die Strafpredigt des Buddhas über sich ergehen lassen musste. Wenn, dann war es ihr umso unverständlicher, dass er sich immer wieder dazu hatte hinreißen lassen. Es fühlte sich schrecklich an.

»Dann haben Sie ausgesagt«, fuhr Gennat fort, »Herrn von Rekowski nur flüchtig zu kennen, ihn nur drei- bis viermal gesehen zu haben. Aber allein im Oktober und November hat Rekowski Sie ausweislich der Aussage Ihrer Nachbarin siebenmal besucht. Dann noch einmal Ende Januar.«

Frau Brettschneider. Natürlich hatten sie die auch befragt, die alte Denunziantin. Charly musste sich keine Mühe geben, zerknirscht zu wirken, sie fühlte sich tatsächlich so.

»Es tut mir leid«, sagte sie. »Ich war mir sicher, dass Greta die Beziehung beendet hat. Und dass Rekowski das nicht einsehen wollte.«

»Das hätten Sie dem Kollegen Lange doch erzählen können.«

»Sie haben ja recht. Aber Sie hätten das womöglich als Mordmotiv gesehen, und Greta stand ja ohnehin schon unter Mordverdacht. Ich wollte sie schützen.«

»Wenn man es ganz streng gegen Sie wendet, könnte man sagen, Sie haben Mordermittlungen behindert, Charly.«

»Aber ich habe doch nichts behindert. Ich habe im Gegenteil selbst ermittelt. Der Spur zum Norddeutschen Lloyd sind Sie doch viel zu wenig nachgegangen ...«

»Nun werden Sie mal nicht unverschämt, Charly! Ich habe die Ermittlungen von Anfang an begleitet, der Kollege Lange hat sich nichts vorzuwerfen. Sie sind diejenige, die falsch gehandelt hat, wenigstens das sollten Sie einsehen.«

»Entschuldigung, Herr Oberregierungsrat, aber das tue ich ja!«

»Na, wollen wir hoffen, dass dem auch so ist.« Gennat hatte seine Stimme wieder gesenkt. »Sollte sich Ihre Vermutung als richtig herausstellen, wollen wir so streng nicht sein. Gleichwohl wäre die korrekte Vorgehensweise gewesen, den Kollegen Lange und die Mordkommission unverzüglich über Ihre Erkenntnisse zu informieren.«

»Entschuldigung, Oberregierungsrat, aber mir ist es ja auch erst heute, eigentlich gerade eben erst, nach einem Telefonat mit dem Norddeutschen Lloyd, klargeworden.«

»Nach einem Telefonat, das eigentlich die Mordkommission hätte führen müssen.«

»Jawohl.«

Gennat räusperte sich. »Nun gut, dann werden wir diesen Ehlers mal befragen. Wo finden wir den Mann denn? In Bremen?«

»Zurzeit ist er auf See. Zum Glück nur auf der Ostsee. Morgen mittag wird er mit der Stuttgart in Stettin anlegen. Da könnte die Mordkommission ihn am Kai empfangen.«

Gennat runzelte die Stirn. »Danke für die Vorarbeit, Charly. Vielleicht sollten Sie doch wieder bei uns anfangen, wenn Sie so gern unsere Arbeit machen.«

Natürlich meinte er das nicht ernst. Charly spürte dennoch oder gerade deswegen einen Stich.

»Da ist noch etwas«, sagte sie. »Greta Overbeck. Wenn sie den Mord nicht begangen hat und nicht auf der Flucht ist, dann muss es einen anderen Grund für ihr Verschwinden geben.«

Es fiel ihr nicht leicht, darüber zu reden, weil das zugleich hieß, sich einzugestehen, dass etwas Schlimmes passiert sein konnte.

Es war schon seltsam, wie schleichend so etwas vor sich ging. Dass jemand vermisst wird. Sie hatte sich das immer wie einen Paukenschlag vorgestellt oder eher wie den Schlag mit einem riesigen Hammer, der einem das Leben auseinandersplittern lässt. Aber es war ganz anders. Zuerst wundert man sich nur ein bisschen, dass jemand nicht nach Hause kommt. Dann findet man ein paar Erklärungen dafür. Noch ein Tag vergeht und noch ein Tag, und man findet weitere Erklärungen. Bis man sich irgendwann eingesteht: Da stimmt was nicht.

»Ich glaube, sie waren zusammen in Rekowskis Jagdhütte. Ich weiß nicht, was da passiert ist, womöglich etwas Übles, womöglich hat er sie in einem Anfall von Eifersucht erwürgt, und ihre Leiche ist irgendwo da draußen begraben. Ich denke, man sollte mit einer Hundestaffel nochmal da rausfahren.«

Charly merkte, dass sie wieder zu weit vorgeprescht war, und Lange wollte schon irgendetwas erwidern, doch Gennat gebot ihm mit einem Blick zu schweigen.

»Sie haben recht, Charly«, sagte der Buddha, »wir sollten das Verschwinden Ihrer Freundin fortan als Vermisstenfall behandeln.«

Lange meldete sich jetzt doch zu Wort. »Mit Verlaub, Oberregierungsrat, das haben wir ohnehin schon getan. Wir haben alle Krankenhäuser und – verzeihen Sie, Charly – Leichenhallen in und um Berlin abgeklappert, da ist niemand eingeliefert worden, auf den die Beschreibung von Fräulein Overbeck passt.«

»Na, wenigstens das«, meinte Gennat. »Die Sache mit der Hundestaffel ist gleichwohl keine schlechte Idee.«

»Natürlich.«

Gennat stand auf. »Gut. Dann wären diese Dinge ja geklärt.«

»Danke, Herr Oberregierungsrat«, sagte Charly.

»Nicht, dass wir uns falsch verstehen: Ich kann nachvollziehen, dass Sie das Verschwinden Ihrer Freundin mitnimmt, Charly. Und dass ein enger Freund plötzlich unter Mordverdacht steht, muss man auch erst einmal verkraften. Deswegen wollen wir ein Auge zudrücken. Gleichwohl hätte ich von Ihnen, gerade als ehemaliger Mitarbeiterin, ein anderes Verhalten erwartet.«

»Jawohl, Herr Oberregierungsrat.«

Charly schluckte den Vorwurf hinunter. Hauptsache, die Mordkommission ermittelte endlich in die richtige Richtung und behandelte das Verschwinden von Greta nicht mehr als Flucht einer mutmaßlichen Mörderin, sondern als das, was es war: das Verschwinden eines Menschen, um den man sich Sorgen machen musste.

Nachdem Gennat sich verabschiedet hatte, stand zunächst ein längeres Schweigen im Raum.

»Ich denke, Sie sind es, bei dem ich mich in erster Linie entschuldigen muss, Andreas«, sagte Charly schließlich. »Es tut mir wirklich leid; ich dachte, ich muss Ihnen handfeste Beweise liefern, damit Sie endlich von Greta ablassen.«

»Schon gut, Charly, Schwamm drüber. Aber sollten Sie noch einmal in eine ähnliche Situation geraten, würde ich mich freuen, wenn Sie mir mehr Vertrauen entgegenbringen.«

Charly nickte. Die Mordkommission war auf die richtige Spur gesetzt, nun musste sie nur noch Rekowskis braunes Buch loswerden, das schwer wie ein Mühlstein in der Außentasche ihres

Sommermantels lag. Sie hatte es in einem unbeobachteten Moment auf Czerwinskis Schreibtisch legen wollen, der nicht aufgeräumter wirkte als Freitagnacht. Wenn sie das Buch unter dieses Chaos aus Butterbrotpapier und Aktenblättern schob, würde das gar nicht auffallen. Dummerweise jedoch hatte es keinen unbeobachteten Moment gegeben, und das Buch drückte immer noch in ihrer Tasche.

»Ich muss dann mal los«, sagte sie und stand auf. »Geben Sie mir Bescheid, wenn Sie zur Hütte rausfahren?«

»Nun, das wird morgen früh passieren, denke ich, wenn die Staffel dann verfügbar ist. Aber ich werde nicht dabei sein, ich fahre nach Stettin, um Hinnerk Ehlers zu befragen. Und hoffe sehr, dass Ihre Spürnase Sie nicht trügt.«

Auch da wäre Charly am liebsten dabei gewesen, aber das ging natürlich nicht, als Zivilistin einer polizeilichen Vernehmung beizuwohnen.

Sie verabschiedete sich und ging zur Zwischentür. Im Vorzimmer steckte sie beiläufig ihre Hände in die Manteltaschen, ihre Rechte ergriff das Buch. Als sie den Schreibtisch von Erika Voss passierte, ließ sie es mit einer beiläufigen Bewegung in den Papierkorb fallen. Außer einem leisen Rascheln war nichts zu hören. Schnell ging sie weiter zur Tür und öffnete sie, war schon auf dem Gang und wollte die Tür wieder schließen.

»Charly?«

Die Stimme von Andreas Lange ließ sie erstarren.

Sie blieb stehen und drehte sich um.

»Charly, Sie haben da was verloren.«

Er stand neben dem Papierkorb der Voss und hielt das braune Buch in der Hand.

Charly konnte nichts dagegen tun, sie lief rot an. Selten in ihrem Leben hatte sie sich so geschämt wie in diesem Moment. Nein, sie war kein zweiter Gereon Rath, dem wäre das nicht passiert. Sie war kein zweiter Gereon Rath, und vielleicht war das auch besser so.

Sie kehrte zurück in das Vorzimmer und schloss die Tür zum Gang. Sie wusste nicht, was sie sagen sollte, und deshalb sagte sie lieber gar nichts.

»Ich weiß nicht, wie Sie an das Buch gekommen sind, und ich

will es auch gar nicht wissen. Der arme Czerwinski hat Blut und Wasser geschwitzt, weil er glaubte, ein Beweismittel verbummelt zu haben. Stattdessen wurde er von Ihnen bestohlen.«

»Es tut mir leid«, sagte Charly. »Sagen Sie das bitte auch Czerwinski.«

»Den Teufel werde ich tun! Das bleibt unter uns.«

»Was sollte ich machen? Ich hatte doch sonst keinen Zugang zu all diesen Spuren.«

»Weil Sie nicht mehr bei der Polizei sind. Da ist das eben so. Ich nehme an, das zerstörte Polizeisiegel an der Wohnung Rekowski geht ebenfalls auf Ihr Konto.«

»Und das an der Jagdhütte auch.«

»Haben wir noch gar nicht bemerkt. Aber das wundert mich nun auch nicht mehr, dass Sie dort ebenfalls herumgeschnüffelt haben.« Lange seufzte. »Charly, Charly, Sie können froh sein, dass Gennat davon nichts weiß. So gnädig er sich gerade gezeigt haben mag, solche Ungeheuerlichkeiten hätte er nicht tolerieren können.«

»Ich hoffe *Sie* können es, Andreas. Verstehen Sie nicht? Ich mache mir Sorgen um meine Freundin, und bei Ihnen steht sie unter Mordverdacht. Sie waren so … so misstrauisch. Schon bei unserem ersten Gespräch hatte ich das Gefühl, mir bliebe keine andere Wahl, als selbst zu ermitteln.«

»Man hat immer eine andere Wahl. Charly, ich weiß nicht, ob ich Ihnen das schon mal gesagt habe, wahrscheinlich nicht, aber ich schätze Sie sehr, ich habe Sie schon als Kollegin sehr geschätzt und Ihre Kündigung nicht weniger bedauert als Oberregierungsrat Gennat. Aber ein solches Verhalten kann ich nicht tolerieren. Für dieses Mal verbuche ich das auf ihrem aktuellen Sündenregister. Und die Sache mit Czerwinski …« Er wedelte mit Rekowskis Notizbuch. »… die werde ich auch klären, ohne Sie an den Pranger zu stellen. Aber machen Sie so etwas nie wieder mit mir! Wenn Sie noch einmal glauben, Gründe zu haben, die Polizei nicht offiziell an Ihren Gedanken und Ihrem Wissen teilhaben zu lassen, kommen Sie bitte zu mir.«

Charly nickte. Ob sie ihm wirklich trauen konnte, das wusste sie nicht. Aber sie hoffte, nie in die Lage zu geraten, dies auf die Probe stellen zu müssen.

39

In aller Frühe war er aufgestanden, um rechtzeitig am Ziel zu sein. Es war das erste Mal, dass Andreas Lange vom Stettiner Bahnhof aus tatsächlich nach Stettin fuhr, bislang war er von Berlins nördlichem Kopfbahnhof immer nur zum Ostseeurlaub nach Binz aufgebrochen.

Um elf Uhr sollte der Passagierdampfer *Stuttgart* in Stettin anlegen, und Lange wollte zugegen sein, wenn Hinnerk Ehlers in Gewahrsam genommen wurde. Für einen Haftbefehl hatten sie zu wenig in der Hand, doch für eine Befragung reichte es allemal. Die Stettiner Kollegen waren informiert, man hatte ihm zwei Schutzpolizisten versprochen für den Fall, dass Ehlers Schwierigkeiten machen sollte.

Lange wusste immer noch nicht, ob er sich über Charlotte Rath ärgern sollte wegen ihrer Eigenmächtigkeit oder ob er ihr dankbar sein sollte, weil Charly sie überhaupt erst auf diesen Ehlers gebracht hatte. Tatsächlich der erste Tatverdächtige, der wahrscheinlich auch ein Motiv hatte. Wobei dieses Motiv, sollte es sich als wahr herausstellen, eines war, an dem man sich nur die Finger verbrennen konnte. Mord im Schutzhaftlager? So etwas durfte es nicht geben, und deswegen gab es so etwas nicht. Selbst wenn Klaus von Rekowski, der doch mit Konzentrationslagern gar nichts zu tun hatte, tatsächlich für den Tod von Herbert Ehlers verantwortlich sein sollte, würde dies keine der offiziellen Stellen zugeben, weder in Sachsenhausen noch im Prinz-Albrecht-Palais.

Mal schauen, was der Mann erzählte. Wenn er denn etwas erzählte. Es war wichtig, sein Vertrauen zu gewinnen, ihm klarzumachen, dass die Kriminalpolizei mit der SS nichts zu tun hatte. Wobei das ja leider nicht mehr stimmte. Aber Ehlers wenigstens klarzumachen, dass er, Kriminalkommissar Andreas Lange, mit der SS nichts zu tun hatte und dass er nach wie vor die altmodische Auffassung vertrat, vor dem Gesetz seien alle gleich.

Die Stettiner Kollegen holten ihn schon am Bahnsteig ab. Nicht nur zwei Schupos, wie angekündigt, sondern auch ein Kriminalbeamter. Ohne dass Lange sich vorstellen musste, hatten sie ihn gleich als einen der ihren ausgemacht und ihn abgefangen. Waren Polizisten tatsächlich so gut zu erkennen? Angeblich war das ja so; viele Ganoven behaupteten jedenfalls, einen Bullen schon zwanzig Meilen gegen den Wind zu riechen.

»Kriminalkommissar Lange?«, fragte der Zivilbeamte, und Lange nickte. Worauf der Mann ein strammes »Heil Hitler!« hören ließ und sich als Kriminalsekretär Kröger vorstellte, der die Ehre habe, den Kommissar aus Berlin zum Kai zu begleiten. »Die Stuttgart fährt schon in den Hafen ein, in einer halben Stunde spätestens wird sie anlegen.«

Kriminalsekretär Kröger war motorisiert. Ein schwarzer Audi wartete vor dem Empfangsgebäude des Hauptbahnhofs an der Uferstraße. Einer der Schupos setzte sich ans Steuer, der andere auf den Beifahrersitz, die beiden Kriminalbeamten nahmen hinten Platz. Lange fühlte sich ein wenig überbetreut, ihm war es lieber, er selber konnte die Dinge in die Hand nehmen. Aber die Stettiner Kollegen meinten es ja gut, also machte er gute Miene zum bösen Spiel. Immerhin würden sie so pünktlich am Kai sein.

Sie fuhren direkt am Oderufer entlang und brauchten keine zehn Minuten, bis sie ihr Ziel erreicht hatten und unterhalb einer eindrucksvollen Terrasse parkten, die sich über dem Flussufer erhob. Das Schiff näherte sich bereits, die *Stuttgart* wurde von zwei Schleppern die Oder hinaufgezogen. Der weiß in der Sonne strahlende Dampfer wirkte zwischen all den Frachtkähnen und Fischkuttern, die er um ein Vielfaches überragte, wie ein Schwan, der sich versehentlich in einen Ententümpel verirrt hatte.

Die Schupos stiegen aus, die beiden Uniformierten öffneten den Kriminalbeamten sogar die Wagentüren, beinahe synchron, als hätten sie das vorher geübt. Lange reckte sich und schaute zum Fluss hinunter. Die *Stuttgart* war kleiner, als er es erwartet hatte; durchaus ein beachtliches Passagierschiff, aber kein Ozeanriese, deutlich kleiner als die *Europa*, die er vor Jahren einmal bei einer Hafenrundfahrt in Hamburg gesehen hatte. Fast alle Passagiere schienen an Deck zu sein, einige winkten mit Hakenkreuzfähnchen. Wahrscheinlich von der KDF-Reiseleitung verteilt.

Auf dem Kai wartete eine beachtliche Menschenmenge. Das Anlegen eines größeren Schiffes schien auch für die Stettiner ein besonderes Spektakel zu sein.

»Habe ich das richtig verstanden?«, fragte Kröger. »Der Mann, den wir festnehmen, ist ein Mordverdächtiger?«

»Er ist Zeuge in einem Mordfall. Und wir nehmen ihn auch nicht fest, wir befragen ihn lediglich.«

»Aber Sie haben schon Angst, er könnte ausbüxen, oder?«

»Man weiß ja nie, wie die Leute reagieren. Er darf uns jedenfalls nicht durch die Lappen gehen, von daher bin ich dankbar für jeden Beistand. Ich möchte die beiden uniformierten Kollegen allerdings bitten, sich zurückzuhalten und nur dann einzuschreiten, wenn es nötig ist. Wir wollen Herrn Ehlers hier vor aller Welt nicht unnötig brüskieren.«

Kröger nickte. Der Stettiner Kollege vertrieb sich die Wartezeit mit Rauchen, Lange lehnte die ihm angebotenen Zigaretten dankend ab.

»Hab's mir gerade abgewöhnt.«

Er zeigte das Phantombild herum. »So sieht unser Mann aus.«

»Ein Foto wäre besser.«

»Wir werden ihn schon identifizieren.«

Und dann hatte der Dampfer endlich festgemacht, die Gangways wurden angelegt. Die Kriminalbeamten gingen zum nächstbesten und zeigten dem Offizier, der den Landgang der Passagiere überwachte, ihre Dienstmarken; die uniformierten Polizisten hielten sich im Hintergrund.

»Obersteward Ehlers, wo finden wir den?«, fragte Lange.

»Was ist denn los? Hat er was ausgefressen?«

»Nur eine Zeugenbefragung.«

Der Offizier zeigte auf eine Luke in der Bordwand, aus der eine deutlich unscheinbarere Zugangsbrücke auf den Kai gelegt wurde.

»Dort drüben wird neuer Proviant geladen, da müsste Ehlers zu finden sein.«

Sie gingen hinüber. Ein Lastwagen parkte am Kai, aus dem kistenweise Gemüsekonserven geladen wurden. Direkt am Führerhaus des Lkw stand ein ganz in Weiß gekleideter Steward, der sich mit dem Fahrer über die Lieferlisten gebeugt hatte.

Die Phantomzeichnung war wirklich gut getroffen, dachte Lange. Da stand unverkennbar der Mann, den der Zeuge im *Groschenkeller* gesehen hatte.

»Herr Ehlers?«, fragte Lange, als er nahe genug heran war, und der Steward schaute ihn an. »Herr Ehlers, entschuldigen Sie die Störung. Lange, Kriminalpolizei Berlin, wir hätten da …«

Lange hatte den Satz nicht zu Ende gesprochen, da schubste Ehlers den überraschten Lastwagenfahrer beiseite, so dass der zu Boden stürzte, und rannte los, in einem Affenzahn den Kai entlang. Lange wollte hinterher, doch er stolperte über den Lkw-Fahrer. Als er sich wieder aufgerappelt hatte, erkannte er, dass weder er noch Kriminalsekretär Kröger sich weiter bemühen mussten: Hinnerk Ehlers, der nur auf seine Verfolger geachtet hatte, war den beiden Schupos genau in die Arme gelaufen. Einer hielt den Flüchtigen mittels Polizeigriff am Boden fest, der andere legte ihm Handfesseln an. Alles vorschriftsmäßig, wie aus dem Lehrbuch der Polizeischule.

Lange klopfte sich den Staub aus dem Anzug. Die Passanten tuschelten miteinander und zeigten auf den Steward, der mit seiner schnieken Uniform im Dreck des Hafens lag.

Hinnerk Ehlers hätte das alles etwas diskreter haben können, aber aus irgendeinem Grund schien er Flucht für die richtige Reaktion gehalten zu haben. Jetzt wohl nicht mehr. Er machte ein reichlich verdattertes Gesicht, als die beiden Schupos ihm aufhalfen und in ihre Mitte nahmen.

Wenig später saßen sie im Polizeiauto. Es war etwas eng auf der Rückbank. Ehlers saß zwischen Lange und Kröger, schwieg still vor sich hin und vermied es, auch nur einem von ihnen in die Augen zu schauen.

Sie fuhren die Terrasse hoch, die majestätisch über dem Oderufer thronte und auf der sich einige repräsentative Bauwerke aneinanderreihten. Dann ging es noch einmal um die Ecke, und kurz darauf parkten sie vor dem Stettiner Polizeipräsidium, einem stattlichen preußischen Backsteinbau, der mit einigen Giebelhaus-Reminiszenzen auf norddeutsch-pommersch getrimmt war.

Hinnerk Ehlers ließ sich von den beiden Schupos widerstandslos in das Gebäude führen. Wenig später fand Lange sich in einem fensterlosen Vernehmungsraum wieder. Kriminalsekretär Kröger leistete ihm ungebeten Gesellschaft. Lange fragte sich, wie er den Mann am elegantesten wieder loswerden könnte, um Vertrauen zu dem Mordverdächtigen aufbauen zu können, denn das war das Entscheidende.

»Kollege Kröger«, sagte er, »holen Sie doch ein Glas Wasser für Herrn Ehlers hier, der Mann hat bestimmt Durst.«

Kröger sah nicht so aus, als mache er das gerne, aber er nickte und stand auf.

»Sie sind Hinnerk Ehlers«, begann Lange, als die Tür wieder geschlossen war. »Der Onkel von Herbert Ehlers, ist das richtig?«

»Das ist ja wohl kein Verbrechen.«

»Nein. Herr Ehlers, ich weiß vom tragischen Tod Ihres Neffen im Schutzhaftlager. Mein Beileid.«

Ehlers schwieg.

»Sie waren kürzlich in Berlin, ist das richtig? Am einundzwanzigsten April.«

Mist, das war die falsche Frage. Lange konnte förmlich sehen, wie Hinnerk Ehlers dichtmachte.

»Wenn Se mich hier verhören wollen, nehmen Se sich besser was anderes vor.«

»Wir haben nur ein paar Fragen.«

»Sparen Se sich die Mühe. Ohne meinen Anwalt sag ich keinen Ton mehr.«

Na prima!

»Sollen wir Ihnen einen Anwalt besorgen, Herr Ehlers? Dann können Sie das Gespräch mit Rechtsbeistand fortführen.«

»Ich will nicht *einen* Anwalt, ich will *meinen* Anwalt! Wer weiß, was für einen Wald-und-Wiesen-Advokaten Sie sonst anrufen.«

Wie sich herausstellte, hatte Hinnerk Ehlers tatsächlich einen persönlichen Rechtsanwalt, Waldemar Heidenreich, einen SA-Kameraden aus Bremen-Walle. Der sagte zu, sich sofort auf den Weg zu machen. Bis Heidenreich allerdings in Stettin eingetroffen wäre, das würde dauern.

Hinnerk Ehlers wurde in den Polizeigewahrsam verbracht, Lange und Kröger machten sich auf den Weg in die Kantine.

»Ich muss gestehen, ich hatte eine unkompliziertere Befragung erwartet«, sagte Lange, als sie an der Essensausgabe standen. Es gab Birnen, Bohnen und Speck und zum Nachtisch Rote Grütze.

»Vielleicht ist es ja Ihr Tatverdächtiger«, meinte Kröger.

»Jedenfalls hat er sich so verhalten. Andererseits hilft es nichts, ich muss ihn behutsam anpacken, ich brauche sein Geständnis, wir haben nicht viel in der Hand.«

»Ein Geständnis? Das sollte kein Problem sein. Aber behutsam anpacken ist dann wohl die falsche Vorgehensweise.«

Lange schwieg. Mit dem Kollegen Kröger würde er nicht mehr warm werden. Er war froh, dass er den höheren Dienstrang hatte und Kröger, wenn es denn sein musste, zum Teufel schicken konnte.

»Wie lange braucht man denn von Bremen bis Stettin?«, fragte er den Kriminalsekretär, als sie mit ihren Essenstabletts Platz genommen hatten.

Kröger zuckte die Achseln.

»Wenn er den Nachtzug in Hamburg noch bekommt, dann ist er morgen früh hier. Ansonsten können Sie sich womöglich auf zwei Übernachtungen einstellen, Kommissar Lange.«

»Übernachtungen?«

»Ja, wollten Sie denn wieder nach Berlin zurück? Dann müssten Sie sich ja morgen in aller Herrgottsfrühe gleich wieder in den Zug nach Stettin setzen. Nein, nein, am besten, Sie nehmen sich ein Zimmer. Könnte Ihnen da eine hübsche kleine Pension in der Grabower Straße empfehlen. Nicht weit von hier, direkt am Stadtpark gelegen.«

Lange seufzte. Kröger hatte recht: Nach Berlin und gleich wieder zurück, das wäre idiotisch, da säße er die nächsten Tage nur noch in irgendwelchen Zügen. Warum also nicht in Stettin bleiben? War doch ein schönes Städtchen. Er musste nur Kröger loswerden, dann könnte es noch ganz nett werden. Aber natürlich hatte er nichts eingepackt. Weder Wäsche zum Wechseln noch eine Zahnbürste oder seinen Rasierapparat. Na ja, konnte man alles kaufen. Wäre vielleicht auch ganz nett, einmal ein paar Tage außerhalb der Burg und ohne Czerwinski zu verbringen.

»Sie haben recht, Kröger, geben Sie mir doch die Adresse von dieser Pension. Wie heißt sie denn?«

»Pension Kröger«, sagte Kröger und grinste. »Gehört meinem Bruder.«

40

Sie erwachte und blinzelte in die Morgendämmerung, die letzten Fetzen ihrer Träume verhedderten sich in den ersten wachen Gedanken. Sie hatte von Gereon geträumt, das war ihr schon lange nicht mehr passiert. Leises Schnarchen, sie blickte zur Seite. Ein Kopf neben ihr, wirre Haare auf dem Kissen.

Charly schreckte auf, im ersten Augenblick irritiert. Das war nicht Gereon, natürlich nicht. Gereon Rath war weit weg, der Teufel mochte wissen, wo er steckte, sie wusste es nicht.

Auf dem weißen Kissenbezug leuchteten die Haare noch roter als sonst. Charly lächelte. Sie hatte das verpasste Wochenende nachgeholt. Mit wem konnte man Montagabend besser ausgehen als mit einem Musiker?

Nach der Strafpredigt, die Andreas Lange ihr in der Burg verpasst hatte, hatte sie Dampf ablassen müssen und war zum *Groschenkeller* gefahren. Freddy Siegel hatte tatsächlich am Piano gesessen, und sie hatten da weitergemacht, wo sie Sonnabend aufgehört hatten, hatten getrunken, hatten geredet, hatten gelacht. Und alles, was sie getan hatten, hatte sich angefühlt, als sei es selbstverständlich, und allein dafür mochte sie ihn. Sie waren noch ins *Delphi* tanzen gegangen und schließlich in Moabit gelandet. Er hatte darauf bestanden, sie nach Hause zu bringen, und sie hatte eingewilligt, obwohl sie wusste, worauf es hinauslaufen würde. *Weil* sie wusste, worauf es hinauslaufen würde.

Sie hasste sich für ihr schlechtes Gewissen, das kurz aufgeflackert war. Ob Gereon am Leben war oder nicht, das war doch völlig gleichgültig, sie führte das Leben einer Witwe. Sie hatte keinen Mann mehr, warum sollte sie dann leben wie eine verdammte Nonne?

Aber dass dieser Blödmann von Gereon Rath sich immer noch in ihre Träume schleichen musste!

Das Telefon klingelte, und Charly hoffte, dass es Freddy nicht wecken würde. Doch der grunzte nur einmal kurz und drehte sich auf die andere Seite. Charly stieg aus dem Bett und schlich auf leisen Sohlen in den Flur, wo der schwarze Apparat stand.

Es war Czerwinski.

»Geht es schon los?«

»Eben noch nicht, das wollte ich dir sagen. Wir bekommen die Suchhunde erst gegen Mittag. Bleib einfach zuhause, wir holen dich ab. So gegen eins.«

Charly legte auf. Umso besser.

Sie war nicht sicher, ob sie bei dem Einsatz dabei sein wollte. Bei aller Hoffnung, Greta endlich zu finden oder zumindest eine Spur von ihr, überwog die Angst, ja die nackte Panik, im Spandauer Forst auf eine Leiche zu stoßen.

Als sie in ihr Zimmer zurückkehrte, war Freddy wach. Er hatte sich aufgesetzt und schaute sie an.

»Dann will ich mich mal auf die Socken machen«, sagte er. »Du musst sicher gleich los, oder? Das war doch die Polente?«

Sie hatte ihm gestern abend alles erzählt, jedenfalls das Wichtigste. Ihre nächtlichen Einbrüche hatte sie natürlich verschwiegen.

»Nichts da«, sagte sie. »Entwarnung. Die fahren erst heute mittag mit den Suchhunden raus. Ist also noch jede Menge Zeit fürs Frühstück.«

»Und in dein Detektivbüro musst du auch nicht?«

»Hab mir heute freigenommen.«

»Sehr schön.« Er grinste sie an. »Was gibt's denn zum Frühstück.«

»Erst einmal«, sagte Charly und warf sich aufs Bett, »erst einmal, dachte ich, frühstücken wir uns gegenseitig.«

Und das taten sie dann auch.

Kaffee gab es erst danach, und Freddy holte sogar frische Schrippen, während sie die zweite Kanne Kaffee kochte. Charly hatte schon lange nicht mehr in Ruhe gefrühstückt, das letzte Mal mit Robert, aber das war etwas anderes.

Als Freddy sie verließ, er musste um elf seine erste Klavierstunde geben, fühlte Charly sich tatsächlich viel besser als in den letzten Tagen. Nicht dass sie sich weniger Sorgen machte, aber es tat gut, diese Sorgen mit jemandem zu teilen.

Es war fast zwei, als Czerwinski sie in der Spenerstraße abholte. Nicht im Mordauto, Kowalski und er hatten einen unauffälligen Ford der Fahrbereitschaft genommen. Wobei sie das mit dem unauffällig auch hätten bleiben lassen können, denn hinter dem unscheinbaren Ford parkte der Transportwagen der Hundestaffel, ein Auto, das aussah, als könne es sich nicht entscheiden, ein Pkw oder ein Lkw zu sein. Obwohl kein Hund Laut gab, meinte Charly, die Tiere zu hören, ein Scharren und Winseln aus dem Wageninneren. Wie viel Suchhunde es sein mochten? Ob die was taugten? Erst jetzt spürte sie, wie nervös sie eigentlich war.

Sie stieg zu den Kriminalsekretären in den Ford, und die Fahrt ging los. Czerwinski dirigierte den sichtlich genervten Kowalski und sagte ihm an jeder Kreuzung, wo er denn bitte langzufahren habe. Einmal gerieten sie darüber richtig in Streit, weil Kowalski geradeaus gefahren war, anstatt rechts abzubiegen, wie er es laut der Anweisung vom Beifahrersitz hätte tun müssen.

»Falsch, falsch«, brüllte Czerwinski, »wir müssen nach rechts!«

»Verdammt, Paul, halt's Maul! Ich weiß, wie ich nach Spandau komme.«

Und damit sollte er recht behalten. Czerwinski schwieg den Rest der Fahrt, und Charly war froh, als sie endlich im Oberjägerweg angekommen waren.

»Du warst schon mal hier draußen, Paul?«, fragte sie, als sie aus dem Wagen stieg.

Der nickte. »Vor ein paar Tagen. Nichts Besonderes gefunden.«

»Keine Damensachen?«

»Ne. Aber ich hab Fingerabdrücke genommen.«

Der Wagen der Hundestaffel hielt gleich neben dem schwarzen Ford. Ein vierschrötiger Mann in Schutzpolizeiuniform stieg aus und öffnete die Hecktür; dahinter wurden die Gitter von vier Hundeboxen sichtbar.

»Die Hundestaffel war erst jetzt zu bekommen«, erklärte Czerwinski. »Die Kollegen hatten heute in aller Frühe noch einen Einsatz.«

»So ist es«, sagte der Uniformierte und holte den ersten Hund aus der Box. »Razzia in der Grenadierstraße.« Er tätschelte den Schäferhund, während er die Leine ins Halsband klinkte. »Nicht wahr, Harras, hast heute schon in ein paar Judenärsche gebissen? Braver Hund!«

Jetzt wusste Charly wieder, warum sie – bei aller Sehnsucht nach den alten Zeiten in der Mordinspektion – nicht mehr bei der Polizei arbeitete. Sie hatte eine Antwort für den Hundeführer auf der Zunge, behielt die jedoch für sich. Der Mann war hier, um mit seinen Hunden bei der Suche nach Greta zu helfen, sie durfte ihn nicht vor den Kopf stoßen.

Czerwinski stellte sie einander vor.

»Das ist Hauptwachtmeister Panske, der Diensthundeführer.«

»Angenehm«, sagte der Hundeführer und streckte seine Rechte aus. Charly ignorierte die Hand geflissentlich, obwohl sie sich sonst über jeden Menschen freute, der nicht mit dem Hitlergruß grüßte.

»Charlotte Rath, ehemalige Kollegin«, machte Czerwinski unverdrossen weiter.

»Ah ja«, machte Panske. »Dann ist das Ihre Freundin, nach der wir hier suchen?«

Charly nickte. Mehr bekam der Mann nicht von ihr. Panske hatte einen Kollegen mitgebracht, der einen zweiten Hund aus dem Wagen holte und anleinte. Keinen deutschen Schäferhund, einen pechschwarzen belgischen Bouvier. Charly musste schlucken. Dieselbe Rasse wie Kirie, der Familienhund der Raths, der auf tragische Weise ums Leben gekommen war.

»Der Kollege Lorentzen«, stellte Panske vor.

»Und das da sind unsere Suchhunde?«, fragte Czerwinski überflüssigerweise.

Panske nickte. »Harras und Wotan.« Er schaute sich um. »Bevor die mit dem Suchen beginnen, brauchen sie aber ein bisschen Schnupperstoff. Ich hoffe, Sie haben da was mitgebracht.«

Charly holte den Unterrock aus der Handtasche, den sie aus Gretas Wäschekiste gefischt hatte. Und ärgerte sich, als sie die amüsierten Gesichter der Hundeführer sah, dass sie sich keine Gedanken gemacht und das erstbeste Wäschestück, das ihr in die Hände gefallen war, gegriffen hatte. Auch Czerwinski verzog den Mund zu einem Grinsen, nur Kowalski schaute eher verlegen drein und blickte zur Seite.

»Was gibt's denn da zu grinsen? Noch nie einen Unterrock gesehen?«, fauchte Charly die Hundeführer an, und die Mienen ringsum froren ein. »Das ist kein Witz hier! Wir suchen nach einer vermissten Frau, die aller Wahrscheinlichkeit nach nicht mehr lebt, also reißen Sie sich bitte zusammen.«

Hundeführer Panske nickte entschuldigend, nahm das Wäschestück und hielt es seinem Harras unter die Nase. Dann kam auch

Wotan an die Reihe. Die Hunde waren gut trainiert, sofort klebten ihre Schnauzen am Boden, und sie schnupperten los. Charly musste an Kirie denken, die als Spürhund überhaupt nicht zu gebrauchen gewesen war. Ob Wotan da begabter war? Noch schnüffelte der Bouvier eher unentschlossen auf dem Waldboden herum.

Harras hingegen schien eine Spur aufgenommen zu haben, er strebte zielsicher zur Veranda der Jagdhütte, drehte dort eine Extrarunde und stand dann vor der Eingangstür.

»Wir müssen da rein«, sagte Panske.

Kowalski näherte sich eilfertig mit einem Schlüsselbund.

»Das Siegel ist ja defekt«, sagte er, als er aufschloss. Er warf Czerwinski einen mitleidigen Blick zu, als wolle er sagen: *Nicht einmal ein Polizeisiegel kannst du ordnungsgemäß anbringen.*

Sollte er das ruhig denken. Charly atmete auf. Andreas Lange hatte sie nicht verraten.

Der Hund schien tatsächlich die Spur von Greta aufgenommen zu haben. Nur Wotan lief in die völlig andere Richtung, zog seinen Hundeführer außen um die Hütte herum, zunächst zum Toilettenhäuschen.

»Müssen Sie mal für kleine Jungs, Lorentzen?«, rief Panske seinem Kollegen hinterher und lachte laut, bevor er die Hütte betrat, in der Harras schon verschwunden war.

Charly folgte den beiden und schaute zu, wie der Schäferhund in beinahe jeder Ecke der großen Stube herumschnüffelte, sich etwas länger am Esstisch aufhielt, dann an dem Wildschweinfell vor dem Kamin schnupperte und sein Herrchen schließlich zur Küchenzeile zog. Vor dem Regal gab er Laut.

»Da ist irgendwas«, meinte Panske.

Charly wusste auch, was. Es dauerte nicht lange, da hatte der Hundeführer die Porzellandose mit dem Kokain gefunden.

Er reichte es an die Kriminalbeamten weiter. Czerwinski, von Kowalski mit einem vorwurfsvollen Blick bedacht, hob verlegen seine Schultern.

Panske war mit seinem Hund inzwischen schon weiter, Harras zog es zum Schlafzimmer. Der Hundeführer öffnete die Tür und pfiff laut durch die Zähne, als er des großen Bettes ansichtig wurde.

»Alle Achtung, hier hat man ja allen Komfort«, sagte er, während sein Hund an der Matratze schnupperte. Panske drehte sich zu Charly um. »Ihre Freundin scheint nichts ausgelassen zu haben, was?«

Sie hätte ihn prügeln können für diese Anzüglichkeit, doch sie beherrschte sich, war sie doch froh, überhaupt bei dieser Polizeiaktion dabei sein zu dürfen.

Charly ging zurück auf die Veranda, sie brauchte frische Luft. Und eine Zigarette. Greta schien also tatsächlich hier gewesen zu sein. Sie fragte sich, ob das ein gutes oder ein schlechtes Zeichen war. Wenn Rekowski sie an jenem Abend in diese Einöde gefahren hatte, wenn das tatsächlich ihr Blut auf der Sitzbank seines Autos war, was zum Teufel war dann geschehen? Ihr wurde immer unbehaglicher zumute. Was mochten die Hunde noch finden?

Sie beschloss, nicht daran zu denken. Sie zog an ihrer *Juno*, aber auch das Nikotin vermochte sie nicht zu beruhigen.

»Hier ist etwas!«

Der Ruf kam von der anderen Seite der Hütte, und Charly machte sich auf den Weg, ebenso die beiden Kriminalsekretäre.

Lorentzen stand vor dem Anbau, in dem Rekowski das Wild zerlegt hatte. Die Hundeleine, die er in seiner Rechten hielt, verschwand in der Tür; mit der freien Hand zeigte der Schupo ins Dunkel des Anbaus. »Wotan hat etwas entdeckt«, sagte er.

Er ging hinein, und sie folgten ihm. Der Bouvier schnupperte an der Zinkwanne, die unter dem großen, blutigen Tisch stand, und wedelte aufgeregt mit dem Schwanz. Kirie hatte sich von solchen Wohlgerüchen wie Blut und Fleisch auch immer von dem ablenken lassen, was sie eigentlich suchen sollte.

»Ihr Wotan wittert Hirschblut«, meinte Charly.

Lorentzen schüttelte den Kopf. »Unmöglich. So ist er nicht abgerichtet. Er wittert die Person, von der wir ihm die Geruchsprobe gegeben haben.«

»Sie reden von Greta Overbeck.«

»Von der Person, von der das Unterkleid stammt, das sie uns zur Verfügung gestellt haben.«

»Aber wie soll das denn sein?« Charly merkte, wie sie die Fassung verlor. »Meinen Sie, Greta hätte in dieser blutigen Wanne ein Bad genommen?«

Lorentzen sagte nichts mehr, alle Männer im Raum schwiegen

betreten. Und Charly spürte, wie ihr flau im Magen wurde, als ihr dämmerte, was die drei dachten. Dass die geronnenen Blutreste in der Wanne womöglich nicht von einem erlegten Wildtier stammen mochten.

Der Hund begann, in dem schmalen Spalt zwischen Wanne und Fußboden zu scharren, als wolle er etwas ausgraben. Dann schaute er seinen Hundeführer an, danach auch die anderen im Raum und bellte verzweifelt, als wolle er sagen: Nun helft mir doch!

Kowalski und Czerwinski schienen den Hundeblick zu verstehen, sie zogen die Zinkwanne unter dem Tisch weg. Gar nicht so einfach, das Ding war riesig, und es war schwer. Eine in den Boden eingelassene metallene Falltür kam zum Vorschein. Die Männer schoben auch noch den Tisch beiseite und versuchten, die Tür zu öffnen. Doch sosehr sie auch ruckelten und zogen, es tat sich nichts.

»Abgeschlossen«, konstatierte Czerwinski und stand auf.

Kowalski zückte den Schlüsselbund, mit dem er vorhin schon die Jagdhütte geöffnet hatte.

»Den haben wir in Herrn von Rekowskis Wohnung gefunden«, flüsterte Czerwinski in Charlys Ohr.

»Genau«, bestätigte Kowalski. »Und wir haben immer noch zwei Schlüssel, die wir nicht zuordnen können.«

Der zweite, den er probierte, passte. Der Riegel ließ sich bewegen, es quietschte, als Kowalski die schwere Tür hochklappte. Eine große, nahezu quadratische Luke öffnete sich. Unter der stählernen Falltür lag eine Betontreppe, die hinunter ins Dunkel führte. Charly und die anderen beiden Männer traten heran und staunten, lediglich Wotan ließ keine Zeit verstreichen und machte sich auf den Weg die Treppe hinunter.

»Wir müssen hinterher«, sagte Lorentzen, der den schwarzen Hund kaum noch halten konnte. »Hat jemand eine Taschenlampe?«

»Im Fahrzeug müsste eine sein«, meinte Czerwinski.

»Na, dann holen Sie die. Wotan hat eine Spur, wir müssen ihm folgen.«

Czerwinski nickte und machte sich auf den Weg. Vor dem Anbau wäre er beinahe mit Hundeführer Panske zusammengestoßen. Dem war anzumerken, dass er neidisch auf Lorentzen oder vielleicht mehr noch auf Wotan war, dass die beiden offensichtlich die entscheidende Entdeckung gemacht hatten und nicht er und sein Harras.

Czerwinski kehrte mit gleich zwei elektrischen Stablampen zurück. Eine behielt er selbst, die andere gab er an Lorentzen weiter. Kowalski bekam keine.

Der Hundeführer stieg seinem Hund hinterher, der unten längst am nächsten Hindernis scharrte. Die Treppe endete wieder an einer Tür. Auch die – wie die Falltür – aus Stahl, auch die abgeschlossen. Kowalski drängelte sich an Czerwinski und Panske vorbei und probierte den letzten Schlüssel seines Schlüsselbunds. Der passte. Nun hatten sie für jeden Schlüssel das passende Schloss gefunden.

Lorentzen ging mit Wotan voran. Sie betraten einen dunklen Raum. Die Lichtkegel der beiden Taschenlampen huschten über Wände aus Beton, Stahlträger stützten die Decke zusätzlich ab. Hier wollte jemand auf Nummer sicher gehen. Rechts an der Wand ragte ein Regal bis zur Decke, darin stapelten sich Blecheimer, Papiersäcke, Konservendosen und Kartons.

Rekowskis Lebensmittellieferungen, hier waren sie also gelandet.

»Das ist ja ein richtiger Bunker«, entfuhr es Kowalski.

Er hatte recht. Klaus von Rekowski hatte sich einen Luftschutzraum bauen lassen, einen Luftschutzraum mitten im Wald.

Der schwarze Bouvier schnupperte an der nächsten Stahltür, und Lorentzen drückte die Klinke. Dieser Raum war nicht abgeschlossen, die schwere Tür öffnete sich mit einem leisen Knarren.

Dann ging alles sehr schnell. Ein Schatten huschte aus dem Dunkel hervor, eine schnelle Bewegung, ein dumpfer Schlag, der Hundeführer stöhnte kurz auf und ging zu Boden. Über ihm, im Lichtkegel von Czerwinskis Taschenlampe, stand eine Frau in einem fleckig zerlumpten dunkelgrünen Kleid, in der erhobenen Rechten ein Kantholz. Unter einer zerzausten Frisur funkelten wütende Augen.

Charly kannte nur eine Frau, die so gucken konnte.

Wotan bellte die Furie, die sein Herrchen niedergeschlagen hatte, wütend an, doch Panske hatte die Situation erfasst und war gleich zur Stelle, er griff in die herrenlose Hundeleine und hielt den Suchhund zurück, dessen Bellen nun in ein Knurren überging.

Die Frau mit dem Kantholz atmete heftig.

»Alles gut, Greta, alles gut«, sagte Charly, »Keine Angst. Wir wollen dir helfen.«

Greta ließ den rechten Arm sinken, die Wut in ihren Augen verdampfte wie der Dunst eines Handabdrucks auf der Tischplatte. Sie machte plötzlich einen sehr ermatteten, nein: völlig erschöpften Eindruck. Und dann sank sie in sich zusammen, wie eine Marionette, der mit einem Schnitt sämtliche Fäden gekappt wurden, hielt sich die Hände vors Gesicht und fing leise an zu schluchzen. Die Männer sahen sich hilflos an, auch Lorentzen, der gerade wieder zu sich kam, sich den Kopf hielt und verwundert umherblickte.

Charly ging hinüber, hockte sich zu ihrer Freundin hinunter und nahm sie in den Arm.

»Alles wird gut«, sagte sie und strich Greta durchs struppige Haar, »alles wird gut.«

41

Die Pension Kröger war gar nicht mal so übel. Sauber und gepflegt. Das Einzige, was störte, war die übertriebene Zahl an nationalsozialistischen Devotionalien, mit denen alle Räume ausgestattet waren, selbst die Gästezimmer. Über seinem Bett hing ein – ziemlich kitschiges – Bild des Führers in Ritterrüstung, und in der Nachttischschublade fand sich anstelle einer Bibel lediglich ein Exemplar von Hitlers *Mein Kampf*. Der Rest der Einrichtung wirkte eher wie von Spitzweg gemalt, kleinbürgerlich und biedermeierlich. Am Fenster hingen rot-weiß karierte Vorhänge.

Andreas Lange stand am Waschtisch und stellte die hölzerne Zahnbürste ins Glas, die der eilfertige Kollege Kröger ihm besorgt hatte, bevor er ihn bei der Verwandtschaft abgeliefert hatte. Krögers Bruder hatte Lange noch nicht gesehen, die Schwägerin schien den Laden am Laufen zu halten. Jedenfalls hatte Dorle

Kröger alle Formalitäten erledigt und dem Kommissar aus Berlin das Zimmer gezeigt.

»Abendbrot gibt's um sechs«, hatte sie noch gesagt und ihn dann allein gelassen.

Nun war es fünf vor sechs, und Lange hatte überhaupt keinen Hunger. Das Mittagessen aus der Polizeikantine lag immer noch schwer in seinem Magen. Und durch das Haus zog schon der Duft von Bratkartoffeln und Speck bis in sein Zimmer.

Es klopfte an der Tür.

»Komme gleich«, rief Lange. »Sind doch noch fünf Minuten bis sechs.«

Es klopfte noch einmal.

»Ja, was ist denn?«, fragte er ärgerlich.

Die Tür öffnete sich, und die Pensionswirtin steckte ihren Kopf durch den Spalt.

»Herr Kommissar, da ist ein Telefonat für Sie!« Dorle Kröger wirkte so aufgeregt, als habe der Führer persönlich angerufen. »Das Polizeipräsidium Berlin.«

Das Telefon der Pension Kröger befand sich im Flur gleich neben dem Speiseraum. Am Esstisch saßen bereits zwei Männer, die ihn durch den Türspalt neugierig musterten. Lange schloss die Speisezimmertür und nahm den Hörer auf, der neben dem Telefon lag.

»Ja?«

»Kriminalsekretär Kowalski hier, entschuldigen Sie die Störung, Herr Kommissar. Aber Fräulein Voss sagte, dass Sie unter dieser Nummer erreichbar sind.«

»Sie stören nicht, Kowalski. Ich sitze hier ohnehin nur und warte. Unser Tatverdächtiger möchte ohne seinen Anwalt nichts sagen. Und der muss erst aus Bremen anreisen. Also bleibe ich noch eine Nacht in Stettin.«

»Wie ist denn Ihr Eindruck von Herrn Ehlers?«

»Nun ja, er wollte fliehen, das spricht nicht gerade für ein reines Gewissen. Ansonsten war er nicht sonderlich auskunftsfreudig. Mal schauen, wie sich das mit seinem Anwalt anlässt.«

»Da wird er eher weniger sagen als mehr.«

»Das fürchte ich auch. Sobald ein Anwalt im Spiel ist, sagen die Leute gar nichts mehr. Und ich weiß nicht, wie wir ohne Geständnis in dieser Sache weiterkommen.«

»Sie meinen wegen des Mordmotivs.«

Kowalski war wirklich nicht dumm. Gleichwohl hütete Lange sich, allzu offen über seine Bedenken zu reden.

»Wer weiß, wer Hinnerk Ehlers den Floh ins Ohr gesetzt hat, Klaus von Rekowski habe seinen Neffen ermordet? Wahrscheinlich ein entlassener Häftling. Nicht gerade der wertvollste Zeuge.«

»Da haben Sie recht, Kommissar. Einem SS-Zeugen, zumal aus der Lagerverwaltung Sachsenhausen, wird das Gericht mehr Glauben schenken.«

Lange sagte nichts mehr. Sie durften dieses Thema nicht zu weit treiben. Schon gar nicht am Telefon. Er musste dem Neuen bei Gelegenheit mal unter vier Augen auf den Zahn fühlen. Wie er zur Bewegung und so weiter stand. Parteigenosse war Kowalski seines Wissens nicht, jedenfalls hatte er ihn noch nie mit einer Hakenkreuzanstecknadel gesehen.

»Kommissar, weswegen ich anrufe ...«, sagte der Kriminalsekretär, »wir haben Greta Overbeck gefunden.«

»Die Suchaktion war erfolgreich?«

»Ja.«

Lange musste schlucken.

»Und?«, fragte er.

»Sie lebt. Sie ist sehr geschwächt, aber sie lebt. Nur bedingt vernehmungsfähig. Wir haben sie erst einmal ins Krankenhaus gebracht. Ich warte hier, dass man mich zu ihr lässt.«

»Wo?«

»In der Charité.«

»Was ist denn passiert, wo hat sie gesteckt?«

»Die Overbeck wurde gefangen gehalten. Rekowski hat sie eingesperrt, nach einem heftigen Streit, in der Nacht seines Todes. Womöglich wollte er zurückkehren, um sich an ihr zu vergehen, vielleicht wollte er sie auch umbringen, das wissen wir nicht.«

»Weil, dazu ist er ja nicht mehr gekommen.«

»Genau. Weil er selbst Opfer eines Verbrechens wurde.«

»Wo haben Sie die arme Frau denn gefunden?«

»Kaum zu glauben, aber Rekowski hat sich einen Bunker gebaut, einen Luftschutzraum, unter seiner Jagdhütte, mitten im Wald. Als befürchte er bald wieder einen Krieg.«

»Und den hat Czerwinski nicht entdeckt.«

»War auch gut versteckt. Ohne die Suchhunde wären wir niemals darauf gestoßen.«

»Ein Bunker im Wald.« Lange schüttelte den Kopf, obwohl Kowalski das gar nicht sehen konnte. »Hört sich ziemlich verrückt an.«

»Ganz normal war der Mann nicht, wenn man den ersten, spontanen Äußerungen von Fräulein Overbeck Glauben schenken darf. Neigte zu krankhafter Eifersucht. Wenn Sie mich fragen: Ich würde ihm durchaus zutrauen, Herbert Ehlers getötet zu haben. Fräulein Overbeck hat ihn gebeten, sich für die Freilassung dieses Schutzhäftlings einzusetzen. Womöglich hat er Ehlers für einen Nebenbuhler gehalten.«

»Bin gespannt, welche Geschichte Ehlers' Onkel mir erzählen wird.«

»Wenn er überhaupt eine erzählen wird.«

»Man darf die Hoffnung ja nicht aufgeben. Aber vielleicht können Sie im Schutzhaftlager Sachsenhausen schon einmal anfragen, ob die SS uns das Protokoll zu den Todesumständen von Herbert Ehlers zukommen lässt. Machen Sie das am besten über Oberregierungsrat Gennat, dann hat das mehr Gewicht.«

»Wird erledigt, Herr Kommissar.«

»Gut. Sollte noch etwas sein, erreichen Sie mich hier in der Pension oder morgen früh wieder im Polizeipräsidium Stettin. Hoffen wir mal, dass der Anwalt zeitig eintrifft.«

Lange legte auf und folgte dem Duft der Bratkartoffeln.

Die beiden Männer am Tisch aßen bereits. Dorle Kröger kam mit einer riesigen Bratpfanne aus der Küche, kaum hatte der Gast aus Berlin sich gesetzt.

»Das ist Kommissar Lange von der Mordkommission Berlin«, stellte sie vor, »Herr Kommissar, das ist Erich, mein Mann, und das ist Oberstudienrat Petersen, Geschichtslehrer am hiesigen Stadtgymnasium, schon lange Gast unserer Pension.«

»Das spricht für die Pension Kröger«, sagte Lange und nickte den beiden Männern zu. Erich Kröger war ein wenig älter als sein Bruder, aber ebenso blond. Das Haar von Oberstudienrat Petersen war dunkler und schon weit hinter die Stirn zurückgewichen. Am Revers seiner Tweedjacke prangte das Abzeichen der Partei.

»Mögen Sie denn Bratkartoffeln, Herr Kommissar?«

»Natürlich, gern.«

Bevor er Danke sagen konnte, schaufelte Dorle Kröger ihm direkt aus der Pfanne einen riesigen Berg auf den Teller.

»Spiegelei gibt's auch noch«, sagte sie. »Zwei oder drei?«

»Eines reicht, danke.«

»Hol dem Herrn Kommissar auch mal ein Bierchen, Dorle«, meinte Erich Kröger. »Das hat er sich verdient.«

»Oh, danke ...«

Eigentlich hatte Lange sagen wollen: *Danke nein*, doch Kröger redete schon weiter: »Nichts zu danken, Kommissar, ist doch selbstverständlich!«

Kurz darauf stellte Dorle Kröger eine Bierflasche auf den Tisch und schaufelte ihm zwei Spiegeleier auf den Teller. Lange ließ es über sich ergehen, Einwände schienen ohnehin zwecklos zu sein. Er öffnete sein Bier und prostete den anderen zu.

»Na dann: Wünsche guten Appetit.«

Dorle Kröger setzte sich nicht an den Tisch, die drei Männer blieben unter sich. Die Bratkartoffeln waren wirklich gut. Lange hatte schon ewig keinen Speck mehr gegessen. Von der Fettlücke schien man in der Pension Kröger noch nichts gehört zu haben. Die Krögers mussten einen guten Draht zu irgendwelchen Landwirten haben.

Oder aber zur Partei.

Erich Kröger zeigte auf die Kostbarkeiten auf den Tellern. »Das haben wir alles dem Führer zu verdanken«, sagte er, und es klang, als habe nicht seine Frau, sondern Adolf Hitler den ganzen Tag in der Küche gestanden. »So gut ging es Deutschland schon lange nicht mehr, nicht wahr, Herr Kommissar?«

Lange hatte den Mund voll und musste zum Glück nicht antworten, aber er deutete ein Nicken an, und selbst dafür schämte er sich.

»Welchen Dienstrang haben Sie denn, Herr Kommissar?«, fragte Kröger. »Hat mir mein Bruder gar nicht erzählt.«

Lange stutzte. »Kriminalkommissar«, sagte er.

»Das weiß ich doch. Ich meinte: in der Schutzstaffel.«

»Ich bin nicht in der SS.«

»Oh. Entschuldigung.«

Kröger klang so, als sei er peinlich berührt; als sei es ein Makel für einen Polizeibeamten, nicht in der SS zu sein.

»Und Ihr Bruder?«, fragte Lange. »Darf ich fragen, welchen Dienstrang der bekleidet?«

»Reinmar ist Oberscharführer«, sagte Erich Kröger mit einigem Stolz in der Stimme.

Lange nickte anerkennend, enthielt sich aber ansonsten eines Kommentars. Der Kollege Kröger war also SS-Oberscharführer. Gut zu wissen, obwohl Lange sich so etwas eigentlich hätte denken können. Immer mehr Kriminalbeamte legten größeren Wert auf ihren Rang in der SS als auf ihren Dienstgrad bei der Kripo. Und damit lagen sie wohl richtig. Gerade erst hatte Polizeichef Heinrich Himmler verkündet, dass der Nachwuchs für die höhere Polizeilaufbahn künftig nur noch aus den Führerschulen der SS kommen werde. Und Andreas Lange hatte es nun endlich amtlich, warum ihm die erwarteten Beförderungen zuletzt versagt blieben.

Er aß schweigend seine Bratkartoffeln. Was ohnehin eine Aufgabe war, die seine volle Aufmerksamkeit erforderte. Langsam wurde der Berg kleiner.

Erich Kröger unternahm einen zweiten Anlauf, das Gespräch in Gang zu bringen. »Mordkommission, das ist sicher spannend«, sagte er. »Sie knöpfen sich morgen einen Mörder vor, den sie vom Schiff geholt haben, habe ich gehört?«

Lange ließ das Besteck sinken und schaute seinen Gastgeber an. Kriminalsekretär Kröger hatte seinem Bruder eindeutig zu viele Interna erzählt. Und dann auch noch sehr halbgar.

»Da haben Sie falsch gehört«, sagte er. »Es geht um den Tatverdächtigen in einem Mordfall. Was genau der Mann mit dem Fall zu tun hat, muss sich noch herausstellen. Mal schauen, was die Befragung ergibt.«

»Reinmar sagt, Sie brauchen ein Geständnis.«

Andreas Lange fühlte sich zunehmend unwohl in dieser Runde.

»Ein Geständnis ist immer gut«, sagte er.

»Sie hätten dieser roten Socke nicht erlauben dürfen, einen Anwalt zu holen.«

»Erstens: Unser Tatverdächtiger ist SA-Mann und keine rote Socke. Zweitens: Er hat, wie jeder Beschuldigte, das Recht auf einen Anwalt.«

»Schon gut, schon gut!« Kröger winkte ab. »Will Ihnen nicht zu nahetreten, Kommissar. Jeder hat so seine eigenen Methoden. Aber wenn Sie ein Geständnis wollen, müssen Sie da anders rangehen, nicht so altväterlich.«

»Ich glaube, das sollten Sie mir überlassen.«

»Ich meine ja nur. Ihr Chef, der Reichsführer SS, hat doch gerade noch gesagt, die Zeiten des gemächlichen Bürodienstes und der gemütlichen Dämmerschoppen in der deutschen Polizei seien ein für alle Mal vorbei.«

Lange schwieg. Das hatte Himmler tatsächlich gesagt, und es war nicht ratsam, dem Chef der deutschen Polizei zu widersprechen, auch nicht in dessen Abwesenheit.

»Und dass dieser Matrose ...«

»Steward«, verbesserte Lange.

»... dass dieser Steward Dreck am Stecken hat, das ist doch offensichtlich! Einer, der vor der Polizei Reißaus nimmt? Ich bitte Sie!«

»Entschuldigen Sie, Herr Kröger, aber auch wenn Sie mit einem Kriminalbeamten verwandt sind und sich in aktuellen Polizeibelangen gut auszukennen scheinen: Ich bin nicht befugt, solche Dinge mit Ihnen oder Herrn Petersen hier zu diskutieren. Geschweige denn, irgendwelche Einzelheiten unserer Ermittlung preiszugeben.« Lange legte das Besteck beiseite und stand auf. »Wenn die Herren mich nun entschuldigen wollen. Es war ein langer Tag, ich gehe zu Bett.«

Dorle Kröger, die gerade mit einer zweiten Pfanne Bratkartoffeln in der Tür erschienen war, schaute ihm ebenso verdutzt wie enttäuscht nach.

42

Charly stand am Fenster. Auf der anderen Seite des Hafenbeckens erhob sich die gewaltige Halle des Lehrter Bahnhofs, und rechts daneben, jenseits der Invalidenstraße, konnte sie den roten Backstein des Zellengefängnisses Moabit erkennen und die kleinen Beamtenhäuschen, die sich die Außenmauer entlangreihten. Ihre alte Welt. Die Welt ihres Vaters, die Welt ihrer Kindheit. Die Welt, aus der Greta Overbeck sie herausgeholt hatte. Ohne die Begegnung mit Greta, da war Charly sich sicher, wäre ihr Leben gänzlich anders verlaufen.

Ohne Greta würde sie jetzt auch nicht in einem langen Gang der Charité hin- und hertigern und darauf warten, dass man sie endlich zu ihrer Freundin ließe. Vor mehr als zwei Stunden waren sie angekommen, und Anton Kowalski hatte fast die ganze Zeit mit ihr ausgeharrt, nur einmal hatte er den Krankenhausflur verlassen, um zu telefonieren. Der Mann aus Königsberg schien über eine Engelsgeduld zu verfügen. Nach Gretas Nervenzusammenbruch hatte der Kriminalsekretär entschieden, sie erst einmal ins Krankenhaus bringen zu lassen, bevor man sie befragt. Eine richtige Entscheidung, und sie war Kowalski dankbar dafür. Die Besatzung des Krankenwagens hatte die Patientin ins Städtische Krankenhaus Spandau fahren wollen, weil das am nächsten lag, doch Charly hatte (mit Unterstützung von Kowalski) durchgesetzt, dass die Freundin in die Charité gebracht wurde, die lag nah genug an der Spenerstraße. Nach Moabit hatte sie Greta ebensowenig bringen lassen wollen, das Robert-Koch-Krankenhaus hatte seit einigen Jahren einen denkbar schlechten Ruf, genauer: seit die jüdischen Ärzte durch völlig unfähige Kollegen mit NSDAP-Parteibuch ersetzt worden waren.

Aber Nazis gab es natürlich auch an der Charité. Der Arzt, der nun den Gang entlangkam, energischen Schrittes und mit wehendem weißen Kittel, trug ein Parteiabzeichen, direkt neben der Brusttasche, aus der ein Stethoskop ragte.

Der Arzt unterhielt sich flüsternd mit Kowalski, bedachte Charly mit einem misstrauischen Blick und verabschiedete sich auch schon wieder, genauso schnell, wie er gekommen war.

»Wir können zu ihr«, sagte Kowalski nur, und Charly folgte ihm.

Greta lag allein auf dem Zimmer. Ob das ihre Krankenversicherung bewirkt hatte oder aber die Tatsache, dass die Kriminalpolizei sie hatte einliefern lassen, vermochte Charly nicht zu sagen. Gretas Kopf verschwand fast in dem riesigen Kissen und wirkte bleicher als die Bettwäsche, die sie umgab. Ein Infusionsschlauch steckte in ihrem Arm. Sie lächelte matt, als sie Charly erkannte.

»Na endlich«, sagte sie. »Wurde ja auch Zeit. Ich hoffe, du holst mich hier raus.«

»Da müssen wir die Entscheidung der Ärzte abwarten, Fräulein Overbeck«, meldete sich Kowalski. »Eine Nacht bleiben Sie mindestens noch zur Beobachtung, dann muss man weitersehen. Sie sind doch sehr entkräftet.«

»Na, zu essen hatte ich eigentlich genug. Was Klaus so alles an Vorräten angehäuft hat. Der glaubt im Ernst, dass wieder ein Krieg kommt und er sich dann in seinem Bunker im Wald versteckt und abwartet, bis alles vorbei ist.« Mochte sie auch blass und bleich in ihren Kissen liegen, Gretas Augen sprühten Funken. »Na, jetzt kann er meinetwegen im Knast auf den Krieg warten. Entführung, Freiheitsberaubung, Körperverletzung, dafür winken ihm doch ein paar Jahre, oder?«

Sie wusste nicht, dass Rekowski tot war. Noch hatte es ihr niemand gesagt. Charly schaute Kowalski an. Ob das zu seiner Taktik gehörte? Verdächtigte er Greta etwa immer noch? Hielt er es für möglich, dass sie sich von jemand Drittem hatte einsperren lassen, nachdem sie Rekowski getötet hatte? Nur um ein Alibi zu bekommen?

»Klaus von Rekowski ist tot, Fräulein Overbeck«, sagte der Kriminalsekretär. »Wir wissen nicht, was er mit Ihnen vorhatte. Nachdem er Sie eingesperrt hat, muss ihm jemand in der Parkgarage aufgelauert haben.«

Greta schaute überrascht, sogar ein wenig bestürzt. »Wie?«

»Rekowski wurde ermordet«, sagte Charly.

»Klaus ist tot?«

Charly nickte.

Greta brauchte einen Moment, um diese Nachricht zu verdauen. Eben noch voller Wut auf den Mann, schien sich nun so etwas wie Trauer darunterzumischen.

»Wer?«, fragte sie, viel leiser als zuvor. »Wer hat ihn denn ermordet?«

»Das wissen wir nicht«, sagte Kowalski. »Es gibt einen Tatverdächtigen, aber dessen Vernehmung steht noch aus.«

»Warum hat er dich überhaupt in seinen Bunker gesperrt?«, fragte Charly. »Krieg haben wir ja keinen.«

»Na, wie man's nimmt. Das sehen die Spanier anders. Und ob

die Kämpfe in Spanien nicht schon der Anfang des nächsten Weltkriegs sind, weiß auch keiner. Klaus hielt das jedenfalls für möglich.« Sie schüttelte den Kopf. »Aber nein, das war nicht der Grund. Wir haben uns gestritten. Ich wollte nicht mehr. Nach diesem ewigen Hin und Her der letzten Monate wollte ich die Sache endgültig beenden.«

»Ich dachte, das hättest du längst getan«, sagte Charly.

Greta zuckte die Achseln. »Ich wollte ja. Aber irgendwie hat er mich immer wieder rumgekriegt. Er konnte so aufmerksam sein. Hat sich sehr für mich interessiert, selbst nach dir hat er immer wieder gefragt, Charly, obwohl er ja wusste, dass du ihn nicht magst.«

Charly musste daran denken, dass Greta auch nie mit Gereon warm geworden war. Vielleicht war das ja so in einer engen Frauenfreundschaft wie der ihren.

»Jedenfalls war mir klar, dass die Sache keine Zukunft hat. Allein aus politischen Gründen.« Sie schielte misstrauisch zu Kowalski hinüber, als erinnere sie sich daran, dass sie mit Charly nicht allein im Raum war, und führte nicht weiter aus, welche politischen Gründe sie meinte. »Sah zunächst auch so aus, als habe er das gut aufgenommen«, sagte sie. »Wir hatten ein sehr vernünftiges, freundschaftliches Gespräch.«

»Im Groschenkeller?«

»Richtig.« Greta schaute sie verwundert an. »Er hat die Rechnung übernommen, wie immer. Er wollte mich sogar nach Hause fahren.«

»Aber dort sind Sie nie angekommen«, sagte Kowalski.

Dem Kriminalsekretär schien es an der Zeit zu sein, sich auch einmal wieder in die Unterhaltung einzumischen. Schließlich war er der Kriminalbeamte hier.

Greta nickte. »Nein. Er ist in die andere Richtung gefahren. Ich habe protestiert, aber er hat gesagt, ich solle mich nicht so anstellen. Bevor wir uns nie wiedersähen, müsse er mir noch etwas zeigen, dann würde ich ihn mit ganz anderen Augen sehen.«

»Was in gewisser Weise ja auch stimmt«, meinte Charly.

»Ich hatte keine Ahnung, was er meinte. Sein Jagdhaus kannte ich ja, das konnte es nicht sein. Und meine Neugier hielt sich in Grenzen. Ich wollte einfach nur nach Hause und nicht in den

Wald. Ich habe geschimpft, er solle rechts ranfahren, aber er hat nicht gehört. Da habe ich ins Steuer gegriffen.«

»Und?«

»Wir waren schon im Spandauer Forst. Wären beinahe gegen einen Baum geknallt, Klaus musste in die Eisen gehen. Und da bin ich raus. Raus aus dem Auto, ich wollte einfach nur weg, bin die Straße zurück Richtung Spandau. Und er muss hinter mir her sein und mich mit irgendwas Hartem niedergeschlagen haben. Jedenfalls weiß ich nur noch, dass ich mit heftigen Kopfschmerzen und einer blutenden Platzwunde am Hinterkopf in seinem Bunker wieder zu mir gekommen bin. Aber da war er schon weg. Ich wusste nicht, wo ich war, alles stockfinster, mein Kopf schmerzte. Ich habe ewig gebraucht, bis ich überhaupt mal eine Petroleumlampe gefunden hatte. Dass es *sein* Bunker sein musste, war mir klar, aber sonst …« Sie schaute Charly an. »Keine Ahnung. Dieser Scheißbeton trennt dich vom ganzen Rest der Welt. Von allem. Nicht der leiseste Schimmer Tageslicht, kein Geräusch, gar nichts. Ich bin fast wahnsinnig geworden.«

Charly nahm die Freundin in den Arm. Sie mochte sich nicht vorstellen, wie Greta sich in all den Tagen der Ungewissheit gefühlt hatte. Über einen so langen Zeitraum ohne jeden Kontakt zur Außenwelt eingesperrt zu sein, ohne zu wissen, warum und ob das jemals ein Ende fände, das hatte schon ganz andere Menschen gebrochen als Greta Overbeck.

Greta schien ihre Gedanken zu lesen.

»Wenigstens hatte ich genug zu essen«, sagte sie, und Charly musste grinsen. »So wie Klaus vorgesorgt hat, kann man in seinem Bunker nicht nur einen, sondern gleich drei Kriege überstehen. Dosenfleisch allerdings kann ich nicht mehr sehen. Erbsen und Möhren auch nicht. Kaum zu glauben, aber ich freue mich schon richtig aufs Krankenhausessen. Hätte ich auch niemals gedacht.«

»Und Herr Rekowski hat Ihnen nie etwas von dem Bunker unter seiner Jagdhütte erzählt?«, fragte Kowalski.

Greta schüttelte den Kopf. »Er hat mir immer nur von seiner Kriegsangst erzählt. Und dass Deutschland sich wappnen müsse gegen das internationale Judentum. Wobei sein Wappnen dann wohl eher so aussah, dass er sich verkriechen wollte.«

Da war etwas dran, dachte Charly. Klaus von Rekowski hatte keine Angst gehabt, dass auf den Spandauer Forst Bomben fielen, er hatte aber sehr wohl Angst, dass Deutschland bald wieder zu den Waffen rufen könnte und er mitsamt seiner schicken Uniform womöglich an die Front geschickt würde.

Der Arzt mit dem Parteiabzeichen kam ins Zimmer und bat den Besuch zu gehen, die Patientin brauche ihre Ruhe.

»Eine wichtige Frage habe ich noch, bevor wir uns verabschieden, Fräulein Overbeck«, sagte Kowalski. »Hat Klaus von Rekowski Ihnen jemals erzählt, was er am vierzehnten August sechsunddreißig im Schutzhaftlager Sachsenhausen gemacht hat?«

Greta schaute Charly an, dann Kowalski, und dann wieder Charly.

»Sachsenhausen? Da muss er wegen deines Häftlings gewesen sein. Erinnerst du dich, Charly?«

»Und was genau er da gemacht hat, das hat er Ihnen nicht erzählt?«

»Dass er nichts ausrichten könne, hat er mir gesagt. Ob das aber am vierzehnten August war, das weiß ich nicht mehr. Und was er genau gemacht hat, auch nicht.«

»Dass der Häftling, um dessen Freilassung er sich bemüht hat, noch am selben Tage gestorben ist, das hat er Ihnen also nicht erzählt?«

Greta sah Charly erschrocken an, dann wieder Kowalski.

»Nein«, sagte sie, »das hat er nicht.«

Weiter konnten sie das Thema nicht vertiefen, der Arzt scheuchte den Besuch mit einer energischen Handbewegung aus dem Krankenzimmer.

Draußen gingen Charly und der Kriminalsekretär eine Weile schweigend nebeneinanderher.

»Ihre letzte Frage«, sagte Charly dann. »Heißt das, Hinnerk Ehlers hat nicht gestanden?«

»Nein.« Kowalski schüttelte den Kopf. »Noch nicht. Ich habe vorhin mit Stettin telefoniert. Ehlers lässt aus Bremen seinen Anwalt kommen. Vorher sagt er nichts. Geben wir mal die Hoffnung nicht auf. Immerhin hat er versucht, sich der Befragung durch Flucht zu entziehen, wir können ihn also eine Weile festhalten. Aber ohne sein Geständnis, fürchte ich, wird es schwierig,

Ihre These zu untermauern. Die Beweislage ist dünn. Und das ist noch wohlwollend ausgedrückt. Selbst wenn Klaus von Rekowski Herbert Ehlers tatsächlich getötet oder seinen Tod veranlasst haben sollte, wird die SS von ihrer offiziellen Schilderung nicht abweichen. Ein kleiner Hoffnungsschimmer wäre die Person, die Hinnerk Ehlers die Todesumstände seines Neffen verraten hat, wahrscheinlich ein Häftling, der in den letzten Wochen entlassen wurde. Vielleicht landen wir da einen Treffer.«

»Na, wollen wir das Beste hoffen. Aber dass meine Freundin den Mord nicht begangen haben kann, das ist jetzt doch wohl klar, oder?«

»Machen Sie sich keine Sorgen, Frau Rath. Ihre Freundin wird noch einmal ins Präsidium kommen müssen, um ihre Aussage zu tätigen, aber bestimmt nicht als Tatverdächtige, sondern als Opfer eines Verbrechens.«

Charly wusste nicht, warum, aber aus irgendeinem Grund, obwohl es doch vor allem ihr Ziel war, Greta zu finden und den Mordverdacht gegen sie zu zerstreuen, wurmte es sie, dass der Mord an Klaus von Rekowski womöglich nicht würde aufgeklärt werden können. Und noch mehr wurmte es sie, dass man Klaus von Rekowski den Mord an Herbert Ehlers, sollte er ihn nun mit eigenen Händen begangen oder nur den Befehl dazu gegeben haben, nicht würde nachweisen können. Andererseits liefen in Deutschland so viele Dinge falsch, dass zwei ungeklärte Mordfälle noch ihre geringste Sorge sein sollten.

Sie waren auf dem Hof angelangt. Der schwarze Ford parkte direkt vor der Außentreppe.

»Kann ich Sie noch nach Hause bringen?«, fragte Kowalski, »bevor ich ins Präsidium fahre.«

»Danke, das ist lieb, aber nicht nötig«, entgegnete sie. »Nicht dass ich Angst hätte, Sie würden mir Ihre Jagdhütte zeigen wollen – aber … ich wohne nicht weit weg. Ein bisschen frische Luft tut mir ganz gut.«

Kowalski nickte. Er war leicht rot angelaufen, das war gar nicht ihre Absicht gewesen. Er hob die Hand zum Abschied und stieg in seinen Wagen. Charly spazierte durch das kleine Backsteindorf der Charité zur Invalidenstraße. Am Lehrter Stadtbahnhof hätte sie die S-Bahn nehmen können, die sich gerade von Osten her näherte, aber sie ging auch den Rest des Weges zu Fuß. An der Spree entlang, diese Strecke war sie früher auch mit Greta oft gegangen. Sie erinnerte sich an den Abend des Reichstagsbrandes. Auch da waren sie hier am Ufer entlangspaziert. Was sich seit diesem Tag alles geändert hatte.

Erst jetzt, wo sie zum ersten Mal allein war, spürte sie, wie riesengroß die Erleichterung war, dass Greta noch lebte. Angeschlagen zwar, aber lebendig. Noch nie hatte Charly sie so hilflos gesehen, so am Boden zerstört und jeder Selbstsicherheit beraubt. Aber die Wut auf Klaus von Rekowski, dem sie ihre Gefangenschaft zu verdanken hatte, übertraf die Trauer über dessen Tod bei weitem, und so hoffte Charly, dass mit dieser Wut auch Gretas Lebenskräfte wieder wüchsen.

Die leere Wohnung kam ihr längst nicht mehr so kalt vor, wie sie ihr heute morgen, wie sie ihr die ganze zurückliegende Woche erschienen war. Greta würde bald wieder zuhause sein, es würde wieder alles ganz normal werden. Oder eben auch nicht. Was war schon normal in den heutigen Zeiten? Sie musste sehen, dass sie das Land schleunigst verließ, sie musste Fritze von den Rademanns loseisen und dann mit ihm über die Grenze nach Prag gehen. Endlich. In die Stadt, in der sie eigentlich schon seit Monaten sein wollte.

Sie zog ihren Mantel aus, setzte sich an den Küchentisch und steckte sich eine *Juno* an. So viel wie in den letzten Tagen hatte sie noch nie geraucht. Aber es half. Auch jetzt merkte sie, wie das Nikotin ihre Nerven beruhigte.

Das Telefon klingelte und schreckte sie auf. Sie rechnete damit, dass Böhm sie ermahnte, doch an den Fall Winkler zu denken, den sie Sonnabend abschließen wollten. Sie hatte sich ihre Erwiderung schon zurechtgelegt, die entscheidende Observierung übermorgen, dass er sich keine Sorgen machen müsse, doch am anderen Ende der Leitung meldete sich jemand, mit dem sie überhaupt nicht gerechnet hatte.

Paul Wittkamp. Gereons alter Freund. Wie lange sie den nicht mehr gesehen hatte.

»Paul! Wie geht es dir?«

»Gut so weit. Et kütt, wie et kütt, wie man bei uns zu sagen pflegt.«

Charly fühlte sich seltsam berührt von den kölschen Tönen. So etwas hatte sie sonst nur von Gereon gehört. Paul drückte sich knapp und vorsichtig aus, aber eindeutig.

»Unser Freund hat sich gestern eingeschifft«, sagte er. »Der Zeppelin ist schon über dem Atlantik.«

Charly wollte irgendetwas Unverfängliches antworten, aber es ging nicht. Überhaupt nichts ging mehr. Sie konnte nichts dagegen tun, aber mit einem Mal flossen die Tränen. Sie hielt den Hörer in der Hand und schluchzte hemmungslos, sie heulte, obwohl sie nicht einmal traurig war, sondern nur erleichtert. Alles fiel plötzlich von ihr ab: Greta war wieder da, Gereon endgültig auf dem Weg in Sicherheit. Sie hatte sich mehr Sorgen um ihn gemacht, als sie sich hatte eingestehen wollen. Und war trotzdem mit einem anderen ins Bett gegangen.

Aber darum ging es auch nicht. Ob sie Gereon jemals wiedersehen würde, war nun noch unwahrscheinlicher geworden, als es das ohnehin schon gewesen war, doch das konnte sie verkraften, vielleicht war das sogar eine Gewissheit, mit der sie leichter umgehen konnte als mit der Ungewissheit zuvor. Hauptsache, er lebte, egal wo und wie, alles war besser, als ihn tot zu wissen. Jener Moment, in dem Reinhold Gräf ihr die vermeintliche Todesnachricht überbracht hatte, war einer der schwärzesten Augenblicke ihres Lebens, übertroffen in seiner Grausamkeit nur von dem Tag, an dem sie vom Tod ihres Vaters erfahren hatte.

»Charly, alles gut?«

Pauls Stimme kratzte aus dem Hörer.

»Alles gut, Paul, alles gut.«

43

Er schaute aus dem Fenster und erblickte nur Grau und Blau in allen Schattierungen; Wasser und Himmel, so weit das Auge reichte. Bis zum Horizont erstreckte sich die gigantische glitzernde Weite des Ozeans. Des verdammten Atlantischen Ozeans.

Die *Hindenburg* besaß Panoramafenster, leicht schräg nach unten weisend, ähnlich wie die im Berliner Funkturm, und die Aussicht raubte einem den Atem, selbst wenn, wie heute den ganzen Tag schon, außer der unendlichen Wasseroberfläche nichts zu sehen war, kein Land, kein Schiff, nichts. Aber diese unendliche blaue Weite machte den Ausblick umso überwältigender.

Dass er sich eine Atlantiküberfahrt an Bord eines Luftschiffes je würde leisten können, das hätte sich Rath niemals träumen lassen, er hatte sich eher in der zweiten Klasse eines drittklassigen Transatlantikdampfers gesehen, wie damals, 1923, als er seinen Bruder in den Staaten besucht hatte. Und streng genommen konnte er sich den Zeppelin auch nicht leisten, die Frau an seiner Seite konnte das. Als frisch verlobtes Paar waren sie in Frankfurt an Bord gegangen, als Irina Jawlenka und Hartmut Oswald, die in den USA, wo die Familie der Braut lebte, zu heiraten gedachten, der deutsche Geschäftsmann und die schöne Exilrussin mit dem französischen Pass. Dass sie von Stalins Schergen und er von Heydrichs SD gesucht wurde, wusste niemand.

Rath konnte es noch immer nicht glauben. Vor wenigen Tagen noch hatte er Weinkisten in Wiesbadener Hotelkeller geschleppt, nun befand er sich an Bord des luxuriösesten Verkehrsmittels der Welt, des größten Luftschiffes aller Zeiten, des LZ 129, der *Hindenburg*, und würde in wenigen Tagen amerikanischen Boden betreten.

Bei der Einschiffung im *Frankfurter Hof* hatten die Uniformierten der Durchsuchung des Gepäcks auf entzündbare Gegenstände mehr Aufmerksamkeit geschenkt als den Papieren. Die Reisepässe waren ohnehin von allen Fluggästen in Verwahrung genommen worden, die sollten ihnen erst wieder bei der Landung in Lakehurst ausgehändigt werden. Rath hatte nicht nur wegen der Papiere geschwitzt, er wusste, dass die Gräfin das meiste Geld im doppelten Boden ihres Koffers versteckt hatte, aber bei der Gepäckkontrolle waren die Beamten so fixiert auf Feuerzeuge und leicht entzündliche Stoffe, dass kein Mensch nach einem doppelten Boden getastet hatte. Die Passagiere der *Hindenburg* hatten für die Passage zu viel Geld bezahlt, als dass man sie einer solchen Prozedur ohne dringenden Verdacht unterziehen würde.

Nun waren sie also an Bord, und die Sorokina hütete den Koffer wie ihren Augapfel. Mehrfach täglich suchte sie die enge Kabine auf und schloss sich ein, um nachzuschauen, ob das Geld noch da war.

Als Verlobte teilten sie sich eine Doppelkabine. Mit einem Etagenbett wie in der Jugendherberge. Eigentlich also recht züchtig, dennoch war sie in der ersten Nacht zu ihm ins Bett geklettert, und sie hatten sich aneinandergeklammert wie zwei Ertrinkende und miteinander geschlafen. Es war keine Liebe gewesen und keine Leidenschaft, eher ein Akt der Verzweiflung. Weil sie nur noch sich hatten und sonst niemand anderen. Jedenfalls fühlte es sich so an in diesem Moment.

Heute morgen schon war dem nächtlichen Rausch der Kater gefolgt. Trotz der gemeinsam verbrachten Nacht hatte es sich nicht vertraut angefühlt, als er neben der Gräfin erwachte. Er hatte keinerlei Drang gespürt, zärtlich sein zu wollen, ihr übers Haar zu streichen oder sowas, obwohl sie zweifellos schön war. Ihr schien es nicht anders zu gehen, was ihn weniger mit Enttäuschung denn mit Erleichterung erfüllte.

Er hatte gesehen, wie kaltblütig und brutal sie sein konnte, und obwohl er wusste, dass sie ihm zu großem Dank verpflichtet war, hatte er vor allem Angst vor ihr.

Sie hatten den ganzen Tag nicht darüber gesprochen, dennoch war beiden klar, dass es bei dieser einen Nacht bleiben würde. Sie waren gemeinsam zum Frühstück erschienen, wie man es erwartete von einem verlobten Paar, sie hatten miteinander geredet, Konversation gepflegt, wie man es von ihnen erwartete, und waren sich den Rest des Tages, mit Ausnahme der Mahlzeiten, aus dem Weg gegangen, soweit das an Bord der *Hindenburg* möglich war.

Er fragte sich, ob es leichtsinnig gewesen war, seinen alten Freund Paul anzurufen. Er hatte es nicht geplant, es war so etwas wie eine Eingebung gewesen, aber es hatte sich gut angefühlt, das erste Mal seit Monaten hatte er sich wieder wie ein Mensch gefühlt. Wie jemand mit Freunden, jemand, um den man sich Sorgen machte, kein Geist, der ein Ersatzleben führt.

Er wusste, dass es riskant war. Wenn der SD ihn intern zur Fahndung ausgeschrieben hatte, musste Sebastian Tornow der Verdacht gekommen sein, Gereon Rath könne den Schusswechsel in jener Augustnacht womöglich überlebt haben. Aus diesem Grund hatte er sich auch nicht mit dem Namen Rath gemeldet, sondern mit »Höhne, Uhren und Schmuck«.

Dem alten Höhne, einem Schmuckhändler aus Klettenberg, hatten Paul und er vor langen Jahren einmal einen nächtlichen Streich gespielt und zwei Großbuchstaben von dessen Lichtreklame derart umgeschraubt, dass am nächsten Morgen HUREN UND SCHMUCK an der Fassade prangte. Niemand wusste davon außer Paul und ihm und Charly. Seiner Frau muss man ja auch solche Geheimnisse erzählen.

Paul jedenfalls war, nach einer irritierten Viertelsekunde, sofort im Bilde.

»Herr Höhne, wie geht es Ihnen?«, hatte er gesagt.

»Wunderbar, wunderbar, danke der Nachfrage. Bin gerade auf Geschäftsreise in Wiesbaden und habe da unseren gemeinsamen Bekannten Kessler getroffen.«

»Kessler, ach ja.«

»Sie glauben es nicht, der Mann hat mir erzählt, dass er morgen auf dem Luftschiffhafen Frankfurt an Bord des Zeppelins geht. Ich denke, das sollten Sie wissen. Und alle, die es interessiert.«

»Tja, der alte Kessler. Was soll ich sagen? Wie man sich bettet, so schallt es heraus.«

»Ich würde sogar sagen: Ohne Fleiß fängt man Mäuse.«

Das Herumalbern mit verdrehten Sprichwörtern war auch etwas, das ihn mit Paul verband, und Rath hatte nach diesen wenigen Worten eine unendliche Sehnsucht nach den alten Zeiten verspürt, als sie sich noch regelmäßig gesehen hatten. Die würden so schnell nicht wiederkommen. Wenn sie überhaupt jemals wiederkämen.

»Ich muss leider Schluss machen, Herr Wittkamp. Habe morgen wichtige Geschäftsgespräche, die vorbereitet werden wollen.«

»Dann passen Sie mal auf sich auf! Sie wissen ja: Morgenstund ist aller Laster Anfang.«

Rath hatte aufgelegt, und bei aller Herzenswärme, die er bei dem Gespräch empfand, hatte sich zugleich eine schwere Traurigkeit auf sein Gemüt gelegt. So schwer, dass er es nicht mehr fertiggebracht hatte, auch in Berlin anzurufen, obwohl er sich das in der Euphorie des Telefonats mit Paul noch fest vorgenommen hatte. Stattdessen hatte er mit gesenktem Haupt ewig auf den Telefonhörer gestarrt und sich völlig in sentimentalen Gedanken verloren. Zum Glück war die Gräfin kurz darauf zurückgekehrt und hatte mit ihm den Ablauf der nächsten Tage besprochen und ihm seinen falschen Pass gezeigt. Wirklich gute Arbeit. Die Wiesbadener Passfälscher, mit denen die Sorokina Umgang pflegte, verstanden ihr Handwerk.

Der Pass hatte ihn in den Zeppelin gebracht, er würde ihm auch in den Staaten helfen. Rath tastete nach den Zigaretten in seinem Jackett und machte sich auf den Weg in den Rauchersalon.

44

Kollege Kröger hatte versprochen, ihn abzuholen, und das tat er auch. Und erschien so früh in der Pension Kröger, dass er sich gleich mit an den Frühstückstisch setzte. So frühstückte Andreas Lange nicht nur mit Erich Kröger und Oberstudienrat Petersen, sondern auch mit Kriminalsekretär Reinmar Kröger. Mit Oberscharführer Reinmar Kröger. Nur Krögers Schwägerin Dorle nahm wieder nicht an der Mahlzeit teil, sondern wuselte unaufhörlich hin und her, deckte auf, deckte ab, brachte dies und brachte jenes. Lange wurde ganz schwindlig von ihrem ewigen Hin und Her. Außerdem dauerte es viel zu lange, bis er endlich an seinen ersten Kaffee kam, alle anderen nahmen Tee zum Frühstück.

Die Diskussion vom Abendbrottisch wurde glücklicherweise nicht fortgesetzt, die Männer redeten über andere Dinge. Über das brandneue KDF-Schiff, das heute in Hamburg vom Stapel gelaufen war, über den Ausbau des Berliner Flughafens Tempelhof zum Weltflughafen und vieles mehr, was das nationalsozialistische Herz höherschlagen ließ. Während Dorle Kröger Tee nachschenkte und im steten Wechsel Rührei und Speck auf die Teller schaufelte. Lange beteiligte sich nicht am Gespräch. Er brauchte morgens immer ein bisschen länger, und der Kaffee in der Pension Kröger war so dünn, dass er kaum wirkte.

Irgendwann klingelte das Telefon, und Lange glaubte schon, es sei für ihn, doch Dorle Kröger bat ihren Schwager an den Apparat. »Das Präsidium«, raunte sie mit wichtiger Stimme, und Reinmar Kröger verließ den Frühstückstisch.

»Wir haben Nachricht aus Bremen«, sagte der Kriminalsekretär, als er an den Frühstückstisch zurückkehrte. »Rechtsanwalt Heidenreich trifft heute um dreiviertel elf mit dem Nachtzug am Hauptbahnhof ein.«

Nun waren sie doch wieder beim Thema Hinnerk Ehlers, und die Neugier der beiden Zivilisten war ungebrochen. Studienrat Petersen erkundigte sich nach Einzelheiten; das Mordopfer sei ein SS-Mann gewesen, habe er gehört, da müsse man den Täter doch die ganze Härte des Gesetzes spüren lassen, schon bei den ersten Vernehmungen. Erich Kröger stimmte ein in die Ansichten des Geschichtslehrers, sein Bruder jedoch, der Kriminalsekretär und Oberscharführer, redete dagegen an.

»Herr Ehlers hat das Recht auf einen Anwalt, und den gewähren wir ihm selbstverständlich«, sagte er, und Andreas Lange war froh, nicht der Einzige am Frühstückstisch zu sein, der den Rechtsstaat hochhielt. Vielleicht war Reinmar Kröger, obwohl SS-Mitglied, doch ein ganz normaler Kriminalist, der von solch halbseidenen Methoden ebensowenig hielt wie Andreas Lange oder Ernst Gennat. Wenn man in der Polizei Karriere machen wollte, führte eben kein Weg am schwarzen Corps vorbei, das musste ja nicht zwingend etwas über die Gesinnung aussagen, sondern bewies lediglich, dass man Ambitionen hatte. Auch Arthur Nebe, der Chef des Reichskriminalamtes, war inzwischen ein hohes Tier in der SS, dennoch war Nebe ein Kriminalist alter Schule und wäre niemals auf den Gedanken gekommen, bei einer Vernehmung zu Gestapo-Methoden zu greifen.

Lange war fertig mit Frühstücken. Gegessen hatte er mehr als genug, seine persönliche Fettlücke hatte er für mehrere Monate im Voraus geschlossen; allein sein Kaffeekonsum hinkte noch der normalen morgendlichen Dosis hinterher. Dorle Schröder hatte ihm unaufhörlich nachgeschenkt, doch irgendwann hatte er das Gefühl, so viele Tassen ihres dünnen Kaffees trinken zu können, wie er wolle, und trotzdem keine Wirkung zu erzielen, also hatte er nach der dritten Tasse dankend abgewinkt. Da hoffte er doch lieber auf den Kaffee im Polizeipräsidium Stettin. Polizeikaffee war in aller Regel stark. Nicht immer wohlschmeckend, aber stark.

»Wann brechen wir denn auf, Kollege Kröger?«, fragte er.

»Jederzeit, Kommissar, wann immer Sie es wünschen. Der Wagen steht draußen.«

Lange stand auf. »Gut, dann lassen Sie uns fahren.«

Eine halbe Stunde später betraten sie das Präsidium, und Lange war froh, die Pension Kröger endlich verlassen zu haben. Die Neugier im Kreise der Stettiner Kollegen war allerdings kaum geringer ausgeprägt als die der morgendlichen Frühstücksrunde. Lange erbat sich einen Raum, in dem er ungestört telefonieren könne.

»Gehen Sie doch schon einmal in Vernehmungsraum A«, schlug Kröger vor, »der ist sowieso für uns reserviert.«

»Damit wir uns nicht falsch verstehen, Kriminalsekretär Kröger: Das ist *mein* Fall, ein Fall der Berliner Kriminalpolizei, also werde ich bei der Befragung von Herrn Ehlers auf Ihre werte Mithilfe verzichten.«

»Aber natürlich, Kommissar, ganz wie Sie meinen.«

Kröger wirkte durchaus enttäuscht, sagte aber nichts weiter, sondern zeigte dem Kommissar wie gewünscht den Weg zum Vernehmungsraum. Lange nahm seine Aktentasche und die Kaffeetasse und folgte dem Kriminalsekretär.

Im Polizeipräsidium Stettin sah es nicht großartig anders aus als in der Burg. Das Gebäude war natürlich kleiner, die Flure nicht so endlos lang, aber der Vernehmungsraum, den Kröger ihm zeigte, hätte genausogut am Alex stehen können. Ein fensterloser Raum, nur von einer Vierzig-Watt-Birne erleuchtet und spartanisch ausgestattet: ein Vernehmungstisch mit vier Stühlen, einer Lampe und einem Telefonapparat, etwas abseits ein kleinerer Tisch für die Stenotypistin mit einem weiteren Stuhl und einer Schreibmaschine. Das war's.

Lange stellte seine Kaffeetasse neben das Telefon und öffnete die Aktentasche.

»Geben Sie mir Bescheid, sobald Rechtsanwalt Heidenreich eingetroffen ist«, bat er Kröger und nahm Platz. »Und sollten Anrufe aus Berlin kommen, können Sie die zu mir auf diesen Apparat durchstellen. Ansonsten bitte ich darum, nicht gestört zu werden.«

»Selbstverständlich, Kommissar.«

Kröger verabschiedete sich mit einem süßsauren Lächeln und schloss die Tür.

Lange lehnte sich zurück, reckte seinen Oberkörper und seufzte. Endlich allein.

Er hatte keine dringenden Telefonate mit dem Alex zu führen, er wollte einfach seine Ruhe haben. Sich Gedanken machen zu der Befragung, die ihm bevorstand. Wie konnte man einen mutmaßlichen Mörder, gegen den man nur Indizien in der Hand hatte, zu einem Geständnis bewegen? Ihm das Taschentuch vorhalten? Seine von mehreren Zeugen bestätigte Suche nach Klaus von Rekowski im *Groschenkeller*? Das alles war durchaus verdächtig, keine Frage, aber nicht zwingend belastend. Kopflos hatte Hinnerk Ehlers nur einmal reagiert, als er vor der Staatsgewalt Reißaus genommen hatte. Aber schon kurze Zeit später hatte er sich gefangen. Und auf einem Rechtsanwalt bestanden. Auf seinem Rechtsanwalt.

Das würde die Sache schwieriger machen. Das Erste, was ein Rechtsanwalt seinem Mandanten in so einem Fall riet, war zu schweigen. Dafür musste Andreas Lange nicht jahrelang Jura studieren, um das zu wissen. Und mit einem schweigenden Hinnerk Ehlers war ihm nicht gedient. Er hätte ja nicht einmal eine Handhabe, ihn noch länger festzuhalten, es sei denn, sie machten aus seiner Flucht und dem Handgemenge mit den Schupos Widerstand gegen die Staatsgewalt oder so etwas.

Von Seiten der SS war keine Hilfe zu erwarten, probieren mussten sie es trotzdem. Einen Moment war Lange versucht, in Berlin anzurufen und Kowalski zu fragen, ob der die Anfrage an die Lagerkommandantur Sachsenhausen schon auf den Weg gebracht hatte, aber dann beschloss er, dem Kriminalsekretär zu vertrauen und nicht alles kontrollieren zu wollen. Kowalski würde das schon machen. Ob Gennat sich dafür einspannen lassen würde? Lange war sich fast sicher, der Oberregierungsrat kuschte nicht vor den Organisationen der Partei, auch wenn die sich manchmal gerierten, als stünden sie über dem Gesetz.

Um kurz vor zwölf klopfte es an die Tür. Reinmar Kröger schaute beinahe schüchtern durch den Türspalt.

»Herr Kommissar? Der Herr Rechtsanwalt wäre jetzt da.«

»Na, prima, bringen Sie ihn doch gleich zu mir.«

Rechtsanwalt Heidenreich war in etwa so alt wie Hinnerk Ehlers. An seinem Jackenkragen prangte das blecherne Zeichen der Partei. Er trug eine schwarze Aktentasche unterm Arm, die er krampfhaft festhielt, als seien darin die Kronjuwelen des Kaisers von China verwahrt.

»Heil Hitler, Herr Kommissar«, grüßte er, und Lange grüßte vorschriftsmäßig zurück.

»Wollen Sie sich mit Ihrem Mandanten beraten?«, fragte er den Anwalt.

»Lassen Sie Obertruppführer Ehlers doch bitte erst einmal kommen. Sie haben ihn lange genug eingesperrt. Wenn es etwas zu besprechen gibt, können wir das auch hier erledigen.«

»Gerne. Kröger, rufen Sie doch bitte im Gewahrsam an und lassen Herrn Ehlers hochbringen.«

Kröger nickte und verließ den Raum.

»Nehmen Sie doch schon einmal Platz, Herr Heidenreich.«

Der Anwalt setzte sich.

»Was genau wird meinem Mandanten zur Last gelegt?«

»Wir vernehmen ihn als Tatverdächtigen in einem Mordfall, der sich in Berlin in der Nacht vom dreiundzwanzigsten auf den vierundzwanzigsten April ereignet hat.«

»Wenn Sie ihn beschuldigen, verlange ich erst einmal Akteneinsicht. Vorher müssen wir uns gar nicht unterhalten.«

Das hatte Lange befürchtet.

»Sie haben meinen Mandanten doch wohl noch nicht vernommen? Ohne anwaltlichen Beistand?«

Lange wollte etwas erwidern, da wurde die Tür aufgerissen. Kriminalsekretär Kröger stand im Türrahmen, kreidebleich.

»Mensch, Kröger, können Sie nicht anklopfen?«

»Tut mir leid, Herr Kommissar.«

»Was ist denn? Wo bleibt Herr Ehlers.«

»Das ist es ja. Ich fürchte, wir können Herrn Ehlers nicht vorführen lassen.«

»Ja wieso das denn?«

»Ich habe gerade mit dem Polizeigewahrsam telefoniert. Es ist ... Also: Die Wachen haben Herrn Ehlers tot in seiner Zelle gefunden.«

45

Wann hatte sie das letzte Mal hier gesessen? Donnerstag, vor genau einer Woche, doch es kam ihr vor wie eine Ewigkeit. Der Kellner jedoch schien sie wiederzuerkennen, er behandelte sie entsprechend unfreundlich, als sie bestellte. Kein Wunder, bei ihrem letzten Besuch hatte sie in mehr als drei Stunden eine einzige Tasse Kaffee verzehrt. Sie hatte Stunden in dem schmuddeligen Café ausgeharrt, und Karoline Winkler war dennoch nicht erschienen. Obwohl das Auto von Doktor Wolfssohn den ganzen Morgen und sogar noch nachmittags vor dem Hotel gestanden hatte.

Wie auch jetzt wieder. Der dunkelrote Audi glänzte in der Sonne. Charly verglich die Autonummer mit der in ihrem Notizblock: IA-5349.

Der Doktor war also da. Blieb nur zu hoffen, dass auch seine mutmaßliche Geliebte erschien. Ob sie es wagen würde, ihren Doktor zum zweiten Mal zu versetzen? Oder hatte sie das Misstrauen ihres Mannes inzwischen bemerkt und einen Rückzieher gemacht? Und nur der Doktor hielt wacker an den Verabredungen fest?

Der Kellner kam mit ihrem Kaffee, der zur Hälfte in die Untertasse geschwappt war, doch Charly ersparte sich den Protest, der ihr auf den Lippen lag, denn im selben Augenblick sah sie die blonde Frau Winkler die Köthener Straße hinunterkommen. Und zielstrebig das *Europahotel* anstreben. Nach einem letzten Blick auf die Armbanduhr verschwand die Winkler im Hoteleingang.

Na also! War sie doch nicht umsonst hier! Charly stand auf und griff zu ihrer Handtasche.

»Sie haben Glück«, sagte sie dem verdutzten Kellner. »Sie müssen mir keinen neuen Kaffee bringen. Ich möchte keinen mehr.«

»Aber Sie können doch nicht einfach gehen«, protestierte der. »Sie haben den Kaffee bestellt, dann müssen Sie ihn auch trinken.«

»Da Sie mir ein Fußbad gebracht haben und keinen Kaffee, ist ja zum Glück kein Schaden entstanden.«

Und damit verschwand sie durch die Tür. Dass sie hier nie wieder einkehren würde, stand fest. Charly hatte sich geschworen, sollte sie das Rätsel um Karoline Winkler und Doktor Wolfssohn heute nicht lösen, würde sie dem eifersüchtigen Ehemann die Geschichte einer absolut treuen Ehefrau verkaufen. Jedenfalls wollte sie nicht Schuld daran tragen, dass sich der arme Doktor eine Anklage wegen Rassenschande einfing.

Charly überquerte die Straße und betrat das Hotel. Sie musste jetzt alles auf eine Karte setzen.

»Doktor Wolfssohn?«, fragte sie den Mann an der Rezeption, »welches Zimmer hat der?«

»Ja, haben Sie denn einen Termin?«, fragte der zurück.

Charly wunderte sich, hakte aber nicht weiter nach.

»Ich brauche keinen Termin, das ist ein Notfall. Welche Zimmernummer?«

»Hundertsiebzehn. Erster Stock. Gleich rechts, wenn Sie die Treppe raufkommen.«

»Danke.«

Charly ging die Treppe hinauf und stand gleich darauf vor Zimmer 117. Sie horchte kurz, konnte aber nichts hören, dann klopfte sie an die Tür. Zu ihrer Überraschung antwortete jemand.

»Kleinen Moment, bitte!« Eine Männerstimme. Das musste Doktor Wolfssohn sein. »Kleinen Moment, ich bin gleich bei Ihnen.«

Damit hatte sie nicht gerechnet. Charly musste sich vorstellen, wie Karoline Winkler hastig ihre Kleider überstreifte und sich unter dem Bett oder im Schrank versteckte. Sie betete, dass es nicht etwas Würdeloses in dieser Art sei.

Da öffnete sich die Tür, schneller, als sie erwartet hatte. Sie selbst hätte sich in dieser kurzen Zeit nirgends verstecken können, aber vielleicht hatte die Winkler ja Übung in solchen Dingen.

Doktor Wolfssohn schaute durch den Türspalt. Ein gutaussehender Mann, auch wenn seine Schläfen schon grau wurden. Er trug einen weißen Arztkittel und hatte das Stethoskop um den Hals hängen, als habe er es eben noch benutzt.

»Sie sind aber nicht vom Hotel«, sagte er.

»Nein.«

Charly starte fassungslos auf den Arztkittel. Trieben die hier irgendwelche Rollenspiele? Sie schaute an dem Doktor vorbei ins Zimmer 117. Mitten im Raum stand ein großer Paravent, über dem das rote Kleid hing, das Karoline Winkler eben auf der Straße noch getragen hatte.

»Was … was machen Sie denn hier für Doktorspielchen?«, fragte Charly. Etwas Besseres fiel ihr nicht ein.

»Doktorspielchen?« Doktor Wolfssohn klang entrüstet. »Sie platzen hier mitten in meine Untersuchung und haben dann die Frechheit, das Doktorspielchen zu nennen?«

»Untersuchung? Ich dachte, Sie und Frau Winkler …«

Charly ahnte, dass es besser wäre, den Satz nicht zu Ende zu bringen.

»Frau Winkler ist meine Patientin. Seit elf Jahren schon. Nur traut sich eine arische Frau heutzutage ja nicht mehr zu einem jüdischen Arzt, also muss ich sie heimlich im Hotel untersuchen. Wie alle meine arischen Patientinnen.«

Nun schaute auch Karoline Winkler um die Ecke des Paravents.

»Was ist denn los, Doktor?«

»Kleinen Moment, ich bin gleich wieder bei Ihnen, Frau Winkler«, rief er in den Raum hinein. Dann wandte er sich wieder Charly zu. »Können Sie mir bitte den Sinn und Zweck Ihres Besuchs erklären, junge Frau?«

»Nun, das ist mir etwas unangenehm«, begann Charly. Sie zeigte ihre Karte. »Ich habe Privatermittlungen im Auftrag des Ehemannes von Frau Winkler angestellt.«

»Und denken, wir treffen uns hier zum Stelldichein? Nun, da haben Sie falsch gedacht.«

»Das habe ich ja inzwischen auch bemerkt. Aber vielleicht können Sie Frau Winkler mitteilen, dass ich sie gerne sprechen möchte. Ich warte unten in der Lobby.«

Der Doktor schaute sie misstrauisch an. »Gut, ich werde ihr das ausrichten. Aber ich darf Sie bitten, Dritten gegenüber äußerste Diskretion walten zu lassen bei dem, was Sie hier gesehen haben. Das geht niemanden etwas an.«

»Keine Sorge, Doktor Wolfssohn. Ihr Geheimnis ist bei mir in guten Händen.«

Es dauerte nicht mal eine Zigarettenlänge, und Karoline Winkler erschien auf der Hoteltreppe.

»Sie wollen mich sprechen?«, fragte sie, als sie Charly auf einem der dunkelgrünen Sessel in der Hotellobby erspäht hatte.

»So ist es. Nehmen Sie doch Platz.«

Charly bot der Frau eine *Juno* an, und die griff zu. Sie erklärte Karoline Winkler in wenigen Worten, wie aus der Eifersucht von Harald Winkler ein Auftrag für das Detektivbüro Böhm geworden war.

»Mein Mann darf das niemals erfahren«, sagte die Winkler, nachdem Charly geendet hatte.

»Nun, da Sie nicht fremdgehen, gibt es auch nichts, was er erfahren könnte.«

»Nein, Sie verstehen nicht. Er darf auch nicht erfahren, dass ich Doktor Wolfssohn besuche. Mein Mann ist in der Partei, und ...«

Sie sprach nicht weiter, sondern zog nervös an ihrer Zigarette.

»Ich weiß.« Charly schaute Karoline Winkler an. »Hören Sie, Ihr Mann hat Verdacht geschöpft, als er feststellte, dass Sie mehr oder weniger jeden Donnerstag für einige Stunden das Haus verlassen.«

»Was soll ich denn tun? Da hat Doktor Wolfssohn nun mal seine Sprechstunde für arische Patienten.«

»Ich mache Ihnen ja keinen Vorwurf. Wir müssen die Bedenken Ihres Mannes nur zerstreuen. Sonnabend kommt er in die Detektei zum Abschlussgespräch. Da muss ich ihm eine Erklärung liefern, wo seine Frau donnerstags hingeht.« Sie überlegte kurz. »Was halten Sie von einem Nähkurs? Sie wollen ihn überraschen und lernen heimlich nähen.«

»Aber ich kann doch gar nicht nähen!«

»Das ist es ja. Deswegen lernen Sie es doch. Ich werde Ihrem Mann weismachen, dass Ihr Geheimnis eines zu seinem Nutzen ist und dass er Weihnachten mit etwas Selbstgenähtem rechnen kann, also melden Sie sich besser bald in einem Kurs an.«

»Meine Güte, hoffentlich lerne ich das.«

»Sie werden's schon hinkriegen, bis Weihnachten ist noch viel Zeit.«

Karoline Winkler schaute gleichermaßen entsetzt wie erleichtert.

»Ach, noch etwas«, meinte Charly. »Ich brauche noch Beweismaterial.«

»Wie?«

»Ein Foto von Ihnen an der Nähmaschine, zusammen mit vielen anderen Näherinnen. Ich habe da einen Bekannten am Hausvogteiplatz, da können wir solch ein Foto machen.«

»Am Hausvogteiplatz?«

»In einer halben Stunde haben wir das im Kasten, wenn wir jetzt aufbrechen. Ich hoffe, so viel Zeit haben Sie noch.«

Karoline Winkler nickte.

46

Die Dame am Nebentisch, eine Amerikanerin, stand auf und war plötzlich ganz aufgeregt. »That's Long Island«, sagte sie und zeigte hinaus, »that's New York«

Rath drückte seine Zigarette aus und trat zu ihr an das große Panoramafenster des Rauchersalons. Der Regen, der sie seit Boston begleitete, hatte aufgehört, die Sicht war klar, unten glitt der riesige Schatten des Luftschiffs über die Dünen einer Küstenlandschaft.

»Finally«, sagte er.

Sie drehte sich zu ihm um. »You are Mister Oswald, right?«

Rath nickte. »Yes«, sagte er und nickte. »Hartmut Oswald.«

»You are going to marry this charming Russian Lady, aren't you?«

»Right. Miss Jawlenka is my fiancée.«

Die Lüge vom frisch verlobten Pärchen hielten sie immer noch aufrecht, obwohl sich ihr Verhältnis in den letzten Tagen merklich abgekühlt hatte. Auch jetzt wusste er nicht, wo sich die Gräfin befand. Nach dem Mittagessen war er in den Rauchersalon hinabgegangen, in dem er sich ohnehin meistens aufhielt, denn nirgendwo anders an Bord war das Rauchen erlaubt. Die Sorokina war längst keine so starke Raucherin wie er. Oder wie Misses Mather, die jetzt neben ihm am Fenster stand und sich die nächste *Marlboro* aus der Schachtel klopfte. Eilfertig gab ihr der Steward Feuer. Rath unterdrückte den Drang, es ihr gleichzutun und die nächste *Overstolz* aus dem Etui zu klauben. Viele hatte er ohnehin nicht mehr, in den Staaten würde er die Zigarettenmarke wechseln müssen.

Und dann waren sie plötzlich über der Stadt. Von Norden

kommend schwebte die *Hindenburg* über Manhattan hinweg, über Harlem und den Central Park, so tief am Empire State Building vorbei, dass man den Menschen auf der Aussichtsplattform zuwinken konnte. Anders als Boston, wo sie von Schiffssirenen, Autohupen und tanzenden Flugzeugen empfangen worden waren, zeigte sich New York, obwohl auch hier ein paar Schiffssirenen tönten und Flugzeuge aufstiegen, weitaus weniger beeindruckt von der *Hindenburg*. Es war, im Gegenteil, eher so, dass sich die Passagiere des Zeppelins von New York beeindruckt zeigten. Alles drängte an die Panoramafenster, um einen Blick in die Hochhausschluchten zu werfen, in denen sich Auto an Auto reihte, kleine bunte Punkte, die sich langsam bewegten. Es regnete nicht, und für einen Augenblick schien ihnen sogar die Sonne ins Gesicht, doch im Süden, hinter den Hochhäusern Manhattans, türmten sich schwarze Wolken.

Das Luftschiff drehte noch eine Kurve und folgte dann dem Lauf des Hudson River Richtung Süden. Rath wusste nicht, ob die Häuser, die nun auftauchten, zu Hoboken gehörten oder zu einer der anderen Städte, die sich gegenüber der gewaltigen Wolkenkratzerinsel auf dem Jerseyufer aneinanderreihten, aber da unten irgendwo würde jetzt sein Bruder sitzen, vielleicht bei einem Bier, vielleicht bei einem Kaffee, vielleicht bei einer Jazzplatte, die er gerade ausgepackt hatte. Rath fragte sich, was für ein Gesicht Severin machen würde, wenn der kleine Bruder plötzlich auf der Matte stünde. Ihr letzter Briefwechsel lag schon ein paar Jahre zurück, ob die Kunde vom Tod Gereon Raths dennoch bis nach Hoboken, New Jersey gedrungen war?

Sie hatten die Südspitze Manhattans erreicht und umrundeten die Freiheitsstatue, die Rath seltsam klein vorkam, wie eine zerbrechliche Porzellanfigur, die jederzeit ins Wasser stürzen könnte.

Kapitän Pruss meldete sich über die Lautsprecheranlage und kündigte an, dass in etwa vierzig Minuten mit der Ankunft in Lakehurst zu rechnen sei.

Nun kam Bewegung in die Menge, die gerade noch an den Panoramafenstern klebte. Zigaretten wurden ausgedrückt, Getränkegläser geleert, den Stewards ein letztes Trinkgeld zugesteckt. Rath steckte lediglich sein Zigarettenetui ein und stellte sich in die Warteschlange, die sich vor der Schleuse gebildet hatte, die den

Rauchersalon vom Rest des Luftschiffs trennte. Jetzt war es also so weit. Zeit, sich fertig zu machen. Zeit, sein altes Leben hinter sich zu lassen und ein neues zu beginnen. Er wusste nicht, ob er sich auf sein neues Leben freute oder eher seinem alten nachtrauerte, aber das war auch gleichgültig. Ihm blieb keine andere Wahl. Sein altes Leben gab es nicht mehr, genausowenig wie es das alte Deutschland noch gab.

Er fand die Gräfin in der Kabine, wo sie bereits dabei war, ihre Garderobe zurück in den Koffer zu packen. Ihren Mantel, in den ein Teil ihres Geldes eingenäht war, trug sie schon, der weitaus größere Teil befand sich im doppelten Boden des Reisekoffers. Was auch der Grund war, dass sie das gute Stück keinem Gepäckträger anvertraute, schon bei der Einschiffung hatte sie das nicht getan.

Sie legte ihm einen Packen grüner Scheine in die Hand. Präsident McKinley schaute ihm ernst und streng in die Augen. Rath zählte zwanzig Fünfhundertdollarnoten.

»Was ist das?«

»Ich habe Ihnen dreißigtausend Mark versprochen. Abzüglich der Kosten für die Transatlantikpassage bleiben noch zehntausend Dollar. Freundlich gerechnet.«

Rath war überrascht. Damit hatte er nicht mehr gerechnet. Er zuckte die Achseln und steckte das Geld in die Innentasche seines Jacketts. Das würde ihm den Start in sein neues Leben fraglos erleichtern.

»Ich bedanke mich«, sagte er.

»Keine Ursache. Damit sind wir quitt.«

»Heißt das, Sie lösen die Verlobung, Fräulein Jawlenka?«

»Lassen Sie Ihre Witze. Es gibt keinen Grund mehr für unsere Scharade. Sobald wir das Luftschiff verlassen haben, gehen wir getrennte Wege. Ich werde in Lakehurst abgeholt und möchte Sie dann nicht mehr an meiner Seite sehen. Sie müssen auf eigene Faust zurechtkommen. Ich denke, mit dieser Summe werden Sie das hinkriegen.«

Obwohl Rath mit der Gräfin nichts mehr zu tun haben wollte, fühlte er sich durch diese brüske Abfuhr doch leicht gekränkt. Andererseits war er froh, dass nicht sie es war, die sich gekränkt fühlte. Was sie mit Liebhabern machte, die sie hintergingen, hatte er ja mit eigenen Augen gesehen.

Sie packten schweigend den Rest ihrer Sachen zusammen, und ebenso schweigend standen sie eine Viertelstunde später im großen Gesellschaftsraum auf dem A-Deck nebeneinander, ein letztes Mal das Paar spielend, das sie nicht waren. Wolkenfetzen zogen an den Panoramafenstern vorüber, Regenschlieren wanderten über das Glas, das Wetter war wieder schlechter geworden, seit sie New York verlassen hatten. Rath zog unwillkürlich den Mantelkragen hoch, als er in das nasskalte Wetter draußen blickte. Er würde einen Regenschirm brauchen. Dabei hatte er nicht einmal einen eingepackt.

Seine Ankunft in Amerika hatte er sich anders vorgestellt. Als müsse im Land der Freiheit immerzu die Sonne scheinen, so wie damals, im Sommer 1923, als er seinen Bruder besucht hatte. Heimlich, ohne dass irgendjemand aus seiner Familie davon wusste. Ohne dass überhaupt jemand davon gewusst hatte außer Paul. So wie auch jetzt niemand von seiner Reise wusste außer Paul.

Es war kurz nach vier, als die Hangars und Landemasten des Luftschiffhafens Lakehurst in Sicht kamen. Die allgemeine Erleichterung war mit Händen zu greifen. So sehr sie alle die Atlantikfahrt und das Kreuzen über Manhattan genossen hatten, so sehr freuten sie sich nun auf die Landung. Die Passagiere warteten ungeduldig darauf, von Bord gehen zu dürfen. So luxuriös die Reise im Zeppelin auch war, so sehr sie die Schiffspassage an Schnelligkeit auch übertraf, sie wollten endlich wieder festen Boden unter den Füßen spüren.

Der Regen klatschte immer heftiger gegen die Scheiben, dennoch harrte eine riesige Menschenmenge im Schatten der Luftschiffhalle aus, die Blicke nach oben gerichtet. Die Ankunft des Zeppelins war auch für die Amerikaner ein Ereignis. Rath staunte, welche Faszination die silberglitzernden Himmelsgiganten ausübten. Selbst in Berlin, wo man schon verdammt viel anstellen musste, um aufzufallen, sorgte jedes Luftschiff, sei es die *Hindenburg* oder die *Graf Zeppelin*, für Menschenansammlungen, und das, ohne dass die Nazis einen dazu zwingen mussten.

Plötzlich zuckten Blitze am schwarzen Himmel, und ein Raunen ging durch die wartenden Passagiere. Kurz darauf knarzte die Stimme von Kapitän Pruss wieder durch die Lautsprecheranlage.

»Verehrte Passagiere, leider muss ich Ihnen die Mitteilung machen, dass

der Luftschiffhafen uns die Landung unter den derzeitigen Wetterbedingungen versagt. Wir sind gezwungen abzuwarten, bis die Gewitterfront über Lakehurst abgezogen und eine ungefährliche Landung möglich ist. Wir bitten Sie um Ihr Verständnis.«

Pruss wiederholte die Ansage noch auf Englisch, aber da war Rath schon die Treppe hinunter auf dem Weg zum B-Deck und in den Rauchersalon. Dann würde er die restlichen *Overstolz* eben auch noch rauchen, bevor er amerikanischen Boden betrat.

47

Die Freundinnen saßen am Küchentisch, und es war beinahe wie in alten Zeiten. Vor ihnen standen ein Aschenbecher, eine Flasche Sekt und zwei Gläser, in denen es bereits perlte.

»Auf was sollen wir anstoßen?«, fragte Charly. »Auf dich? Auf uns? Auf bessere Zeiten?«

»Auf alles«, meinte Greta. »Wir haben's alle beide nötig, oder? Und die Zeiten sowieso.«

Sie war heute erst aus dem Krankenhaus entlassen worden; ihr Gesundheitszustand durch die Zeit ihrer einsamen Gefangenschaft doch angegriffener als gedacht. Und das lag nicht an der recht einseitigen Ernährung in Rekowskis Konservenbunker, sondern vor allem am Zustand der Ungewissheit und des Eingesperrtseins.

»Ich hatte doch keine Ahnung, was Klaus vorhatte. Wann er wiederkommen würde und was er dann mit mir anstellen würde.«

»Wieso hast du dich überhaupt wieder mit ihm eingelassen? Ich dachte, du hättest die Sache längst beendet.«

»Hatte ich ja auch. Als ich nach Stockholm gegangen bin. Aber er hat sich so um mich bemüht, da bin ich wieder weich geworden. Ich habe mich doch selbst nicht verstanden, Charly, aber Klaus hatte irgendetwas, das mich magisch angezogen hat. Manchmal. Und dann war er mir plötzlich so fremd, dass ich glaubte, es mit einem völlig anderen Menschen zu tun zu haben.«

»Aber warum hast du das denn vor mir geheim gehalten?«

»Ich wusste doch, dass du ihn nicht magst. Ich hätte es dir nicht erklären können. Ich hatte Angst, dass unsere Freundschaft darüber zerbricht.«

»Die ist auch nicht darüber zerbrochen, dass ich Gereon geheiratet habe, obwohl du ihn nicht leiden konntest.«

»Das stimmt ja gar nicht, dass ich ihn nicht leiden konnte. Ich hatte nur Angst, er könne nicht gut für dich sein.« Greta machte eine Pause und nahm dann Charlys Hand in die ihre. »Es tut mir leid, wenn ich manchmal schlecht über ihn geredet habe. Ich weiß ja, wie sehr du ihn vermisst, jetzt, wo er nicht mehr ist.«

»Schon gut. Dein Klaus ist ja auch nicht mehr.«

»Das ist ja etwas völlig anderes. Meinst du, ich weine dem Arschloch auch nur eine Träne nach? Der Mann war verrückt, das steht für mich jetzt fest, der neigte zu unberechenbaren Gewaltausbrüchen. Und auf der anderen Seite war er voller Ängste.«

»Vielleicht hängt das ja beides zusammen, die Gewalt und die Angst.«

»Vielleicht.« Greta zuckte die Achseln. »Er hat ja immer wieder von einem Krieg geredet. Aber dass er sich wirklich einen Bunker baut! Das Grundstück hat er übrigens geerbt, hat er mir mal erzählt. Heute frage ich mich, was er zuerst gebaut hat, den Schutzraum oder die Jagdhütte.«

»Jagdhütte oder Liebesnest?«

»Du hast recht, die Hütte liegt ja nicht einmal in einem Jagdrevier. Er hat gar kein eigenes Revier, er war immer auf die Einladung anderer Jäger angewiesen. War stolz wie Bolle darauf, dass er sogar mit Göring in der Schorfheide jagen durfte. Und ich glaube, er hat das wirklich gern gemacht. Tiere töten, meine ich.« Greta schaute Charly ratlos an. »Ich versteh das nicht. Er konnte so liebevoll sein. Und ich hatte noch nie im Leben einen Mann, der erotisch so gut zu mir gepasst hat.«

»Du willst sagen, du bist ihm verfallen, nur weil er gut im Bett war?«

»Er war nicht gut im Bett, jedenfalls nicht so im klassischen, ich sag mal: rein technischen Sinn. Aber ich kenne keinen Mann, den ich jemals erotischer gefunden habe.«

»Tja, das trifft ein bisschen auch auf mich und Gereon zu. Da war es ganz ähnlich.«

Charly konnte nichts dagegen tun, aber beim Gedanken daran,

dass nun ein ganzer Ozean zwischen ihr und Gereon Rath lag, ein Gedanke, der sie plötzlich und unerwartet überfiel, schossen ihr die Tränen in die Augen. Greta rückte zu ihr und nahm sie in den Arm.

»Das ist doch bescheuert«, sagte Charly und lächelte die Freundin aus verheulten Augen an. »Eigentlich sollte ich *dich* trösten und nicht du *mich*.«

»Du hast deinen Mann verloren, die Liebe deines Lebens. Natürlich brauchst du Trost. Du kannst nicht immer nur die Starke sein, Charly.«

So verharrten sie eine Weile eng umschlungen, und Charly spürte, wie gut ihr das tat. So sentimental, ja zärtlich, war Greta sonst selten.

»Du bist schon eine Gute, weißt du das?«, flüsterte sie, »auch wenn du dir Mühe gibst, dass niemand es merkt. Keine Ahnung, was ich ohne dich machen würde.«

»Mensch, Charly, das ist ja eine richtige Liebeserklärung!«

»Ich bin jedenfalls froh, dass du wieder hier bist. Die Spenerstraße ohne dich – das ist wie …«

»Wie Apfelkuchen ohne Schlagsahne?«

»Ich dachte eher: wie Schlagsahne ohne Kuchen«, sagte Charly und lächelte.

Greta lächelte nicht. Ihr Gesicht sah mit einem Mal sehr ernst aus. Sie nahm Charlys Hände in die ihren.

»Charly, ich muss dir etwas sagen.«

»Das hört sich jetzt aber schwer bedeutend an.«

»Ich werde nicht mehr lange in Berlin bleiben.«

Greta machte eine Pause, und der Satz hallte im Raum nach.

»Ich habe, ehrlich gesagt, die Schnauze voll von diesem Land«, fuhr sie fort. »Im Sommer ist Schweden sowieso am schönsten. Vielleicht solltest du mitkommen.«

»Wenn das so einfach wäre.« Charly seufzte. »Ich muss mich doch um den Jungen kümmern.«

»Nimm den doch einfach mit.«

»Außerdem kann ich nicht einfach so hin- und herreisen, wie es mir beliebt. Das geht mit einem deutschen Pass nicht.« Sie seufzte. »Ich muss Fritze nur von der Familie Rademann loseisen, dann gehe ich mit ihm nach Prag. Endgültig.«

»Wieso nicht Stockholm? Ist 'ne schöne Stadt. Wird dir gefallen.«

»Ich muss irgendwohin, wo man auch Deutsch spricht. Ich hab auch an Paris gedacht, aber dafür kann der Junge nicht gut genug Französisch, und wir wollen doch schnell wieder Fuß fassen.«

»Dann wünsche ich euch viel Glück beim Neuanfang. Und wer weiß: Irgendwann, wenn dieser Spuk hier vorbei ist, sehen wir uns alle wieder in Berlin. Und es ist wie früher.«

»Ich fürchte, der Spuk wird noch etwas länger dauern. Und so wie früher wird es sowieso nie wieder, darauf sollte man nicht hoffen.«

»Hoffnung ist doch das Einzige, was uns bleibt«, meinte Greta.

»Nein«, sagte Charly entschieden. »Hoffnung ist nicht das Einzige. Wir brauchen auch Mut. Wenn du nur hoffst, dann wartest du ab oder legst irgendwann die Hände in den Schoß. Mut aber gibt dir auch in hoffnungslosen Lagen Kraft.«

»Sehr weise gesprochen, meine Schöne.«

Greta streichelte Charly durchs Haar und schaute sie an. Der Augenblick, Charly konnte sich nicht helfen, hatte etwas Erotisches, sie war kurz davor, die Freundin zu küssen. Da klingelte das Telefon. Greta zog die Augenbrauen hoch.

»Bestimmt dein Meister Böhm, der unsere Mädelsrunde stören will.«

Charly rückte ein Stück von Greta ab. Der Zauber des Augenblicks war zerstört.

»Wir haben Sonnabend eine wichtige Besprechung«, sagte sie, »er möchte bestimmt wissen, ob ich alles beisammenhabe.«

»Und? Hast du?«

»Natürlich. Hausaufgaben gemacht, was denkst denn du?« Sie stand auf. »Einen kleinen Moment Geduld, den habe ich schnell abgewimmelt.«

Sie ging zum Telefon und nahm den Hörer ab.

Es war nicht Böhm, es war Andreas Lange.

»Charly! Endlich erreiche ich Sie!«

»Was ist denn los?«

»Sie hatten offensichtlich recht. Hinnerk Ehlers war unser Mann.«

»Hat er gestanden?«

»Wie man's nimmt.« Lange machte eine kurze Pause, bevor er

weitersprach. »Ehlers hat sich aufgehängt. Noch in Stettin. Im Polizeigewahrsam.«

Charly ließ den Hörer sinken. Ja, im ersten Moment war sie schockiert. Aber dann merkte sie, dass diese Nachricht, so schrecklich sie auch war, sie seltsam kaltließ.

48

Eine gefühlte Ewigkeit kreuzten sie nun schon die Küste von New Jersey auf und ab, kreuzten über den Kiefernwäldern zwischen Asbury Park und Atlantic City. Vor lauter Ungeduld und Ärger schaute Rath inzwischen schon gar nicht mehr aus dem Fenster. Es war wie verhext: Amerika schien zum Greifen nah, die Freiheit schien zum Greifen nah, aber sie drehten hier oben Runde um Runde. Eigentlich hätte er längst bei seinem Bruder in Hoboken vor der Tür stehen wollen, stattdessen war er hier zum Nichtstun verdammt.

Schon sechs Uhr durch. Gegen vier hatten sie die Hangars und Landemasten von Lakehurst das erste Mal sehen können, dann hatte ihre Odyssee mit einer kurzen Runde über dem Luftschiffhafen begonnen, und sie waren Richtung Süden abgedreht.

Es gab Tee, und die Stewards reichten belegte Brote, doch den Unmut der Passagiere konnte das nicht eindämmen. So schön und bequem die Fahrt mit dem Zeppelin sein mochte, so kurz vor dem Ziel zum ewigen Herumirren verdammt zu sein, das gefiel den meisten nicht. Und einige machten ihrem Ärger auch unverhohlen Luft.

Rath hielt sich zurück. Die Mannschaft konnte ja nichts für die Wetterbedingungen. Auf hoher See jedenfalls wären sie den Gewalten der Natur weitaus schlimmer ausgeliefert. Seekrank war an Bord des Zeppelins noch niemand geworden.

Die Luftschiffhalle von Lakehurst kam wieder in den Blick, aber diesmal gab es keine Durchsage. Vielleicht wollte man nicht wieder falsche Erwartungen wecken. Der Zeppelin fuhr denn auch an den Ankermasten vorbei und beschrieb eine große Linkskurve.

Rath fragte einen Steward, der mit einem Tablett belegter Brote umherging, wann denn mit einer Landung zu rechnen sei, doch der zuckte nur die Achseln. »Keine Ahnung. Ein, zwei Stunden kann das noch dauern.«

Der Mann schien keinen guten Draht zur Führergondel zu haben. Kaum hatte er Rath den Rücken gekehrt, drehte das Schiff bei, und kurz darauf tönte auch die Stimme von Kapitän Pruss durch die Lautsprecher. Ein paar Männer drückten ihre Zigaretten aus und verließen den Rauchersalon; Rath nicht, er hatte sich gerade erst eine *Overstolz* anzünden lassen. Sein Mantel, in dessen Futter er das Geld versteckt hatte, lag neben ihm auf dem Stuhl, die Reisetasche stand unter dem Tisch. Er hatte alles dabei, was er brauchte, um von Bord zu gehen. Und wenn er das nicht Hand in Hand mit der Gräfin tun musste, umso besser.

Er stand auf und zog den Mantel an. Die Zigarette in der Hand trat er ans Fenster, wo bereits ein paar Neugierige standen, um sich das Landemanöver anzuschauen. Sie näherten sich dem Luftschiffhafen nun von Norden. Der Ankermast war schon ganz nah, da gingen die Maschinen auf Rückwärtsfahrt und bremsten den Zeppelin. Die Landetaue fielen, auf dem Flugfeld liefen unzählige Helfer kreuz und quer, die nach den Tauen griffen oder sonstige Aufgaben übernahmen, von denen Rath nichts verstand. Ein chaotisches Ballett, das gleichwohl einer geheimen Ordnung zu unterliegen schien.

Endlich! Geschafft! Er war in Amerika.

Es war spät geworden, und er fragte sich, wie lange der Transfer von Lakehurst nach Hoboken wohl dauern würde. Am besten nähme er sich für die erste Nacht ein Hotelzimmer, dann könnte er morgen, frisch ausgeruht, bei Severin auf der Matte stehen. Er freute sich schon auf dessen Gesicht. Ob sie ihm aus Köln die Nachricht vom Tod seines Bruders hatten zukommen lassen? Wenn überhaupt, dann hatten seine Mutter oder seine Schwester Ursula dem Bruder in Amerika Bescheid gesagt; Engelbert Rath hatte den mittleren und wildesten seiner Söhne für tot erklärt, seit dieser kurz vor dem Weltkrieg in die Staaten ausgewandert war, und der alte Rath war ein Mann, der an solchen Entscheidungen festhielt.

Rath wusste, dass ein Großteil des Hasses, den er für seinen

Vater empfand, genau daher rührte: Engelbert Rath hatte Severin nie eine Chance gegeben, er hatte ihn immer für missraten gehalten, dabei hatte Severin, als er in die Erziehungsanstalt geschickt wurde, nur die Schuld für seinen jüngsten Bruder auf sich genommen, um Gereon vor dem väterlichen Zorn zu schützen.

O ja, Gereon Rath hatte an seinem Bruder einiges wiedergutzumachen.

Das trübdumpfe Geräusch einer Explosion, leise, wie aus großer Ferne, riss ihn aus seinen Gedanken. Was war da passiert? Rath schaute hinaus. Der Ankermast am Heck glühte unnatürlich hell und immer heller, als habe jemand einen riesigen Scheinwerfer eingeschaltet. Und noch bevor Rath darüber nachdenken konnte, was genau da passiert sein mochte, stellte sich das Luftschiff mit einem plötzlichen Ruck schräg, mit einem gewaltigen Ruck. Er konnte sich gerade noch an einem Fensterholm festhalten, die wenigen anderen im Rauchersalon verbliebenen Passagiere wurden allesamt nach hinten gekegelt, über Tische und Stühle geworfen. Gläser fielen zu Boden und gingen klirrend zu Bruch, Schreie des Schmerzes, der Überraschung, des Entsetzens, waren zu hören, alle riefen durcheinander.

Und dann drückte mit einem Mal eine große Hitze von oben in den Raum, als habe jemand in der Zimmerdecke einen Flammenwerfer angeworfen. Rath hing immer noch am Fenster und hielt sich so gut es ging an dem Rahmen fest, er sah, dass sich der Rasen des Flugfeldes draußen, nachdem es sie zuerst hinaufgeworfen hatte, langsam und dann immer schneller näherte.

Nun erst sortierten sich seine Gedanken, und ihm wurde klar, dass das hier keine Lappalie war, kein kleiner technischer Defekt. Es war etwas passiert. Es war etwas Schlimmes passiert.

Er sah Menschen an sich vorbeistürzen, sah Menschen über den Rasen davonlaufen, vor gespenstisch hellem Licht davonlaufen und stolpern und fallen. Die Luft wurde immer heißer und stickiger, das Atmen fiel ihm schwer. Rath wollte das Fenster öffnen, doch das ging nicht. Alle Panoramafenster der *Hindenburg* ließen sich kippen, die im Rauchersalon jedoch nicht.

Also griff er zu einem Stuhl und schlug damit, so fest er konnte, gegen das Glas, doch die Scheibe wollte nicht nachgeben. Verdammt, er musste hier raus, sie alle mussten hier raus, bevor sie in dieser verdammten Hölle gebraten wurden.

Dann merkte er, wie ihm die Luft wegblieb, wie er kaum noch atmen konnte, weil es immer heißer wurde. Der Schweiß schoss nur so aus seinen Poren, sein Rücken fühlte sich an, als würde er bereits brennen.

Und dann, als er schon nicht mehr daran glaubte, hörte er ein Klirren. Irgendjemand neben ihm hatte die Scheibe eingeschlagen, doch die Luft von draußen war ebenso heiß wie die hier drinnen und brachte keine Erleichterung. Rath bückte sich nach seiner Reisetasche, und er stürzte sich in die Traube der Männer, die zu dem eingeschlagenen Fenster drängten und hinaussprangen. Er stand schon auf dem Fenstersims, da schlug irgendetwas gegen seinen Kopf, und ihm wurde schwarz vor Augen.

49

Charly saß im Café *Franz* vor einer Tasse Kaffee und zündete sich eine *Juno* an, um ihre innere Unruhe zu bekämpfen. Sie war von einer Nervosität erfüllt, die sie sich nicht erklären konnte, hatte sich doch so vieles zum Guten gewendet. Greta war wieder zuhause, sie war wieder auf den Beinen und schon fast wieder die Alte. Heute morgen hatte ein kurzer Artikel im *Berliner Tageblatt* die Ankunft der *Hindenburg* über New York geschildert, Flugzeuge und Schiffe hatten den Zeppelin über Manhattan willkommen geheißen. Gereon war im sicheren Ausland. Nun musste sie nur noch Fritze überreden, mit ihr das Land zu verlassen, dann wäre alles gut.

Und vielleicht war das der Grund, warum sie so nervös war, denn der zweite Stuhl an ihrem Tisch war leer. Sie schaute auf die Uhr. Sie saß nun schon eine halbe Stunde im Café *Franz*, hatte ihren Kaffee beinahe ausgetrunken, und Friedrich Thormann war immer noch nicht erschienen.

Hatte sie sich zu früh gefreut? Charly war fest davon ausgegangen, dass der Junge ihren Wink mit dem Zaunpfahl verstanden hatte. *Apfelkuchen und Kakao*. Er hatte doch gelächelt. Er musste doch auch an das Café *Franz* gedacht haben. Oder sollte sie sich derart geirrt haben?

Sie trank den letzten Rest Kaffee. Eine Tasse würde sie sich noch gönnen, aber keinen Kuchen. Den gäbe es nur, falls Fritze doch noch aufkreuzen sollte. Apfelkuchen. Mit Schlagsahne, wie er ihn mochte. Und Kaffee, weil Fritze inzwischen keinen Kakao mehr trank. Er hatte ja sogar mit dem Rauchen angefangen, hatte er ihr damals geschrieben, und bei ihrer letzten Begegnung im Café *Franz*, ein paar Wochen vor Weihnachten, hatte er tatsächlich eine Zigarette geraucht. Das war ein Sonntag gewesen, kein Freitag, wie sonst immer, weil er damals ja als Kohlenschlepper arbeitete und nur am Wochenende Zeit hatte.

Ob sie sich missverstanden hatten? Ob er erst übermorgen ins Café *Franz* kommen würde? Charlys Entschluss stand bereits fest, Sonntagnachmittag um drei wieder einen Kaffee im Wedding zu trinken, sollte Fritze sich heute nicht blicken lassen.

Aber er ließ sich blicken. Charly hatte der Kellnerin gerade gewinkt, um noch einen Kaffee zu bestellen, da kam er durch die Tür. Wieder trug er seine HJ-Uniform, doch der Scheitel war nicht ganz so gerade gezogen wie am Sonntag, als Herr Rademann ihn geschniegelt und gestriegelt aus der Wohnung geschoben hatte.

Ein Lächeln huschte über das Gesicht des Jungen, als er sie erspäht hatte, doch verschwand es gleich wieder. Mit ernster Miene trat er an ihren Tisch. Trotz der kurzen Hosen seiner Uniform sah er schon ziemlich erwachsen aus.

»Hallo, Charly«, sagte er.

Charly war aufgestanden und wollte ihn in den Arm nehmen, doch er sträubte sich, sein ganzer Körper spannte sich an und entwand sich ihrer Umarmung. Das war noch schlimmer als beim letzten Mal, diese Verweigerung tat ihr körperlich weh.

Sie setzte sich wieder hin, und auch Fritze nahm Platz.

»Was darf ich dem jungen Mann bringen?«, fragte die Kellnerin.

»Apfelkuchen«, sagte Charly, »Apfelkuchen mit Schlagsahne.«

»Bitte ohne Sahne«, sagte Fritze.

»Gut. Dann nehme ich die Sahne ohne Kuchen.«

Sie hoffte auf ein Lächeln oder wenigstens ein schüchternes Grienen des Jungen, doch Fritzes Gesicht blieb ebenso ernst wie das der Kellnerin, die Charly verständnislos anglotzte, die Bestellung aber gleichwohl auf ihrem Block notierte.

»Und zwei Tassen Kaffee bitte noch«, schob Charly hinterher, und auch das wurde notiert.

»Schön, dass du kommen konntest«, sagte sie zu Fritze, nachdem die Kellnerin sich entfernt hatte.

»Hab aber nicht viel Zeit«, sagte der Junge. »Muss um fünf zuhause sein.«

Mit *zuhause* meinte er die Wohnung Rademann, und Charly merkte, wie sie diese Erkenntnis schmerzte.

»Na, für eine Tasse Kaffee und Apfelkuchen wird es reichen.«

Wie auf Kommando kam die Kellnerin mit dem Bestellten, stellte zwei Tassen Kaffee auf den Tisch, einen Teller mit Apfelkuchen vor Fritze und einen Teller vor Charly, auf den kunstvoll eine ziemlich große Portion Sahne gespritzt war.

»Falls du möchtest«, sagte sie. »Mit Sahne schmeckt der Kuchen doch besser.«

»Ich weiß nicht. Wo es doch überall an Fett mangelt.«

Charly sagte nichts dazu. War der Junge wieder so sehr auf Linie?

»Greta ist wieder da«, erzählte sie. Und schilderte ihm kurz, was passiert war. Fritze aß brav seinen Kuchen und hörte zu.

»Da kann sie ja von Glück reden, dass ihr sie gefunden habt«, meinte er, als sie geendet hatte.

»Von alleine wäre sie aus diesem Bunker jedenfalls nicht rausgekommen. Aber von den Lebensmitteln hätte sie noch ewig leben können.«

»Und wenn sie mal musste?«

»Da gibt es auch einen Abort, eine Art Latrine. Nicht gerade appetitlich, aber funktional. Wirklich ein gut durchdachter Luftschutzraum.«

Auch wenn das Thema ein eher ungewöhnliches war: Charly war froh, das Interesse des Jungen geweckt zu haben.

Sie zündete sich eine *Juno* an und bot auch dem Jungen eine an. Fritze lehnte ab.

»Danke. Haben sie mir in Dalldorf wieder abgewöhnt. Und bei Herrn Rademann darf ich sowieso nicht. Der Führer raucht auch nicht, sagt der immer.«

»Aber ich hoffe, der Führer hat nichts dagegen, dass du noch ein Stück Apfelkuchen isst.«

»Nee.« Fritze grinste. »Vielleicht auch mit Sahne.«

»Davon haben wir ja mehr als genug.«

Sie orderte noch ein Stück Kuchen, das auch sofort kam. Fritze schaufelte etwas Sahne von Charlys Teller auf den seinen; Charly löffelte einen Schlag in ihren Kaffee.

Na bitte! Langsam wurde die Stimmung lockerer.

»Greta wird Berlin bald verlassen«, sagte sie.

»Ahmmh«, nickte Fritze mit vollem Mund.

»Sie geht nach Stockholm und will nicht wiederkommen.«

Fritze schaute sie neugierig an, sagte aber nichts.

»Sie hat mich gefragt, ob ich mitkomme, aber ich habe ihr gesagt, ich will nicht in eine Stadt, wo ich die Sprache nicht verstehe. Ich habe ihr gesagt, ich gehe so bald wie möglich nach Prag. Mit dir.«

Fritze, der sich gerade ein Stück Kuchen in den Mund schieben wollte, hielt mitten in der Bewegung inne und ließ die Kuchengabel auf den Teller sinken.

Mit einem Mal war sein Gesicht wieder ernst.

»Ich komme nicht mit nach Prag«, sagte er. »Das habe ich dir doch gesagt.«

»Ich dachte, das war, weil du noch böse auf mich warst. Weil ich nicht verhindert habe, dass du zu den Rademanns kommst.«

»Ich bin doch nicht böse auf dich. Du hast ja alles für mich getan.« Er schaute sie an. »Wie hast du es eigentlich geschafft, dass die mich nicht mehr für verrückt halten?«

Charly erschrak. Ob Rademann ihm schon etwas über Major von Randow erzählt hatte? Wohl kaum, sonst hätte Fritze diese Frage nicht gestellt. Er war immer noch völlig ahnungslos, dass sein leiblicher Vater von Adel war, und das war auch besser so, das musste man ihm schonend beibringen.

»Das ist eine lange Geschichte«, sagte Charly, »die erzähle ich dir, wenn wir einmal mehr Zeit haben. Und uns nicht mehr heimlich treffen müssen.«

»Wann soll das denn sein?«

»*Wo*, lautet die richtige Frage, *wo* soll das sein? In Berlin jedenfalls nicht. In Prag zum Beispiel. Wer weiß, vielleicht bietet sich auch eine Möglichkeit, nach Amerika zu gehen. Du kannst doch ganz gut Englisch, oder?«

»Schon.«

»Überleg dir das doch mal. Ein neues, freies Leben anfangen. Du würdest Dave Albritton wiedersehen können und Jesse Owens.«

»Ach, Charly, das sind doch alles Hirngespinste. Außerdem will ich keine andere Sprache sprechen, ich bin Deutscher.«

»In Prag gibt es genügend Geschäftsleute, die Deutsch sprechen. Da könntest du die kaufmännische Lehre machen, die du eigentlich in Berlin machen wolltest. Und wir könnten uns treffen, wann und wo immer wir möchten, ohne uns zu verstecken.«

»Bitte, Charly, versuch nicht, mich zu überreden. Ich muss in Berlin bleiben. Ich kann einfach nicht weg.«

»Aber warum? Was willst du hier?«

»Ich kann es dir nicht erklären.«

»Verdammt, warum bist du nur so stur? Als ich dich letztes Jahr gebeten habe, mit mir nach Prag zu kommen, hast du dich ebenfalls gesträubt. Und was ist dabei herausgekommen? Du bist in der Klapse gelandet!«

Sie bereute den letzten Satz sofort. Weil sie wusste, warum Fritze sich damals geweigert hatte. Und warum er sich auch heute wieder weigerte.

»Tut mir leid, ich wollte dir nicht weh tun«, sagte sie und nahm seine Hand. »Es ist immer noch wegen Hannah, nicht wahr? Aber mach dir keine Sorgen um sie, die holen wir nach. Irgendwie kriegen wir die aus der Heilanstalt raus, da fällt mir schon noch was ein.«

»Nein, Charly, lass bloß die Finger von Hannah. Schreibe ihr keinen Brief, besuche sie nicht, lass sie einfach in Ruhe! Sonst machst du alles nur schlimmer.«

Fritze klang geradezu panisch.

»Wovor hast du denn Angst? Was soll ihr denn passieren? Schlimmer als jetzt geht es ja kaum.«

»Charly, bitte versprich mir, dass du dich da nicht einmischst. Nicht den Brandstiftungsfall von damals noch einmal aufrollst oder was immer du dir vorstellst.«

»Ich verstehe dich nicht. Ich will ihr doch nur helfen. Es wird nicht leicht sein, aber irgendeinen Weg müssen wir doch finden, sie aus Wittenau herauszuholen. Sie kann doch nicht ewig in der Geschlossenen schmoren!«

»Ich kann es dir nicht erklären. Aber du musst mir versprechen, dass du nichts unternimmst. Bitte!«

Der Junge klang so flehentlich, dass Charly einlenkte.

»Schon gut. Natürlich mache ich nichts, wenn du das nicht willst. Ich dachte einfach, es sei in deinem Interesse.«

Ihre Stimme klang schnippisch. Enttäuscht. Beleidigt. Sie konnte nichts dagegen tun. Sie war enttäuscht. Und beleidigt. Weil er ihr so wenig vertraute.

Fritze schwieg. Er schaute auf seinen Teller, auf dem noch ein halbes Stück Apfelkuchen lag, und sah sehr traurig aus. Was war bloß los mit ihm?

Sie drückte ihre Zigarette aus und trank einen Schluck Kaffee. Draußen auf der Straße rief ein Zeitungsjunge ein Extrablatt aus. Er kam näher und näher, die Stimme wurde deutlicher und deutlicher, und doch brauchte Charly eine Weile, bis sie verstand, was der Junge da ausrief.

»Extrablatt, Extrablatt! Hindenburg explodiert in Lakehurst. Extrablatt, Extrablatt! Unser stolzes Luftschiff bei der Landung in Flammen aufgegangen!«

Charly wurde bleich. Sie glaubte zu träumen. Das konnte doch nicht wahr sein.

»Ent… Entschuldige mich«, stammelte sie. »Ich hole nur eben eine Zeitung. Bin gleich wieder da.«

Sie stand auf, kaufte dem Zeitungsjungen, der das Café gerade betrat, noch in der Tür ein *Tageblatt* ab und kehrte an ihren Tisch zurück. Fritze starrte sie an, mit verletztem Blick, als verstehe er nicht ganz, dass ihr die Nachrichten des Tages wichtiger waren als all die Dinge, die sie gerade besprochen hatten.

Charly setzte sich und überflog den Artikel in fieberhafter Hast, las etwas von *Gewitter, Explosion, Katastrophe in Sekundenschnelle* und blieb am Bericht eines Augenzeugen hängen.

Flammen schlugen aus dem Mittelschiff, der Zeppelin stürzte zu Boden, und das Hinterteil schlug mit hartem Aufprall auf dem Flugfeld auf. Die Hitze in der Nähe des Luftschiffs war schreck-

lich. Ich rannte, so schnell ich konnte, aus dem Gefahrenbereich. Alles ereignete sich binnen weniger Sekunden, aber mit so rasender Schnelligkeit breiteten sich die Flammen aus, daß man kaum glauben konnte, irgendjemand von den Passagieren oder der Mannschaft könnte entrinnen.

Charly legte die Zeitung beiseite und erstarrte. Sie konnte nicht mehr weiterlesen. Sie konnte nicht mehr weiterdenken.

Fritze schaute sie erschrocken an.

»Aber, Charly«, sagte er, »was ist denn los?«

Sie wollte etwas sagen, doch sie konnte nicht, sie brachte keinen Ton heraus. Fritze, der sich eben noch so abweisend gezeigt hatte, nahm sie in den Arm, und in diesem Moment, in dem sie spürte, dass er sie immer noch gernhatte, trotz allem, brach es aus ihr heraus. Die Tränen flossen, ohne dass sie etwas dagegen tun konnte, sie zitterte leise und schluchzte lautlos. Und das vor dem Jungen.

»Aber, Charly«, sagte Fritze, der völlig bestürzt war, »da musst du doch nicht weinen. Das ist eine schreckliche Katastrophe, das ist schlimm, gar keine Frage! Aber doch kein Grund zu weinen!«

O doch, dachte sie, *o doch, das ist es, mein Junge. Aber das kann ich dir unmöglich sagen.*

Intermezzo

Paul Kimball Hospital
Lakewood, New Jersey
Samstag, 8. Mai 1937

Sein Kopf schmerzt, sein Rücken schmerzt, alles schmerzt. Das Atmen fällt ihm schwer, er bekommt kaum Luft, alles schmeckt, alles riecht nach Ruß. Mühsam hebt er die Lider.

Grelles Licht. Zu grell. Schnell die Augen wieder schließen.

»He's awake! I think he's awake.«

Das Geräusch von Schritten, eine Tür, die quietscht und wieder ins Schloss fällt.

Vorsichtig hebt er die Lider ein zweites Mal, langsam das Licht einlassend in die Dunkelheit. So grell wie beim ersten Mal ist es gar nicht mehr. Sanftes Tageslicht, das durch eine Gardine in den Raum weht.

Eine gestärkte Haube, darunter prüfende Augen, ein strenges Gesicht. Er will sich aufrichten, doch es fällt ihm schwer.

»Mister, can you hear me? Hold on a moment, we'll get a doctor soon.«

Das Schauen strengt ihn an, er schließt die Augen wieder und sinkt zurück in die Kissen. Er versucht, seine Gedanken zu sortieren, doch das ist unmöglich. Gerade ist er aus wilden Träumen erwacht, er weiß nicht, in welchem Bett er liegt und warum, er weiß überhaupt nicht, wann er zum letzten Mal wach gewesen ist, ob er überhaupt jemals wach gewesen ist und nicht alle Erinnerungsfetzen, die ihn umwehen, nur ein Traum sind. Ob nicht auch das jetzt nur ein Traum ist. Ob er überhaupt existiert.

Er blinzelt noch einmal ins Helle. Da steht eine Krankenschwester an seinem Bett und schaut ihn an, in ihrem Blick mischen sich Skepsis und Mitleid. Er will sprechen, doch es geht nicht, alles in seinem Hals ist verklebt und eingerostet und rußig. Wieder schließt er die Augen, er kann nicht anders, es tut zu weh. Und wieder sieht er die Bilder, den endlosen Traum. Feuer, überall Feuer. Schreie und Lärm, das Gefühl zu fallen, endlos zu fallen.

Verdammt, hört das denn überhaupt nicht auf?

Er blickt wieder ins Helle. Das kühle Licht eines beginnenden Tages. Die gestärkte Haube, das sorgenvolle Gesicht.

»Can you hear me, Sir? Do you understand what I'm saying?«

»Charly«, sagt er und schließt die Augen. Er ist müde, so müde.

»Do you speak English? Spräcken Sie Doitsch? What's your name?«

»Charly«, sagt er noch einmal. Dann überfällt ihn der Schmerz in seinem Rücken wie eine Raubkatze, es fühlt sich an, als kratze ihm ein riesiger Tiger mit seiner Pranke sämtliche Haut von den Knochen. Der Schmerz zieht vom Rücken weiter in den Brustkorb und weicht einer bleiernen Müdigkeit, die auf seine Augenlider drückt.

Ein Blick voller Sorgen. Die Stimme.

»Stay with me, Sir, don't go. Stay with me!«

Er kann nicht mehr, die Lider sind zu schwer. Und obwohl er weiß, dass er wieder in den endlosen Traum stürzen wird, lässt er sich in die Dunkelheit fallen. Und hört die Stimme ein letztes Mal. Diesmal spricht sie nicht mehr zu ihm, sondern zu jemand anderem.

»I'm afraid we lose him.«

Buch Zwei

Sonntag, 22. August, bis Mittwoch, 29. September 1937

I need you so much closer.

Death Cab for Cutie, Transatlanticism

1

Wie immer, wenn es einen Erfolg der nationalsozialistischen Bewegung zu vermelden gab, etwas, das – natürlich – schöner, größer und toller war als alles je Dagewesene und sämtliche Errungenschaften der Vergangenheit in den Schatten stellte, wirkte Herr Rademann sehr zufrieden mit sich und der Welt. Als habe er selbst den größten Anteil an den Rekorden und Leistungen gehabt, die er da hinausposaunte.

»Was für eine außerordentliche Bilanz«, sagte er also und klopfte mit dem Handrücken gegen die Zeitung, die er gerade las. »An Besucherzahlen hat die Siebenhundertjahrfeier selbst die Olympiade übertroffen. Das ist ein unglaublicher Erfolg.«

Fritze deutete ein zustimmendes Nicken an, die übrigen Familienmitglieder reagierten ähnlich. Niemand sagte etwas, und es war auch nicht ratsam, Herrn Rademann in seinen Monologen bei Tisch zu unterbrechen oder diese zu kommentieren. Man redete nur, wenn man gefragt wurde. Wenn sich alle an diese und ein paar andere Regeln hielten, ging das Familienleben im Hause Rademann einen ruhigen Gang, und deshalb hielten sich auch alle so gut es ging daran.

Auch Fritze hatte sich gefügt, was blieb ihm anderes übrig? So langsam lief alles wieder in den gewohnten Bahnen, er funktionierte, wie man es von ihm erwartete: Die Noten in der Schule stimmten, und wenn er dort auch keine Freunde mehr hatte, so hatte er sich doch Respekt verschafft, als er sich irgendwann in der Pause Kramer vorgeknöpft hatte, den Klassenkameraden, der die Idee gehabt hatte, auf Fritzes Schulbrote zu pinkeln. Er hatte dem Kerl, den er noch nie leiden konnte, schon in früheren Zeiten nicht, eine ordentliche Abreibung verpasst, bei der Kramer auch ein Stück seines Ohrläppchens verloren hatte. Kramers jämmerliches Schmerzgeheul hatte bewirkt, dass es seither niemand mehr gewagt hatte, Fritze irgendeinen Streich zu spielen. Die Einsamkeit auf dem Schulweg hatte das zwar vergrößert, aber das war Fritze egal, er genoss es, allein zu sein, allein mit seinen Gedanken. Auch in der HJ war er nach wie vor nicht beliebt, aber seit dem Juckpulver-Vorfall gewissermaßen unangreifbar. Niemand wagte sich an ihn heran, aus Angst, es sich dann mit Herrn Rademann zu verscherzen. Und wenn man es sich mit Rademann verscherzte, konnte man in der HJ nichts mehr werden. Und wer in der HJ nichts wurde, der konnte auch in Deutschland nichts mehr werden.

»Ich finde es sehr schön«, fuhr Herr Rademann fort und blickte in die Runde, »dass wir den Jubiläumsfeierlichkeiten noch haben beiwohnen können, bevor wir nach Nürnberg aufbrechen. Was meinst du, Arthur?«

»Sicher, Papa«, antwortete Atze, von dem Fritze wusste, dass er das stundenlange Stehen gehasst hatte, das Stehen am Straßenrand, während der nicht enden wollende Jubiläumsfestzug an ihnen vorüberrollte und -marschierte.

»Der Adolf-Hitler-Marsch wird ein Erlebnis, das ihr niemals vergessen werdet, der Reichsparteitag wird sich für den Rest des Lebens in eure Herzen brennen und euch immer daran erinnern, was es heißt, ein Nationalsozialist zu sein. Nicht wahr, Friedrich?«

»Jawohl«, antwortete Fritze, der überrascht war, bei Tisch angesprochen zu werden. Meist sprach Rademann nur mit seinen Söhnen. Ganz selten mit seiner Frau. Und so gut wie gar nicht mit ihm.

Der Reichsparteitag. Der Adolf-Hitler-Marsch. Nürnberg. Seit Tagen redeten sie bei Tisch von nichts anderem. Fritze wunderte sich, dass Rademann ausgerechnet ihn ansprach. Denn er durfte dieses Mal nicht mit. Im Gegensatz zu Atze und Jürgen, die Herr Rademann dank seiner Position in der Reichsjugendführung in das Berliner HJ-Kontingent hatte hineinschleusen können.

Fritze wusste nicht, ob das Zuhausebleiben eine Strafe für ihn sein sollte. Weil er vor einem Jahr ausgebüxt war. Oder ob Herr Rademann ihn einfach so quälen, dem Pflegesohn seine Macht demonstrieren wollte. Denn das hatte Fritze inzwischen gelernt: Bei aller Freundlichkeit, die er vor sich hertrug, war Wilhelm Rademann ein Mensch, der anderen gerne weh tat, seine eigenen Söhne und seine Frau eingeschlossen.

Jedoch schmerzte es Fritz keineswegs, in Berlin bleiben zu müssen, statt mit der HJ nach Nürnberg zu wandern, ganz im Gegenteil: Er konnte es kaum erwarten, dass die drei sich auf den Weg machten und er mit Monika Rademann allein zurückblieb. In wenigen Tagen sollte es losgehen, mehr als vierhundert Kilometer Fußmarsch lagen vor der Berliner Hitlerjugend; am 6. September sollte der Adolf-Hitler-Marsch in Fürth ankommen, einen Tag später das große Zeltlager in Moorbrunn erreichen.

Fast drei Wochen wären sie unterwegs; frühestens in Fürth, wahrscheinlich aber erst in Nürnberg würde Herr Rademann erfahren, was zwischenzeitlich in Berlin passiert war. So war es jedenfalls vor zwei Jahren gewesen, da hatte es keinerlei Kontakt nach Hause gegeben, sie lagerten meist außerhalb der Ortschaften auf irgendwelchen Wiesen, und wenn sie durch Städtchen marschiert waren, die auf ihrer Marschroute lagen, und Telefonzellen zu Gesicht bekamen, gab es keine Möglichkeit, aus der Marschordnung auszubrechen und zuhause anzurufen. Weder für die Pimpfe noch für ihre Führer.

Fritze glaubte nicht, dass es in diesem Jahr anders sein würde. Atze und Jürgen waren mit von der Partie, da würde Herr Rademann mit gutem Beispiel vorangehen und auch seinen Söhnen, selbst dem kleinen Jürgen, jegliche Kontaktaufnahme zur Mutter untersagen. So etwas war verpönt in der HJ, auch Briefeschreiber wurden verachtet, da galt man schnell als Muttersöhnchen, das sich vor Heimweh jeden Abend in den Schlaf weinte. Fritze konnte sich erinnern, dass er selbst wegen der Briefe, die er seinerzeit an seine Oma Luise geschrieben hatte, von den Kameraden schief angeschaut worden war.

Für drei Wochen würden Herr Rademann und seine Söhne nicht erreichbar sein, das bot ausreichend Zeit für Fritzes Pläne. Für die Pläne, die ihm das Leben in der Familie Rademann während der letzten Monate wenigstens halbwegs erträglich gemacht hatten. Schon der Gedanke daran hellte seine Laune auf, da konnte das Wetter draußen noch so ungemütlich sein.

Endlich würde er etwas tun können, endlich würde er sich befreien können von den unsichtbaren Ketten, an die Wilhelm Rademann ihn gelegt hatte. Seit den Gesprächen mit Charly wusste Fritze, dass er auf sich allein gestellt war. Wie sie über Hannah geredet hatte. Als sei das ein zu vernachlässigendes Problem, wie man sie aus der Heilanstalt holen könne. Aber das war es nicht, ganz und gar nicht: Hannah war diejenige, um die man sich zuallererst und am allerdringlichsten kümmern musste. Aber das wusste Charly nicht, die ahnte ja nicht einmal, in welch großer Gefahr das arme Mädchen schwebte.

Er musste an sein letztes Treffen mit ihr denken, danach hatte er sie nicht mehr sehen wollen. Da hatte der Absturz der dämlichen *Hindenburg* am anderen Ende der Welt sie mehr mitgenommen als Hannahs Schicksal. Sie hatte sogar geweint. Hatte wegen eines Zeitungsberichts geweint. War so von Schluchzern durchgeschüttelt worden, dass Fritze sich zunächst richtig Sorgen um sie gemacht hatte. Er hatte sie getröstet, natürlich hatte er das, aber verstanden hatte er sie nicht. Einmal noch, ein paar Wochen später, war er freitags zum Café *Franz* gefahren, war aber nicht hineingegangen, sondern hatte sich hinter dem Zeitungskiosk auf der anderen Straßenseite versteckt und sie beobachtet, wie sie am Fenster saß und traurig in ihrem Kaffee rührte.

2

Charly saß am Fenster des Café *Reimann* und schaute hinaus. Die vom Stadtjubiläum übriggebliebenen Hakenkreuzbanner hingen, durchgeweicht vom Dauerregen, noch vor den Fassaden; der Wind zerrte heftig am nass und schmutzig glänzenden Fahnentuch, das hie und da schon ausgefranst und eingerissen war. Der Regen peitschte gegen das Glas der Vitrinen auf dem Kurfürstendamm, deren von Dunst beschlagene Scheiben nichts von dem preisgaben, was sie den Passanten doch eigentlich zeigen sollten. Ohnehin fand niemand die Muße, stehen zu bleiben, die Menschen auf dem breiten Trottoir des Boulevards hielten ihre Hüte und Regenschirme fest, sprangen über die immer größer werdenden Pfützen und flüchteten sich, wenn es ihnen denn möglich war, ins Trockene, sei es in ein Geschäft, in ein Restaurant oder auf den nächsten Bus, in die nächste Elektrische oder einfach nur die U-Bahn-Treppe hinunter. Der August zeigte sich von seiner schlechtesten Seite. Das Wetter schien es geradezu darauf anzulegen, ihr den Aufenthalt in Berlin zu vergällen.

Umso besser. Ihr Entschluss stand fest.

Der hellblaue Lieferwagen von *Radio Gunther* parkte gerade vor dem Café. Robert stieg aus, hetzte über den Gehweg und die menschenleere Terrasse und stand wenige Sekunden später im Café. Wasser lief ihm von der Hutkrempe, die Brille war beschlagen. Er nahm sie ab und blickte sich suchend um, Charly winkte ihm.

Er hängte Mantel und Hut an die Garderobe und setzte sich zu ihr.

»Was für ein Sauwetter«, meinte er.

»Das können Sie laut sagen. Wenigstens trifft es auch das Stadtjubiläum. Der Gruß der deutschen Stämme an die Reichshauptstadt heute dürfte ziemlich ins Wasser fallen.«

»Nanu? Ich dachte, Sie seien Lokalpatriotin.«

»Das bin ich auch. Aber das Berlin, das hier gefeiert wird, ist nicht mein Berlin. Mein Berlin kam gar nicht vor, das Berlin nach dem Krieg. Stattdessen nur Mittelalter, Lange Kerls und Biedermeier. Und überall Hakenkreuze. Als seien schon die Ordensritter Nazis gewesen.«

Sie machte ein angewidertes Gesicht.

»Ach, Sie waren doch auf dem Festumzug? Ich dachte, Sie wollten nicht hingehen.«

»Bin zufällig hineingeraten. Auf der Invalidenstraße.«

Das stimmte nicht ganz. Charly hatte ihrer Neugier nicht widerstehen können und war hingegangen. Schließlich war es ihre Stadt, deren Jubiläum hier gefeiert wurde. Allerdings hatten die Nazis auch die Berliner Stadtgeschichte vereinnahmt, so wie sie alles vereinnahmt hatten für ihre Zwecke, selbst die Olympischen Spiele vor einem Jahr. Und die Berliner 700-Jahr-Festwoche hatte nicht weniger Besucher angezogen, nur dass es bei Olympia Menschen aus aller Welt gewesen waren und beim Stadtjubiläum allein Deutsche aus den hintersten Provinzen des Reichs. Statt Weltoffenheit nur Piefigkeit und Spießigkeit. Es war unerträglich. Fortan war Charly allem ferngeblieben, was mit dem Stadtjubiläum zu tun hatte, und hatte sich über den im Laufe der Woche zunehmend schlechter werdenden Wetterbericht gefreut.

Sie wartete, bis die Kellnerin ihnen zwei Tassen Kaffee auf den Tisch gestellt und sich wieder entfernt hatte, dann kam sie gleich zur Sache.

»Ich muss Ihnen etwas sagen, Robert.«

Er schaute sie an, als ahne er, was sie auf dem Herzen trug.

»Ich werde das Land verlassen. Es wird noch eine Weile dauern, bis ich das Geld zusammenhabe, aber mein Entschluss steht fest.«

»Haben Sie sich also doch entschieden, nach Prag zu gehen. Habe ich mir doch fast gedacht. Wartet dort jemand auf Sie?«

»Nicht nach Prag. Ich gehe in die USA.«

Er zog die Augenbrauen hoch. »Oh! Wie kommt es denn zu diesem Sinneswandel?«

Sie zuckte die Achseln. »Ich weiß, die Ausreise ist deutlich kostspieliger, aber ich habe in den letzten Monaten einiges angespart. Das Visum ist schon beantragt, es ist nur noch eine Frage der Zeit. Und des Geldes.«

»Sie wissen, dass Sie keine Devisen mitnehmen dürfen? Sie dürfen so gut wie nichts mitnehmen. Haben Sie denn jemanden, der sich um Sie kümmert?«

Charly war gerührt ob seiner Fürsorglichkeit. »Der Bruder meines verstorbenen Mannes«, sagte sie, »lebt in den Staaten.«

»Ich dachte, der sei im Weltkrieg gefallen.«

»Anno, der Älteste, ist gefallen, ja. Aber es gibt noch einen Bruder im Hause Rath. Sein Vater hat ihn verstoßen, niemand redet über ihn, er wird totgeschwiegen.«

Robert hörte interessiert zu, wie immer, wenn es um die Familie Rath ging.

»Severin ist das schwarze Schaf der Familie«, fuhr Charly fort. »Er lebt in New Jersey. Gereon war der Einzige, der noch Kontakt zu ihm hatte.«

Robert rührte zwei Stücke Zucker in seinen Kaffee und nickte nachdenklich.

»Und dieser Severin Rath weiß, dass Sie kommen?«

»Noch nicht. Alles zu seiner Zeit.«

»Wann soll es denn losgehen?«

»Ich weiß nicht, ein paar Dinge muss ich erst noch erledigen.«

»Der Junge?«

Damit sprach er einen wunden Punkt an. Charly hatte sich alles gut überlegt: Greta hatte Berlin nach ihren Erlebnissen im Frühjahr endgültig verlassen, Gereon würde nie mehr zurückkehren, Böhm kam auch ohne sie klar – es gab nichts mehr, was sie hier hielt. Außer dem Jungen. Es tat ihr in der Seele weh, aber sie wusste nicht, wie sie ihn von der Familie Rademann loseisen konnte. Nach ihrem letzten Treffen im Café *Franz* hatte sie ihn nicht mehr gesehen. Charly war eine Weile noch regelmäßig jeden Freitag in das Café gegangen, doch der Junge hatte sich nicht mehr blicken lassen. Funkstille.

Der Junge. Wie sollte sie wissen, was aus dem Jungen werden würde? Sie zuckte die Achseln, und Robert gab sich mit dieser Nicht-Antwort zufrieden.

»Sie wissen, dass ich Sie vermissen werde, Charlotte, oder?«, sagte er nach einer Weile. »Menschen wie Sie werden in dieser Stadt immer seltener.«

»Vielleicht sollten Sie Ihr Geschäft verkaufen und zu Ihrem Bruder nach Prag gehen. Oder Sie kommen mit mir in die Staaten. Radio- und Elektrotechnik – damit dürften Sie auch dort ein Auskommen finden.«

Robert lächelte gequält. »Was soll ich mein Geschäft verkaufen, wenn ich das Geld nicht mitnehmen darf? Und so ein Traumland ist Amerika nun auch nicht. Wissen Sie, wie hoch die Arbeitslosigkeit dort ist?«

»Ich denke, niedriger, als die deutsche Propaganda uns glauben machen will. Aber Sie haben recht: Leicht wird ein Neuanfang in Übersee nicht werden. Aber besser ein schwieriger Neuanfang anderswo als hier ewig so weitermachen und in einem Land bleiben, das nicht mehr das meine ist.«

Sie senkte ihre Stimme, denn die Eingangstür öffnete sich und spuckte einen neuen Schwall Regenflüchtlinge in den Saal, eine Frau, die ihre Handtasche schützend über die Frisur hielt und sich bei einem Mann eingehakt hatte, der mit der Linken immer noch seinen Hut umfasste, als stürme es im Inneren des Café *Reimann* genauso heftig wie draußen auf dem Ku'damm, wo der Regen vom Westwind fast waagerecht stand.

Die beiden lachten, als sie das Trockene erreicht hatten, und schauten sich um. Noch bevor der Mann seinen Hut vom Kopf nahm, hatte Charly ihn erkannt. Der Regen hatte die Haare durchnässt und so dunkel eingefärbt, dass aus dem Rot eher ein Kastanienbraun geworden war.

Freddy.

Seit jener Nacht im Mai hatte sie ihn nicht mehr gesehen. Damals hatte sie nicht gewusst, dass es bei dieser einen Nacht bleiben würde, sie hatte überhaupt nichts gewusst und nichts geplant, sie hatte sich einfach fallen lassen. Und dann ein paar Tage später die Nachricht von der *Hindenburg*. Der Schock. Ihr Wissen, das sie mit niemandem teilen durfte. Die Ungewissheit. Die Frage, welcher der zahlreichen Namen auf der Passagierliste der seine sein könnte und ob Gereon unter den Opfern aufgeführt wurde oder unter den Überlebenden.

Mit diesen Dingen hatte sie sich in den Tagen nach der Katastrophe von Lakehurst beschäftigt, sie hatte keinen Sinn gehabt für irgendetwas anderes, nicht für Fritze, nicht für die Arbeit, nicht für Robert und schon gar nicht für eine leichtherzige Romanze.

So war die kurze Affäre im Sande verlaufen. Zweimal hatte er noch angerufen, und sie hatte sich von Böhm verleugnen lassen, danach hatte er Ruhe gegeben.

Nun stand er da und half seiner Begleiterin aus dem durchnässten Mantel, während sein nach einem freien Tisch suchender Blick bei Charly hängen blieb, kurz zu Robert schwenkte und dann wieder bei Charly landete. Er sagte etwas zu seiner Begleitung, einer hübschen Blondine, und schickte sie zu einem Tisch weit hinten im Lokal. Dann trat er zu Charly und setzte sein gewohntes Lächeln auf.

»Na, so ein Zufall«, sagte er.

»Das kann man wohl sagen.« Charly wollte das Lächeln erwidern, doch es gelang ihr nicht so recht. »Berlin ist doch ein Dorf.«

»Heute«, sagte Freddy. »Heute ist es wirklich ein Dorf. Die meiste Zeit sonst eigentlich nicht.«

Sie fragte sich, was er damit meinte, ging aber nicht darauf ein.

»Auch vor dem Regen geflohen?«, fragte er. »Wie geht's denn so?«

Sein Blick huschte immer wieder zu Robert hinüber. War Freddy etwa eifersüchtig? Hielt er Robert für ihren Liebhaber?

»Oh, danke der Nachfrage«, sagte Charly und stellte die beiden Männer einander vor. »Friedhelm Siegel, Musiker. Robert Lembeck, ein alter Bekannter.«

Robert nickte beiläufig grüßend und schaute Freddy neugierig an.

»Kennen wir uns vielleicht irgendwoher?«, fragte er.

»Bestimmt, wenn Sie schon einmal im Groschenkeller waren. Ich spiele dort Klavier.«

»*Groschenkeller* …« Robert machte ein nachdenkliches Gesicht.

»In der Kantstraße«, half Charly nach. »Ein Jazzschuppen.«

»Natürlich. Nein, tut mir leid.« Robert hob entschuldigend die Schultern. »Nichts für ungut, aber ich interessiere mich leider überhaupt nicht für diese Art von Musik.«

»Na, ist ja kein Verbrechen«, meinte Freddy und zeigte wieder sein entwaffnendes Lächeln. »Jeder, wie er will und kann.« Dann nahmen seine braunen Augen Charly ins Visier. »Aber wenn die junge Dame mal wieder Zeit hat. *Ihren* Musikgeschmack hat der olle Freddy doch getroffen, oder?«

»Schon.« Charly zuckte die Achseln. »Hatte nur viel zu tun die letzten Wochen.«

»Na, wenn der Terminkalender mal wieder Platz lässt: Der Groschenkeller steht noch. Und der Herr Lembeck kann sich ja überlegen, ob er mitkommt oder es bleiben lässt.«

Er tippte an die Krempe eines imaginären Hutes.

»Wenn die Herrschaften mich nun entschuldigen wollen. Ich darf die Dame dort drüben nicht länger warten lassen. Wir haben uns versprochen, hier gemeinsam wieder trocken zu werden.«

Und damit verschwand er und setzte sich zu der Blondine, mit der er gekommen war. Charly merkte, dass sie ein bisschen eifersüchtig hinüberschielte, sich jedenfalls die Frage stellte, wer das sein mochte, ob Freddy womöglich eine feste Freundin hatte.

Roberts Stimme riss sie aus ihren Gedanken.

»Woher kennen Sie den denn?«

»Freddy?« Sie zuckte die Achseln. »Der ist mir damals bei der Suche nach Greta über den Weg gelaufen.«

»Der scheint sich ein bisschen in Sie verguckt zu haben.«

»Meinen Sie?«

Charly merkte, wie der Gedanke ihr schmeichelte, und drängte ihn beiseite.

Robert sagte zwar nichts dergleichen, aber ihm war anzumerken, dass er nicht sonderlich viel von dem Pianisten zu halten schien. Kein Wunder, einen größeren Gegensatz als Robert Lembeck und Freddy Siegel konnte Charly sich kaum vorstellen: auf der einen Seite der penible, übergenaue, sich an jede Regel und Vorschrift haltende Robert, auf der anderen Seite eine in den Tag hineinlebende, alles nicht so genau nehmende Künstlernatur wie Freddy. Dennoch mochte sie beide.

Im Grunde war es ein ähnlicher Gegensatz wie der zwischen Wilhelm Böhm und Gereon Rath, wenn Böhm auch nicht ganz so spießig war wie Robert und Gereon auf eine andere Weise freigeistig als Freddy. Aber auch die beiden waren wie Feuer und Wasser gewesen, und Charly hatte immer zwischen den Stühlen gesessen beim zum Scheitern verurteilten Versuch, diese beiden einander näherzubringen.

Während sie noch darüber nachdachte, warum sie sich zu solch gegensätzlichen Männertypen hingezogen fühlte, fiel ihr auf, dass sie Freddy Siegel, von dem sie tatsächlich schon einmal geträumt hatte, gerade das erste Mal bewusst mit Gereon Rath verglichen hatte, und sie erschrak. So sehr, dass Robert es bemerkte.

»Ist etwas?«, fragte er und klang besorgt.

»Nein, nein«, antwortete sie. »Alles gut.«

3

Den Duesenberg hatten sie in der Garage gelassen, der Wagen war zu auffällig für das, was sie vorhatten. Und zu auffällig für diese Gegend war er sowieso. West Harlem. Die Menschen, die hier über die Straße liefen, waren fast alle schwarz, die Köpfe der wenigen Weißen leuchteten hell im Licht der Straßenlaternen wie Hühnereier, die versehentlich in einem Kohlenkorb gelandet waren. Sie hatten einen bulligen schwarzen Chevrolet Master genommen, so einen Wagen fuhr man, wenn man es in Harlem zu etwas gebracht hatte, keinen Paradiesvogel wie den Duesenberg, der zu sehr nach Hollywood aussah.

Johann Marlow saß neben Jack Helferich im Fond des Wagens und schaute auf den Eingang des unscheinbaren Mietshauses auf der anderen Straßenseite. Frenchie hatte den Wagen in einer Seitenstraße geparkt, in die kaum Licht fiel, dennoch hatten alle Männer ihre Hüte tief in die Stirn gezogen. Ohne dass sie darüber gesprochen hatten, war klar, dass sich niemand eine Zigarette ansteckte; nichts sollte sie verraten. Marlow konnte sich Schöneres vorstellen, als den Abend auf dem Rücksitz eines Autos zu verbringen, aber es ging nicht anders, ein Problem, das er längst gelöst geglaubt hatte, war wieder aufgetaucht.

Die Haustür öffnete sich, und ein Mann trat heraus, in einen auffälligen dunkelroten Anzug gekleidet, mit schlenderndem Gang, die Hände in den Taschen, eine Zigarette im Mundwinkel. Ein Weißer, keine Frage, aber ein Weißer, der sich so geschmeidig bewegte wie ein Schwarzer. Ein Weißer, der ein Schwarzer sein wollte.

»Ist er das?«, fragte Marlow.

Helferich nickte. »Das ist der Hurensohn.«

»Gut.« Marlow tippte Frenchie auf die Schulter, und der startete den Wagen. Langsam rollten sie die 115. Straße hinunter, erst als der rote Anzug in den Schatten der Straßenbäume tauchte, trat Frenchie aufs Gas, unmerklich nur, aber so, dass sie mehr und mehr aufholten. Als sie den Mann fast erreicht hatten, bremste Frenchie kurz ab, und Helferich, der auf der rechten Seite saß, stieg aus und folgte dem Roten zu Fuß.

Es waren dieselben Leute wie damals. Und es war dasselbe Problem. Heroin von außerordentlicher Qualität, das ihnen die Kundschaft madig machte. Im Mai hatte sich das Problem, bevor es überhaupt eines hatte werden können, von allein erledigt. So geräuschlos, wie es gekommen war, war es auch wieder verschwunden. Als habe jemand einfach so, ohne Sinn und Verstand, eine Fuhre reinstes Heroin auf den Markt geworfen und sich dann wieder zurückgezogen. Marlow und sein Geschäftspartner Salomon Epstein hatten bereits das Okay der Italiener eingeholt, gegen die unbekannten Eindringlinge vorzugehen, doch bevor es dazu kommen konnte, waren die Neuen, von denen niemand wusste, woher sie kamen, wieder verschwunden. Die Ecken in West Harlem, an denen sie ihre Ware verkauft hatten, waren wieder in der Hand der üblichen Pusher mit ihrem minderwertigen Zeug, das keinerlei Konkurrenz zu Marlows Produkt darstellte, und alles war seinen gewohnten Gang gegangen.

Alle waren zufrieden, das Problem schien gelöst. Ohne dass ein Tropfen Blut vergossen worden wäre. Niemand mochte es, wenn die eingespielten Geschäftswege durch Konkurrenz von außerhalb gestört wurden, am allerwenigsten die Italiener. Marlow hielt sich daran, er hatte sich mit Hilfe von Abe Goldstein und Sal Epstein in die bestehenden Geschäfte eingefädelt, so dass alle etwas davon hatten. Das liebte er so an Amerika: Hier ging es, ganz anders als in Berlin mit seinen dämlichen Ringvereinen, denen ihr Ehrenkodex über alles gegangen war, nur ums Geschäft: Man konnte mit allen reden und am Verhandlungstisch eine Lösung finden.

Nur mit den Burschen hier hatte das nicht funktioniert. Sie hatten das Gesprächsangebot, das er durch Helferich genau dieser Rotjacke, die nun schräg vor ihnen über den nächtlich ausgestorbenen Gehweg schlenderte, hatte überbringen lassen, rundweg ausgeschlagen. So etwas gehörte sich einfach nicht, und sie hatten schon den Versuch einer feindlichen Übernahme des New Yorker Heroingeschäfts dahinter vermutet, aber dann, als sich alles plötzlich in Luft auflöste, gedacht, dass Rotjacke und seine Leute einfach nicht genug Ware hatten, um mit irgendwem ins Geschäft zu kommen. Ein vorübergehender Ausverkauf irgendwelcher Restposten.

So konnte man sich täuschen. Sie waren wieder da. Und ihre Ware auch. Besser als je zuvor. Das Heroin im Frühjahr mussten Restbestände aus der Bayer-Produktion gewesen sein, aber das, was Rotjackes Leute nun auf den Markt warfen, übertraf in seiner Reinheit und Qualität sogar das Original.

Helferich hatte zu Rotjacke aufgeschlossen, Frenchie ließ den Chevy auf gleicher Höhe nebenherrollen. Marlow beugte sich über die Rückbank und öffnete die Wagentür.

»Hello, Mister«, sprach er den Mann im roten Anzug an, der sich nach vorn beugte und neugierig in den Wagen schaute. In diesem Moment packte Helferich den Kerl, stieß ihn zu Marlow auf die Rückbank, sprang selbst hinterher und schloss die Tür. Frenchie gab Gas.

Das alles war so schnell gegangen, dass ihr Gefangener keine Zeit gehabt hatte zu reagieren. Das holte er jetzt nach, er protestierte lautstark und versuchte, die Autotür zu öffnen.

Helferich packte ihn beim Schopf und hielt ihm den Lauf seiner Pistole an die Schläfe, und der Mann erstarrte, als er das Klicken hörte, mit dem der Hahn gespannt wurde.

»You need to calm down«, sagte Marlow, mit der freundlichsten Stimme, zu der er fähig war. »Nobody wants to kill you. But we need to talk.«

»Funny accent, mister. What the fuck are you guys? Jews? Germans?«

»Doesn't matter.«

»Where the fuck are you taking me?«

Anstelle einer Antwort hielt Marlow dem Mann das vorbereitete Taschentuch unter die Nase. Ein kurzes Aufbäumen noch, dann sackte der rote Anzug leblos in die Polster.

»Gut«, sagte Marlow. »Fahren wir nach Hause.«

4

Reinhold Gräf fragte sich, wann der Mann endlich Ruhe geben würde. Wann fand er sich, verdammt noch mal, damit ab, dass Gereon Rath nicht mehr lebte?

Aber Lamentieren half nichts, und so bemühte Gräf sich wie befohlen her und saß frühmorgens im Büro von Obersturmbannführer Tornow. Der allmonatliche Rapport. Inzwischen schon Routine, dennoch, oder gerade deswegen musste Gräf hellwach sein, er durfte sich nicht einlullen lassen, durfte sich nichts vormachen: Auch wenn es offiziell ein dienstliches Gespräch war, eine Besprechung zweier SS-Offiziere, war es doch auch immer ein Verhör, dem Gräf sich ausgesetzt fühlte. Das Misstrauen in Sebastian Tornow war nicht erloschen, eher hatte Gräf den Eindruck, dass es gewachsen war, dass es immer weiterwuchs, je mehr Zeit seit dem 13. August 1936 vergangen war. Zum Glück hatte Gereon stillgehalten, und Gräf hoffte sehr, dass das so blieb. Manchmal ertappte er sich bei dem Wunsch, Gereon Rath sei wirklich tot, dann hätten sie alle ein Problem weniger. Und Charly trauerte ohnehin um ihn, die Ärmste schien wirklich nichts zu wissen.

Wie immer kam Tornow gleich zur Sache.

»Wann haben Sie Charlotte Rath das letzte Mal gesehen, Obersturmführer?«

»Das kann ich Ihnen ziemlich genau sagen.« Gräf räusperte sich. »Ich habe Frau Rath vor zehn Tagen besucht. Am dreizehnten. Dem Todestag ihres Mannes.«

Tornow zog die Augenbrauen hoch. »Eine Art Kondolenzbesuch?«

»Wenn Sie so wollen. Ich wollte sie an diesem Tag nicht allein lassen. Solche Jahrestage können längst begrabene Schmerzen brutal wieder nach oben spülen.«

»Und? Haben sie?«

»Wie meinen?«

»Wie war Ihr Eindruck? Hat der Jahrestag die Trauer wieder nach oben gespült? Oder ist Frau Rath nur eine gute Schauspielerin?«

Gräf musste schlucken bei der Erinnerung an diesen Moment. Er hatte Charly einen Strauß Blumen mitgebracht und ihr noch einmal sein Beileid ausgesprochen und seine Unterstützung angeboten, und schon in der Tür, beim Anblick der Blumen in seiner Hand, war die sonst so beherrschte Charly in Tränen ausgebrochen, und er hatte sich nicht anders zu helfen gewusst, als sie in den Arm zu nehmen und ihr behutsam über den Rücken zu streichen, während ihr Körper von wilden Schluchzern durchgerüttelt wurde. Es hatte ihm das Herz gebrochen, sie so leiden zu sehen; er hatte kurz davorgestanden, ihr die Wahrheit zu sagen. Dass Gereon lebte. Dass zwar niemand wisse, wo und wie, aber dass er die Schießerei an der Schöneberger Brücke überlebt hatte.

»Es war herzzerreißend«, sagte er. »Solch eine Trauer kann man nicht spielen. Sie war in Tränen aufgelöst, hatte einen regelrechten Heulkrampf, es ist mir nur mit Mühe gelungen, sie zu trösten. Unmöglich, dass sie auch nur ansatzweise glaubt, ihr Mann könne noch am Leben sein.«

»Nun, vielleicht hat er sich tatsächlich nicht bei ihr gemeldet. Sähe ihm ähnlich.« Tornow musterte Gräf, als könne er in dessen Augen die Wahrheit lesen. »Fest steht jedenfalls: Sollte Gereon Rath leben, stellt er ein Sicherheitsrisiko für das Deutsche Reich dar.« Der Obersturmbannführer schlug mit der Linken, der einzigen Faust, die ihm geblieben war, auf die Schreibtischplatte, dass das Tintenfass wackelte. »Und er lebt! Verdammt nochmal, er lebt! Ich weiß nicht wo, ich weiß nicht unter welchem Namen, aber er lebt.«

Gräf fühlte sich wie ertappt, weil Tornow Worte aussprach, die er selbst gerade eben erst gedacht hatte.

»Warum sind Sie sich da so sicher, Obersturmbannführer?«

»Müssen wir die Sache wirklich noch mal durchkauen?« Tornow schaute ihn wütend an. »Freitag, den dreißigsten April, lässt sich Kurt Peters, Sturmbannführer im SD-Unterabschnitt Wiesbaden, die Fahndungsakte Rath bringen, die am Montag immer noch auf seinem Schreibtisch liegt. Nachdem eine in der Nacht auf Sonntag in der Wiesbadener Spiegelgasse aufgefundene und zur Unkenntlichkeit verstümmelte Leiche als Sturmbannführer Peters identifiziert worden ist.«

»Sie meinen, Rath sei von Peters enttarnt worden und habe ihn umgebracht? Klingt das nicht sehr nach Räuberpistole?«

»Ich weiß nicht, wer Peters umgebracht hat. Ich weiß nur, dass der Sturmbannführer sich kurz vor seinem Tod mit Rath beschäftigt hat. Und dass sein Mitarbeiter, SS-Sturmscharführer Bouffier, wenige Tage vor Peters' Tod spurlos verschwunden ist. Ich bin zu lange Polizist, als dass ich das für einen Zufall halten könnte.«

»Aber in diesen Zufall muss doch nicht zwingend Gereon Rath persönlich verwickelt sein.«

»Wissen Sie, in welchem Auftrag Peters unterwegs war? Er sollte herausfinden, wo eine russische Gräfin jüdischen Blutes, die in Wiesbaden untergetaucht war, sich und das Vermögen ihrer Familie versteckt hält. Die Gräfin Sorokina.«

Gräf musste schlucken. »Das Sorokin-Gold«, sagte er.

»Richtig. Das vor acht Jahren für großen Wirbel in Berlin gesorgt hat. Und in mehreren Mordfällen, die mit dem Sorokin-Gold zusammenhingen, hat seinerzeit auch Gereon Rath ermittelt.«

»Mit Verlaub, Obersturmbannführer, an diesen Ermittlungen war auch ich beteiligt. Und ich kann Ihnen versichern, dass *ich* nichts mit den von Ihnen geschilderten Ereignissen in Wiesbaden zu tun habe.«

»Das wollen wir doch hoffen, Obersturmführer«, sagte Tornow und schaute ihn an. Einfach nur, um sein Gegenüber zu verunsichern, das wusste Gräf. Und hielt dem Blick stand.

»Was ich damit sagen möchte, Obersturmbannführer«, fuhr er fort, »genausowenig wie daraus zwingend folgt, dass ich oder irgendein anderer der damals ermittelnden Beamten an den Ereignissen in Wiesbaden beteiligt ist, genausowenig lässt sich schlussfolgern, dass Gereon Rath damit zu tun haben muss. Es gibt da einfach keine zwingende Logik.«

»Das muss es auch nicht. Mein *Gefühl* sagt mir, dass da etwas faul ist, und auf mein Gefühl habe ich mich noch immer verlassen können.«

»Wie Sie meinen, Obersturmbannführer. Ich kann mir allerdings nicht erklären, wie Rath drei Schüsse in seinen Brustkorb und den Sturz ins Wasser lebend überstanden haben soll.«

»Sie müssen es auch nicht erklären, Obersturmführer, Sie sollten es aber für möglich halten, denn es wird immer wahrscheinlicher. Keine Leiche im Kanal, immer noch nicht, nach über einem Jahr, stattdessen mysteriöse Ereignisse, die mit ihm in irgendeinem Zusammenhang zu stehen scheinen.«

»Aber in Wiesbaden ist doch intensiv nach Rath gefahndet worden. Erfolglos.«

»Richtig. Und?«

»Ich meine ja nur.«

»Sie sollten nicht meinen, Obersturmführer, das ist nicht Ihre Aufgabe. Sie sollten alles daransetzen, Gewissheit zu erlangen. Entweder die Gewissheit, dass er wirklich tot ist, oder die, dass er noch lebt. Und wenn er noch lebt, sollten Sie alles daransetzen, ihn zu finden und zu töten. Denn das war Ihre Aufgabe vor einem Jahr. Und falls Rath noch leben sollte, sind Sie derjenige, der's verbockt hat. Sie persönlich und niemand anders, damit wir uns nicht missverstehen.«

»Jawohl, Obersturmbannführer!«

»Das heißt, Sie sollten diese Angelegenheit mit mehr Ernst und Eifer angehen. Letzten Endes ist es auch Ihr Kopf, um den es hier geht. Also stellen Sie verdammt noch mal sicher, dass Gereon Rath tot ist. Auf die eine oder auf die andere Weise. Haben wir uns verstanden?«

Gräf salutierte. »Jawohl, Herr Obersturmbannführer.«

Er hatte verstanden.

5

Der Regen wollte und wollte nicht aufhören. So einen trübsinnigen August hatte Charly schon ewig nicht mehr erlebt. Es wurde wirklich Zeit, die Zelte hier abzubrechen. Allerdings hatte sie Wilhelm Böhm noch nichts von ihren Plänen erzählt. Na ja, der Mann war Kummer gewöhnt.

Sie wusste, dass er genau verstand, warum es sie ins Ausland trieb. Sie wusste auch, warum er selbst diesen Schritt nicht gehen wollte und konnte. Er fühlte sich als ehemaliger Polizist diesem Land zu sehr verbunden, diesem Land, wie es einmal gewesen war, wie es vielleicht wieder werden konnte. Und Böhm sah dieses Land immer noch, dieses Land, wie es hätte sein können, wenn auch verdeckt und vergraben unter dem Ungeheuer, zu dem Deutschland inzwischen geworden war.

Sie saß an ihrem Schreibtisch und schaute auf die verregnete Kantstraße. Charly war froh, Bürodienst schieben zu dürfen. Sie hielt die Stellung, machte einige Abrechnungen fertig, während Böhm in dem Sauwetter unterwegs war, um neue Kunden zu akquirieren. Fluchthilfe spielte inzwischen keine große Rolle mehr in ihrer alltäglichen Arbeit, die Ausreisewelle der vergangenen Jahre war abgeflaut, Deutschland hatte zu einer neuen Normalität gefunden, einer seltsamen Normalität, der Charly nichts abgewinnen konnte. Viel zu viele ihrer Landsleute, viel mehr, als sie das jemals für möglich gehalten hätte, hatten sich mit den neuen Machthabern arrangiert, glaubten dem Versprechen von der Volksgemeinschaft und ignorierten die Willkür und Gewalt, die hinter der blitzsauberen Fassade des neuen Deutschlands lauerte.

Ihr fiel das Schreiben von Harald Winkler in die Hände. Der einstige Klient forderte das bereits gezahlte Honorar zurück, weil seine Ehefrau entgegen der Ermittlungsergebnisse des Detektivbüros Böhm doch in fremden Betten wildere. Ein handgeschriebenes Geständnis von Karoline Winkler war dem Schreiben beigefügt. Der Name des Mannes, mit dem die Winkler sich außerehelich vergnügt hatte, sagte Charly nichts. Nach einiger Recherche fand sie heraus, dass es sich um den Leiter der KDF-Abteilung Charlottenburg handelte, bei der Karoline Winkler einen Nähkurs gebucht hatte. Die Winkler hatte das Nähkursalibi, das Charly ihr verschafft hatte, um ihre geheimnisvollen Ausflüge zu erklären und zugleich den armen Doktor Wolfssohn vor Verfolgung zu schützen, offensichtlich als willkommene Gelegenheit ergriffen, eine Affäre mit dem KDF-Bonzen, einem hundertprozentig linientreuen Parteigenossen, anzufangen. Charly wusste nicht, ob sie angesichts dieser Dreistigkeit lachen oder weinen sollte. Jedenfalls gönnte sie Harald Winkler die Hörner, die seine Frau ihm aufgesetzt hatte, von ganzem Herzen. Keinen Pfennig würde der Mann erstattet bekommen, schließlich, und das wusste Charly genau, hatte Karoline Winkler ihre Affäre mit dem KDF-Mann erst nach Abschluss der Recherchen der Detektei Böhm begonnen.

Es klingelte an der Tür, und Charly wunderte sich. Hatte sie einen Termin übersehen? Sie blätterte durch den Kalender, konnte aber nichts finden. Also Laufkundschaft. So oft kam das nicht mehr vor.

»Ist offen«, rief sie. »Kommen Sie doch herein.«

Sie krakelte noch eine Bleistiftanmerkung an Winklers Brief und legte ihn beiseite. Als sie aufschaute, stand ein rothaariger Mann vor ihr, der seinen Hut in der Hand hielt und sie anlächelte.

»Freddy! Was willst du denn hier?«

»Freue mich auch, dich zu sehen. Darf ich mich setzen?«

»Aber sicher. Bitte.«

Charly wies mit der Hand auf den Besucherstuhl. Sie war irritiert. Was wollte der Mann hier? Wieder mit ihr anbändeln? Nach der Zufallsbegegnung am Sonntag? Aber er war doch versorgt. Mit seiner kleinen Blondine.

Sie hatte ihn nicht nett behandelt. In den Tagen und Wochen nach der *Hindenburg*-Katastrophe hatte sie weiß Gott andere Dinge im Kopf gehabt. Mühsam hatte sie zurück in den Alltag gefunden, hatte angefangen, für ihre Ausreise in die Staaten zu sparen, um wenigstens ein Ziel in ihrem hoffnungslosen Leben zu haben, aber dann, neulich, als Reinhold Gräf sie besucht und sie an Gereons Todestag am 13. August seiner Anteilnahme und Unterstützung versichert hatte, war alles wieder hochgekommen.

Kein Mensch wusste, ob Gereon in dem riesigen Feuerball, in

den sich das Luftschiff binnen weniger Sekunden verwandelt hatte, umgekommen war oder nicht, und sie konnte nicht einmal danach forschen, weil er offiziell ja schon seit einem Jahr tot war.

Sie war so durcheinander, dass sie bei aller Zuneigung für Freddy und dessen frechem Charme nicht anders gekonnt hatte, als sich dem zu entziehen, auf die billigste und zweifelhafteste Art, die es in solchen Fällen gab: sich einfach nicht mehr zu melden, sich jedem Kontakt zu verweigern, sich verleugnen zu lassen und jeder möglichen Begegnung aus dem Weg zu gehen.

Hatte ja auch funktioniert. Bis gestern. Weil Berlin eben doch ein Dorf war. Manchmal.

Und nun stand er hier vor ihr und fragte ganz brav, ob er sich setzen dürfe. Was bezweckte er damit? Einen Auftrag für das Detektivbüro hatte er mit Sicherheit nicht.

»Was kann ich für dich tun?«, fragte sie, nachdem er Platz genommen hatte, und kam sich sogleich selten dämlich vor.

»Nichts, was du nicht schon getan hättest«, sagte er. »Aber ich, ich kann etwas für dich tun, denke ich.«

»Ich wüsste nicht, was das sein sollte.«

»Der Mann, mit dem du gestern im Café Reimann gesessen hast …«

Also doch. Er war tatsächlich eifersüchtig. Sie merkte, dass ihr das gefiel. Andererseits spürte sie eine gewisse Empörung: Was fiel ihm ein? Was glaubte er, wer er war?

»Du meinst Robert«, soufflierte sie.

»Genau. Robert Lembeck.« Er hüstelte in seine Faust. Schien seinen Mut zusammennehmen zu müssen für das, was er ihr zu sagen hatte. Charly machte sich straff, bereit, sich mit Worten zu wehren, sollte es nötig sein.

»Charly …« Freddy nahm einen zweiten Anlauf. »Kannst du mir erzählen, wie du Lembeck kennengelernt hast? Und wann?«

»Ich wüsste nicht, was dich das angeht?«

»Grundsätzlich gar nichts, da hast du recht.« Er schaute auf seine Fingerspitzen und war plötzlich so ernst, wie sie ihn noch nie erlebt hatte. »Aber kann es sein, dass er einen Grund hat, dich anzulügen?«

»Wie? Ich glaube, unser Gespräch bewegt sich gerade in eine komische Richtung.«

Was wollte er von ihr? Sie hatte befürchtet, er würde ihr Vorhaltungen machen, weil sie ihn so würdelos abserviert hatte, aber davon war überhaupt nicht die Rede. Es ging allein um Robert.

»Charly, ich kenne den Mann. Und ich weiß, dass er gelogen hat.«

»Du kennst Robert? Woher?«

»Daher, wo er behauptet, niemals gewesen zu sein. Aus dem Groschenkeller.«

Charly schüttelte unwillig den Kopf. »Robert? Im Groschenkeller? Niemals. Er verabscheut Jazz. Er verabscheut Nachtlokale.«

»Und trotzdem war er da. Ich habe ihn gesehen. Nur ein Mal, und es ist schon ein paar Monate her, aber ...« Er tippte an seine Stirn.

»Ich weiß«, sagte Charly und lächelte gequält: »Fotografisches Gedächtnis.«

»Genau.« Freddy blieb bierernst, als er das sagte. »Also, was ich dir sagen will: Dein Bekannter, Robert Lembeck, war im Groschenkeller. Just an dem Tag, an dem dieser Steward da war und alle nach dem Mann befragt hat, der später ermordet wurde. Du erinnerst dich? Der, den ich der Polizei beschreiben musste. Ehlers.«

»Natürlich erinnere ich mich«, sagte sie, leicht verärgert. »Hinnerk Ehlers vom Norddeutschen Lloyd. Der Mann, der Klaus von Rekowski ermordet hat.« Sie runzelte die Stirn. »Und Robert war am selben Tag im Groschenkeller?«

»Genau. Robert Lembeck.«

»Bist du dir sicher?«

»So sicher wie nur irgendwas. Glaub mir, sonst wäre ich nicht zu dir gekommen. Und er war nicht nur einfach dort. Mit ihm hat sich dieser Ehlers von uns allen am längsten unterhalten. Er schien ihm einiges erzählen zu können. Ist ... ich meine: War Robert Lembeck vielleicht ein Freund von deinem Rekowski. Nach dem hat sich Ehlers ja damals erkundigt.«

»Das ist nicht *mein* Rekowski«, sagte Charly ärgerlich. »Klaus von Rekowski war ein Verrückter, der einen Luftschutzkeller mitten im Wald gebaut hat und meine beste Freundin dort eingesperrt hat. Und natürlich ist Robert ... *war* Robert *nicht* mit ihm befreundet.«

Noch während sie das sagte, stutzte Charly. Sie musste an die Begegnung im Café *Reimann* denken, ein paar Tage vor Rekowskis Tod. Eigenartig, dachte sie, immer das Café *Reimann.* Immer kam es dort zu irritierenden Begegnungen. Wie seltsam Rekowski und Robert sich damals gemustert hatten. Charly hatte gedacht, Rekowski habe Greta eine Szene gemacht, als er so etwas gesagt hatte wie: »Hier treibst du dich also herum. Mit solchen Leuten! Und mich versetzt du!«

Dabei hatte er Robert angeschaut, und der hatte für einen kurzen Moment ganz erschrocken gewirkt. Weil Rekowski solch eine unwürdige Szene aufführte, so hatte sie damals gedacht. Vielleicht hatte er sich aber auch einfach erschreckt, weil er den schimpfenden Mann kannte, aber nicht wollte, dass andere das erfahren. Und Rekowski hatte möglicherweise ganz ähnlich gedacht und ihnen die beleidigte Leberwurst nur vorgespielt. Um schnell wieder verschwinden zu können.

Wie ein Film lief diese Erinnerung in ihrem Kopf ab, nur dass sie die Dinge nun ganz anders interpretierte als damals. Weil sie sich fragte: Was wäre, wenn Robert Lembeck und Klaus von Rekowski sich tatsächlich gekannt hatten? Dann hätte Robert sie die ganze Zeit angelogen.

»Ach«, sagte sie zu Freddy und machte eine wegwerfende Handbewegung, »vielleicht waren sie doch befreundet. Nein, nicht befreundet, bekannt. Vielleicht waren sie bekannt.«

Er saß im Besucherstuhl und schaute ihr neugierig dabei zu, wie sie sich einen zurechtstotterte, als sei sie ein Studienobjekt oder sowas.

»Verdammt«, sagte sie, »du bringst mich ganz durcheinander!«

Nun musste er doch grinsen, das erste Mal, seit er so ernst geworden war.

»Na, das hoffe ich doch«, sagte er. »Du weißt also nicht, ob sie sich kannten, hältst es aber für möglich. Doch erzählt hat er dir davon nichts.«

»Genau.«

»Wusste er denn vom Verschwinden deiner Freundin? Vom Groschenkeller? Von Rekowskis Tod? Von Ehlers?«

»Natürlich. Er hat mir doch sogar geholfen, Greta zu suchen.«

»Dann gibt es keine Zweifel, Charly, der Mann lügt dich an, er lügt dich ganz bewusst an. Hast du eine Ahnung, warum?«

Charly schüttelte den Kopf. Sie hatte das Gefühl, mit einem

Mal überhaupt nichts mehr zu wissen. Warum sollte er sie anlügen? Robert Lembeck, der Vertraute, der Freund, den sie so gut zu kennen glaubte, kam ihr plötzlich vor wie ein Fremder, wie jemand, vor dem man Angst haben musste.

In ihrem Kopf tauchte ein Bild auf, gegen das sie sich wehrte, das aber nicht verschwinden wollte: Robert Lembeck, der sich in einen grünen Opel Olympia beugte und dem Fahrer ein chloroformgetränktes Taschentuch unter die Nase hielt.

6

Fritze saß am Schreibtisch im Jungenzimmer und ertappte sich dabei, dass er fröhlich vor sich hin pfiff, als er die letzte Matheaufgabe gelöst hatte und das Hausaufgabenheft zuklappte. Er hatte gute Laune, seit Tagen hatte er gute Laune, und er schämte sich beinahe dafür.

Das Familienleben in der Familie Rademann war ein völlig anderes geworden, seit ein Großteil der Familie nicht mehr im Hause war. Vor fünf Tagen waren Atze, Jürgen und Herr Rademann mit großem Tamtam nach Nürnberg aufgebrochen. Seit ihre *drei Rademänner* weg waren, wie sie ihren Mann und ihre Söhne immer nannte, war Frau Rademann wie ausgewechselt. Stets gutgelaunt, lächelnd, manchmal sogar einen Scherz auf den Lippen, so hatte Fritze sie all die Jahre nicht erlebt, seit er in der Familie war. Am Sonntagnachmittag hatte sie einen Kuchen gebacken, nur für sich und ihren Pflegesohn.

»Sollen meine drei Rademänner mal schön dem Führer huldigen und die Welt retten«, hatte sie gesagt, als sie am Wohnzimmertisch saßen und Fritze sogar Bohnenkaffee trinken durfte. »Wir beide machen es uns hier gemütlich.«

Frau Rademann kochte die leckersten Sachen, sie war Sonnabend mit ihm ins Kino gegangen, hatte ihn Sonntagmorgen ausschlafen lassen, sie war so nett zu ihm, dass Fritze sich regelrecht wohlzufühlen begann in dieser Wohnung. Vielleicht auch, weil er das Jungenzimmer endlich für sich allein hatte. Selbst in der

Schule schienen die anderen heute freundlicher zu ihm gewesen zu sein, aber Fritze konnte nicht sagen, ob das daran lag, dass Atze nicht dabei war, oder ob die gute Laune, die er von zuhause mitgebracht hatte, so unerschütterlich war, dass selbst der Schulalltag nicht daran rütteln konnte.

Jedenfalls fühlte er sich viel zu gut, viel besser, als er sich fühlen durfte, als er sich fühlen wollte. Manchmal glaubte er, das Schicksal, das ihm schon so oft übel mitgespielt hatte, wolle ihn bewusst einlullen, damit er seine Pläne vergaß. Damit er sie so lange vergaß, bis Herr Rademann wieder aus Nürnberg zurückkam und die letzte Chance, dieser Hölle zu entkommen, vergeben war.

Gestern abend beim Einschlafen hatte er sogar schon einmal darüber nachgedacht, wie es wäre, wenn Herr Rademann und seine Söhne auf dem Marsch nach Nürnberg tödlich verunglückten. Ob er dann einfach bei Frau Rademann bleiben könne. Aber dann war da immer noch Hannah, die er irgendwie aus Dalldorf rausbekommen musste. Nein, ein heiles Leben war ihm nicht vergönnt, er durfte seine Pläne nicht aus den Augen verlieren.

Es klingelte an der Tür.

»Machst du bitte auf, Friedrich«, rief Frau Rademann aus der Küche. »Ich bereite gerade die Königsberger Klopse für heute abend vor, die isst du doch so gerne.«

Fritze schob das Matheheft beiseite und ging zur Wohnungstür. Auf der Fußmatte stand eine Frau, die er noch nie zuvor gesehen hatte, und lächelte ihn freundlich an.

»Heil Hitler, mein Junge. Ich bin Frau Forsbach vom Jugendamt Mitte. Und du musst Friedrich sein. Wie groß du schon bist!«

Fritze nickte nur, er sagte nichts. Beim Klang des Wortes *Jugendamt* hatte sich alles in ihm zusammengeschnürt, er bekam kaum noch Luft.

»Sind deine Eltern zuhause?«

Fritze räusperte sich, es war fast ein richtiges Husten, um seinen Hals wieder freizubekommen.

»Wer ist denn da?«, rief Frau Rademann von hinten.

»Jugendamt«, rief Fritze zurück. Seine Stimme klang belegt, er räusperte sich noch einmal. »Herr Rademann ist nicht zuhause«, sagte er zu der Jugendamtsfrau. »Aber seine Frau ist da.«

»Du kannst ruhig Mama oder Papa sagen«, meinte Frau Forsbach. »Das machen viele Pflegekinder, du musst dich da vor mir nicht schämen.«

Fritze schwieg. Jugendamt bedeutete nie etwas Gutes, das hatte er in seinem Leben schon gelernt.

»Willst du mich nicht hereinbitten?«, fragte die Dame jetzt, »ich müsste ein paar Worte mit deiner Pflegemutter wechseln.«

Fritze trat beiseite und machte unwillkürlich einen devoten Diener, als die Frau an ihm vorüberging, und senkte den Blick. Dann schloss er die Wohnungstür.

Als er ins Esszimmer trat, stand Frau Rademann schon in der Küchentür, die Schürze umgebunden und ein Geschirrtuch in der Hand, mit dem sie sich die Finger trockenwischte, und schaute der Besucherin entgegen.

»Mein Mann ist leider nicht da«, sagte sie. »Er ist mit der HJ auf dem Weg nach Nürnberg.«

»Wie?« Die Jugendamtsfrau runzelte die Stirn. »Wie alt ist Ihr Mann denn?«

»Oh, das ist ein Missverständnis.« Frau Rademann kicherte. »Mein Mann ist siebenunddreißig. Er arbeitet in der Reichsjugendführung. Und führt die Berliner Hitlerjugend zum Führer, zusammen mit unseren Söhnen Arthur und Jürgen.«

»Und Friedrich bleibt zuhause?«

»Er war vor zwei Jahren schon dort. Und es können ja nicht immer alle mit.«

»Verstehe.« Die Frau vom Jugendamt streckte ihre Rechte aus und schüttelte Frau Rademann die Hand. »Forsbach, Jugendamt Mitte. Wenn ihr Mann nicht zuhause ist, Frau Rademann, dann müsste ich einmal kurz mit Ihnen sprechen. Sie sind doch ebenso erziehungsberechtigt.«

»Natürlich.« Frau Rademann wirkte irritiert. »Wobei ich mich eher um die Küche kümmere. Wilhelm erzieht die Jungen. Streng und gerecht, wie er immer sagt.«

»Haben Sie einen Raum, in dem wir uns ungestört unterhalten können, nur wir beide?«

»Jetzt?«

»Es dauert nicht lange. Wir haben nur ein paar Dinge zu bereden. Unter vier Augen.«

»Ach so. Verstehe.«

Frau Rademann wirkte so nervös, als habe sie etwas ausgefressen. Die Angst vor offiziellen Stellen, etwas, das Fritze von vielen Erwachsenen kannte, schien bei ihr besonders ausgeprägt zu sein. In diesem Fall konnte er sie sogar verstehen. Mit dem Jugendamt war nicht zu spaßen, das war die schlimmste, freudloseste, schrecklichste Behörde, die das Deutsche Reich aufzubieten hatte. So sah er das jedenfalls. Schlimmer als die Gestapo oder das Finanzamt, vor dem die Erwachsenen sonst immer am meisten Angst hatten.

»Friedrich, geh doch so lange auf dein Zimmer«, sagte sie. »Musst du nicht noch Hausaufgaben machen?«

Fritze nickte, obwohl er alle Hausaufgaben schon erledigt hatte. Er hatte verstanden. Die Erwachsenen wollten unter sich sein.

In ihrem Jungenzimmer gab es eine hohle, nicht massiv gemauerte Stelle, da, wo früher einmal eine Verbindungstür zum Wohnzimmer gewesen sein musste, direkt an Fritzes Bett. Wenn man an diese Stelle ein Glas hielt, konnte man prima hören, was nebenan gesprochen wurde. Fritze leerte das Wasserglas, das auf dem Schreibtisch stand, und kniete sich auf sein Bett. Er hielt das Glas an die Wand und sein Ohr ans Glas und betete, Frau Rademann würde die Tante vom Jugendamt ins Wohnzimmer führen und nicht im Esszimmer bleiben. Seine Gebete wurden erhört.

»Darf ich Ihnen etwas anbieten«, hörte er die gedämpfte Stimme von Monika Rademann. »Kaffee? Tee?«

Offensichtlich wollte das Jugendamt Mitte nichts, denn als Nächstes war es wieder Frau Rademann, die sprach: »Nehmen Sie doch Platz.«

Fritze lauschte gebannt, er hoffte, auch Frau Forsbach verstehen zu können, nicht dass die sich ans Fenster gesetzt hatte. Er musste wissen, was das Jugendamt wollte. Man musste immer wissen, was das Jugendamt wollte. Die Stimme der Jugendamtstante klang zwar dumpfer als die von Frau Rademann, dafür sprach sie lauter.

»Frau Rademann, ich bin hier, weil es in unserer Behörde Irritationen gab.«

»Irritationen? Friedrich hat doch nichts angestellt?«

»Nein, nein, keine Sorge. Es geht um die Gerichtsverhandlung, in deren Verlauf sich Major von Randow ja zur leiblichen Vaterschaft bekannt hat, und da …«

»Wer?«

»Major Friedrich von Randow, der leibliche Vater Ihres Pflegekindes. Hat Ihr Mann Ihnen denn nichts erzählt?«

Fritze stockte der Atem. Die Jugendamtstante redete von seinem Vater! Ein Major! Ein Adliger!

»Ach, wissen Sie«, hörte er Frau Rademann nun wieder reden, »mein Mann kümmert sich um all diese Dinge, da weiß ich längst nicht alles.«

»Weiß der Junge denn Bescheid?«

NEIN!, hätte Fritze am liebsten durch die Wand geschrien. Nein! *Ich weiß nichts, gar nichts!*

Frau Rademann schwieg.

»Sie wissen das nicht?«

Fritze verstand die Antwort nicht.

»Irgendwann wird der Junge danach fragen, Frau Rademann. Da ist es besser, Sie sagen ihm solche Dinge rechtzeitig. Es ist doch auch schön für ihn. All die Jahre hat er nicht gewusst, wer sein Vater ist, und nun ist er aufgetaucht und hat sich vor Gericht zu seinem Sohn bekannt. Ein Wehrmachtsoffizier mit wichtiger Position im Wehrkreis drei, das ist doch etwas, dem ein Junge nacheifern kann.«

»Mein Mann ist Hauptreferatsleiter in der Reichsjugendführung! Dem kann man auch nacheifern.«

»Aber natürlich, Frau Rademann, so war das doch nicht gemeint.«

»Wie denn sonst? Mein Mann wird seine Gründe haben, was er dem Jungen erzählt und was nicht. Wir wollen ihn jedenfalls nicht unserer Familie entfremden.«

Das Gespräch ging noch weiter, doch Fritze konnte nichts mehr verstehen, die Frauen mussten in die Küche gegangen sein. Dennoch blieb er sitzen, an die Wand gelehnt, das Wasserglas in der Hand, und atmete heftig. Er hatte das Gefühl, keine Luft mehr zu bekommen.

Auf der Gerichtsverhandlung hatte sich sein Vater gemeldet, sein leiblicher Vater, ein waschechter Major, ein hohes Tier im Wehrkreis drei. Fritze war nie stolz gewesen auf seine Eltern, wie auch? Die Mutter ein Hure, der Vater unbekannt. Aber sein Vater war nicht mehr unbekannt, es war ein Vater, von dem Fritze zwar nicht den Nachnamen, aber immerhin den Vornamen geerbt hatte, ein Vater, auf den man stolz sein konnte. Und von dem Fritze wollte, dass der auch irgendwann mal stolz auf ihn war.

Sein verdammter Vater, von dem er gedacht hatte, dass der nicht einmal etwas von der Existenz seines Sohnes wisse, hatte sich gemeldet. Sein Vater, den er für einen gewissenlosen Hurenbock gehalten hatte, war ein geachteter Wehrmachtsoffizier, und kein Aas hatte es für nötig gehalten, ihm das zu sagen. Herr Rademann nicht und nicht einmal Charly.

Ich habe deinen Vater gefunden, hatte sie gesagt. Aber dass es nicht irgendein dahergelaufener Penner war, das hatte sie ihm nicht gesagt. Dass sein Vater der Wehrmachtsoffizier Friedrich von Randow war, der sich zu seinem unehelichen Sohn bekannte. Warum, fragte er sich, warum hatte dieser verdammte Major dann nicht längst bei den Rademanns auf der Matte gestanden, um seinen Sohn einmal zu sehen?

7

Es war stickig hier draußen, schwülwarmes Mistwetter, das einem den Schweiß aus den Poren trieb. Johann Marlow saß in seinem Chevy, den er so weit in einen Feldweg zurückgesetzt hatte, dass er von der Straße aus nicht mehr zu sehen war, und tupfte sich die Stirn mit einem Taschentuch ab.

Er hatte schlechte Laune. Es war ja nicht so, dass er sich nichts Schöneres hätte vorstellen können, als hier an der Route 46 in der tiefsten Einöde New Jerseys einen Hinterhalt zu legen. So etwas hatte er schon lange nicht mehr gemacht. Nicht machen müssen. In Berlin hatte er für solche Fälle seinen Ringverein gehabt, die Berolina, deren Männer er immer dann hatte einsetzen können, wenn es schmutzig wurde. In den Staaten hatte sein Partner Abe Goldstein sich um solche Dinge gekümmert, doch der war tot. Und so etwas wie heute, das war in den zwei Jahren, die er nun in Brooklyn lebte, noch nie nötig gewesen, ein verdammter Überfall, als seien sie irgendwelche Wegelagerer.

Aber heute war es nötig. Nicht weil sie es auf die Beute abgesehen hatten, das mochten einige seiner Männer denken, aber das war es nicht; nein, es ging darum, sich Respekt zu verschaffen. Und hoffentlich etwas zu erfahren über eine Konkurrenz, die schon zum zweiten Mal wie aus dem Nichts gekommen war und über die sie nichts wussten. So gut wie nichts. Der Transport heute war der einzige Anhaltspunkt, den sie hatten.

Das Problem war, dass es sich nicht um einen Schmuggeltransport handelte, der bei Nacht und Nebel unterwegs war, was einen Überfall deutlich leichter gemacht hätte, sondern um eine ganz alltägliche Lieferung von Konservendosen, die am hellichten Tag von A nach B gefahren wurden. Im Grunde die beste Methode, um Drogen quer durchs Land zu transportieren. Niemand schöpfte Verdacht, außer er bekam einen Tipp.

Jake, der Mann aus West Harlem, dessen Körper mitsamt seines roten Anzugs nun zusammengefaltet in einer Blechtonne steckte, vergraben in den Müllkippen von Flushing Meadows, hatte ihnen nicht viel verraten können, aber das hatte er verraten.

Sie hatten den Mann in Frenchies Autowerkstatt in Brownsville an eine Hebebühne gekettet, und Marlow hatte sich persönlich um ihn gekümmert. Er war Mediziner, er wusste, wie man Menschen weh tat, wie man ihnen unerträgliche Schmerzen zufügen konnte, ohne sie zu töten und ohne dass sie das Bewusstsein verloren. Und noch wichtiger: Er wusste, wie man diese Schmerzen wieder lindern konnte. Dem, der über das Mittel gegen die Schmerzen verfügte, erzählten die Gequälten mehr als dem, der ihnen die Schmerzen zufügte, selbst wenn es sich um dieselbe Person handelte. Erst das Versprechen auf Linderung löste die Zunge. Aber Jake hatte ihnen weniger sagen können als erhofft. Außer seinem eigenen hatte er ihnen keinen weiteren Namen nennen können, jedenfalls keinen, den sie noch nicht kannten. Die kleinen Pusher, die für ihn an den Straßenecken standen, interessierten niemanden, Marlow wollte wissen, von wem Jake das hochwertige Heroin bezog, das er in Harlem verteilte, aber damit konnte der Mann nicht dienen, er kannte keine Namen, nur Liefertermine. Und einen öffentlichen Fernsprecher an der 125. Straße, an dem er zu bestimmten Zeiten seine Befehle erhielt. Marlow glaubte ihm. Als Jake endlich sterben durfte, hatte er ihnen alles gesagt, was er wusste.

Und deswegen standen sie nun irgendwo in den Wäldern hinter Hackettstown an der Route 46 und warteten auf einen Truck. Am Straßenrand parkte ein schwarz-weiß lackierter Ford Sedan, an dem Frenchie und Steven lehnten, einer von Sally Epsteins Männern. In den blau-schwarzen Uniformen der New Jersey State Police waren sie kaum wiederzuerkennen. Sally hatte seine Verbindungen nach New Jersey spielen lassen, um an die Uniformen zu kommen. Den Ford hatten sie in Frenchies Werkstatt eigenhändig zum Patrouillenwagen umlackiert.

Marlow hoffte, nicht eingreifen zu müssen. Er hatte schon lange nicht mehr geschossen. Wenn alles so lief wie geplant, würde die Sache ohne Blutvergießen abgehen. Die beiden falschen Polizisten würden den Fahrer anhalten und außer Gefecht setzen, ihn gefesselt und geknebelt zu seiner Fracht legen, und dann ging es auf dem schnellsten Wege zurück nach Brooklyn. Frenchie würde den Lastwagen steuern, Steven das falsche Polizeiauto und Marlow selbst den Chevy.

Einen bewaffneten Begleitschutz gab es nicht, der hätte die Tarnung zerstört. So hatte Jake erzählt. Was sie aber nicht wussten, weil auch Jake das nicht gewusst hatte: ob der Fahrer bewaffnet war. Entsprechend nervös war die Stimmung. Frenchie spielte mit der Verkehrskelle in seiner Hand, Steven rauchte. Und auch Marlow hatte sich eine Zigarre angezündet.

Plötzlich kam Bewegung in die beiden Uniformierten unten auf dem Highway; Steven schnippte seine Zigarette in den Straßengraben, Frenchie trat breitbeinig auf die Straße und schwenkte die Kelle. Nun konnte Marlow den Dieselmotor hören. Ein hellgrüner Kenworth-Truck schob sich langsam in sein Blickfeld. MORGAN CANNING CO. stand in rot-gelben Großbuchstaben auf den Planen und darunter in geschwungener Schrift ein Werbespruch: *Taste OLYMPIA, the world's best spicy sauce.*

Der Lastwagen war kurz vor dem Polizeifahrzeug zum Stillstand gekommen. Steven trat an die Fahrerkabine und sprach mit dem Mann am Steuer. Marlow konnte nicht verstehen, was, aber er hoffte, dass der Mann in der Rolle des Polizisten glaubwürdig wirkte. Gleichwohl legte er die Zigarre in den Aschenbecher und entsicherte seine Pistole, öffnete die Tür und stieg aus dem Wagen. Für alle Fälle.

Steven schien die richtigen Worte gefunden zu haben; der Fahrer schöpfte keinen Verdacht und reichte seine Papiere durchs Seitenfenster. Doch er stieg nicht aus. Marlow konnte spüren, dass Steven nervös wurde. Während Frenchie die Frachtpapiere mit einem freundlichen Tippen an die Uniformmütze entgegennahm und einen Blick hineinwarf, redete Steven immer hektischer auf den Fahrer ein, der nur unwillig den Kopf schüttelte.

Schließlich trat Steven ein, zwei Schritte zurück und zog seine Pistole.

Marlow konnte seine Worte laut und deutlich verstehen.

»Step out of the vehicle, Sir!«

Dieser Vollidiot. Frenchie schien genauso überrascht wie der Fahrer. Marlow tastete sich weiter voran, das Gebüsch am Waldrand als Deckung nutzend. Wenn der Fahrer ihn auch noch entdecken würde, wäre es endgültig vorbei mit dessen Contenance.

Noch gehorchte er dem wild mit der Pistole herumfuchtelnden Steven und stieg mit erhobenen Händen aus dem Lastwagen, dessen Motor immer noch im Leerlauf vor sich hin tuckerte. Der Fahrer trug einen Overall und eine Schirmmütze im selben Hellgrün wie der Laster. Schien ein Mitarbeiter der *Canning Company* zu sein. Ob der überhaupt wusste, was er da transportierte? Er machte jedenfalls alles andere als einen eingeschüchterten Eindruck. Schaute Steven hoch erhobenen Hauptes direkt in die Augen und warf einen verächtlichen Blick auf die Pistole.

»What's your problem, officer?«, hörte Marlow ihn fragen. »Short dick, big gun?«

Mehr brauchte es nicht, um Steven explodieren zu lassen. Er trat einen Schritt nach vorne und wollte dem Fahrer einen Schlag mit der Pistole gegen die Schläfe verpassen, doch der duckte sich weg und rammte dem Angreifer seine Faust in die Magengrube. Schien ein verdammter Preisboxer zu sein.

Und schon wälzten sich die beiden Männer auf dem Boden. Der Fahrer versuchte, Stevens Schusshand zu erwischen, um ihm die Waffe zu entwinden, doch das gelang ihm glücklicherweise nicht. Frenchie ließ die Papiere fallen und stürzte sich auf die kämpfenden Männer. Was für ein verdammter Schlamassel!

Marlow beschleunigte seinen Schritt, doch bevor er das Knäuel erreicht hatte, hallte ein Schuss durch die Stille des Waldes und schreckte einen Schwarm Vögel auf. Sonst war nichts zu hören.

Marlow stand wie erstarrt und schaute auf die drei Männer, die vor dem Konservendosentruck auf dem Asphalt lagen. Zwei hockten da und keuchten, die in den Polizeiuniformen, der dritte lag auf dem Rücken und rührte sich nicht mehr. In der hellgrünen Brust seines Overalls breitete sich ein dunkler Fleck aus, der immer größer wurde.

»Was für eine verdammte Scheiße!«, fluchte Marlow. »Seid ihr völlig verrückt geworden? Hier herumzuballern?«

Nur Frenchie konnte ein paar Brocken Deutsch, doch auch Steven, der die rauchende Pistole noch in der Hand hielt und seinen Boss mit großen Augen anschaute, verstand, was Marlow gesagt hatte. Er wusste ja auch, dass er es vermasselt hatte.

»Sorry, boss«, sagte er. »But this asshole was going to kill me.«

»This guy was unarmed and you are two guys with guns and you can't deal with it?«

»At least he's no longer a problem.« Steven zuckte die Achseln. »One more for the garbage can.«

»One more for you to take care of!« Marlow zeigte auf den Polizeiwagen. »Put him in the police car and get rid of him. And do it now, we gotta get out of here.«

Steven steckte seine Waffe ein. Er zog den leblosen Lastwagenfahrer an den Beinen zum Polizeiwagen und hievte ihn auf den Rücksitz.

»Don't forget his hat«, sagte Marlow. »And make sure nobody will find the body.«

Steven bückte sich, hob die grüne Schirmmütze auf und warf sie zu der Leiche auf den Rücksitz. Wirklich zerknirscht wirkte er immer noch nicht, was Marlow kolossal ärgerte. Er musste mit Sally Epstein ein ernstes Wörtchen über diesen Mann sprechen. In ihrem Geschäft brauchten sie Männer, auf die man sich verlassen konnte, und keine hochnäsigen Idioten, die es nicht einmal merkten, wenn sie einen Fehler gemacht hatten.

Steven setzte sich ans Steuer des Patrouillenwagens und raste mit quietschenden Reifen davon. Fehlte noch, dass er die Sirene einschaltete.

»What an idiot«, sagte Marlow zu Frenchie.

Der schwieg. Wollte seinen Kollegen nicht schlechtmachen, das ehrte ihn.

»Take off the uniform and get in the truck. I'll meet you in Brooklyn.«

Frenchie nickte und verwandelte sich in Blitzesschnelle. Unter der blauen Polizeijacke trug er ein kariertes Hemd, unter der schwarzen Uniformhose eine braune Arbeitshose. Statt der Uniformmütze setzte er eine zerbeulte Schiebermütze auf. Marlow sammelte die Uniform auf, ging zurück zu dem schwarzen Chevy und warf sie in den Kofferraum. Sal wollte die Uniformen zurück, er sollte sie zurückbekommen. Die State Police in New Jersey durfte allerdings nie erfahren, bei welcher Gelegenheit sie benutzt worden waren. Hoffentlich brachte Steven, der Idiot, die andere Uniform auch wohlbehalten zurück.

Marlow wartete, bis der Truck sich in Bewegung gesetzt hatte und aus seinem Blickfeld verschwunden war, dann startete er den Motor und rollte hinunter auf den Highway.

Gut zweieinhalb Stunden später war er wieder in Brooklyn. Frenchie und den Truck hatte er noch vor Hackettstown überholt; bis der ankam, das würde noch dauern. Er fuhr zu der Lagerhalle am Dock, die er von Sally Epstein angemietet hatte, und parkte neben dem großen Tor. Er blieb noch eine Weile hinter dem Steuer sitzen und zündete sich eine Zigarre an. Dann stieg er aus und ging zu den Docks hinüber. Es dämmerte bereits. Marlow zog an seiner Zigarre und dachte nach. Er musste dringend mehr vertrauenswürdige Leute um sich scharen, das hatte ihm die heutige Aktion gezeigt. Er blickte über den East River auf die Brooklyn Brigde und die Südspitze Manhattans, auf der nach und nach die Lichter in den Bürogebäuden aufflammten. Zu den Reichen und Mächtigen dort drüben auf der anderen Seite des Flusses würde er niemals gehören, da konnte einer wie er machen, was er wollte. Aber er verlangte wenigstens denselben Respekt, und den würde er auch bekommen.

Als der Truck endlich um die Ecke bog, hatte er die Zigarre zu Ende geraucht. Marlow öffnete das große Tor, und Frenchie setzte den Lastwagen rückwärts hinein. Von Steven war nichts zu sehen, auf den mussten sie auch nicht warten, der hatte genug damit zu tun, die Leiche zu beseitigen.

Marlow schloss das Tor und betrachtete den Truck. Ein Nummernschild aus Ohio, die *Morgan Canning Company* hatte ihren Sitz jedoch in Chicago, wie die Werbung auf der Plane verriet. Cleveland oder das Outfit, wer steckte hinter dem Transport? Oder waren es alle beide? Er fragte sich, ob der tote Fahrer ihnen mehr hätte erzählen können.

Frenchie hatte die Ladeklappe schon geöffnet und die Plane beiseitegezogen. Bis zur Decke stapelten sich die Holzkisten mit dem Aufdruck der *Canning Company.* Frenchie nahm eine Brechstange und öffnete die erstbeste. Er holte eine Dose heraus.

»Baked Beans«, sagte er und klappte sein Messer auf. Ein Stich, ein paar kraftvolle Schnitte, und die Konservendose war geöffnet. Eine rötliche Pampe mit weißen Bohnen tropfte heraus. Johann Marlow würde nie verstehen, was die Amis an diesem Schmodder so mochten, dass sie das Zeug millionenfach in Dosen packten.

»Shit«, fluchte Frenchie, als ihm der Matsch über die Finger lief.

»Unten«, sagte Marlow, »die wichtigen Dosen sind unten in den Kisten.«

Noch während er das sagte, hatte er sich über die Holzkiste gebeugt und angefangen, die Konservendosen lagenweise abzutragen, bis er bei der letzten Lage angelangt war. Aus der griff er gleich zwei Dosen, die deutlich leichter waren als die anderen.

»Open this one«, sagte er zu Frenchie, der immer noch damit beschäftigt war, sein Messer und seine Hand mit einem großen Taschentuch abzuwischen, und reichte ihm eine.

Frenchie nahm die Dose mit einigem Widerwillen im Blick entgegen und setzte das gesäuberte Messer an.

Aus der Dose staubte es schneeweiß. Die Konservendose, auf deren Etikett *Morgan's Baked Beans* stand, enthielt ohne jede weitere Verpackung ein reines weißes Pulver. Frenchie steckte seinen Zeigefinger hinein und probierte.

»That's it«, sagte er, »that's the stuff!«

Marlow war erleichtert. Wenigstens war die gewagte Aktion nicht umsonst gewesen. Obwohl sie den Fahrer nicht mehr befragen konnten, hatten sie wichtige Hinweise auf ihre Konkurrenten bekommen. Mal schauen, was sich hinter dieser Konservenfabrik in Chicago verbarg, vielleicht würden die nach dem Überfall endlich aus ihren Löchern kommen.

Was auch immer passieren mochte: Mit der Beute, die in ihre Hände gefallen war, hatten sie jedenfalls zum einen die Konkurrenz geschwächt und waren zum anderen selbst an gute Ware gekommen. Der Ruf des *Venus Club* wäre für's Erste wiederhergestellt. Das beste Heroin der Stadt gab es bei Johann Marlow. Und so musste es auch bleiben.

8

Charly rührte in ihrem Kaffee, legte den Löffel beiseite, zog an ihrer Zigarette, schaute erst aus dem Fenster und dann auf ihre Armbanduhr. Sie war nervös, und sie wusste nicht genau, warum: War sie nervös, weil sie Angst hatte, er könne nicht zu ihrer Verabredung kommen, oder weil sie Angst hatte, er könne kommen?

Vor ein paar Jahren hatte sie sich schon einmal mit Andreas Lange zu konspirativen Treffen verabredet. Damals hatte Lange darum gebeten, weil er intern gegen einen Polizisten ermittelte, der unter Mordverdacht stand, und Charly, die damals gar nicht bei der Polizei arbeitete, sondern ihr Referendariat im Amtsgericht Lichtenberg absolvierte, ihm helfen sollte. Diesmal war es andersherum. Sie hatte *ihn* um das Gespräch gebeten.

Sie hatte eine ganze Weile gebraucht, ehe sie sich zu diesem Schritt hatte durchringen können, war alle Argumente dafür und dagegen hundertmal durchgegangen, doch sie sah keinen anderen Weg, wenn sie wollte, dass die Wahrheit ans Licht kam. Und das wollte sie. Sie konnte keinesfalls zur Polizei gehen, doch sie brauchte die Hilfe eines Polizisten. Im Grunde war sie in einer ähnlichen Situation wie Andreas Lange damals, als er ihre Hilfe benötigt hatte: Sie konnte niemandem trauen. Er hatte ihr vertraut, und sie glaubte, auch ihm vertrauen zu können. Sie glaubte es, aber wissen konnte sie es nicht.

Der buchstäblich naheliegendste Ort wäre das *Aschinger* am Alex gewesen, gleich neben dem Präsidium, jedoch trieben sich dort zu viele Polizisten herum. Außerdem lag es zu nah an den Stadtbahnbögen. Wenn sie auch nicht glaubte, dass Robert jemals das *Aschinger* betrat, so empfand sie diese Nähe doch als unheimlich. Außerdem: Wusste sie wirklich, welche Lokale er frequentierte und welche nicht? Im *Groschenkeller* war er ja angeblich auch niemals gewesen.

Charly hatte also die Konditorei *Buchwald* im Hansaviertel vorgeschlagen. Die lag direkt an der Spree, nicht weit von der Spenerstraße, vor allem aber konnte man sich sicher sein, dass sich dorthin kein einziger Polizist verirrte. Am Telefon hatte sie Lange nicht viel erklären können, nur dass es wichtig war. Das hatte gereicht. Er hatte ihr versprochen zu kommen.

Und das tat er auch, pünktlich auf die Minute. Charly hatte ihn bereits entdeckt, als er noch dabei war, seinen Hut und seinen Mantel an die Garderobe zu hängen.

Er setzte sich zu ihr an den Tisch und bestellte ebenfalls einen Kaffee. Das richtige Getränk für einen Sonnabendnachmittag.

»Schön, dass Sie Zeit gefunden haben«, begann sie das Gespräch. »Wie läuft es denn so auf der Arbeit?«

»Genug zu tun haben wir, wenn Sie danach fragen.« Er kratzte sich am Kopf. »Der Raubmord in der Schillerstraße bindet viele Kapazitäten. Nachdem der PP eine Belohnung ausgesetzt hat, werden wir geradezu erschlagen mit mehr oder weniger sachdienlichen Hinweisen. Haben Sie bestimmt in der Zeitung gelesen. Eine alte Frau, eine Seifenhändlerin, in ihrem eigenen Laden erwürgt, und das für fünf Mark, mehr war nicht in der Kasse. Manchmal wundert man sich doch, für wie wenig einige Menschen bereit sind zu töten.«

»Tja, so ist das in der Mordinspektion. Da kann man schon mal den Glauben an die Menschheit verlieren.«

»Den sollte man nie verlieren. Egal wie beschissen es manchmal laufen kann, oder?«

»Da haben Sie recht.«

»Charly, Sie haben mich hergebeten. Was haben Sie auf dem Herzen?«

Es brachte sie ein wenig aus dem Konzept, dass er so unvermittelt zur Sache kommen wollte. Aber vielleicht war es besser so. Sie hatte ihn herbestellt, er war gekommen, nun musste sie ihm auch sagen, warum.

»Erinnern Sie sich noch an die Rekowski-Ermittlungen?«

»Natürlich. Ich leide ja noch nicht an Gedächtnisschwund.«

Sie schaute sich um und senkte die Stimme. Und ärgerte sich sogleich über sich selbst. Eine dumme Angewohnheit, die sich viele im neuen Deutschland zu eigen gemacht hatten.

»Ich fürchte, wir … wir müssen den Fall noch einmal neu aufrollen.«

»Wir? Charly, Sie sind nicht mehr bei der Polizei.«

»Natürlich. Aber das ändert nichts an den Tatsachen. Ich habe neue Informationen, die den Fall in einem ganz neuen Licht erscheinen lassen könnten.«

Lange antwortete nicht direkt, weil der Kellner gerade den Kaffee brachte.

»Charly, der Fall ist abgeschlossen«, sagte er dann, und sein Unwille, sich damit noch einmal beschäftigen zu müssen, war mit Händen zu greifen. »Hinnerk Ehlers hat gestanden.«

»Er hat nicht gestanden, er hat sich umgebracht.«

»Eben. Und davor hat er versucht zu fliehen, als wir ihn in Stettin von Bord geholt haben. Wenn das kein Schuldeingeständnis ist.«

»Ich weiß nicht, was das war. Vielleicht hatte er einfach Angst, weil er wusste, was seinem Neffen widerfahren war. Oder er hat geahnt, dass man ihn reingelegt hat. Keine Ahnung. Jedenfalls kennen wir längst nicht die ganze Wahrheit.«

»Und was bringt Sie zu dieser Erkenntnis?«

Charly zündete sich eine *Juno* an.

»Kennen Sie Robert Lembeck?«, fragte sie dann.

»Den Radiofritzen? Natürlich. Bei dem kauft doch das halbe Präsidium.«

»Ich bin mit dem Mann – wie soll ich sagen? – befreundet. Er hat mir damals bei der Suche nach Greta geholfen.«

»Ja?«

Sie merkte, dass Lange langsam ungeduldig wurde.

»Ich darf Sie bitten, dass Sie alles, was ich Ihnen nun erzähle, absolut vertraulich behandeln.«

»Natürlich, Charly. Ich hoffe nur, Sie haben nicht wieder ein Polizeisiegel zerstört.«

»Ich habe überhaupt nichts Böses getan. Ich habe nur etwas erfahren, das Sie wissen sollten. Und sonst niemand. Weil ich nicht weiß, wer alles in dieser Sache mit drinstecken könnte. Das ist viel undurchsichtiger, als wir gedacht haben.«

»Was?«

»Die Sache Rekowski. Das war kein simpler Rachemord, das war …« Wieder senkte sie ihre Stimme und beugte sich über den Tisch. »Ich weiß es nicht«, sagte sie, und diesmal schämte sie sich nicht, zu flüstern, »aber womöglich haben offizielle Stellen ihre Finger im Spiel.«

Lange schaute sie ebenso überrascht wie ernst an.

»Sie haben mein Wort, Charly«, sagte er. »Und mein Ohr.«

Sie blickte sich noch einmal um, ob niemand mithörte, dann schilderte sie in gebotener Kürze, was Freddy beobachtet hatte.

»Herr Siegel? Der Zeuge, nach dessen Angaben wir Ehlers' Fahndungszeichnung erstellt haben?«

»Genau der.«

»Und Sie schließen daraus, dass Hinnerk Ehlers unschuldig ist?«

»Das habe ich nicht gesagt. Vielleicht ist er schuldig, ich weiß es nicht. Was ich aber daraus schließe, ist, dass sich die Sache komplizierter verhält als gedacht. Und dass Lembeck damit zu tun hat. Warum sonst diese Geheimniskrämerei? Warum erzählt er mir nicht, dass er mit Ehlers gesprochen hat? Dazu hätten sich genügend Gelegenheiten geboten. Stattdessen leugnet er sogar, jemals im Groschenkeller gewesen zu sein.«

»Aber das muss doch nichts heißen. Haben Sie ihn zur Rede gestellt?«

Darüber hatte Charly tatsächlich nachgedacht. Das war einer der Gedanken, die sie in den vergangenen Tagen hin- und hergewälzt hatte.

»Nein. Und das werde ich auch nicht tun.«

»Ich denke, Sie sind mit ihm befreundet.«

»Ja, das dachte ich auch. Aber das war ein ganz anderer Mensch, von dem ich das gedacht habe. Ich weiß nicht mehr, wer Robert Lembeck ist. Ganz offensichtlich jedenfalls jemand anders, als er zu sein vorgibt.«

»Und was er ist, das soll ich für Sie herausfinden?«

»Das müssen wir gemeinsam herausfinden, ohne dass er es spitzkriegt. Ohne dass überhaupt jemand das mitbekommt. Wer weiß, womöglich hat der SD seine Finger drin.«

»Lembeck ein Spitzel der SS?«

»Ich kann es mir nicht ernsthaft vorstellen, aber erst einmal sollten wir alles für möglich halten. Was meinen Sie: Warum verschweigt er, dass er im Groschenkeller war und sich dort lange mit Hinnerk Ehlers unterhalten hat?«

Lange zuckte die Achseln. »Keine Ahnung.«

»Vielleicht weil er ihn zu dem Mord angestiftet hat. Oder weil er sich bei der Gelegenheit Ehlers' auffälliges Taschentuch besorgt hat, um am Tatort eine falsche Spur hinterlassen zu können.«

»Der harmlose Radiofritze ein Mörder?« Lange schaute sie ungläubig an. »Das sind aber ziemlich wilde Spekulationen, ich hoffe, Sie sind sich dessen bewusst.«

»Natürlich. Man muss ja auch nicht gleich vom Schlimmsten ausgehen. Aber irgendeinen Sinn muss sein langes Gespräch mit Ehlers gehabt haben. Und die Tatsache, dass er es verheimlicht.«

»Aber gleich Mord?«

»Eines habe ich bei Gennat gelernt: immer alle Möglichkeiten in Betracht zu ziehen.«

»Und was für ein Motiv sollte Lembeck haben?«

»Das ist die zweite Frage, die wir beantworten müssen.« Charly drückte ihre Zigarette in den gläsernen Aschenbecher. »Da ist noch etwas: Ich bin mir inzwischen sicher, dass Lembeck und Rekowski sich kannten.«

»Woher?«

»Das weiß ich eben alles noch nicht. Aber sie kannten sich. Kurz vor Rekowskis Tod sind sich die beiden einmal zufällig über den Weg gelaufen. Als ich mit Greta und Robert im Café Reimann saß. Damals habe ich gedacht, Rekowski macht eine Szene wegen Greta. Aber das war es nicht. Nicht nur. Er wollte auch davon ablenken, dass er Robert Lembeck kannte.«

»Warum das?«

»Vielleicht aus demselben Grund, weswegen Lembeck verheimlicht, dass er Rekowski kannte. Vielleicht liegt da auch irgendwo ein Mordmotiv verborgen.«

Lange schüttelte den Kopf. »Charly, Charly«, sagte er. »Das sind eine Menge wilde Vermutungen und wenig handfeste Beweise.«

»Ich weiß. Deswegen komme ich ja zu Ihnen. Damit wir mehr handfeste Beweise finden.«

»Ich kann Ihnen nicht viel versprechen. Aber ich kann Ihren Robert Lembeck mal durchleuchten, um zu sehen, mit was für einem Mann wir es hier zu tun haben. Dann müssen wir weitersehen.«

»Mehr verlange ich ja auch gar nicht.«

»Gut. Dann lassen Sie uns nächstes Wochenende noch einmal treffen. Bis dahin müsste ich etwas zusammenhaben, hoffe ich.«

»Gerne.«

Charly lächelte, aber Lange schaute sie ernst an.

»Sie wissen, was das heißen könnte, Charly?« Ihr Lächeln erstarb. Sie wusste, was er meinte. »Möglicherweise habe ich durch mein Agieren in Stettin einen unschuldigen Menschen in den Tod getrieben.«

»Aber, Andreas«, sagte sie erschrocken und nahm seine Hand. »So etwas dürfen Sie doch nicht einmal denken! Der Mann hat sich selbst umgebracht, das waren nicht Sie. Und außerdem«, fügte sie hinzu, »ist ja noch gar nichts ausgemacht. Womöglich hat Roberts Geheimniskrämerei mit dem Mord gar nichts zu tun.«

Sie wusste nicht, ob ihre Worte geholfen hatten. Andreas Lange schaute sie an und nickte. Aber ihre Hand, die hielt er immer noch fest.

9

An manchen Tagen schmerzte sein Rücken noch immer. Die schwere Ledertasche konnte er ohnehin nur auf einer Seite tragen: Wenn er sie über der rechten Schulter trug, war es auszuhalten, hing der Riemen aber über der linken, tat es höllisch weh. Dadurch war er gezwungen, die Briefe mit der linken Hand aus der Tasche zu holen, was ihm anfangs schwergefallen war; inzwischen jedoch hatte er darin einige Übung, immerhin machte er den Job nun schon ein paar Wochen. Aber immer noch war er froh, wenn das Ende eines Arbeitstages erreicht war und er sich müde in das Bett seines kleinen Apartments in der Washington Street fallen lassen und die Schmerzen des Tages mit etwas Whisky und einer Tablette bekämpfen konnte.

Der US Postal Service hatte ihm eine blaue Dienstmütze und eine blaue Jacke gegeben, Hemd und Hose musste er selbst stellen, die Schuhe sowieso, zudem war eine fesche Fliege zum weißen Hemd Vorschrift. Mister Moltisanti, sein Vorgesetzter im Hauptpostamt unten an der River Street, legte großen Wert darauf, dass seine Leute wie aus dem Ei gepellt zum Dienst erschienen, frisch rasiert und nass gescheitelt. Da ging es hier nicht anders zu als beim alten Jacoby.

Es kam ihm vor, als sei das vor Ewigkeiten gewesen, dabei war es kein halbes Jahr her, dass er in Wiesbaden Wein ausgefahren hatte, kaum mehr als ein Jahr, dass er in Berlin als Kriminalkommissar gearbeitet hatte. Und nun war er Briefträger, das hätte er sich auch nie träumen lassen. Ein verdammter Briefträger in den Vereinigten Staaten von Amerika. Nun gut, er war kein richtiger *mailman*, nur *substitute mail carrier*, und sein Stück des gelobten Landes war vorerst auf ein paar Häuserblocks in Hoboken, New Jersey, begrenzt, aber immerhin. Für den amerikanischen Traum war das ein guter Anfang.

Eigentlich war es ein Wunder, dass er überhaupt noch lebte. Wie oft er dem Tod von der Schippe gesprungen war! Auf der Schöneberger Brücke. Auf dem Flugfeld von Lakehurst.

Er konnte sich nicht erinnern, wie er der Flammenhölle entkommen war, aber er musste ihr entkommen sein, denn irgendwann hatte er sich inmitten weißer Bettwäsche wiedergefunden und nicht gewusst, was von jenen wirren Bildern und Gedankenfetzen, die durch seinen Kopf spukten, Traum war und was Erinnerung. Bilder, die ihn immer noch heimsuchten, nachts, wenn er allein war und die Augen schloss.

Hitze, die einen von hinten anfällt wie ein Raubtier. Berstendes Glas. Grelles Licht, ein Feuerball. Schreiende Menschen, fallende Menschen, rennende Menschen. Der Sturz ins Dunkle. Eine Hand, die nach ihm greift.

Er hatte sich auf dem Bauch liegend wiedergefunden, den Rumpf und den Kopf, der seitlich auf einem Kissen lag, mit Mullbinden umwickelt. Schläuche in Mund und Nase, Elektroden auf der Brust, ein Katheter in der Armvene. Er hatte sich gefühlt wie eine Marionette, der der Puppenspieler abhandengekommen war. Er konnte sich kaum bewegen, musste husten wegen des Schlauchs in seinem Mund, zappelte hilflos herum, bis er eine Krankenschwester hörte: »Oh my god! He's back! Go get a doctor, he's awake!«

Kurz darauf hatte Hochbetrieb in seinem Krankenzimmer geherrscht, überall weiße Kittel, Ärzte und Schwestern, die Fragen stellten, ihm zu trinken gaben, seinen Blutdruck maßen, Herz und Lunge abhorchten und alles Mögliche mit ihm anstellten. Er beantwortete keine Frage, nicht einmal die nach seinem Namen, er schwieg, er täuschte Mattigkeit vor und ließ alles über sich ergehen, was die Medizin für nötig erachtete, bis sich das Krankenzimmer irgendwann wieder leerte und die Nacht hereinbrach und sie ihn endlich allein ließen.

Es hatte etwas gebraucht, bis er seine wirren Gedanken sortiert und die Orientierung wiedergefunden hatte. Die Einsamkeit half ihm dabei. Und eine Zeitung, die irgendwer auf dem Tisch hatte liegen lassen. *DAILY TIMES* stand auf dem Titel, *Lakewood, New Jersey, Monday, May 10, 1937*. Er musste tagelang geschlafen haben.

Als er die Fotos sah, wunderte er sich, dass überhaupt jemand die Katastrophe überlebt hatte. Die *Hindenburg* gab es nicht mehr, 36 Menschen waren tot. 62 aber lebten, und er war einer von ihnen.

Er hatte überlebt, hatte eine große Katastrophe überlebt, und sie wussten nicht, wer er war. Am Fußende seines Bettes hing eine Namenstafel, auf der mehr Fragezeichen als Wörter standen. *German? Charlie?*

Charlie. Warum glaubten sie, er heiße Charlie? Warum stand nicht *Oswald, Hartmut*, auf seiner Tafel. Zusammen mit Geburtsdatum und Nationalität? Weil alle Papiere bei dem Unglück verbrannt waren? Weil die Gräfin, die ihn hätte identifizieren können, umgekommen war?

Sie wussten nicht, wer er war. Oder sein wollte. Umso besser. Seine Gedanken waren immer noch verworren, aber eines war ihm klar: Keine einzige weitere Nacht durfte er in diesem Krankenhaus bleiben. Also hatte er sämtliche Kabel und Schläuche aus seinem Körper gezogen, hatte im Kleiderschrank tatsächlich ein paar von seinen Klamotten gefunden, den (an den Ärmelaufschlägen leicht angesengten) braunen Anzug und seine Schuhe, hatte sich alles über das Krankenhausnachthemd gezogen und sich selbst entlassen. Hatte sich per Anhalter und zu Fuß bis Hoboken durchgeschlagen und einen Tag später mitten in der Nacht in der Park Avenue vor der Hausnummer 703 gestanden, hatte die Fassade hinaufgeschaut und gebetet, Severin möge immer noch dort wohnen.

Eine Stimme holte ihn zurück in die Gegenwart.

»Mailman, you got any mail for me?«

Die wasserstoffblonde Dame mit dem kleinen Handtäschchen, die ihn unten im Treppenhaus abfing, schien zu glauben, dass man sie kennen müsse. Doch dem war nicht so. Hoboken mochte eine verdammte Kleinstadt sein, nicht größer als Köln-Nippes, aber mit dreimal so viel Einwohnern.

»I could tell you, if you would tell me your name«, erwiderte er und lächelte. Immer freundlich sein, auch das hatte Mister Moltisanti ihm eingeschärft.

»Sweet accent. You're German?«

»Austrian.«

Sie zog die Stirn in Falten und schaute ihn an, als habe er behauptet, vom Mars oder sonst irgendeinem fremden Planeten zu kommen.

»Well, if there's any mail for Misses Schroeder, second floor, you can hand it over to me.«

Er kramte in der Ledertasche.

»Sorry, Misses Schroeder, nothing. At least no bills.«

»Thank you, Mister ...«

»Rhodes, Ma'am. Jerry Rhodes. At your service.«

Er zeigte der Dame ein bedauerndes Achselzucken und stieg das düstere Treppenhaus hinauf.

Gerald Rhodes, so nannte er sich jetzt. Nicht einmal Misses Sinatra, Severins Nachbarin in 703 Park Avenue, die ihm Job und Wohnung verschafft hatte, wusste, dass er dessen Bruder war. Alle Spuren, die ihn mit der *Hindenburg*-Katastrophe verbanden, hatte er noch am Abend seiner Ankunft in Severins Ofen beseitigt, das Nachthemd mit der verräterischen Stickerei *Paul Kimball Hospital, Lakewood NJ*, aber auch seinen angesengten Anzug. Die Nachbarin hielt ihn für Severins alten Freund aus Germany, der nun endlich auch das Geld für die Auswanderung zusammengekratzt hatte. Und seinen Namen anglisieren musste. Deutsche waren in den Staaten nicht sonderlich beliebt, das war in den Zehnerjahren so gewesen, als Severin eingewandert war und sich seither Sevron nannte, das war in den Dreißigern nicht anders. Für Misses Sinatra stand außer Frage, dass Sevrons alter Freund aus Germany, dem man die Papiere gestohlen hatte, einen Neuanfang mit einem englischen Namen wagen musste.

Dolly Sinatra, eigentlich Hebamme von Beruf, war eine Art inoffizielle Bürgermeisterin ihres Viertels; sie kannte alles und jeden, nicht nur aus der italienischen Gemeinde, auch die Iren, die hier zahlenmäßig am stärksten vertreten waren, so dass ihr Mann Marty, ein ehemaliger Preisboxer, die Kneipe, die er an der Ecke Fourth und Jefferson betrieb, *Marty O'Brien's Tavern* getauft hatte. Der irische Name versprach mehr Zulauf als der Name Sinatra jemals gebracht hätte.

Misses Sinatra kannte sich aus und hatte gegen geringes Entgelt alles für Rath arrangiert. »Someday I might ask you a favour«, hatte sie gesagt, als sie ihm den auf *Rhodes, Gerald* ausgestellten Führerschein übergeben hatte, sein einziges Ausweisdokument, das er auch bei der Bewerbung im Post Office vorzeigte. Zwei Prüfungen, bei denen es weniger um die englische Sprache ging als darum, wie gut er sich in Hoboken auskannte, und Mister Rhodes hatte die Stelle als Aushilfspostbote.

Seit einem Monat trug er nun schon Post aus, und so langsam kannte er sich aus in allen Ecken der Stadt, denn für Aushilfen wie ihn wechselten die Bezirke ständig. Mit der heutigen Tour war er fast durch. Ein Haus hatte er noch vor sich, aber das war eines der Mietshäuser, wo man die Post nicht in jeder Wohnung durch den Briefschlitz werfen musste, sondern wo die Briefkästen alle parterre angebracht waren und die Mieter sich ihre Post selbst von unten hinaufholen mussten. Was einem die Arbeit als Briefträger sehr erleichterte.

Wenn die letzte Post des Tages verteilt war, blieben immer ein paar Sendungen übrig: Fehladressierungen, unzustellbare Einschreiben und Ähnliches, so auch heute. Rath machte sich auf den Weg zur Hauptpost, die lag unten am Bahnhof, nah beim Hudson River, während sein heutiger Zustellbezirk im Südwesten von Hoboken lag, rund um die Monroe Street. Das ging einigermaßen, Mister Moltisanti hatte ihm schon schlimmere Bezirke zugeteilt.

»Rhodes? You're late«, sagte Moltisanti, als Rath durch die Tür kam. Das sagte er meistens. Dabei hatte Rath nicht einmal Mittagspause gemacht. Wie meistens. Er zuckte nur die Achseln. Was juckte es Mister Moltisanti, wie schnell er war? Es ging doch um *seine* Lebenszeit und nicht um die seines Vorgesetzten. Überstunden zahlte der USPS sowieso nicht.

»There was a phone call for you«, sagte Moltisanti, ein gewisses Misstrauen im Blick, als schicke es sich nicht, sich während der Arbeit anrufen zu lassen. Rath fragte sich noch, wer zum Teufel ihn anrufen könne, da sprach sein Chef weiter. »A certain mister Rath. Sevron Rath. You know him?«

Rath nickte nur. Er war zu müde, um zu sprechen. Nachdem er die unzustellbaren Briefe zurückgelegt und die Uniform in den Spind gehängt hatte, ging er über den Hof zum nahegelegenen Hudsonufer hinüber und setzte sich auf eine Bank. Die tägliche Feierabendzigarette war ein Ritual, das er nicht missen mochte, auch wenn er sich fragte, was sein Bruder von ihm gewollt hatte Sie sahen sich doch regelmäßig, warum rief er an?

Am Terminal zu seiner Rechten herrschte Hochbetrieb. Mit seiner großen Uhr hatte der Bahnhofsturm ein bisschen was von Big Ben, erinnerte ansonsten aber eher an den Markusturm in Venedig. Dazu passte auch das Wasser, das an die Kaimauer klatschte. Das Hoboken Lackawanna Terminal war eine Mischung aus Bahnhof und Fährhafen. Aus dem Westen kamen die Menschen mit dem Zug an und konnten direkt auf die Fähre nach New York wechseln. Kaum einer blieb länger in Hoboken. Aber manch einer eben doch. Und fand Arbeit bei der Post.

Rath klopfte sich eine *Camel* aus der Schachtel und steckte sie an. Ein Zigarettenetui besaß er schon lange nicht mehr, das hätten die Kollegen hier auch als affig empfunden. Er inhalierte den Rauch und schaute über den grauen, breiten Hudson River auf die riesige Stadt am anderen Ufer. Er liebte diesen Blick: links das Empire State Building, das alle benachbarten Hochhäuser um Längen überragte, rechts die Südspitze von Manhattan mit dem Wolkenkratzergebirge rund um die Wall Street. Hoboken war so etwas wie die schäl Sick von New York, dachte er manchmal. Ob er es jemals auf das richtige Flussufer nach Manhattan schaffen würde? Es war so viel Geld in dieser Stadt. Nur war es meist an den falschen Stellen.

Die ersten Dollars, die er in seinem Leben verdient hatte, gar nicht mal wenige, waren mitsamt seinem Mantel und der *Hindenburg* in Flammen aufgegangen. Eine Schande! Er fragte sich, was aus der Gräfin und ihrem Geld geworden war. Hatte sie ihren Koffer retten können?

Als er die Zigarette zu Ende geraucht hatte, schnippte er sie ins Hafenwasser und stand auf. Er steuerte die nächstbeste Telefonzelle an, kramte eine Centmünze aus seinem Portemonnaie und rief Severin an.

»Hallo, Bruderherz. Du hattest Sehnsucht nach mir.«

»Wie man's nimmt. Ich wollte dir nur sagen, dass du mich die nächsten Tage besser nicht besuchst.«

Rath ahnte, was er meinte. »Sie waren da«, sagte er nur.

»So, wie du es prophezeit hast. Zwei Männer, die nach dir gefragt haben. Höflich und korrekt, haben gesagt, sie seien von der INS, aber wenn das keine Gangster waren …«

»… frisst du einen Besen.«

»Da fress ich gleich ein ganzes Besengeschäft. Was hast du nur getan, dass sich amerikanische Gangster für einen wie dich interessieren?«

»Wie gesagt, das ist eine lange Geschichte. Da ist ein Mann in der Stadt, der mich tot sehen möchte. Und der, wie es aussieht, nicht daran glaubt, dass ich schon tot bin.«

»Obwohl du doch alles dafür getan hast.«

»Offensichtlich nicht genug.«

»Wahrscheinlich. Nicht einmal ich hätte ja gewusst, dass du tot bist, wenn Ulla mir nicht geschrieben hätte. Hat mir einen verdammten Schock versetzt. Und dann stellt sich raus, dass du Arschloch lebst.«

Rath musste an jene Nacht im Mai denken, als er in der Park

Avenue an die Tür mit dem Namen Rath geklopft hatte. Severin hatte ihn angestarrt, als sei er von den Toten auferstanden, und so ähnlich hatte Rath sich auch gefühlt.

»Tut mir leid. Aber alle mussten es glauben. Ulla, unsere Eltern, alle.«

»Für Ulla und Mama tut mir das leid. Für Papa kein Stück. Der einzige Sohn, der ihm noch geblieben ist, ist der, von dem er sich losgesagt hat. Und nicht einmal jetzt hält er es für nötig, sich bei mir zu melden. Nicht einmal, um mir den Tod meines Bruders mitzuteilen. Das muss seine Tochter übernehmen. Und die muss es auch noch heimlich machen. Genau wie damals bei Anno.«

Rath sagte nichts dazu. Er wusste, wie sehr es Severin verletzt hatte, dass ihn der eigene Vater wegen der Auswanderung kurz vor dem Krieg als vaterlandslosen Gesellen verstoßen hatte.

»Zwei Männer waren es also«, sagte er. »Und? Was hast du ihnen erzählt?«

»Na, was wohl? Dass meine feine Familie mit mir gebrochen hat. Dass mein kleiner Bruder zwar eine Weile den Kontakt gehalten hat, ich aber seit nunmehr vier Jahren auch nichts mehr von ihm gehört habe und er mir wie alle anderen mal gestohlen bleiben kann.«

»Prima. Haben sie das geschluckt?«

»Denke schon. Ich kann sehr überzeugend sein, wenn es darum geht, meine Familie zu verfluchen.«

10

Kriminalkommissar Andreas Lange saß in der Registratur des Polizeipräsidiums und pustete Staubwolken von Aktendeckeln. Worauf hatte er sich da nur eingelassen? Inzwischen war er schon im Jahr 1927 angelangt und immer noch nicht fündig geworden. Wie weit würde er noch zurückgehen müssen?

Wenigstens hatte er Zeit für so etwas, den Charlottenburger Raubmord hatten sie geklärt. Ein armer Teufel aus dem Schwäbischen hatte Frau Schindler, die alte Seifenhändlerin, ermordet;

mehr als 300 Hinweise aus der Bevölkerung hatten sie auf die richtige Spur gebracht, der Mann hatte in der polizeilichen Vernehmung bereits gestanden und saß in Untersuchungshaft. Die eigentliche Arbeit war also getan, jetzt stand nur noch der Papierkram an. Wobei *nur* nicht das passende Wort war. Andreas Lange hatte diese Aufgaben an Kowalski und Czerwinski weitergeleitet, wozu war er schließlich deren Vorgesetzter? Ein schlechtes Gewissen hatte er gleichwohl, früher war er seinen Mitarbeitern immer mit Fleiß und Gewissenhaftigkeit ein Vorbild gewesen, jetzt aber kümmerte er sich um ganz andere Dinge. Dinge, von denen, vorerst jedenfalls, niemand etwas wissen sollte.

Einen alten, längst gelösten Fall wieder aufrollen, und das auch noch inoffiziell. Zudem einen Fall, bei dem er froh gewesen war, ihn zu den Akten legen zu können. So tragisch der Selbstmord von Hinnerk Ehlers gewesen sein mochte, so erleichtert waren Lange und die Kollegen Kowalski und Czerwinski gewesen, dass ihnen Ermittlungen bei der SS und im Konzentrationslager Sachsenhausen erspart geblieben waren.

Und jetzt, Monate später, tauchte Charlotte Rath auf und behauptete, es sei womöglich alles ganz anders gewesen; Robert Lembeck, der Radiofritze von den S-Bahn-Bögen könne irgendwie in der Sache drinhängen, den Mord sogar selbst verübt haben. Charlotte war auch persönlich von Lembeck enttäuscht, das hatte er bei ihrem Gespräch bemerkt. Er wusste selbst nicht so recht, warum er ihr half. Oder vielleicht doch? Jedenfalls wusste er nicht, wonach er überhaupt suchte.

Fündig geworden war er bislang einzig bei der Meldepolizei. Seit 1919 war Robert Lembeck demnach in Berlin gemeldet. Wie so viele Soldaten der kaiserlichen Armee hatte ihn das Ende des Krieges nach Berlin gespült. Das Radiogeschäft in den S-Bahn-Bögen betrieb er schon seit elf Jahren, seitdem lief der Pachtvertrag für den S-Bahn-Bogen auf seinen Namen, dazu aber, so hatte Langes Anfrage beim Gewerbeamt ergeben, unterhielt Lembeck noch große Lagerhallen am alten Ostbahnhof. Ob er das alles für seine Elektrogeräte brauchte? Alles nicht sehr ergiebig. Und ein Nazi schien Lembeck auch nicht zu sein. Aber wäre das nicht sozusagen die weltanschauliche Grundvoraussetzung für eine Mitarbeit beim Sicherheitsdienst der SS?

Er fragte sich, ob Charlotte Rath Gespenster sah? Andererseits hielt er große Stücke auf ihre kriminalistischen Fähigkeiten. Und dass Lembeck ihr irgendetwas verheimlichte, etwas, das mit dem *Groschenkeller* und Rekowskis Tod zu tun hatte, das war offensichtlich.

Sie selbst wollte einen Blick in Lembecks Kundenkartei werfen, er hoffte, dass ihr das gelänge, er konnte da nichts machen ohne richterlichen Beschluss. Und den würde er natürlich nicht bekommen, sie hatten keinerlei Hinweise darauf, dass Robert Lembeck in ein Verbrechen verstrickt sein könnte, außer Charlys Misstrauen. Nichts, was offizielle Ermittlungen gerechtfertigt hätte.

Es half ja nichts, er hatte Charly versprochen, ihr zu helfen. Hatte ihr nach ihren eigenmächtigen Ermittlungen in der Sache Rekowski selbst geraten, sich lieber an ihn zu wenden, sollte sie noch einmal anderer Meinung als die Polizei sein. Und das hatte sie jetzt getan, sie hatte sich vertrauensvoll an ihn gewandt. Mit dem Ergebnis, dass Lange nun selbst heimliche Ermittlungen anstellte. Aber sie vertraute ihm, wie konnte er sie da enttäuschen? Und vor allem, das hatte er schon bei ihrem ersten Treffen in der Konditorei *Buchwald* gemerkt, mochte er es ja auch, sich mit ihr zu treffen. Mit ihr zusammenzuarbeiten. Der Gedanke an ihre nächste Verabredung beflügelte seinen Alltag. Er fühlte sich so beschwingt wie schon lange nicht mehr. Immer mal wieder musste er an den Moment in der Konditorei denken, als sie seine Hand genommen hatte. Er hätte sie am liebsten gar nicht mehr losgelassen.

Seit einem Jahr war Gereon Rath nun tot. War es schicklich, einer Witwe nach einer solchen Trauerzeit wieder Avancen zu machen? Er wusste es nicht. Er wusste auch nicht, ob er jemals den Mut dazu finden würde, er wusste ja nicht einmal, wie man einer Frau überhaupt Avancen macht. Fürs Erste genoss er es, sie ab und an zu treffen. Und hoffte allein schon deshalb, Anhaltspunkte zu finden, die eine weitere Zusammenarbeit rechtfertigten.

Entsprechend war es tatsächlich so etwas wie Freude, die er empfand, als er endlich, obwohl er schon gar nicht mehr daran glaubte, auf etwas stieß. Lange hatte bereits so viele Akten durchgeblättert, dass er es beinahe überlesen hätte. Aber eigentlich konnte man es nicht überlesen, denn der Name Lembeck stand an prominenter Stelle in der Akte: an der des Beschuldigten. Der Mann war also tatsächlich schon einmal mit dem Gesetz in Konflikt geraten, es gab eine Ermittlungsakte. Eine aus dem Jahr 1926. Robert Lembeck war zwar freigesprochen worden, doch handelte es sich bei dem Tatvorwurf keineswegs um ein Kavaliersdelikt, sondern um ein Kapitalverbrechen. Die Anklage lautete auf Mord.

11

Es war wie immer. Die Türglocke bimmelte, und Robert stand hinter dem Verkaufstresen, ernst dreinblickend und so in seine Arbeit vertieft, dass er sie gar nicht bemerkte und erst zu lächeln begann, als er aufschaute und erkannte, wer da den Laden betrat.

»Charlotte, schön, Sie zu sehen«, sagte er. Wie immer.

Doch es war nicht wie immer.

Sie merkte, wie argwöhnisch sie war. War sein Lächeln echt, freute er sich wirklich, sie zu sehen? Hatte er sich je gefreut? Oder war das nur gespielt? Hatte er ihr immer nur etwas vorgemacht, all die Monate? Sie war voller Zweifel und durfte sie nicht zeigen.

»Ich dachte, ich schau mal vorbei.«

»Das ist schön. Irgendwann wird es damit ja leider vorbei sein.«

Er lächelte, und sie hätte hineinschlagen können in dieses Lächeln. Stattdessen versuchte sie ebenfalls zu lächeln und hatte das Gefühl, es gelinge ihr ganz gut.

»Ich hoffe, Sie brauchen noch ein wenig, bis Sie alle Vorbereitungen zu Ihrer Ausreise getroffen haben, Charlotte.«

»Glauben Sie, dieser Schritt fällt mir nicht leicht«, sagte sie. »Berlin ist immerhin meine Heimat.«

Mehr sagte sie nicht. Sie hatte keine Lust, mit Robert jemals wieder über ihre Auswanderungspläne zu reden. Überhaupt noch irgendeine politische Äußerung in seiner Gegenwart zu tätigen.

»Ja, unsere Heimat«, erwiderte er und wischte sich die Hände sauber. »Kommen Sie doch nach hinten, da lässt sich ungestörter über solche Dinge reden.«

Kurz darauf saßen sie bei einer Tasse Kaffee in Roberts Werkstattbürohinterzimmer. Wie immer.

»Von wegen Heimat«, sagte er. »Wer weiß, wie Berlin in wenigen Jahren aussieht?« Er klopfte mit dem Handrücken auf die Zeitung, die neben einem Gerät lag, das aufgeschraubt auf dem Tisch stand, irgendein Kasten, aus dem Röhren und Kabel schauten. »Haben Sie das Tageblatt gelesen? Jetzt fangen die Nazis auch noch an, unsere Stadt umzubauen. Eine große Ost-West-Achse, mit viel Platz für Aufmärsche und Paraden. Und als Nächstes wird dann die Gegend um den Reichstag umgebaut.«

»Tja, man sollte wohl aufhören, der Vergangenheit hinterherzutrauern. Es bleibt doch sowieso nichts, wie es ist.«

Er schaute sie kurz an, und sie fragte sich, ob ihre Worte ihn irritiert hatten. Hatte sie zu resignativ geklungen?

»Da haben Sie wohl recht«, sagte er dann. »Und dennoch gibt es durchaus ein paar Dinge, die erhaltenswert sind.« Charly erwiderte nichts, sondern steckte sich eine *Juno* an. Sie hätte eine Menge sagen können über erhaltenswerte Dinge, die die Nazis längst zerstört hatten, die Demokratie, den Rechtsstaat, die Redefreiheit, aber sie sagte nichts. Es war ein seltsames Gefühl, hier zu sitzen, wie sie all die Monate hier gesessen hatte, und über Gott und die Welt zu plaudern, als sei nichts geschehen. Aber es war etwas geschehen. Robert Lembeck war nicht der offene, vertrauenswürdige Mensch, für den er sich ausgab, und sie fragte sich immer mehr, was er ihr alles verschwieg, ob es da womöglich noch mehr Geheimnisse gab.

»Ich wollte am Wochenende mal wieder in den Groschenkeller«, sagte sie nach einer Weile. »Haben Sie nicht Lust, doch einmal mitzukommen?«

»Aber, Charlotte, Sie wissen doch, dass Jazzmusik nichts für mich ist. Außerdem: Sie sind eine junge Frau, und ich bin ein alter Mann, wie würde das aussehen? Wir können uns am Sonntagnachmittag zu Kaffee und Kuchen treffen, aber nicht zusammen tanzen gehen.«

»Da haben Sie wohl recht. Ich dachte ja auch nur. Vielleicht würde es Ihnen dort besser gefallen, als Sie denken.«

Sie wusste selbst nicht so genau, warum sie das Thema *Groschenkeller* angesprochen hatte. Wahrscheinlich, um ihm eine Chance zu geben, ihr doch noch die Wahrheit zu sagen. Ihr doch noch zu erzählen, dass er sich im *Groschenkeller* lange mit Hinnerk Ehlers, dem Hauptverdächtigen im Rekowski-Mordfall, unterhalten hatte. Und ihr vielleicht auch zu sagen, warum.

Aber das tat er nicht. Nichts dergleichen.

»Na«, sagte er, »belassen wir es lieber bei unseren Treffen im Café Reimann. Selbst dort kommen die Leute ja manchmal auf dumme Gedanken, wenn sie uns zusammen sehen.«

»Ach, Sie meinen Freddy?«

»Wenn er denn so hieß. Schien jedenfalls ein bisschen eifersüchtig zu sein, der junge Mann.«

Bevor Charly etwas erwidern konnte, bimmelte die Ladenglocke, und Robert stand auf.

»Kundschaft«, sagte er. »Entschuldigen Sie mich für einen Augenblick. Bin gleich wieder da.«

Dann ging er durch die Tür in den Laden, und Charly war allein. Der Moment, auf den sie gewartet hatte. Das Dumme war, dass sie nicht wissen konnte, wann Robert zurückkam, ob er vielleicht sogar mitten im Kundengespräch zurückkam, weil er etwas von hinten holen musste. Hatte sie alles schon erlebt.

Doch sie hatte keine andere Wahl, eine bessere Chance würde sie nicht bekommen. Jetzt oder nie!

Sie legte die Zigarette in den Aschenbecher und huschte zum Schreibtisch hinüber. Eine Kundenkartei fand sie nicht, aber im Regal hinter dem Schreibtisch standen Aktenordner ordentlich aufgereiht und fein säuberlich beschriftet. Sie zog denjenigen hervor, auf dem in Roberts sorgfältiger Schrift *Rechnungen 1937* geschrieben stand; und klappte ihn auf. Sie hoffte, dass er eine Weile beschäftigt war, nicht auszudenken, wenn er sie dabei erwischte, wie sie durch seine Geschäftsbücher blätterte.

Aus dem Laden hörte sie gedämpfte Stimmen. Solange Robert mit dem Kunden sprach, hatte sie Zeit.

In nervöser Hast schlug sie die Seiten um, Roberts akribisch aufgeführte Rechnungen.

Charly wurde schneller fündig als erwartet. Und das, was sie entdeckte, war etwas völlig anderes als erwartet.

Sie hatte nach dem Namen Rekowski gesucht, in der Hoffnung, auf eine Verbindung zwischen den beiden Männern zu stoßen, doch es war ein anderer Name, der sie stutzen ließ. Sie schaute sich die Rechnung genauer an. Der Auftrag lief über die Philip Holzmann AG, aber der Auftraggeber, an den die Rechnung ging, war ein anderer. Und eindeutig an der Adresse festzumachen: Carinhall.

Das schockte sie so sehr, dass sie wie eingefroren hinter dem Schreibtisch stand, den Ordner in der Hand, und beinahe vergessen hätte, ihn wegzuräumen, obwohl aus dem Laden schon ein deutlich vernehmbares »Auf Wiedersehen« zu hören war.

Charly schreckte auf aus ihrer Erstarrung, sie klappte den Ordner zu und stellte ihn zurück, hetzte zu ihrem Stuhl, setzte sich hin und griff genau in dem Moment nach der Zigarette, als sich die Tür öffnete.

Sie hatte nicht viel gesehen und nicht das, was sie gesucht hatte, dennoch musste Charly sich die allergrößte Mühe geben, ihre Aufregung zu verbergen. Sie lächelte und nahm die *Juno* auf, die eine ganze Weile ungeraucht vor sich hin gequalmt hatte. Ein langes Stück Asche löste sich und fiel in den Aschenbecher.

12

Fritze stand neben dem Bett von Monika Rademann, und sein Herz klopfte wie wild. Nicht dass sie nun doch wach wurde, mitten in der Nacht, und ihren Pflegesohn gestiefelt und gespornt mit einer kleinen Tasche an ihrem Bett stehen sah und sich wunderte. Er hatte sogar eine lange Winterhose angezogen, keine kurzen Hosen wie sonst, damit er nicht wie ein kleiner Junge aussah.

Aber Frau Rademann atmete ruhig, sie schlief tief und fest, so wie es sein sollte. Das Schlafmittel, das er ihr beim Abendbrot heimlich in den Hagebuttentee gekippt hatte, schien so zu wirken wie erhofft. Er hakte den Wecker aus. Zu seinem Plan gehörte auch, dass sie morgen früh nicht rechtzeitig aufwachte, um ihn auf den Schulweg zu schicken, sondern verschlief und den Zettel vorfand, den er bereits geschrieben hatte.

DU HAST VERSCHLAFEN, IST ABER NICHT SCHLIMM. HABE MIR SELBER SCHULBROTE GEMACHT. ICH ESSE HEUTE MITTAG NICHT ZUHAUSE, MUSS NOCH MIT EINEM FREUND FÜR DIE RASSEKUNDE-KLASSENARBEIT LERNEN.

Alles in allem, so hoffte Fritze, würde ihm das einen Vorsprung von einem Tag geben, bevor sie am Abend Alarm schlug. Wenn sie denn nicht vorher schon merkte, dass Geld fehlte. Er hatte ihr zehn Mark dagelassen, damit sie nicht verhungerte, den Rest des Haushaltsgeldes, den sie in einer Porzellandose aufbewahrte, hatte er eingesteckt. Auch wenn Monika Rademann die letzten Tage immer so nett zu ihm gewesen war, Fritze brauchte das Geld nötiger als sie. In der Vorratskammer hatte er sich mit ein paar Lebensmitteln für den Anfang eingedeckt, Äpfel, eine Tüte Zwieback, eine halbe Dauerwurst.

Frau Rademann mochte vielleicht nett zu ihm gewesen sein, in einer Sache aber betrog sie ihn genauso wie alle anderen.

Sie hatte ihm nichts erzählt. Auch Frau Rademann hatte ihm nichts von seinem Vater erzählt. Ein paar Tage hatte er abgewartet, in der Hoffnung, sie werde ihn irgendwann beiseitenehmen und ihm diese ungeheuren Neuigkeiten offenbaren. Weil sie vielleicht der Meinung war, solche Dinge könne man nicht einfach hinausposaunen, sondern müsse sie dem vermeintlichen Waisenkind schonend beibringen. Aber es kam nichts, keine Andeutungen, nicht einmal die Ankündigung eines Gesprächs. Das Einzige, was sie zum Besuch der Jugendamtstante gesagt hatte: »Die kommen immer mal wieder vorbei und schauen, ob es den Pflegekindern in ihren Familien auch gutgeht.«

Nein, Frau Rademann war nicht besser als alle anderen.

Vorsichtig öffnete er die Schublade des Nachttischs von Herrn Rademann, den Blick immer auf das Gesicht der schlafenden Frau gerichtet. Obwohl Fritze nicht wusste, was eine sinnvolle Reaktion wäre, sollte sie tatsächlich aufwachen. Aber irgendwie fühlte er sich sicherer, wenn er sie im Blick hatte, während er den Schlüsselbund stahl. Behutsam schob er die Lade wieder zu, schlich auf Zehenspitzen aus dem ehelichen Schlafzimmer und schloss die Tür.

Für einen Moment war er versucht, sie einzuschließen, aber das hätte alles verraten, also ließ er es bleiben, öffnete stattdessen die Tür zum verbotenen Zimmer, die immer abgeschlossen war. Die Tür zu Herrn Rademanns Arbeitszimmer. Selbst wenn Herr Rademann an seinem Schreibtisch saß, war sie abgeschlossen.

Fritze hatte das Zimmer noch nie betreten und war, als er den passenden Schlüssel suchte und aufschloss, noch aufgeregter als im Schlafzimmer am Bett von Frau Rademann. Er trat ein und machte Licht. Die Wände waren bedeckt mit Urkunden und Ehrenzeichen der Hitlerjugend und mit einer Unmenge Fotos, die Hitlerjungen bei Geländespielen zeigten, beim Schwimmen und allen möglichen Freizeitbeschäftigungen. Fritze ging direkt zu dem schweren Schreibtisch hinüber.

Auch die Schreibtischschubladen waren verschlossen, und es brauchte eine Weile, ehe er die Schlüssel gefunden hatte. In der oberen Schublade war nur Papierkram, den er schnell durchwühlte, in der mittleren ebenfalls, und er hätte fast darüber hinweggesehen, als er bemerkte, was für Papiere das waren. Fotografien. Nacktbilder von halbwüchsigen Jungen.

Erschrocken, als sei er gerade bei etwas ertappt worden, schlug Fritze die Schublade wieder zu. Er atmete heftig. Er hatte ein Geheimnis entdeckt, das er nicht entdecken durfte. Mit zitternden Fingern schloss er die Schublade ab und öffnete die nächste. Und fand endlich, was er suchte. Die Walther PP.

Darauf hatte er gehofft. Dass Herr Rademann die Pistole, mit der sie immer Schießübungen im Wald veranstalteten, zuhause gelassen und nicht mit nach Nürnberg genommen hatte. In der HJ trug man keine Schusswaffen, auch die Erwachsenen nicht, die einzige erlaubte Waffe war der HJ-Dolch. Den besaß Fritze selber, aber der hätte nicht gereicht für das, was er vorhatte.

Er wog die schwere Waffe in der Hand und prüfte, ob genügend Patronen im Magazin waren. Fritze wusste, dass er damit umgehen konnte. Und auch abdrücken, wenn es sein musste. Er hatte schon oft mit der Walther geschossen, auf Baumstämme und Zielscheiben im Wald, und einmal, aber davon wusste Herr Rademann nichts, hatte er damit einen Menschen getötet. Einen Menschen, der ihn hatte umbringen wollen. Manchmal träumte er davon. Manchmal wurde *er* in diesem Traum erschossen und nicht der Gangster. Dann sah Fritze in den Lauf der Pistole und konnte genau erkennen, dass es die Walther von Herrn Rademann war. Bevor er mit heftig klopfendem Herzen erwachte.

Er packte die Waffe zu den Lebensmitteln in die Tasche und schloss den Schreibtisch wieder ab, legte die Schlüssel zurück unter die lederne Unterlage, schloss die Arbeitszimmertür und legte den Schlüsselbund zurück in den Nachttisch. Frau Rademann schlief immer noch tief und fest.

Fritze ging zur Wohnungstür, überlegte, ob er auch nichts vergessen hatte, dann verließ er die Wohnung Rademann. Bevor er auf die Lothringer Straße trat, holte er Atzes Fahrrad aus dem Keller. Einen Moment war er sogar versucht, den BMW von Herrn Rademann zu stehlen, der in einem kleinen Garagenhof in der Nähe stand, aber das erschien ihm zu riskant. Autofahren konnte er, das war nicht das Problem, das hatte er in seiner Zeit als Kohlenjunge gelernt, wenn er den Lastwagen der Firma Kleinfeldt ab und zu mal zum Beladen quer über den Hof fahren durfte, aber das Risiko, von der Polizei angehalten zu werden und dann keinen Führerschein vorzeigen zu können, war einfach zu groß. Da war das Fahrrad sicherer.

Er klemmte die Tasche auf den Gepäckträger, schwang sich auf das Rad und trat in die Pedale, radelte die Brunnenstraße hinauf in Richtung Reinickendorf. Der Straßenverkehr hielt sich in Grenzen, und auch auf den Gehwegen war nicht viel los. Es war auch schon kurz vor Mitternacht.

Eine Dreiviertelstunde später hatte er sein Ziel erreicht. Er versteckte das Rad in einem Strauch am Straßenrand. Ein Betrunkener, der an den Gitterstäben des schier endlosen Anstaltszaunes Halt suchen musste, torkelte die Straße hinunter. Fritze wartete, bis der Mann um die Ecke verschwunden war, dann warf er seine Tasche über den Zaun und stieg hinterher.

Das Gelände war riesig, doch er kannte sich aus. Er holte die Pistole aus der Tasche, überprüfte sie noch einmal kurz und steckte sie hinten in den Hosenbund. Erst als er den Eingang zur Geschlossenen Abteilung der Frauenpsychiatrie erreicht hatte, band er sich das schwarze HJ-Halstuch vor Mund und Nase. Er schickte ein Stoßgebet zum Himmel, dann drückte er den Klingelknopf, über dem *BITTE SCHELLEN* stand.

An der Pforte saß ein verschlafener Wärter, der über seinem Schundroman eingeschlafen war und aufschreckte, als der Türalarm summte. Fritze kannte ihn, es war Wärter Scholtens. Er drehte den Kopf zur Seite und verdeckte das Halstuch mit dem Arm, tat so, als lehne er sich lässig an.

Scholtens schöpfte keinen Verdacht. Er war offensichtlich froh, denjenigen, der ihn bei seiner Nachtwache gestört hatte, zusammenstauchen zu können.

»Haben Sie mal auf die Uhr geschaut? Was wollen Sie denn hier mitten in der Nacht?«

Fritze stellte seinen Fuß in die Tür und hielt dem Wärter die Waffe vor die Nase.

»Rein«, sagte er nur.

Scholtens hob die Hände, ohne dass Fritze ihn dazu aufgefordert hätte, und taumelte ein paar Schritte zurück. Fritze trieb ihn mit vorgehaltener Pistole in die Pförtnerloge. An der Wand hing der große Schlüsselbund.

»Was wollen Sie? Hier gibt es nichts zu holen! Ich …«

Fritze schlug dem Kerl so fest er konnte mit der schweren Pistole gegen die Schläfe. Wärter Scholtens drehte die Augen nach oben und polterte zu Boden wie ein Sack Kartoffeln. Fritze holte die Wäscheleine aus der Tasche und fesselte den Bewusstlosen. Einen Knebel hatte er dummerweise vergessen. Er zog dem Wärter den rechten Schuh aus und stopfte ihm den eigenen Socken in den Mund, den er mit einer riesigen Serviette fixierte, die neben Scholtens' blecherner Brotdose lag.

Er nahm den Schlüsselbund von der Wand und machte sich auf den Weg. Er kannte sich einigermaßen aus, obwohl er noch nie hier gewesen war, aber er kannte den Herrentrakt, der ganz ähnlich geschnitten war, und hatte sich dieses Gebäude so oft von außen angeschaut und sich vorgestellt, wie es Hannah dort ergehen mochte, dass er in seinem Kopf schon einen Grundriss angefertigt hatte. Einen Grundriss, der mit den tatsächlichen Gegebenheiten erstaunlich gut übereinstimmte. Die Schlüssel machten ihm größere Probleme, es waren schon eine Menge. Er probierte einfach alle durch, schloss jeden Raum auf, an dem er vorbeikam, und schaute nach, ob er Hannah dort fand. Zwei Schlafsäle hatte er bereits aufgeschlossen, ohne fündig geworden zu sein. Einige Frauen waren wach geworden, die ersten standen auf und bemerkten die geöffnete Tür, durch die das Notlicht aus dem Gang in den Saal schien. Nicht lange, und schon schlurften die ersten Patientinnen über die Flure. In ihren weißen Nachthemden wirkten sie wie Gespenster. Sie giggelten, gaben gutturale Laute von sich, eine Frau summte, eine andere ließ einen gellenden Schrei hören. Ob aus Freude oder vor Panik, das war nicht zu sagen.

Fritze ließ sich nicht beirren, er suchte weiter nach Hannah. Irgendwo hier musste sie doch sein. Nicht dass sie sie verlegt hatten. Oder sie vielleicht sogar schon, ohne es ihm zu sagen ...

Dann fand er sie. Hannah Singer lag in einem Einzelzimmer, mit starken Gurten ans Bett geschnallt.

Er ging hinüber zu ihr und schaute sie an. Ihre Augen waren geschlossen, ihr Atem ging ruhig.

»Hannah«, sagte er leise und zog sein Halstuch von Nase und Mund. »Hannah, ich bin's. Fritz.«

Sie schlug die Augen auf und schaute ihn an, lächelte matt, als sie ihn erblickte. Fritze kannte diesen Blick aus seinen Tagen in Dalldorf. Sie schienen ihr irgendetwas gegeben zu haben, das sie ruhigstellte.

»Wo sind die Schlüssel?«, fragte er und meinte die Schlüssel zu den Gurtschnallen.

»Scholtens«, flüsterte Hannah.

Scholtens lag ohnmächtig an der Pforte, keine Zeit, dorthin zurückzulaufen und ihm die Schlüssel aus dem Kittel zu ziehen. Fritze holte den HJ-Dolch aus der Tasche und begann, die Ledergurte durchzuschneiden. Gar nicht so einfach.

Auf dem Gang wurde es immer lauter.

»Ich hol dich hier raus«, sagte Fritze, während er wie besessen an dem Ledergurt herumsäbelte. Den ersten konnte er bereits auseinanderreißen, fehlte noch einer, aus dem Rest würde Hannah sich herauswinden können.

»Ich habe dir Sachen mitgebracht«, sagte er, während er an dem nächsten Gurt herumschnitt. »Kleider von Frau Rademann, die müssten dir passen. Alles in der Tasche.«

Hannah nickte, doch sie wirkte sehr müde und schwach.

»Du musst mithelfen«, sagte Fritze, »dann schaffen wir es hier raus.«

Auch der zweite Gurt war durch. Fritze half Hannah, sich zu befreien. Als sie aufstand, wäre sie beinahe hingefallen, Fritze musste sie halten, sie war sehr schwach auf den Beinen.

Er holte das dünne Sommerkleid von Frau Rademann aus der Tasche und half Hannah, es über das Nachthemd zu streifen. Es war nur eine kleine Idee zu groß, stand Hannah aber gut. Jedenfalls sah sie jetzt nicht mehr aus wie eine der anderen Irren von Dalldorf, die über die Gänge geisterten.

Fritze nahm sie bei der Hand und führte sie hinaus, vorbei an den weißgewandeten Insassen, die sich angesichts der ungewohnten nächtlichen Freiheit immer ausgelassener gebärdeten. Die Schreie wurden schriller, das irre Gelächter lauter. Die Tasche in der einen Hand, Hannah an der anderen bahnte Fritze sich einen Weg durch das Chaos. Inzwischen musste der Radau auf der Station Alarm ausgelöst haben, eine Sirene begann zu heulen, und draußen und in den Nachbargebäuden gingen überall Lichter an.

Als sie nicht mehr weit vom Ausgang entfernt waren, erkannte Fritz einen ganzen Trupp weißgekleideter, kräftiger Wärter, die über den Rasen genau in ihre Richtung liefen. Er zog Hannah in den nächstbesten Raum und schloss die Tür. Eine Besenkammer. Überall Eimer und Schrubber und Besen und Putzzeug.

»Hier war ich schon mal«, flüsterte Hannah. »Als ich das erste Mal von Dalldorf abgehauen bin.«

Fritze legte den Zeigefinger an die Lippen und bedeutete ihr, ruhig zu sein. Sie antwortete mit einem Lächeln und schmiegte sich an ihn. Das fühlte sich gut an.

Fritze ging in die Hocke und schaute durch das Schlüsselloch. Die Wärter hatten das Gebäude erreicht, sie stürmten an der Pförtnerloge vorbei gleich hinein in den Gang.

»Irgendjemand hat Schlafsaal zwo aufgeschlossen«, hörte er einen Wärter rufen.

»Eins ist auch auf«, antwortete ein zweiter.

»Alle hier rüber, die Strohmeyer ist auf dem Gang, die wird handgreiflich!«

»Die Singer is ooch weg.«

»Nun helft mir schon mit der Strohmeyer, verdammt! Die kratzt und beißt und spuckt.«

Und schreien konnte sie offensichtlich auch, die Strohmeyer, jedenfalls war aus derselben Richtung jetzt ein schriller, gellender Schrei zu hören, der die Trommelfelle zu zerfetzen drohte.

»Mit der Strohmeyer sind die eine Weile beschäftigt«, sagte Hannah und grinste, »die ist nicht so leicht wieder einzufangen.«

Fritze öffnete die Tür und lugte hinaus. Alle wachhabenden Wärter waren vorbeigaloppiert, an der Pforte stand niemand. Scholtens musste immer noch hinter dem Tresen liegen, niemand hatte ihn bemerkt. Dafür herrschte drinnen inzwischen ein tierischer Tumult.

Jetzt oder nie.

»Komm«, sagte er und zog Hannah aus der Kammer, lief mit ihr die letzten Stufen hinunter und hinaus aus dem Gebäude, hinaus aus dem Licht der Scheinwerfer in die Dunkelheit, hinüber zu dem kleinen Wäldchen, das zwischen den Klinikgebäuden und dem Zaun lag. Als sie dort angelangt waren, drehte Fritze sich noch einmal um. Die ersten weißen Nachthemden hatten es nach draußen geschafft und schwirrten über den Rasen. Wärter, die sie einzufangen versuchten, waren noch keine zu sehen, dafür das Geschrei der Strohmeyer aus dem Gebäude zu hören.

Er zog Hannah durch den Wald hin zum Zaun, machte Räuberleiter und half ihr hinüber. Sie stürzte auf der anderen Seite, aber das machte nichts; Fritze warf die Tasche über den Zaun, kletterte schnell hinterher und half Hannah wieder auf die Beine. Wie gut es sich anfühlte, sie anzufassen. Wie schön es war, sie zu sehen. Bei ihr zu sein.

Auf der Oranienburger Straße in Wittenau war alles leise, vom Klinikgelände jedoch hörte man hektische Rufe und zwischendurch einen lauten, animalisch klingenden Schrei durch die Nacht gellen. In Dalldorf ging es heute Nacht tatsächlich zu wie im Irrenhaus.

Fritze sah Hannahs Augen, die im Mondlicht glänzten, ihre helle Haut, ihre dunklen Locken. Sie schaute ihn an, und ihm wurde ganz flau. Dann fiel sie ihm um den Hals und fing an zu weinen.

13

Hewes Street, hier musste er raus. Rath stieg hinter zwei heftig debattierenden und ganz in ihrem Disput versunkenen Männern mit langen Schläfenlocken auf den hölzernen Bahnsteig und schaute sich um. Stahl, Glas und Holz. Ähnlich schmucklos wie die Hochbahnstationen in Berlin, eher noch ein wenig schmuckloser. *Broadway & Hooper Street* stand über dem Treppenabgang, den die beiden Juden hinabstiegen und den auch er nahm. Unten erwartete ihn reges Treiben, doch der Broadway hier hatte nichts gemein mit dem in Manhattan, rein gar nichts. Keine Theater, keine Kinos, keine Wolkenkratzer, stattdessen Geschäfte, kleinere und größere, die alles Mögliche feilboten, zum Teil auch auf der Straße, fliegende Händler, Tagediebe, Rufe und Geschrei, und über den Köpfen das stählerne Gestänge der Hochbahn, über die alle paar Minuten mit viel Getöse ein Zug rauschte, was aber niemanden zu stören schien.

Das also war Williamsburg.

Es war das erste Mal, dass Rath sich auf den Weg nach Brooklyn gemacht hatte. Selbst Manhattan hatte er nur vier-, fünfmal besucht, und auch das nur, weil Severin ihn dazu gedrängt hatte. Also war er auf das Empire State Building gestiegen, hatte die Schwäne im Central Park gefüttert und sogar eine Broadway-Show besucht. Ansonsten hatte er den Hudson River nicht überquert. Jazz wurde auch auf dem Jersey-Ufer gespielt, allerdings kosteten die Getränke in den Bars von Hoboken oder Newport deutlich weniger als in den schicken Clubs von Manhattan.

Außerdem war es gefährlich für ihn, über den Hudson zu gehen. Und brandgefährlich, auch noch den East River zu überqueren. Schon kurz nach seiner Ankunft in Hoboken hatte Rath ein wenig recherchiert und war auf die *John Marlowe Imports* gestoßen. Kent Avenue, Williamsburg, das alte Revier von Abraham Goldstein. Welche Geschäfte diese Firma Marlowe genau betrieb, hatte das Handelsregister nicht verraten, aber Rath war sich sicher, dass die sich nicht auf den Import mitteleuropäischer Spezialitäten beschränkten.

Nun war er also hier, in der Höhle des Löwen, die Adresse von

Marlowe Imports lag nur wenige Blocks entfernt. Aber ihm blieb keine andere Wahl. Niemand wusste, dass er noch lebte, weder Charly noch Paul Wittkamp, er hatte niemandem verraten, dass er die *Hindenburg*-Katastrophe überlebt hatte, niemandem außer Severin, und dennoch ließen sie ihn nicht in Frieden.

Sebastian Tornow und die deutschen Behörden mochte er losgeworden sein, einen jedoch nicht: Johann Marlow.

Rath fragte sich, was Marlow wusste, welche Geschichte Marion Goldstein ihm erzählt haben mochte. Welche Informationen Doktor M. überhaupt noch aus Berlin erhielt. Ob der ein oder andere der Polizeibeamten am Alex, die er seinerzeit in der Tasche hatte, weiterhin für ihn arbeitete? Dann musste der ihm doch erzählt haben, dass Oberkommissar Rath in Erfüllung seiner Dienstpflichten erschossen worden war.

Vielleicht hatte derselbe Mann Marlow aber auch erzählt, dass man die Leiche von Gereon Rath immer noch nicht gefunden hatte. Nach über einem Jahr.

Da konnte einer schon misstrauisch werden, keine Frage.

Zwei Männer bei Severin vorbeizuschicken und sich nach dem Bruder zu erkundigen schien da recht naheliegend zu sein. Oder hatte Marlow ganz frische Informationen? Hatte die Gräfin Sorokina womöglich Kontakt zu ihm aufgenommen? Er wusste immer noch nicht, ob sie die *Hindenburg*-Katastrophe überlebt hatte.

Rath wollte nicht in der Ungewissheit leben, ob Johann Marlow ihm jemals auf die Schliche kommen könnte, er musste das Problem lösen, ein für allemal. Auch wenn das bedeutete, dass er sich zunächst einmal in Marlows Viertel herumtreiben musste.

Er hatte den Hut tief in die Stirn gezogen, der Schatten bedeckte sein halbes Gesicht, und hielt den Blick nach unten gerichtet. Vom Broadway bog er in die Hooper Street und zählte die Hausnummern runter. Es war nicht weit – wenn er sich umdrehte, konnte er die Hochbahn noch sehen. Ein schmuckes kleines Häuschen, aber nicht das, was er erwartet hätte. Nur zwei Stockwerke, große Fenster im Souterrain, das war's. Für einen Mann, der mit schmutzigen Geschäften Millionen verdiente, hatte Abraham Goldstein ziemlich bescheiden gehaust.

Rath überprüfte das Klingelschild. *GOLDSTEIN* stand dort. Immer noch. Das ließ hoffen.

Er klingelte nicht, sondern trat auf die Straße zurück und schaute sich um. Eine schmale Straße, rechts und links Wohnhäuser, an der nächsten Kreuzung erkannte er eine Kirche. Kein Café, keine Bar, nichts, wo er sich hätte hineinsetzen können, um die Haustüre unauffällig im Blick zu behalten.

Während er noch überlegte, fuhr ein Auto vor und hielt direkt vor seinen Füßen. Ein roter offener Wagen, ein nagelneues Packard Coupé, hinter dessen Steuer eine Frau saß, die ihre langen blonden Haare mit einem bunten Kopftuch gegen den Fahrtwind geschützt hatte und eine Sonnenbrille trug. Sehr amerikanisch. Sie schien ihn gar nicht wahrzunehmen, nahm ihre Handtasche vom Beifahrersitz und stieg aus. Obwohl sie völlig anders aussah als bei ihrer letzten Begegnung, die Haare länger, das Kleid enger und bunter, hatte Rath sie sofort erkannt.

»Misses Goldstein!«, sprach er sie an. »How are you?«

Sie blickte auf, schob ihre Sonnenbrille in die Stirn und schaute ihn an. Ungläubig zunächst, dann überrascht und schließlich verärgert.

»What the … Was zum Teufel machen Sie hier? Ich dachte, Sie sind tot.«

»So kann man sich täuschen.«

Sie ging an ihm vorbei, als sei er gar nicht da, stieg energischen Schrittes die Außentreppe hinauf und kramte den Haustürschlüssel aus der Handtasche. Rath dackelte hinterher.

»Ich muss mit Ihnen reden, Frau Goldstein«, sagte er.

Sie steckte den Schlüssel ins Schloss. »Ich wüsste nicht, was ich mit Ihnen zu bereden hätte. Ihr Bullen habt meinen Mann erschossen. Und ich hatte so gehofft, dass er wenigstens Sie mit ins Grab genommen hat.«

Sie machte Anstalten aufzuschließen, doch er riss sie zurück.

»Nun hören Sie mir doch zu, verdammt!«

Er hielt sie an den Handgelenken und drückte sie gegen die Wand.

»Lassen Sie mich sofort los, oder ich schreie!«

Rath zögerte einen kleinen Moment, aber dann ließ er sie los.

»Ich will doch nur, dass Sie mir zuhören. Drei Minuten, verdammt! Dann können Sie immer noch entscheiden, ob Sie schreien oder sonstwas anstellen.«

Sie schaute ihn ziemlich bockig an. In diesem Augenblick erinnerte sie ihn, obwohl sie mit ihren goldblond ondulierten Haaren ganz anders aussah, ein wenig an Charly.

»Ihr Mann hat mich nicht erschossen, man hat Sie angelogen. Und nicht nur in dieser Hinsicht. Deswegen bin ich hier. Um mit Ihnen über den Tod Ihres Mannes zu reden. Wie es wirklich war. Die Behörden in Deutschland haben Ihnen nicht die Wahrheit gesagt.«

»Ach? Und Sie? Sie kennen die Wahrheit?«

»Ja.«

Sie musterte ihn von Kopf bis Fuß, die Andeutung eines spöttischen Lächelns in den Mundwinkeln.

»Ganz schön mutig von Ihnen, hier aufzukreuzen. Ich kenne Leute, die haben sich über die Nachricht Ihres Todes gefreut.«

»O ja, da gibt es einige.«

Sie öffnete die Tür und trat beiseite.

»Na, dann kommen Sie rein. Bevor einer von denen Sie noch sieht.«

Er folgte ihr ins Haus. Drinnen war es dunkel und kühl, ein typisch amerikanisches Haus, wo einen die Treppe nach oben gleich hinter der Haustür empfing. Links an der Treppe vorbei ging es nach hinten. Rath folgte ihr und nahm seinen Hut ab. Sie führte ihn in einen kleinen Salon, dessen zwei schmale, hohe Fenster zur Straße hinausgingen. Ein schwarzes Dienstmädchen erschien in der Tür, klassisch mit weißer Spitzenschürze und gestärkter Haube ausgestattet.

»We have a guest, Rose, will you please serve some coffee and some cookies? And a bottle of water?«

Das Mädchen machte einen Knicks. »Of course, Misses Goldstein.«

Sie nahm Rath Hut und Mantel ab und verschwand wieder.

»Ich habe Ihnen noch gar nicht mein Beileid ausgedrückt«, sagte er. »Sie glauben mir das vielleicht nicht, aber ich habe Ihren Mann sehr geschätzt.«

»Sparen Sie sich diese Sentimentalitäten.«

»So wie Sie?« Er zeigte auf ihr sommerlich buntes Kleid. »Sie tragen kein Schwarz mehr?«

»Die Art, wie ich mich kleide, sagt nichts über meine Trauer aus. Ich vermisse Abe jeden Tag, das können Sie mir glauben. Gerade jetzt wünschte ich, er wäre hier und könnte Ihnen ein paar vor die Neese donnern.«

»Sehr charmant. Sie haben das Berlinern nicht verlernt.«

»Freuen Sie sich nicht zu früh. Ein Anruf, und schon ist jemand hier, der sich genauso um Sie kümmert. Vielleicht sogar noch ein bisschen mehr.«

»Hören Sie erst einmal, was ich zu sagen habe, dann können Sie das immer noch entscheiden.«

Das Mädchen kam mit einem Tablett, auf dem sie zwei Tassen, zwei Gläser, eine Kaffeekanne, eine Wasserkaraffe und einen Teller mit braunen Keksen balancierte. Rath wartete, bis sie alles eingeschenkt und den Raum wieder verlassen hatte, dann legte er los.

»Wir haben einen gemeinsamen Feind«, begann er. »Johann Marlow.«

»Marlow?« Sie schaute skeptisch. »Warum sollte der mein Feind sein?«

»Weil jemand, der den Tod Ihres Mannes zu verantworten hat, Ihr Feind sein sollte.«

»Ach? Und ich dachte immer, dass *Sie* die Schuld am Tod meines Mannes tragen, Kommissar.«

»Ich habe Ihren Mann nicht erschossen. Und er hat mich nicht erschossen, wie Sie sehen.«

»Sie wollen mir jetzt aber nicht erzählen, dass Abe ebenfalls noch lebt?«

Sie gab sich größte Mühe, abgebrüht und kalt zu klingen, doch Rath nahm die kurz aufflammende Hoffnung wahr, die seine Worte in ihr entzündet hatten.

»Nein«, sagte er. »Es tut mir leid. Ihr Mann ist tot. Die Polizei hat ihn erschossen.«

»Sie sind auch Polizei.«

»Das bin ich schon lange nicht mehr. Ich trage jetzt Post aus.«

Sie musterte ihn. »Ernsthaft?«

Er nickte, und sie brach in ein kurzes, prustendes Lachen aus.

»Entschuldigen Sie, aber das ist zu komisch. Dann haben Sie es ja nicht allzuweit gebracht.«

»Ich bin froh, es überhaupt lebend aus Deutschland hinaus geschafft zu haben. Da wird man bescheiden.«

»So bescheiden, dass Sie in mein Haus kommen und mich gegen Marlow aufhetzen wollen!«

»Ich möchte Sie nicht aufhetzen. Ich möchte, dass Sie die Wahrheit kennen. Dann können Sie selber entscheiden.«

Sie zündete sich eine Zigarette an. »Dann legen Sie mal los. Warum hat Johann Marlow meinen Mann auf dem Gewissen? Die beiden waren Geschäftspartner.«

»Vielleicht waren Sie das. Vielleicht hat Marlow Ihrem Mann auch eine fürstliche Bezahlung in Aussicht gestellt, aber das ändert nichts daran, dass er Abraham Goldstein einen Auftrag erteilt hat, an dem man scheitern musste, ein Himmelfahrtskommando. Deswegen war Ihr Mann in Berlin.«

»Wovon reden Sie? Wir waren wegen der Olympiade dort.«

»Nicht nur. Ihr Mann hatte den Auftrag, Hermann Göring zu ermorden.«

»Das ist nichts Neues. Das haben mir die deutschen Behörden auch erzählt.«

»Und? Haben Sie das geglaubt?«

»Keine Sekunde. Abe hat nie politisch gedacht, auf so eine Idee wäre er nie gekommen. Ein Attentat?« Sie winkte ab. »Lächerlich!«

»Und doch war es so. Er sollte es für Marlow tun.«

»Marlow ist ebensowenig Kommunist wie Abe. Der ist ja nicht mal Jude. Was sollte der gegen Göring haben.«

»Er wollte Görings Tod, weil Hermann Göring die Erschießung seines Sohnes veranlasst hat.«

Sie schüttelte unwillig den Kopf. »So ein Blödsinn! Marlow hatte doch keinen Sohn!«

»Keinen, zu dem er sich offen bekannt hätte. Aber er hatte einen, und Sie kennen ihn. Liang Kuen-Yao.«

Sie machte große Augen.

»Deswegen«, fuhr Rath fort, »mussten alle sterben, die Liangs Tod zu verantworten hatten, sämtliche Soldaten von Görings Wachmannschaft, die beteiligt waren. An Göring selbst aber ist Ihr Mann gescheitert. Zwangsläufig. Wie gesagt, das war ein Himmelfahrtskommando.« Er beugte sich zu ihr hinüber, als verrate er ein Geheimnis. »Wenn Sie mich fragen: Marlow hat den Tod Ihres Mannes nicht nur in Kauf genommen, er hat es darauf angelegt. So hatte er das Honorar für die übrigen Morde gespart und konnte zudem die vakanten Geschäfte Ihres Mannes übernehmen.«

Ihrem Gesicht war anzusehen, dass seine Worte sie zum Nachdenken brachten.

»Ich denke, es ist nicht so einfach, illegale Geschäfte an seine Frau zu vererben, richtig?«, fuhr Rath fort. »Oder haben Sie außer diesem Häuschen sonst noch etwas bekommen?«

Marion Goldstein schwieg und zog an ihrer Zigarette. Ihr Blick ging nach draußen auf die beschaulich verschlafene Hoover Street.

»Das Haus gehört Marlow«, sagte sie schließlich. »Aber er lässt mich hier wohnen.«

»Er lässt sie in einer Immobilie wohnen, die eigentlich Ihnen gehören müsste. Generös, nicht wahr? Sehen Sie, genau das meine ich.«

»Und was haben Sie vor?«

»Ich möchte Johann Marlow endgültig das Handwerk legen. Und dafür sorgen, dass Sie das bekommen, was Ihnen zusteht.«

Sie dachte eine Weile nach und schaute den Rauchschwaden ihrer Zigarette hinterher.

»Wenn Sie mir noch verraten, wie Sie das anstellen wollen, Mister Rath, dann könnten wir ins Geschäft kommen.«

Er erzählte ihr, was er sich überlegt hatte. Seine Pläne waren riskant, aber er musste das Risiko eingehen, wollte er nicht in ständiger Angst leben, von Johann Marlow entdeckt zu werden. Das war ihm spätestens in dem Moment klargeworden, als zwei unbekannte Männer bei seinem Bruder aufgekreuzt waren und sich nach Gereon Rath erkundigt hatten.

Sie hörte ihm geduldig zu und schwieg noch eine ganze Weile, nachdem Rath geendet hatte. Er fragte sich, ob er sie hatte überzeugen können.

»Ich weiß, dass es riskant ist«, sagte er. »Aber wir haben einen Vorteil: Er weiß nicht, dass wir zusammenarbeiten.«

»Ach? Wir arbeiten zusammen?«

»Ich brauche Ihre Hilfe, ohne Sie geht es nicht.«

Sie zog ihre Stirn in Falten.

»Sie haben recht«, sagte sie. »Lassen wir Doktor M. dafür büßen, dass er Abe in den Tod geschickt hat.« Sie schaute ihn an. »Und ich helfe Ihnen dabei. Aber ich habe eine Bedingung.«

»Die wäre?«

»Ich möchte«, sagte sie, »dass der Polizist, der Abe erschossen hat, seine verdiente Strafe erhält.«

Rath überspielte sein Erschrecken. Reinhold Gräf hatte ihm das Leben gerettet, durfte er ihn ans Messer liefern? Natürlich nicht. Aber Deutschland war weit weg, hier und jetzt musste das Problem Marlow gelöst werden.

»Können Sie mir das versprechen?«, fragte Marion Goldstein, »dass Sie Abes Mörder bestrafen?«

»Ja«, sagte Rath und nickte. »Ja. Das kann ich Ihnen versprechen.«

14

Im Naturkundemuseum herrschte Hochbetrieb. Der neu aufgestellte Brachiosaurus, imposante dreizehn Meter hoch, lockte die Besucher in Scharen in den Lichthof. Die Schautafel zu Füßen des riesigen Skeletts vergaß nicht zu erwähnen, dass es sich bei dem Exponat um das größte bislang gefundene Saurierskelett weltweit handele. Fundort: Deutsch-Ostafrika. Eine deutsche Kolonie, die es nicht mehr gab, aber die Saurierknochen hatte das Reich noch nach Berlin schaffen können, bevor man mit dem Krieg auch sämtliche Kolonien verloren hatte. Hauptsache deutsch, das schien den Berlinern selbst bei ausgestorbenen Tieren eine der wichtigsten Informationen zu sein.

Charly schaute den langgestreckten Hals hinauf.

»So einem Tier möchte man auch nicht in der freien Wildbahn begegnen«, sagte sie.

»Das wäre auch nie passiert«, meinte Andreas Lange, der neben ihr stand und ebenfalls den Kopf in den Nacken gelegt hatte. »Als die Saurier ausgestorben sind, gab es noch gar keine Menschen. Außerdem: Der Brachiosaurus war ein Pflanzenfresser, der hätte Sie in Ruhe gelassen, selbst wenn Sie damals schon gelebt hätten.«

»Na ja. Aber aus Versehen totgetreten werden möchte man von so einem Tierchen auch nicht.« Sie schaute ihn an. »Sie kennen sich erstaunlich gut aus, Andreas. Öfter hier?«

Lange wurde rot. »Ich interessiere mich halt für Naturgeschichte«, sagte er und klang dabei, als sei ihm das peinlich.

»Deswegen auch der Treffpunkt?«

»Hätte ich geahnt, was hier los ist, hätte ich etwas anderes vorgeschlagen.« Er hob seine Schultern, als müsse er sich entschuldigen. »Vielleicht sollten wir in einen anderen Raum gehen. Bei den Schmetterlingen ist es bestimmt ruhiger.«

Lange hatte recht. Bei den Schmetterlingen war kein Mensch. Offensichtlich wollten alle nur den großen Saurier sehen, über den hatten ja auch Artikel in allen Zeitungen gestanden. Tja, so waren sie, die Berliner, nur Rekorde weckten ihr Interesse.

Sie standen vor einer Glasvitrine, hinter der zig mehr oder weniger bunte Schmetterlinge fein sortiert auf Nadeln gespießt waren.

»Haben Sie denn etwas herausgefunden, Andreas?«, fragte Charly.

»Das kann man wohl sagen. Und ich schätze mal, dass er Ihnen davon auch nichts erzählt hat. Kann man sogar verstehen.« Er schaute sich um, bevor er weitersprach. »Robert Lembeck stand schon einmal unter Mordanklage. Sechsundzwanzig.«

»Wie bitte?«

Charly hatte mit vielem gerechnet, aber nicht mit so etwas.

»Er soll im Juni sechsundzwanzig seinem damaligen Geschäftspartner in voller Absicht einen tödlichen Stromschlag versetzt haben, wurde aber dann mangels Beweisen freigesprochen.« Lange zog einen Zettel aus der Tasche. »Ich habe mir den Namen aufgeschrieben«, sagte er. »Das Mordopfer hieß Gunther. Keine Ahnung, ob das was mit Rekowski zu tun haben könnte.«

»Gunther?«

»Ja. Wie der Vorname. Aber mit Nachnamen. Vorname: Eugen.«

»Elektro und Radio Gunther, natürlich. Der hat das Geschäft gegründet.«

»Und?«

Lange schaute sie erwartungsvoll an, doch Charly konnte nur die Achseln zucken.

»Von dem hat Robert nie viel erzählt. Nur dass er nach dem Krieg in das Geschäft des alten Gunther eingestiegen ist. Und dass der irgendwann gestorben ist. Aber nichts von den Todesumständen. Und schon gar nichts von einer Mordanklage.«

»Interessant ist noch«, fuhr Lange fort, »dass Lembeck trotz des erheblichen Tatvorwurfs die Untersuchungshaft weitestgehend erspart blieb. Der Haftrichter hatte die Kaution auf vierhundertfünfzigtausend Reichsmark festgelegt, und die wurden offensichtlich anstandslos bezahlt.«

»Von wem? Robert kann nie im Leben so viel Geld aufbringen.«

»Er muss es auch nicht aus eigener Tasche bezahlt haben. Das Geld wurde von seinem Rechtsanwalt hinterlegt. Keine Ahnung, wer dem das wiederum gegeben hat.«

»Prima. Da haben wir ja schon einen Anhaltspunkt. Haben Sie zufällig die Adresse von diesem Rechtsanwalt?«

»Habe ich notiert. Werde die Tage mal versuchen, ihn zu erreichen. Besser, ich mache das, nicht dass der Anwalt seinem Klienten womöglich brühwarm erzählt, dass sich eine Frau Rath nach dem alten Fall erkundigt hat.«

Charly nickte. Sie gingen ein paar Schritte zur Seite, zur nächsten Vitrine, denn inzwischen waren weitere Besucher in den Saal gekommen, ein Ehepaar mit zwei kleinen Kindern.

»Das da sind aber keine Schmetterlinge, das sind Motten, oder?«, fragte Charly, als sie vor dem Glas stand, hinter dem ausnehmend hässliche Insekten aufgespießt waren.

»Nö«, sagte Lange. »Köcherfliegen.«

Charly staunte. »Sie kennen sich aber wirklich gut aus. Nicht nur bei den Sauriern.«

»Wie man's nimmt«, erwiderte er und zeigte auf ein Hinweisschild neben der Vitrine.

KÖCHERFLIEGEN (Trichoptera), stand da. Charly musste grinsen. Und auch Langes Mundwinkel gingen nach oben.

»Und?«, fragte er. »Was haben *Sie* herausgefunden? Haben Sie mit Lembeck sprechen können?«

»Ich war bei ihm. Hatte sogar Gelegenheit, eine Weile in seinen Geschäftspapieren zu blättern.«

»Und? Taucht der Name Rekowski irgendwo auf?«

»Nein. Aber ich habe auch nur wenige Rechnungen einsehen

können. Dafür bin ich auf einen anderen Namen gestoßen, besser gesagt auf einen Ort.«

»Ja?«

Charly senkte ihre Stimme, denn die Familie war näher gekommen. »Carinhall«, sagte sie.

»Görings Landsitz in der Schorfheide?«

Charly nickte. »Da war in den letzten Monaten eine riesige Baustelle, und da hat Lembeck sich um irgendwelche speziellen Elektrosachen gekümmert, was genau, das konnte ich in der Eile nicht sehen, aber die Daten. Seit Januar war er mehrfach auf der Baustelle. Das letzte Mal Anfang Juli, da kannten wir uns schon längst. Und mir hat er nie ein Sterbenswörtchen davon erzählt.«

Lange zuckte die Achseln. »Warum sollte er? Warum sollte ein Handwerker erzählen, welche Kunden er hat?«

»Aber Göring!« Charly hielt inne, denn der Familienvater drehte sich um, kaum hatte sie den Namen des zweitmächtigsten Mannes im Deutschen Reich ausgesprochen.

Sie zog Lange einen Raum weiter, zur Mineraliensammlung, da waren sie wieder unter sich.

»Verstehen Sie denn nicht?«, sagte sie. »Mir macht Lembeck weis, dass er die Nazis verabscheut, aber dann findet er nichts dabei, einem Obernazi irgendwelches raffiniertes Elektrozeugs in seinen Protzbau zu installieren.«

»Hm.« Lange machte ein nachdenkliches Gesicht. »Verständlich, dass er Ihnen das nicht auf die Nase bindet. Wenn Sie das gewusst hätten ...«

»Wenn ich das gewusst hätte, hätte ich ihm von Anfang an nicht getraut.«

»Meinen Sie immer noch, der SD oder die Gestapo hätten ihn auf Sie angesetzt? Weil Sie als politisch unzuverlässig gelten?«

Sie zuckte die Achseln. »Eigentlich nicht. Erstens bin ich viel zu unwichtig, als dass ich diesen Aufwand lohne. Und falls doch, hätte er doch längst schon ausreichend Material gehabt, um mich bei der Gestapo zu verpfeifen. Wir haben immer sehr offen gesprochen. Ich ...«

Charly unterbrach sich mitten im Satz, denn schon wieder waren sie nicht allein im Saal. Nicht die Kleinfamilie aus der Schmetterlingssammlung, diesmal kamen die Störenfriede aus der anderen Richtung. Und diesmal kannte Charly sie. Jedenfalls einen von ihnen. Lange ebenso.

Beide fühlten sich wie ertappt, Lange wurde sogar rot, fing sich aber schnell wieder.

»Kowalski! Das ist aber eine Überraschung«, begrüßte er den jungen Mann, der an der Hand einer ebenso jungen Frau hereingekommen war und große Augen machte. Die Einzige in der Viererrunde, die nicht überrascht oder gar unangenehm berührt dreinschaute, war die Frau an Kowalskis Seite.

»Oh, guten Tag, Kommissar Lange. Guten Tag, Frau Rath.« Kowalskis Augen flitzten neugierig von rechts nach links und wieder zurück. »Auch wegen des Brachiosaurus hier? Schon imposant, nicht wahr? Deswegen wollte ich den auch mal Fräulein Stein zeigen, die ist eigens aus Kleinmachnow angereist.« Er räusperte sich. »Eine Bekannte.«

Fräulein Stein machte einen höflichen Knicks, Charly erwiderte den Gruß mit einem Nicken.

»Angenehm«, sagte Lange. »Ja, der große Saurier ist schon recht eindrucksvoll.«

»Sie sagen es.«

Eine unangenehme Pause entstand.

»Nun ja«, meinte Lange, »wir müssen dann auch weiter. War schön, Sie zu treffen, Kowalski. Man sieht sich morgen in der Burg.«

»Sicher.« Kowalski lüftete seinen Hut. »Bis morgen dann, Herr Kommissar.«

Auch ihm war die Erleichterung anzusehen, endlich weiterziehen zu dürfen.

»Nichts wie raus hier«, zischte Lange durch die zusammengepressten Zähne, als er Charly aus dem Saal führte. »Ausgerechnet einem Kollegen müssen wir hier begegnen.«

»Wenn Sie mich weiter so am Arm halten, hält der uns noch für ein Liebespaar«, sagte Charly.

»Soll er ruhig«, meinte Lange und wurde daraufhin wieder rot. »Solange er nicht glaubt, uns bei einem konspirativen Treffen erwischt zu haben.«

Er ging mit ihr, ohne sich noch einmal umzudrehen, durch

das Gedränge rund um den Brachiosaurus direkt zum Ausgang. Schließlich fanden sie sich auf der Invalidenstraße wieder.

»Und nun?«, fragte Charly.

»Wenn Sie mögen«, sagte Lange, »lade ich Sie noch zu einem Kaffee ein.«

15

Essenszeit. Rudi machte die Runde und teilte jedem seine Portion aus. Das war eine Sache, die der Cliquenbulle immer selbst erledigte, damit auch jedem Einzelnen klar war, wem er die tägliche Mahlzeit zu verdanken hatte. Alle saßen sie andächtig im Kreis, fast wie in der Kirche, als sei es etwas Heiliges, das sie gleich empfingen. Und ein bisschen so war es ja auch: Essen war heilig bei den Steinbergpiraten. Meist knurrte der Magen schon eine ganze Weile, bevor es etwas gab. Wenn es denn etwas gab.

Heute aber hatten sie ordentlich eingesammelt. Sie hatten gestohlen, gebettelt, gelogen oder sonstwie angeschafft, einige hatten sogar gearbeitet. Und brav ihren Obolus bei Rudi abgeliefert, der die Beute in etwa gleich große Fresspakete aufgeteilt hatte, die er nun verteilte. Wie Jesus beim letzten Abendmahl. Für jedes der gut ein Dutzend hungriger Mäuler gab es eine Mohrrübe, einen Apfel, ein Stück Brot, sogar einen Leibniz-Keks. Kein Käse, kein Speck, keine Butter, aber das erwartete auch niemand. Dafür hatte irgendwer Eier organisiert, die brutzelten in der gusseisernern Pfanne, die auf dem Kanonenofen stand. Das ging auch ohne Butter, man musste nur oft genug rühren.

Rudi näherte sich, und Fritze merkte, wie ihm der Speichel in die Mundhöhle schoss. Er saß neben Hannah, er saß immer neben Hannah, er wich ihr nie von der Seite, und wartete darauf, dass sie an die Reihe kamen.

Ihr Unterschlupf war eine halbzerfallene Bretterbude in einer zugewucherten Ecke des Kleingartenvereins Steinberg. Fritze hatte die Anlage an der Dietrich-Eckart-Straße vor Wochen schon ausbaldowert, die Schrebergärten lagen nur wenige Kilometer von den Wittenauer Heilstätten entfernt. Maxe aus Reinickendorf hatte ihm, als sie noch Freunde waren, öfter mal von den Steinbergpiraten erzählt, einer berüchtigten Jugendclique, die dort hauste und auf die Maxes HJ-Schar nicht gut zu sprechen war.

Mit der beduselten Hannah auf dem Gepäckträger war Fritze gleich nach ihrer Befreiung dorthin geradelt. Die erste kurze Nacht hatten sie in einer leerstehenden Laube verbracht, am nächsten Morgen waren sie bei den Piraten aufgekreuzt und hatten um Aufnahme gebeten.

»Wenn ihr bei uns pennt, müsst ihr ooch wat beisteuern«, hatte Rudi gesagt. Fritze hatte ihm einen Zehnmarkschein in die Hand gedrückt, und die Sache war geritzt.

Es waren unruhige Nächte. Fritze traute den Piraten nicht über den Weg, dazu hatte er zu lange selbst auf der Straße gelebt. Immer einen Arm um Hannah geschlungen, um klarzumachen, dass niemand sie anrühren durfte, immer mit einem wachen Auge, immer auf der Hut, so hatte er die Nächte verbracht. Einem Cliquenbruder, der sich an der Reisetasche zu schaffen machen wollte, hatte Fritze schon am ersten Tag ein paar gelangt, um sich Respekt zu verschaffen. Bislang hatte es gewirkt.

Drei Tage waren sie nun hier, die hatte es auch gebraucht, um Hannah, der sie in Dalldorf weiß Gott was für Medikamente gegeben haben mussten, wieder aufzupäppeln. Und je klarer Hannahs Verstand wurde, desto unwohler fühlte sie sich in dieser Bretterhütte. Fritze wusste auch, warum: Der Unterschlupf der Steinbergpiraten erinnerte sie zu sehr an das Krähennest, jenes Pennerversteck am Bülowplatz, das für sie die Hölle gewesen sein musste und das sie schließlich angesteckt hatte. Mitsamt den Menschen darin, den Menschen, die sie gequält hatten.

Die meisten, die er kannte, fanden das grausam oder verrückt; Fritze aber hielt Hannah weder für verrückt noch für grausam. Sie war verzweifelt gewesen damals, völlig verzweifelt, nichts anderes, und diese Verzweiflung nagte immer noch an ihr, die hatte sich nach den ruhigen Jahren in Breslau, die ihr gezeigt hatten, wie ein Leben auch aussehen konnte, wieder in ihre Seele gefressen. Um das zu bewirken, reichten ein paar Monate Dalldorf völlig aus, das wusste Fritze, das hatte er am eigenen Leib erfahren.

Er schaute sie an. Ihm war klar, dass die gelungene Flucht nur der Anfang war, dass noch viel Zeit und Geduld nötig waren, ehe Hannahs Seele wirklich geheilt war. Denn die sogenannte Nervenheilanstalt war keine Heilanstalt, das war nichts anderes als eine Krankmachanstalt. Gesund werden konnte Hannah nur in Freiheit.

Rudi war bei ihnen angelangt. Fritze streckte die Hand aus, um seine Essensration entgegenzunehmen, doch der Cliquenbulle ignorierte ihn. Dasselbe machte er bei Hannah, die ebenfalls ihre Hand ausgestreckt hatte.

»He, wat sollen dette?«, protestierte Fritze.

Rudi blieb stehen und schaute Fritze verächtlich an. »Wat soll wat?«, fragte er, obwohl allen klar war, was Fritze meinte.

Fritze stand auf. »Na, unser Essen«, sagte er.

Rudi schaute sich um, bis er sicher war, dass er die Aufmerksamkeit aller genoss.

»*Euer* Essen? Wusste jar nich, det ihr welches mitjebracht habt.«

Ein paar Jungen lachten, aber die meisten schauten nur gebannt auf die beiden Streithähne und mümmelten ihr Brot.

»Ich hab doch gestern noch Geld in die Kasse getan.«

»Und unsere Vorräte wegjefressen habt ihr ooch. Ansonsten liegt ihr den janzen Tag uff der faulen Haut, während meene Jungs allesamt unterwegs sind, um wat zum Schnabulieren aufzutreiben.«

»Eben. Deswegen bezahl ick ja.«

Er hatte den Steinbergpiraten schon fünfzehn Mark gegeben und ihnen Atzes Fahrrad überlassen, mehr konnten sie nicht erübrigen. Sie brauchten noch etwas Geld, wenn sie es bis Prag schaffen wollten. Sie konnten nicht ewig auf der Straße leben, sie konnten auch nicht in Berlin bleiben, das war schon einmal schiefgegangen, und das, obwohl er einen falschen Pass gehabt hatte. Papiere hatten sie beide nicht mehr, weder falsche noch echte, gleichwohl oder gerade deswegen mussten sie ins Ausland. Die grüne Grenze zur Tschechoslowakei war lang, das würden sie irgendwie schaffen. Und in Prag könnten sie Herrn Weinert aufsuchen, den Freund von Charly, in der Hoffnung, dass der schon helfen würde. Für diesen Plan würden sie jeden Pfennig brauchen.

»Nur bezahlen reicht eben nich. Man muss auch wat tun, wenn man ’n Steinbergpirat sein will.«

»Wir wollen keine Piraten sein, wir sind eure Gäste.«

»Wir sind doch keen Hotel.« Rudi schaute Hannah mit einem amüsierten Blick an. »Aber ihr habt ja ooch wat zu bieten. Deine Süße da, zum Bleistift, die könnte sich doch jut mal wat verdienen.«

Fritze wusste genau, worauf die Drecksau anspielte, aber er ging nicht darauf ein.

»Hannah kommt gerade aus dem Krankenhaus«, sagte er. »Die muss sich erst mal erholen.«

»Na, hamse ihr denn nich als jeheilt entlassen?«

Wieder lachten einige Jungs. Vielleicht sollte das nur ein blöder Witz sein, dennoch fuhr Fritze der Schrecken in die Glieder. In den Zeitungen hatte nichts gestanden vom Ausbruch aus Dalldorf, aber er wusste nicht, wie die Gerüchteküche in Wittenau funktionierte.

»Ihr seid uns bald los«, sagte er. »Noch eine Nacht, dann machen wir uns vom Acker.«

»Ihr könnt ruhig bleiben. Wir ham ja nüscht gegen euch. Was, Jungs? Die Kleene da? Hat doch 'n süßen Arsch. Kann ruhig noch 'ne Weile bei uns bleiben.«

»Wer Hannah auch nur anrührt, kriegt es mit mir zu tun, klar?«

Rudi schaute ihn abschätzig an.

»Du bist mir ja eener. Markierst hier den Macker und lässt keenen ran an deine süße Kleene. Dabei jehste nich mal selber ran. Biste schwul oder wat?«

Das reichte. Fritze machte einen Schritt nach vorne und versetzte Rudi eine gepfefferte Backpfeife. Darauf hatte der nur gewartet. Er ließ die Fresspakete fallen, die er noch in der Hand hielt, und stürzte sich auf Fritze. Sie landeten auf dem morschen Bretterboden der Piratenhütte. Rudi war stark, vor allem war er schwer, er versuchte, sich auf Fritzes Oberarme zu knien; wenn ihm das gelänge, wäre es aus, dann wäre Fritze dem Kerl hilflos ausgeliefert. Und dass Rudi ein brutales Arschloch war, daran hatte Fritze keinerlei Zweifel, andernfalls hätte er es nicht zum Cliquenbullen gebracht. Wenn er nur an seine Pistole käme, dann würde er diesem Mumpitz hier ein Ende bereiten, doch die steckte hinten in seinem Hosenbund. Er versuchte, sich unter dem schweren Kerl hinwegzuwinden, doch es gelang ihm nicht. Ein Knie hatte Rudi schon auf seinem Bizeps plaziert, Fritze zappelte verzweifelt, doch seinen rechten Arm konnte er schon nicht mehr befreien. Mit beiden Händen griff Rudi nach seinem linken, in aller Ruhe, als habe er alle Zeit der Welt, drückte Fritzes Arm fest auf den Boden und plazierte auch das andere Knie. Nun war Fritze gefangen.

Rudi hockte über ihm und grinste. Er hatte beide Hände frei, und Fritze konnte sich nicht bewegen, er konnte zuschlagen, wie er wollte, Fritze konnte sich nicht decken. Doch er schlug nicht zu, erst einmal spuckte er ihm ins Gesicht.

»Na, immer noch große Klappe?«

»Arschloch«, war alles, was Fritze einfiel.

Rudi schlug immer noch nicht zu. Wie ein Reiter hockte er über Fritze und fummelte etwas aus seiner Hosentasche. Einen metallenen Schlagring, den er nun über die Knöchel der rechten Hand streifte.

Verdammt, dachte Fritze, das hier wird übel ausgehen. Verdammt, verdammt! Er schloss die Augen in Erwartung des Schlages und betete, schnell das Bewusstsein zu verlieren.

Dann hörte er ein lautes Geräusch wie einen Gong und merkte, wie der Druck auf seinen Oberarmen nachließ und Rudi zur Seite kippte. Er öffnete die Augen.

Hannah stand über ihm, die heiße Bratpfanne in der Hand, die sie dem Jungen am Herd abgenommen hatte.

»Noch jemand Lust auf weiche Birne?«, sagte sie.

Rudi lag am Boden, Reste von dampfendem Rührei in den Haaren. Die anderen Piratenjungen, alle so vierzehn bis achtzehn Jahre alt, waren aufgestanden und wichen zurück. Hannah hatte eine derartige Wut im Blick, dass niemand sie anzugreifen wagte.

Fritze rappelte sich auf und wischte sich das Gesicht an Rudis Joppe ab. Er stand auf und holte die Reisetasche, in der all ihr Hab und Gut verstaut war.

»Lass uns verschwinden«, sagte er und nahm Hannah bei der Hand. Die Pfanne warf sie erst ins Gebüsch, als sie das Schrebergartengelände verlassen hatten und sicher waren, dass niemand ihnen gefolgt war.

16

Die Musik und der Lärm aus dem Club, Gelächter, Stimmen und klirrende Gläser, drangen nur gedämpft durch die gepolsterte Tür. Johann Marlow schob die blecherne Blende vor dem Guckloch beiseite und lugte in den Saal. Es war so, wie es sein musste; von jedem Tisch stieg Zigarettendunst zur Decke, zwischen den Tischen flitzten die Kellner umher, das Zigarettenmädchen mit dem Pillboxhut verteilte Zigaretten und anderes aus dem Bauchladen, die Band spielte sich die Seele aus dem Leib, und auf der muschelförmigen Bühne schälte sich gerade die Frau mit dem schönsten Busen New Yorks aus ihren Kleidern, so dass kaum jemand seinen Blick abwenden konnte, nicht einmal die weiblichen Gäste.

Die Stimmung war prächtig, das war selbst durch die Türpolster zu hören, auf jedem Tisch standen Flaschen und Gläser und auf fast allen die kleinen Silberdöschen, deren Inhalt das meiste Geld einbrachte. Der Rubel rollte, Marlow konnte zufrieden sein. Der *Venus Club* war wieder die erste Adresse in Manhattan, so gutes Heroin wie derzeit hatten sie noch nie auf der Speisekarte gehabt. Selbst die Bosse der Konkurrenz beehrten ihn manchmal, jedenfalls die Italiener und die Juden. Nur die Iren hielten sich zurück, die blieben lieber in ihren eigenen Schuppen.

Marlow ließ die Blende zurückwippen und setzte sich hinter den Schreibtisch. Er besuchte seinen Club regelmäßig, da hielt er es nicht anders als in Berlin. Aber er ließ sich niemals vorne blicken, sondern blieb immer im Büro. Johann Marlow wirkte lieber im Hintergrund. Er zündete sich eine Zigarre an und lehnte sich zurück in den bequemen Schreibtischstuhl, in dem sonst Jack Helferich residierte. Der offizielle Chef des *Venus Club* hatte seinen Platz für den eigentlichen Chef geräumt und spielte im Gastraum den Grüßaugust. Wie meistens. Die Gäste kamen sich wichtig vor, wenn sie Helferich die Hand schütteln durften.

Das Heroin von dem Überfall auf den Konservendosentruck erfreute sich größter Beliebtheit, nicht nur im Club. Ein wenig gestreckt verkauften sie es auch auf der Straße, und es war immer noch weitaus reiner als der Dreck, der sonst in Manhattan unterwegs war. Der September versprach der beste Monat seit langem zu werden, sie kamen mit dem Geldzählen kaum nach.

Eine gute Woche lag der Überfall nun schon zurück, und nichts war passiert. Marlow hatte gehofft, die Konkurrenz damit aufzuscheuchen, doch alles blieb ruhig. Keine Gegenwehr. Stattdessen eine neue Lieferung. Über den Fernsprecher an der 125. Straße hatte Frenchie, der sich als Rotjacke Jake ausgegeben hatte, den Termin genannt bekommen.

Entweder waren das Amateure, oder das war eine Falle. Marlow hatte auf Letzteres getippt und sich notgedrungen mit den Italienern zusammengetan. Alle, wirklich alle hatten damit gerechnet, dass der nächste Transport scharf bewacht sein würde und die Sache diesmal nicht mit zwei, drei Mann zu erledigen sei. Doch im Fahrerhaus hatte wieder nur ein einziger, unbewaffneter Fahrer gesessen. Diesmal hatte es nicht einmal einen Toten gegeben. Die zwanzig Männer, die im Hinterhalt gelegen hatten, waren mehr als überflüssig; Frenchie und dessen Browning hatten völlig ausgereicht, um den Fahrer zum Aussteigen zu bewegen. Immer noch misstrauisch hatte Frenchie den Mann die Ladeklappe öffnen lassen, für den Fall, dass auf der Ladefläche anstelle der Konservendosen ein paar Männer mit Maschinenpistolen warteten, doch auch das wäre nicht nötig gewesen.

Keinerlei Gegenwehr, keine Falle. Nun stand für Marlow fest, dass da Amateure am Werk waren, die im großen Geschäft mitmischen wollten. Aber dazu gehörte eben mehr als nur ein gutes Produkt. Was nutzte das, wenn man seine Transporte nicht schützen konnte? Sie würden die Überfälle so lange weiterbetreiben, bis die Konkurrenz aufgäbe oder sich zu Verhandlungen bereit zeigte. Marlow war sich mit Sal und den Italienern einig: Sie waren bereit, einen anständigen Preis für ein gutes Produkt zu zahlen. Aber solange sie das hochwertige Heroin umsonst bekamen – umso besser.

Das einzig Ärgerliche war, dass die Italiener nun mit im Boot saßen und ihren Anteil verlangten, aber andererseits wäre das auf lange Sicht sowieso unumgänglich und würde dauerhaft für Frieden sorgen. Jedenfalls in New York.

Marlows Neugier, wer hinter dem hochwertigen Produkt stecken mochte, war ungebrochen. Derart reines Heroin, das sogar das Bayer-Produkt übertraf, hatte er noch nie gesehen. Das konnte nicht irgendein Drogenpanscher sein, der das zusammenrührte, das musste ein hochbegabter Chemiker sein. Allein schon aus diesem Grund mussten sie herausfinden, wer dahintersteckte. Zunächst hatte Marlow auf Paul Ricca getippt, schließlich stammte die *Morgan Canning Company*, wenngleich sie auch je eine Konservenfabrik in Cleveland und Pittsburgh betrieb, aus Chicago. Aber weder das Chicago Outfit noch Al Polizzi in Cleveland hätten sich zweimal hintereinander ungestraft Ware stehlen lassen. Nein, es zeichnete sich immer mehr ab, dass da irgendwelche Frischlinge aus der *Morgan Canning Company* glaubten, mit einem fähigen Chemiker und guten Beziehungen zu ein paar Halbweltleuten aus West Harlem ließe sich das schnelle Geld machen. Die musste man finden und zur Kooperation bewegen, da war es nicht verkehrt, die Italiener an der Seite zu haben, die zwar direkt nichts mit dem Heroingeschäft zu tun haben, aber an den Gewinnen, die andere aus diesem Geschäft zogen, gleichwohl teilhaben wollten.

Marlow hatte Geduld. Entweder würden sie einen Transport nach dem anderen überfallen oder sich irgendwann den Chemiker unter den Nagel reißen. Auch der zweite Überfall hatte ihnen jede Menge Heroinkonserven eingebracht.

Die Musik, das Stimmengewirr und Gläsergeklirr wurden einen Augenblick lauter, und Marlow schaute auf. Die Zwischentür hatte sich geöffnet, und Helferich kam herein.

»What's up, Jack?«

Marlow mochte es nicht, gestört zu werden. Helferich schloss die Tür.

»Sorry«, sagte er, »aber da ist jemand im Club, der dich sprechen möchte.«

»Und wer?«

Marlow mochte es noch weniger, wenn Gäste im *Venus Club* um eine Audienz baten.

»Die Witwe Goldstein.«

Marlow verdrehte die Augen.

»Was will denn die schon wieder?«

»Keine Ahnung. Sagt, es sei wichtig und sie müsse dich unter vier Augen sprechen.«

»Sag ihr, wenn es wieder um Geld geht, kann sie mir gestohlen bleiben. Wenn sie etwas anderes auf dem Herzen hat, schick sie rein.«

Helferich nickte devot und verschwand wieder.

Zwei Minuten später saß Marion Goldstein vor Marlows Schreibtisch und wirkte ziemlich aufgekratzt.

»Schön, dass du dich mal wieder im Club blicken lässt, Marion. Ich hoffe, du amüsierst dich.«

Sie zuckte die Achseln. »Wie man's nimmt. Ich bin nicht hier, um mich zu amüsieren.«

»Das solltest du aber. Wenn du mich sprechen willst und sonst nichts, kannst du morgen in die Kent Avenue kommen.«

Sie holte eine Zigarette aus ihrem Etui.

»Ich glaube, dass du hören willst, was ich dir zu sagen habe. Und dass du es jetzt hören willst.«

»Da bin ich aber gespannt.«

Sie griff nicht zum Tischfeuerzeug auf dem Schreibtisch, sondern holte ein Sturmfeuerzeug aus ihrer Handtasche und ließ es aufflammen. Das Zippo von Abe Goldstein, sie hatte es immer noch.

»Der Bulle ist in der Stadt«, sagte sie und zündete sich die Zigarette an, mit zitternden Händen.

»Wer?«

Eine überflüssige Frage, er wusste genau, wen sie meinte.

»Der Bulle aus Berlin.« Sie inhalierte, als hinge ihr Leben davon ab. »Der, den Abe angeblich erschossen haben soll. Er lebt! Das alles haben sie Abe nur angehängt, weil sie ihn erschossen haben. Dass er ein Attentat auf Göring geplant hat, dass er diesen Bullen umgebracht hat, alles Blödsinn! Abe hat niemanden erschossen, aber sie haben ihn erschossen. Wahrscheinlich nur, weil er Jude war, diese Scheißnazis!«

»Marion, beruhige dich doch!«

Marlow blieb äußerlich gelassen, obwohl in ihm ein heiliger Zorn aufstieg, gepaart mit Genugtuung. Hatte er es doch gewusst! Der verfluchte Hurensohn lebte! Gereon Rath lebte. Und er war in New York!

Marlow wunderte sich selbst, dass ihn diese Nachricht mehr freute, als wenn man ihm Raths Tod bestätigt hätte. Aber Rache war eine Angelegenheit, die man mit den eigenen Händen erledigen wollte. In Deutschland war ihm das nicht möglich, hier in den Staaten schon.

»Wie soll ich mich beruhigen?« Sie zog an ihrer *Marlboro*, als brauche sie den Zigarettenrauch zum Atmen. »Wenn dir deine Freundschaft zu Abe jemals etwas bedeutet hat, musst du ihn erledigen.«

Marlow beugte sich nach vorn und nahm ihre Hand.

»Du kannst auf mich zählen, Marion. Ich werde mich um den Kerl kümmern. Aber dazu brauche ich deine Hilfe.«

Sie zog an ihrer Zigarette und schaute ihm in die Augen.

»Die kannst du haben. Die kannst du verdammt noch mal haben!«

17

Es war immer noch einer ihrer liebsten Plätze in Berlin. Weil es so amerikanisch war und sich so wenig Nazis hierher verirrten. Über dem Tanzsaal leuchtete ein Himmel aus elektrischen Sternen, und das Orchester spielte die beste Swing-Musik, die man in der Stadt hören konnte. Das sagte jedenfalls Freddy, und das hatte auch Gereon gesagt, mit dem sie den letzten gemeinsamen Abend im *Delphi*-Tanzpalast verbracht hatte.

Und nun saß sie mit Freddy hier. Ironischerweise fast am selben Tisch. Charly hätte nicht gedacht, dass er sich noch einmal mit ihr treffen würde. Aber der Mann war hartnäckig. Zum Glück nicht auf die Art und Weise hartnäckig, wie Klaus von Rekowski hartnäckig gewesen war. Charlys abweisendes Verhalten nach dem *Hindenburg*-Desaster hatte er nicht nur hingenommen und akzeptiert, er trug es ihr auch in keiner Weise nach. Wenn jemand das genaue Gegenteil einer beleidigten Leberwurst war, dann war es Freddy Siegel. Er hatte sie kurzerhand wieder eingeladen. Diesmal nicht in den *Groschenkeller*, sondern gleich ins *Delphi*. Wo sie auch damals, im Mai, tanzen gegangen waren, um danach in Moabit ...

Charly wusste nicht, ob er sich für heute Ähnliches versprach. Sie wusste nicht einmal, was *sie* sich von dem Abend versprach. Sie wusste nur, dass sie ihn sehen wollte.

Er war ein netter Kerl, und sie brauchte wieder einen netten Kerl in ihrem Leben. Verdammt, und wie sie den brauchte! Sie musste Freddy ja nicht auf die Nase binden, dass sie mit Gereon auch öfter mal im *Delphi* tanzen war. Dass sie gleich um die Ecke in der Carmerstraße gewohnt hatte. Dass sie einmal ein ganz anderes Leben hatte mit Mann und Pflegekind. Sie hatte ihm tatsächlich nicht viel erzählt bei ihrem ersten Rendezvous im Mai. Nicht einmal, dass sie verwitwet war, aber das wäre ja eine Lüge gewesen. Damals jedenfalls. Und heute?

Sie wusste es nicht. Sie wusste nicht, ob sie Gereon für tot halten sollte oder nicht. So viele hatten die Katastrophe überlebt. Aber hätte er sich dann nicht inzwischen längst bei ihr gemeldet? Manchmal dachte sie bei sich, dass sich so die Frauen gefühlt haben müssen, deren Männer im Krieg geblieben waren, ohne dass man die Leichen gefunden hatte.

Sie wollte keine traurige Kriegerwitwe sein, ganz gleich, ob Gereon Rath tot war oder nicht. Sie wollte wieder leben.

Er hatte zwei Gläser Sekt kommen lassen, und sie stießen an.

»Auf uns«, sagte er.

»Auf das Leben.«

Er horchte auf, als die Kapelle das nächste Lied anstimmte, eine ziemlich flotte Nummer.

»Der Bye-bye Blues«, sagte er. »Wäre das nicht auch das passende Lied für uns?«

»Na, ein Titel wie Hello Again wäre wohl passender, aber sowas gibt es ja nicht.«

»Was nicht ist, kann ja noch werden.«

Er zog sie zur Tanzfläche, und Charly ging bereitwillig mit. Sie fragte sich, warum sie immer an denselben Typ Mann geriet: Freddy mochte zwar musikalischer sein als Gereon, doch tanzen konnte er genausowenig. Das war ihr schon im Mai aufgefallen.

»Das ist ein Foxtrott, oder?«, fragte Charly, als ihr seine Schrittfolge spanisch vorkam.

Er zuckte die Achseln. »Keine Ahnung. Ich weiß nur, dass es Vierviertel ist und die Band das Stück gerade ziemlich uptempo spielt. Und verdammt gut. Mit Tanzschritten kenne ich mich nicht aus.«

»Ich dachte, du bist Musiker.«

»Alle Musiker können nicht tanzen«, behauptete er. »Jedenfalls die, die ich kenne.«

»Und wie viele kennst du?«

»Mehr als genug.« Er nickte zur Bühne hinüber. »Mit den meisten aus der Kapelle da drüben habe ich schon mal irgendwo Musik gemacht.«

»Mit dem Trompeter?«

»Heinz Wehner? Mit dem nicht, aber mit seinen Musikern. Die kommen die halbe Zeit auch in den Groschenkeller. Da wird wenigstens nicht getanzt.«

Er grinste sie an.

»Ich kann dich gerne für eine Weile erlösen«, sagte sie. »Aber nur, wenn du mir versprichst, dass das nicht der letzte Tanz für heute war.«

»Großes Indianerehrenwort. Und ob du es glaubst oder nicht: Mit dir tanze ich gerne.«

Als sie wieder am Tisch waren, bestellte er eine Flasche Sauvignon Blanc für sie beide und dazu eine Käseplatte und etwas Brot.

»Ich glaube, ich muss mich entschuldigen«, sagte Charly und griff zu ihren Zigaretten.

»Wofür? Du kannst doch tanzen.«

»Nein, du weißt doch, was ich meine. Dass ich damals einfach so abgetaucht bin. Aber ich konnte dich nicht sehen. Ich konnte keinen mehr sehen.«

»Verstehe ich doch. Ihr habt deine Freundin gefunden, oder? Deswegen habe ich doch auch angerufen bei dir im Büro. Um zu wissen, ob sie noch lebt. Ich wollte nicht aufdringlich sein. Als du dich hast verleugnen lassen, habe ich mir meinen Teil schon gedacht.«

»Aber nein«, rief Charly aus, »das war etwas anderes. Greta haben wir gefunden. Sie lebt. Ist aber jetzt bei ihrer Mutter in Schweden.«

»Etwas anderes?«

»Ein ... ein enger Freund ist gestorben«, sagte sie. Mehr musste

Freddy nicht wissen. Mehr durfte er auch nicht wissen. Nichts von Gereon, nichts von der *Hindenburg*.

»Das tut mir leid«, sagte er.

Der Kellner kam mit der Weinflasche, und Freddy probierte. Es sah sehr sachkundig aus. Charly war dankbar für die Pause.

»Ich bin froh, dass wir uns wieder über den Weg gelaufen sind«, sagte sie. »Und noch froher, dass du mich eingeladen hast.«

»Keine Ursache«, sagte er und hob sein Glas.

Sie tranken.

»Obwohl ich dich lieber unter anderen Umständen getroffen hätte«, sagte er. »Ich habe dir einen guten Freund madig gemacht.«

»Was heißt guter Freund. So lange kenne ich Robert noch gar nicht.«

»Hat er dir denn verraten, warum er dir den Besuch im Groschenkeller verschwiegen hat?«

Charly schüttelte den Kopf. »Nein. Ich habe ihn auch gar nicht zur Rede gestellt.«

Er zog die Augenbrauen hoch.

»Na, weil er womöglich in der ganzen Geschichte drinhängt«, fuhr sie fort. »Da geht es immerhin um Mord. Vielleicht hat er Ehlers angestiftet. Oder war es sogar selbst, wer weiß?« Charly senkte ihre Stimme. »Ich muss auf andere Weise herausfinden, warum Robert Lembeck gelogen haben könnte.«

»Das heißt: als Privatdetektiv.«

»Richtig. Außerdem habe ich einen Kollegen von früher gebeten, mir zu helfen. Und ein bisschen was haben wir auch schon zusammengetragen.«

Sie erzählte ihm von ihrem gestrigen Treffen mit Lange. Ohne dessen Namen zu nennen natürlich. Erzählte von der Mordermittlung gegen Robert und von dem Freispruch.

»Hm. Eine Mordermittlung. Das ist etwas, von dem ich dir auch nicht unbedingt erzählen würde. Muss man einem ja nicht gleich auf die Nase binden. Zumal es über zehn Jahre her ist.«

»Mag sein. Aber warum erzählt er mir nicht, dass er im Groschenkeller war? Dass er mit Hinnerk Ehlers gesprochen hat? Dass er Rekowski kennt?«

»Bist du dir da sicher? Dass er den Toten kannte?«

»Was heißt sicher? Ist eher so ein Gefühl. Aber da habe ich mich wohl getäuscht. Bislang haben wir jedenfalls keine Verbindung zwischen den beiden gefunden.« Sie zog an ihrer *Juno*. »In seinen Geschäftspapieren bin ich stattdessen auf eine andere Sache gestoßen, die er mir ebenfalls nicht erzählt hat.« Wieder senkte sie die Stimme und beugte sich über den Tisch. »Er hat auf der Baustelle in Carinhall gearbeitet.«

»Bei Hermann Göring? Unserem Reichsjägermeister?«

»Ja, er hat ...« Charly brach ab. »Was sagst du da?«

»Hermann Göring. Kennst du nicht? Hohes Tier bei den Nazis.«

»Lass die Witze. Natürlich weiß ich, wer Göring ist. Das meinte ich nicht.«

»Was denn?«

»Nichts. Mir ist da nur etwas eingefallen.«

Tatsächlich war Charly etwas eingefallen, aber das konnte sie Freddy nicht erzählen: die Fotos in Rekowskis Arbeitszimmer, die diverse Jagdgesellschaften zeigten, und auf einem der Fotos ...

»Ich erwähne den Namen Göring, und dir fällt etwas ein? Das lässt ja tief blicken.«

»Nicht so wichtig. Aber vielleicht weiß ich jetzt, was Robert Lembeck mit Klaus von Rekowski gemeinsam hat.«

»Was denn? Hermann Göring?«

»Ja. So ähnlich.«

Sie musste unbedingt mit Lange telefonieren. Der sollte mal nachprüfen, ob Rekowski des öfteren in der Schorfheide zur Jagd eingeladen war. Carinhall lag mitten in Görings Jagdrevier.

»Das hört sich ja an, als sei Göring so etwas wie ein Hobby, das man teilen kann. Versteh ich nicht.«

Charly drückte ihre Zigarette aus.

»Ist auch nicht so wichtig. Lass uns über andere Dinge reden.«

»Du meinst, die beiden sind sich in Carinhall begegnet? Weil Rekowski Jäger war?«

Verdammt, Freddy war klüger, als er aussah.

»Könnte doch sein.«

»Hm«, machte Freddy. »Aber einen Sinn ergibt das noch nicht, oder?«

»Keine Ahnung. Jedenfalls hat er mir von seinen Arbeiten bei Göring auch nichts erzählt.«

»Muss er ja auch nicht. Ist doch schön, dass er damit nicht angegeben hat.«

Charly nickte. Sie wollte Freddy nicht auf die Nase binden, dass Robert in ihrer Gegenwart immer gegen das Regime gewettert hatte. Dass sie ihn so in Prag überhaupt kennen- und schätzen gelernt hatte. Dass das womöglich die eigentliche Lüge war. Und dass Klaus von Rekowski derjenige war, der dieses Geheimnis an Greta und somit auch an Charly hätte ausplaudern können.

»Wie wär's«, sagte sie, drückte ihre Zigarette aus und stand auf. »Wollen wir nochmal tanzen?«

»Oha!« Freddy zog die Stirn kraus. »Habe ich gar nicht mitbekommen. Haben wir Damenwahl?«

»So sieht es wohl aus.«

18

Das Gebäude des Wehrkreiskommandos III war noch eine halbe Baustelle. Und das im wahrsten Sinne des Wortes: Der riesige Komplex bestand aus zwei endlos langen Gebäuden, von denen eines noch eingerüstet war. Allein der fertiggestellte Flügel wirkte schon so gewaltig, dass Fritze sich unendlich klein vorkam, eine typische Baustelle der neuen Zeit, eines der grandiosen Bauwerke der Regierung Hitler, wie der gigantische Flughafenneubau, der in Tempelhof emporwuchs und mit dem alten Berliner Flughafen rein gar nichts mehr zu tun hatte. Ein Weltflughafen. Einen ähnlichen Anspruch strahlte das Wehrkreiskommando aus, zwei wuchtige Baukörper mit endlosen Fensterreihen, die sich leicht angewinkelt gegenüberstanden.

Das Baugerüst störte die Symmetrie noch ein wenig. Im Hof standen ein Kran und ein paar Bauwagen, ansonsten aber war das Hauptquartier des Wehrkreises III offensichtlich schon bezogen. Jedenfalls wurde das Gelände von zwei Wehrmachtssoldaten bewacht, und am Eingangstor herrschte geschäftiges Kommen und Gehen. Ständig mussten die Wachen salutieren.

Fritze saß auf der anderen Straßenseite vor einem Café auf dem

Hohenzollerndamm, hielt sich seit anderthalb Stunden schon an einem Kännchen Kaffee fest und staunte. Hier also arbeitete sein Vater. Beeindruckend. Dagegen war die Reichsjugendführung, in der Herr Rademann sein Büro hatte, eine lächerliche Hundehütte.

Das Dumme war nur, das Fritze nicht wusste, in welchem der unzähligen Büros Major von Randow arbeitete, geschweige denn, ob er überhaupt im Dienst war. Er wusste ja nicht einmal, in welchem der beiden Gebäude der Major saß. Und einfach reingehen und nachfragen, das ging nicht. Die Wehrmachtssoldaten in den Schilderhäuschen beiderseits des schmiedeeisernen Tors schauten ernst drein; die hätten ihn ja gleich verhaftet oder so, wenn er es auch nur gewagt hätte, in ihre Nähe zu kommen.

Wie konnte ein einzelner Mensch bloß so naiv sein? Mal eben einen Abstecher nach Wilmersdorf machen, um seinen Vater zu sehen. Natürlich. So dämlich konnte nur Fritze Thormann sein. Oder Friedrich von Randow. So müsste er doch eigentlich heißen, wenn er das richtig verstand, so wie sein Vater.

Im Augenblick aber hatte er eher das Gefühl, gar nichts mehr zu verstehen: Major von Randow hatte sich vor Gericht zur Vaterschaft seines unehelichen Sohnes bekannt. Das war doch was. Das machte einer doch nicht einfach so. Aber warum hatte der Major seinen Sohn dann nicht wenigstens einmal besucht?

Fritze erwartete ja gar nicht, dass der Major ihn zu sich holte, auf sein Schloss oder wo immer er auch wohnen mochte. Nein, dass so etwas nicht ging, war ihm klar, wahrscheinlich hatte Randow andere Söhne, um die er sich kümmern musste, eine richtige Familie und so. Wer wollte auch schon auf einem Schloss wohnen? Fritze Thormann jedenfalls nicht. Aber wenn sein Vater wenigstens einmal bei den Rademanns aufgekreuzt wäre und Herrn Rademann die Meinung gegeigt hätte, das wäre doch was gewesen. Vielleicht wäre Fritze dann nicht einmal ausgebüxt. Obwohl das natürlich nicht stimmte, er war ja nicht nur ausgebüxt, weil er es bei den Rademanns nicht aushielt, sondern wegen Hannah. Auch Major von Randow hätte ihm wohl nicht dabei geholfen, sie aus den Wittenauer Heilstätten zu befreien.

Hannah.

Immer wenn er an sie dachte, wurde ihm warm ums Herz. Sie

wartete in der Bahnhofsgaststätte Hohenzollerndamm auf seine Rückkehr, und obwohl er sie dort erst vor anderthalb Stunden verlassen hatte, vermisste er sie bereits.

Seit ihrer Befreiung hatte er sie nicht aus den Augen gelassen, hatte sich jeden Morgen gefreut, sie neben sich zu sehen. Sie hatte sich nicht gesträubt, dass er jede Nacht den Arm um sie legte. Bei den Steinbergpiraten hatte er das zu ihrem Schutz getan, aber vergangene Nacht, als sie sich ihr Lager notdürftig zwischen Hacken, Schubkarren und Harken gebaut hatten, waren sie allein und sein schützender Arm überflüssig. Er hatte ihn trotzdem um sie gelegt und sich an sie geschmiegt, und sie hatte es geschehen lassen. Mehr hatte er nicht gemacht, obwohl ihre Nähe ihn erregte und er ganz hart wurde. Er hätte auch nichts gemacht, die ganze Nacht nicht, aber dann hatte sie sich umgedreht, ihn angeschaut und ihn geküsst. Das allererste Mal, seit er sie befreit hatte. Das allererste Mal überhaupt.

Früher, als er mit ihr ein paar Wochen auf der Straße gelebt hatte, war er dafür zu klein gewesen, und später, als er alt genug war, hatte er nur noch von ihr träumen können. Aber jetzt war sie da, leibhaftig, und er hatte geglaubt zu träumen. Sie war irgendwann selig in seinen Armen eingeschlafen, doch er hatte den Rest der Nacht wach gelegen, und diesmal nicht aus Angst, überfallen und ausgeraubt zu werden.

Heute noch wollten sie Berlin endgültig verlassen, mit der S-Bahn zum Anhalter Bahnhof, von da nach Dresden, von Dresden bis Bad Schandau, bis dahin reichte ihr Geld. Und dann in der Wildnis der Sächsischen Schweiz über die grüne Grenze nach Böhmen. Wie sie sich bis Prag durchschlagen würden, das wusste Fritze noch nicht, aber das würde schon irgendwie funktionieren. Gut hundert Kilometer, das war zu schaffen. Von Berlin nach Nürnberg war es viel weiter gewesen. Was ihn daran erinnerte, dass Herr Rademann mit seinen Söhnen bald in der Stadt der Reichsparteitage eintreffen würde. Und von der Flucht seines Pflegekindes erführe.

Durch das Tor des Wehrkreiskommandos kamen Uniformierte aller möglichen Dienstgrade. Fritze wusste genau, wie die Schulterklappen und die Kragenspiegel eines Majors der Wehrmacht aussahen. In den anderthalb Stunden, die er hier saß, war bislang aber erst ein einziger Major gekommen, und der sah überhaupt nicht aus, wie Fritze sich seinen Vater vorstellte. Viel zu dunkles Haar, klein und dick. Nein, das konnte er nicht sein. Allerdings fuhren auch Dienstwagen durch das Tor auf das Gelände, und da konnte Fritze nicht hineinsehen. Was, wenn sein Vater in einem der Wagen gesessen hatte?

Er spürte, wie er immer ungeduldiger wurde. In knapp zwei Stunden ging der Zug nach Dresden. Was für eine Schnapsidee, vor der Abreise aus Deutschland noch seinen Vater sehen zu wollen!

Fritze rieb sich die Augen. Die Müdigkeit wurde von Tag zu Tag schlimmer. Er musste lächeln, als er an die letzte schlaflose Nacht dachte. Hannah. Es war Zeit, endlich zu ihr zurückzukehren, er hatte sie lange genug allein gelassen. Und ihr nicht einmal verraten, was er vorhatte. Noch was Wichtiges erledigen, hatte er gesagt. Weil er sich schämte. Er wusste gar nicht so genau, warum. Weil er nicht mit seinem Vater angeben wollte, wo sie doch keinen mehr hatte? Oder weil er sich dämlich vorkam, einfach ewig auf ein Gebäude zu starren und auf ein Tor, aus dem sein Vater, von dem er nicht einmal wusste, wie er aussah, doch niemals kommen würde? Weil es dämlich war. Weil es einfach lächerlich war, was er hier machte. Weil es Zeit war, hier zu verschwinden.

Er rief den Ober und zahlte. Der Mann nahm das Geld mit erhobener Nase entgegen. Arroganter Pinsel.

Fritze wollte gerade aufstehen, da kam wieder ein Offizier aus dem schmiedeeisernen Gittertor, die Wachsoldaten salutierten. Rotgoldene Schulterstücke, ohne Zweifel ein Major. Fritze starrte den Mann mit offenem Mund an. Er war größer als der dicke Dunkelhaarige. Und er hatte weizenblondes Haar.

Der Major überquerte den Hohenzollerndamm mit elegantem, lässigem Schritt. Wirkte gar nicht so steif wie die Wehrmachtsoffiziere, die Fritze vor zwei Jahren in Nürnberg gesehen hatte. Und er kam genau auf ihn zu!

Für einen Augenblick glaubte Fritze zu träumen. Glaubte, der lässige Major würde zu ihm herüberkommen, ihm auf die Schulter klopfen und ganz jovial und freundlich sagen, als sei es das Selbstverständlichste auf der Welt: »Hallo, Junge, endlich lernen wir uns kennen. Ich bin dein Vater.«

Doch das tat er natürlich nicht, er steuerte den Ober an, der immer noch neben Fritzes Tisch stand und Münzen in sein riesiges schwarzes Kellnerportemonnaie zählte.

Der Ober schaute auf, als der blonde Major vor ihm stand.

»Ach, Major von Randow! Schön, dass Sie uns mal wieder beehren. Zwei Stücke Butterkuchen, wie immer?«

Als Fritze den Namen hörte, erstarrte er zur Salzsäule. Er konnte sich nicht rühren, stand immer noch über seinem Stuhl und glotzte den Major an. Glotzte seinen Vater an.

»Sie kennen wirklich alle meine Geheimnisse, Reuter«, sagte der zu dem dienstbeflissenen Kellner. »Ich hoffe ja sehr, Sie arbeiten nicht für einen ausländischen Geheimdienst.«

»Mitnichten, Herr Major, mitnichten!«

Der Ober wurde kreidebleich und verschwand ohne ein weiteres Wort nach drinnen.

Der Major hatte Lachfalten in den Augenwinkeln. Er blieb stehen, sah sich in der Gegend um und zündete sich eine Zigarette an. Was für ein Mann, blond und blauäugig, ein Arier wie aus dem Bilderbuch. Fritze konnte seine Augen gar nicht abwenden.

Da streifte der Blick des Majors den seinen, und Fritze musste schlucken. Normalerweise hätte er seinen Blick abgewendet, verschämt zu Boden geguckt oder sowas, aber er konnte nicht.

»Junger Mann, kennen wir uns?«

Er hatte ihn angesprochen. Sein Vater hatte ihn angesprochen!

Fritze wollte etwas sagen, doch er bekam kein Wort heraus. Er schüttelte den Kopf, was auch den Kloß in seinem Hals etwas löste.

»N-n-nein, Herr Major«, krächzte er. »Bitte um Vergebung.«

Dann salutierte er, drehte auf dem Absatz um und verließ das Straßencafé, marschierte strammen Schritts Richtung S-Bahnhof.

So unsagbar dämlich wie in diesem Moment hatte er sich noch nie gefühlt. Fehlte nur noch, dass er beim Salutieren die Hacken zusammengeschlagen hätte.

Du dämlicher Idiot, du selten dämlicher Idiot, schalt er sich. Nun hast du deinen Vater gefunden, hast sogar zwei Sätze mit ihm gesprochen. Glückwunsch! Kann er sich freuen, so einen bescheuerten Sohn zu haben.

Fritze spürte mit einem Mal eine unendliche Wut und wusste nicht, auf wen, ob auf sich oder auf seinen Vater, der es nicht für nötig befand, sich wenigstens einmal bei ihm zu melden.

Er warf einen letzten Blick zurück. Der Major war inzwischen nicht mehr zu sehen, auch der Kellner stand nicht mehr vor dem Café. Es war, als hätte es sie nie gegeben.

Scheiß auf den Kerl! Was sollte er mit einem Vater, der ihn sowieso nie zu sich nehmen würde? Mit einem Vater, der sich einen Dreck für ihn interessierte? Was sollte er mit einem Vater, der in Deutschland war, während er nach Prag floh?

Sie konnten ihm alle gestohlen bleiben, alle! Hannah Singer war jetzt der einzige wichtige Mensch in seinem Leben und niemand sonst! Wie würde das Leben erst sein, wenn sie Prag erreicht hätten? Davor lagen noch einige Entbehrungen, doch Fritze hatte das Gefühl, mit Hannah an seiner Seite alles meistern zu können, was das Leben ihm noch abverlangen mochte.

Er war wirklich verdammt müde. Bevor er mit Hannah in die S-Bahn stieg, würde er sich in der Bahnhofsgaststätte einen Kaffee gönnen. Der war hoffentlich stärker als die dünne Brühe, die sie ihm im Café serviert hatten.

Er freute sich auf den Kaffee, und er freute sich auf Hannah, als er die Tür öffnete, doch an dem Tisch, an dem er sie zurückgelassen hatte, saßen ganz andere Leute, zwei Männer, die ihn neugierig fixierten.

Der Gastraum war nicht groß, er ließ seinen Blick schweifen, ob sie sich womöglich woanders hingesetzt haben könnte, doch sie war nicht da. Fritze durchfuhr es heiß und kalt, er fühlte sich plötzlich wie in einem schlimmen Albtraum.

Er sprach den Wirt an, der gerade mit ein paar Bieren auf dem Weg zu einem Tisch war.

»Wo ist sie?«, fragte er nur, mehr nicht.

Der Wirt guckte ihn verständnislos an.

»Wo ist Hannah?«, fragte Fritze. »Das Mädchen, mit dem ich vor ungefähr zwei Stunden gekommen bin.« Er zeigte auf den Tisch am Fenster, an dem die beiden Fremden saßen. »Dort drüben hat sie gesessen.«

»Ach, *die* Göre!« Der Wirt verzog das Gesicht. Er lieferte seine Bestellung ab, bevor er weitersprach. »Na, die hamse abjeholt.«

Fritze wurde bleich. Er spürte, wie ihm die Knie weich wurden, sämtliche Kraft aus seinem Körper abzufließen schien. »Wie: abgeholt?«, fragte er. »Wer hat sie abgeholt?«

»Na, wer wohl? Die Polente, wa? Zwee Schupos. Keene Ahnung, wat die ausjefressen hat, aber um sich jeschlagen und jekreischt hat se wie 'ne Verrückte.«

»Sie ist nicht verrückt!«

»Ist ja jut, junger Mann. Hat ja ooch keener behauptet.«

Fritze versuchte, ruhig zu bleiben, obwohl er kaum noch klar denken konnte. »Wie issen det vor sich gegangen?«, fragte er.

Der Wirt zuckte die Achseln. »Na, wie so wat eben jeht: Die Schupos sind rin in meine Kneipe, irgendso 'nen Achtgroschenjungen im Schlepptau, der sich kurz umkiekt und auf die Dame zeigt, und schon jeht det Drama los. Will Ihnen ja nich zu nahetreten, wenn det Ihre Freundin war, junger Mann, aber ick bin froh, det die nich mehr hier is. Hat jeschrien wie am Spieß, als wollte man sie aufspießen oder so. Hatte schon Angst, die zertrümmert mir die Einrichtung, ick ...«

Fritze unterbrach den Redeschwall des Wirts. »Ein Achtgroschenjunge, sagen Sie?«

»Ja. Wird der Polente wohl den Tipp gegeben haben.«

»Wie sah der denn aus, der Spitzel?«

»Na, war noch ein bisschen grün hinter den Ohren, höchstens zwanzig, schätze ick. So alt wie Sie vielleicht, junger Mann. Hatte 'n Verband rund um 'n Kopp. Ihre Freundin schien den zu kennen. Hat ihn angespuckt. Und ihm 'n Tritt vors Schienbein verpasst. Dann hatten die Schupos sie aber im Griff.« Er beugte sich zu Fritze hinüber und flüsterte vertraulich. »Nu sach mal: Wat habt ihr denn ausjefressen?«

Die Frage machte Fritze stutzig. Wieso sprach der Wirt im Plural? Die Antwort gaben die beiden Männer, die an Hannahs Tisch saßen, denn sie waren aufgestanden, und Fritze begriff, was los war.

Bullen!

Wie konnte man nur so blöd sein?

Natürlich hatten sie auf ihn gewartet. Rudi, die Ratte, hatte ja sicher nicht nur Hannah verpfiffen, wenn er schon einmal dabei war. Er fragte sich, wo der Cliquenbulle sie aufgespürt haben mochte, aber das war jetzt auch egal. Wahrscheinlich schon irgendwo im Norden, und dann war er zu ihnen in die S-Bahn gestiegen. Jedenfalls hatte er die Bullen geholt, und die hatten sich die ahnungslose Hannah geschnappt.

Für einen Augenblick dachte er an einen Fluchtversuch, dachte sogar daran, die Pistole zu ziehen, die immer noch hinten in seinem Hosenbund steckte.

Doch dann tat er gar nichts und ließ sich widerstandslos festnehmen. Dennoch drückten sie ihn brutal auf den Boden und drehten ihm die rechte Hand schmerzhaft auf den Rücken.

»Schau mal, mit was für einem wir es hier zu tun haben«, hörte er einen der Zivilbullen sagen und spürte, wie die Walther aus dem Hosenbund gezogen wurde, »das Bürschchen ist bewaffnet.«

Er spürte einen Tritt in die Rippen. Und dann klickten die Handschellen.

19

Den ganzen Tag war er ihm aus dem Weg gegangen, so gut es ging, doch nun war es passiert. Andreas Lange saß mit Anton Kowalski allein im Büro. Der Kriminalsekretär blätterte verlegen in einer Ermittlungsakte, Lange spielte mit seinem Bleistift.

»Herr Kommissar, die Akte Schindler«, sagte Kowalski schließlich, »hatten Sie schon Zeit darüberzuschauen.«

»Äh, ja, die Seifenhändlerin.« Lange fühlte sich überrumpelt. Mit dem Thema hatte er gar nicht gerechnet. Er nahm es dankbar an und öffnete die abschließbare Schublade seines Schreibtischs. »Hier. Können Sie, wenn Sie wollen, zur Staatsanwaltschaft bringen, die hat heute morgen schon nachgefragt.«

»War denn alles in Ordnung?«

Das war es, soweit Lange es überblicken konnte. Er hatte die Akte nur quergelesen. Aber bei einem geständigen Mörder – was sollte da schiefgehen? Wenn er ehrlich war, hatte er sich in den vergangenen Tagen gedanklich eher mit der Akte beschäftigt, die er für Charlotte Rath ausgegraben hatte. Und wenn er noch ehrlicher war, hatte er sich gedanklich überwiegend mit Charlotte selbst beschäftigt.

Er hatte versucht, die Kontrolle zu behalten, aber es fiel ihm schwerer als gedacht, was ihm in der Konditorei *Buchwald*, wo sie nach dem abrupt beendeten Museumsbesuch noch eine Tasse Kaffee zusammen getrunken hatten, wieder aufgefallen war. Wann hatte das angefangen? Seit sie seine Hand gehalten hatte? Seit sie ihn in ihre Geheimnisse eingeweiht hatte? Seit sie zusammen durch das Naturkundemuseum geschlendert waren und er es alles andere als unangenehm empfunden hatte, wenn man sie, wie es an der Kasse geschehen war, für ein junges Ehepaar gehalten hatte? Dass das die pure Eitelkeit war, das war ihm erst aufgegangen, als sie unversehens Kowalski und seiner Verlobten über den Weg gelaufen waren. Da hatte er sich eher geschämt. Hatte gehofft, Kowalski möge ihn und die Witwe eines Kollegen eben nicht für ein Paar halten. Die Ungewissheit machte ihn schier wahnsinnig. Wie gern er wissen würde, was Kowalski dachte. Aber direkt fragen konnte er ihn natürlich nicht, das hätte nur schlafende Hunde geweckt.

»Schönes Wochenende gehabt?«, fragte er den Kriminalsekretär schließlich. Besser, selbst in die Offensive gehen. »Eine nette Verlobte haben Sie da.«

Kowalski räusperte sich. »Das ist nicht meine Verlobte«, sagte er. »Ich kenne Fräulein Stein noch nicht sehr lange.«

Sollte das eine Anspielung sein? Darauf, dass Lange Charlotte Rath schon kannte, als sie noch Ritter geheißen hatte?

»Aber eine nette Dame. Wie haben Sie die denn kennengelernt?«

»Oh, über so etwas spricht man doch eigentlich nicht. In Ostpreußen ist das jedenfalls nicht üblich.« Er grinste. »Aber da hat man auch nur zwei Gelegenheiten im Jahr, eine Frau kennenzulernen. Entweder beim Heimatfest oder beim Schützenfest. Der Museumsbesuch war jedenfalls unsere erste Verabredung.«

Warum grinste der jetzt? Über seinen eigenen Witz? Oder machte er sich über Langes beredtes Verschweigen der eigenen Sonntagsbegleitung lustig?

»Sie interessieren sich also auch für Naturkunde?«, fragte Kowalski nun unvermittelt.

»Äh, ja. Natürlich.« Lange versuchte ein Lächeln. »Sonst hätten wir uns Sonntag ja nicht getroffen.«

»Habe ich mir schon gedacht, dass sie nicht nur wegen des Riesensauriers da waren wie alle anderen. Aber dass Sie sich auch für Mineralien interessieren, war mir neu.«

»Na, nicht direkt für Mineralien. Überhaupt für die Natur und ihre Wunder.«

»Und Frau Rath?«

»Ach«, sagte Lange und entschied, dass es an dieser Stelle das Beste wäre zu lügen. »Frau Rath war meines Wissens wegen des Brachiosaurus dort. Da haben wir uns zufällig getroffen. Genauso zufällig, wie wir ... wie ich später Sie getroffen habe.«

»Und dann haben Sie überlegt, ihr die Mineraliensammlung zu zeigen?«

»Ja, so ähnlich. Wir mussten jedenfalls raus aus dem Rummel. War ja nicht auszuhalten.«

»Da haben Sie recht, mir ist es mit Marie ganz ähnlich ergangen.«

»Marie?«

»Fräulein Stein.«

»Ah ja.« Lange nickte.

Das Gespräch erstarb wieder, und Lange war eigentlich ganz glücklich darüber. Es hätte ihn zwar schon sehr interessiert, woher Kowalski das Fräulein Stein kannte, aber da musste er jetzt nicht nachhaken.

Es klopfte zaghaft an der Tür, und Erika Voss steckte ihren Kopf durch den Spalt.

»Herr Kommissar? Entschuldigen Sie die Störung.«

»Was ist denn?«

»Telefon für Sie.«

»Warum stellen Sie denn nicht einfach durch?«

»Mit Verlaub, Herr Kommissar, ich hatte angenommen, dass Sie mit Kriminalsekretär Kowalski inmitten einer wichtigen Besprechung sind, und da wollte ich vorher mal nachfragen.«

»Wer ist es denn?«

»Charlotte Rath.«

Lange spürte, wie ihm das Blut in den Kopf schoss, er konnte nichts dagegen tun.

Kowalski stand auf.

»Ich geh dann mal«, sagte er und nahm die Akte Schindler vom Tisch. »Der Staatsanwalt wartet ja schon.«

Lange nickte. Er war sich nicht sicher, aber irgendwie bildete er sich ein, dass Kowalski der Sekretärin im Hinausgehen zuzwinkerte. Erika Voss jedenfalls lächelte und schloss die Tür. Kurz darauf klingelte das Telefon auf Langes Schreibtisch. Wenigstens war er jetzt allein.

Er räusperte sich, richtete, ohne sich dessen bewusst zu sein, unnötigerweise die Krawatte und nahm den Hörer ab.

»Charly«, sagte er und versuchte, so locker wie möglich zu klingen, »was kann ich für Sie tun?«

»Andreas, gut, dass Sie zu sprechen sind.«

»Gibt's etwas Neues?«

»Ich weiß jetzt, woher Rekowski und Lembeck sich gekannt haben.«

Sie klang ganz aufgeregt.

»Ja?«

»Carinhall. Über Hermann Göring. Klaus von Rekowski hat zumindest in einer Jagdgesellschaft zusammen mit Hermann Göring gejagt, da hing ein Foto in seinem Arbeitszimmer. Aber vielleicht war er ja sogar mehr als einmal in der Schorfheide. Und Lembeck hat dort gearbeitet. Da müssen sie sich begegnet sein.«

»Hm.«

»Und begegnen sich dann im Café Reimann wieder. Für Lembeck muss das ein ziemlicher Schock gewesen sein. Da steht er jemandem gegenüber, der weiß, dass der vermeintliche Regimegegner Robert Lembeck brav für den zweithöchsten Mann im Staat die Radio- und Was-weiß-für-Anlagen zusammenlötet. Und wenn Rekowski das Greta weitererzählt, fliegt Lembecks Tarnung über kurz oder lang auf.«

»Seine Tarnung? Sie reden, als sei er ein Geheimagent.«

»Ich weiß ja auch nicht, was er ist. Aber inzwischen bin ich mir ziemlich sicher, dass er sich ganz bewusst an mich herangewanzt hat, schon in Prag. Er wusste genau, welche Rolle er spielen muss, damit ich mich für ihn erwärme: die des überzeugten, aber dennoch in Berlin gebliebenen Nazigegners.«

»Hm.« Lange überlegte. »Das mag ja sein. Aber ist das ein Mordmotiv?«

»Ich weiß nicht, was das ist. Ich weiß ja nicht einmal, ob er überhaupt ein Mörder ist. Aber ich weiß, dass er mir seit Monaten Theater vorspielt, und ich frage mich, warum.«

»Sie kennen ihn besser als ich. Haben Sie eine Idee?«

»Nicht die geringste. Oder anders gesagt: viel zu viele. Und keine ergibt einen Sinn. Über SD und Gestapo haben wir ja schon gesprochen. Ein ausländischer Geheimdienst? Ein Detektivbüro? Aber warum? Ich bin doch keine Geheimnisträgerin? Oder aber er ist unsterblich in mich verliebt und will sich lieb Kind machen. Und noch ein paar abstruse Einfälle mehr.«

Lange wurde rot und war froh, dass Charlotte es nicht sehen konnte. Dass niemand es sehen konnte. Er musste sich räuspern.

»Was ist«, sagte er, und dieser Einfall war ihm wirklich gerade in diesem Moment gekommen, »wenn es doch die Gestapo ist oder der SD, aber nicht Ihretwegen.«

»Wie?«

»Ich meine: Was, wenn es gar nicht um Ihr politisches Wohlverhalten geht? Dass Sie keine Nationalsozialistin sind, das dürfte die Gestapo zur Genüge wissen, dazu brauchen die keinen Spitzel.«

»Und um was soll es denn sonst gehen?«

»Ihr Mann …« Lange stutzte, bevor er weiterredete. »Entschuldigen Sie, Charly, dass ich das Thema anschneide, aber es geht nicht anders.«

»Schon gut.« Er hörte ein Hüsteln am anderen Ende der Leitung. »Mein Mann ist seit über einem Jahr tot. Sie können ruhig darüber reden.«

»Es ist nur … Charly, die Leiche Ihres Mannes wurde immer noch nicht gefunden, und ich weiß, dass in der Burg inzwischen Gerüchte kursieren, er könne die Schießerei mit diesem Gangster überlebt haben.«

Schweigen am anderen Ende der Leitung.

»Ich weiß, das ist eine abenteuerliche These und muss einer trauernden Witwe bestimmt weh tun, ich sage das auch nur, um Ihnen klarzumachen, aus welchem anderen Grund die Gestapo einen Spitzel auf Sie angesetzt haben könnte.« Er musste sich erst einmal sammeln, bevor er weitersprach. »Vielleicht geht die Gestapo davon aus, dass Ihr Mann die Schießerei genutzt haben könnte, um unterzutauchen.«

»Warum sollte er untertauchen?«

»Darum geht es doch gar nicht. Es geht allein darum, was die

Gestapo denken könnte. Und Ihr Mann ist weiß Gott oft genug bei der Obrigkeit angeeckt. Und dann gibt es da eine Schießerei, Ihr Mann stürzt von mehreren Schüssen getroffen in den Kanal und wird für tot erklärt. Doch als die Leiche nach einem halben Jahr immer noch nicht gefunden ist, werden einige Herren misstrauisch. Sie versuchen, an die Witwe heranzukommen, um herauszufinden, ob Gereon Rath vielleicht doch noch lebt. Sie haben Robert in Prag kennengelernt, nicht wahr?«

»Ja«, klang es leise aus dem schwarzen Telefonhörer.

»Vielleicht hat man damals gedacht, Oberkommissar Rath sei in Prag, und Sie besuchten ihn dort. Und hat Ihnen Lembeck hinterhergeschickt. Und als sich diese Vermutung als falsch herausstellt, ist Lembeck dennoch an Ihnen drangeblieben.«

Charlotte schwieg.

»Hat er sich bei Ihren Treffen ab und zu mal nach Ihrem Mann erkundigt?«

Schweigen.

»Das hat er getan, nicht wahr? Dann ergibt das Ganze schon einen Sinn. Dann könnten durchaus Gestapo oder SD dahinterstecken.«

Es dauerte eine Weile, ehe er ihre Antwort hörte.

»Ich fürchte, Sie könnten recht haben, Andreas. Aber Sie wissen auch, was das heißt, oder?«

Das wusste er, sie brauchte es nicht auszusprechen. Wenn die SS ihre Finger im Spiel hätte, würden sie den Fall, ganz gleich, was sie noch ausgruben, niemals offiziell wieder aufrollen können. Wenn er mit seinen Vermutungen richtiglag, dann hing die SS im Mordfall Rekowski womöglich viel tiefer drin, als er das bisher für möglich gehalten hätte.

20

Charly legte auf und wusste nicht, was sie denken sollte. Konnte das sein? Dass es bei der ganzen Geschichte, was immer auch im Detail dahinterstecken mochte, eigentlich um Gereon Rath ging? Andreas Lange hatte sich schwer damit getan, das Thema anzusprechen. Weil er mit dem Gedanken, ihr Mann könne noch leben, keine falschen Hoffnungen wecken wollte.

Aber vor allem hatte sein Gedanke ihr einen Schrecken eingejagt. Der Gedanke, dass der SD an Gereons Tod zweifelte. Dass Sebastian Tornow an seinem Tod zweifelte. Gereon durfte nicht auffliegen, sonst gerieten Menschen in Gefahr. Charly selbst, aber auch Reinhold Gräf. Womöglich auch Paul Wittkamp.

Sie zündete sich eine Zigarette an und schaute aus dem Fenster. Nebenan hatte Frau Brettschneider ihren Volksempfänger mal wieder viel zu laut eingestellt. Wenigstens lief keine Hitlerrede, nur irgendwelche Marschmusik.

Wie hatte Gereon damals gesagt, bei ihrem letzten Telefonat, bevor er untergetaucht war? *Sollte Tornow auch nur den leisesten Zweifel an meinem Tod haben, wird er alles daransetzen, mich zu finden.* Irgendwas in der Art. Mit diesem Satz hatte er ihr einen gehörigen Schrecken eingejagt. Weil sie wusste, was Tornow unter *alles* verstand. Und das hatte sie zu beharrlichem Stillschweigen verdammt.

Dieses Schweigen hatte sie durchgehalten, all die Monate, und es war ihr nicht immer leichtgefallen. Vor allem Fritze gegenüber. Aber sie hatte durchgehalten, in der Hoffnung, dass sich das Thema irgendwann erledigt haben würde. Hatte es aber natürlich nicht, sondern ganz im Gegenteil. Was ja irgendwie auch logisch war. Je länger die Leiche eines angeblich toten Mannes nicht gefunden wurde, desto größer wurde das Misstrauen, ob dieser Mann wirklich tot war.

Nun war das Thema da. Und sie musste sich damit beschäftigen, ob sie wollte oder nicht. Und wusste nicht einmal mehr, ob Gereon noch lebte. Oder im Feuerball der *Hindenburg* verbrannt war. Wenn er ihr oder seinem Freund Paul doch wenigstens verraten hätte, unter welchem falschen Namen er gereist war. Aber das hatte er nicht. Aus gutem Grund.

Sollte Tornow auch nur den leisesten Zweifel an meinem Tod haben, wird er alles daransetzen, mich zu finden.

Dazu gehörte mit Sicherheit auch, Gereons Witwe einen Spion auf den Hals zu hetzen. Sollte Robert sie in Prag wirklich ganz bewusst abgepasst haben? Weil er vermutete, dass sie nur dorthin gereist war, um Gereon zu besuchen? Aber niemand hatte von ihrer Reise gewusst außer Böhm. Ob der SD sie da schon die ganze Zeit bespitzelt hatte?

Robert Lembeck, der unscheinbare Radiofritze, ein SD-Mitarbeiter. Charly versuchte, sich das vorzustellen, sich an den Gedanken zu gewöhnen.

Ob er vielleicht auch in Carinhall im Auftrag des SD unterwegs gewesen war? War das vielleicht das eigentliche Geheimnis? Hatte er dort womöglich im Auftrag von Reinhard Heydrich Abhöranlagen im Hause des Erzfeindes von Heinrich Himmler installiert?

Charly traute den Nazis, insbesondere aber der SS, inzwischen jede Schweinerei zu. Auch wenn die sich immer geschlossen gaben und von Volksgemeinschaft schwafelten, traute keiner dem anderen über den Weg.

Jedenfalls war klar, dass sie sich auf vermintem Terrain bewegten. Sie konnte von Glück reden, dass sie Robert nicht vertrauensselig mit seiner Lüge konfrontiert hatte. Sollte Andreas Lange richtigliegen, hätte das die übelsten Konsequenzen haben können.

Charly merkte, dass sie sich richtiggehend schämte. Konnte es sein, dass sie einem Nazi, einem SS-Mann womöglich, all ihre politischen und persönlichen Gedanken anvertraut hatte? Wie naiv war sie doch gewesen! Und wie gefährlich konnte Naivität in diesen Zeiten sein.

Von Gereon hatte sie nichts erzählt, zum Glück nicht. Niemandem. Nicht einmal Böhm. Auch nicht Fritze, obwohl der von Gereons Todesnachricht wirklich schockiert war.

Was für ein beschissenes Geheimnis. Sie merkte, wie einsam sie dieses Geheimnis gemacht hatte. Mit niemandem über Gereon reden zu können. Nicht einmal in dem Moment, wo sie wirklich befürchtete, ihm sei etwas zugestoßen, er lebe womöglich nicht mehr.

Sie fühlte sich, gerade nach Roberts Verrat, so beschissen einsam wie noch nie zuvor in ihrem Leben. Charly inhalierte ein letztes Mal und drückte ihre Zigarette aus. Dann griff sie zum Telefon. Ohne zu zögern, ohne groß zu überlegen.

Er ging gleich ran. Im Hintergrund war recht stümperhaftes Klavierspiel zu hören. Da verging sich jemand an *Für Elise*.

»Charly hier«, sagte sie.

»Oh, was für eine Überraschung. Ich hatte erst wieder in einem Vierteljahr mit dir gerechnet.«

Es klang nicht böse oder beleidigt. Eher amüsiert.

»Gis«, rief er nach hinten. »Gis, nicht G.«

Die *Elise* begann wieder von vorn.

»Vielleicht sollte ich Klavierstunden bei dir nehmen«, sagte sie.

»Besser nicht. Ich bin ein sehr strenger Lehrer.«

»Ist mir egal.« Sie brauchte eine Pause, bevor sie sagen konnte, was sie sagen wollte. »Ich will dich sehen«, sagte sie und wunderte sich über den sanften Ernst ihrer Stimme. »Ich will dich sehen. Und nicht nur zum Klavierspielen.«

Und noch während sie das sagte, merkte sie, dass sie ihn wirklich vermisste. Obwohl sie ihn doch gestern morgen erst gesehen hatte.

21

Anton Kowalski machte sich reichlich Gedanken, als er, die Akte Schindler in seiner Aktentasche, auf dem Weg zur Staatsanwaltschaft war, Gedanken, die, zugegeben, nicht alle rein dienstlicher Natur waren und mit dem gerade abgeschlossenen Mordfall gar nichts mehr zu tun hatten. Sondern mit seinem Chef und der Witwe eines früheren Kollegen.

Bis heute hatte er noch so seine Zweifel gehabt. Natürlich hatte es nicht unbedingt etwas zu bedeuten, wenn Kommissar Lange sich in seiner Freizeit mit Charlotte Rath traf. Ein Besuch im Naturkundemuseum, warum nicht? Ein wenig Fürsorge für die Witwe eines verstorbenen Kollegen, das war doch ein netter Zug. Aber wie er vorhin dann allen Ernstes behauptete, sie seien nicht verabredet gewesen, sondern hätten sich zufällig im Museum getroffen … Kommissar Lange hatte so eindeutig etwas zu verheimlichen, dass völlig klar war, dass zwischen den beiden etwas lief, das niemand wissen sollte.

Ob das jetzt pietätlos war? Ein Jahr nach dem Tod ihres Mannes? Kowalski wusste das nicht; Charlotte Rath war noch jung, natürlich konnte und musste sie nicht den Rest ihres Lebens in Trauer baden, dennoch empfand er es irgendwie als falsch, dass die Witwe eines Kollegen, den er sehr geschätzt hatte, sich nun mit seinem aktuellen Vorgesetzten traf. Das war keine Eifersucht, bestimmt nicht, er hatte ja Marie, aber aus irgendeinem Grund, den er gar nicht genau benennen konnte, hieß er das nicht gut.

Vielleicht lag das auch daran, dass Kommissar Lange in der vergangenen Woche viele Stunden in der Versenkung verschwunden war, in der Registratur, wie sich schließlich herausgestellt hatte. Lange hatte nicht darüber geredet, aber irgendwann war Kowalski, als er nach den Fotos im Fall Wallberg suchte, in der Schublade von Langes Schreibtisch über eine verstaubte Akte gestolpert, von der er noch nie etwas gehört hatte. Kein Wunder, sie stammte aus dem Jahr 1926. Weil niemand sonst im Büro war, hatte er hineingeschaut. Eine Todesfallermittlung. Ein Elektrohändler war im eigenen Geschäft an einem Stromschlag gestorben, und gegen seinen Kompagnon wurde wegen Mordverdachts ermittelt. Gegen einen gewissen Robert Lembeck.

Kowalski fragte sich, warum der Kommissar so einen alten Fall ausgegraben hatte. Und seinen Kollegen nichts davon erzählte. Auch Czerwinski nicht. Kowalski hatte am selben Tag noch bei dem Kriminalsekretär nachgehorcht, beiläufig natürlich, ob Lange womöglich, wie so viele Kriminalisten, einen alten, ungelösten Fall mit sich herumschleppe, der ihn nicht loslasse. Czerwinski hatte nur die Achseln gezuckt und gesagt, so altgedient sei Kommissar Lange noch nicht, der sei doch gerade erst einunddreißig geworden und außerdem erst seit acht Jahren in Berlin. Auch bei Czerwinski selbst, der ja nun bestimmt altgedient war und außerdem schon seit fast zwanzig Jahren in der Burg arbeitete, hatte bei dem Namen Lembeck nichts geklingelt. Außer dass er gesagt hatte: »Das ist doch der Radiomann unten in den S-Bahn-Bögen.«

Was Kowalski wunderte: dass Kommissar Langes Interesse an

diesem alten Fall just zu der Zeit erwacht war, als er häufiger mit Charlotte Rath telefoniert hatte. Oder besser: sie mit ihm. Das wusste er von der Sekretärin. Erika Voss, über deren Vorzimmer sämtliche Telefonate gingen, war nicht sehr gut darin, Dinge für sich zu behalten.

Und nun hatten sich Kommissar Lange und die Witwe Rath sogar getroffen. Kowalski wusste nicht, wie gut er sich auf seinen kriminalistischen Instinkt verlassen konnte – Gereon Rath, mit dem er damals in Ostpreußen zusammenarbeiten durfte, hatte dem seinen immer große Bedeutung beigemessen –, aber irgendetwas, das sich wie Instinkt anfühlte, sagte ihm, dass da erstens etwas nicht stimmte und es zweitens einen Zusammenhang gab. Dergestalt, dass in Kowalski immer stärker der Verdacht keimte, die Rath habe Kommissar Lange amourös umgarnt, um ihn womöglich für ihre eigenen Zwecke, die mit dem Detektivbüro zusammenhängen mochten, für das sie arbeitete, einzuspannen.

So sagte es ihm sein Instinkt. Oder das, was sich so anfühlte. Aber er wusste nicht, wie sehr er sich darauf verlassen konnte. Er wusste nur, dass er die Augen offen halten würde.

22

Sie war allein in der kleinen Zelle im Polizeirevier. Wenigstens das. Und hier war auch niemand, der auf die Idee kam, sie an ihre Pritsche zu schnallen. Aber das war schon alles, womit sie sich trösten konnte. Früher oder später würde sie wieder in Dalldorf landen, ihrem persönlichen Vorhof zur Hölle – einer Hölle, an die sie nicht einmal glaubte. Die Hölle, die gab es nur auf Erden. Und so manches Mal hatte Hannah es schon bedauert, dass sie sie nicht einfach zum Tode verurteilt hatten. Immerhin hatte sie acht Menschen auf dem Gewissen. Manchmal war ein langes Leben schlimmer als der Tod. Manchmal war das Leben die schlimmere Strafe.

Als die blauen Uniformen in der Tür der Bahnhofsgaststätte erschienen, hatte sie gewusst, dass es vorbei war. Dass ihr kleiner, süßer Traum von Freiheit mit dieser Sekunde sein Ende gefunden hatte. Die Schupos konnten nur ihretwegen gekommen sein. Als dann auch noch Rudi hinterdreinstolperte, immer noch gezeichnet von dem Andenken, das sie ihm verpasst hatte, war der letzte Zweifel verschwunden. Zu spät. Sie hatte sich mit Händen und Füßen gewehrt, obwohl sie wusste, dass es zwecklos war. Das war es immer, aber sie wehrte sich trotzdem. Immerhin hatte sie Rudi noch ins Gesicht spucken und ihm in die Eier treten können, aber dann hatten die Bullen sie in das Polizeiauto verfrachtet, das auf dem Hohenzollerndamm wartete.

Sie hatte kein Wort gesagt, obwohl man sie schon mindestens fünfmal aus der Zelle geholt und befragt hatte. Was sollte sie ihnen auch erzählen? Sie würden doch ohnehin nichts verstehen.

Die Hoffnung, dass wenigstens Fritze es schaffen könnte, hatte sie eine Weile getragen, doch keine zwei Stunden nachdem sie Hannah in ihre Zelle geworfen hatten, waren die Bullen auch mit ihm erschienen. Sie hatte nur einen kurzen Blick auf ihn werfen können; es hatte etwas Radau gegeben, und sie war nach vorne an die Gitterstäbe getreten, hatte sehen können, wie zwei Uniformierte den mit Handschellen gefesselten Fritze rüber in den Männertrakt brachten. Er sah ein wenig lädiert aus, hatte eine Schramme im Gesicht und ein blaues Auge. Schien sich gewehrt zu haben. Kurz darauf hatte sie gehört, wie im Nebentrakt eine Zellentür aufgeschlossen wurde und wieder ins Schloss fiel.

Es war wie in Dalldorf. Sie waren nur ein paar Meter voneinander entfernt und konnten doch nicht miteinander reden. Dennoch tat es ihr irgendwie gut, ihn in der Nähe zu wissen. Obwohl sie ihm gegönnt hätte, nach Prag zu entkommen, so wie er es geplant hatte.

Wie er es mit ihr an seiner Seite geplant hatte.

Wäre das gutgegangen? Hannah Singer und Fritz Thormann? Sie wusste es nicht. Es war offensichtlich, dass er sich verliebt hatte in sie. Und sie war ihm unendlich dankbar dafür, dass er sie befreit hatte, auch wenn das letztendlich schiefgegangen war. Sie war ihm unendlich dankbar für seine Liebe und Zuneigung, aber sie wusste nicht, ob sie die auch zurückgeben konnte. Sie wusste nicht, ob sie überhaupt noch einen Menschen lieben konnte.

Piefke hatte sie geliebt, einen kleinen, unschuldigen Hund, aber einen Menschen?

Eigentlich kannte sie Fritze gar nicht. Sie hatte den kleinen, elf- oder zwölfjährigen Jungen in Erinnerung, mit dem sie auf der Straße gelebt und der sie damals schon angehimmelt hatte. Aber das war er nicht mehr. Er war nicht nur gewachsen, er sah auch völlig anders aus, härter, älter, erwachsener. Fast schon ein richtiger Mann. Ob sie den vielleicht doch hätte lieben können?

Sie erinnerte sich an die Briefe, die er ihr letzten Herbst geschrieben hatte. Wie sehr sie sich in ihrer Einsamkeit gefreut hatte, jemandem aus ihrem alten Leben zu schreiben. Wie sehr sie sich auf seinen Besuch gefreut hatte, den sie für Weihnachten geplant hatten. Er hatte sich eigens freigenommen bei seinem Kohlenhändler, und auch sie hatte sich freigenommen bei Wertheim, obwohl sie rund um die Feiertage immer besonders viel zu tun hatten.

Aber dann hatte die Gestapo bei ihr auf der Matte gestanden. Kurz nachdem Fritze ihr die Todesanzeige von Leutnant Roddeck geschickt hatte. Noch mit seinem Tod, genauer: mit seinem Testament hatte dieses Arschloch von Leutnant ihr Schwierigkeiten gemacht. Hatte sie an die Bullen verraten.

Sie hatten ihr Piefke weggenommen, sie hatten ihr alles weggenommen und sie nach Berlin verfrachtet, ausgerechnet wieder nach Dalldorf in die Irrenanstalt, aus der sie ausgebrochen war und in die sie nie hatte zurückkehren wollen.

Was mit Fritze geschehen war, wusste sie da noch nicht. Aber dann, irgendwann kurz nach Weihnachten oder Silvester, jedenfalls an einem Tag, an dem viel Neuschnee gefallen war, hatte sie seinen blonden Schopf im Hof gesehen, in der Runde der Männerabteilung. Beim Hofgang. Und er hatte, als habe er ihren Blick gespürt, zu ihr hinaufgeschaut.

Irgendwann im Frühjahr war er nicht mehr da, und Wärter Scholtens hatte ihr erzählt, wahrscheinlich um sie neidisch zu machen, man habe ihren verrückten Freund als geheilt entlassen. »Das, was dir nie passieren wird, Mädchen, glaub's mir«, hatte er noch hinterhergeschoben. Und ihr wieder, weil gerade keiner hinsah, an den Busen gefasst. Sie hatte ihn, so fest sie konnte, vors Schienbein getreten und war dafür zur Strafe gleich drei Tage hintereinander ans Bett fixiert worden. Das kannte sie schon. Die meisten Tage in Dalldorf hatte sie angeschnallt verbracht. Weil sie angeblich gemeingefährlich war. Dabei ließ sie sich bloß nichts gefallen, das war alles.

Der Schlüssel rasselte in ihrer Zellentür, und sie schaute auf. Da stand ein Wachtmeister in Uniform.

»Hannah Singer, mitkommen. Du wirst verlegt.«

Hatten sie also doch herausgefunden, wie sie hieß. War ja auch nur eine Frage der Zeit. Ob Rudi ihnen geflüstert hatte, dass sie aus Dalldorf ausgerissen war? Obwohl sie bei den Steinbergpiraten nichts erzählt hatten. Aber wahrscheinlich hatte er nur eins und eins zusammenzählen müssen.

Als sie nicht gleich aufstand, packte der Wachtmeister sie schmerzhaft hart am Oberarm und riss sie von der Pritsche hoch.

Nun war es also so weit. Es ging wieder nach Dalldorf. Zurück in den Vorhof der Hölle. Sie folgte dem Polizisten, der ihr noch in der Zelle Handschellen angelegt hatte, und sagte kein Wort.

»Na, immer noch so schweigsam, Frollein«, sagte der Bulle. »Dabei kannste dir doch freuen. Jeht nach Hause in die Klapse.«

Hannah schwieg. Was wusste dieser fette, schwitzende Bulle schon. Er keuchte und zerrte sie durch den Gang. An dessen Ende blieb er stehen und zückte den Schlüsselbund, hier war noch eine Tür zu öffnen. Bevor der Bulle aufgeschlossen hatte, drehte Hannah sich um und rief in den Zellentrakt hinein, sagte die einzigen Sätze, die die Welt je noch von ihr zu hören bekommen sollte, denn danach würde sie schweigen. Für immer.

»Fritze«, rief sie, »Fritze, hörst du mich? Mach es gut! Die Zeiten mit dir waren das Beste, was mir je in meinem Leben passiert ist. Schade, dass es so kurz war. Lass dich nicht unterkriegen von den Schweinen hier. Und von den Schweinen anderswo. Lebewohl!«

Sie war bereits aus dem Zellentrakt und halb auf dem Hof, wo der Transportwagen schon bereitstand, da rief sie immer noch. Und hoffte, er möge sie gehört haben. Ein letztes Mal.

23

Er hörte ihre Stimme. Das war Hannah! Sie rief seinen Namen. Fritze stand von der Pritsche auf und stellte sich ans Gitter, doch er konnte nicht sehen, wo sie war. Die Stimme wurde leiser.

Fritze rüttelte an den Gitterstäben, die zwar ein wenig wackelten, aber ansonsten kein bisschen nachgaben.

»Hannah«, rief er, »Hannah! Wo bringen sie dich hin?«

Er lauschte, doch er hörte keine Antwort mehr. Er brauchte auch keine Antwort, er wusste, wo sie hingebracht wurde.

Er rüttelte noch einmal heftig am Gitter, obwohl er wusste, dass das nichts nützte, und brüllte seinen Schmerz in den Tag hinein, obwohl er wusste, dass das noch weniger nützte. Sollten sie ihn ruhig für verrückt halten, sollten sie ihn ebenfalls nach Dalldorf bringen, dann wäre er wenigstens in ihrer Nähe.

Doch er wusste, dass das nicht passieren würde. Sie würden ihn in den Knast stecken, in irgendeine Jugendbesserungsanstalt. So hatte es der Bulle, der ihn vernommen hatte, schon angedeutet. Fritze hatte geschwiegen, weil es immer besser war zu schweigen, aber der Bulle hatte geredet. Hatte mit Drohungen und Einschüchterungen nur so um sich geworfen. Was Fritze auch nicht redseliger gemacht hatte.

»Unerlaubter Waffenbesitz, das allein kann dir schon ein paar Jahre bringen, Bürschchen«, hatte er gesagt. Es war derselbe Bulle, der Fritze bei der Festnahme getreten und geschlagen hatte. »Unerlaubter Waffenbesitz«, hatte er wiederholt und begonnen, Fritzes Delikte an den Fingern seiner linken Hand abzuzählen, »Diebstahl, Gefangenenbefreiung, Nötigung, Hausfriedensbruch, Widerstand gegen die Staatsgewalt, da kommt einiges zusammen. Besser, du redest mit uns, vielleicht kann ich dir dann helfen.«

Fritze hatte nicht geredet, und er würde auch weiterhin nicht reden. Sollten die sich ruhig die Arbeit machen und selbst herausfinden, wer er war.

Jetzt war sowieso alles zwecklos. All seine Hoffnungen und Träume waren in einem einzigen Moment zerstoben, in dem Moment, als er durch die Tür der S-Bahnhof-Gaststätte Hohenzollerndamm trat und Hannah nicht mehr an ihrem Tisch saß.

Würde er jemals eine zweite Chance haben, sie da rauszuholen? Wo ihn doch selbst lange Jahre hinter Gittern erwarteten? Ihre Abschiedsworte hatten so endgültig geklungen. So, als habe sie jede Hoffnung aufgegeben.

Er machte sich Vorwürfe. Er hatte sie im Stich gelassen. Was, wenn er nicht so erpicht darauf gewesen wäre, seinen Vater zu sehen? Wenn er bei Hannah geblieben wäre? Hätte er Rudi, der sie ja verfolgt haben musste, rechtzeitig entdeckt? Hätte er Lunte gerochen? Wäre ihnen die Flucht womöglich noch geglückt?

Hätte, wäre, könnte. Überflüssig, über so etwas nachzudenken. Das Leben war so, wie es war, und meistens war es scheiße.

Er ging zurück zu der Pritsche und legte sich hin, starrte die graue Zellendecke an. Das linke Auge war geschwollen und pochte.

War das seine Zukunft? In irgendwelchen Zellen herumzulungern, sei es im Polizeigewahrsam, in Untersuchungshaft, im Jugendarrest oder im Zuchthaus? So sah es aus. Kriminell zu werden, das war wohl seine Bestimmung, von Anfang an. Was nutzte einem ein hochwohlgeborener Vater, wenn der sich nicht um einen kümmerte? Major von Randow mit seiner Vorliebe für Wilmersdorfer Butterkuchen konnte ihm mal gestohlen bleiben. Und er, Fritze Thormann, war für einen Augenblick wirklich stolz darauf gewesen, so einen Vater zu haben!

Nein, Herr Major. Das waren die einzigen Worte, die Fritze mit seinem leiblichen Vater gesprochen hatte. Als er sie aussprach, hatte er sich geschämt für seine Dämlichkeit. Jetzt aber fand er, dass es genau die richtigen Worte gewesen waren: *Nein, Herr Major.* Und mehr würden es auch nicht werden.

»Sie können mich mal kreuzweise, Herr Major«, murmelte er vor sich hin.

»Wie bitte?«

Fritze schaute auf. Da stand ein Uniformierter vor dem Gitter der Zelle, den Schlüsselbund bereits im Anschlag.

»Thormann, mitkommen«, sagte er.

Es war also so weit, sie kannten seinen Namen.

Fritze sagte nichts. Auch diese Vernehmung würde er schweigend über sich ergehen lassen, ganz gleich, wie sie ihn anschnauzten oder umgarnten.

Doch es war keine weitere Vernehmung. In dem Raum, in dem

sonst immer der brutale Zivilbulle am Tisch gesessen hatte, saß nun Frau Rademann. Sie hatte ein ganz verweintes Gesicht.

»O mein Gott«, sagte sie, als Fritze hereingeführt wurde, und stand von ihrem Stuhl auf, »der Junge ist ja in Handschellen!«

»Natürlich ist er das«, entgegnete der Wachtmeister. »Was meinen Sie denn! Gemeingefährlich ist der. Hatte sogar eine Pistole.«

»Aber die hat er doch jetzt nicht mehr. Und mir tut er doch nichts. Nicht wahr, Friedrich?«

Fritze schluckte. Irgendwie war er gerührt, dass sie sich herbemüht hatte. Oder hatten die Bullen sie herbeizitiert?

»Natürlich nicht«, sagte er.

»Sieh mal an, der Bursche kann ja doch reden«, sagte der Wachtmeister. Er schüttelte den Kopf. »Tut mir leid, Gnädigste, aber zu Ihrer eigenen Sicherheit muss ich darauf bestehen, dass der Gefangene in Handfesseln bleibt.«

Er drückte Fritze auf den freien Stuhl und blieb selbst neben der Tür stehen.

Fritze sagte nichts, Frau Rademann sagte auch nichts, schaute ihn nur kopfschüttelnd an.

»Ach, Friedrich«, sagte sie schließlich, »wie konntest du uns das nur antun? Ich bin sehr enttäuscht. Wo wir dich doch wie unseren eigenen Sohn behandelt haben. Es hat dir doch an nichts gefehlt.«

Fritze sagte nichts.

»Weißt du, welche Sorgen ich mir gemacht habe? Dein Pflegevater ist sehr verärgert. Er hat mit mir geschimpft, dass ich nicht besser aufgepasst habe. Nun muss er seinen Nürnbergbesuch abbrechen, alles nur deinetwegen! Mach dich auf etwas gefasst!«

Fritze schwieg.

»Du hast uns bestohlen und bist einfach davongelaufen.« Sie seufzte. »Du hast es doch gut bei uns, ich versteh dich nicht.«

Frau Rademann schien auf irgendeine Entschuldigung zu warten, ein Wort der Reue oder so, aber von Fritze kam nichts Derartiges.

»Und dann erzählt mir die Polizei, du hast eine gefährliche Irre aus der Anstalt befreit, eine Mörderin.« Sie schüttelte den Kopf, als könne sie es immer noch nicht fassen. »Gut, dass die Polizei sie wieder eingefangen hat. Was machst du nur für Sachen?«

Fritze schwieg beharrlich. Warum sollte er reden? Es war zwecklos, mit ihr zu reden, sie würde ihn nicht verstehen. Niemand würde ihn verstehen, nicht einmal Charly.

»Was hast du denn mit deinem Auge gemacht, das ist ja ganz blau! Da werden wir ein paar Kartoffelscheiben drauflegen, das hilft.«

Fritze war gerührt, aber er schwieg.

»Gut, Wachtmeister«, sagte Frau Rademann zu dem Uniformierten. »Sie können dem Jungen die Handschellen jetzt abnehmen. Wir gehen.«

Der Wachtmeister stieß sich von der Wand ab, an der er bislang gelehnt hatte.

»Wie?«, fragte er.

»Wir gehen nach Hause, Friedrich und ich. Ich muss mich doch um ihn kümmern.«

»Aber was denken Sie sich? Sie können den Jungen nicht mitnehmen. Höchstens gegen Kaution, aber die müsste der Richter erst festlegen. Es besteht Fluchtgefahr.«

Sie schaute überrascht.

»Aber ... Ja, ist er denn jetzt ein Verbrecher?«, fragte sie. Als sei Verbrecher ein Lehrberuf wie Bäcker oder Tischler und Fritze habe die Gesellenprüfung gerade erfolgreich bestanden.

»Das entscheidet das Gericht«, sagte der Uniformierte. »Aber wenn Sie mich fragen ... was der alles ausgefressen hat.«

»Meine Güte!« Frau Rademann hielt sich vor Entsetzen die Hand vor den Mund. »Aber wo soll er denn jetzt hin?«

»Na, wo sie alle hinkommen«, sagte der Wachtmeister, »nach Moabit.«

24

Freddy gab den Kavalier alter Schule und holte sie von der Arbeit ab. Böhm war Gott sei Dank schon aus dem Haus, sonst hätte Charly sich doch ein bisschen geschämt. Musste ja nicht jeder wissen, dass sie sich wieder mit Männern traf. Es war ein schöner, sonniger Tag, so viele hatte es davon zuletzt nicht gegeben. Freddy hatte sich von einem Musikerkollegen ein Auto geliehen; ein schicker kleiner Zweisitzer parkte am Straßenrand, ein dunkelroter DKW mit den vier Ringen der *Auto Union* auf dem Kühlergrill.

»Ich dachte, ich biete dir mal etwas«, sagte er und wedelte mit dem Autoschlüssel, als sie unten auf die Kantstraße traten. »Lust auf einen kleinen Ausflug?«

Er war nicht der allerbeste Autofahrer, aber ein flotter; Charly ertappte sich dabei, wie sie ab und zu auf eine imaginäre Bremse trat. Gereon hatte ... Sie unterbrach ihre Gedanken. Verdammt! Musst du ihn dauernd mit Gereon vergleichen? Das ist Freddy, der ist ganz anders als Gereon Rath, und das ist vielleicht auch besser so.

Freddy schien Gedanken lesen zu können.

»Es tut mir leid«, sagte er, als sie die Avus-Mautstation gerade passiert hatten. »Das mit deinem Mann, meine ich. Mein Beileid.«

Sie war für einen Augenblick sprachlos.

»Woher weißt du, dass ich verwitwet bin?«

»Von deinen Kollegen. Also: deinen ehemaligen. Ich war doch mal zu Gast am Alex und durfte eurem Zeichner ein Porträt in den Block diktieren. Da hat mir so 'n kleiner Dicker eine ganze Menge über dich erzählt.«

Czerwinski! Klar, wer denn sonst?

»Tut mir leid, dass ich das Thema so direkt anspreche. Aber ich dachte, wenn du es nicht tust ...«

»Ist nicht so leicht, darüber zu reden.«

»Kann ich mir vorstellen. Schrecklich, einen geliebten Menschen unter solchen Umständen zu verlieren.«

Charly nickte. Natürlich hatte sie gute Gründe, das Thema nicht anzusprechen. Weil sie fürchtete, sich zu verplappern. Weil sie sich Freddy viel zu nahe fühlte. Aber ein bisschen was musste sie preisgeben, sie konnte sich ihm nicht komplett verschließen.

»Man hat seine Leiche bis heute nicht gefunden«, sagte sie. »Das ist so schlimm, diese Ungewissheit.«

»Glaubst du denn, er könnte noch leben?«

Genau vor solchen Fragen hatte Charly Angst. Genau deswegen wollte sie mit Freddy eigentlich nicht über Gereon sprechen. Und weil es sowieso nicht ratsam war, mit dem Mann seines Herzens über den Verflossenen zu reden, ob der nun tot war oder nicht.

»Ich glaube das nicht«, sagte sie, und das entsprach in manchen trüben Augenblicken sogar der Wahrheit. »Aber leider ... ich weiß nicht, ob ich darüber reden kann.«

Er schaute sie an. »Warum nicht?«

»Es geht um Politik. Um die SS, den SD. Heikle Dinge. Geheime Dinge.«

»Ich kann schweigen.«

»Es gibt jemanden beim SD, der nicht glaubt, dass mein Mann tot ist. Der ihn aber tot sehen möchte.«

Freddy pfiff durch die Zähne. »Hui«, sagte er. »Mit so etwas Heiklem hätte ich jetzt nicht gerechnet.«

»Soll ich denn weiterreden?«

»Wenn du es willst.«

»Jedenfalls glaube ich ... Also: Ich glaube, ich weiß jetzt, warum Robert Lembeck mich anlügt. Mich die ganze Zeit schon angelogen hat. Seit ich ihn kenne.«

»Ja?«

»Er arbeitet für den SD. Er hat sich mein Vertrauen erschlichen, um herauszufinden, ob mein Mann noch lebt. Und ob ich davon weiß.«

»Puh!« Freddy wedelte mit der rechten Hand, als habe er sich verbrannt. »Das ist aber wirklich ein heißes Eisen.«

»Kann man wohl sagen.«

»Und? Hast du ihn darauf angesprochen?«

»Wie? Ich bin doch nicht wahnsinnig!«

»Wieso nicht? Was soll er denn machen? Wenn seine Tarnung aufgeflogen ist, kann er doch einpacken. Soll er sich von seinen Chefs ein anderes Opfer zuweisen lassen.«

»Zielperson. Beim SD sagen sie Zielperson.«

»Ach, du meine geliebte Zielperson!« Freddy grinste sein unverschämtes Grinsen, schaute sie an und legte den rechten Arm um sie. »Wie schön, dass man auf der Avus nicht schalten muss. Einfach nur Gas geben und lenken.«

Sie schmiegte ihren Kopf an seine Schulter.

»Ich kann nicht mit Robert darüber reden«, sagte sie. »Erst einmal muss ich herausfinden, ob ich auch richtigliege. Ich kann doch nicht mit wilden Vermutungen um mich werfen.«

Er nickte.

Charly schloss die Augen und spürte den Fahrtwind auf der Haut. Ihr Kopf an Freddys Schulter, das fühlte sich gut an, das fühlte sich richtig an, da brauchte sie keinen Gereon Rath, der in ihren Gedanken herumspukte und dazwischenfunkte.

Sie hatten die Ausfahrt Wannsee erreicht und bogen ab auf die Reichsstraße. Es war schon spät, also fuhr er direkt auf den Parkplatz von Nikolskoe. Nur ein kurzer Fußweg, kein ausgedehnter Spaziergang. Sie gingen schweigend, hielten Händchen und hingen ihren Gedanken nach. Wenig später saßen sie vor dem großen Blockhaus auf der Terrasse über dem Wannsee.

Auch hier war sie mit Gereon schon oft gewesen. Aber das behielt sie für sich.

»Was ist eigentlich mit *deiner* Verflossenen?«, fragte sie, nachdem der Kellner ihnen das Essen gebracht hatte, Wiener Schnitzel für sie, Seezunge für ihn.

»Verflossene?«

»Na, die Blondine von neulich.«

Freddy grinste. »Ach, die! Ja, die ist verflossen.«

»Ich möchte nur Missverständnissen vorbeugen. Nicht, dass ich einem Bigamisten auf den Leim gehe.«

»Keine Sorge. Alte Freundin aus Rostock. Is aber schon wieder daheeme.«

»Du lässt wohl auch nichts anbrennen?«

»Ach, was der Mensch so macht, wenn er einsam ist. Frieda hatte Liebeskummer, und ich hab sie ein bisschen getröstet.«

»Also kein Bigamist, sondern Libertin!«

»Wie du mit Fremdwörtern um dich wirfst!« Er nahm ihre Hand. »Charly, ich kann dir keine Garantie bieten und keine ewige Treue. Aber ich verspreche dir, dass ich immer ehrlich zu dir bin. Und du hast ... eigentlich damals schon, aber da habe ich mir Mühe gegeben, dich schnell wieder zu vergessen ... Was ich sagen will: Du hast derartig in mein Herz eingeschlagen, dass mir der Sinn überhaupt nicht nach irgendwelchen anderen Frauen steht.«

»Ist das jetzt ein Liebesgeständnis?«

»Bloß nicht! Lediglich eine Zustandsbeschreibung meiner armen, verwirrten Seele.«

»Die war aber sehr schön formuliert, ich bin ganz gerührt.«

»Das hoffe ich doch!«

Sie aßen eine Weile schweigend. Charly hatte ihren Teller als Erste leer.

»Das Schnitzel war vorzüglich«, sagte sie und legte ihr Besteck beiseite. »Vielen Dank für die Einladung.«

»Keine Ursache. Ja, die haben einen guten Koch. Aber dennoch glaube ich, das ist heute das letzte Mal, dass ich hierhin gegangen bin.«

»Wieso?«

Charly war ganz erschrocken. Wollte er ihr etwas sagen? Womöglich, dass er auszuwandern gedachte? Was sie daran erinnerte, dass sie über ihre Zukunftspläne auch noch mit ihm würde sprechen müssen.

»Hast du das Schild dort drüben am Baum gesehen?«, fragte er.

Sie musste ihren Kopf drehen. *Juden unerwünscht*, las sie.

»Oh. Das ist ja ...« Sie beugte sich nach vorn über den Tisch und senkte ihre Stimme. »Bist du etwa Jude?«

»Spielt das eine Rolle? Außerdem müsstest du das doch wissen.«

»Na ja, beschnitten bist du jedenfalls nicht.«

»Eben. Aber es geht denen ja auch nicht um Religion.« Er beugte seinen Kopf ebenfalls nach vorn. Sie waren sich jetzt so nah, dass sie sich hätten küssen können. Was man natürlich in der Öffentlichkeit nicht tat. »Möchtest du mein Familiengeheimnis wissen?«

Sie nickte.

»Der Großvater meines Vaters war ein frommer Jude, wie er im Buche steht«, flüsterte Freddy, »mein Großvater aber ist anno achtzehnhundertschießmichtot schon konvertiert. Ich bin, wie es sich für einen guten Preußen gehört, Sohn einer protestantischen Mutter und eines protestantischen Vaters. In den Augen unserer Regierung bin ich aber wahrscheinlich Halb-, Viertel- oder Achteljude. Keine Ahnung, hab das noch nicht durchgerechnet.«

»Dann haben wir Rassenschande begangen?«

»Vielleicht, vielleicht auch nicht. Dieser Blödsinn namens Rassenlehre ist mir zu kompliziert.« Er schaute ihr in die Augen.

»Aber du bist in jedem Fall unschuldig. Woher solltest du das wissen?«

»Ich hätte auch mit dir geschlafen, wenn du beschnitten wärest«, flüsterte sie.

»Hör auf, du machst mich ganz kribbelig.«

Sie setzten sich wieder aufrecht, denn der Kellner war an ihren Tisch getreten.

»Wünschen die Herrschaften noch etwas?«

»Nein danke. Wir sind wunschlos glücklich.«

Der Kellner wollte schon wieder abdrehen, da sprach Freddy ihn an. »Sagen Sie mal ...«

»Ja, der Herr?«

»Das Schild da drüben, was steht da?«

»Juden unerwünscht, der Herr.«

»Ah ja.« Freddy nickte. »Und warum hängt das da?«

»Hat die Geschäftsführung veranlasst. Damit unsere Gäste nicht gestört werden.«

»Von Juden?«

»Sehr wohl, der Herr.«

Es war dem Kellner anzumerken, dass er diese Unterhaltung nicht gerne führte, doch Freddy blieb unerbittlich. Charly wusste nicht, was sie davon halten sollte.

»Warum könnten denn Juden Ihre Gäste stören?«

Der Kellner schaute ihn an, als habe er gefragt, warum denn der Himmel blau sei oder etwas ähnlich Selbstverständliches.

»Nun, das versteht sich ja von selbst.«

»Tut es das?«

»Nun, der Jude ist der innere Feind. Der Zersetzer der Volksgemeinschaft.«

»Ah ja.« Freddy nickte, als habe er diese Zusammenhänge jetzt endlich verstanden.

Der Kellner machte Anstalten, sich zu entfernen, doch Freddy hielt ihn zurück.

»Darf ich Sie noch etwas Persönliches fragen, Herr Ober?«

»Wie meinen, der Herr?«

»Eine Frage nur: Glauben Sie an Jesus Christus?«

Der Kellner runzelte die Stirn, als vermute er etwas Perfides hinter der Frage. Etwa, dass man ihn für einen Juden halte.

»Natürlich«, sagte er und warf sich in die Brust. »Ich bin deutscher Christ.«

»Dann wissen Sie ja bestimmt, dass Jesus Jude war. Würden Sie den hier nicht bedienen, nur weil die Geschäftsleitung das veranlasst?«

»Na erlauben Sie mal! Jesus ist der Sohn Gottes.«

»Dann ist Gott also auch Jude?«

Dem Kellner gingen langsam die Argumente aus.

»Ich weiß nicht, worauf der Herr hinauswollen? Sind Sie am Ende selber Jude?«

»Da muss ich Sie enttäuschen. Ich glaube weder an Gott noch an seinen Sohn.«

»Können Sie sich denn ausweisen?«

»Warum sollte ich? Sind wir hier an der Landesgrenze?«

»Sie reden so komisch daher. Als seien Sie wirklich ein Jude.«

»Und was, wenn dem so wäre?«

»Dann darf ich Sie und Ihre Begleitung höflich bitten zu gehen. Und uns nicht wieder zu beehren. Die Rechnung geht aufs Haus.«

»Und wenn wir dennoch etwas bleiben wollen?«

»Dann sehe ich mich gezwungen, die Polizei zu rufen. Die wird schon herausfinden, ob Sie jüdisch sind.« Er warf Charly einen misstrauischen Blick zu. »Und was Ihre Begleitung ist.«

»Dann bedanken wir uns.« Freddy stand auf. »Und nehmen Ihre Einladung gerne an. Haben Sie vielen Dank für Ihre Gastfreundschaft.«

Der Kellner reckte eingeschnappt die Nase in die Höhe und verschwand mit seinem Tablett im Gastraum.

Charly war das Ganze unangenehm. Alle Gäste von den Nachbartischen starrten sie an.

»Lass uns gehen«, sagte Freddy und zog sie von der Terrasse. »Bevor die hier noch nach der Gestapo schicken.«

Sie hakte sich demonstrativ bei ihm ein, und sie verließen die Terrasse.

»Machst du sowas öfter?«, fragte Charly, als sie wieder am Parkplatz waren und in den DKW stiegen.

»Ab und zu muss man sich ja mal wehren«, meinte er. »Auch wenn man sich selbst gar nicht für einen Juden hält.«

25

Draußen auf der Kent Avenue schmolz der Asphalt beinah vor Hitze, doch im schattigen Büro war es angenehm kühl. Jack Helferich war über den East River gekommen, um Rapport zu erstatten und seinen wöchentlichen Umschlag abzugeben.

Eigentlich hatte Marlow andere Sorgen, als sich mit dem devoten Geschäftsführer des *Venus Club* abzugeben. Seit Marions Besuch vor einigen Tagen drehte sich sein Denken fast ausschließlich um Gereon Rath. Der Scheißbulle war also immer noch am Leben. Und hatte sich irgendwie in die Staaten gerettet. Marlow hatte es geahnt, die ganze Zeit schon, doch als er erfahren hatte, dass ein Bruder von Rath in Hoboken lebte, und Frenchie dort vorbeigeschickt hatte, um mal vorzufühlen, hatte das kein Ergebnis gezeitigt. Frenchie ließ sich einfach zu leicht an der Nase herumführen.

Dank Marion wusste Marlow nun Bescheid. Endlich würde Liangs Mörder büßen. Er konnte es kaum erwarten, den Kerl in die Falle laufen zu lassen. Einen besseren Köder als Marion Goldstein konnte man sich für Gereon Rath kaum denken.

Aber erst einmal war das Alltagsgeschäft zu erledigen, das in Gestalt von Jack Helferich vor ihm saß. Marlow lehnte sich zurück und gönnte sich eine Zigarre, die er in aller Ruhe anrauchte.

»Nun, Jack, alles im Griff?«

Der Mann auf der anderen Seite des Schreibtischs wirkte ziemlich aufgekratzt.

»Viel zu tun«, sagte er, »ich kann nicht klagen, das Geschäft läuft.«

Helferich legte einen dicken Briefumschlag auf den Schreibtisch. Frenchie, der neben Marlows Stuhl stand, schaute hinein, zählte kurz durch und zeigte seinem Chef ein knappes Kopfnicken.

»Haben wir denn noch genug Ware?«, fragte Marlow.

»Der erste Morgan-Truck ist durch, wir haben heute mit dem zweiten angefangen, das reicht noch eine Weile. Phil und die Jungs sind gerade dabei, das Produkt für die Straße ein bisschen zu strecken.«

»Aber nicht das für den Club!«

Marlow musste solche Dinge immer mal wieder betonen. Zu viele in diesem Geschäft waren auf das schnelle Geld aus, ihm aber war ein guter Ruf wichtiger, denn nur der zahlte sich am Ende aus. Der *Venus Club* durfte kein verschnittenes Heroin anbieten. Als Sebald in Berlin damit angefangen hatte, nachdem Marlow aus dem Geschäft ausgestiegen war, hatte er den *Venuskeller* binnen eines Jahres heruntergewirtschaftet. Und manchmal hielt Marlow Jack Helferich für ähnlich dumm und gierig, wie Winfried Sebald es gewesen war.

Helferich wackelte eifrig mit dem Kopf. »Natürlich nicht«, sagte er. »Nur das Beste für den Club. Kein Verschnitt.«

Das Kopfschütteln hörte gar nicht mehr auf und ging in ein seltsames Zucken über.

»Alles in Ordnung, Jack?«

Helferich fing sich wieder. »Alles gut«, sagte er. Aber er sah nicht gut aus. Schweißperlen sammelten sich auf seiner Stirn.

»Wie ist denn die Lage an unseren Ecken im West Village?«

»Alles ruhig. Die Wichser rühren sich nicht mehr, seit wir ihren zweiten Transport hopsgenommen haben. Auch in West Harlem ist von denen im Augenblick nichts zu hören und zu sehen.« Er lachte kurz und trocken und zuckte dabei mit dem linken Arm. »Was wollen die auch machen ohne Ware. Dafür haben wir mehr als genug von dem Zeug.«

»Wundert mich schon. Dass die nicht mal die Hand ausstrecken für ein Friedensangebot. Um mit uns zu verhandeln. Besser, weniger verdienen als gar nichts, sollte man denken.«

»Oder die haben einfach die Schnauze voll von dem Geschäft. Ist ihnen zu blutig.«

»Hast du der Canning Company mal auf den Zahn gefühlt?«

»Die Firma Morgan ist ziemlich gewachsen in den letzten Jahren. Gibt Gerüchte, dass die in Chicago mit dem Outfit zusammenarbeiten, um die Gewerkschaft aus ihrer Firma rauszuhalten. Vielleicht darf das Outfit ja im Gegenzug die Firmentrucks nutzen.«

»Das Outfit? Würde mich wundern. Paul Ricca hätte sich doch schon nach dem ersten Truck gerührt. Und nicht noch einen zweiten hinterhergeschickt. Zudem unbewaffnet.«

Helferich nickte. Und wieder wurde sein Körper von komischen Zuckungen durchgerüttelt.

»Ich würde«, begann er und fasste sich an den Hals. Sein Atmen wurde hektisch, er schien nicht schlucken zu können.

»Mein Gott, Jack, was ist los? Was hast du genommen?«

Helferich würgte und schluckte.

»Nur einen Schuss«, brachte er schließlich heraus. »Einen Schuss, nicht mehr, ich schwöre. Ich ...«

Mitten im Satz sackte Jack Helferich zusammen und fiel vom Stuhl, lag zuckend und würgend auf dem Fußboden. Marlow stand auf.

»Jack, verdammt!«

»Keine hohe Dosis«, würgte Helferich heraus, »ich pass doch auf!«

»Du dämliches Arschloch!«

Marlow versetzte dem sich windenden Geschäftsführer einen Tritt, dass der aufstöhnte.

»Wie oft habe ich dir gesagt, du sollst die Finger lassen von dem Zeug? Wir verkaufen es, aber wir nehmen nichts!«

Helferich krümmte sich und zuckte und zeigte so etwas wie ein Nicken. Er schnappte nach Luft wie ein Fisch auf dem Trockenen.

»Von welcher Marge hast du denn was abgezweigt?«

Helferich würgte und zuckte, aber er sprach nicht mehr.

»Die neue Lieferung?«, fragte Marlow.

Wieder mischte sich ein Nicken in die unkontrollierten Zuckungen.

»Und die Jungs sind noch bei der Arbeit?«

Erneutes Nicken. Helferichs Gesicht war dunkelblau angelaufen. Der machte es nicht mehr lange.

Marlow ließ ihn liegen und griff zum Telefon. Er ließ es lange klingeln, doch im *Venus Club* ging niemand an den Apparat.

Verdammter Mist! Da lief irgendetwas gerade gehörig schief. Er wusste noch nicht, was, er wusste nur, dass er sich darum kümmern musste. Sofort.

»Frenchie, get the car. We have to go to the Club.«

Sein Fahrer und Leibwächter schaute ihn mit großen Augen an. Hatte nicht gerade die stärkste Auffassungsgabe, der Mann.

»Now!«, schnauzte Marlow ihn an.

»But shouldn't we get a doctor?«, fragte Frenchie mit Blick auf den am Boden liegenden Helferich.

»I *am* a doctor, you moron! It's strychnine. Jack can't be helped. But maybe Phil and the others.«

Nach einem letzten Blick auf Helferich machte Frenchie sich auf den Weg.

Marlow versuchte es noch einmal telefonisch. Nichts. Helferich zuckte immer noch und röchelte und würgte. Aber das Zucken wurde schwächer und das Röcheln leiser. Marlow legte auf. Er verließ das Büro und schloss hinter sich ab. Als er die Treppe hinunterging, hörte er schon das Motorgeräusch des Duesenberg auf der Straße. Keine fünf Minuten später waren sie auf der Williamsburg Bridge.

Schon als sie den *Venus Club* betraten, hatte Marlow kein gutes Gefühl. Im Gastraum war niemand, die Kellner hatten ihre Schicht beendet und alles aufgeräumt, auch die Putzkolonne war bereits durch. Marlow ging zum Hinterzimmer, Frenchie folgte ihm.

Er hatte Ähnliches befürchtet, und dennoch zeigte er sich geschockt von dem Anblick, der sich ihm bot.

Auf dem Konferenztisch, auf dem sie sonst ihr Geld zählten, stapelten sich ein paar Konservendosen mit der Aufschrift *Morgan's Baked Beans*, daneben zwei große Haufen mit weißem Pulver und ein halbes Dutzend kleinere Pulverhäufchen, eine Briefwaage und quadratisch zurechtgeschnittenes Stanniolpapier, ein paar Quadrate schon zu kleinen Briefchen gefaltet.

Vor und unter dem Tisch lagen drei Männer. Einer von ihnen war Phil, der Pusher, der ihnen den rotjackigen Jake serviert hatte. Die Männer lagen da, reglos. Plötzlich ging durch einen der leblosen Körper ein Zucken, als habe jemand ein Stromkabel an die Muskeln gehalten.

Phil lebte noch. Marlow ging hinüber und beugte sich zu ihm hinunter.

»It's poisoned«, röchelte Phil.

»I see.«

»Help us.«

»Has some stuff already been picked up?«

Phil nickte und zeigte Marlow den hochgereckten Daumen. »One stack.«

»We have to stop it!«

Der Pusher fummelte einen zusammengeknüllten Zettel aus seiner Hosentasche. »Call this number«, sagte er. »And please go get a doctor.«

Marlow nahm den Zettel und ging zum Telefon auf dem Schreibtisch. Er wählte und wartete und wollte schon verärgert auflegen, aber endlich ging jemand ran.

»It's John«, meldete sich Marlow, »John Marlowe.«

»Who?«

»Owner of the Venus Club. You sell my stuff.«

»Oh, Mister Marlowe. Didn't expect you. It's Punkin' Pete. What's up?«

»Only one thing: Don't sell any heroin!«

Kurzes Schweigen am anderen Ende der Leitung.

»You kiddin' me?«

»No. Don't sell any smack.«

»But that's the only thing we do around here the whole day.«

»But not today, you hear me? No fucking heroin today!«

Marlow legte auf. Sein Blick fiel auf Phil, den Pusher, dessen tote Augen starr auf ihn gerichtet waren.

26

Die Fahrt dauerte ewig, dabei hatte sie vor gefühlten Ewigkeiten schon die Staatsgrenze nach Pennsylvania überquert. Marion Goldstein fuhr gerne Auto, keine Frage, und es war schön, den Packard mal richtig auszufahren, anstatt in den Staus von Manhattan festzustecken, aber wenn die Landstraßen gar kein Ende nehmen wollten, machte es irgendwann eben keinen Spaß mehr. Außerdem regnete es, und sie hatte rechts ranfahren und das Verdeck zuklappen müssen, was immer eine ziemliche Knochenarbeit war.

Wegen des dämlichen Regens hätte sie um ein Haar auch den Abzweig verpasst, aber schließlich hatte sie ihr Ziel erreicht. Eine Bohnenfarm in der Einöde von Pennsylvania. Sie stieg aus und lief durch den Regen zum Wohnhaus hinüber. Man kannte sie hier, niemand hielt sie auf.

Sie öffnete eine Tür, die etwas versteckter lag, und kam in einen hellen, gekachelten Raum, der aussah wie eine Mischung aus Großküche und Chemielabor. Zwei Waschbecken, eingerahmt von großen Arbeitstischen, auf denen an einem filigranen Stahlgestell verschiedenste Gefäße angebracht waren, die durch gläserne Röhren und Gummischläuche miteinander verbunden waren. In einem Topf köchelte etwas vor sich hin. Ein stechender Geruch lag in der Luft. Dem Mann im weißen Kittel, der gerade eine klare Flüssigkeit in einen großen Behälter kippte, schien das nichts auszumachen. Als er Marion bemerkte, drehte er sich zu ihr um.

»Marion! Endlich!«

Der Weißkittel beendete seine Arbeit, stellte die Chemikalienflasche ab und schraubte sie zu. Dann wusch er sich gründlich die Hände und trocknete sie mit einem sauberen Handtuch ab. So wie der Mann war hier drin alles hell, sauber und ordentlich. Anders auf der Farm draußen, wo der Schmutz der Bohnenfelder an den Traktorreifen und den Stiefeln der Arbeiter klebte.

»Werner! Wie geht's dir?«, sagte sie und schenkte dem Mann ein Lächeln.

»Wie soll's mir gehen? Wie geht es einem in solch einer Einöde? Als ich in Bremerhaven an Bord gegangen bin, habe ich gedacht, ich würde nach New York gehen, stattdessen sitze ich in einem mickrigen Labor in Hillbillyhausen und komme mir vor wie ein Sträfling.«

»Na, komm. Das Labor wurde ganz nach deinen Wünschen eingerichtet, da kannst du nicht meckern.«

»Ja. Aber nicht am Ort meiner Wünsche. Die nächstgelegene Siedlung hier, und die hat auch nur drei Häuser, heißt Frostburg, das sagt doch alles. Die ersten Monate in New York waren schöner, das kannst du mir glauben.« Er schaute sie an, schon ein bisschen milder. »Da haben wir uns auch öfter gesehen.«

Sie nahm ihn in den Arm und gab ihm einen Kuss. Wie einem kleinen Jungen, den man trösten muss.

»Jetzt bin ich ja hier.«

»So kann das jedenfalls nicht weitergehen, Marion. Ich komme mir vor wie ein Sklave. Die Poppyfarmer liefern ihre Ernte an, und ich produziere und produziere. Und Misses Morgan ist es immer noch nicht genug. Beinahe täglich ruft sie an.«

»Muss ich eifersüchtig werden? Dann telefonierst du ja häufiger mit ihr als mit mir.«

»Das ist nicht witzig, Marion. Weißt du, mit wem du dich da eingelassen hast? Neulich war sie persönlich hier, begleitet von zwei sehr düster aussehenden Gestalten. Ich wette, die hatten Knarren unter ihren feinen Anzügen.«

»Das ist der Deal. Wir brauchen *muscle*. Sonst können wir dein Produkt, so perfekt es auch ist, nicht verkaufen.«

»Es ist perfekt«, sagte er, und der Stolz war ihm anzusehen. »Ich mache ja auch alles selbst. Ich bekomme nur Rohopium angeliefert, aus dem ich erst mal das Morphin ausfällen muss. Dazu braucht es unter anderem Kalziumchlorid und Ammoniak. Der entscheidende Schritt ist dann das Verkochen der Morphinbase mit Acetanhydrid, denn erst durch die Acetylierung entsteht Diamorphin.«

Sie hörte geduldig zu, obwohl sie sich für derlei Dinge überhaupt nicht interessierte. Was sie interessierte, war, dass Werner in der Lage war, aus simplem Mohnsaft mithilfe von ein paar Chemikalien ein Produkt herzustellen, das unvorstellbare Gewinne abwarf. Und dass man ihn deswegen bei Laune halten musste.

»So gut hat das die Massenproduktion bei Bayer nicht hinbekommen«, fuhr er fort. »Was ich hier mache, ist sorgfältigste Handarbeit. Aber langsam befürchte ich, dass Misses Morgan von mir ebenfalls Massenproduktion erwartet.«

»Wenn du mehr Leute brauchst, sag Bescheid, dann besorgen wird die.«

»Aber nicht diese Bauerntölpel, die da draußen auf den Bohnenfeldern herumstolpern, die kann ich nicht gebrauchen.«

»Ich rede mit Misses Morgan.«

»Da bin ich mal gespannt, wen sie da schickt. So langsam glaube ich, dass Misses Morgan nicht denselben Wert auf Qualität legt wie ich.«

»Warum?«

»Weil sie neulich, als sie mit diesen Gangstern hier war, von mir verlangt hat, eine größere Menge Strychnin zu produzieren.«

»Das Rattengift?«

»Ich glaube nicht, dass sie Ratten vergiften wollte. Mit Strychnin kannst du Diamorphin strecken und deinen Profit vergrößern. Natürlich hat es dann nicht mehr dieselbe Qualität. Reines Diamorphin ist, verantwortungsvoll angewendet, gesundheitlich unbedenklich. Aber so ein gestreckter Mist ... dafür bin ich nicht zu haben. Die Qualität meines Produkts ist mir wichtiger als die schnelle Mark.«

»Dollars. In diesem Land geht es um Dollars.«

Und um nichts anderes sonst, dachte sie.

»Natürlich. Du weißt doch, was ich meine.«

Sie nickte. »Ich weiß, was du meinst. Ich rede mal mit Misses Morgan.«

Sie strich ihm über die Wange.

»Werner«, sagte sie. »Wie weit bist du mit der Arbeit?«

»Bin gerade mitten im Prozess. Du hättest anrufen sollen.«

»Ich meine: Hast du etwas fertig? Oder ist noch etwas Ware auf Lager? Ich brauche etwas. Nicht viel. Ein paar Gramm reichen. Sagen wir fünf, sechs Briefchen.« Marion holte ihr Zigarettenetui aus der Handtasche. »Kannst du es hier reinpacken? Unter die Zigaretten?«

Er schaute sie überrascht an. »Nimmst du es etwa selbst?«

Sie schüttelte den Kopf und lachte.

»Nein«, sagte sie. »Nicht für mich, für jemand anderen. Ich muss eine alte Rechnung begleichen.«

27

Er stand im Treppenhaus, und es dauerte eine Weile, ehe er sich dazu durchringen konnte zu klingeln. Dabei hatte er sein Kommen telefonisch angekündigt. Wie immer. Aber dieses Mal war es anders. Er seufzte, dann drückte er auf den Messingknopf, über dem immer noch OVERBECK/RITTER stand, obwohl Greta ihre Zelte mittlerweile endgültig abgebrochen hatte und Charly seit Jahren schon Rath mit Nachnamen hieß.

Er hörte ihre Schritte im Flur, und dann öffnete sie. Strahlte ihn an. Schien so glücklich zu sein wie schon lange nicht mehr, und er war sich nicht sicher, ob das sein Vorhaben erschweren oder erleichtern würde.

»Reinhold«, sagte sie. »Pünktlich auf die Minute. Auf uns Preußen ist Verlass, was?«

Er nahm den Hut ab und trat ein in die kleine Wohnung. Es duftete nach Kaffee, sie musste schon welchen aufgebrüht haben.

Reinhold Gräf war in Zivil, wie immer, wenn er Charly besuchte. Er wusste, dass sie die Uniform nicht mochte, dass sie die SS nicht mochte. Er hatte gehofft, irgendwann würde auch sie verstehen, dass die nationale Revolution das Beste war, was Deutschland passieren konnte, diesem leidgeplagten Land, das unter dem verlorenen Krieg und den zerstrittenen Systemparteien litt. Hatte gehofft, sie würde verstehen, dass nur die Einigkeit der Volksgemeinschaft Deutschland wieder gesund machen könne, der gemeinsame Widerstand gegen innere und äußere Feinde. Das hatte er gedacht. Aber es war anders gekommen. Er hatte inzwischen etwas verstanden: dass die nationale Revolution, die nationale Einigung und soziale Befriedung Deutschlands, die Heilung eines kranken Landes, dass das alles eine riesengroße Lüge war, dass das nur in den Köpfen irgendwelcher naiver Schwärmer existierte, wie er einer war. Oder hoffentlich nicht mehr war. Die neuen Herrscher Deutschlands waren um keinen Deut besser als die verhassten Systempolitiker, nein, im Gegenteil, sie waren nur an ihrem eigenen Vorteil interessiert, das Vaterland war ihnen scheißegal. Eine Erkenntnis, die für einen überzeugten Patrioten wie ihn unerträglich war. Der Nationalsozialismus, da war er sich mittlerweile sicher, würde das Land nicht wieder groß machen, er würde es gegen die Wand fahren.

Alles, aber wirklich alles, was die Regierung tat, lief auf einen neuen Krieg hinaus, auch wenn offiziell das Gegenteil behauptet wurde. Aber Reinhold Gräf kannte die Lügen der Propaganda, er wusste, dass es die deutsche Luftwaffe war, die ein kleines Städtchen in Nordspanien dem Erdboden gleichgemacht hatte, auch wenn die deutschen Zeitungen das vehement bestritten.

Immer, wenn er Charly besuchte, wusste er, dass es richtig war, dass er Gereon Rath damals, gegen den eindeutigen Befehl von

Obersturmbannführer Tornow, am Leben gelassen hatte. Auch wenn genau diese Entscheidung ihm mehr und mehr Schwierigkeiten bereitete. Tornow, darauf hatte Gräf nach seinem letzten Rapport wetten können, war überzeugt, dass Gereon noch lebte, und er hatte seinen Obersturmführer Reinhold Gräf ganz allein dafür verantwortlich gemacht, ihn aufzuspüren und zu liquidieren.

Charly hatte Kaffee eingeschenkt. Sie saßen am großen Tisch in der Küche.

Gräf trank einen Schluck.

»Du siehst gut aus«, begann er. »Wie geht's dir?«

»Dann sehe ich wohl so aus, wie ich mich fühle. Danke der Nachfrage. Viel besser als bei deinem letzten Besuch jedenfalls.«

»Kein Wunder. Das war ja auch …«

Gereons Todestag, hatte er sagen wollen, aber dann fiel ihm ein, weswegen er hier war, und er brach den Satz ab.

»Genau«, sagte Charly.

Sie schwiegen eine Weile.

»Charly«, begann Gräf ein zweites Mal. »Kann ich mit dir etwas Vertrauliches besprechen?«

Sie machte ein überraschtes Gesicht. Aber ihre Überraschung wirkte nicht so, als habe er sie überrumpelt, sondern eher so, als sei er ihr mit seinem Anliegen zuvorgekommen.

»Natürlich«, sagte sie. Und zündete sich eine Zigarette an. Auch sie schien nervös zu sein.

»Es sind heikle Dinge, über die ich mit dir reden muss, aber wir kennen uns schon so lange. Und ich weiß nicht, an wen ich mich sonst wenden sollte.«

Charly zog an ihrer Zigarette und schaute ihn erwartungsvoll an.

»Ich möchte das Land verlassen«, sagte er. »Endgültig.«

Nun schaute sie wirklich überrascht.

Gräf verspürte eine gewisse Leichtigkeit, nachdem er diesen Satz ausgesprochen hatte. Doch das Allerschwierigste kam noch.

»Wie kommst du denn zu dem Entschluss?«, fragte sie.

»Ich … Es ist …« Verdammt! Neuer Anlauf: »Es geht um mein Leben, fürchte ich. Um meins oder um ein anderes.«

Sie schaute ihn ebenso entsetzt wie verwirrt an.

»Charly«, fuhr er fort, »ich fürchte, ich muss dir etwas beichten. Du wirst mich hassen.«

»Aber was ist denn los? Meine Güte, Reinhold, du machst mir ja richtig Angst.«

»Ich habe dich … Ich habe dich angelogen vor einem Jahr. Als ich dir erzählt habe, dass …« Verdammt, war das schwer! »Als ich dir Nachricht vom Tod deines Mannes überbracht habe. Gereon ist nicht erschossen worden.«

»O mein Gott, Reinhold! Endlich sagst du mir das! Das weiß ich doch längst! Dass du ihn erschießen solltest. Dass du ihn hast entkommen lassen.«

»Wie: Du weißt es?«

»Gereon hat es mir erzählt.«

»Dann weißt du, wo er sich aufhält.«

»Nein, ich …« Sie saß da und brachte den Satz nicht raus. Sie schaute ihn hilflos an, und plötzlich schossen ihr die Tränen in die Augen.

»Mein Gott, Charly, was ist denn?«

Reinhold Gräf hatte nicht viel Übung darin, weinende Frauen zu trösten. Er stand auf, ging zu ihr hinüber und nahm sie in den Arm.

»Nicht weinen, Charly«, sagte er und strich ihr über den Kopf, »nicht weinen. Ist doch gut, dass wir uns nach der ganzen Herumlügerei endlich die Wahrheit sagen.«

Er spürte, wie sie nickte.

Als er sie anschaute, begannen die Tränen auf ihren Wangen schon zu trocknen. Sie lächelte.

»Tut mir leid«, sagte sie. »Es ist nur … Ich weiß nicht, ob er noch lebt. Er hat mich vor einem Jahr angerufen. Das war's. Vielleicht *ist* er ja inzwischen gestorben, was weiß ich? Ich habe jetzt über ein Jahr nichts mehr von ihm gehört. Das fühlt sich genauso an wie tot.«

»Ich hatte keine andere Wahl, Charly. Tornow hat mir den geheimen Auftrag gegeben, Gereon zu liquidieren. Dass er für alle Welt tot ist, war die einzige Möglichkeit, ihn entkommen zu lassen.«

»Und nun sitzt Tornow dir im Nacken. Weil Gereons Leiche nie gefunden wurde.«

»So ist es. Und er hat mir unmissverständlich klargemacht, dass ich ihm entweder Gereons Leiche bringe oder aber mein eigener Kopf rollen wird.«

»Kein Wunder, dass du rauswillst aus Deutschland. Weißt du denn schon, wohin?«

»Ich dachte, nach Prag. Dass du mir vielleicht helfen kannst. Du kennst doch Leute da, oder?«

Charly nickte.

»Wo wir gerade dabei sind: Ich muss dir auch was im Vertrauen erzählen, Reinhold.«

Gräf fragte sich noch, was das wohl sein mochte, da klingelte es an der Tür.

Sie schauten sich an.

»Erwartest du jemanden?«, fragte er Charly.

Sie verneinte und stand auf.

28

Da war jemand ganz schön hartnäckig. Sie war schon auf dem Weg in den Flur, da klingelte es ein zweites Mal.

»Ja«, rief Charly, »ist ja gut. Ich komm ja schon.«

Sie öffnete die Tür und war überrascht.

»Herr Maltritz!«

»Guten Morgen, Frau Rath.«

»Ich dachte, ich hätte meine Miete schon bezahlt.«

»Haben Sie, haben Sie. Ich bin auch nicht in meiner Eigenschaft als Hauswart hier.«

»Als Blockwart?«

»Nein.« Der Mann im grauen Kittel reichte ihr eine Broschüre. »Als Luftschutzwart. Ich bin dafür verantwortlich, dass in unserem Luftschutzabschnitt alles ordnungsgemäß abläuft. Aus diesem Grunde möchte ich Ihnen diesen Leitfaden hier aushändigen. Da steht alles Wichtige drin. Am besten prägen Sie sich alles gut ein, damit Sie es im Ernstfall nicht nachschlagen müssen.«

»Der Ernstfall? Werden wir denn angegriffen?«

»Nein. Nicht dieser Ernstfall. Die Luftschutzübung in einer Woche. Haben Sie denn keine Zeitung gelesen?«

»Natürlich. Verdunklung und so weiter. Eine ganze Woche lang.«

»Ja, aber Fliegeralarm gibt es auch! Da werden richtige Luftangriffe simuliert. Lebensecht!«

Maltritz klang so, als könne er es kaum erwarten, bombardiert zu werden. Lebensecht.

»Wann soll denn der Alarm losgehen?«, fragte Charly.

Der Hauswart schaute sie an, als habe er von einer Frau nichts anderes erwartet als solche Ignoranz.

»Das wird doch nicht angekündigt! Wird es im Ernstfall ja auch nicht. Oder meinen Sie, der Feind schickt uns einen Brief und sagt: Verzeihung, aber nächste Woche Mittwoch, vierzehn Uhr, beabsichtigen wir, Sie zu bombardieren?«

»Nein?«, sagte Charly und schaute so naiv dämlich drein, wie sie es gerade zustande brachte.

»Natürlich nein!« Maltritz schaute skeptisch, als sei er nicht ganz sicher, vielleicht doch auf den Arm genommen zu werden. »Wenn die Sirenen gehen, dann haben Sie sich unverzüglich in die Luftschutzräume zu begeben.« Er zeigte auf den Leitfaden, den er Charly in die Hand drückte. »Steht da alles drin.«

Charly nahm die Broschüre entgegen und schloss die Tür. Sie musste an den Luftschutzraum denken, den sich Klaus von Rekowski in den Waldboden gegraben hatte. Vielleicht war der Mann gar nicht so paranoid, wie sie immer gedacht hatte. Vielleicht war er nur besser informiert, was die Regierung so plante. Rekowski und dessen gewaltsamer Tod erinnerten sie an die Frage, die sie Reinhold Gräf noch stellen wollte. Stellen musste. Gerade jetzt, wo er ihr derart das Herz ausgeschüttet hatte.

Reinholds Beichte hatte sie ganz schön aufgerüttelt. Das ganze letzte Jahr schon hatte sie das Gefühl gehabt, ihm wieder nähergekommen zu sein, trotz seiner Nazischwärmerei. Ein naiv idealistischer Nationalsozialist, der es gut mit der Menschheit meinte – also natürlich nur mit der deutschen und arischen Menschheit –, für so etwas in der Art hatte sie ihn immer gehalten. Und nun? War es damit vorbei? Weil er gemerkt hatte, dass das so nicht funktioniert, dass bei einer solchen Denkweise Menschen sterben, eben all die, die nicht deutsch und arisch sind?

Oder war das nur eine Finte? Immerhin arbeitete der Mann beim SD, das war ein Geheimdienst. Und das war SS.

Sie wusste nicht, wie groß der Rest Misstrauen zu sein hatte, den sie sich noch bewahren wollte.

Als sie in die Küche zurückkehrte, saß Reinhold noch genauso da, wie sie ihn zurückgelassen hatte, und starrte seine Kaffeetasse an.

»Wer war denn das?«

»Luftschutzwart«, sagte sie und wedelte mit dem Leitfaden. »Herr Maltritz, in Personalunion außerdem Hauswart und Blockwart, nimmt solche Dinge sehr genau. Nächste Woche wird's dunkel in Berlin.«

»Eine Woche Ausnahmezustand.« Er schüttelte den Kopf. »Als ob wir bald wieder Krieg hätten. Den will doch kein Mensch.«

»Vielleicht sagt diese Übung ja gerade, dass es sehr wohl ein paar Menschen in Deutschland gibt, die sich das durchaus vorstellen können.«

»Mag sein. Aber lass uns das Thema wechseln. Du hast etwas auf dem Herzen, hast du gesagt.«

Reinhold war ein guter Zuhörer, das hatte sie beinahe vergessen.

»Ja. Ist ziemlich heikel. Es geht um den SD.«

Er zog die Augenbrauen hoch. »Aha ...«

»Ich habe Anfang des Jahres einen Mann kennengelernt, mit dem ich mich angefreundet habe. Ich weiß nicht, ob ich schon mal von ihm erzählt habe. Robert? Robert Lembeck?«

»Nicht dass ich wüsste. So oft haben wir uns dann wohl doch nicht gesehen.«

»Ist ja auch egal. Er betreibt das Radiogeschäft unten in den S-Bahn-Bögen an der Burg.«

Gräf zuckte die Achseln.

»Worum es mir geht: Ich habe da seit einiger Zeit den dringenden Verdacht, dass er sich ganz bewusst mein Vertrauen erschlichen hat.« Sie machte eine kurze Pause und schaute Reinhold an. »Kann es sein, dass ihr – also der SD beziehungsweise Tornow –, kann es sein, dass ihr Lembeck auf mich angesetzt habt? Damit er herausfindet, ob Gereon vielleicht noch lebt?«

»Wie heißt der Mann noch gleich?«

»Lembeck. Robert Lembeck.«

Er dachte eine Weile nach und drehte die Augen zur Decke, bevor er antwortete. Aus irgendeinem Grund schien er peinlich berührt.

»Das kann nicht sein, Charly«, sagte er schließlich. »Den Namen Robert Lembeck habe ich im SD noch nie gehört.«

»Das muss ja nichts heißen. Sein Radiogeschäft gibt es schon ewig, vielleicht ist er ja kürzlich erst angeworben worden. Ihr habt doch so etwas wie inoffizielle Mitarbeiter, oder?«

»Die gibt es, ja. Der SD hat ein ganz gutes Informantennetz über Deutschland aufgespannt, trotzdem kann es nicht sein, dass Lembeck von Tornow auf dich angesetzt wurde, um etwas über Gereon herauszufinden.«

»Und warum nicht?«

»Weil«, sagte Gräf, und Charly sah, dass es ihm schwerfiel, »Obersturmbannführer Tornow *mich* aus genau diesem Grund auf dich angesetzt hat.«

29

Er hatte sich wieder in die Konditorei *Buchwald* gesetzt, weil die so schön an der Spree lag. Vielleicht auch, weil sie direkt an der Moabiter Brücke lag und es immerhin möglich war, dass Charlotte zufällig vorbeikam. Ja, wenn er ganz ehrlich zu sich war, saß er einzig aus dem Grunde hier, weil Charlotte Rath gleich um die Ecke wohnte. Und weil sie schon ein paarmal gemeinsam hier gesessen hatten.

Leider war das Wetter nicht ganz so, wie man es sich für einen Sonntag wünschte, es hatte die ganze Nacht geregnet und erst heute morgen aufgehört. Die Straßen und der Kies waren noch regennass, aber im *Buchwald* hatte man die Gartentische und -stühle trockengewischt, und Andreas Lange hatte sich ganz optimistisch nach draußen gesetzt. Sehen und gesehen werden, darum ging es ja. Außerdem rissen tatsächlich vereinzelt blaue Streifen die Wolkendecke auf, und ab und zu drang sogar für einige Minuten die Sonne durch.

Er hatte ein Frühstück geordert, eine ordentliche Kanne Kaffee und das *Tageblatt*. So konnte man es sich doch gutgehen lassen als Kriminalkommissar in Berlin.

Er trank den ersten Schluck Kaffee und schlug die Zeitung auf. Die kupferne Berolina sollte auf den Alex zurückkehren, pünktlich zum Staatsbesuch Mussolinis. Die Luftschutzübung wurde zum x-ten Male angekündigt, damit auch ja kein Berliner sie verpennte. Den meisten Platz aber nahm der Reichsparteitag ein, am Freitag hatte es einen Ehrentag der deutschen Polizei gegeben, zu dem die Polizeipräsidenten aller großen deutschen Städte in Nürnberg erschienen waren, »die meisten von ihnen in der schwarzen Uniform der SS«, wie das *Tageblatt* betonte.

Ja, das waren die neuen Zeiten. Sein Chef, Berlins Polizeipräsident Graf Helldorff, war SS-Obergruppenführer – nicht nur in der Prinz-Albrecht-Straße vermischten sich Polizei und SS immer mehr, auch in der Burg.

Erinnert man sich noch jener Zeiten, schrieb das *Tageblatt*, *in denen die Polizei als Organ Severings in den Straßen von Berlin mit dem Gummiknüppel in der Hand Jagd machte auf alle die, die vielleicht eine braune Hose oder einen schwarzen Schlips oder sonst eine verdächtige Einheitskleidung trugen, die sie der nationalsozialistischen Gesinnung verdächtig machte? Oder erinnert man sich noch, wie der Berliner »Vize«, im Volksmund Isidor Weiss genannt, mit seinen Mannen über Tische und Stühle hinweg in den Reichstag eindrang, oder wie er bei nationalsozialistischen Versammlungen im Sportpalast wie ein Feldherr in der Schlacht auf einem Balkon in der Potsdamer Straße thronte, um den Kampf seiner Leute gegen die junge Freiheitsbewegung zu dirigieren? Aber unter denen, die Severings Organe waren, befanden sich viele, die diese Polizeischikanen innerlich nicht mitmachten und dafür bestraft wurden. Sie sind alle heute in der deutschen Polizei in führenden Stellungen, und sie alle haben Anteil an der großen Reorganisation, die in den letzten Jahren im deutschen Polizeiwesen durchgeführt worden ist.*

So war es. Die Beamten, denen damals interne Ermittlungen drohten, all jene, die Demokraten wie Bernhard Weiß aus dem Polizeiapparat entfernen wollten, saßen nun auf den Chefsesseln. Und Weiß hatte ins Ausland fliehen müssen. Die Polizei hatte sich mehr verändert, viel mehr, als Lange sich das bislang eingestanden hatte. Ernst Gennat war der Alte geblieben, aber das war's auch schon; ansonsten war in der Burg nichts mehr so wie vor sieben Jahren, als Andreas Lange aus Hannover nach Berlin gekommen war. Allerdings war Lange sich immer noch nicht im Klaren darüber, welche Konsequenzen er daraus ziehen sollte. Er hatte sich nie politisch betätigt, noch nie in seinem Leben. Er hatte die Integrität der Polizei verteidigt, als er, auch im Auftrag von Bernhard Weiß, intern gegen schwarze Schafe ermittelt hatte. Das hatte er nicht aus politischen Gründen getan. Aber er hätte nie damit gerechnet, dass einige dieser schwarzen Schafe später in hohen Ämtern sitzen sollten.

Weiterhin, so zitierte die Zeitung Deutschlands Polizeichef Heinrich Himmler, *erwarten Volk und Bewegung mit Recht von uns, dass wir fanatische Nationalsozialisten sind.*

Was sollte das heißen? War Lange kein guter Polizist mehr, weil er kein fanatischer Nationalsozialist war?

Charlotte Rath war aus der Polizei ausgestiegen, weil sie keine fanatische Nationalsozialistin war und auch keine sein wollte. Aber eine gute Polizistin war sie gleichwohl.

Verdammt, schon wieder waren seine Gedanken bei ihr gelandet. Sie teilten keinen beruflichen Alltag mehr, das Einzige, was sie noch teilten, waren die Nachforschungen in Sachen Robert Lembeck, um die sie ihn gebeten hatte. Doch hatte er in der vergangenen Woche keine großartigen Fortschritte gemacht. Weil die Sache immer heikler wurde. Sollte Lembeck wirklich SD-Spitzel sein, würden sie nicht mehr weiterkommen. Jedenfalls nicht, ohne sich gehörig die Finger zu verbrennen. Und vielleicht auch mehr als nur die Finger.

Es war schwer, aus Robert Lembeck schlau zu werden. Ein Elektrofritze vom Alexanderplatz, der zu den Arbeiten in Carinhall hinzugezogen wurde. Wie kam man zu so einem Auftrag? Weil man ein derart ausgewiesener Experte war? Durch Beziehungen? Oder weil der SD einen dort einschleuste?

Und gleichzeitig, das wenigstens hatte Lange unter der Woche herausgefunden, war es ein jüdischer Anwalt, der Lembeck davor bewahrt hatte, wegen Mordes an seinem Geschäftspartner auf dem Schafott zu landen. Auch das musste nicht viel heißen. Es gab eine Menge Nazis, die unter der Hand noch Beziehungen zu Juden pflegten.

Doktor Gustav Kohn. Der Anwalt hatte aus einem scheinbar aussichtslosen Verfahren einen Freispruch herausgeholt. Unter recht dubiosen Umständen, aber der SD konnte nun ganz gewiss nicht dahinterstecken, weil es den, erstens, damals noch gar nicht gab, und weil der SD sich, zweitens, auch niemals eines jüdischen Anwalts bedient hätte.

Und wie er seine Gedanken so hin und her wälzte, dachte er, dass es doch viel sinnvoller – und viel schöner – wäre, das mit Charlotte gemeinsam zu tun. Und just in dem Moment, als er das dachte, drang ein Sonnenstrahl durch die Wolkendecke und schien auf seinen Tisch und bestärkte ihn in seiner Entschlossenheit.

»Ober, zahlen!«, rief er und faltete die Zeitung mit einer energischen Bewegung zusammen.

Er überquerte die Brücke und spazierte das Ufer der Spree entlang, bis er zur Spenerstraße kam. Er musste an die Hausdurchsuchung vor einem halben Jahr denken und wie unangenehm ihm das gewesen war. Und wie Charlotte sie alle an der Nase herumgeführt hatte. Er musste lächeln. Er hatte ihr längst verziehen, er konnte sie ja verstehen. Und inzwischen vertraute sie ihm. Hatte ihn eingeweiht. Nur ihn.

Da war es doch nur normal, dass er sie an einem Sonntagmorgen aufsuchte, um seine neuesten Erkenntnisse mit ihr zu teilen. Oder? Schon stand er vor dem Haus, allerdings auf der anderen Straßenseite, unschlüssig hinüberzugehen. Wäre es nicht besser, er hätte einen Strauß Blumen dabei? Oder wäre das übertrieben? Eine Schachtel Konfekt? Einfach nur eine Tüte Schrippen? Er schaute auf die Uhr. Gleich elf. Sie hatte wahrscheinlich längst gefrühstückt. Ob sie überhaupt noch zuhause war?

Er wollte sich gerade einen Ruck geben und einfach hinübergehen, da öffnete sich die Haustür, und jemand trat auf die Straße, setzte sich den Hut auf die roten Haare und stieg in einen dunkelroten DKW, der vor dem Haus parkte.

Lange war so überrascht, wenn nicht entsetzt, dass er mitten in der Bewegung einfror und mit einem Bein auf dem Trottoir stehen blieb, das andere bereits auf dem Fahrdamm.

Das konnte doch nicht wahr sein!

Das war der Zeuge aus dem *Groschenkeller*. Herr Siegel. Der Musiker, der Robert Lembeck im Gespräch mit Hinnerk Ehlers gesehen haben wollte. Dessen Aussage dazu geführt hatte, dass sie den Fall Rekowski wieder aufgerollt hatten. Heimlich wieder aufgerollt hatten.

Natürlich konnte Andreas Lange sich täuschen, aber er wusste, dass er das nicht tat. Der Musiker kam aus der Wohnung von Charlotte Rath. Woher sonst? An einem Sonntagmorgen. Was bedeutet, dass er höchstwahrscheinlich ...

Lange wollte gar nicht darüber nachdenken.

Was hatte er nur getan, dass das Schicksal ihn derart strafte? Er hatte Charlotte gemocht, von dem Augenblick an, als er das allererste Mal mit ihr zusammengearbeitet hatte, da war sie noch gar nicht im Polizeidienst. Dann hatte er erfahren, dass sie mit Gereon Rath liiert war, und hatte zurückgesteckt. Hatte sich damit abgefunden. Und nun, kaum ist Rath tot und er schöpft wieder Hoffnung, kommt ihm dieser selbstverliebte Lackaffe in die Quere?

Lange spürte eine unbändige Wut in sich aufsteigen, die er so noch gar nicht kannte.

Er hasste Männer dieses Schlages. Schon als der Klavierspieler für die Phantomzeichnung ins Präsidium gekommen war, hatte er ihn gehasst. Für seine flotten Sprüche. Für seinen Charme. Für seinen ganzen Habitus, der laut in die Welt hinausbrüllte: Schaut mal, ich kann jede Frau haben, wenn ich nur will!

Der DKW wendete und fuhr zur Spree hinunter, und Andreas Lange warf all seine spontan gefassten Pläne wieder über Bord. Er ging zum Bahnhof Bellevue und fuhr zurück zum Werderschen Markt.

30

Charly saß an ihrem Schreibtisch und ertappte sich dabei, wie sie grundlos vor sich hin grinste, nur weil ihre Gedanken gerade zu Freddy gewandert waren. War sie verliebt? Wahrscheinlich schon ein bisschen. Vielleicht sogar ein bisschen mehr. Jedenfalls fühlte sie sich gleich besser, sobald sie an ihn dachte. Sogar an einem Montagmorgen.

In solchen Momenten vergaß sie ihre Auswanderungspläne, und selbst die Zweifel an Robert wogen dann nicht mehr so schwer. Das Schöne an Freddy war, dass er sich zwar durchaus beharrlich um sie bemühte, ihr aber nie in irgendeiner Form auf die Pelle rückte. Er war für sie da und ließ ihr gleichzeitig jegliche Freiheit. Das war ein gutes Gefühl.

Sie erhoben beide keinerlei Ansprüche aufeinander, und dennoch hatte sie sich selten einem Mann so verbunden gefühlt wie ihm. Seit Gereon Rath nicht mehr. Und sie merkte, wie die Gedanken an Gereon sie immer weniger beschäftigten. Nicht dass es ihr gleichgültig war, ob er noch lebte oder nicht, aber machte das für ihr Leben einen Unterschied? Nicht den geringsten.

Sie mussten sich nicht einmal verabreden. Wenn sie ihn sehen wollte, ging sie abends nach der Arbeit einfach in den *Groschenkeller*. Sie hörte ihm zu, und wenn er Feierabend machte, saßen sie noch bei einem Glas zusammen. Oder zogen gemeinsam durch die Berliner Nacht. Freddy kannte neben dem *Groschenkeller* und dem *Delphi* noch weitere Läden, in denen man vergessen konnte, wie sehr die Stadt sich in den vergangenen Jahren verändert hatte.

Allein das Wissen, dass sie ihn jederzeit sehen konnte, ließ sie die Tage besser ertragen. Sogar Böhm fiel ihre gute Laune auf.

»Sie sehen gut aus, Charly. Sind Sie wieder öfter unter Leuten?«

»Kann man so sagen. Ich gehe wieder öfter aus.«

»Das freut mich zu hören.«

Ja, es war sehr unkompliziert mit Freddy.

Mit Andreas Lange war das anders. Wenn sie den sprechen wollte, musste sie sich verabreden, sie konnte nicht einfach so ins Präsidium marschieren, das hätte die Kollegen misstrauisch gemacht. Deswegen hatte sie heute morgen gleich angerufen, weil sie mit ihm über ihr Treffen mit Gräf reden wollte.

»Haben Sie Zeit, Andreas? Ich würde Sie gerne sehen. Ich habe ein paar Neuigkeiten.«

Er hatte reserviert geklungen, aber einem Treffen am Lietzensee schließlich zugestimmt. Charly hatte nicht viel Zeit während ihrer Mittagspause, da war es besser, er kam vom Alex nach Charlottenburg, das war eine halbe Stunde mit der U-Bahn.

Sie trafen sich an der Ecke Witzlebenstraße. Als sie dort ankam, stand Lange schon am Ufer des kleinen Sees im Schatten einer

Trauerweide und fütterte die Schwäne. Charly ging zu ihm hinunter.

»Hallo, Andreas. Schön, dass Sie es einrichten konnten.«

»Aber gern.«

»Hatten Sie ein schönes Wochenende?«

»Och jo. Wie man's nimmt. Und Sie?«

»Danke. In jeder Hinsicht gelungen.«

»Freut mich.«

»Ich habe Ihnen noch gar nicht gesagt, wie dankbar ich Ihnen für Ihre Unterstützung bin.«

Sie drückte ihm die Hand. Er reagierte mit einem kurzen, schiefen Lächeln.

»Ich habe eine gute Nachricht«, sagte sie. »Ich glaube, ich kann Entwarnung geben. Robert Lembeck ist nicht im Auftrag der SS unterwegs.«

»Aha.« Lange zog die Augenbrauen hoch und guckte skeptisch, während er noch einen Brocken von seinem alten Brot abbrach und es in den See pfefferte. »Woher wissen Sie das?«

»Ist vertraulich. Ich habe mit jemandem vom SD gesprochen, den ich ganz gut kenne.«

Lange schien sich mit dieser Auskunft zufriedenzugeben.

»Ich habe auch ein paar Neuigkeiten«, sagte er. »Leider keine guten. Lembecks Anwalt damals …«

»Der den Freispruch im Mordprozess erwirkt hat?«

»Genau der. Leider lebt er nicht mehr in Deutschland. Kein Wunder, ist ein Jude. Ich habe noch nicht herausfinden können, wohin er emigriert ist. Vorerst können wir mit dem jedenfalls nicht sprechen.«

Lange warf den nächsten Brotkrumen in den See. Viel war von seinem altbackenen Brot nicht mehr übrig.

»Ich konnte allerdings die Gerichtsakte des Verfahrens einsehen«, fuhr er fort. »Und die Begleitumstände legen nahe, dass es nicht allein die juristischen Fähigkeiten des Rechtsanwalts waren, die zum Freispruch geführt haben.«

»Sondern?«

»Unter anderem hat die Polizei geschlampt, während des laufenden Prozesses ist Beweismaterial verloren gegangen und aus bis heute nicht geklärten Umständen aus der Asservatenkammer verschwunden. Dann hat eine wichtige Zeugin ihre Aussage widerrufen.«

»Das klingt wirklich dubios. Meinen Sie, da hätte jemand nachgeholfen?«

Lange zuckte die Achseln. Er warf das letzte Stück Brot in den See.

»Hört sich ein bisschen so an, oder? Ich will Doktor Kohn ja nicht unterstellen, dass er persönlich etwas manipuliert hat, aber ...«

Charly stutzte.

»Moment, was sagten Sie gerade? Wie hieß der Anwalt?«

»Kohn. Doktor Gustav Kohn. Wieso?«

Charly winkte ab.

»Ach, nichts, schon gut.«

Lange schaute sie irritiert an, sprach aber weiter. »Wie gesagt: Ich möchte nichts unterstellen. Aber ob Lembeck damals wirklich unschuldig war, möchte ich mal dahingestellt sein lassen. Möglicherweise haben wir es mit einem Mörder zu tun.«

Charly schüttelte den Kopf. »Wenn ich ehrlich bin, kann ich mir das kaum vorstellen.«

»Na ja, Sie wissen ja, was Gennat in Sachen Mord sagt.«

»Dass man jedem Menschen einen Mord zutrauen muss.«

»Genau. Jedem Menschen. Sogar sich selbst.«

»Na, so weit wollen wir dann doch nicht gehen«, sagte Charly und lachte.

Lange lächelte unsicher.

»Was machen wir nun mit unseren Informationen, Charly?«, fragte er.

»Ich denke, ich werde Robert die Tage noch einmal besuchen. Und ihm einfach ein paar unverfängliche Fragen stellen. Ich muss ja in jedem Fall die Fassade wahren.«

»Sie sollten keinesfalls allein hingehen, Sie sollten mich mitnehmen.«

»Mit der Kripo bei ihm aufkreuzen? Ich weiß nicht, ob das so unverfänglich ist.«

»Nein, nicht die Kripo, Sie sollten ...« Lange hüstelte. »Sie sollten mich als Privatmann mitnehmen. Sagen Sie einfach, ich sei ein guter Freund.«

Charly überlegte kurz.

»Wahrscheinlich haben Sie recht. Ich überlege mir mal, wann wir gemeinsam zu ihm gehen könnten. Oder irgendwo ein unauffälliges Treffen arrangieren.«

»Tun Sie das.« Lange schaute auf die Uhr. »Ich muss los, Charly, hab viel zu tun. Dauert 'ne Weile von hier bis zum Alex.«

Er tippte zum Abschied kurz an die Hutkrempe und ging dann hinauf zur Witzlebenstraße und weiter zum Kaiserdamm.

Charly schaute ihm gedankenversunken nach. Das war ein kurzes Treffen, kürzer als gedacht. Dennoch hatte Andreas Lange ihr mehr Neuigkeiten geliefert, als er ahnen dürfte.

Gustav Kohn. Doktor Gustav Kohn.

Auch wenn er nicht mehr in Deutschland lebte, sie kannte den Mann. Sie war ihm schon einmal über den Weg gelaufen, allerdings in einem Zusammenhang, den sie Andreas Lange keinesfalls offenbaren durfte.

Doktor Kohn war, jedenfalls vor einigen Jahren noch, der Haus- und Hofanwalt von Johann Marlow.

31

Es war so, wie der Wachtmeister prophezeit hatte: Sie hatten ihn nach Moabit gesteckt. Untersuchungshaft. Diesmal wurde es ernst.

Fritze saß auf seiner Pritsche und starrte die Wand an. Hier war es noch deprimierender als im Polizeigewahrsam in Wilmersdorf. Das vergitterte Fenster, durch das ein wenig Tageslicht in seine Zelle fiel, war so hoch angebracht, dass er nicht hinausblicken konnte, das Einzige, was er sah, war der graue Himmel über Berlin.

Er fragte sich, wann er jemals wieder freikommen würde. Er hatte die Freiheit so sehr gewollt für sich und für Hannah, und nun saßen sie alle beide tiefer in der Scheiße als jemals zuvor.

Was bist du nur für ein Versager, Friedrich Thormann, was für ein jämmerlicher Versager! Du hast es nicht besser verdient! Aber die arme Hannah, die hatte, verdammt nochmal, Besseres verdient!

Er hörte Schritte auf dem Gang und setzte sich auf. Für das Essen war es noch zu früh, für den Hofgang auch. Was war da draußen los? Brachten sie einen Neuen?

Die Schritte stoppten vor seiner Zellentür, ein Schlüsselbund rasselte. Dann drehte sich der Schlüssel laut im Schloss, und der Wärter trat in Fritzes Zelle.

»Mitkommen, Thormann. Alles mitnehmen.«

»Was ist denn? Werde ich verlegt?«

»Nimm dein Zeug und komm mit«, schnauzte der Wärter.

Fritze griff sich die wenigen Sachen, die er mit in den Knast genommen hatte, eine Zahnbürste und ein Stück Seife, und folgte dem Wärter, der die Zelle sorgfältig wieder verschloss, bevor es weiterging. Wenigstens legte der Mann ihm keine Handschellen an, fasste ihn aber hart an der Schulter und schob ihn vor sich her, den Gang entlang und die Treppe hinunter, vorbei an unzähligen vergitterten Türen, hinter deren jeder ein armer Sünder hockte.

Es sah aus, als ginge es zum Besuchsraum. Wäre das allererste Mal. Nach dem Besuch von Frau Rademann, noch im Polizeigewahrsam in Wilmersdorf, hatte ihn niemand mehr sehen wollen. Wer auch? Hannah hatten sie wieder weggesperrt, und Charly? Die wusste wahrscheinlich nicht einmal, was mit ihm war. Die hatte sich seit ihrem Treffen im Mai nicht mehr blicken lassen.

Doch sie passierten den Besuchsraum, der Wärter schloss eine weitere große Gittertür auf, dann noch eine, und sie befanden sich mit einem Mal in einem ganz normalen Bürotrakt. Eine völlig andere Welt, ein endlos langer Gang mit vielen Türen, in dem es völlig anders roch als im Knast, nach Bohnerwachs und Aktenstaub.

Der Wärter öffnete eine Tür und schob Fritze hinein.

»Hier isser«, sagte er nur und ließ ihn stehen.

In dem Raum stand ein Mann, der ihm den Rücken zuwandte und die Wand anblickte, an der ein Hitlerbild zwischen zwei Aktenschränken hing. Ein Mann in der braunen Uniform der SA, der sich nun umdrehte.

Vor ihm stand Herr Rademann. Starrte ihn an mit einem Blick, in dem Wut ebenso lag wie Enttäuschung und Hass. Ja, blanker

Hass. Rademann sagte nichts, er schaute Fritze bloß an mit diesem Blick.

Rademanns Schweigen war schlimmer als die streng betulichen Reden, die er sonst immer schwang. Fritze hätte sich gewünscht, dass er etwas gesagt hätte, doch sein Pflegevater, der eben erst aus Nürnberg zurückgekehrt sein musste, sagte kein Wort, packte ihn nur fest am Kragen und schleifte ihn aus dem Büro hinaus und den Gang hinunter, dass Fritze kaum hinterherstolpern konnte. Sie mussten sich schon im Gebäude des Kriminalgerichts befinden, das mit der Untersuchungshaftanstalt verbunden war; es ging ins Treppenhaus, die Treppe hinab und durch eine große Tür hinaus auf die Straße.

Dort parkte der BMW. Rademann schloss auf und schob Fritze auf den Beifahrersitz, ging um den Wagen herum, setzte sich hinter das Steuer und fuhr los. Ohne ein einziges Wort.

Sie fuhren die Invalidenstraße hinunter, und Fritze begriff, wo es hinging. In die Lothringer Straße.

Er war frei. Herr Rademann musste ihn rausgepaukt haben.

Aber was hieß schon frei, wenn er in der Hand von Herrn Rademann war?

Er beschloss, sich von seinem schweigenden Pflegevater nicht nervös machen zu lassen. Den Mund halten, kein Wort sagen, das konnte er auch. Und so ließ er alles wortlos mit sich geschehen.

Herr Rademann parkte den Wagen im Garagenhof und schloss alles sorgfältig ab. Sein Blick war noch genauso hasserfüllt und kalt wie in Moabit. Er packte seinen Pflegesohn am Kragen und zerrte ihn weiter wie ein Gepäckstück, ein paar Meter über die Straße, wo sich einige Passanten verwundert umschauten, aber angesichts der braunen Uniform nichts zu sagen wagten. Wenn ein SA-Mann einen Jugendlichen am Schlafittchen hatte, dann musste das schon seine Richtigkeit haben.

Dann ging es ins Haus und die Treppe hinauf, wo Rademann die Wohnungstür öffnete und seinen Pflegesohn in die Wohnung schubste, als sei das eine Gefängniszelle.

Atze und Jürgen, beide noch in HJ-Uniform, kamen aus dem Jungenzimmer, Frau Rademann, die Schürze umgebunden, aus der Küche.

Fritze stand inmitten der guten Stube der Familie Rademann und kam sich vor wie ein wildes Tier, das, gerade neu im Zoo angekommen, von den Besuchern begafft wird.

Niemand sagte etwas. Niemand traute sich, etwas zu sagen, bevor Herr Rademann das tat. In den Augen von Atze, vor allem aber in denen des kleinen Jürgen, meinte Fritze unverhohlene Neugier, wenn nicht gar Vorfreude zu entdecken, während Frau Rademann eher ängstlich dreinblickte.

»Schaut ihn euch gut an«, sagte Herr Rademann und schnaufte vor unterdrückter Wut, etwas, was Fritze bei ihm, der sonst immer mit dieser ruhigen, sanften Stimme sprach, noch nie erlebt hatte. »Schaut ihn euch an! So sieht ein Verbrecher aus! Einer, der das Vertrauen seiner Familie missbraucht, der sie bestiehlt, der mit einer gestohlenen Schusswaffe unbescholtene Menschen bedroht, der auf unverantwortliche Weise gefährliche Irre auf freien Fuß setzt und dann auch noch gegen Polizeibeamte gewalttätig wird! Schaut ihn euch an!«

Atze und Jürgen schauten wie befohlen, Frau Rademann blickte zu Boden.

»Friedrich erwartet für all die Straftaten, die man ihm zur Last legt, in Bälde ein Gerichtsverfahren. Ein Gerichtsverfahren!«

Beim zweiten Mal sprach er das Wort so laut aus, dass Frau Rademann zusammenzuckte.

»Noch nie hat sich ein Mitglied dieser Familie jemals vor Gericht verantworten müssen. Und es kann durchaus sein, dass das Gericht ihn wegen seiner Verbrechen zu einer Gefängnisstrafe verurteilt.«

Atze und Jürgen wirkten von dieser Nachricht nicht geschockt, sie machten eher einen zufriedenen Eindruck, während die Mutter sich vor Schreck die Hand vor den Mund hielt.

»Ich habe die Hoffnung nicht aufgegeben, Friedrich noch auf den rechten Pfad führen zu können. Im Schoße einer guten deutschen Familie, die mit ihrem rechten Beispiel vorangeht, ist dies besser möglich als in einem Gefängnis, wo er in der Gegenwart verkommener Subjekte noch tiefer in den Sumpf des Verbrechens gerät.«

Er machte eine Pause und schaute alle in der Runde an, alle außer Fritze.

»Es war mir wahrlich kein Leichtes, Friedrich aus der Untersuchungshaft zu holen, noch schwieriger wird es, das Gericht davon zu überzeugen, ihn trotz seiner schweren Verfehlungen nicht ins Gefängnis zu werfen. Aber, ihr kennt mich, ich werde alles für den Jungen tun, was nötig ist.«

Wieder machte Herr Rademann eine Pause, aber die Predigt war noch nicht zu Ende.

»Das Erste allerdings, was ich für ihn tun muss, ist die Bemessung eines gerechten Strafmaßes für den Schmerz, den er unserer Familie zugefügt hat, insbesondere dir, liebe Monika, deren Liebe und Fürsorge er aufs Tiefste enttäuscht hat, aber auch Arthur und Jürgen, deren brüderliche Liebe er mit Füßen getreten, und nicht zuletzt mir selbst, dessen Vertrauen er auf perfideste Art und Weise missbraucht hat.«

Er schaute seinen Ältesten an.

»Arthur«, sagte er, »zeige Friedrich, wo die Peitsche hängt. Er soll sie mir bringen.«

Atze nickte. Er warf Fritze einen Blick voller Genugtuung zu.

»Komm mit«, sagte er nur.

Sie mussten nicht weit gehen. Die Reitpeitsche hing in einem Schrank neben der Garderobe im Flur. Atze nahm sie vom Haken und reichte sie weiter.

»Hier«, sagte er, und es war mehr ein Zischen als ein Sprechen. Er schien es kaum erwarten zu können, auch einmal Fritze unter der Peitsche seines Vaters leiden zu sehen.

Fritze folgte Atze zurück in die Küche und gab die Peitsche an Herrn Rademann, schaute ihm fest in die Augen, so fest, dass er glaubte, Herrn Rademanns Blick für einen kurzen Moment unsicher flackern zu sehen.

»Es ist schwer, eine angemessene Strafe für all die Dinge zu benennen, die Friedrich uns angetan hat«, sagte der, wieder an seine Familie gewandt. Wahrscheinlich wollte er Fritze mit dieser konsequenten Nichtachtung strafen, doch dem war das einerlei.

»Zwanzig Schläge«, verkündete Herr Rademann.

Zwanzig! So viele hatten weder Atze noch Jürgen jemals bekommen. Und die beiden hatten schon nach zehn Schlägen tagelang nur unter Schmerzen sitzen und gehen können.

»Zwanzig Schläge für jede seiner Missetaten. Fangen wir damit an, dass Friedrich siebzig Mark aus unserer Haushaltskasse gestohlen hat. Für die übrigen Verbrechen erfolgt die Strafe künftig Woche für Woche, bis alles abgegolten ist.«

Atzes Augen flackerten hasserfüllt, und der kleine Jürgen machte ein Gesicht, als hätte er am liebsten laut *Juchhuh!* geschrien.

Nun erwarteten sie wohl von ihm, dass er sich die Hosen herunterzog und sich über die Sessellehne beugte, aber diesen Gefallen würde er ihnen nicht tun. Fritze blieb stehen und rührte sich nicht.

»Arthur«, sagte Rademann zu seinem Sohn. »Friedrich ist mit unseren Regeln noch nicht vertraut. Magst du ihn mir bitte zwecks Bestrafung zuführen.«

Herr Rademann setzte sich, die Reitpeitsche in der Rechten, auf die Armlehne des Sessels. Atze ging zu Fritze hinüber, drehte ihm den Arm auf den Rücken und zwang ihn auf den Schoß seines Vaters. Herr Rademann hielt Fritzes Arme mit seiner linken Hand in einer Art Schraubstock auf dem Rücken fest, während Atze sich an Fritzes Hose zu schaffen machte und sie mitsamt der Unterhose herunterzog.

Dann begann Herr Rademann zu zählen.

»Eins!«

Der Schlag war schmerzhafter, als Fritze erwartet hätte. Er unterdrückte einen Schrei, der Reflex aber ließ ihn zusammenzucken, und das Zucken schmerzte in seinen unsanft auf dem Rücken fixierten Armen.

»Zwei«, zählte Herr Rademann unerbittlich weiter und schlug zu. Fritze merkte, dass ihm vor Schmerz die Tränen in die Augen schossen, er konnte nichts dagegen tun.

Beim dritten Schlag spürte er, dass Herr Rademann, dass dieser Scheißkerl eine Erektion bekam. Dieses bigotte Oberarschloch geilte sich daran auf, den nackten Arsch seines Pflegesohnes zu versohlen. Irgendwann, so schwor Fritze, irgendwann, wenn er es jemals schaffen sollte, Hannah in Sicherheit zu bringen, würde er Wilhelm Rademann töten. Das schwor Friedrich Thormann sich in diesem Augenblick hoch und heilig, und dieser Schwur ließ ihn die restlichen Schläge ertragen, obwohl der Schmerz von Schlag zu Schlag heftiger wurde.

32

Der Gedanke, Robert Lembeck könne etwas mit Johann Marlow zu tun haben, ließ Charly den ganzen Nachmittag nicht los. Sie war froh, dass Wilhelm Böhm sie nicht mit irgendwelchen Fragen unterbrach, denn sie war nicht ganz bei der Sache. Und sie hasste es, wenn er sie dabei ertappte, nicht bei der Sache zu sein.

Robert Lembeck hatte im Jahr 1926 denselben Rechtsanwalt gehabt wie Johann Marlow. Das musste nichts bedeuten. Gustav Kohn hatte viele Mandanten verteidigt, und natürlich waren das nicht alles Gangster. Selbst Gereon hatte mit Doktor Kohn zusammengearbeitet, als es vor vier Jahren darum ging, Hannah Singer die Tantiemen von *Märzgefallene* zu sichern. Alles Dinge, die Andreas Lange nicht wissen durfte. Die niemand wissen durfte.

Robert Lembeck und ein Gangster? Sie konnte es sich beim besten Willen nicht vorstellen. Sie hätte sich ja nicht einmal vorstellen können, dass er Marlow einen Staubsauger verkauft, geschweige denn, dass die beiden in irgendeiner Weise zusammenarbeiteten oder Lembeck gar als Auftragsmörder fungierte.

Und selbst wenn: Was sollte Johann Marlow mit Klaus von Rekowski zu tun haben, dass er dessen Tod befohlen haben könnte? Marlow hatte Deutschland ihres Wissens längst verlassen, was sollte er in Berlin noch zu schaffen haben?

Sie ertappte sich dabei, wie sie auf ihrem Bleistift herumkaute und aus dem Fenster schaute. Sie konnte den *Groschenkeller* sehen. Ob Freddy schon dort war? Wahrscheinlich nicht, es war noch früh. Nicht mal fünf. Um diese Uhrzeit würde er wohl eher Klavierunterricht geben. Aber er hatte auch schon ganze Nachmittage im *Groschenkeller* verbracht, das hatte er ihr erzählt. Wenn er mit Musikern zusammenspielen wollte, die abends im *Delphi* oder in der *Kakadu*-Bar engagiert waren. Da spielten sie dann weniger fürs Publikum, das zu solchen Uhrzeiten auch nur spärlich vertreten war, sondern vielmehr für sich selbst und ihresgleichen.

Ihre Gedanken drifteten zu Freddy ab. Das war vielleicht besser, als sich mit den dunklen Geheimnissen von Robert Lembeck zu befassen, aber mit ihrer Arbeit hatte das genausowenig zu tun.

Eigentlich hatte sie heute die noch offenen Auskünfte in der Sache Mahlke einholen wollen, doch dazu hätte sie zunächst einmal ihre Unterlagen sortieren und dann zum Telefonhörer greifen müssen.

Vielleicht hatte Böhm ja doch etwas gemerkt. Sie hatte gar nicht mitbekommen, wie er aufgestanden war. Aber plötzlich stand er vor ihrem Schreibtisch.

»Wollen Sie nicht Feierabend machen, Charly?«, fragte er und guckte ganz väterlich. »Die Arbeit ist morgen auch noch da. Und wie ich unserem Kalender entnehme, haben Sie morgen keine Außentermine.«

»Stimmt.«

»Momentan ist eben Saure-Gurken-Zeit. Dann muss man auch nicht bis ultimo im Büro hocken.«

Als sie kurz darauf draußen auf der Kantstraße war, hätte Charly am liebsten Luftsprünge gemacht. Sie fühlte sich wie eine Vierzehnjährige, die unerwartet Hitzefrei bekommen hat und zum Wannsee rausfährt. Nur dass gerade kein Badewetter war, es hatte zu regnen begonnen. Aber auch das konnte ihre Laune nicht trüben, im Gegenteil. Sie spannte ihren Regenschirm auf und sprang mit einem Juchzer über die große Pfütze, die sich an einem verstopften Gulli gebildet hatte. Ein älterer Herr drehte sich kopfschüttelnd nach ihr um.

Bester Laune kam sie im *Groschenkeller* an. Bass, Schlagzeug und Saxophon waren schon zu hören, als sie die Tür öffnete. Leider kein Klavier. Sie klappte den Schirm zusammen und setzte sich an die Theke.

»Hallo, Charly!« Der Wirt kannte sie inzwischen. »Ich nehme an, für Wodka Martini ist es noch zu früh.«

»Richtig, Siggi. Lieber einen Kaffee.«

»Kommt sofort.«

Der Saxophonist auf der Bühne war Tommy, den sie am ersten Abend angesprochen hatte, die anderen Musiker waren ihr fremd. Wahrscheinlich welche von denen, die nur nachmittags Zeit für den *Groschenkeller* hatten, weil sie abends anderswo ihr Geld verdienten.

»Freddy schon gesehen?«, fragte sie den Wirt, als der ihr das Kaffeetablett vor die Nase stellte.

»Ne. Müsste aber jeden Moment eintrudeln, schätze ich. Wenn

Kutte im Hause ist, lässt er sich das normalerweise nicht entgehen. Dafür sagt der sogar seine Klavierstunden ab.«

»Kutte?«

Siggi deutete mit dem Kinn zur Bühne. »Der an der Schießbude. Spielt normalerweise im Imperator.«

Charly nickte. Der Mann hinter dem Schlagzeug mochte ungefähr so alt sein wie sie oder Freddy, sah mit der Brille und der Halbglatze aber eher aus wie ein Buchhalter. Spielte jedoch wie ein Amerikaner und hatte sichtlich Spaß dabei.

Charly trank ihren Kaffee und hörte zu, schaute aber immer wieder nach der Tür. Kutte hatte inzwischen, als ein anderer Schlagzeuger eingetroffen war, zur Posaune gegriffen. Immer mehr Musiker trudelten ein, auch Jakob, der andere Pianist. Wer nicht kam, das war Freddy.

Ob er nicht mitbekommen hatte, dass sein Freund Kutte heute hier war? Ob man ihm Bescheid sagen sollte?

Sie hatte ihren Kaffee längst getrunken, sie legte ein Markstück auf den Tresen und stand auf.

»Bin gleich wieder da«, sagte sie zu Siggi und ging hinaus.

Freddy wohnte nicht weit entfernt am Bahnhof Charlottenburg. Sie hatte erst einmal bei ihm übernachtet, doch obwohl sie sich die Hausnummer nicht gemerkt hatte, fand sie die Adresse gleich wieder. Neben der Haustür hing ein kleines Messingschild.

Friedhelm Siegel, staatl. gepr. Klavierlehrer, 3. Etage

Sie betrat das Treppenhaus. Klavier hörte sie keins, dafür dudelte ein Radio. Da musste jemand schwerhörig sein. Das Radio wurde lauter, als sie die Treppen emporstieg. In der dritten Etage war es am lautesten. Es kam tatsächlich aus Freddys Wohnung. Charly wunderte sich. Freddy hörte keine Musik aus dem Radio, genau wie sie konnte er dem Programm nichts abgewinnen. Wenn er Musik hören wollte, machte er die entweder selbst oder legte eine Platte auf.

Und das hier war der Badenweiler Marsch, Hitlers Lieblingsmarsch, so etwas würde sich Freddy niemals freiwillig anhören.

Sie drückte die Klingel, doch nichts passierte. Die Marschmusik, die die ganze Zeit weiterdröhnte, machte sie völlig kirre. Was war da los? Hatte er seinen schwerhörigen Vater zu Besuch, oder was war das?

Sie klingelte noch einmal, war jedoch schon dabei, die Sperrhaken aus der Manteltasche zu holen. Irgendwie hatte sie sich angewöhnt, die immer dabeizuhaben, sie entwickelte sich noch zu einer Einbrecherin.

Als sie die Haken ins Schlüsselloch hielt, bemerkte sie, dass gar nicht abgeschlossen war. Sie öffnete die Tür langsam und vorsichtig und lugte um die Ecke. Die Musik wurde lauter. Im Flur war nichts zu sehen. Sie betrat die Wohnung und schaute sich um.

»Freddy«, rief sie. »Freddy? Bist du da?«

Die Musiktruhe stand im Wohnzimmer, gleich neben dem Klavier. Charly ging hinüber und schaltete das Radio aus.

Stille. Endlich.

»Freddy«, rief sie wieder. »Ich bin's. Charly. Wollte dich abholen. Kutte ist im Groschenkeller, alle warten auf dich.«

Keine Antwort. War er überstürzt aufgebrochen und hatte vergessen abzuschließen? Zuzutrauen wäre ihm das. Aber das Radio nicht abzustellen. So taub konnte man ja gar nicht sein, das nicht zu bemerken.

Für einen Moment durchzuckte sie der Gedanke, Freddy könne gerade mit einer anderen Frau im Schlafzimmer liegen.

Und es zum Badenweiler Marsch treiben? Sie musste grinsen bei der Vorstellung. Gleichwohl fühlte sie sich unbehaglich, weil sie sich vorkam wie ein Eindringling, und das war sie ja auch. Sie schlich durch die Wohnung ihres Liebhabers, ohne dass der davon wusste.

Und wie es aussah, war er nicht zuhause. Na, dass sie durch die ohnehin offene Tür hineingegangen war, um das laut tönende Radio auszumachen, dagegen konnte er ja wohl nichts haben. Würde sie ihm erzählen, sobald sie ihn heute traf. Früher oder später würde er schon im *Groschenkeller* aufkreuzen, das war immer so.

Sie war schon auf dem Weg zurück zur Wohnungstür, als sie ein Geräusch hörte. Da tropfte ein Wasserhahn. Sie schaute in die Richtung, aus der das Geräusch kam. Die Badezimmertür stand einen Spalt offen. Charly seufzte. Erst das Radio, dann der Wasserhahn, na gut, würde sie sich darum auch noch kümmern. Sie kam sich schon vor wie seine Aufwartefrau.

Sie wollte das Bad betreten, doch dann blieb sie so abrupt stehen, als habe man sie auf der Türschwelle festgenagelt.

Denn das, was sie sah, konnte sie im ersten Moment nicht begreifen.

Der Wasserhahn, der da so laut und beharrlich tropfte, das war der Hahn der Badewanne. Die Wanne war gefüllt bis zur Höhe des Überlaufs, der Wasserspiegel so glatt wie eine Glasscheibe, bis auf die ringförmigen Wellen, die der Tropfen alle paar Sekunden auslöste. Dennoch war völlig klar zu erkennen, was unter der Wasseroberfläche lag. Ein bleiches Gesicht, rote Haare, die wie Wasserpflanzen nach oben strebten, ein hagerer Körper, gekrümmte Gliedmaßen.

Als sie endlich begriff, was sie da sah, stürzte Charly zur Wanne und versuchte, den leblosen Körper aus dem Wasser zu heben, doch das war ein Ding der Unmöglichkeit, Freddy war viel zu schwer, die nasse Haut viel zu rutschig, sie bekam ihn kaum zu fassen. Charly zog den Stopfen aus dem Abfluss, der sogleich zu gurgeln und zu schlürfen begann, und versuchte weiter, wenigstens Freddys Gesicht über die Wasseroberfläche zu heben, sie stieg zu ihm in die Wanne und bettete seinen Kopf auf ihren Schoß.

»Freddy, sag doch was«, sagte sie, doch er sagte nichts. »Sag doch was, bitte, sag doch was!«

Seine braunen Augen starrten durch sie hindurch in eine Welt, die sie nicht sehen konnte, während das Wannenwasser langsam abfloss.

33

Andreas Lange seufzte. Wenn sein privates Telefon klingelte, war es meistens die Burg. Und wenn es nicht die Burg war, dann war es seine Mutter. Die wiederum meist wissen wollte, ob er denn in Berlin inzwischen mal eine junge Dame kennengelernt habe. Irmgard Lange schien sich ernsthaft Sorgen zu machen, aus ihrem Sohn könne ein ewiger Junggeselle werden.

Mittlerweile, immerhin das hatte sie geschafft, machte Andreas Lange sich dieselben Sorgen.

Er hatte sich gerade hingesetzt, um die Bratkartoffeln zu essen, die Frau Lienenkämper ihm zubereitet hatte, als der schwarze Apparat auf der Kommode das heisere Rasseln hören ließ, das einmal ein Klingeln gewesen war.

Er nahm noch schnell eine Gabel Bratkartoffeln und schlang sie hinunter, dann ging er zum Telefon und hob ab.

»Lange.«

Schweigen.

»Hallo? Mama?«

»Andreas?«

»Ja.«

»Gut, dass ich Sie erreiche. Ich bin es. Charly.«

Sie stockte. Er konnte hören, dass ihre Stimme zitterte.

»Es ist …«

Wieder sprach sie nicht weiter.

»Charly, was ist denn?«

»Etwas Schlimmes ist passiert! Sie müssen kommen. Sie müssen mir helfen.«

So kannte er sie gar nicht, so aufgelöst, so außer sich, so durcheinander.

»Charly, um Gottes willen! Was ist denn los?«

»Bitte kommen Sie, Andreas! Charlottenburg. Stuttgarter Platz.«

»Was ist denn los? Und wo sind Sie da genau?«

»Ich weiß die Hausnummer gerade nicht. Das Haus mit dem Milchgeschäft. Dritte Etage. Bei Siegel.«

»Bei Herrn Siegel? Unserem Zeugen?«

»Genau. Machen Sie bitte schnell!«

»Wollen Sie mir denn nicht erst einmal erzählen, was passiert ist?«

»Später. Kommen Sie! Bitte!«

Sie klang so flehentlich, dass er gar nicht anders konnte, als zuzusagen, obwohl er sich eigentlich geschworen hatte, nicht mehr wie ein Hündchen loszurennen, sobald sie pfiff.

Er nahm noch ein paar Happen von den Bratkartoffeln, während er sich Jacke und Mantel anzog, dann machte er sich auf den Weg zur S-Bahn.

Keine halbe Stunde später stieg er am Bahnhof Charlottenburg aus dem Zug. Die ganze Fahrt über hatte er sich den Kopf darüber zerbrochen, warum sie ihn in der Wohnung des Pianisten sehen wollte, eine Antwort hatte er nicht gefunden. Er trat aus dem Bahnhof und schaute sich um. *Das Haus mit dem Milchgeschäft.* Der Stuttgarter Platz war endlos lang, auf der einen Seite nur Bahnhof und Bahndamm, auf der anderen unzählige Häuser. Die musste er alle abklappern, denn noch hatte er kein Milchgeschäft entdeckt.

Das Haus, das er suchte, lag fast am anderen Ende des Platzes, kurz vor der Wilmersdorfer Straße. Dass es das richtige war, zeigte ein kleines Messingschild neben der Haustür.

Friedhelm Siegel, staatl. gepr. Klavierlehrer, 3. Etage

Mit gemischten Gefühlen stiefelte Andreas Lange die Treppen hoch, bis er im dritten Stockwerk angekommen war.

Die Tür zur Wohnung Siegel stand einen Spalt weit auf, und er ging hinein.

»Charly«, rief er vorsichtig in die Wohnung, »Charly? Sind Sie da?«

»Hier«, hörte er ihre Stimme aus einem Zimmer am Ende des Flurs.

Es war das Badezimmer. Charlotte saß neben der Badewanne, in einem triefend nassen Kleid auf einem hölzernen Hocker und hielt die Hand eines Mannes, eines nackten, rothaarigen Mannes, der in der Wanne lag, den leeren Blick an die Decke gerichtet und so bleich, wie es nur Tote sein können. Der verdammte Klavierspieler. Ihr Zeuge. Ihr Liebhaber.

»Charly, was ist passiert?«

»Ich habe keine Ahnung, was passiert ist.« Sie schaute ihn aus verweinten Augen an. »Ich weiß nur, er ist tot.«

»Haben *Sie* das Wasser aus der Wanne gelassen?«

Sie nickte.

»Ist er ertrunken?«

Sie schüttelte den Kopf.

»Vielleicht ist er gestürzt und dann im eigenen Badewasser ertrunken.«

»Nein, es war kein Unfall!« Sie schüttelte energisch, beinahe störrisch den Kopf. »Er wurde umgebracht.«

»Sind Sie sich da sicher?«

Sie nickte stumm.

»Na, die genaue Todesursache wird der Gerichtsmediziner feststellen müssen.« Lange streckte ihr seine Hand entgegen. »Kommen Sie«, sagte er, »lassen Sie uns diesen Raum verlassen, das ist ein Tatort. Setzen wir uns irgendwohin, und dann erzählen Sie mir alles, was Sie wissen.«

Sie nickte zögerlich, dann ließ sie die Hand des Toten los und ergriff die seine. Lange half ihr auf, und sie schaute ihn an. Noch nie hatte er Charlotte Rath so hilflos erlebt. Und noch nie, und dafür schämte er sich, hatte er sich derart zu ihr hingezogen gefühlt wie in diesem Moment. Und mit einem Mal, noch während sie ihn anschaute, schossen ihr Tränen in die Augen, sie wandte den Blick ab und fing lautlos an zu schluchzen.

Andreas Lange war völlig überrumpelt, er wusste nicht, was er tun sollte. Nach einigem Zögern nahm er sie schließlich einfach in den Arm und strich ihr vorsichtig, als sei sie eine zerbrechliche Porzellanpuppe, übers Haar.

»Ist ja gut«, sagte er. »Ich bin bei Ihnen. Ist ja gut.«

Charlotte schmiegte sich an ihn. Er spürte, wie ihr schlanker, weicher Körper von einem erdbebenhaften Schluchzen durchgeschüttelt wurde. Der Tod dieses Pianisten schien sie ganz schön mitzunehmen, und Lange merkte, dass er selbst im Tod noch eifersüchtig auf den Mann war. Und gleichzeitig dankbar, sie so halten zu dürfen. Was war er doch für ein Arschloch!

Das Schluchzen ließ nach, dennoch hielt er sie noch eine Weile im Arm. Als er merkte, dass sie sich von ihm löste, führte er sie ins Wohnzimmer. Charlotte setzte sich in einen Sessel, Lange nahm auf der Klavierbank Platz.

»Dann erzählen Sie doch mal in aller Ruhe«, fing er an. »Was genau ist passiert?«

»Nicht viel. Ich wollte Freddy – also Herrn Siegel – besuchen. Die Wohnungstür stand offen, das Radio dröhnte laut, also bin ich rein. Und dann habe ich ihn gefunden.« Sie schaute zur Seite und fuhr sich mit der Hand an die Schläfen. »Tot in seiner Badewanne.«

»Weiß die Mordbereitschaft schon Bescheid?«

Sie schüttelte den Kopf. »Nein. Ich habe nur Sie angerufen, Andreas.«

»Warum das?«

»Weil ich nicht weiß, was dahintersteckt. Oder besser: Weil ich fürchte, dass ich das ganz genau weiß, das aber niemand anderem als Ihnen erzählen kann.«

»Sie meinen: Lembeck?«

Sie nickte nur.

»Auf den ersten Blick sehe ich keine Spuren von Fremdverschulden.«

»Aber es war Mord. Ich weiß es. Und es war Lembeck.«

»Warum sollte er das getan haben?«

»Weil er einen Zeugen beseitigen wollte.«

»Aber er wusste doch gar nicht, was Siegel beobachtet hat. Und was er Ihnen erzählt hat.«

»Ich weiß es nicht. Vielleicht hat er es geahnt.«

»Und bringt wegen einer Ahnung jemanden um? Das ist doch etwas weit hergeholt, finden Sie nicht?«

»Verdammt, Andreas, ich habe Sie angerufen, weil ich dachte, dass Sie auf meiner Seite sind. Dass Sie verstehen, was hier passiert ist. Dass ich das nicht großartig erklären muss.«

Er nahm ihre Hand.

»Aber, Charly, ich bin doch auf Ihrer Seite. Das ändert jedoch nichts daran, dass wir am Alex anrufen müssen. Das ist ein Fall für die Mordkommission.«

»Das weiß ich auch. Aber vorher wollte ich mit Ihnen reden. Ich kann denen doch nichts von meinem Verdacht gegen Lembeck erzählen. Und schon gar nichts von unseren gemeinsamen Nachforschungen.«

Lange nickte. Da hatte sie recht, das konnte sie nicht. Das konnte er genausowenig. Kowalski schien ohnehin schon etwas zu ahnen, neulich hatte der Kriminalsekretär so eine seltsame Bemerkung gemacht und den Namen Lembeck fallen lassen.

»Außerdem«, fuhr sie fort, »wissen wir doch selbst nicht, was für ein falsches Spiel Lembeck da treibt, warum Rekowski sterben musste und warum ...« Sie stockte. »... und warum Freddy.«

»Sind Sie sich denn wirklich so sicher, dass es Lembeck war?«

Sie zuckte mit den Achseln. Hilflos. Und dann kamen ihr wieder die Tränen. Lange rückte den Klavierhocker zu ihr hinüber und nahm sie noch einmal in den Arm. Er merkte, wie er es genoss, der todunglücklichen Charlotte Rath auf diese Weise Trost zu spenden, und schämte sich dafür. Aber dennoch ließ er sie nicht los.

34

Eigentlich sah es aus wie eine deutlich zu groß geratene Holzfällerhütte. Roh behauene Baumstämme, zwei aus Natursteinen gemauerte Kamine an der Außenwand und davor ein großer Parkplatz, dessen Schotterbelag unter den Reifen knirschte, als Rath vom Sylvan Boulevard abbog und den Wagen ausrollen ließ. Der Club, eher eine Art Raststätte mit Unterhaltungsprogramm, lag in Englewood Cliffs, rund zehn Meilen nördlich von Hoboken, noch hinter der George Washington Bridge, direkt an der Route 9W.

Rath stieg aus dem Wagen und schloss ab. Severin hatte ihm seinen Ford geliehen, anders hätte er auch nicht herkommen können. Wer in New Jersey kein Auto besaß oder sich nicht wenigstens eines leihen konnte, hatte schon verloren. Auch den Abendanzug hatte er borgen müssen, einen eigenen besaß er nicht, und Abendgarderobe war Pflicht im *Rustic Cabin,* obschon der Laden eher nach Holzfällerhemd aussah. Die Reklameschilder warben für Steaks und *Blue Moon ice cream.* Der Parkplatz war schon ganz gut gefüllt, einen knallroten Packard mit New Yorker Kennzeichen konnte er jedoch nirgends entdecken. Na, sie würde schon noch kommen, er war ein paar Minuten zu früh. Und auf der George Washington Bridge herrschte immer viel Verkehr.

Er ging hinein. Rath hatte einen Tisch für zwei reserviert, und der Kellner, schwarze Hose, weißes Dinnerjacket, schwarze Fliege, nahm ihm Hut und Mantel ab und führte ihn an seinen Platz. Da er auf der Karte keinen Cognac fand, bestellte Rath einen Rye Whiskey, zündete sich eine *Camel* an und lauschte der Musik. *Bill Henri and the Headliners* hieß die Band, die an der Stirnseite des Raums auf einer aus grob behauenen Holzpfählen gezimmerten Bühne spielte. Alles im *Rustic Cabin* war roh gezimmert, selbst die Tische, aber die Gäste trugen Abendgarderobe, und die Musik, eleganter Jazz, machte unmissverständlich klar, dass dies kein Blockhaus in den Bergen war, sondern ein Roadhouse an der Peripherie der Großstadt. Es war ein knappes Dutzend Musiker, eine kleine Big Band; Bass, Schlagzeug, Saxophone und Trompeten; der Bandleader selbst spielte Posaune. Vor der

Bühne, nicht auf der Bühne, stand ein einsames Mikrofon auf einem Stativ.

Rath hatte die Zigarette gerade ausgedrückt, da kam sie durch die Tür. Der Kellner nahm Marion Goldstein den Mantel ab und führte sie an Raths Tisch.

»Sorry, the traffic«, sagte sie und setzte sich.

»Kein Problem. Hauptsache, Sie haben es bis hierher geschafft. Ist ja eine ganz schöne Strecke von Brooklyn.«

»Sie sagen es.«

»What would you like to drink, Ma'am?«, fragte der Kellner.

»How about a White Lady?«

Der Kellner nickte und verschwand.

»Sie sind natürlich eingeladen«, sagte Rath.

»Können Sie sich das denn leisten? Als Postbote?«

»Besondere Anlässe erfordern besondere Ausgaben.«

Der junge Kellner kam mit ihrem Drink, und sie stießen an.

»Auf besondere Anlässe«, sagte sie.

Die kleine Big Band spielte Cole Porters *Night and Day* an, und eine warme Männerstimme setzte gleich mit dem Refrain ein. Plötzlich wurde es still im Saal, die Gäste senkten ihre Stimmen oder brachen ihre Unterhaltungen ganz ab. Denn der Gesang machte die bisher eher so dahinplätschernde Musik zu etwas Besonderem.

Selbst Marion Goldstein sprach leiser. »Ist das nicht unser Kellner?«, flüsterte sie. »Da am Mikrofon?«

Rath nickte. »Das ist Francis, der Sohn von Nachbarn. Seine Mutter hat mir den Laden empfohlen.«

»Singt nicht schlecht, der Junge. Und sieht noch besser aus.«

»Besser, Sie lassen die Finger von ihm. Seine Mutter versteht da keinen Spaß.«

»Eine sehr fürsorgliche Mutter, scheint mir.«

»Das kann man wohl sagen.«

Sie schwiegen und hörten der Musik zu, bis der Song zu Ende war. Zum ersten Mal an diesem Abend wurde applaudiert. Auch die Tanzfläche hatte sich merklich gefüllt.

»Haben Sie alles?«, fragte Rath, als der Applaus abebbte.

Marion Goldstein ließ sich Zeit mit der Antwort. Sie kramte eine Zigarette aus ihrem Etui und steckte sie mit einem schweren Sturmfeuerzeug an.

»Alles wie besprochen. Außerdem habe ich Sally Epstein auf unserer Seite.« Sie inhalierte. »Sie kennen den Mann. Er war dabei, als wir anno einunddreißig am Ku'damm in diese Krawalle geraten sind. Sal kennt Marlows Geschäfte wie seine eigenen.«

»Und auf Mister Epstein ist Verlass?«

»Er war Abes bester Freund. Und sein Partner.«

»Und macht jetzt Geschäfte mit Marlow?«

»Glauben Sie mir, Sal hasst Marlow. Dafür habe ich gesorgt.«

»Und wie haben Sie das hinbekommen?«

»Ganz einfach: Ich habe ihm das hier gezeigt.«

Marion Goldstein holte ein Foto aus ihrer Handtasche. Es zeigte Johann Marlow in der schwarzen Uniform und mit der Hakenkreuzarmbinde der SS.

Rath pfiff durch die Zähne. »Eindrucksvoll.«

»Und Sie?«, fragte Marion Goldstein. »Sind Sie bereit?«

Rath nickte. »Jederzeit.«

»Gut. Aber lassen Sie uns erst etwas essen. Tanzen wollen Sie nicht, oder?«

»Wenn es nicht unbedingt nötig ist. Wir sind ja kein Liebespaar.«

»Gott sei Dank nicht.«

Er war überrascht, dass auch sie das Steak bestellte. Der Abend würde nicht billig werden, und dabei war es nicht einmal ein Rendezvous. Aber es lohnte sich, so gut hatte Rath schon lange nicht mehr gegessen.

»Man hört, Marlow ist in Schwierigkeiten«, sagte er und spießte ein weiteres Stück Fleisch auf seine Gabel.

»Sie sind gut informiert.«

»Ich war mal Polizist. Aber dass der Geschäftsführer des Venus Club gestorben ist, stand ja sogar in der Zeitung.«

»Marlow hat noch ein paar Männer mehr verloren. Vergiftetes Heroin.«

»Hat Epstein damit zu tun?«

Sie schüttelte den Kopf. »Ich weiß nicht, wer ihm das angedreht hat, aber Sally war's bestimmt nicht.«

»Wollen wir's hoffen. Nicht dass Marlow Lunte riecht.«

Marion zuckte die Achseln und nahm einen letzten Bissen von ihrem Steak, dann tupfte sie sich den Mund ab und legte ihre Serviette beiseite.

»Was meinen Sie? Es ist an der Zeit zu gehen, oder?«

Rath nickte und winkte dem Kellner.

»Sie haben recht. Lassen Sie uns aufbrechen.«

Er zahlte und gab großzügig Trinkgeld. Sie war schon auf dem Weg zur Garderobe, um ihren Mantel in Empfang zu nehmen. Rath stand auf und nahm das Zigarettenetui und das Foto an sich, die sie liegen gelassen hatte, und folgte ihr. An einem Tisch, etwas versteckt hinter einem Balken, erhob sich ein dunkelhaariger Mann, der exakt den gleichen Abendanzug trug wie Gereon Rath, und drückte seine Zigarette in den Aschenbecher.

35

Johann Marlow hatte so geparkt, dass er den Eingang des Lokals im Blick hatte, selbst aber den Blicken verborgen blieb. Sein nachtschwarzer Chevrolet mit dem Nummernschild des Staates New York fiel nicht sonderlich auf, es war beileibe nicht das einzige Fahrzeug aus dem Empire State, das auf dem Parkplatz stand; der Ruf des *Rustic Cabin* war, nicht zuletzt wegen der ausgezeichneten Musik, die ab und an sogar im Radio übertragen wurde, auch auf die andere Seite des Hudson River gedrungen.

Dass er Geduld mitbringen musste, hatte er gewusst. Bereits eine halbe Stunde vor der Uhrzeit, die Marion ihm genannt hatte, war er in Englewood Cliffs eingetroffen. Ziemlich am Arsch der Welt für jemanden, der aus Brooklyn kam, aber darauf musste er sich einlassen, Gereon Rath durfte keinen Verdacht schöpfen. Und wenn der sich bei einer Verabredung mit Marion Goldstein in New Jersey sicherer fühlte als in New York, dann war es eben New Jersey.

Der alte Ford, mit dem Rath angekommen war, stand nicht weit entfernt vom Eingang. Marion Goldstein war etwa zehn Minuten nach Rath eingetroffen und hatte ihren roten Packard ein paar Reihen weiter geparkt. Sie kannte den schwarzen Chevy und hatte Marlow einen kurzen, unauffälligen Blick zugeworfen, bevor sie hineingegangen war. Es standen eine Menge Autos auf dem Schotterparkplatz des *Rustic Cabin*, der Laden war gut besucht.

Es war verdammt ermüdend, das dauernde Kommen und Gehen zu beobachten und abzupassen, wann die beiden wieder herauskommen würden. Marlow hatte niemanden, der ihn ablöste, er war allein auf seinem Beobachtungsposten. Die Sache mit Rath war persönlich, und deswegen wollte er sie auch persönlich erledigen. Das hätte er auch vor einem Jahr schon getan, doch in Deutschland war ein Preis auf seinen Kopf ausgesetzt. So hatte er Abe Goldstein nach Berlin schicken müssen, und der hatte gute Arbeit geleistet, im entscheidenden Moment aber versagt.

Sie alle versagten, auf niemanden war Verlass, nicht auf Jack Helferich, noch weniger auf dessen Leute, Phil und die beiden anderen Pusher, die im Hinterzimmer des *Venus Club* verreckt waren. Diese Idioten. Hatten sich selbst mit dem Zeug vergiftet. Marlow hatte zunächst gedacht, sie hätten versehentlich von dem Strychnin genommen, mit dem sie das Heroin für den Straßenverkauf streckten, aber so war es nicht: Eine der Morgan-Konservendosen hatte statt reinen Heroins eine Mischung aus viel zu wenig Heroin und viel zu viel Strychnin enthalten. Marlow hatte alle Dosen aus ihrem zweiten Beutezug untersuchen lassen, und es hatte sich herausgestellt, dass gleich fünf davon mit dieser tödlichen Mischung abgefüllt waren.

Das war kein Zufall und kein Unfall, das war ein bewusster Angriff. Die Morgan-Leute hatten ihnen eine Falle gestellt. Wären Helferich und seine Männer nicht so gierig gewesen, wäre das Gift möglicherweise in den *Venus Club* gelangt und hätte für Todesfälle unter den Gästen gesorgt. Nicht auszudenken, mit welchen Folgen. Das hätte nicht nur dem Club den Todesstoß versetzt, es hätte Marlows Geschäfte komplett zum Stillstand gebracht. Es wäre sein Ruin gewesen.

So aber waren, dank seines Anrufs bei Punkin' Pete, der den bereits laufenden Straßenverkauf sofort gestoppt hatte, nur ein paar Drogensüchtige ums Leben gekommen, arme Teufel, nach denen kein Hahn krähte. Aber selbst das wäre nicht passiert, hätten Helferich und seine Leute jede Konservendose aus der Lieferung vorm Strecken und Verpacken sorgfältiger kontrolliert. Im Chemielabor und nicht in den eigenen Venen.

Auf niemanden war mehr Verlass, auf wirklich niemanden, es war zum Kotzen. Der einzige Mensch, auf den Johann Marlow sich jemals hatte verlassen können, war Liang Kuen-Yao gewesen. Doch der lebte nicht mehr. Und wer war für dessen Tod verantwortlich? Der verdammte Gereon Rath. Der immer noch quicklebendig umherlief, wie Marlow sich vor anderthalb Stunden selbst hatte überzeugen können.

Er schaute auf seine Armbanduhr, deren Ziffern im Dunkeln leuchteten. So langsam sollten die Turteltäubchen sich mal blicken lassen, schließlich wusste Marion doch, dass er hier draußen wartete. Und wann sie das Lokal verließen, lag ganz allein in ihrer Hand: Die Aussicht auf eine schnelle Nummer in ihrem Packard würde Gereon Rath jederzeit dazu bewegen, das romantische Dinner nicht allzusehr in die Länge zu ziehen.

Da waren sie. Endlich. Marion in ihrem nachtblau glitzernden Abendkleid, ihrem feschen Hütchen und dem leichten Sommermantel, Rath im schwarzen Tuxedo, ebenfalls mit Hut und Mantel. Er hielt ihr die Tür auf und wandte Marlow den Rücken zu. Dann bot er ihr den Arm an, und sie hakte sich ein.

Marlow lachte grimmig. Wenn das Abe Goldstein noch sehen könnte, wie fucking Gereon Rath da mit seiner Marion poussierte, er würde den Kerl eigenhändig erwürgen. Aber Abe lebte nicht mehr, und Johann Marlow würde mehr mit dem Kerl machen, als ihn nur erwürgen.

Er wartete darauf, dass das Pärchen zu Marions Auto ging, denn das war der Plan, aber die beiden schwenkten ab und spazierten um die Ecke hinter das Haus. Was sollte das? Hatte Marion ihn nicht überreden können, die Nummer im Auto zu schieben, wollte er lieber ins Gebüsch?

Marlow fluchte und stieg aus. Er hasste es, wenn Dinge nicht nach Plan liefen. Und laut Plan hätte sie ihn in ihren Packard gelockt. Wo er Rath, bevor der seinen Schwanz wieder hätte einpacken können, in Sekundenschnelle chloroformiert hätte. Dann wären die beiden Automobile aus New York zurück nach Brooklyn gefahren, der schwarze Chevy und der rote Packard. Um dort einen betäubten Ex-Bullen aus dem Kofferraum zu holen und ihn an dieselben Metallträger zu ketten, an denen bereits Rotjacke Jake sein Leben ausgehaucht hatte.

Nun musste Marlow hinter den beiden herdackeln und den Kerl wer weiß wo überwältigen. Und wie sollten sie ihn dann unauffällig zum Auto schaffen? Als Betrunkener könnte er womöglich durchgehen, aber dann würde Marion, die dämliche Kuh, sich mit unterhaken müssen. Wie sonst sollten sie einen bewusstlosen Achtzig-Kilo-Mann ins Auto hieven?

Er bog um die Ecke, von den beiden war nichts mehr zu sehen. Wohin wollten sie? Kannte Rath irgendeine Stelle hinter dem Haus, die sich für eine schnelle Nummer eignete? Der Mann war vermutlich öfter im *Rustic Cabin*. Zum ersten Mal an diesem Abend bereute Johann Marlow, dass er Brooklyn, dass er New York verlassen hatte, dass er Rath die Wahl des Ortes überlassen hatte. Mit ein wenig mehr Mühe hätte Marion ihn auch zu einem Treffen in New York überreden können.

Der Geruch von Mary Jane drang an seine Nase. Er hasste diese Droge, die kein gutes Geschäft versprach, weil jeder Depp sie selbst auf seinem Balkon ziehen konnte und die überhaupt nichts Glamouröses hatte, sich aber bei Musikern großer Beliebtheit erfreute. Und so war es auch hier. Sechs, sieben Gestalten in schwarzen Hosen und weißen Dinnerjackets standen am Küchenausgang neben den Mülltonnen und rauchten, die Band machte gerade Pause. Marlow beachtete sie nicht und ging weiter. Er hatte den schwarzen Mantel und den Saum des blauen Kleides, der im Mondlicht glitzerte, wieder entdeckt. Langsam ging das Pärchen die Rückseite des Hauses entlang. Marlow tastete nach dem Chloroformfläschchen und dem Taschentuch. Jetzt musste er bereit sein. Er hoffte, dass die Band ihre Rauchpause beendet hatte, wenn sie Rath ins Auto schafften; Zeugen konnten sie keine gebrauchen.

Hinter dem langgestreckten Haus gab es einen schuppenartigen Anbau. Ob das der Platz war, an dem Gereon Rath seine Eroberungen zu vernaschen pflegte? Wie billig, wie abstoßend billig! Marlow beschleunigte seinen Schritt.

Noch im Gehen träufelte er etwas Chloroform in das Taschentuch und schloss zu den beiden auf. Dann packte er den Mörder seines Sohnes von hinten, umfasste mit dem linken Arm dessen Hals und drückte so fest zu, dass der Mann keinen Laut mehr von sich geben konnte, während er ihm mit der rechten Hand das chloroformierte Taschentuch vor Mund und Nase hielt.

Der Drecksack wehrte sich, er versuchte, sich aus dem Würgegriff zu befreien, doch Raths Hände griffen vergeblich nach Marlows Arm, der sich fest wie ein Schraubstock um den Hals gelegt hatte. Ein kurzes Zappeln noch, ein letztes Aufbäumen, dann sackte der Mann in sich zusammen. Marlow ließ ihn los, und der leblose Körper sank zu Boden.

»Komm, wir müssen ihn zum Auto schaffen«, sagte er zu Marion und beugte sich zu Rath hinunter, um ihm den Hut wieder aufzusetzen. »Greif du ihm links unter den Arm, ich nehme die rechte Seite.«

Dann stutzte er. Und verstand die Welt nicht mehr. Der Mann, der da ohnmächtig auf dem Boden lag und dessen Gesicht er jetzt erblickte, war nicht Gereon Rath. Er sah Rath ähnlich, er trug den gleichen Tuxedo, den gleichen Hut und den gleichen Mantel wie Rath, wirklich haargenau den gleichen, doch er war es nicht.

Marlow schaute zu Marion. Deren Blick war unergründlich. Keineswegs überrascht. Stattdessen meinte er so etwas wie Genugtuung darin zu lesen.

Was zum Teufel war hier los, was wurde hier gespielt?

Noch bevor er entschieden hatte, wie er mit der Situation umgehen sollte, hörte er eine laute Stimme hinter sich.

»Excuse me, Sir, what's going on here?«

Er stand auf, steckte das Chloroformtaschentuch unauffällig in die Hosentasche und drehte sich um. Der Lichtstrahl einer Taschenlampe blendete ihn. Er hielt sich die Hand vor Augen und erkannte die Silhouette zweier Männer in Uniformen. Cops. Zum Glück hatte er seine Waffe im Wagen gelassen.

»Officer?« Marlow setzte sein freundlichstes Lächeln auf. »Thank god you're here. Our friend here drank too much. We're going to put him in my car. Nothing happened.«

Die Polizisten blieben ungerührt. »New Jersey State Police«, sagte der Stämmigere der beiden. »You are the driver of the black Chevrolet Master, license number New York thirty-seven, one, jay, eighty-three, eighty-five?«

Marlow nickte. »Yes«, sagte er, und es klang mehr wie eine Frage denn wie eine Antwort.

Woher kannten die seine Autonummer? Was zum Teufel war hier los?

»We have to arrest you, Sir«, sagte der Cop. »Don't move and raise your hands!«

Marlow blickte zu Marion, die ihn mit unverhohlenem Hass anschaute, dann hob er langsam seine Hände. Ihm blieb auch nichts anderes übrig, denn der schweigende Cop hatte seine Dienstwaffe gezogen, während der sprechende bereits mit den Handschellen klimperte.

36

Er schlenderte durch die Reihen der geparkten Autos, als sei er auf dem Heimweg, bis er den Chevrolet mit dem gelbschwarzen Nummernschild des Staates New York erreicht hatte. Bevor er die Wagentür öffnete, warf er noch einen Blick auf das Kennzeichen, um ganz sicherzugehen.

NY 37
1J83–85

Das war die Autonummer, die Marion Goldstein ihm genannt hatte, das war der Wagen von Johann Marlow.

Durch das kleine Guckfenster in der Tür, das noch aus Prohibitionszeiten übriggeblieben war, als nicht jedermann der Zutritt zum *Rustic Cabin* gewährt wurde, hatte Rath den Parkplatz beobachtet, aber nicht sehen können, aus welchem Wagen Marlow gestiegen war.

Kaum war Marion mit Severin hinausgegangen, hatte Rath sich hinter das Guckloch an die Tür gestellt, und nicht lange nachdem die beiden sich nach rechts gewendet hatten, war links im Blickfeld die massige Gestalt von Johann Marlow erschienen. Obwohl er den Mann seit Jahren nicht gesehen hatte und er etwas fülliger geworden war, hatte Rath ihn sofort erkannt.

Er hatte noch bis fünf gezählt, dann hatte er den Polizisten, die in der Küche warteten, ein Zeichen gegeben und war auch selbst aus dem Haus getreten.

Zum Glück gab es nur einen schwarzen Chevy Master auf der linken Hälfte des Parkplatzes, so dass Rath nicht lange hatte suchen müssen. Als die beiden Uniformierten hinter dem Haus verschwanden, stand er schon an der Wagentür und streifte die Handschuhe über. Er hatte den Draht bereits in der Hand, doch das war unnötig, der Wagen war nicht abgeschlossen. Rath kramte das Zigarettenetui von Marion Goldstein aus der Tasche, das er vom Tisch genommen hatte, und klappte es auf. Zigaretten befanden sich keine mehr unter der Blechklemme, stattdessen ein halbes Dutzend flache Tütchen aus Stanniolpapier, die er herausnahm und im Handschuhfach verstaute. Dort lag bereits eine Browning HP, unter der er die silbrigen Briefchen plazierte. Dazu legte er noch das Foto, das Marlow in SS-Uniform zeigte. Dann stieg er wieder aus dem Wagen und schaute sich um. Außer ihm war niemand auf dem Parkplatz.

Er hörte Stimmen, hinter dem Haus war es laut geworden. Rath schlug die Tür des Chevy zu und verließ die Parkreihe auf dem schnellsten Wege. Er stellte sich an Severins Ford und holte seine Zigaretten heraus. Sein Feuerzeug flammte genau in dem Moment auf, als die beiden Polizisten um die Ecke bogen, einen Johann Marlow in ihre Mitte genommen, der nicht zu verstehen schien, was da gerade geschah. Er sah aus, als könne er sich nur mit Mühe beherrschen, aber er beherrschte sich.

»May I ask *why* you are arresting me?«, fragte er die Polizisten in dem ausgesucht höflichen Ton, den Rath von ihm kannte, während er sich ohne Widerstand auf den Parkplatz bringen ließ.

Die Beamten antworteten nicht, sondern führten Marlow schweigend zu seinem Auto. Während ein Polizist ihn mit gezogener Dienstwaffe in Schach hielt, öffnete der Kräftigere der beiden die Tür des schwarzen Chevy und beugte sich in den Wagen. Kurz darauf hielt er nacheinander eine Pistole und zwei, drei silbrig glänzende Apothekerbriefchen in die Höhe.

»May you explain this, Sir.«

Marlow bekam große Augen. Und verlor tatsächlich die Beherrschung.

»Das habt ihr mir doch untergejubelt, das Zeug gehört mir nicht! That's not mine!«

Der Polizist beugte sich noch einmal in den Wagen und hielt

ein Foto in die Höhe. »But that is you, Sir. Or do you want to deny it?«

Marlow wurde bleich.

»Are you a Nazi, Sir?«

Marlow schwieg.

»You have the right to remain silent«, sagte der Polizist. »Anything you say can and will be used against you in a court of law.«

Marlow schüttelte unwillig den Kopf. Auf dem Sylvan Boulevard war aus der Ferne Sirenengeheul zu hören.

»I want to talk to my lawyer«, sagte Marlow, wieder ruhiger.

»You can make a phone call at the precinct.«

Marlow schien sich in sein Schicksal zu fügen. Er sagte nichts mehr. Aber dann entdeckte er Rath, der rauchend an Severins Ford stand, und mit der Contenance war es vorbei.

»This guy«, rief er und zeigte mit den gefesselten Händen auf Rath, »this guy has tricked me. He's the one you have to arrest. His name is Gereon Rath. German police is looking for him.«

Marlow zerrte an seinen Handschellen und spuckte vor Wut aus.

»We don't take orders from a Nazi!«

»I'm no fucking Nazi! You're wrong«, rief Marlow.

»You need to calm down, Sir«, sagte der stämmigere Polizist.

»I am calm. And I'm not a Nazi, for Christ's sake!«

Marlow bäumte sich auf und kassierte einen Hieb mit dem Gummiknüppel.

»Don't you disrespect the name of Jesus! Nazi!«

Marlow schwieg.

Das Sirenengeheul war lauter geworden. Ein schwarz-weißer Ford Sedan der State Police bog auf den Parkplatz und kam mit knirschenden Reifen und ersterbender Sirene direkt hinter Marlows Chevrolet zum Stehen. Ihm folgte eine Ambulanz, aus der, kaum hatte sie angehalten, zwei weißgekleidete Männer stiegen, die eine Trage aus dem Wagen holten.

»One injured person«, sagte der kräftige Polizist und wies mit dem Kopf nach hinten. »Behind the house.«

Die Sanitäter verschwanden nach hinten, und die beiden Polizisten führten Marlow zum Streifenwagen. Sie bugsierten ihn auf den Rücksitz, der Kräftigere nahm neben ihm Platz. Marlow warf

Blicke voller Hass und Verachtung aus dem Wagenfenster. Rath tippte an seine Hutkrempe und folgte den Sanitätern, um nach seinem Bruder zu sehen. Bevor er um die Ecke bog, drehte er sich noch einmal um und sah, wie der Streifenwagen der New Jersey State Police auf den Sylvan Boulevard bog und sich entfernte. Diesmal blieb die Sirene stumm.

37

Es war wie befürchtet. Die Mordkommission hatte sich des Todesfalls Friedhelm Siegel offiziell angenommen, und der Gerichtsmediziner hatte nichts feststellen können, was auf Fremdeinwirkung hindeutete. Freddy war in seiner Badewanne ertrunken, das stand fest. Das einzig Auffällige waren frische Brandmale an seiner Brust, die er sich kurz vor seinem Tod zugezogen haben musste, kleine, punktförmige Verbrennungen auf der Haut, immer zwei nebeneinander, an drei verschiedenen Stellen. Wie die zustande gekommen waren, dafür hatte noch niemand eine Erklärung, weder Doktor Reincke noch einer der ermittelnden Beamten.

Aber dass sechs winzig kleine Verbrennungen, woher sie auch stammen mochten, in irgendeiner Verbindung zu einem Tod durch Ertrinken stehen konnten, diese Theorie vertrat niemand. Niemand außer Charly.

Warum war sie nur so sicher, dass es Mord war? Wo es keinerlei Beweise dafür gab. Und nicht einmal ein ordentliches Motiv.

Sie fragte sich, ob es ihr kriminalistischer Instinkt war oder die reine Verzweiflung. Dass sie nicht glauben konnte, dass sein Tod ein Zufall war.

Sie konnte es immer noch nicht fassen. Er war tot, verdammt noch mal, Freddy war tot!

Es gab Momente, in denen sie hätte schreien können, und Momente, in denen sie keinen Ton herausbrachte. Und zwischen diesen Momenten verlief ihr Leben halbwegs normal, sie ging sogar wieder arbeiten. Nur in der Spenerstraße übernachten, das konnte sie nicht. Sie fühlte sich dazu einfach nicht in der Lage, allein die Vorstellung flößte ihr Angst ein.

Und sie wusste nicht einmal, wovor sie Angst hatte. Dass Freddys Mörder auch hinter ihr her war, konnte sie nicht glauben, dagegen sprach jede Logik. Gesetzt den Fall, Robert Lembeck hatte Freddy getötet – warum sollte er Charlys Tod wollen? Sie konnte nirgends ein Motiv entdecken, und selbst wenn es eines gäbe – warum hatte er sie dann nicht längst getötet? Gelegenheiten dazu hatte es in den vergangenen Monaten wahrlich mehr als genug gegeben.

Gleichwohl hatte Charly zum ersten Mal in ihrem Leben Angst, allein in einer Wohnung zu übernachten. Andreas Lange hatte größtes Verständnis dafür gezeigt, als sie ihm diese, wie ihr schien, lächerliche und unverzeihliche Schwäche gestanden hatte, und ihr sein Bett angeboten, er könne auch auf dem Sofa schlafen, das sei groß genug.

Der Kommissar hatte eine schöne, helle Wohnung am Werderschen Markt. Seiner Zimmerwirtin hatten sie allerdings erzählen müssen, Charly sei Langes Schwester, die für ein paar Tage aus Hannover zu Besuch gekommen sei. Nach ein paar misstrauischen Blicken hatte Frau Lienenkämper das akzeptiert.

»Na, Ihnen kann ich ja trauen, Herr Kommissar, weiß ich doch, dass Sie sonst keinen Damenbesuch empfangen«, hatte sie gesagt, und Andreas Lange war rot geworden.

Charly hatte ihm angeboten, selbst auf dem Sofa zu schlafen, doch das hatte er mit einer Vehemenz abgelehnt, gegen die nicht anzukommen war.

Drei Nächte hatte sie nun schon bei ihm übernachtet, und jeden Morgen hatte er vorsichtig angeklopft und sie geweckt. Sie jeden Morgen mit einem fertig gedeckten Frühstückstisch und frisch aufgebrühtem Kaffee verwöhnt. Andreas Lange tat alles, um sie zu trösten, und Charly war wirklich gerührt.

Nur die Ermittlungen in die richtige Richtung lenken, das vermochte auch er nicht. Obwohl er, da er sich bereits am Tatort befand, als die Kollegen eintrafen, die Leitung der Mordkommission übernommen hatte.

»Es wird immer schwieriger, die Ermittlungen am Laufen zu halten, Charly«, sagte er beim Abendessen. Frau Lienenkämper hatte noch eine Pfanne Bratkartoffeln auf beide Teller verteilt und sich dann zurückgezogen. Nach den ersten Bissen und ein paar belanglosen, freundlichen Floskeln über ihr Tagwerk waren sie gleich wieder beim Thema.

»Ihr ermittelt gerade einmal seit vier Tagen«, sagte Charly. »Wie kann man da die Flinte ins Korn werfen?«

»Der Staatsanwalt hat uns nahegelegt, die Ermittlungen einzustellen.« Lange hüstelte. »Ich fürchte, dabei spielt auch eine Rolle, dass Herr Siegel Halbjude ist.«

»Und?«

»Die Ermittlungen leite immer noch ich. Wenn ich der Meinung bin, dass Fremdverschulden nicht zweifelsfrei ausgeschlossen werden kann, werde ich die Akte nicht als Unfall abheften.«

»Was ist mit diesen Brandwunden?«

»Wir haben die Wohnung nach Gerätschaften abgesucht, die diese Verbrennungen verursacht haben könnten, aber nichts gefunden. Außer dass sich ähnliche Brandspuren auch in einem Hemd und einem Unterhemd in seinem Wäschekorb gefunden haben. Allerdings nur an zwei Stellen.«

»Also war er angekleidet, als er sich diese Verbrennungen zugezogen hat.«

»Genau. Aber bei der dritten offensichtlich nicht mehr. Alles sehr rätselhaft. Eine direkte Verbindung zwischen den Verbrennungen und dem Tod in der Badewanne scheint mir doch sehr unwahrscheinlich.«

»Aber da gibt es eine Verbindung, ich spüre das.«

»Das, was Sie spüren, hilft uns leider nicht weiter. Aber immerhin haben wir Ihre Zeugenaussage, Charly, die darauf hindeutet, dass Siegel bei seinem Tod nicht allein war. Die offene Wohnungstür, das laufende Radio. Diese Dinge müssen erst einmal abgeklärt werden.«

»Nachbarn befragen.«

»Genau. Haben wir gemacht. Bislang aber niemanden gefunden, dem etwas Besonderes aufgefallen ist. Bis auf das laute Radio.«

»Und wenn Sie mal mit einem Foto von Lembeck da herumgehen?«

»Mit welcher Begründung?«

»Ich weiß es nicht. Sie sind der Ermittlungsleiter.«

Charly legte ihre Serviette beiseite.

»Ich habe heute bei Böhm ein bisschen recherchiert«, sagte sie und wunderte sich, wie leicht es ihr fiel, Andreas Lange zu belügen. »Über den Anwalt, der sechsundzwanzig Lembecks Freispruch bewirkt hat …«

»Doktor Kohn?«

»Genau.« Charly nickte. »Gustav Kohn war auch der Anwalt von Johann Marlow.«

Lange, der sich gerade eine Gabel Bratkartoffeln in den Mund schieben wollte, hielt mitten in der Bewegung inne.

»Wie bitte? Woher wissen Sie das denn?«

»Ein paar Nachfragen bei befreundeten Anwälten«, log sie. »Ich habe da noch Verbindungen aus Studienzeiten.«

»Aha?« Lange schob sich endlich die Gabel in den Mund.

»Und wenn man dann«, fuhr Charly fort, »an die Umstände von Lembecks Freispruch denkt, an verschwundene Beweise und Zeugen, die sich plötzlich nicht mehr erinnern können, an die hohe Kaution, dann denkt man doch unweigerlich, dass das Gangstermethoden sind, oder etwa nicht?«

»Hm. Und was wollen Sie damit sagen?«

Sie zuckte die Achseln. »Ich weiß es nicht. Aber könnte es nicht sein, dass Marlows Leute damals mitgeholfen haben, Lembeck herauszuhauen? Indem sie Zeugen erpresst haben oder was auch immer?«

»Und warum sollten sie?«

»Was weiß ich? Weil Lembeck ein Geschäftspartner war. Oder noch werden sollte. Angenommen, Marlow hätte tatsächlich mit Hilfe seines Anwalts und seines Ringvereins Lembecks Freispruch bewirkt, dann stünde der doch zutiefst in dessen Schuld. Wäre er verurteilt worden, hätte Lembeck das Schafott gedroht.«

»Aber Johann Marlow ist nicht mehr im Lande. Da haben wir gesicherte Erkenntnisse. Er ist reichsweit zur Fahndung ausgeschrieben. Seit er vor zwei Jahren in diesen Attentatsversuch auf Göring verwickelt war, beim Richtfest des Luftfahrtministeriums. Der wird seinen Fuß nicht mehr auf deutschen Boden setzen.«

»Das mag sein. Umso mehr benötigt er dann jemanden, dem er vertrauen kann und der noch in Deutschland ist.«

»Sie meinen ernsthaft, Marlow hat noch einen Statthalter in Berlin?«

»Vielleicht auch nur einen Handlanger, ich weiß nicht, welche Rolle er genau spielt. Aber da irgendwo könnte sich Lembecks Geheimnis verbergen, was meinen Sie? Und um das zu wahren, geht er über Leichen.«

Lange dachte kurz nach.

»Wenn das alles zutrifft, müssen Sie das der Mordkommission erzählen.«

»Das tue ich doch gerade.«

»Ich meine: offiziell.«

»Das kann ich nicht, da mache ich mich doch lächerlich. Für keine meiner Vermutungen gibt es irgendwelche Beweise.« Sie schaute ihn an. »Aber Sie, Sie könnten solche Vermutungen anstellen.«

»Damit könnte ich, obwohl das auf sehr tönernen Füßen steht, den Fall Rekowski wieder aufrollen, auch wenn das im Kollegenkreis nicht auf große Begeisterung stoßen wird, wahrscheinlich nicht einmal bei Ernst Gennat, der sonst immer bereit ist, Ermittlungsergebnisse in Frage zu stellen, wenn es neue Erkenntnisse gibt.«

Lange machte eine Pause. Bevor er weitersprach, nahm er Charlys Hand.

»Aber das ändert nichts daran, dass es zum Fall Siegel keinerlei Verbindung gibt. Offiziell, also vor der Polizei, hat Siegel nie ausgesagt, dass er Lembeck zusammen mit Ehlers gesehen hat. Seine Beobachtung im Groschenkeller aber ist die einzige Verbindung zu Lembeck, die wir haben, und davon hat er nur Ihnen erzählt, und ... und ...« Er stockte. »Und der Polizei wird er es nicht mehr erzählen können.«

»Aber *Sie* wissen das alles, Andreas. Reicht das nicht? Sie könnten Lembeck einfach mal in die Mangel nehmen. Ihn zum Beispiel fragen, was er Montagnachmittag gemacht hat. Ob er zufällig am Stuttgarter Platz war.«

»Aus welchem Anlass soll ich ihn vernehmen, Charly, warum sollte er ein Alibi brauchen? Wo ist das Motiv? Ein offizielles Motiv! Solch eine Aktion kann ich vor Gennat niemals begründen.«

»Aber irgendwas muss doch passieren, verdammt!« Charly war

lauter geworden als beabsichtigt. Sie entzog ihm ihre Hand. »Ich bin zu Ihnen gekommen, Andreas, weil ich eingesehen habe, dass es falsch ist, eigenhändig neben der Mordkommission zu ermitteln. Aber Sie erzählen mir die ganze Zeit nur, was Sie *nicht* tun können.«

Er schaute sie bestürzt an.

»Aber, Charly«, sagte er, »so ist das doch nicht gemeint. Ich kann unsere Theorien und Mutmaßungen nur nicht in die offiziellen Ermittlungen einfließen lassen. Was ich aber machen kann: mal selber mit einem Foto von Robert Lembeck am Stuttgarter Platz Klinken putzen gehen. Gennat muss ja nicht alles wissen.«

»Das wäre wenigstens ein Anfang. Wenn ihn jemand dort gesehen hat zur fraglichen Zeit, dann hätten wir ... also: Sie endlich mal eine Begründung, ihn vorzuladen.«

»Können Sie mir denn ein Foto von Lembeck besorgen? Ein möglichst aktuelles?«

»Das sollte möglich sein. Montagmorgen bin ich sowieso mit ihm verabredet.«

»Er hat bei Ihnen angerufen?«

Lange wirkte gelinde entsetzt.

»Heute nachmittag. In der Detektei. Er will mich um acht im Café Potsdamer Platz treffen. Zum Frühstück.«

»Da, wo früher das Josty war?«

»Genau.«

»Und Sie wollen hingehen?«

»Natürlich will ich das. Vielleicht finde ich etwas heraus. Ich bin die Einzige von uns beiden, die unbefangen mit ihm sprechen kann. Noch denkt er, wir sind befreundet.«

»Tun Sie das nicht, Charly. Der Mann könnte Verdacht schöpfen.«

»Verdacht schöpft er nur, wenn ich nicht hingehe. Wir haben uns fast zwei Wochen nicht gesehen.«

»Aber wir hatten doch ausgemacht, dass wir, wenn Sie ihn das nächste Mal treffen, zusammen hingehen.«

Charly zuckte die Achseln. »Wenn Sie Angst um mich haben, können Sie sich ja an den Nebentisch setzen.«

»Sie werden lachen, Charly, aber genau das werde ich tun.«

38

Verdammt, war die Frau stur!

Andreas Lange lag auf seinem Sofa, notdürftig zugedeckt mit einer Wolldecke, und konnte nicht schlafen. Und das lag nicht an der viel zu kurzen Decke über seiner Schulter und dem kratzigen Häkelkissen an seiner Wange, denn daran hatte er sich inzwischen gewöhnt, sondern ganz allein an Charlotte Rath. An deren Sturheit er sich nie gewöhnen würde.

Sie wollte sich also mit Robert Lembeck treffen. Obwohl sie den Mann für einen Mörder hielt.

Lange wusste nicht genau, ob er ihre Meinung teilte. Ob Lembeck wirklich ein Mörder war, womöglich gar ein zweifacher. Dem man nur nichts nachweisen konnte. Weil sie nicht einmal sein verdammtes Motiv kannten.

Wenn Lembeck tatsächlich alle beide umgebracht haben sollte, Rekowski und Siegel, dann nur, weil beide Zeugen waren, die sein Geheimnis zu enttarnen drohten. Nur, was genau war das für ein Geheimnis? Dass er bei Göring ein und aus ging? Unwahrscheinlich. Dass er einmal wegen Mordes angeklagt war? Die mysteriösen Umstände seines Freispruchs? Aber was hatte das mit dem SS-Mann Klaus von Rekowski zu tun? Oder aber dass er dem Leib-und-Magen-Anwalt von Johann Marlow seinen Freispruch verdankte? Möglicherweise irgendeine Verbindung zwischen diesen Erkenntnissen. Aber was für eine?

War es am Ende Gereon Rath? Der tote Gereon Rath?

Dass Oberkommissar Rath, als er noch im Dienst war, mit Berlins einstigem Gangsterkönig regen Umgang pflegte, das war eines der Gerüchte, das sich bis heute, selbst nach Raths Tod, hartnäckig in den Gängen der Burg hielt. Vielleicht war es ja mehr als ein Gerücht. Und vielleicht wusste seine Witwe mehr von den krummen Geschäften ihres Mannes, als sie zuzugeben bereit war.

Sie habe Recherchen angestellt. Sich bei einstigen Kommilitonen erkundigt. Lange glaubte ihr kein Wort. Charlotte Rath wusste genau, wer Johann Marlow war, und sie wusste auch, wer Gustav Kohn war, dazu hatte sie keine Recherchen anstellen müssen. Sie verheimlichte ihm etwas.

Aber das tat er ja auch.

Er hatte ihr noch mit keinem Wort gesagt, was er für sie empfand. Er hatte ihr ja noch nicht einmal das Du angeboten, obwohl sie seit Tagen bei ihm wohnte. Nur in Gegenwart von Frau Lienenkämper, die Charlotte für seine Schwester hielt, duzten sie sich, aber kaum war die Zimmerwirtin aus dem Raum, verfielen sie wieder ins Sie. Er war sich nicht sicher: Wäre es seine Aufgabe gewesen, Charlotte das Du anzubieten? Er war der Mann und auch ein paar Monate älter. Aber er hatte es nicht getan, und inzwischen hatte er das Gefühl, den richtigen Moment verpasst zu haben. Dass es nun, ganz gleich, wann er mit dem Vorschlag um die Ecke käme, nur noch lächerlich wäre. Ganz zu schweigen von allem anderen.

Warum waren die einfachen Dinge für ihn nur immer so kompliziert?

Und so klammerte er sich an das, was er hatte. An die gemeinsamen Ermittlungen mit ihr. Die außerdem heimlich waren, was den Reiz noch erhöhte. Als Kriminalist brannte auch er darauf, Robert Lembeck einmal mit all den Fragen zu löchern, die sich inzwischen angehäuft hatten, als Privatmann jedoch musste er sich eingestehen, dass ihm gar nicht so sehr an einer schnellen Lösung der Fälle Rekowski und Siegel gelegen war. Wenn es nach ihm ginge, hätte er noch Wochen und Monate mit Charlotte auf Spurensuche gehen können.

Der Fall Rekowski war längst zu den Akten gelegt, der Fall Siegel aber war aktuell. Und so dünn die Todesfallakte Siegel auch sein mochte, es war seine Mordkommission, die Mordkommission von Kriminalkommissar Andreas Lange, die in diesem Fall ermittelte. Zu der allerdings auch Anton Kowalski gehörte.

Der Kriminalsekretär hatte ihn neulich beim gemeinsamen Kantinenessen gefragt, ob er schon einmal bei *Radio Gunther* eingekauft habe, ob er den Inhaber kenne. Die Frage hatte ganz harmlos geklungen, doch Lange hatte sofort gewusst, dass Kowalski die alte Ermittlungsakte gesehen haben musste. Dass er ahnte, dass Lange sich neben der offiziellen Arbeit noch mit einem nassen Fisch abgab. Einem ungelösten Fall, in dem der Hauptverdächtige Robert Lembeck hieß.

Ob Kowalski schon mit Ernst Gennat gesprochen hatte? Andreas Lange hatte das Gefühl, dass sich da eine Schlinge immer enger zuzog. Ewig konnte das nicht gutgehen.

Dennoch konnte er die Ermittlungsakte Siegel, sosehr sie auch danach schrie, nicht ernsthaft als Unfall in irgendein Hängeregister packen. Mochte das gerichtsmedizinische Gutachten von Doktor Reincke auch einen natürlichen Tod nahelegen, gab es durchaus Anhaltspunkte für weitergehende Ermittlungen, etwa Charlottes Zeugenaussage, die ausdrücklich auf die laute Radiomusik und die offene Wohnungstür hingewiesen hatte. Doch damit auch der Staatsanwalt das so sah, bräuchte es noch ein paar mehr. Eine Zeugenaussage aus der Nachbarschaft, die eine verdächtige Person, deren Beschreibung zu Robert Lembeck passte, zur Tatzeit in Tatortnähe gesehen hatte, wäre also nicht das Schlechteste. Und wenn sie erst einmal einen Anlass hätten, den Mann in die Burg zu zitieren und in einen Vernehmungsraum zu setzen, würde man schon weitersehen.

Und vielleicht sprang bei Charlottes nächster Begegnung mit Lembeck mehr heraus als nur ein Foto. Dass sie noch einmal mit ihm sprach, hatten sie ja ohnehin geplant, nur hatte er sich das anders vorgestellt. Er hatte mit am Tisch sitzen wollen, als privater Freund von Charlotte, und das hätte ihm nicht nur geschmeichelt, das hätte womöglich auch mehr Erkenntnisse zutage gefördert. Nun also holterdiepolter und ungeplant.

Was Andreas Lange aber am meisten an dem anberaumten Treffen störte: dass Lembeck selbst darum gebeten hatte. Der Mann war ihm nicht geheuer. Als Privatmann würde Lange am Montagmorgen zum Potsdamer Platz gehen und sich ins Café setzen, genau wie verabredet. Aber er würde bewaffnet sein, das stand fest.

Er hörte, wie die Schlafzimmertür geöffnet wurde, und stellte sich schlafend. Leise Schritte. Nackte Füße auf dem Dielenboden. Charlotte auf ihrem nächtlichen Gang zur Toilette. Er blinzelte und sah den Umriss eines weißen Nachthemdes an der Badezimmertür. Und wusste, dass er diese Nacht wieder kein Auge zumachen würde.

39

Das State Prison in Rahway lag ein Stück außerhalb der Stadt und war mit seiner großen Kuppel, von der die Zellentrakte wie die Arme eines Kraken abgingen, schon von Weitem zu erkennen. Eine halbkreisförmige Zufahrt führte von der Rahway Avenue direkt am Haupteingang vorbei, als sei der Riesenkasten ein Luxushotel mit Valet Parking Service. Doch niemand erschien, um Rath das Einparken abzunehmen, also stellte er den Ford im Schatten eines Baumes ab und stieg aus.

Beim Anblick der dicken roten Backsteinmauern überkam ihn das mulmige Gefühl, das ihn auch als Polizist stets beschlichen hatte, wenn er ein Gefängnis betreten musste. Er schaute auf die Uhr, bis zum vereinbarten Termin war noch etwas Zeit. Rath steckte sich eine *Camel* an, lehnte sich an den Wagen und rauchte.

Alles war glattgelaufen. Was ihm in Berlin nicht gelungen war, in den USA hatte er es hinbekommen: Johann Marlow saß hinter Gittern. Verdacht auf Spionage, versuchte Entführung, unerlaubter Waffenbesitz, Besitz illegaler Betäubungsmittel – in der Anklage kam einiges zusammen. Vor dem Jahr 1950 käme Marlow bestimmt nicht auf freien Fuß.

Marion Goldstein hatte Wort gehalten und ihren einstigen Arbeitgeber in die Falle gelockt. Mit Hilfe von Severin, der seinen Doppelgängereinsatz am *Rustic Cabin* gut überstanden hatte. Rührend, wie Marion Goldstein sich um den Chloroformierten gekümmert hatte. Als Rath nach Marlows Abtransport nach seinem Bruder schaute, hatte sie dessen Kopf auf ihren Schoß gebettet, Severin mit besorgtem Blick angeschaut und ihm durchs Haar gestrichen. Rath hatte die geschlossenen Augen seines Bruders gesehen und dessen Gesicht und hatte gewusst, dass Severin längst wieder bei Bewusstsein war und den Moment auskostete. Hernach hatten sie alle drei auf den gelungenen Coup angestoßen, und Rath hatte schnell gemerkt, dass er die beiden irgendwie zu stören schien. Er hatte Severins Auto genommen und war zurück nach Hoboken gefahren, und Severin, der mit seinem Nachbarn Francis und den Musikern ins *Rustic Cabin* gekommen war, hatte sich von Marion Goldstein nach Hause bringen lassen.

Mochten sie bei der Verhaftung auch nachgeholfen haben, so würde doch alles andere, Marlows Verurteilung und Inhaftierung, ganz allein nach den Gesetzen des Staates New Jersey erfolgen. Alles nach Recht und Gesetz. Charly wäre stolz auf ihn, wenn sie davon wüsste.

Wäre sie?

Er merkte, wie sehr ihn der Gedanke an sie schmerzte. Wie oft er wieder an sie denken musste. Bei allen möglichen Gelegenheiten. *Finde dich damit ab, dass du sie nie wiedersiehst*, schimpfte er dann mit sich selbst. Und wollte sich doch nicht damit abfinden.

Er nahm einen letzten Zug, dann warf er die Zigarette auf den Asphalt. An der Pforte des Gefängnisses nannte er den Namen Rhodes, Gerald, und wies sich mit seinem Führerschein aus. Bevor er die erste Schleuse passieren durfte, begleitet von einem blau uniformierten Wärter, durchsuchten sie ihn nach Waffen. Dann rasselte der riesige Schlüsselbund. Fünf Minuten und einige aufzuschließende Stahltüren später hatten Rath und sein Begleiter den Besuchsraum des Rahway State Prison erreicht.

»Please sit down and wait, Mister Rhodes«, sagte der Wärter. »The detainee will be presented to you immediately.«

Rath setzte sich an einen schlichten Holztisch, der unter einem vergitterten Fenster stand. Zwei Tische weiter saß eine schwarze Frau, die sich mit einem ebenso schwarzen Mann unterhielt, der Gefängniskleidung trug und mit traurigem Blick zärtlich nach ihrer Hand griff.

»No touching«, sagte der Wärter, der direkt an ihrem Tisch stand, mit scharfer Stimme, und sofort zuckte die schwarze Hand zurück.

Die Tür zum Zellentrakt öffnete sich mit einem Knarren, und Johann Marlow wurde von einem Wärter hereingeführt. Doktor M. wirkte in der groben quergestreiften Gefängniskluft weniger eindrucksvoll als in seinen maßgeschneiderten Anzügen.

Marlows Miene war nicht anzumerken, was er denken mochte, er wirkte ruhig und gelassen, fast, als fühle er sich wohl in seiner neuen Rolle.

»Sit down, hands on the table«, herrschte der Wärter ihn an.

Marlow setzte sich, legte die mit Handschellen aneinandergeketteten Hände auf die Tischplatte und ließ Rath währenddessen nicht aus den Augen.

»Sie also sind Mister Rhodes«, sagte er. »Hätte ich mir eigentlich denken können.«

»Ich vermute, sonst bekommen Sie nicht allzu häufig Besuch, oder? Außer von Ihrem Anwalt.«

»Wo ist denn Marion Goldstein? Die Schlampe traut sich wohl nicht her.«

»Sie hat irgendwas in der Richtung verlauten lassen, dass sie mit Ihnen fertig ist, Marlow. Dass Sie im Knast verrotten sollen und dass Sie froh ist, Sie nie wiedersehen zu müssen.«

»Da soll sie sich mal nicht zu früh freuen. Noch bin ich nicht verurteilt.«

»Warten wir's ab. Wir sind nicht in New York. In New Jersey tanzen Staatsanwaltschaft und Gerichte nicht nach Ihrer Pfeife. Und die Polizei sowieso nicht, wie Sie ja gemerkt haben. Sie haben Ihre mächtigen Freunde an den falschen Stellen. Oder jedenfalls im falschen Bundesstaat. Da kann Ihnen auch ein gutbezahlter New Yorker Anwalt nicht helfen.«

Marlow wandte seinen Blick keine Sekunde ab, er fixierte sein Gegenüber, als wolle er Rath hypnotisieren. Immer noch, obwohl er im Gefängnis saß und keinerlei Anlass zu Optimismus bestand, umspielte seine Mundwinkel die vage Andeutung eines spöttischen Grinsens.

»Ohne Marion Goldstein hätten Sie mich niemals hereingelegt, Kommissar. Ich frage mich, wie Sie es geschafft haben, sie auf Ihre Seite zu ziehen. Ihr Charme kann es ja nicht gewesen sein.«

»Das war gar nicht so schwer. Wo Sie ihren Mann in den Tod geschickt haben.«

»Das hat sie Ihnen geglaubt? Er hat einen Fehler bei der Arbeit gemacht, das sollte man nicht mir in die Schuhe schieben. Erschossen wurde er von einem Berliner Bullen, haben Sie ihr das auch gesagt?«

Rath schwieg.

»Reinhold Gräf, nicht wahr? Ihr alter Partner. Dessen Kopf wird sie auch noch sehen wollen, unsere kleine Salomé. Werden Sie ihr den ebenfalls geben?«

Rath sagte nichts. Auch im Gefängnis hatte Johann Marlow die Fähigkeit nicht verloren, anderen Menschen in die Seele zu schauen.

»Wissen Sie, was mich am meisten ärgert, Kommissar? Dass ich Marions falsches Spiel nicht durchschaut habe. Frauen werden uns Männern wohl auf ewig ein Rätsel bleiben, nicht wahr?«

»Das kann Ihnen ja egal sein. So bald werden Sie in Ihrem Leben keine Frau mehr zu sehen bekommen.«

»Sie genießen das richtig, habe ich recht? Mich hier sitzen zu sehen. In Ketten.«

»Sie lassen mir ja keine andere Wahl, Marlow. Sie trachten mir nach dem Leben. Seien Sie froh, dass Sie nur im Gefängnis gelandet sind.«

»Lassen *Sie* mir denn eine Wahl? Sie wollten meinen Tod! Sie haben die Intrige gesponnen, der Liang zum Opfer gefallen ist! Der auch ich zum Opfer fallen sollte.«

»Das mit Ihrem Sohn tut mir tatsächlich leid, Herr Larsen ...«

Marlows Mundwinkel zuckten kurz, als er seinen eigentlichen Namen hörte, das war alles, mehr ließ er sich nicht anmerken.

»Aber noch mehr bedaure ich es, dass Sie die Sache überlebt haben.« Rath fixierte sein Gegenüber. Keine Reaktion. »Und am allermeisten«, fuhr er fort, »bedaure ich, dass ich viel zu spät gemerkt habe, was für ein skrupelloses Arschloch Sie sind.«

»Ts, ts, ts«, machte Marlow und schüttelte den Kopf. »Was für eine Ausdrucksweise, Kommissar! Das mit uns beiden hätte eine Erfolgsgeschichte werden können, wissen Sie das? Sie hätten bei der Polizei Karriere gemacht, ich als Geschäftsmann. Wir hätten beide in Berlin bleiben können, und es ginge uns gut. Es fing so vielversprechend an mit uns. Aber als es das erste Mal ernst wurde, haben Sie gekniffen.«

»Weil Sie von mir verlangt haben, einen Menschen zu töten.«

»Wäre ja nicht das erste Mal gewesen für Sie – ich dachte, das fiele Ihnen leichter. Aber da habe ich mich wohl getäuscht. Das heißt: Sie haben mich enttäuscht, Kommissar.«

»Das hoffe ich doch.«

»Und was haben Sie davon? Nun sind Sie auf der Flucht und müssen den Toten spielen. Vermissen Sie Ihre süße Frau eigentlich gar nicht?«

Dieses Arschloch!

»Lassen Sie Charly aus dem Spiel!«

»Wusste ich es doch! Sie vermissen Sie, nicht wahr? Weiß die

Ärmste überhaupt, dass Sie noch leben? Falls ja, kann sie das gut verbergen.«

Rath war ins Gefängnis gefahren, um Johann Marlow zerknirscht und kleinlaut zu sehen. Stattdessen drehte der den Spieß um.

»Na, wahrscheinlich weiß sie es nicht. Sonst hätte sie ja nichts mit diesem jungen Pianisten angefangen, was meinen Sie?«

»Hören Sie auf, Marlow, Sie wollen mich ja nur provozieren.«

»Sie haben tatsächlich keine Ahnung, was Ihre Frau so treibt, nicht wahr? Ja, sie hat einen neuen Freund. Oder hatte. Berlin ist ja immer noch sehr schnellebig.«

Rath schwieg.

»Haben Sie Ihre liebe Frau, seit Sie abgetaucht sind, nicht mehr gesprochen? Das sieht mir ja fast danach aus. Ich kann Sie beruhigen: Es geht ihr gut. Sie ist in Berlin und vergnügt sich mit jungen Nachwuchsmusikern.«

»Erzählen Sie doch keinen Bullshit, Marlow.«

»Alles verbürgt, Kommissar. Ich habe immer noch Freunde in Berlin.«

»Sie können mir meinetwegen erzählen, was Sie wollen. Am Ende ist es doch so: Sie sind derjenige, der hinter Gittern schmort, und ich bin derjenige, der gleich wieder in die Freiheit spazieren darf.«

»Ja, ich sitze im Knast. Glückwunsch, das haben Sie und Ihre feine Freundin Frau Goldstein erreicht, Kommissar. So what? Derjenige, der sich Sorgen machen muss, sind Sie.«

»Wollen Sie mir etwa drohen?«

Marlows Stimme blieb ruhig und gelassen. »Ich will Ihnen nur klarmachen, wie wenig Sie davon haben, dass ich im Gefängnis sitze. Selbst wenn ich verurteilt werden sollte. Was beileibe noch nicht ausgemacht ist.«

»Sie können mir keine Angst einjagen. Sie sitzen ein, und auf Ihre Leute in Brooklyn würde ich nicht bauen. Die wenigen, die sie überhaupt noch hatten, sind zu Ihrem einstigen Compagnon gewechselt.«

»Tja, Sal Epstein, die Ratte. Hätte ich dem alten Buchhalter nicht zugetraut.« Marlow schüttelte den Kopf, dann schaute er Rath an. »Ich spreche auch nicht von Ihnen, Kommissar. Dass Sie mit sich selbst allzu sorglos umgehen, das weiß ich doch. Und das ist mir herzlich egal.«

»Worauf wollen Sie hinaus?«

»Sie mögen ein Einzelgänger sein, aber denken Sie mal nach: Gibt es irgendwo auf dieser Welt nicht doch noch einen Menschen, um den Sie sich Sorgen machen?«

Rath sagte nichts.

»Falls dem so sein sollte«, sagte Marlow, »kann ich Ihnen nur folgenden Rat geben: *Machen* Sie sich Sorgen! Denn die sind durchaus berechtigt.«

Das ganze Gespräch hatte er mit seiner gewohnten warmen, wohlklingenden Stimme geführt, die letzten Sätze aber hatte er mit einer Kälte ausgesprochen, die Rath frösteln machte.

Die Unterredung war beendet, Marlow war bereits von seinem Stuhl aufgestanden. Mit den gefesselten Händen winkte er einem Wärter und ließ sich, ohne Rath noch eines Blickes zu würdigen, aus dem Besuchsraum führen.

40

Robert Lembeck drehte das Ladenschild auf *GESCHLOSSEN*, löschte alle Lichter bis auf das im Schaufenster und verzog sich in das fensterlose Hinterzimmer. Er ließ den Lötkolben aufheizen und öffnete seine schwarze Aktentasche. Daraus holte er ein längliches Holzkästchen, aus dessen Ende zwei kurze Metallstifte ragten, während das andere Ende in einen Handgriff auslief und mit einem Schalter versehen war. Seine eigene Konstruktion, und er war stolz darauf. Allerdings musste er das Gerät dringend verbessern, und das konnte er nur hier. In seinem Reich, seinem Refugium, geschützt vor den Blicken der Welt.

War es ein Fehler, die Rath jemals dort hineingelassen zu haben? Vielleicht. Aber er hatte ihr Vertrauen gewinnen wollen. Gewinnen müssen. Eigentlich war es doch wie immer: Man schmiedet Pläne, aber dann läuft alles ganz anders. Aber für genau solche Fälle war er ja da, genau das war sein Metier: Menschen zu helfen, deren Vorhaben nicht nach Plan lief. Wenn er das bei anderen konnte, warum dann nicht auch bei sich selbst?

Anfangs hatte es ganz einfach ausgesehen: Die Witwe Rath im Auge behalten, schauen, ob sich der totgeglaubte Gatte nicht doch bei ihr meldet. Als sie dann nach Prag gereist war, unter falschem Namen, schien es geradezu offensichtlich, dass Gereon Rath ebenfalls dorthin entkommen war. Also war er ihr hinterhergefahren. An Geld, das Marlow ihm aus seinem Anteil des Sorokin-Vermögens zukommen ließ, mangelte es ja nicht.

Er hatte sie angesprochen, um näher an ihr dran zu sein, doch Fehlanzeige: Gereon Rath war nicht in Prag. Alles schien für die Katz, bis sie ihn eines Tages, wenige Wochen nach ihrer Rückkehr, in seinem Laden besucht hatte. Ohne dass er viel dazutun musste, gehörte er plötzlich zu ihrem engsten Freundeskreis, drei, vier Menschen, die sich ab und zu in kleiner Runde trafen, um offen gegen die Regierung zu wettern. Sie redeten über alles, nur nicht darüber, ob Gereon Rath irgendwo untergetaucht war. Für ihre Freunde war er tot. Dass seine Leiche nirgends auftauchte, hielten sie für tragisch und traurig, sie trösteten Charlotte deswegen, weil es das endgültige Abschiednehmen so erschwere, aber niemand brachte die Frage auf, ob er womöglich noch lebe.

Doch er lebte. Ob Charlotte das gewusst hatte? Oder ob er ihr das die ganze Zeit verschwiegen hatte? Rath lebte, und nicht nur das: Er hatte Marlow hinter Gitter gebracht.

Robert Lembeck, der Johann Marlow über lange Jahre, aus Dankbarkeit, aber auch aus geschäftlichem Interesse, ein zuverlässiger Helfer gewesen war, hatte zum ersten Mal versagt.

Er hatte Doktor M. damit trösten können, dass wenigstens der zweite Auftrag planmäßig verlief. Am Abend des Tages, an dem Georg Kramm das Schiff in Bremerhaven betrat, würde er vollendet sein. Wahrscheinlich würden einige Spuren auf Robert Lembeck deuten, das war nicht zu vermeiden, aber einen Robert Lembeck würde es, wenn die Fahndung nach ihm einsetzte, schon nicht mehr geben. Und Georg Kramm würde auf seiner Überfahrt in die Vereinigten Staaten unbehelligt bleiben.

Das Honorar, das Marlow ihm schuldete, war hoch genug, um sich damit eine neue Existenz aufzubauen. In Berlin war er mit der bescheidenen Fassade von Gunthers Elektrogeschäft gut gefahren, und so wollte er es auch in den Staaten halten.

Marlow war trotz Lembecks Versagen in Sachen Gereon Rath immer noch bereit, ihm alles zu zahlen. Wenn er sich, als kleine Wiedergutmachung, um die Witwe kümmere. Ein Auftrag, dem er nur zu gerne nachkam, bevor er Deutschland verließ.

Charlotte Rath hatte ihm von Anfang an mehr Ärger als Nutzen gebracht. Warum musste ihre Freundin auch ausgerechnet diesen Jäger kennen, mit dem er in Carinhall aneinandergeraten war, weil der sich unbefugt auf der Baustelle herumgetrieben hatte.

Er hatte der zufälligen Begegnung im Café *Reimann* zunächst keine große Bedeutung beigemessen und gehofft, der Mann habe ihn nicht erkannt, aber wenige Tage später stand er am Alex im Laden und drohte unverhohlen: Was Göring wohl dazu sagen würde, wenn er erführe, dass ein Handwerker der Carinhallbaustelle mit Regimegegnern verkehre?

Damit hatte er sein Todesurteil gesprochen. Hätte der Mann irgendetwas verlauten lassen, egal in welche Richtung, wäre die Arbeit von Monaten umsonst gewesen. Lembeck war dem Mann gefolgt bis in die Kantstraße, wo Rekowski in die Großgarage gefahren war, er hatte ihn in die Kneipe nebenan gehen sehen und sich tags darauf dort nach ihm umgehört. Umhören wollen. Denn kaum hatte er sich an den Tresen gesetzt und das erste Bier bestellt, hatte ihn ein Mann mit unverkennbar norddeutschem Akzent gefragt, ob er einen Klaus von Rekowski kenne.

Lembeck unterhielt sich mit dem Norddeutschen und merkte schnell, dass dieser Mann eine Riesenwut auf Rekowski hatte. Rekowski habe seinen Neffen ermordet, verriet er nach ein paar Bierchen, dafür müsse er büßen.

Und Rekowski hatte büßen müssen. Jedoch hatte der Norddeutsche nichts dazu beigesteuert. Außer seinem Taschentuch.

Es machte Robert Lembeck nichts aus, einen Menschen umzubringen. Wenn es nötig war, war es nötig. Und wenn möglich hatte es unblutig zu geschehen. Normalerweise griff er zu den Mitteln, die die Elektrizität bereithielt, wie damals bei seinem Kompagnon Gunther, der die illegalen Geschäfte nicht länger hatte mittragen wollen, aber im Falle Rekowskis hatte Lembeck lieber von Chloroform und Autoabgasen Gebrauch gemacht, um alle Spuren auf den Norddeutschen aus dem *Groschenkeller* zu lenken.

Der Lötkolben war inzwischen heiß, der Elektroschocker lag aufgeschraubt vor ihm. Ein kleines, handliches Gerät, gespeist aus handelsüblichen Flachbatterien, mit dem man einem Menschen einen elektrischen Schlag verpassen konnte, einen Schlag, der den Betroffenen für Minuten außer Gefecht setzte. Extrem hohe Spannung bei eher geringer Stromstärke, das tötete niemanden, jedenfalls nicht zwingend, aber es ließ die komplette Muskulatur verkrampfen, so dass man ein wehrloses Opfer vor sich hatte, mit dem man alles machen konnte.

Er musste das Gerät verbessern. Der Klavierspieler hatte sich viel zu früh aus der Erstarrung lösen können, noch bevor das Badewasser eingelaufen war, und er hatte ihn ein zweites, ja sogar ein drittes Mal unter Strom setzen müssen, bis der Mann endlich ertrunken war.

Warum mussten auch immer wieder Männer in seinem Laden aufkreuzen und den großen Macker markieren?

Er solle die Finger von seiner Freundin lassen, hatte der Klavierspieler ihn angeherrscht, als er im Laden aufgekreuzt war. Er habe keine Angst vor ihm, ganz gleich, ob Robert Lembeck nun beim SD sei oder von der SS; Charlotte habe sein falsches Spiel längst durchschaut, sie wisse, dass Lembeck ein Lügner sei, und so weiter und so weiter.

Er hatte den Mann ausreden lassen. Ihm gesagt, dass da ein Missverständnis vorliegen müsse, aber gleichwohl freundlich versprochen, Charlotte nie mehr zu belästigen. Und ihm dann, am selben Tag noch, einen Besuch abgestattet. Und das Problem gelöst.

Die Schockpistole hatte funktioniert, aber für den nächsten Einsatz musste sie verbessert, Stromstärke wie Ausgangsspannung erhöht werden. Er musste stärkere Batterien einsetzen und vor allem an Relais und Induktionsspule arbeiten. Das Zerhacken des Gleichstroms optimieren, damit die Selbstinduktion eine noch höhere Spannung erzeugte. Das Gerät würde ein wenig schwerer werden, bliebe aber immer noch handlich genug für seine Zwecke. Kleine Änderungen, aber sie würden die Waffe viel effektiver machen. Und vielleicht sogar tödlich.

41

Wenn er geahnt hätte, wie teuer es war, von den USA ins Deutsche Reich anzurufen, und wie kompliziert, er hätte es wohl gar nicht erst probiert. Aber was blieb ihm anderes übrig? Er musste sich tief bei Severin verschulden, noch tiefer als ohnehin schon, um sich das Telefonat leisten zu können. Und dann kam es nicht einmal zustande. Und kostete trotzdem. Zwar nicht den vollen Preis, aber doch ein paar Dollar. Die er nicht hatte.

»AT & T Operator speaking. I am sorry, Sir, your overseas call can't be made. We can't connect you. Your German participant hasn't picked up yet, despite multiple calls.«

Sie hatte nicht abgenommen.

Aber er musste sie doch warnen!

Es war zum Verzweifeln.

Am liebsten hätte er sie schon gleich nach dem Gespräch mit Marlow angerufen, er hatte im Auto gesessen, auf das Lenkrad eingeschlagen und auf die Technik geflucht. Ihre Privatnummer in der Spenerstraße konnte er immer noch auswendig, doch ein Überseegespräch nach Berlin war nicht so schnell zu vermitteln, sondern musste vierundzwanzig Stunden vorher angemeldet werden. Damit der Teilnehmer auch ranging, wenn die Leitung stand.

Und Charly war innerhalb dieser vierundzwanzig Stunden offenbar nicht erreichbar gewesen.

Wo sie sich bloß herumtrieb? Rath hatte das ganze Wochenende in seinem bescheidenen Apartment in der Washington Street gehockt, ein paar Blocks nördlich von Severins Wohnung, und auf den Rückruf des Operators gewartet.

Alles vergebens.

Schließlich hatte er die Vermittlung um ein Überseegespräch mit der einzigen anderen Berliner Nummer gebeten, die er noch im Kopf hatte. Eine Nummer, die er eigentlich nie wieder anrufen wollte. Es war Sonntagabend, in Berlin also sechs Stunden später, mitten in der Nacht, doch Rath wollte nichts unversucht lassen.

Er hatte eine Flasche Whiskey aufgemacht und wartete.

Endlich klingelte der klobige schwarze Apparat.

Es war die Vermittlung.

»Sir, your overseas call to Berlin. Please hold the line.«

Rath wartete. In der Leitung waren seltsame Geräusche zu hören, ein Rattern, ein Rauschen und Pfeifen, und Rath fragte sich, ob er das auch schon bezahlen müsse. Irgendwann klackte es.

»Gräf here. Who's speaking?«, hörte er die verschlafene Stimme von Reinhold Gräf. Laut und deutlich. Nur ein wenig heiser und verhallt, wie aus weiter Ferne. Aber so war es ja auch. Berlin lag über sechstausend Kilometer entfernt.

»Reinhold«, sagte Rath. »Du musst nicht Englisch sprechen. Ich bin's.«

Das Schweigen am anderen Ende der Leitung währte so lange, dass Rath schon befürchtete, die Verbindung sei abgebrochen.

Doch dann meldete sich Gräfs Stimme wieder durch das Rauschen. »Bist du wahnsinnig?«

»Ich weiß, ich sollte dich nie wieder anrufen, aber es geht nicht anders. Hör mir einfach zu, ich kann nicht lange reden, du hast keine Ahnung, was eine Minute aus den Staaten kostet.«

»Genau die hast du auch. Eine Minute. Mehr gebe ich dir nicht.«

»Okay. Es geht um Charly. Sie ist in Gefahr. Doktor M., Johann Marlow. Er ist hier in den Staaten, ich habe ihn in den Knast gebracht, und nun will er sich rächen. Er bedroht Charly. Du musst sie beschützen, versprich mir das. Oder sie wenigstens warnen.«

»Ich rede mit ihr.«

»Gut!« Rath spürte eine unendliche Erleichterung. »Marlow hat immer noch Leute in Berlin. Sie soll die Augen offen halten. Vielleicht braucht sie sogar Polizeischutz. Kannst du so etwas organisieren?«

»Ich weiß nicht, wie du dir das vorstellst. So etwas wird Helldorff niemals genehmigen.«

»Dann sag Lange Bescheid. Czerwinski. Gennat. Dass da noch Leute von Marlow in Berlin herumlaufen, die unschädlich gemacht werden müssen.«

»Beruhige dich. Charly soll bestimmt nicht deinetwegen leiden. Ich werde alles tun, was in meiner Macht steht. Versprochen.«

»Danke. Das werde ich dir nie vergessen.«

Rath legte auf.

Diese Verbindung mit seinem alten Leben, mit seiner alten Welt, hatte ihn aufgewühlt. Berlin, Gräf, Charly, alles war plötzlich wieder so real. Sie waren noch da. Alle. Auf der anderen Seite des Globus, aber sie waren noch da. Er hatte gerade mit jemandem gesprochen, der in Berlin am Luisenufer saß. In der Wohnung, in der er selbst zwei Jahre gelebt hatte.

Er goss sich noch einen Whiskey ein und steckte sich eine *Camel* an. Das Bild, das sich in der Fensterscheibe seines Apartments spiegelte, unterschied sich nicht groß von dem, das er aus seiner alten Kreuzberger Junggesellenwohnung kannte. Da saß ein einsamer Mann in seinem Sessel, in der einen Hand ein Glas mit Hochprozentigem, in der anderen eine qualmende Zigarette.

Reinhold Gräf. Wahrscheinlich einer der besten Freunde, die er jemals gehabt hatte. Auch wenn sich ihre Wege schon lange getrennt hatten. Eigentlich seit die Nazis über Deutschland bestimmten. Mit Paul Wittkamp mochte Rath länger und enger befreundet sein, aber niemandem hatte er so viel zu verdanken wie Reinhold Gräf. Und nach diesem Telefonat stand er tiefer in Reinholds Schuld denn je.

42

Das Café am Potsdamer Platz schrieb sich aus irgendwelchen Gründen, vielleicht nationalsozialistischen, gut deutsch *Kaffee*, so wie das Getränk. *KAFFEE POTSDAMER PLATZ* stand in Großbuchstaben an der Fassade des Hauses, in dem seit Menschengedenken das traditionsreiche Café *Josty* residiert hatte. Der Name mochte sich geändert haben, die Lage nicht, und so war die Terrasse, von der sich, baumbeschattet und durch eine Balustrade vom Gehweg abgetrennt, die beste Sicht über den Potsdamer Platz bot, bis weit in die Leipziger Straße hinein, auch um diese Uhrzeit schon gut besucht.

Wenn man etwas sehen wollte, musste man heute auch draußen

sitzen, die großen Fenster des Cafés waren komplett mit schwarzen Tuchbahnen bespannt. Tribut an die Verdunklungswoche, die mit dem heutigen Tag begann. Überall in der Stadt hingen solche und ähnliche Vorrichtungen in den Fenstern, die Autoscheinwerfer waren mit Schlitzkappen verblendet, und überall an den Fassaden wiesen gelbschwarze Schilder auf Luftschutzräume hin.

Andreas Lange saß bereits an einem Tisch an der Bellevuestraße und las Zeitung. Wie ein Geheimagent. Charly schaute auf die Uhr. Fünf vor acht. Sie fand einen Platz auf der anderen Hälfte der Terrasse nahe der Potsdamer Straße. In der Nacht hatte es geregnet, ein paar Tropfen auf der Tischplatte hatten überlebt. Der Kellner kam und wischte sie mit einer einzigen geschickten Bewegung weg.

»Die Dame wünschen?«

»Ich erwarte noch jemanden zum Frühstück, aber eine Tasse Kaffee können Sie mir gerne schon bringen.«

»Tut mir leid. Draußen nur Kännchen.«

»Dann eben das.«

»Sehr wohl.«

Robert Lembeck erschien pünktlich um acht, noch bevor Charly ihren Kaffee bekommen hatte. Sie entdeckte ihn bereits, als er die Potsdamer Straße überquerte, eine lederne Aktentasche in der Hand. Er sah nicht anders aus als die zahlreichen Berliner, die um diese Tageszeit zu ihren Arbeitsstätten strebten. Den grauen Arbeitskittel trug er allerdings noch nicht, stattdessen einen Anzug und darüber einen Mantel, der sich in seiner Graufärbung kaum von der seines Kittels unterschied. Lembecks Gesicht war keine Gemütsregung zu entnehmen. Am Eingang zur Terrasse angekommen, schaute er sich um und hob die Hand, als er seine Verabredung entdeckte.

»Guten Morgen, Charlotte«, sagte er und stellte seine Tasche ab, bevor er sich setzte. »Schön, dass Sie es einrichten konnten.«

»Für Sie doch immer, Robert«, antwortete Charly und fragte sich, wie lange sie diese Lügen noch durchhalten konnte.

»Ich hoffe, Sie haben sich nicht über meinen Anruf gewundert. Aber ich dachte, wir haben uns in der letzten Zeit recht selten gesehen und sollten uns noch einmal treffen. Wo Sie doch bald ins Ausland wollen.«

»Ach ja.« Charly seufzte. »Das wird noch etwas dauern. Momentan habe ich andere Sorgen.«

Der Kellner kam mit dem bestellten Kännchen Kaffee und fragte nach den weiteren Wünschen.

»Für mich nicht viel«, sagte Lembeck. »Ebenfalls einen Kaffee und dazu eine Käseschrippe bitte.«

»Eine Schrippe nehme ich auch«, sagte Charly, obwohl sie überhaupt keinen Hunger verspürte, und Appetit noch weniger.

»Sie sprachen von Sorgen, Charly?«, fragte Lembeck, als der Kellner wieder verschwunden war.

Sie nickte. »Ich habe einen Todesfall zu beklagen.«

»Oh! Das tut mir leid. In der Familie?«

Sie beobachtete ihn genau. Er schaute sie mit einer Mischung aus Neugier und Bedauern an, die sie nicht glauben wollte.

»Ein guter Freund. Freddy Siegel. Sie haben ihn einmal kennengelernt. Im Café Reimann.«

Er zog die Augenbrauen hoch. »Ach! Der junge Mann, der so eifersüchtig reagiert hat. Was ist denn passiert?«

»Er ist ertrunken. In seiner Badewanne.«

»Wie schrecklich! Von solchen Dingen liest man ja in der Zeitung. Ich frage mich immer, wie so etwas passieren kann!«

»Das frage ich mich auch. Die Polizei ermittelt noch.«

»Schon irgendwelche Ergebnisse?«

»So genau bin ich nicht informiert. Seltsam sind kleine punktförmige Brandspuren, die er an seinem Körper hat. An drei verschiedenen Stellen, immer zwei nebeneinander.«

»Woher wissen Sie davon?«

Nun musste Charly sich wirklich beherrschen. Dass sie nicht zu flennen anfing. Oder diesem heuchelnden Schweinehund den heißen Kaffee ins Gesicht schleuderte. Mitsamt Kännchen.

»Ich habe ihn gefunden«, sagte sie. »Ich habe es selbst gesehen. Seltsame Brandmale. Sie wissen ja, ich war einmal bei der Polizei, da macht man sich so seine Gedanken.«

»Und zu welchem Schluss sind Sie gekommen?«

»Ich weiß es nicht. Ich finde keine Erklärung. Die Polizei wohl auch nicht.«

»Das nenne ich mal gründliche Polizeiarbeit. Dass man solch kleinen Spuren solch große Bedeutung beimisst.«

Der Kellner kam mit einem Tablett und stellte ein weiteres Kännchen Kaffee und zwei Teller mit Käseschrippen auf den Tisch. Auf den Käsescheiben waren Gewürzgurken drapiert.

Charly schielte zu dem Tisch, an dem Andreas Lange saß. Der hielt sich weiterhin die Zeitung vor die Nase, lugte dabei aber über den Papierrand. Als rechne er damit, dass Lembeck plötzlich aufspringen und sie erwürgen könne. Als ob er das tun würde, mitten in der größten Öffentlichkeit, die man in Berlin haben konnte: am Potsdamer Platz.

»Guten Appetit«, wünschte Lembeck und biss in seine Schrippe.

»Gleichfalls«, meinte Charly. Sie knabberte nur eine kleine Ecke Käse ab.

Vor ihr saß Robert Lembeck. Der Mann, der Klaus von Rekowski und Freddy Siegel auf dem Gewissen hatte. Und nun so tat, als könne er kein Wässerchen trüben. Der ihr immer noch die alte Rolle vorspielte, obwohl er längst ahnen, ja wissen musste, dass sie ihn durchschaut hatte.

Sie hätte ihn am liebsten geschüttelt, dass er die Maskerade aufgab und sein wahres Gesicht zeigte. Und ihr die Wahrheit erzählte. Die Gründe für sein Handeln offenbarte. Mordmotive nannte.

»Haben Sie denn gar nichts zu erzählen, Robert?«, fragte sie.

Auch diese Frage brachte ihn nicht aus dem Konzept.

»Oh, natürlich habe ich das«, sagte er. »Aber das hat Zeit bis nach dem Frühstück. Ich würde Ihnen gerne etwas zeigen. Ganz in der Nähe.«

»Etwas zeigen? Ein neues Ladenlokal?«

»So ähnlich. Sie werden schon sehen.«

Das hörte sich seltsam an, fast bedrohlich, aber bevor Charly nachhaken konnte, heulte die Sirene auf dem Dach des Columbushauses über den Potsdamer Platz, weitere kamen hinzu, eine nach der anderen, aus allen Ecken der großen Stadt jaulten sie und vereinigten sich zu einem brüllend lauten Konzert. Man konnte sein eigenes Wort nicht mehr verstehen.

Fliegeralarm.

Die Zeitungen hatten es angekündigt für diese Woche, aber dass die Sirenen gleich schon am Morgen des ersten Tages der Luftschutzwoche losgehen würden, damit hatten wohl die Wenigsten gerechnet.

Einige Gäste hielten sich die Ohren zu, andere standen überhastet auf und schauten sich um, als könnten sie sich nicht entscheiden, was zu tun sei und in welche Richtung sie gehen sollten. Allein die Kellner schienen Ruhe zu bewahren. Sie gingen reihum und kassierten erst einmal ab, redeten beschwichtigend auf die Gäste ein.

Als die Sirenen nach rund zwei Minuten wieder abklangen, stellte sich der Oberkellner, der die Armbinde eines Luftschutzwartes angelegt und einen Stahlhelm aufgesetzt hatte, mitten auf die Terrasse und bat um Gehör.

»Meine Damen und Herren«, sagte er mit lauter Stimme, »bitte bewahren Sie Ruhe. Berlin wird von feindlichen Flugzeugen angegriffen, doch es besteht keine Gefahr, wenn wir uns geordnet in die Luftschutzräume begeben. Man wird Sie zu den für unser Lokal vorgesehenen öffentlichen Schutzräumen führen. Den Anweisungen des Personals ist unbedingt Folge zu leisten! Zuwiderhandlungen werden gemäß Luftschutzgesetz bestraft.«

Das klang sehr ernst. Die Deutschen verstanden auch bei einer Übung keinen Spaß. Niemand wagte es, einen Witz oder einen dummen Spruch zu machen.

Der Kellner, der sie eben noch bedient hatte, trat an ihren Tisch und erteilte Anweisungen.

»Der für Sie zuständige Luftschutzraum befindet sich unter dem Vox-Haus in der Potsdamer Straße. Bitte folgen Sie mir. Zügig, aber nicht überhastet. Der Feind wird in fünfzehn Minuten hier sein.«

Charly stand auf, Lembeck ebenso. Ihm war anzusehen, dass es ihm nicht gefiel, dass seine Pläne über den Haufen geworfen wurden. Charly gefiel es ebensowenig: dass sie nicht gehen konnte, wann sie wollte, sondern gezwungen war, die nächste Stunde oder wie lange so etwas dauern mochte, mit Robert Lembeck und vielen fremden Leuten in einem dunklen Keller zu verbringen, während draußen Krieg gespielt wurde.

Ohne Murren standen sämtliche Gäste des Cafés von ihren Plätzen auf und folgten den Kellnern. Charly bemerkte, dass es zwei Gruppen waren, die sich in Bewegung setzten. In unterschiedliche Richtungen. Während Lembeck und sie zur Potsdamer Straße geführt wurden, war Lange in die Truppe geraten, die zur Bellevuestraße hinüberging. Er drehte sich zu Charly um und zuckte hilflos die Achseln. Der Kellner, der Langes Trupp anführte, forderte ihn unmissverständlich zum Weitergehen auf. Charly schielte zu Lembeck hinüber, doch der schien nichts bemerkt zu haben. Er kannte Andreas Lange ja auch nicht.

Auf dem geschäftigen Potsdamer Platz bot sich ein seltsames Bild. Straßenbahnen hielten mitten auf der Straße, um die Fahrgäste aussteigen zu lassen, Busse und Autos fuhren rechts ran, Fuhrleute banden ihre Pferde an Laternenmasten, Radfahrer schlossen ihre Räder ab, wo sie gerade standen. Es war gespenstisch. Als hätten die Menschen ihren eigenen Willen verloren, ließen sie alles stehen und liegen und strömten, wie Ameisen, die ihrem Bau zustreben, auf vielen kleinen Ameisenstraßen den Luftschutzkellern zu. Gelbe Plakate an den Hauseingängen wiesen den Weg. Oder die allgegenwärtigen Luftschutzwarte mit ihren weißen Armbinden und den Stahlhelmen. Einige trugen sogar Gasmasken und sahen besonders martialisch aus.

Aus einem Haus an der Potsdamer Straße schaute ein älterer Herr, noch im Pyjama, aus dem dritten Stock auf das Spektakel.

»Fenster schließen! Runterkommen!«, bellte ein Luftschutzwart nach oben.

Der Alte im Fenster zuckte zusammen, als er merkte, dass der Mann mit dem Stahlhelm ihn gemeint hatte, und schloss eiligst das Fenster.

Fünf Minuten später betrat er als einer der Letzten, immer noch im Pyjama, den Luftschutzkeller des Vox-Hauses. Obwohl es der Keller eines Bürohauses war, roch es muffig und nach alten Kartoffeln. In dem großen Kellerraum, der durch eine Stahltür gesichert war, hatten sich mindestens hundert Menschen versammelt. An den Wänden hatte man Bänke aufgestellt, auf denen nur die wenigsten Platz fanden. Alle anderen standen dicht gedrängt beisammen. Charly war von Lembeck abgedrängt worden, was ihr durchaus recht war. Er stand mitten im Raum und mitten im Gedränge, die Ledertasche fest umklammernd, während sie sich in der Nähe des Eingangs direkt neben dem alten Mann im Pyjama wiederfand, der in Pantoffeln auf dem kalten Kellerboden stand.

»Was für eine unchristliche Zeit«, schimpfte der. »Die hätten einem ja wenigstens noch Zeit lassen sollen, sich anzuziehen.«

»Ja meinen Sie, der Feind nimmt im Ernstfall auf so etwas Rücksicht?«, herrschte ihn der Luftschutzwart an. »Reißen Sie sich doch zusammen, Mann!«

»Na, wenn es mal nur bei dieser Probe bliebe«, meinte der Pyjamamann, und der Luftschutzwart guckte böse, als könne es für ihn gar nicht oft genug Fliegeralarm geben. Der Mann mit der Armbinde und dem Stahlhelm stand direkt neben der Tür. Wie ein Zerberus, der niemanden hinaus- und niemanden hereinließ.

Charly fühlte sich unwohl. Eingesperrt. Sie stand hier mit zig fremden Leuten, aber der Einzige, den sie wahrnahm, war Robert Lembeck. Und der Einzige, der ihr fehlte, war Andreas Lange.

Lembeck wolle ihr etwas zeigen, hatte er gesagt. Das klang so derartig nach einer Falle, dass schon vorhin im Café alle Alarmglocken in Charlys Kopf geschrillt hatten. Bevor die vereinten Sirenen Berlins alles andere übertönt hatten.

Irgendwo weinte ein Kind, Charly konnte es nicht sehen. Der Schweiß lief ihr über die Stirn, sie fühlte sich immer unwohler. Sie konnte sich nicht helfen, aber in dieser Enge wuchs eine Panik in ihr, die größer und größer wurde und gegen die sie nichts tun konnte. Und dann hörte sie tatsächlich das dumpfe Dröhnen von Flugzeugen, das immer lauter wurde und gar nicht mehr abreißen wollte.

»Jetzt sind die roten Bomber, die unsere Flugabwehr überwinden konnten, über der Stadtmitte und klinken ihre Bomben aus«, informierte der Luftschutzwart. Wenn er die Menschen im Keller mit dieser Auskunft hatte beruhigen wollen, so ging das gründlich daneben. Fast alle zuckten zusammen, als den Worten ein lautes, donnerndes Poltern folgte.

Keine Bomben. Aber da klopfte jemand heftig gegen die Stahltür.

»Helfen Sie mir!«, rief es dumpf durch die Tür. »Unser Opa ist noch oben, wir kriegen ihn nicht die Treppe runter.«

»Es ist gegen die Vorschrift, die Luftschutztür nach Einsetzen der Angriffe zu öffnen«, antwortete der Luftschutzwart. »Gasgefahr!«

»So helfen Sie doch! Er sitzt im Rollstuhl, wir brauchen Hilfe. Allein schaffen wir es nicht.«

So ziemlich alle im Keller schauten den Luftschutzwart an, und der kam trotz seiner Machtfülle gegen dieses Bündel vorwurfsvoller Blicke nicht an.

»Eigentlich ist es gegen die Vorschrift«, sagte er. »Aber: na gut.«

Und damit öffnete er die Tür und ging hinaus.

»Wo isser denn, Ihr Opa?«, hörte man ihn fragen. Dann Schritte auf der Treppe, die sich entfernten.

Jetzt oder nie, dachte Charly. Sie schlüpfte durch den Türspalt. Niemand hielt sie zurück. Vielleicht dachten die Leute, sie wolle helfen. Vielleicht dachte das sogar Lembeck. Aber sie wollte nicht helfen, sie wollte hier raus.

Die Treppe hoch konnte sie nicht, von dort hörte sie jetzt Poltern und Keuchen.

»Sehn Se, det kann man nich alleene. Is schwer, so 'n Rollstuhl.«

»Sie haben ja recht. Aber im Ernstfall wären wir jetzt in höchster Gefahr. Und die Vorschriften ...«

»Aber man kann Opa doch nich auf der Straße lassen nur wegen der Vorschriften! Seine Beene hatter im Krieg verloren. Für Kaiser und Vaterland!«

Der Luftschutzwart sagte nichts mehr. Charly hatte sich in den Kellergang zurückgezogen und wartete ab, bis sie das Knarren der Stahltür hörte. Als die Tür zuschlug, verließ sie ihr Versteck und hastete über die Kellertreppe so schnell wie möglich nach oben und hinaus auf die Straße.

Nur weg hier! So schnell wie möglich!

Aber wo sollte sie hin? Und wie?

Die Straßenbahnen fuhren nicht, die Busse fuhren nicht, auch keine Kraftdroschke, nichts. Auf dem Potsdamer Platz, auf dem verkehrsreichsten Platz Europas, befanden sich so viele Fahrzeuge wie auch sonst, doch keines davon bewegte sich, alle standen sie auf dem menschenleeren Platz herum, sogar die Straßenränder waren komplett zugeparkt, ein seltsames Bild, als gehöre die Stadt den Autos und nicht den Menschen.

Am grauen Himmel zog ein Bombergeschwader nach dem anderen vorbei, so tief, wie Charly noch nie ein Flugzeug hatte fliegen sehen, und erfüllte die Luft mit sonorem Dröhnen. Es wirkte gespenstisch. Abwehrfeuer der Flak knatterte von irgendwoher herüber, gleich aus mehreren Richtungen. Dann knallte es laut, und Charly zuckte zusammen. Aus der Richtung des Kaiserhofs und der Reichskanzlei stieg eine dunkle Rauchwolke in den Himmel. Warfen die hier wirklich mit Bomben? Jedenfalls sollte es so aussehen. Eine Feuerwehrsirene heulte gegen das Geknatter und Gedröhne an. Charly kam sich vor wie im Krieg, und das war, so wurde ihr mit einem Mal klar, auch der Sinn dieser Übung, die ja nicht nur das Militär betraf, sondern die gesamte Zivilbevölkerung Berlins. Die deutsche Regierung, die doch immer betonte, wie sehr ihr am Frieden in Europa gelegen sei, wollte ihr Volk auf den Krieg vorbereiten.

Hinten bei Wertheim am Leipziger Platz schien es nun auch zu brennen, jedenfalls stieg eine dicke Rauchwolke in den Himmel, Martinshörner heulten auf. Zwei Feuerwehrautos fuhren vor, Feuerwehrmänner sprangen ab und rollten Schläuche aus. Eine Ambulanz hielt direkt vor dem U-Bahn-Eingang, zwei Sanitäter holten eine Trage aus dem Wagen. Ja, die spielten ganz ernsthaft Krieg, mit allem Drum und Dran. Sogar die Polizei war im Einsatz, Charly hörte das Martinshorn eines Überfallwagens näher kommen. Was sie daran erinnerte, dass es verboten war, sich während des Fliegeralarms auf der Straße herumzutreiben. Sie lief, so schnell sie konnte, zur Linkstraße hinüber und versteckte sich im nächstbesten Hauseingang.

Der Überfallwagen kam näher und näher, dann rauschte er vorüber, und die Sirene kippte im selben Moment in eine tiefere Tonart. Charly war erleichtert. Aber sie musste hier weg, bevor der Luftschutzwart aus dem Vox-Haus auf die Idee kam, nach ihr zu suchen, und sie in den Keller zurückscheuchte.

Plötzlich hörte sie eine Stimme neben sich und zuckte zusammen.

»Warum sind Sie denn einfach davongelaufen? Es ist gefährlich, sich während eines Luftangriffs auf der Straße aufzuhalten.«

Da stand Robert Lembeck und lächelte sie an, unter dem Arm seine schwarze Aktentasche.

»Und wie kommen Sie hierher? Ist der Alarm beendet?«

»Unserem Luftschutzwart war nicht wohl. Ich habe mich angeboten, Hilfe zu holen.«

»Drüben am Leipziger Platz sind Sanitäter.«

»Ach, die haben Wichtigeres zu tun. Der Mann erholt sich schon wieder.« Er winkte ab. »Gut, dass ich Sie hier gefunden habe, Charlotte. Ich wollte Ihnen doch noch etwas zeigen.«

»Sie wissen aber, dass wir beide jetzt nicht auf der Straße sein dürften. Alle anderen sind im Luftschutzkeller.«

»Umso besser. Dann stört uns niemand.«

»Es tut mir leid, Robert, aber wo auch immer Sie mich hinführen wollen, Sie müssen es ein andermal tun. Ich fühle mich nicht wohl. Ich muss nach Hause.«

»Wissen Sie denn noch, wo Ihr Zuhause ist? In der Spenerstraße waren Sie ja schon seit Tagen nicht mehr.«

»Verfolgen Sie mich etwa?«

»Wie gesagt, ich möchte Ihnen etwas zeigen. Ganz in der Nähe. Es ist wichtig.«

Charly schaute sich um. Über ihnen dröhnten die Flugzeuge, die Flak knatterte, immer mal wieder heulte ein Martinshorn durch die Stadt. Die Straßen waren menschenleer, keine Polizei, nichts. Und auch von Andreas Lange war nichts zu sehen.

»Wir müssen das verschieben. Lassen Sie uns telefonieren.«

»Wir verschieben gar nichts. Sie kommen jetzt mit.«

Seine Stimme klang scharf. Plötzlich hielt er eine Pistole in der Hand. Eine Parabellum aus dem Krieg.

Zu ihrem alten Bild von Robert Lembeck hätte das überhaupt nicht gepasst, aber mittlerweile wunderte sie gar nichts mehr an dem Mann.

»Was soll das?«, fragte sie. »Wollen Sie mich erschießen? Auf offener Straße?«

»Wo denken Sie hin, Charly? Wenn ich Sie erschießen wollte, hätte ich das längst tun können. Zeugen gäbe es jedenfalls keine.« Er schüttelte den Kopf. »Nein, ich möchte lediglich meiner Bitte Nachdruck verleihen.«

Er fuchtelte mit der Pistole herum und wedelte damit die Linkstraße hinunter Richtung Kanal. Charly setzte sich in Bewegung.

»Wollen Sie auch, dass ich die Hände hebe?«

»Nicht nötig. Ich vertraue Ihnen. Gehen Sie einfach.«

Als sie das Ufer erreicht hatten, schickte er sie nach links, unter die stählernen Eisenbahnbrücken, die über den Landwehrkanal zum Potsdamer Bahnhof führten. Sonst war es hier immer dröhnend laut, doch die Züge fuhren nicht, kein einziger, das einzige Dröhnen kam vom Himmel. Charly ging die Uferstraße entlang. Weit und breit war kein Mensch zu sehen außer dem schmächtigen Mann mit der Pistole, der ihr nicht von der Seite wich und sie den Kanal entlangtrieb, als sei sie ein verirrtes Schaf, das zurück zur Herde geführt werden müsse. Vor einer guten halben Stunde hatte sie noch vor dem Café gesessen und auf den Berufsverkehr und das Menschengewimmel auf dem Potsdamer Platz geschaut. Alles wirkte so unwirklich, Charly kam sich vor wie in einem seltsamen, bösen Traum.

Und dann begannen unvermittelt wieder die Sirenen zu heulen und schwollen an zu einem einzigen, infernalisch lauten Dauerton. Charly konnte nicht anders, sie hielt sich die Ohren zu.

43

Selbst hier unten drang das Geheul der Sirenen durch Mark und Bein, es war lauter als das sonore Dröhnen der Bomber, das ihnen bis vor wenigen Minuten wie das Summen eines lästigen Insekts in den Ohren gelegen hatte.

Entwarnung. Endlich!

Andreas Lange war als Erster aus dem Keller, als der Luftschutzwart die Tür öffnete, und führte die Menschenmenge an, die aus den Kellern des Columbushauses nach oben und zurück ins Tageslicht drängte. Er fand sich auf der Bellevuestraße wieder und lief an der Caféterrasse vorbei zur Potsdamer Straße hinüber. Er konnte sich nicht wieder an seinen Tisch setzen und so tun, als sei nichts geschehen; er wollte sich so schnell wie möglich davon überzeugen, dass Charlotte nichts passiert war. Er hatte ihr versprochen, sie nicht aus den Augen zu lassen, und dieses Versprechen hatte er nicht halten können.

Schon während der endlos langen Wartezeit, als sie im Keller ausharren mussten, hatte er mit dem Luftschutzwart gesprochen und ihn gefragt, wo denn die Südseite der Kaffeehausterrasse hingeführt worden sei. Der Mann hatte ihm das Vox-Haus genannt, und da stand Lange nun, so unauffällig wie möglich, und sah die Menschen aus dem Keller kommen. Von Charlotte und Lembeck jedoch keine Spur.

In der Hofeinfahrt des Vox-Hauses lag ein Mann mit Stahlhelm und Armbinde auf dem Boden, den Kopf an die Wand gelehnt.

Neben ihm hockte ein älterer Herr in Schlafanzug und Pantoffeln, der beruhigend auf ihn einredete.

»Was ist passiert?«, erkundigte sich Lange.

»Ich kann es mir auch nicht erklären.« Der Luftschutzwart hatte eine matte Stimme. »Irgendwas da unten muss unter Strom stehen, ich habe einen mächtigen Schlag bekommen. Hat mich fast getötet.«

»Wie?«

»Ein Herr wollte medizinische Hilfe holen«, sagte der Schlafanzugträger. »Ist aber nicht wiedergekommen.«

»Was für ein Herr?«

»Unscheinbar. Grauer Anzug, grauer Mantel, schwarze Aktentasche, Brille.«

»Wann war das?«

»Na, ist keine zehn Minuten her.«

»War eine Dame in seiner Begleitung? Brünett, onduliertes Haar, blaues Sommerkleid?«

»Wie? Die gehören zusammen?«

Der Mann im Pyjama schüttelte den Kopf. »Die ist noch früher raus. Als Opa Schneidern kam. Wir dachten, die will mit dem Rollstuhl helfen. Hat se aber nich. Haben sich wohl beide dünnegemacht. Hoffe, der Luftschutz hat sie erwischt. Loofen einfach weg, während unsereiner im Pyjama mit den Zähnen klappern muss.«

»Haben Sie eine Idee, wo die beiden hingegangen sein könnten?«

»Woher sollte ich? Darüber geredet haben die beiden nicht. Haben ja nicht einmal zusammengestanden. Sie bei der Tür, er mittendrinne.«

Lange ging zurück zum Potsdamer Platz, auf dem das Leben langsam wieder in Gang kam. Die Menschen stiegen auf ihre Fahrräder oder in ihre Autos, sie stiegen in die gestrandeten Straßenbahnen und auf die Busse. Es gab ein mittleres Tohuwabohu, als sich all die am Straßenrand geparkten Fahrzeuge wieder in den Verkehr einfädelten. Und auch die Gehwege wirkten wegen all der aus den Kellern zurückgekehrten Passanten noch voller als sonst.

Lange stellte sich unter den Verkehrsturm und schaute in alle Richtungen. Es war zwecklos.

Er hatte sie verloren. Daran gab es nichts zu deuteln.

44

Sie standen auf der Köthener Brücke. Obwohl die Entwarnungssirenen abgeklungen waren, trieben sich hier kaum Menschen herum. Wer nichts im Hafen zu tun hatte, den verschlug es auch nicht in diese Gegend, und im Schöneberger Hafen gab es nichts zu tun, dessen geschäftige Zeiten waren lange vorbei. Gleichwohl hatte Lembeck seine Luger in der Manteltasche versteckt. Aber nach wie vor auf Charly gerichtet.

Offensichtlich waren sie am Ziel.

Er zeigte auf die Schöneberger Brücke auf der anderen Seite des Hafenbeckens, in dem nur ein paar schrottreife Kähne schaukelten.

»Sehen Sie die Brücke dort drüben?«, fragte er.

Charly sah sie. Und kannte sie.

»Dort ist Ihr Mann erschossen worden«, fuhr Lembeck fort.

Charly antwortete nicht.

»So geht die Legende. Dass Gereon Rath sich dort einen Schusswechsel mit Abraham Goldstein geliefert hat und erschossen worden ist.« Lembeck schaute sie an, als wolle er in ihrem Gesicht lesen. »Ist er aber nicht. Er ist nur in den Kanal gesprungen und hat es irgendwie geschafft, in die Staaten zu kommen. Und macht dort Ärger.«

Mit dieser Nachricht hatte sie nicht gerechnet, und sie spürte, wie sie das mit Hoffnung füllte, obwohl sie von einem Mann, den sie nicht durchschaute, mit einer Pistole bedroht wurde.

»Wie?«, entfuhr es ihr. »Was soll das heißen? Gereon lebt?«

»Sie wussten es tatsächlich nicht, was? Und ich dachte, Sie hätten mich die ganze Zeit an der Nase herumgeführt.« Lembeck schüttelte den Kopf. »Ja, er lebt. Und er macht Ärger. Und als Konsequenz müssen Sie leider sterben.«

»Was soll denn das heißen? Und eben erzählen Sie mir noch, ich müsse mir keine Sorgen machen. Sie hätten mich längst erschossen, schon auf dem Potsdamer Platz, wenn das Ihr Plan wäre.«

»Das ist eben nicht mein Plan.«

»Ach nein. Was denn dann?«

»Ich werde Sie nicht erschießen, verehrte Frau Rath. Das ist gar nicht nötig. Weil Sie, als trauernde Witwe, sich aus purer Verzweiflung selbst töten werden. Sie gehen ins Wasser, just an jener Stelle, an der Ihr Mann zum letzten Mal lebend gesehen wurde. Mit dem Unterschied nur, dass man *Ihre* Leiche finden wird.«

»Das können Sie sich abschminken. So viele Pistolen können Sie gar nicht auf mich richten, dass ich freiwillig in diese Brühe da unten springe. Außerdem bin ich eine gute Schwimmerin. Das lassen allein schon die Reflexe nicht zu, dass ich da ertrinke.«

Lembeck lächelte. »Sie werden springen, glauben Sie mir. Und Sie werden ertrinken. Sie werden sich nicht rühren und das Kanalwasser schlucken.«

Er stellte seine Aktentasche ab, öffnete sie sorgfältig und nahm ein hölzernes Gerät heraus, das äußerst seltsam anmutete, wie eine Mischung aus einer zu lang geratenen Zigarrenschachtel und einer Pistole.

»Was soll denn das sein?«, fragte sie, als Lembeck das Holzding in seine Linke nahm. Es sah lächerlich aus, wie eine Zirkusnummer: Da stand ein Clown, der in der einen Hand eine echte Pistole trug und in der anderen einen absolut missratenen, klobigen hölzernen Nachbau.

Doch dann entdeckte sie die beiden metallenen Stifte an der Spitze der Holzpistole und wusste, dass hier absolut nichts lächerlich war. Die Brandmale auf Freddys Körper. Genau mit diesem Gerät musste er ihn …

Sie wollte fliehen, zur Seite weg, doch es war zu spät. Lembeck drückte ihr die hölzerne Pistole in die Seite, und im selben Moment verwandelte sich Charlys Körper in einen einzigen riesigen Schmerz. Sie merkte, wie sich jeder Muskel in ihr zusammenkrampfte, wie sie zu keiner Bewegung mehr imstande war, sondern starr und steif wurde wie ein Brett und genauso auf den Boden knallte.

Sie wusste nicht, ob es der Aufprall ihres Kopfes auf dem Pflaster war oder der Schmerz des Elektroschocks, der sie das Bewusstsein hatte verlieren lassen, jedenfalls befand sie sich, als sie wieder zu sich kam, in einer ganz anderen Lage. Lembeck musste sie an das schmiedeeiserne Brückengeländer gestellt haben. Immer noch jagte der Schmerz durch ihren Körper, sie konnte sich kaum rühren und kaum denken, doch sie konnte hören, was Lembeck ihr ins Ohr flüsterte.

»Tut mir leid, Charlotte, es ist nichts Persönliches. Aber leider lassen mir die Umstände keine Wahl. Mir wäre es lieber gewesen, Johann Marlow hätte Ihren Mann erwischt, und wir beide hätten gute Freunde bleiben können. Das war der eigentliche Plan. Aber das Leben ist kein Wunschkonzert. Na ja, alles in allem war es doch eine schöne Zeit mit Ihnen.«

Er drängte sie an das Brückengeländer. Unten gurgelte der Kanal. Charly wollte um Hilfe rufen, aber das ging nicht. Langsam löste sich die Verkrampfung, auch der Schmerz verdampfte; sie spürte, wie ihre Kräfte zurückkehrten. Bald würde sie sich wieder wehren können. Nur nichts anmerken lassen. Und ihm gleich, so fest sie konnte, zwischen die Beine treten.

Doch dazu kam sie nicht.

»Lassen Sie die Frau los!«, rief jemand, und im selben Moment drückte Lembeck das Schockgerät wieder an ihren Körper. Diesmal war der Schmerz noch heftiger als beim ersten Mal.

Wie durch einen Nebel hörte sie die Stimme, die immer noch laut rufen mochte, aber nur noch dumpf und wattig bei ihr ankam.

»Lassen Sie die Frau los, Lembeck! Hören Sie auf!«

Und dann hörte sie gar nichts mehr und versank in Dunkelheit und Stille.

45

Er wusste nicht genau, was der Kerl da mit Charlotte machte, aber er sah, dass es ihr nicht guttat. Lembeck hielt irgendetwas Hölzernes an ihre Seite, es funkte und blitzte, dann krampfte Charlotte am ganzen Körper und verzog das Gesicht zu einer schmerzverzerrten Grimasse.

»Hören Sie auf, Lembeck«, rief Andreas Lange noch einmal. »Entfernen Sie sich von Frau Rath, und heben Sie die Hände. Oder ich sehe mich gezwungen zu schießen!«

Lange hielt seine Walther PPK in beiden Händen und hatte Lembeck ins Visier genommen. Der drehte den Kopf und schaute ihn an, machte aber keinerlei Anstalten, sich von ihr abzuwenden, ganz im Gegenteil. Er legte das hölzerne Gerät ab, mit dem er sie gerade traktiert hatte, und fasste die regungslose Charlotte mit beiden Händen, um sie über das gusseiserne Geländer in den Kanal zu kippen.

Andreas Lange hatte, außer auf dem Schießstand, noch nie geschossen. Er war zu jung für den Krieg, und sein Polizeialltag hatte den Schusswaffengebrauch bislang noch nie erfordert.

Aber jetzt, das spürte er, ohne darüber nachdenken zu müssen, jetzt war es nötig.

Er zog den Abzug durch, so wie er es auf dem Schießstand gelernt hatte, und spürte den Rückstoß. Es knallte laut, und aus einem kleinen, kreisrunden Loch im mausgrauen Hosenbein von Robert Lembeck spritzte Blut. Lembeck schrie auf. Er hielt sich den Oberschenkel, ließ Charlotte los und knickte zur Seite weg.

Lange näherte sich der Brücke, mit gezogener Pistole, den gestürzten Lembeck im Visier. Der wand sich auf dem Pflaster des Gehwegs, das Gesicht schmerzverzerrt. Charlotte lehnte am Brückengeländer, eine Platzwunde auf der Stirn, einen stieren Blick, der durch alles hindurchzuschauen schien, und sackte langsam nach unten weg.

»Charly!«

Sie gab keine Antwort. Lange war bei ihr und hielt sie fest.

»Was haben Sie mit ihr gemacht?«, fauchte er Lembeck an.

Dessen von Schmerz gezeichnetes Gesicht verzog sich zu einem Grinsen.

Lange legte Charlotte behutsam auf dem Pflaster ab. Dann ging er zu Lembeck hinüber und hielt ihm seine Dienstwaffe an die Schläfe.

»Was, verdammt noch mal, haben Sie mit Charly gemacht?«

»Ganz ruhig, junger Freund«, sagte der durch vor Schmerz zusammengepresste Zähne. »Wenn Sie abdrücken, erfahren Sie gar nichts mehr. Und machen sich unglücklich.«

»Was haben Sie gemacht? Ich drücke ab, wenn Sie es mir nicht verraten.« Langes Blick fiel auf die hölzerne Pistole, die auf dem Pflaster lag. Er hob sie auf. »Dieses Ding hier, nicht wahr? Was ist das?«

»Nichts Besonderes. Ihre Freundin hat einen elektrischen Schlag bekommen, das ist alles. Manchmal kommt es da zum Herzstillstand. Kann passieren.«

»Kann passieren?«

Lange wusste, dass er das nicht durfte, aber er konnte nicht anders. Er nahm das Elektroschockgerät und hielt es Lembeck in die Seite. Dessen Augen weiteten sich vor Panik.

»Nicht, ich …«

Weiter kam er nicht, denn Lange hatte den Knopf gedrückt, der im Handgriff verborgen war und sich mit dem Zeigefinger bedienen ließ. Es summte und blitzte, und Lembeck bäumte sich auf, sein Gesicht verkrampfte sich zu einer Grimasse. Dann verlor er das Bewusstsein. Oder war er tot? Lange wusste es nicht. Und es war ihm auch egal.

»Kann passieren«, sagte er und warf das Holzding zu Boden. Er kettete Lembeck mit Handschellen am Brückengeländer fest, nahm ihm die Pistole aus der Manteltasche, für alle Fälle, und ging zu Charlotte hinüber. Er legte Zeige- und Mittelfinger auf ihre Halsschlagader und versuchte, ihren Puls zu erfühlen. Aber da war keiner.

Nichts.

Verdammt, verdammt!

Keine Panik! Er versuchte, sich an die Ersthelferausbildung auf der Polizeischule zu erinnern. Herzmassage, Mund-zu-Mund-Beatmung. Immer im Wechsel. Pumpen und Pusten.

Er hatte so etwas noch nie im Ernstfall gemacht, aber nun war es so weit. Es war ernst. Und es kam allein auf ihn an. Lange drückte mit beiden Händen auf Charlottes Brustkorb und zählte bis fünf. Dann tief Luft holen und beatmen. Seine Lippen auf den ihren. Die Nase zuhalten. Wieder Massage. Er wusste nicht, wie oft er die Prozedur wiederholte. Er wusste nur, dass seine Verzweiflung wuchs und wuchs und dass ihm schon die Tränen kamen, da hörte er sie, er war gerade bei der Herzmassage, laut Luft holen, als wolle sie die Atmosphäre der ganzen Welt einsaugen. Er ließ von ihr ab, sie bekam einen Hustenanfall, und er nahm sie hoch und klopfte ihr auf den Rücken.

»Charly«, sagte er, »mein Gott, Charly! Du lebst!«

Er lachte hysterisch. Und merkte, dass er sie gerade zum ersten Mal geduzt hatte.

46

Er hatte noch schnell einen Strauß Blumen besorgt. Wenn er schon zu spät kam. Dabei war er eigentlich nicht zu spät, es war alles nochmal gutgegangen. Aber wenn man jemanden im Krankenhaus besuchte, brachte man Blumen mit, und deshalb hatte Reinhold Gräf einen Strauß besorgt.

Charly trug einen Verband um die Stirn und sah blass aus, doch sie lächelte, als er das Zimmer betrat. Selbst hier hingen schwarze Tücher vor den Fenstern, die Verdunklungspflicht hatte ganz Berlin im Griff. Mit all dem Schwarz ringsum wirkte das Krankenzimmer eher wie ein Sterbezimmer. Zum Glück war es das nicht.

»Reinhold«, sagte sie und richtete sich auf. »Das ist aber eine Überraschung.«

»Hallo, Charly«, sagte er. »Gar nicht so einfach, dich zu finden. Wenn du wüsstest, wo ich überall nach dir gesucht habe.« Er setzte sich zu ihr ans Bett. »Dann war es also einer von Marlows Leuten, dieser Lembeck. Der dir ans Leben wollte.«

»Woher weißt du?«

Gräf erzählte ihr von Raths Anruf. Von seiner Warnung. Charly staunte.

»Gereon hat … er hat Marlow hinter Gitter gebracht? Wie denn das? Ist er in New York bei der Polizei gelandet?«

»Sicherlich nicht. Ich glaube auch nicht, dass er legal und unter seinem Namen eingereist ist. Er weiß doch, dass er als tot zu gelten hat, dass Tornow nicht herausfinden darf, dass er noch lebt.«

»Und dann ruft er dich an?«

»Doch nur aus Sorge um dich.«

Gräf ärgerte sich, dass er Gereon Rath, ohne den sie alle nicht in dieser Situation steckten, auch noch verteidigte.

»Na, da war er aber reichlich spät dran, was?«

»Das kann man wohl sagen. Sein Anruf kam mitten in der Nacht. Dennoch habe ich gleich bei dir angerufen, zigmal, aber nie ging jemand ran. Also bin ich heute morgen in aller Frühe in die Spenerstraße, um dich zu warnen, doch da hat mich eine Frau Brettschneider im Treppenhaus abgefangen und mir gesagt, dass du dich seit Tagen nicht hättest blicken lassen und dich überdies auch nicht um die Verdunklung deiner Wohnung gekümmert hättest, das habe alles der Blockwart übernehmen müssen.«

»Es geht doch nichts über fürsorgliche Nachbarn.«

»Nicht wahr.« Er lächelte. »Dann bin ich in der Detektei Böhm vorbeigefahren, aber da war niemand. Also habe ich eine Nachricht durch den Briefschlitz geworfen.«

»Und dann hat Böhm sich bei dir gemeldet?«

»Richtig. Aber erst heute nachmittag. Nachdem ihn die Burg unterrichtet hatte, was mit dir passiert ist. Tja, und dann bin ich vom Prinz-Albrecht-Palais gleich los.« Er wies auf seine schwarze SS-Uniform. »Entschuldige, dass ich mich nicht mehr habe umziehen können.«

»Schon gut. Hauptsache, du hast mich gefunden.« Sie senkte ihre Stimme. »Wie lange willst du die Uniform denn noch tragen? Ich meine: Wann geht's nach Prag?«

»Mit Herrn Weinert habe ich schon gesprochen. Danke übrigens für die Vermittlung.«

»Keine Ursache.«

»Aber bevor es so weit ist, darf ich mir nichts anmerken lassen. Und dazu gehört auch: pünktlich zum Dienst erscheinen und Uniform tragen. Freitag bin ich sogar noch zu einem Empfang bei Generaloberst Göring eingeladen.«

»Wie kommst du denn zu der Ehre?«

»Ist nicht das erste Mal.« Gräf zuckte die Achseln. »Immerhin habe ich vor einem Jahr das Bombenattentat gegen ihn vereitelt. Normalerweise gibt der Generaloberst seinen Gästen ein paar Anekdoten zum Besten. Und ich darf dann erzählen, wie es dem deutschen Sicherheitsapparat gelungen ist, den zweitmächtigsten Mann im Reich vor den Häschern des Weltjudentums zu retten.«

»Er schmückt sich mit dir?«

»Solch eine Einladung kann man schlecht ausschlagen.« Er winkte ab. »Ist halb so wild. Die Abende im Haus der Flieger können sich etwas ziehen, aber im Ministerium dauern die Empfänge meist nicht lang.«

»Davon hast du mir nie erzählt.«

»Weil ich nicht stolz darauf bin, Charly. Immer muss ich die Geschichte zum Besten geben, wie Gereon und ich den jüdischen Terroristen Abraham Goldstein ausgeschaltet haben.«

»Terrorist? Abraham Goldstein war ein Gangster, der im Auftrag von Johann Marlow unterwegs war. Das hatte nichts Politisches.«

»Das weiß Hermann Göring. Und das wissen wir. Aber der Rest der Welt darf das nicht wissen.«

»Und deswegen verbreitet er die Legende fleißig.«

»Am Freitag ist die Vorhut der italienischen Delegation zu Gast. Montag kommt Mussolini nach Berlin.«

»Na dann: viel Spaß!«

»Du kannst mir glauben: Ich bin froh, wenn es vorbei ist. Und eines kann ich dir sagen: Ich werde noch vor Mussolini aus Deutschland raus sein.«

»Ich wünsche dir viel Glück, Reinhold.«

»Vielleicht sehen wir uns.«

»Ich weiß noch nicht, ob ich nach Prag gehe. Vielleicht gehe ich auch in die Staaten.«

»Na, erst einmal wünsche ich dir jedenfalls gute Besserung. Wie geht's dir denn so?«

»Bin ja nur zur Beobachtung hier. Und bis auf die Schmerzen ist alles in Ordnung.«

»Schmerzen?«

»Halb so wild. Eher sowas wie Muskelkater. Kommt von den Verkrampfungen, sagen die Ärzte. Aber das Herz schlägt wieder, wie es soll.«

»Das ist die Hauptsache.« Er nahm ihre Hand. »Charly, wie es aussieht, könnte das heute ein Abschied für immer sein.«

»Wer weiß das schon, Reinhold. Aber lass uns bitte nicht sentimental werden.«

»Nein. Aber ich muss dir noch etwas sagen, bevor ich gehe. Dinge, die du wissen solltest.« Er zögerte einen Moment, aber dann sprach er weiter. »Du hast mich irgendwann mal nach Herbert Ehlers gefragt und ob der wirklich durch einen Unfall gestorben ist.«

»Ja?«

»Ist er nicht. Du weißt es wahrscheinlich schon. Klaus von Rekowski ist eines Tages in Sachsenhausen aufgetaucht, hat sich den Häftling Ehlers bringen lassen und ihn totgeschlagen.«

»Also doch.«

»Tornow hat einen Riesenaufstand gemacht, weil Ehlers immerhin ein Häftling des SD war. Rekowski hat großen Ärger bekommen, und um seine Karriere zu retten, musste er sich bereit erklären, für den SD zu arbeiten.«

»Als was denn? Davon hat er Greta nichts erzählt.«

»Natürlich nicht. Er war auf dich angesetzt. Sollte herausfinden, ob Gereon noch lebt. Und als er tot war …«

»… hast du seine Stelle eingenommen.«

»Genau.«

»Aber das wird natürlich niemand zugeben, niemand beim SD und niemand in Sachsenhausen«, sagte Charly.

»Nein. Herbert Ehlers ist aufgrund eines tragischen Unfalls bei Bauarbeiten im Lager gestorben.«

»Und woher wusste Hinnerk Ehlers davon? Von Rekowski?«

»Von einem entlassenen Häftling. Hansen.«

»Mit dem würde ich gerne sprechen.«

»Heinrich Hansen ist tot.«

»Verdammt!« Charly schaute ihn mit großen Augen an. »Tornow?«

Gräf nickte nur, er sagte nichts dazu.

»Dann gibt es überhaupt keine Zeugen mehr für Rekowskis Tat«, sagte Charly. »Nicht einmal indirekt. Und ich bin schuld. Wir sind schuld, Lange und ich. Weil wir Hinnerk Ehlers so in die Enge gedrängt haben, dass er keinen anderen Ausweg gesehen hat, als sich umzubringen.«

»Hinnerk Ehlers hat sich nicht umgebracht, Charly.« Gräf konnte ihr nicht in die Augen schauen, als er das sagte. »Auch sein Tod wurde vom SD angeordnet. Ein SS-Oberscharführer in der Stettiner Kriminalpolizei hat das übernommen.«

47

Nun hatten sie den Mann. Hatten ihn bei einem eindeutigen Mordversuch auf frischer Tat ertappt, hatten die Brandmale an der Leiche von Friedhelm Siegel als Spuren seines Stromschlaggerätes verifiziert, hatten sogar Lembecks Fingerabdrücke in Siegels Wohnung sicherstellen können. Das alles hatten sie, und trotzdem sagte Robert Lembeck kein Wort.

Er lag in einem streng bewachten Zimmer in der Charité und kurierte den frisch operierten Oberschenkelsteckschuss aus, den Andreas Lange ihm verpasst hatte. Die Spuren des Stromschlags auf Lembecks Körper hatte Lange mit einem Versehen erklärt. Außer Ernst Gennat hatte es auch kaum jemanden im Polizeipräsidium interessiert. Im neuen Deutschland wurde nicht mehr nachgefragt, wenn Tatverdächtige bei der Verhaftung ein paar Blessuren davontrugen. Die meisten Kollegen begrüßten das. Das Leben als Polizist war ohne Frage leichter geworden.

Nur nicht bei Vernehmungen.

»Können Sie mir sagen, wo Sie am Montag, den dreizehnten September, zwischen fünfzehn und achtzehn Uhr waren?«, fragte Lange.

Christel Temme hielt den Stenoblock bereit und schaute Lembeck erwartungsvoll an, doch der schwieg.

»Ist es so schwer, sich zu erinnern?«, fragte Lange. »Das ist doch gerade einmal eine gute Woche her.«

Lembeck schwieg.

»Es geht um ein simples Alibi. Wenn Sie nicht mal in der Lage sind, das beizubringen, sieht es wirklich sehr schlecht für Sie aus.«

Lembeck lächelte. »Sie haben mir meine Rechte ja schon erklärt, Kommissar«, sagte er. »Ich bin des Mordes an Klaus von Rekowski und Friedhelm Siegel sowie des Mordversuchs an Charlotte Rath beschuldigt und werde keine Aussage machen, bevor ich nicht mit meinem Anwalt gesprochen habe.«

»Doktor Kohn befindet sich im Ausland.«

»Mein Anwalt heißt Runge und befindet sich in Lichtenberg. Wenn Sie mir ein Telefonat gestatten, kann ich ihn sofort kommen lassen.«

»Meinen Sie, dass es immer so läuft wie im Fall Gunther? Dass Sie nur Ihren Anwalt rufen müssen und mit heiler Haut davonkommen? Eugen Gunther ist der erste Mord, der auf Ihr Konto geht. Und da verstehe ich sogar das Motiv. Nach Gunthers Tod waren Sie alleiniger Inhaber des Geschäfts und konnten tun und lassen, was Sie wollten. Sie haben große Lagerflächen am Ostbahnhof angemietet. Alles für Ihre illegalen Geschäfte mit Johann Marlow?«

»Sie verschwenden hier nur Ihre Zeit, Kommissar.«

»Wir haben die Räume durchsuchen lassen. Riesige Bestände an elektrotechnischen Bauteilen, viel zu viel für so ein kleines Geschäft wie das Ihre. Die Einfuhrpapiere größtenteils gefälscht. Schmuggeln auf hohem Niveau, nicht wahr?«

Lembeck schwieg.

»Wir haben einen gefälschten Reisepass mit Ihrem Lichtbild gefunden, ausgestellt auf einen gewissen Georg Kramm. Können Sie uns dazu etwas sagen?«

Lembeck gähnte.

»Das Motiv für Ihren ersten Mord ist mir klar. Aber warum musste Klaus von Rekowski sterben? Warum Friedhelm Siegel? Und warum wollten Sie Charlotte Rath töten?«

Lembeck schaute aus dem Fenster.

»Das alles hat mit Johann Marlow zu tun, nicht wahr? Ist er immer noch Ihr Auftraggeber?«

Lembeck verzog keine Miene.

»Jedenfalls hätten Sie es besser bei dem Mord an Ihrem Kompagnon belassen sollen. Da konnte man Ihnen nichts nachweisen, aber nun ... Wir haben erdrückende Beweise.«

Lembeck betrachtete seine Fingernägel.

»Es steht ohne jeden Zweifel fest, dass Sie für den Ertrinkungstod von Friedhelm Siegel am dreizehnten September verantwortlich sind, die einzige Frage, die ich mir noch stelle, ist die nach dem Motiv. Warum musste Siegel sterben? Warum Rekowski? Warum ...«

»Warum«, unterbrach ihn Lembeck, »hören Sie nicht einfach auf mit dem Geschwafel und lassen meinen Anwalt kommen, Herr Kommissar?«

Lange seufzte.

»Fräulein Temme«, sagte er. »Telefonieren Sie doch bitte mit Rechtsanwalt Runge in Lichtenberg und bitten um einen baldigen Termin.«

48

Ihre Muskeln schmerzten bei jeder Bewegung, selbst an Stellen, von denen sie gar nicht gewusst hatte, dass dort Muskeln waren. Aber der Schmerz war auszuhalten, nicht schlimmer als ein heftiger Muskelkater, nicht zu vergleichen mit dem Martyrium, das sie durchlitten hatte, als der Strom aus Lembecks Schockpistole durch ihren Körper schoss.

Charly stand auf. Es war spät, sie hätte längst schlafen sollen, doch sie konnte nicht. Der Blick aus dem Krankenzimmer war gespenstisch. Wenn sie das Tuch beiseiteschob und hinausblickte, lag Berlin dunkel und schwarz vor ihr, allein das Mondlicht schälte dünne, schemenhafte Konturen aus der Finsternis. Kein Fenster leuchtete, keine Straßenlaterne, kein Autoscheinwerfer, ganz zu schweigen von den Leuchtreklamen. Berlin war bereit für den Luftkrieg. Aber ob die Verdunklung helfen würde? Bomben konnte man auch über dunklen Städten abwerfen, man musste nur einen guten Navigator an Bord haben.

Sie ging zur Tür hinüber und öffnete sie einen Spalt. Auf dem Gang war niemand zu sehen, nur die Notbeleuchtung brannte. Charly trat hinaus, prägte sich ihre Zimmernummer ein und schloss die Tür hinter sich. Dann schlich sie auf leisen Sohlen den Gang hinunter.

Das Zimmer, in dem Robert Lembeck lag, war schon von Weitem zu erkennen. Neben der Tür stand ein Stuhl, und auf dem saß eine Gestalt, in sich zusammengesunken, leise schnarchend.

Trotz des schummrigen Lichts erkannte sie Paul Czerwinski. Er schreckte auf, als sie sich näherte.

»Wer da?«, rief er, doch dann hatte er sie erkannt. »Charly! Was machst du denn hier? Kannst du schon wieder aufstehen?«

»Wie man sieht. Wollte mal nach Lembeck schauen.«

»Der ist gut bewacht, keine Sorge.« Czerwinski klopfte auf sein Schulterholster. »Außerdem haben wir ihn für die Nacht mit Handfesseln ans Bettgestell gekettet.« Er kicherte. »Da müsste er schon mit dem kompletten Krankenbett türmen.«

»Wann wird er denn nach Moabit verlegt?«

»Wenn ich das richtig verstanden habe, gleich morgen. Da gehört er auch hin. Wenn ich überlege, was er dir angetan hat. Du warst klinisch tot, sagt Kommissar Lange.«

»Na, er hat mich ja zurückgeholt. Fühle mich wieder sehr lebendig.« Sie deutete mit dem bandagierten Kopf auf die Krankenzimmertür. »Meinst du, du kannst mich mal zu ihm reinlassen?«

»Das ist gegen die Vorschrift, Charly.«

»Na ja, wir sind doch unter uns.«

Czerwinski legte den Kopf schief und schaute misstrauisch. »Du willst dich doch nicht an ihm rächen? Ihm irgendwie weh tun für das, was er dir angetan hat?«

»Wo denkst du hin? Ich hatte nur noch keine Gelegenheit, mit ihm zu reden. Er soll mir einmal ins Gesicht sagen, warum er mich töten wollte.«

»Wenn er dir das sagt, dann verrate mir das bitte auch. Wir tappen immer noch im Dunkeln, was seine Motive angeht. Mit uns redet er keinen Ton.«

»Versprochen.«

Czerwinski schaute sich um. Dann öffnete er die Tür.

»Aber mach schnell, Charly. Fünf Minuten. Länger kann ich nicht riskieren.«

»Paul, du bist ein Schatz.«

Sie gab ihm einen Kuss auf die Stirn und verschwand im Krankenzimmer.

Hier war es ebenso finster wie in ihrem Zimmer, die schwarzen Tücher an den Fenstern ließen nicht einmal das Mondlicht herein Nur ganz vage konnte sie die Konturen des Krankenbettes erkennen und tastete sich voran.

Lembecks Augen schienen besser an die Dunkelheit gewöhnt.

»Charlotte«, hörte sie seine Stimme aus dem Dunkel. »So spät noch unterwegs? Dann scheint's Ihnen ja wieder gutzugehen.«

»Wie man's nimmt.« Sie zog sich einen Stuhl heran, den sie ertastet hatte, und setzte sich ans Bett. »Ich hoffe, Ihre Wunde schmerzt tüchtig.«

»Danke für Ihr Mitgefühl. Meine Muskeln schmerzen mehr. Ihr Kommissar hat ja alles dafür getan, indem er mir noch einen völlig überflüssigen Stromstoß versetzt hat.«

»Dann wissen Sie wenigstens, was für teuflische Schmerzen Ihr Höllengerät verursacht.«

»Doktor Runge hat mir empfohlen, Strafanzeige gegen den Kommissar zu stellen. Wegen gefährlicher Körperverletzung.«

»Ihr Anwalt? Hat der Ihnen auch geraten zu schweigen?«

»Sie sind Juristin, Charlotte, das muss ich Ihnen doch nicht erklären.«

»Und dennoch reden Sie jetzt wie ein Wasserfall.«

»Mit Ihnen kann ich das ja auch. Ihnen könnte ich hundert Morde gestehen, und es hätte keinerlei Relevanz.«

»Es würde mir reichen, wenn Sie drei Morde gestehen. Die an Eugen Gunther, Klaus von Rekowski und Freddy Siegel.«

»Warum sind Sie hier, Charlotte? Wollen Sie mir weh tun? Weil ich Ihnen weh getan habe? Tun Sie sich keinen Zwang an. Aber rechnen Sie damit, dass ich dann auch gegen Sie Strafanzeige stelle. Und eine Dienstaufsichtsbeschwerde gegen den Polizeibeamten, der Sie hereingelassen hat.«

»Warum sollte ich Ihnen weh tun? Ich denke nicht so primitiv.«

Ihre Augen hatten sich an die Dunkelheit gewöhnt, inzwischen konnte sie die Umrisse seines Gesichts erkennen. Er schien zu lächeln. Robert Lembeck, der sie gestern noch hatte umbringen wollen, lächelte sie an, als sei er ihr bester Freund.

»Kommissar Lange tappt im Dunkeln, nicht wahr? Sie haben ihm nicht erzählt, warum ich Sie töten wollte. Weil Sie ihm nicht erzählen können, dass Ihr Mann noch lebt. Wäre ja auch blöd, wo Gereon Rath inzwischen doch SD-intern zur Fahndung ausgeschrieben ist. Da scheinen außer Johann Marlow auch andere nicht an seinen Tod zu glauben.«

»Ich verstehe Sie nicht, Robert. Sie haben Rekowski umgebracht, Sie haben Freddy getötet. Und alles nur, damit ich keinen Verdacht schöpfe, dass Sie ein Spitzel von Johann Marlow sind?«

Er lachte laut auf.

»Mein Gott, Charly, Sie nehmen sich aber verdammt wichtig, was? Meinen Sie wirklich, es dreht sich alles nur um Sie? Oder Ihren feinen Mann? Vielleicht gibt es da noch andere Pläne, die diese beiden Jammerlappen zu durchkreuzen drohten. Es gibt wichtigere Menschen auf der Welt als Gereon Rath, glauben Sie mir.«

Göring, dachte Charly, aber sie sagte es nicht.

Deswegen hatte Lembeck in Carinhall gearbeitet. Um das Attentat, an dem Abraham Goldstein vor einem Jahr gescheitert war, zu wiederholen.

»Meinen Sie im Ernst, Freddy hätte versucht, den Mordanschlag auf einen hohen Nazi zu vereiteln? Er wollte nicht, dass Sie *mir* Böses antun. Deswegen war er bei Ihnen, nicht wahr? Um Ihnen zu sagen, dass Sie mich in Ruhe lassen sollen. Deswegen musste er sterben.«

»Wie gesagt: Er drohte meine Pläne zu durchkreuzen.«

»Tja, dann haben wohl andere diese Pläne jetzt durchkreuzt.«

»Meinen Sie? Ach, Charlotte, ich vertraue Ihnen jetzt mal etwas an, kommen Sie ...« Lembeck setzte sich aufrecht, näher zu ihrem Ohr, und flüsterte. »Hermann Göring wird den feierlichen Einzug des Duce in Berlin am Montag nicht mehr erleben.«

Er ließ sich zurück in die Kissen fallen und ein prustendes Lachen hören.

»Schade, dass Sie Ihr Gesicht nicht sehen können«, sagte er und lachte. »Tja, jetzt sind Sie Mitwisserin, Charlotte! Was werden Sie tun? Werden Sie es melden? Ich glaube nicht.« Lembeck kicherte wie ein Irrer in seinen Kissen. »Wir haben oft genug über Göring und seinesgleichen gesprochen; ich weiß doch, wie sehr Sie seinen Tod wünschen.«

Charly sagte nichts.

»Ich würde zu gerne wissen, ob Sie die nächsten Nächte schlafen können, Charlotte. Vielleicht erzählen Sie es mir bei Gelegenheit.«

»Was macht Sie so sicher, dass ich nicht zur Polizei gehe?«

»Sie werden es nicht tun. Ich weiß es. Wollen Sie als jemand in die Geschichte eingehen, der Hermann Göring das Leben gerettet hat? Und selbst wenn Sie das wollten: Alles ist bereit, Sie können es nicht mehr verhindern.«

»Was haben Sie vor? Carinhall in die Luft jagen? Alles unter Strom setzen?«

»Sie haben eine rege Phantasie. Lassen Sie sich überraschen. Ist es nicht schön, wenn man zwei Fliegen mit einer Klappe schlagen kann?«

49

Es war schon zwei Tage her, dass Herr Rademann ihm die zweite Tracht Prügel verabreicht hatte, die zweite von wer weiß wie vielen, mit denen er für jede seiner Sünden büßen sollte, und Fritze wusste immer noch nicht, wie er sich halten sollte. Sitzen ging nicht, liegen nur auf der Seite, und selbst im Stehen schmerzte sein Hintern. Zwanzig Schläge mit der Reitpeitsche jeden Montag, zwanzig für jede seiner Sünden. Er wusste nicht, wohin das noch führen sollte und wie viel Sünden Herr Rademann gezählt hatte. Die Striemen der Vorwoche waren noch nicht abgeheilt, da erfolgte schon die nächste Tracht Prügel.

Schlimmer noch als der Schmerz war die Demütigung.

Immer öfter wünschte sich Fritze, Herr Rademann hätte ihn nicht mit Hilfe seiner Beziehungen aus dem Gefängnis rausgepaukt, sondern ihn einfach der Bestrafung nach Recht und Gesetz überlassen. Im Knast konnte es nicht schlimmer sein als in der Familie Rademann. Und sein Leben, so jung es auch sein mochte, war ohnehin schon völlig verpfuscht.

Und während er Montag für Montag seine Prügel erhielt und Herr Rademann sich Fritzes Wohlverhalten weiterhin mit der Drohung erkaufte, ansonsten Hannah etwas anzutun, verlief der Alltag so, als lebe er in einer ganz normalen deutschen Familie. Er ging zur Schule (wo das ewige Sitzen zur Qual wurde), er ging zur Hitlerjugend, er machte Besorgungen für Frau Rademann, er absolvierte die obligatorischen Sonntagsspaziergänge mit der ganzen Familie. Und er half mit, die Wohnung in der Lothringer Straße so vorschriftsmäßig zu verdunkeln, dass der zuständige Luftschutzwart die Familie Rademann vor der ganzen Nachbarschaft gelobt hatte.

Selbst beim Fliegeralarm hatten alle Rademanns zusammen im Keller gesessen. Da hatte Fritze noch sitzen können; zum ersten Mal seit Tagen war es wieder einigermaßen erträglich. Bevor Herr Rademann ihm, gleich nach dem Mittagessen, die nächsten zwanzig Schläge verpasst hatte.

Nun kniete er auf dem Stuhl vor dem Schreibtisch im Jungenzimmer, die schweren Stoffbahnen vor dem Fenster waren ein bisschen auseinandergezogen und ließen einen Streifen Tageslicht herein. Er war allein und genoss es. Atze und Jürgen waren draußen mit ihren Freunden spielen, Herr Rademann wieder auf der Arbeit, und Frau Rademann stand in der Küche. Auf dem Schreibtisch lag das Matheheft, doch Fritze rechnete nicht, er schrieb. Auf ein Blatt Papier, das neben dem Schulheft lag und das er jederzeit mit dem Mathebuch verdecken konnte, sollte ihn jemand stören.

Fritze schrieb einen Brief, von dem niemand wissen durfte, vielleicht einen der wichtigsten Briefe, die er jemals in seinem Leben geschrieben hatte. Obwohl er nicht einmal wusste, ob sein Schreiben überhaupt den Adressaten erreichen würde oder in irgendeinem Militärpapierkorb landete.

Major Friedrich von Randow
Wehrkreiskommando III
Berlin-Wilmersdorf
Hohenzollerndamm

Eine genauere Adresse hatte er nicht.

Als Zweites schrieb er den Absender, fein säuberlich, damit es da bloß keine Missverständnisse oder Lesefehler gab:

Friedrich Thormann
postlagernd
Berlin
Postamt C1
Spandauer Straße 13–14

Er horchte noch einmal in die Wohnung, hörte ein paar Töpfe in der Küche klappern, sonst nichts. Er schaute auf das leere Blatt Papier, überlegte kurz und schrieb dann drauflos. Es musste schnell gehen, er musste den Brief fertig haben, bevor Atze und Jürgen zurückkehrten.

Berlin, den 22. September 1937

Sehr geehrter Herr Major von Randow,

verzeihen Sie, daß ich mich auf diesem Wege an Sie wende, aber wenn Sie diese Zeilen gelesen haben, werden Sie hoffentlich verstehen, warum mir dies ein Herzensbedürfnis ist.

Mein Name ist Friedrich Thormann. Ich bin der Sohn von Anna Thormann, geboren am 13. März 1921. Derzeit habe ich als Pflegekind Aufnahme gefunden in der Familie Wilhelm Rademann in Berlin-Mitte. Aber das wissen Sie ja, Sie waren auf der Gerichtsverhandlung, wo ich der Familie Rademann zugesprochen wurde. Oder ist das später passiert?

Ich weiß das nicht so genau, ich war ja nicht dabei. Ich habe nur später, aus zweiter Hand, erfahren, daß Sie sich während dieser Gerichtsverhandlung zu mir als Ihrem leiblichen Sohn bekannt haben. Sie können mir glauben, daß das auch für mich eine große Überraschung war. Eine schöne. Daß mein Vater, von dessen Existenz man mir im Heim nie etwas erzählt hat, ein Major der deutschen Wehrmacht ist, erfüllt mich mit Stolz. Ich weiß, das klingt auf eine gewisse Weise anmaßend, aber ich möchte Ihnen, Herr Major, ehrlich schildern, wie es um mich steht.

Warum schreibe ich Ihnen also? Nun, ich erhebe keinerlei Ansprüche auf irgendetwas, das steht mir auch nicht zu. Was ich mir aber sehr wünschen würde, wäre, daß wir – auf welche Weise, das überlasse ich Ihnen – in Verbindung treten könnten. Sollten Sie mir antworten wollen, so schreiben Sie bitte postlagernd. Mein Pflegevater ist sehr streng und sieht es bestimmt nicht gerne, wenn ich mit Ihnen Kontakt aufnehme.

Seien Sie mir nicht böse, ich will wirklich nichts von Ihnen, aber vielleicht können Sie mir ein wenig von meiner Mutter erzählen. Ich weiß leider überhaupt nichts von ihr, ich habe noch nie jemanden getroffen, der sie gekannt hat. Sie wären der Erste. Und natürlich würde ich auch gerne ein wenig mehr von Ihnen selbst erfahren und hoffe, dieser Wunsch ist nicht zu aufdringlich.

Mit vorzüglicher Hochachtung
Ihr Friedrich Thormann

Er faltete den Brief zusammen und tütete ihn ein. Keine Sekunde zu spät, denn die Tür öffnete sich, und Atze stürmte herein. Fritze hatte gerade noch Zeit, den Brief zwischen die Seiten seines Mathebuchs zu schieben. Dann kaute er auf dem Ende seines Füllfederhalters herum.

»Machsen hier immer noch, alter Stubenhocker?«, pöbelte Atze ihn an.

»Hausaufgaben.«

»Streber!«

Atze schaute Fritze von oben bis unten an, wie er da auf dem Stuhl kniete.

»Weißte, wie de aussiehst? Wie 'n Affe aufm Schleifstein. Setz dir man richtig hin, Kerl!« Dann stutzte er und fing an zu grinsen. »Ach ne, Sitzen jeht ja nich mehr! Wart's mal ab, da sind noch ein paarmal zwanzich fällich. Irjendwann tanzt dein Arsch Tango!«

Fritze ließ die Schmähungen wortlos über sich ergehen und wartete geduldig, bis Atze das Zimmer wieder verlassen hatte. Dann steckte er den Brief in das Geheimfach seines Schulranzens.

50

Er trug Handschellen und wurde von einem bewaffneten Wärter durch die vergitterten Gänge des Rahway State Prison geführt, dennoch war Johann Marlow bester Laune. Das Gespräch mit seinem New Yorker Anwalt war vielversprechend verlaufen. Dass er kein Nazispion war, würde sich schnell aufklären, und die Anklage wegen versuchter Entführung stand auf tönernen Füßen, er hatte den verdammten Rath-Bruder doch nur betäubt. Und das vor einer Zeugin. Für die Sache mit den Drogen bastelte Saunders noch an einer Erklärung. Jedenfalls waren an keinem der Briefchen Marlows Fingerabdrücke gefunden worden. Und das mit der Pistole? Die war auf Frenchie zugelassen und bislang in keinerlei illegale Aktionen verstrickt. Durchaus möglich also, dass sie in allen Anklagepunkten sogar einen Freispruch erreichten. Ohne einen einzigen Geschworenen bestechen zu müssen.

Und vielleicht würde Saunders ihn auf Kaution sogar aus der Untersuchungshaft pauken können. Mal schauen, welchen Betrag der Richter festlegte.

Gereon Rath würde sich noch wundern. Marlow wäre schneller wieder aus dem Knast, als der Drecksbulle sich vor ihm würde verstecken können.

In Deutschland liefen die Dinge nach Plan, hatte Lembeck ihm beim letzten Telefonat berichtet. Bei der Gelegenheit hatte Marlow ihm auch den Auftrag zur Liquidierung von Charlotte Rath erteilt, die mittlerweile vollzogen sein dürfte. In diesen Dingen war auf Lembeck Verlass.

Es war nur eine Frage der Zeit, wann die Todesnachricht Hoboken, New Jersey, erreichte. Marlow freute sich schon auf den Tag, an dem Rath wieder im Besuchsraum des Rahway State Prison aufkreuzen würde. Fuchsteufelswild und verzweifelt. Mister Rhodes. Lächerlich. Irgendwann würde die gefälschte Identität auffliegen, und die Amis würden Rath zeigen, was sie von den Deutschen hielten.

Er drehte sich zu seinem Wärter um und lächelte.

»So, Mike … all fine with the kids? Or is Peggy still sick?«

»One can't complain. They're all doing well.«

Der Wärter, der ihn zurück in seine Zelle führte, hieß Michael. Michael Armstrong. Mitte dreißig, verheiratet, drei Kinder. So langsam wusste Marlow alles Wichtige über die Wärter, mit denen er es in Rahway zu tun hatte. Mit Mike Armstrong war er schon so vertraut, dass der ihm die Hände, wenn er den Untersuchungshäftling Marlowe, John, zum Besuchsraum brachte, nur noch vor der Brust in Handschellen legte, nicht mehr hinter dem Rücken, das war angenehmer.

Und auch sonst konnte es nicht schaden, Verbindungen zu knüpfen in einem Staat, in dem er sonst über keinerlei Verbindungen verfügte. Marlow hatte auf Sally Epstein gehofft, der einige Drähte nach New Jersey gesponnen hatte, sogar zur State Police, doch Sal hatte sich bis heute nicht blicken lassen. War Epstein zu feige? Hatte er Angst, sich mit seinem inhaftierten Partner zu treffen, weil er um seinen Ruf fürchtete? Oder hatte er ihn einfach fallen lassen, weil die Gelegenheit günstig war?

Marlow hatte Saunders beim Abschied eine Nachricht für Sally mitgegeben. Eine eindeutige Nachricht. Johann Marlow verlangte Loyalität. Auch von einem grauen, unscheinbaren Buchhalter, von einer wandelnden Rechenmaschine wie Salomon Epstein.

Um Sal würde er sich kümmern, wenn er wieder draußen war. Hier im Knast würde er auch ohne ihn klarkommen. Marlow verstand es nach wie vor, Menschen für sich einzunehmen. Mit Worten, mit Geld oder mit Gewalt – eine dieser drei Methoden funktionierte immer.

Sie waren am Trakt der Untersuchungshäftlinge angekommen. Hier gab es nur Einzelzellen, doch Marlow hatte sich an die Einsamkeit gewöhnt. Wenn er allein war, konnte er am besten nachdenken. Darüber, wer ihn alles hereingelegt hatte. Wer ihn im Stich gelassen hatte. Wer dafür würde büßen müssen.

Mike war wortkarger als sonst. Schien doch nicht alles in Ordnung zu sein bei seiner amerikanischen Vorzeigefamilie. Die Amerikaner sagten ja immer »Everything's fine«, wenn man sie fragte, egal, wie es ihnen wirklich ging.

Der Wärter schloss die Zwischentür auf und schob den Untersuchungshäftling Marlowe, John, durch den Gang, bis sie dessen Zelle erreicht hatten.

»Here we go«, sagte er und schloss auf.

Marlow drehte sich in der offenen Tür um, damit Mike ihm die Handschellen abnehmen konnte, wie er es sonst auch immer tat, bevor er ihn wieder einschloss.

Doch diesmal rührte Mike keinen Finger.

Bevor Marlow sich wundern konnte, wurde er mit brutaler Gewalt von hinten gepackt und spürte ein Messer, dessen Spitze in seinen Hals drückte. Warmes Blut lief ihm in den Kragen, er wurde in die Zelle hineingezogen und hörte, wie die Tür wieder ins Schloss fiel.

Wo zum Teufel blieb Mike? Warum griff er nicht ein?

Marlow konnte den Mann, der seine Brust umklammerte und ihm das Messer an den Hals hielt, nicht sehen, er hörte nur dessen heftiges Atmen und Schnaufen. Und dessen Reden.

»Do you know Olympia Morgan?«, hörte er ihn fragen.

»Never heard of«, presste Marlow heraus. Was zum Teufel wollte der Kerl? War das alles nur ein Missverständnis?

»You better should. Misses Morgan is the new best friend of some people you know.«

Morgan Canning Company. Die Drogentrucks. Misses Morgan. Natürlich. Marlow hätte nicht gedacht, dass die Firma von einer Frau geführt wird.

»What does she want?«, fragte er, denn nun war klar, dass er es nur mit einem Handlanger zu tun hatte.

»Misses Morgan wants you to die«, sagte der Mann und riss Marlows Kopf an den Haaren nach oben. »By the way: Best regards from Salomon Epstein! This is for sending Abe Goldstein to death, you fucking Nazi.«

Und das waren die letzten Worte, die Johann Marlow in seinem Leben hören sollte.

51

Charly stand auf der Trittleiter und löste die schwarzen Vorhänge von den Fensterrahmen. Die Vorhänge, die Herr Maltritz, der Hauswart, Blockwart und Luftschutzwart, ungefragt dort hingehängt hatte, weil die Mieterin Charlotte Rath nicht selbst für die vorschriftsmäßige Verdunklung ihrer Wohnung gesorgt hatte. Nun aber hatte Reichsluftfahrtminister Göring die Luftschutzwoche vor der Zeit für beendet erklärt, und sie konnte den ganzen Kladderadatsch, kaum war sie in die Spenerstraße zurückgekehrt, wieder runterrupfen.

Berlin hatte in den letzten Nächten gespenstisch ausgesehen. Tote Straßenlaternen, nur fahles Mondlicht in den Straßen, die Scheinwerfer der wenigen Autos zu Schlitzen verengt. Und zuhause war es nicht besser. Maltritz hatte die Treppenhausbeleuchtung mit Socken abgedunkelt, so dass man sich die Stufen hochtasten musste, und in der schwarz zugehängten Wohnung fühlte sie sich auch nicht besser. Eher wie in einem Gruselfilm.

Die erfolgreiche Luftschutzübung, die erfolgreiche Verdunklungswoche, das erfolgreiche Manöver und natürlich das vorbildliche Verhalten der Berliner Bevölkerung, dieser Tage stand nichts anderes in den Zeitungen. Und wann immer es passte, wurde der Organisator des Ganzen zitiert und gelobt: Hermann Göring.

Hermann Göring, der immer noch lebte.

Lembeck hatte recht behalten. Charly war nicht zum SD gelaufen und auch nicht zur Polizei. Und sie hatte seit Nächten kein Auge zugetan. Genau wie er prophezeit hatte. Weil sie nicht wusste, ob sie das Richtige tat.

Sie sind Mitwisserin, Charlotte!

Ja, er hatte sie zur unfreiwilligen Komplizin gemacht. Ein Attentat auf Göring, darum ging es die ganze Zeit, deswegen hatten Rekowski und Freddy sterben müssen. Lembeck wollte einen Mann ermorden, an dessen Händen das Blut Tausender Menschen klebte. Hermann Göring, der immer so gemütlich tat, war verantwortlich für den Tod unzähliger Kommunisten und Sozialdemokraten in den ersten Monaten des Jahres 1933, er war einer der Drahtzieher des Blutbades im Juli 1934, und sie wollte nicht wissen, für welche Untaten der Mann noch verantwortlich war. Hermann Göring war skrupellos und brutal, er hatte den Tod verdient.

Aber noch lebte er. Und vor Montag sollte er tot sein.

Sie fragte sich, wie Lembeck das anstellen wollte. Es musste in Carinhall passieren, das stand fest. Dort hatte Robert Lembeck monatelang gearbeitet, dort hatte er irgendetwas vorbereitet, in der Fernsehstube, im Radiozimmer, wo auch immer, irgendeine Bombe, irgendeine Höllenmaschine oder sonst etwas Tödliches.

Aber wann war Göring wieder in Carinhall? Die letzten Tage hatte er in Berlin verbracht, hatte die Manöver seiner Luftwaffe vom Dach des Reichsluftfahrtministeriums verfolgt und in der Dienstvilla des preußischen Ministerpräsidenten genächtigt. Nächste Woche Dienstag erst, so stand in der Zeitung, wollte er den italienischen Duce in Carinhall empfangen. Aber am Dienstag würde er, Lembecks Plänen zufolge, schon nicht mehr leben. Hatte Lembeck nur geblufft? Oder …

Moment, was hatte Reinhold erzählt?

Freitag ist die Vorhut der italienischen Delegation zu Gast bei Göring. Freitag. Das war morgen.

Die Vorhut. Für Mussolini. Den Göring für Dienstag nach Carinhall eingeladen hat. Also würde der Empfang wohl auch …

Sollte bei dieser Gelegenheit …

Es würde nicht nur Göring zu Tode kommen. Es würden auch andere Menschen sterben, unschuldige Menschen.

Unschuldig? Waren das nicht alles Nazis? Oder wenigstens Faschisten? Eine ganze Delegation. Das waren mehr als nur zwei Fliegen, die man mit einer Klappe schlagen konnte.

Zwei Fliegen mit einer Klappe.

Was hatte Lembeck damit gemeint?

Und dann wusste sie es. Sie dachte daran, wer noch dabei sein würde, wenn sich die Vorhut des Mussolini-Besuchs in Carinhall traf.

Zwei Fliegen. Mit einer Klappe.

Hermann Göring und SS-Obersturmführer Reinhold Gräf.

Natürlich! Reinhold hatte, zusammen mit Gereon, Goldsteins Attentat auf Göring vereitelt. Er hatte Marlows Rache verhindert, und deshalb hatte Marlow ihn ebenfalls auf die Todesliste gesetzt.

Charly ließ den schweren Vorhangstoff, den sie in den Händen hielt, auf den Boden fallen und kletterte die Trittleiter hinab. Die Nummer hatte sie noch im Kopf, es war Gereons alter Anschluss.

52

Andreas Lange saß über den Bratkartoffeln, die Frau Lienenkämper ihm hingestellt hatte, und stocherte lustlos auf seinem Teller herum.

Das war alles so unbefriedigend.

Da hatten sie Lembeck endlich und hatten ihn doch nicht. Er hatte gemordet, das stand fest. Friedhelm Siegel ging definitiv auf sein Konto. Bei Klaus von Rekowski fiel der Nachweis schon schwerer. Zumal sie für diesen Mord bereits einen Tatverdächtigen hatten, einen, der nicht mehr lebte.

Und dann war da noch die Enttäuschung mit Charlotte. Er hatte ihr, im wahrsten Sinne es des Wortes, das Leben gerettet. Hatte das Leben in sie zurückgeholt. Und dann kommt sie aus dem Krankenhaus und hat nichts Besseres zu tun, als ihre Siebensachen zu packen und zurück in ihre alte Wohnung zu ziehen.

Das war alles so verdammt unbefriedigend.

Er machte noch eine Flasche Bier auf. Schon die zweite heute abend. Normalerweise trank er nicht so viel. Aber zu Bratkartoffeln passte so ein Engelhardt hell doch bestens. Wobei ihm auffiel, dass er bislang deutlich mehr Bier als Bratkartoffeln zu sich genommen hatte.

Es klingelte an der Wohnungstür. Wer mochte das sein um diese Uhrzeit? Er hörte Frau Lienenkämper zur Tür schlurfen und öffnen. Wenig später klopfte es.

»Herr Kommissar, da wäre Ihre Schwester.«

Sie sagte das so, als glaube sie es inzwischen nicht mehr.

Aber immerhin bat sie den späten Gast herein.

»Charlotte«, sagte er. »Ich bin nicht auf Besuch eingestellt. Soll ... darf Frau Lienenkämper Ihnen ... dir noch etwas bringen.«

Lange wurde rot. Nach dieser Stammelei musste die Zimmerwirtin endgültig Bescheid wissen, dass es sich bei der jungen Frau dort nicht um seine Schwester handelte.

Charly schüttelte den Kopf. »Nein danke«, sagte sie. »Ich habe schon zu Abend gegessen. Ich müsste ...« Sie schaute zu Frau Lienenkämper, die immer noch mit angespitzten Ohren in der Tür stand. »Ich müsste dich unter vier Augen sprechen.«

Endlich verstand die Zimmerwirtin und zog beleidigt ab.

Charlotte setzte sich zu ihm an den Tisch.

»Was ist denn los, Charly? Du machst ja einen ganz aufgeregten Eindruck.«

Er hatte sich noch immer nicht daran gewöhnt, sie zu duzen.

»Es ist ... Ich weiß jetzt, warum Lembeck gemordet hat.«

»Ja?«

»Er hatte Angst, dass seine Pläne auffliegen.«

»Welche Pläne?«

»Ein Attentat auf Hermann Göring auszuüben.«

»Ein Attentat? Bist du sicher?«

»Hundertprozentig.«

»Dann ist der Mann ein Kommunist?«

»Ganz und gar nicht. Er handelt im Auftrag von Johann Marlow.«

»Wie auch immer. Dann haben wir ihn ja zum Glück rechtzeitig überwältigt.«

»Ich fürchte nicht. Er hat irgendwas vorbereitet. In Carinhall. Da hat er irgendetwas eingebaut, das noch losgehen soll. Eine Bombe, vermute ich.«

»Wie kommst du darauf?«

Sie zuckte die Achseln. »Ich hatte die letzten Tage viel Zeit zum Nachdenken.«

»Und du bist dir ganz sicher?«

Charlotte nickte. »Es wird morgen abend passieren. Göring empfängt das Vorabkommando der Italiener für den Staatsbesuch nächste Woche.«

»Das wäre ja schrecklich. Das könnte schlimmste diplomatische Verwicklungen hervorrufen.«

»Ich habe versucht, ihn anzurufen, aber ich bekomme ihn nicht ans Telefon, ich kann ihn nicht warnen.«

»Wen? Göring?«

»Nein.« Sie schaute zu Boden und wirkte plötzlich wie ertappt. »Reinhold. Reinhold Gräf. Der ist dort eingeladen.«

»Wir könnten gleich in Carinhall anrufen. Und Göring warnen. Die Wachmannschaft dort.«

»Wir wissen doch noch gar nichts. Die werden uns für Spaßvögel halten. Bestenfalls. Schlimmstenfalls für Saboteure, die falschen Alarm verbreiten, um den Empfang der Italiener zu sprengen.«

»Und was schlägst du vor?«

»Wir müssen wissen, woran er in Carinhall gearbeitet hat. Und wo. Dort wird sich die Bombe befinden oder was er sich auch ausgedacht haben mag, um Göring zu töten. Vielleicht auch irgendeine Stromfalle. Der Mann ist erfinderisch.«

»Wir haben Durchsuchungsbeschlüsse für Lembecks Wohn- und Geschäftsräume«, meinte Lange. »In der Privatwohnung waren wir schon. Montag sollte Kowalski sich den Laden vornehmen.«

»Dann sollten wir diese Durchsuchung vorziehen. Heute noch.«

»Charly, wie soll ich denn um diese Uhrzeit einen Schlüsseldienst ...«

»Wir brauchen keinen Schlüsseldienst. Hol dir den Durchsuchungsbeschluss. Und überlass es mir, wie wir reinkommen.«

Lange seufzte. Er nahm eine letzte Gabel Bratkartoffeln, dann stand er auf und griff zu seinem Mantel.

Am Hausvogteiplatz nahmen sie die Linie A und stiegen keine zehn Minuten später am Alexanderplatz aus der Erde. Nach dem Abschluss der Verdunklungswoche leuchteten die Neonreklamen am Alex wieder wie früher mit dem Mond um die Wette. In der Burg war um diese Uhrzeit nicht viel los, sie begegneten niemandem, den sie kannten, auch das Büro war leer. Der Durchsuchungsbeschluss für Lembecks Ladenlokal lag noch auf Kowalskis Schreibtisch, und Lange steckte ihn ein.

Der Alex leuchtete wieder, doch das Schaufenster von Elektro Gunther in den Stadtbahnbögen lag so finster und dunkel, dass man die Auslage kaum erkennen konnte. Auch die Neonreklame war tot.

»Und wie kommen wir jetzt hier rein?«, fragte Lange. »Hast du noch einen Schlüssel?«

»Ich brauche keinen Schlüssel«, sagte sie und zog einen Bund Sperrhaken aus der Tasche.

»Aber, Charly! Sowas ... sowas kannst du?«

Dann fiel ihm ein, dass sie vor ein paar Monaten in sein Büro im Präsidium eingebrochen war. Natürlich konnte sie sowas. Sie war die Frau von Gereon Rath.

Charlotte machte sich am Schloss zu schaffen. Sie fummelte ein wenig mit zwei Haken im Schlüsselloch herum, und kurz darauf machte es laut klack. Sie drückte die Klinke und öffnete. Lange erschrak, als die Ladenglocke losbimmelte.

Sie gingen hinein. Lange suchte nach einem Lichtschalter und fand eine ganze Batterie. Als er den ersten umlegte, flackerte es draußen an der Fassade, und die Leuchtreklame flammte auf. Er legte den Schalter wieder um und probierte die ganze Reihe durch, bis die Lampe im Hinterzimmer anging, wo Charlotte schon dabei war, Aktenordner aus dem Regal zu nehmen.

Sie wusste genau, was sie suchte. Als er bei ihr war, hatte sie den Ordner schon aufgeschlagen. *Rechnungen 1937.*

»Hier«, sagte sie, »das sind die Rechnungen für Carinhall. Ich habe damals nur die erste gesehen und musste sie gleich wieder wegpacken, weil Lembeck mich sonst erwischt hätte.«

»Hm«, machte Lange. »Da stellt er seinem Auftraggeber auch eine ganze Menge Gerätschaften in Rechnung. Allein dreißig von diesen Geräten.« Er las laut: »Märklin Transformator einsdreiviersechsvierbe.«

»Märklin?«

»Zehn Stück Märklin Transformator mit Fahrregler einsdreiviersiebenvierzett«, las Lange weiter. »Alles von derselben Firma. Märklin Modellschienen Serie dreisechsdreinull, Spur null, elektromagnetische Weichen ...«

»Eisenbahn«, rief Charlotte.

Lange schaute sie verwundert an.

»Das ist alles Material für eine Modelleisenbahnanlage«, fuhr sie fort. »Aber eine gigantische.«

»Bist du sicher? Göring hat sich eine Modellbahn bauen lassen?«

Sie nickte. »In Carinhall. Ich habe neulich einen Bericht gelesen. Eine riesige Anlage. Auf der fahren sogar Autos und fliegen Flugzeuge. Göring ist ein Spielkind, das weiß jeder.«

»Ein Spielzeug als Höllenmaschine? Hört sich das nicht seltsam an?«

»Eben. Auf die Idee käme niemand. Und das ist doch die beste Tarnung, die man sich wünschen kann.«

Lange wusste nicht, was er davon halten sollte.

»Ich weiß nicht, ich kann das irgendwie nicht ernst nehmen.«

»Das ist ernst, Andreas! Lembeck hat sich monatelang darauf vorbereitet, den Auftrag zu bekommen und in Carinhall ein und aus zu gehen. Zwei Menschen sind gestorben, nur damit er nicht auffliegt.«

»Und warum ist diese Höllenmaschine dann nicht längst explodiert? Göring wird seine Modellbahn doch bestimmt schon ausprobiert haben.«

»Vielleicht ist da ein Zeitzünder oder so etwas. Oder eine Fernzündung. Der Mann ist ein Tüftler, der kann alles Mögliche konstruieren.«

»Und was sollen wir nun tun? Wir können uns mit diesen vagen Ideen doch nicht an die Wachmannschaft in Carinhall wenden.«

»Nein, das können wir nicht, die glauben uns kein Wort. Wir brauchen Beweise. Wir müssen herausfinden, was Lembeck vorhatte.«

53

Das Zimmer sah nicht großartig anders aus als das in der Charité, das gleiche Metallbett, der gleiche Nachttisch. Der augenfälligste Unterschied waren die Gitter vor den Fenstern. Und dass er nicht alleine hier lag. Die Krankenstation des Untersuchungsgefängnisses Moabit war gut gefüllt, aber Robert Lembeck war der Einzige mit einer Schussverletzung, was ihm einen gewissen Respekt einbrachte.

Das Frühstück, das sie einem hier servierten, war nicht schlechter als das im Krankenhaus. Dünner Tee, trockenes Brot und Marmelade, kein Streichfett. In der Bekämpfung der Fettlücke standen die deutschen Krankenhäuser und die deutschen Gefängnisse Seit an Seit.

Die Wunde in seinem Oberschenkel pochte mal wieder. Mit den Schmerzmitteln gingen sie im Knast sparsamer um als im Krankenhaus. Na, das würde auch noch vorbeigehen. Nur die Narbe würde bleiben.

Dieser Scheißbulle. Immer noch war es ihm ein Rätsel, woher der plötzlich aufgetaucht war. Die Rath musste ihn herbestellt haben. Jedenfalls war dieser Kommissar Lange auch derjenige, der ihn dauernd befragte. Und keine Antworten erhielt.

Runge hatte ihm empfohlen, weiterhin zu schweigen.

Umso größere Genugtuung hatte es ihm bereitet, die Rath zur Mitwisserin zu machen. Was konnte sie schon mit ihrem Wissen anfangen? Sie wusste nur, dass Göring sterben würde, nicht wann, nicht wie, nicht wo. Umso mehr würde es ihr Gewissen belasten. Er hatte sie zur Komplizin gemacht.

Unter den jetzigen Umständen war es durchaus von Vorteil, dass er mit einer Schussverletzung ans Bett gefesselt im Knast lag: Kein Mensch würde ihn verdächtigen, am Tod von Hermann Göring Schuld zu tragen. Wie sollte er? Wenn Carinhall in die Luft flog, läge er mehr als sechzig Kilometer entfernt in Moabit. Und auch Runge wäre längst wieder auf dem Weg von der Schorfheide zurück nach Berlin. Nachdem er, mittels Funk, die Apparatur scharf gestellt hatte.

Den Rest würde Göring selbst erledigen. Oder einer seiner

Gäste, wen auch immer er auserkor, die Modellbahn anzufahren. Bislang hatte er noch jedem Carinhallbesucher die Anlage vorgeführt. Sobald die Spannung an irgendeinem der über zwei Dutzend Steuertransformatoren über zehn, fünfzehn Volt stieg, würde die Sprengladung gezündet und die ganze Chose hochgehen. Das konnte keiner im Raum überleben, ganz gleich, ob er am Steuerpult mit den vielen Trafos stand oder auf einem der bequemen Sofas am Rand der Modellbahn Platz genommen hatte. Der Sprengstoff war über die gesamte Fläche der Anlage verteilt, eingearbeitet in die Bodenplatte. Sprenggelatine, derselbe erschütterungsresistente und nur durch Funken zu zündende Sprengstoff, den er vor einem Jahr schon Abraham Goldstein, diesem Unglücksraben, zur Verfügung gestellt hatte.

Diesmal würde es funktionieren.

Lembeck hatte das Frühstück noch nicht beendet, da öffnete sich die Tür zur Krankenstation – auch die, wie alles in Moabit, immer fest verriegelt –, und ein Wärter führte einen Zivilisten in den Bettensaal.

Lembeck verging auf der Stelle der Appetit.

Kommissar Lange. Was wollte der schon wieder?

Er schob das Essenstablett beiseite.

Der Kommissar zog einen Stuhl ans Bett und setzte sich.

»Lassen Sie uns heute einmal über etwas anderes reden, Lembeck«, begann er.

»Reden Sie. Ich rede nicht.«

»Hermann Göring«, sagte der Kommissar. Mehr nicht.

Lembeck ließ sich nichts anmerken. Hatte sie etwa doch gepetzt? Wollte sie allen Ernstes einem Massenmörder wie Hermann Göring das Leben retten? Oder war er von selbst darauf gekommen? Von Robert Lembeck jedenfalls würde man heute keinen Ton mehr hören. Dafür sprach der Kommissar weiter.

»Carinhall«, sagte er.

Lembeck schwieg. Nun gut, dass er Dauergast auf der Baustelle in Carinhall gewesen war, musste ja früher oder später herauskommen.

»Märklin.«

Und auch, dass er dem Dicken die Modellbahn zusammengelötet hatte. Mitsamt seiner Autobahn und den Flugzeugen, die sogar richtige kleine Holzbomben auf die Züge werfen konnten. Kein noch so extravaganter Wunsch des Reichsluftfahrtministers, den Robert Lembeck nicht erfüllt hätte. Auch für sein Radiozimmer und die Fernsehstube hatte Göring mit Sonderwünschen nicht gegeizt.

»Fernzündung«, sagte der Kommissar und sah ihn dabei unverwandt an.

Das konnte er unmöglich wissen. Oder hatten sie Runge in die Mangel genommen? Nein, das war ein Versuchsballon. Es ging ja auch nicht um Fernzündung, sondern nur um das Scharfmachen des in der Anlage installierten Zündmechanismus. Auslösen würde Göring die Explosion höchstpersönlich.

Der Kommissar schaute ihn noch eine Weile an, dann gab er auf.

»Wollen Sie nichts dazu sagen, Lembeck?«

Lembeck schwieg.

»Wenn Sie mir helfen, das Unglück heute abend zu verhindern, wird es zu Ihrem Vorteil sein.«

Jetzt wusste Lembeck, dass der Bulle nur bluffte. Er wusste gar nichts. *Heute abend!* Der Empfang war doch bereits heute nachmittag. Und von wegen: *wird zu Ihrem Vorteil sein.* Das war die allergrößte Lüge. Göring würde ihn häuten und auf kleiner Flamme rösten, wenn er erführe, dass Robert Lembeck einen Anschlag, den er minutiös geplant hatte, in letzter Sekunde reumütig abgeblasen hatte. Was ja sogar verständlich war, von solcher Reue konnte man sich nichts kaufen.

Nein, der Bulle hatte nichts außer einer bösen Ahnung, und deswegen war er zu ihm gekommen.

Stellte sich die Frage, ob er Mut genug besaß, nach Carinhall rauszufahren und Hermann Göring die Benutzung seines Lieblingsspielzeugs zu untersagen? Ja, so langsam stellte sich nicht nur die Frage nach dem Mut, sondern auch die Frage nach der Zeit. Ein knappes Stündchen war man bis Carinhall unterwegs. Runge jedenfalls dürfte längst auf dem Weg sein.

54

Curth-Damm. An den neuen Namen konnte sie sich einfach nicht gewöhnen. Für sie blieb das Luisenufer immer das Luisenufer, obwohl die Schilder mit dem alten Straßennamen inzwischen abgeschraubt waren.

Heute morgen in aller Herrgottsfrühe hatte sie wieder angerufen, doch es war niemand an den Apparat gegangen. Ob Reinhold eine Liebschaft hatte, bei der er übernachtete? Oder einen so tiefen Schlaf, dass er das Telefon nicht hörte?

Jedenfalls hatte sie sich Sorgen gemacht, hatte sich von Guido Scherer, der ihr noch einen Gefallen schuldig war, dessen Auto geliehen und war nach Kreuzberg gefahren. Ihr ehemaliger Kommilitone und Arbeitgeber rückte seine Mercedes-Limousine nicht gerne heraus, aber nachdem die Detektei Böhm in Person von Charlotte Rath der Kanzlei Blum & Scherer irgendwann im Juli unentgeltlich bei einem kniffligen Fall Rechercheunterstützung gewährt hatte, konnte er nicht Nein sagen.

»Nur nach Kreuzberg«, hatte Charly gesagt, obwohl sie ahnte, dass es durchaus ein paar Kilometer mehr werden könnten. Hauptsache, sie war motorisiert.

Sie parkte den Mercedes direkt unter dem Straßenschild und stieg aus. Auf dem Hof war die Hauswartsfrau mit Teppichklopfen beschäftigt.

»Guten Morgen, Frau Lennartz«, grüßte Charly.

»Heil Hitler«, grüßte die Frau zurück. Immerhin ohne den rechten Arm hochzureißen. Das hätte auch seltsam ausgesehen mit dem Teppichklopfer in der Hand.

»Wo wollen Se denn hin?«, fragte die Hauswartsfrau, als Charly den Eingang des Hinterhauses schon erreicht hatte.

»Na, wissen Se doch. Zu Herrn Gräf.«

»Da kommen Se zu spät. Der Herr Obersturmführer ist schon unterwegs.«

Aus ihrer Stimme klang ein gewisser Stolz, dass man hier, an dieser Adresse, einen SS-Offizier beherbergte.

»Ach, schon im Büro?«

»Ne, heute nicht. Hat einen Außentermin. Für den hat er sich richtig in Schale geworfen. Ausgehuniform und so. War gestern sogar beim Friseur.«

»Aha«, sagte Charly. Mehr brauchte es nicht, um Frau Lennartz am Reden zu halten.

»Einladung vom Herrn Minister, Generaloberst Göring.« Sie senkte ihre Stimme, als müsse man solch einen Satz voller Ehrfurcht aussprechen. »Unser Mieter, also der Obersturmführer Gräf, kennt Herrn Göring gut. Hat ihm einmal das Leben gerettet. Stand sogar in der Zeitung, aber ohne Namen. Dieser jüdische Terrorist, den er erschossen hat.«

»Natürlich.«

»Hat er Ihnen denn nicht erzählt, dass er eingeladen ist?«

»Doch, doch, sicher. Der Empfang heute abend in Carinhall.«

»Wieso Abend?« Annemarie Lennartz zog die Stirn in Falten. »Fünfzehn Uhr ist doch nicht Abend. Ist ja auch kein Empfang, ein Arbeitstreffen. Sind Ausländer dabei. Italiener. Ich wüsste nur zu gern, was man denen serviert, weil die essen doch sonst ...«

»Um fünfzehn Uhr?«

Annemarie Lennartz schaute ein wenig pikiert, weil sie unterbrochen worden war.

»Ja, sag ich doch. Mit Italienern.«

»Sind Sie sicher?«

»Natürlich. Habe die Einladung selbst gesehen, als ich bei ihm geputzt habe. Lag offen auf dem Tisch.«

Charly kramte noch im Gehen den Autoschlüssel aus der Tasche. »Haben Sie vielen Dank, Frau Lennartz, dann muss ich mal wieder los. Grüßen Sie Ihren Mann.«

Die Hauswartsfrau nickte. Ein Nicken, das nach einer Weile nahtlos in ein verständnisloses Kopfschütteln überging.

Charly stieg in Guidos Mercedes, ließ den Motor an und gab Gas.

Fünfzehn Uhr! Und jetzt war es schon kurz vor zwölf!

Sie peitschte den schweren Wagen durch den Verkehr und war zehn Minuten später am Alex. Sie parkte an den S-Bahn-Bögen, nicht weit von *Radio Gunther*, und hetzte die Treppen der Burg hinauf.

»Wo soll's denn hingehen, junge Frau?«, fragte ein älterer Anzugträger, den sie beinahe umgerannt hätte.

Sie reagierte nicht, sondern rannte weiter, bis sie den Trakt der Mordinspektion erreicht hatte, rannte den ganzen Gang entlang und riss die Tür zum Büro auf.

Erika Voss saß an ihrem Schreibtisch und schaute überrascht auf.

»Frau Rath! Das ist aber eine Überraschung. Was kann ich für Sie tun?«

»Ich muss zu Kommissar Lange, es ist dringend.«

»Tut mir leid, der Kommissar ist außer Haus.«

»Immer noch in Moabit?«

»Ich weiß nicht, ob ich Ihnen das sagen darf. Nichts für ungut, aber wo Sie doch keine Kollegin mehr sind.«

»Schon gut. Sagen Sie ihm, ich suche ihn. Sagen Sie ihm, wir haben nicht bis zum Abendessen Zeit, es geht um drei schon los.«

Erika Voss schaute sie völlig verständnislos an, aber sie nickte. »Kein Abendessen. Schon um drei. Und Sie suchen ihn«, betete sie herunter.

»Genau.«

Charly verließ das Büro. Und wäre im Gang beinahe mit Lange zusammengestoßen.

»Andreas! Gott sei Dank!«

»Aber, Charly. Was ist denn los?«

»Der Empfang. Ich Vollidiot habe mich vertan. Hab irgendwie gedacht, Göring macht seine Herrenrunden immer abends.«

»Wie?«

»Die Italiener. Reinhold Gräf. Sie treffen sich schon um drei. Uns läuft die Zeit davon.«

»Verdammt!«

»Hast du denn was herausgefunden? Hat Lembeck geredet.«

»Natürlich nicht. Keinen Ton. Aber ich habe seine Reaktionen genau beobachtet, während ich mit ihm gesprochen habe.«

»Und?«

»Fernzündung. Fernzündung ist ein Volltreffer. Ich hab's in seinen Augen gesehen. Aber wie und wo und wann ...« Er hob die Schultern und verzog das Gesicht. »Ich fürchte, da tappen wir immer noch im Dunkeln.«

»Jetzt wissen wir wenigstens, dass wir nicht spinnen. Lembeck muss Helfer haben. Irgendwer muss diesen Fernzünder ja betätigen, und er kann das nicht sein, er liegt in Moabit.«

»Ich habe die Besuchsprotokolle eingesehen. Die einzigen Menschen, mit denen er seit Montag gesprochen hat, sind sein Anwalt und ich.«

»Kennst du den?«

»Doktor Runge. Jedenfalls kein Ringvereinsanwalt wie seinerzeit Doktor Kohn. War früher mal Kommunist. Ist inzwischen aber in der Partei.«

»In der richtigen Partei.«

»Es gibt ja nur noch eine.«

»Hast du die Adresse?«

Lange hob sein Notizbuch und machte ein triumphierendes Gesicht. »Seine Adresse, seine Autonummer, sein Geburtsdatum.«

»Andreas, du bist ein Schatz!« Charly hätte ihn küssen können. »Also gut, das Geburtsdatum lassen wir mal weg. Aber wir könnten ihm einen Besuch abstatten, was meinst du? Man braucht ungefähr eine Stunde bis in die Schorfheide. Könnte sein, dass er noch nicht los ist und wir ihn noch abfangen.«

»Gut, ich besorge uns ein Auto und einen Fahrer von der Fahrbereitschaft.«

»Nicht nötig.« Charly wedelte mit dem Mercedesschlüssel.

Drei Minuten später saßen sie im Wagen und waren auf dem Weg nach Lichtenberg, wo Doktor August Runge seine Kanzlei und seine Wohnung hatte. Die Adresse lag nicht weit entfernt vom Amtsgericht Lichtenberg, in dem Charly ihr Referendariat abgeleistet und an das sie keine guten Erinnerungen hatte.

Die Kanzlei war geschlossen. Sie gingen eine Treppe höher und klingelten an der Wohnungstür. Niemand öffnete.

»Und was nun?«, fragte Charly.

»Ich sehe nur noch eine Möglichkeit. Wir müssen in Carinhall anrufen und die Wachmannschaft warnen.«

»Das wird nicht funktionieren. Die werden uns nicht ernst nehmen.« Sie seufzte. »Wenn ich wenigstens Reinhold noch angetroffen hätte, der hätte vielleicht etwas erreichen können.« Sie schaute Lange an. »Wir müssen selbst hin. Persönlich.«

»Nach Carinhall?«

»Natürlich. Wohin denn sonst? Und du musst als Polizist so überzeugend sein wie noch nie in deinem Leben.«

Charly kannte die Strecke nicht. An einer Tankstelle auf der

Danziger Straße tankte sie Guidos Wagen voll und besorgte sich eine Straßenkarte für das nördliche Berliner Umland.

»Kannst du Karten lesen?«, fragte sie Lange und warf ihm die Straßenkarte auf den Schoß.

Er faltete den Plan umständlich auseinander.

»Erst einmal auf die Prenzlauer Allee und dann immer geradeaus Richtung Norden«, sagte er und wies mit der Hand die Richtung, als sei er ein Feldherr in der Schlacht.

Charly trat aufs Gas. Inzwischen war es schon kurz vor zwei. Das Land hinter den Berliner Stadtgrenzen war einsamer, als sie vermutet hätte. Sie kamen durch Dörfer, von denen sie noch nie etwas gehört hatte, Schönerlinde, Basdorf, Wandlitz, Klosterfelde, die meiste Zeit aber fuhren sie durch unbewohntes Gebiet, durch Wiesen, Felder oder endlose Wälder. Vor allem nachdem sie das letzte Dörfchen verlassen hatten. Kilometerweit ging es durch den Kiefernwald.

»Irgendwann müssen wir hier abbiegen«, sagte Lange. »Carinhall ist nicht eingezeichnet, müsste aber irgendwo da liegen, am Großen Döllnsee.«

»Dann nehmen wir doch diese Straße.« Charly musste scharf bremsen und lenken, um die Kurve zu kriegen, aber der Mercedes schaffte es mit quietschenden Reifen. Das Sträßchen, auf das sie abbogen, war für einen unbedeutenden Waldweg gut ausgebaut. »Hier sind wir richtig. Das sieht mir sehr nach Görings Werk aus. Mitten im Wald, aber mit allem Komfort.«

Dass sie tatsächlich richtig waren, zeigte ihnen kurz darauf eine von zwei steinernen Wachhäuschen flankierte Toreinfahrt, an der zwei Soldaten in blauen Uniformen standen, die ihre Karabiner in Anschlag brachten, als sich der Mercedes näherte.

Charly trat auf die Bremse und ließ den Wagen die letzten Meter langsam ausrollen.

»So, Herr Kommissar«, sagte sie. »Dann zeigen Sie mal, wie vertrauenswürdig Sie sind.«

55

Er war ja nun schon einige Male bei General Göring zu Gast gewesen, und pompös war es auf irgendeine Art und Weise immer zugegangen, ganz gleich, ob im Haus der Flieger oder im Reichsluftfahrtministerium. Carinhall aber, wohin er zum ersten Mal eingeladen war, übertraf alles. Ein eigenes Reich mitten im Wald. Reinhold Gräf wusste nicht, was er erwartet hatte, eher ein Jagdhaus oder so etwas, und so hatte Carinhall ja auch angefangen, aber die Neubauten, die in diesem Jahr hinzugekommen waren, hatten das einstige Jagdhaus auf seine vielfache Größe zu einem richtigen Palast anwachsen lassen.

Wie viele Posten man passieren musste, um überhaupt so weit zu kommen. Ohne seinen Passierschein, den er jedesmal vorzeigen musste, hätte Gräf die sofortige Heimfahrt antreten können. Allein das gründlich geprüfte und ordnungsgemäß abgestempelte Dokument bewog die Wachtposten, allesamt vom Regiment General Göring gestellt, ihn durchzulassen. Seine schwarze SS-Uniform, sonst geeignet, überall in Berlin, ganz gleich bei welcher Institution oder welcher Behörde, Eindruck zu schinden, flößte dem Wachbataillon von Carinhall keinerlei Respekt ein.

Nun stand er also in der großen Halle, die mit ihren Wandteppichen, den riesigen rustikalen Kronleuchtern und dem geschnitzten Dachgebälk an den Pallas einer mittelalterlichen Burg erinnerte, stand zwischen auf Französisch oder Italienisch parlierenden Herren, die alle ein Champagnerglas in der Hand hielten, und kam sich deplaziert vor. Wie eigentlich immer bei solchen Empfängen. Er war kein Meister des kunstvollen Salongesprächs, außerdem waren seine Französischkenntnisse viel zu schlecht, und Italienisch konnte er schon mal gar nicht.

Der Hausherr ließ auf sich warten. Das kannte Gräf von Hermann Göring schon. Es dauerte immer ein bisschen, bis der sich zu seinen Gästen gesellte. Ob das mit der Morphiumsucht zusammenhing oder einfach Taktik war, das wusste er nicht. Jedenfalls war er immer erleichtert, wenn Göring endlich auf der Bildfläche erschien. Weil das bedeutete, dass dann irgendwann die Anekdote vom vereitelten Bombenattentat erzählt wurde, dass Gräf, als Görings Lebensretter, seinen Teil dazu beisteuern konnte und endlich das Gefühl hatte, dass seine Anwesenheit in diesen Kreisen einen gewissen Sinn ergab.

Gräf stand neben einer riesigen Stehlampe an einem großen Panoramafenster am Ende der Halle, schaute hinaus in den Wald und nippte an seinem Champagner.

Wie gern hätte er auf diesen Termin verzichtet, aber er durfte niemanden Verdacht schöpfen lassen. Das Misstrauen von Sebastian Tornow war bereits groß genug, und Gräf glaubte nicht, dass Hermann Göring, so jovial der auch immer tat, seine schützende Hand über ihn halten würde, wenn Obersturmbannführer Tornow erst einmal beschließen sollte, den Obersturmführer Reinhold Gräf zu vernichten.

Nein, die einzige Lösung war, das Land zu verlassen. Bis ins Ausland würde Tornow ihn nicht verfolgen, dazu war einer wie Reinhold Gräf dann doch zu unwichtig.

Ein Raunen ging durch die Grüppchen, zu denen sich die Männer in unterschiedlicher Stärke über den Raum verteilt hatten, denn der Hausherr war zur Tür hereingetreten, in eine schneeweiße Uniform gekleidet, und schaute mit rosaroten Wangen und einem strahlenden Lächeln in die Runde. Der erste Mann, den er begrüßte, war der italienische Botschafter Bernardo Attolico. Die beiden schienen sich zu kennen, und Attolico übernahm es, Göring mit den übrigen Mitgliedern der italienischen Delegation bekanntzumachen. Gräf nippte derweil an seinem Champagner und langweilte sich.

Schließlich war Göring bei ihm angelangt.

»Ah, Obersturmführer«, sagte er und schüttelte ihm die Hand. »Schön, dass Sie hier sind.«

Gräf hatte es noch nie erlebt, dass Hermann Göring ihm oder irgendjemand anderem den Hitlergruß gezeigt hatte. Außer bei öffentlichen Auftritten und wenn irgendwo Filmkameras liefen oder Fotoapparate gezückt wurden.

Göring legte Gräf jovial die Hand auf die Schulter und wandte sich an seine Gäste.

»Habe ich Ihnen schon erzählt«, begann er, »dass ich diesem jungen Mann hier mein Leben verdanke?«

Einigen in der Runde, zumal den deutschen Gästen, hatte er es schon erzählt, mehrmals sogar, aber alle verneinten brav und zeigten sich neugierig.

Und dann berichtete Göring mit den üblichen Ausschmückungen, welch perfiden Plan das Weltjudentum gegen ihn geschmiedet habe, dass aber dank der wachsamen deutschen Sicherheitskräfte dieser feige Anschlag schon im Keim habe vereitelt werden können. Dass der jüdische Terrorist seine niederträchtige Tat mit dem Leben bezahlt habe.

Und dann musste Gräf erzählen, wie er Abraham Goldstein auf der Schöneberger Brücke gestellt und ausgeschaltet hatte. »Leider zu spät«, schloss er, wie immer. »Einen Kameraden, der sich mit dem Juden ein Feuergefecht lieferte und tödlich getroffen wurde, konnte ich nicht mehr retten.«

Görings Gäste hörten artig zu und nickten anerkennend, als Gräf geendet hatte. Und wie immer, wenn er diese Geschichte in Kreisen wie diesen erzählt hatte, fragte sich Reinhold Gräf, ob die Lüge vom Tod Gereon Raths vielleicht wahrer würde, je öfter man sie erzählte.

»Ja, Opfer müssen gebracht werden«, meinte Göring. »Aber am Ende steht unser Sieg. Zumal wenn zwei solch große und ruhmreiche Völker wie das italienische und das deutsche in diesem Kampfe Seit an Seit stehen.« Er hob sein Glas, und seine Gäste taten es ihm gleich.

»Jetzt aber zu etwas gänzlich anderem, meine Herren«, sagte Göring, nachdem alle einen Schluck getrunken hatten. »Ich darf Sie bitten, mir zu folgen, ich habe eine kleine Überraschung für Sie.«

Der Trupp setzte sich in Bewegung, folgte dem Dicken in der schneeweißen Uniform durch die Empfangshalle und dann nach links eine Treppe hinauf. Es ging bis ganz nach oben, bis auf den Dachboden. Göring öffnete eine Tür, und sie betraten einen hohen Giebelraum, der sich über die ganze Länge des Nordflügels erstreckte. Und dort war, auf einer riesigen Platte, die größte Modelleisenbahn aufgebaut, die Reinhold Gräf jemals gesehen hatte. An deren Stirnseite stand ein Metallschrank, auf den Dutzende Steuertrafos geschraubt waren. Mindestens ebenso viele Züge mussten also auf der Modellbahnplatte stehen, die so groß war, dass man gar nicht alle Ecken einsehen konnte. Die Gleise liefen über eine liebevoll gestaltete Landschaft, mitten hindurch ging schnurgerade die Trasse einer Reichsautobahn, die an mehreren Stellen von den Eisenbahnschienen überquert wurde. Das war der Traum eines großgewordenen Zwölfjährigen. Und Göring freute sich auch wie ein kleines Kind. Nicht nur er. Die meisten Gäste bekamen leuchtende Augen.

»So, die Herren«, sagte Göring. »Wenn Sie erlauben, werde ich Ihnen meine Anlage präsentieren. Aber bevor es losgeht, müssen wir erst einmal ein paar Züge aufs Gleis setzen. Wer möchte, darf mir gerne dabei behilflich sein.«

Erstaunlich viele mochten. Auch Gräf hätte sich am liebsten gemeldet, aber wahrscheinlich war es, schon allein aus diplomatischen Gründen, besser, den italienischen Gästen den Vortritt zu lassen. Göring hatte sogar eine Lokomotive italienischer Bauart irgendwo versteckt, bei deren Entdecken es ein großes Hallo gab.

Gräf setzte sich auf eines der Sofas, die an den Längsseiten für die Zuschauer bereitstanden, und betrachtete das seltsame Schauspiel. Erwachsene Männer, zum allergrößten Teil in Uniform, die behutsamen Schrittes über eine Modelllandschaft staksten und so vorsichtig, als spielten sie mit Porzellanpuppen, kleine Waggons und Lokomotiven auf die Gleise hoben. Männer, die sonst Tausende Soldaten befehligten und sich nichts aus Verlusten an Mann und Material machten, wenn es denn ersetzt werden konnte, gaben acht, dass sie auch nicht die kleinste Kupplung abbrachen oder gar auf einen Miniaturbaum traten.

56

Es war unglaublich, wie zäh und stur diese Wachsoldaten waren. Andreas Lange hatte all seine Überredungskünste aufgeboten, hatte den Polizeiausweis vorgezeigt, hatte erklärt, dass es sich um einen Notfall handele, dass man durch Zufall Kenntnis von Attentatsplänen erhalten habe und Generaloberst Göring in höchster Gefahr schwebe, das alles hatte nichts genützt. Wer denn die Dame am Steuer sei, hatten sie wissen wollen, und Charlotte hatte, bevor Lange sich aus dem Konzept bringen ließ, geistesgegenwärtig geantwortet, sie sei Frau Rath, die zuständige Stenotypistin.

Auch das hatte den beiden jungen Soldaten mit den unbeweglich strengen Mienen nicht gereicht. Ohne gültigen Passierschein dürften sie leider niemanden auf das Gelände lassen, auch keine Polizei. Erst als Lange die beiden Wachhunde höflich nach Namen und Dienstrang fragte, weil: Er müsse doch wissen, wen er zu benennen habe, wenn nach den Schuldigen gesucht werde, die verhindert hätten, ein Attentat auf Reichsminister Generaloberst Göring zu vereiteln, war Bewegung in die betonharten Mienen gekommen.

Einer der beiden Soldaten war kurzerhand zu ihnen in den Mercedes gestiegen, der andere hatte telefoniert. Dennoch hatte es auch am nächsten Posten längerer Diskussionen bedurft, ehe sie, immer noch mit dem jungen Soldaten auf dem Rücksitz, weiterfahren durften.

Und nun waren sie endlich am Waldhof angekommen, einem großen, palastartigen Komplex mit hohen Reetdächern, in der Mitte ein Ehrenhof mit einem Brunnen, in dem eine bronzene Amazone ritt, dahinter ein pompöses Portal, das von einem Elchgeweih gekrönt wurde. Das alles konnte Lange nur durch die Holzbalken eines Laubengangs erspähen, denn auch hier wurde ihr Mercedes, obwohl auch der zweite Wachtposten telefoniert hatte, erst einmal aufgehalten.

Lange erklärte zum dritten Mal, warum sie hier waren und warum sie es eilig hatten, dass sie dringend mit Generaloberst Göring sprechen müssten, doch den Wachtposten interessierte erst einmal nur eines.

»Wo ist Ihr Passierschein, Kommissar?«

»Das habe ich Ihren Kameraden doch schon erklärt. Die Erkenntnis, dass Generaloberst Göring in akuter Gefahr schwebt, Opfer eines Attentats zu werden, hat sich erst heute durch die Vernehmung eines Mordverdächtigen ergeben. Ich bin mit der Kollegin Rath sofort rausgefahren, um das zu verhindern. Da blieb keine Zeit mehr, einen Passierschein zu beantragen.«

Der Wachsoldat, etwas älter und einige Dienstränge höher als die, mit denen sie es bislang zu tun hatten, überlegte.

»Ich werde das mit Ihren Vorgesetzten im Polizeipräsidium abklären. Bitte warten Sie so lange hier im Wagen.«

Und mit diesen Worten verschwand er im Gebäude. Nicht im Waldhof, sondern in der vorgelagerten Adjutantur. Lange fragte sich, wen in der Burg der Mann erreichen würde. Aber das war auch gleichgültig. Niemand im Präsidium wusste von ihrem Vorhaben, niemand wusste etwas von einer Verschwörung gegen Göring. Es war völlig klar: Sobald der Wachoffizier von seinem Telefonat zurückkehren würde, war es das. Endstation.

Man würde sie zurückschicken. Wenn sie Pech hätten, würde man sie sogar festsetzen. Möglicherweise genau unter dem Gebäudeteil, das in die Luft zu fliegen drohte.

Er fragte sich, ob Charlotte dasselbe dachte. Ihrem Gesicht war nichts anzumerken. Aber dann stieg sie mit einer beherzten Bewegung aus dem Wagen.

»Entschuldigen Sie, Soldat«, sagte sie zu dem jungen Wachtposten, der sichtlich überfordert schien, von einer Frau angesprochen zu werden. Das kam in seinem Dienstalltag wohl nicht allzu häufig vor. »Entschuldigen Sie, es ist mir etwas unangenehm, aber die lange Fahrt, und jetzt die dauernde Warterei ... Ich müsste ... also, ich meine: Könnte ich vielleicht ...«

Der Wachsoldat stand auf der Leitung. »Meine Dame?«

»Ach, zwingen Sie mich doch bitte nicht, es auszusprechen. Ich habe ein dringendes Bedürfnis und weiß es kaum noch zurückzuhalten. Wo wäre denn hier die nächste ...«

»Ach, Sie meinen: eine Toilette«, sagte der Wachsoldat und wurde im selben Moment rot.

»Richtig.«

»Ich darf Sie eigentlich nicht gehen lassen.«

»Bitte!« Charlotte stand x-beinig und zappelnd vor dem Soldaten und machte ein verzweifeltes Gesicht. »Sonst gibt es ein Malheur!«

Der Soldat schaute hilfesuchend zu seinem Kameraden, der auf dem Rücksitz des Mercedes saß, nun aber ebenfalls aus dem Wagen stieg.

»Gefreiter Schurig, zeigen Sie Frau Rath die entsprechenden Räume im Wirtschaftsflügel«, befahl er. »Ich halte hier so lange den Posten.«

Der Gefreite salutierte und verschwand mit Charlotte in einer Tür im Nordflügel des Waldhofs.

Lange blieb im Auto sitzen, während der andere Soldat sich genau in die Einfahrt stellte, als würde er Lange zutrauen, womöglich auf den Fahrersitz zu rutschen und das Gaspedal durchzutreten. Das tat Lange aber nicht. Er wartete. Und wartete. Auf die Rückkehr des Offiziers, auf die Rückkehr von Charlotte. Auf ein Wunder.

Doch es war jemand anders, der als Erster zurückkehrte, es war der Gefreite Schurig.

»S-sie ist weg«, brachte er heraus, als er am Wagen angekommen war.

»Wie? Machen Sie mal anständig Meldung, Mann!«

Der Gefreite salutierte. »Melde gehorsamst, Obergefreiter, das zum Abort zu begleitende verdächtige Subjekt ist verschwunden.«

»Was soll das heißen? Menschen verschwinden doch nicht einfach so.«

»Ich habe die Dame wie befohlen zum Bedienstetenwaschraum geführt und vor der Tür Posten bezogen. Als ich nach einer Weile nichts mehr hörte, habe ich an die Tür geklopft und auf Eile gedrängt.«

»An die Kabinentür?«

Der Gefreite wurde wieder rot. »Selbstverständlich nicht. Es handelt sich doch um die Damentoiletten. Ich habe nur an die Außentür geklopft.«

»Und dann?«

»Als ich nichts hörte, habe ich eine Küchenhilfe, die zufällig vorbeikam, gebeten, einmal nachzuschauen.«

»Und?«

»Es gibt zwei Toilettenkabinen im Damenwaschraum, und beide waren leer.«

»Schöne Scheiße, die Sie uns da eingebrockt haben.«

»Ich nehme an, sie ist in die Küche, da gibt es eine direkte Verbindungstür.«

»Ja, und? Haben Sie da nicht nachgeschaut?«

»Mit Verlaub, Obergefreiter, ich hielt es für meine Pflicht, zunächst Meldung zu machen.«

Der Obergefreite sagte nichts mehr, er bedachte den Gefreiten Schurig mit wütenden Blicken. Für einen Moment glaubte Lange, der Mann würde seinen Untergebenen niederschlagen oder sonst etwas in der Art, aber er zog nur eine Trillerpfeife aus seiner Tasche und blies hinein, so laut, dass es Andreas Lange in den Ohren klingelte.

57

Draußen hörte sie eine Trillerpfeife schrillen. Sie hatten es also gemerkt. Charly blieb hinter der großen Anrichte hocken, hinter der sie sich versteckt hatte, und lauschte.

Dem Wachsoldaten zu entwischen war einfacher gewesen als gedacht. Von der Toilette führte eine Zwischentür in einen Nachbarraum. Charly hatte die Tür geöffnet und war, als sie niemanden entdecken konnte, einfach hineinspaziert. Ein menschenleerer Umkleideraum, dahinter eine Großküche, aus der Töpfeklappern zu hören war. Charly hatte eine Schürze vom Haken genommen und eine Haube aufgesetzt. Dann hatte sie auf den Gang geschaut, wo der Gefreite Schurig immer noch stand und ungeduldig auf seine Armbanduhr schaute. Einmal scheu anklopfte. Und dann eine Bedienstete ansprach und hineinschickte. Die kurz darauf achselzuckend wieder nach draußen kam. Charly hatte gewartet, bis der Gefreite seinen Posten verließ, dann war sie über den langen Gang gelaufen und, als sie Stimmen hörte, in das nächstbeste Zimmer geschlüpft, eine Art plüschiger Wintergarten, in dessen Mitte ein Springbrunnen plätscherte.

Nun also die Trillerpfeife, die Verstärkung holte. Bald würde es hier vor Wachsoldaten wimmeln.

Sie wusste selbst nicht so genau, was sie vorhatte, nur dass die Zeit drängte und sie sich nicht ewig von den Bürokraten in Uniform da draußen aufhalten lassen konnten. Sie musste Reinhold Gräf erreichen, irgendwie. Reinhold Gräf, der bei Göring war. Der ihr glauben würde und dem Minister den Ernst der Lage klarmachen konnte. Dem Minister, dem er doch schon einmal das Leben gerettet hatte.

Sie wusste nicht, wo sich die Delegation der Italiener gerade aufhielt. In diesem Flügel jedenfalls nicht. Was sie aber wusste: Görings Modelleisenbahn befand sich auf dem Dachboden. Dorthin musste sie. Entweder waren die Gäste schon dort, oder aber Charly würde dort oben auf sie warten und sie warnen. Sie wusste nur nicht, vor was genau sie warnen sollte. Und hoffte, man würde ihr dennoch Glauben schenken.

Sie lauschte an der Tür. Schien alles ruhig. Es half nichts, sie musste wieder auf den Gang, wollte sie die Treppe nach oben finden. Also drückte sie die Klinke.

Der Gang war groß, er erstreckte sich über die gesamte Länge des Seitenflügels, und am anderen Ende erschienen die blauen Uniformen der Wachmannschaft. Sie wandte ihr Gesicht ab und ging zügig, aber nicht rennend, in die andere Richtung.

»Hey, Mädchen«, hörte sie es hinter sich rufen. Sie reagierte nicht.

»Hey, Mädchen, bleib doch stehen. Wir suchen jemanden. Ist dir zufällig eine fremde Frau aufgefallen, die hier nichts zu suchen hat? In der Küche oder so?«

Charly drehte sich zur Seite und schüttelte den Kopf, schüchtern gesenkten Hauptes, in der Hoffnung, die Soldaten mochten ihr Gesicht unter der Haube nicht gleich erkennen. Dann ging sie weiter und öffnete die Tür am Ende des Ganges.

»Hey, Mädchen, warte doch!«, hörte sie noch, dann hatte sie die Tür geschlossen.

Sie befand sich in einer Art Vorhalle, von der zwei Treppen abgingen, eine nach unten und eine nach oben. Das musste es sein! Sie hatte schon zwei, drei Stufen erklommen, als sie von oben Stimmen und Schritte hörte. Charly hetzte wieder zurück ins Erdgeschoss. Aus dem langen Gang hallten Laufschritte, leicht gedämpft durch die Tür. Verdammt!

Ihr blieb keine andere Wahl, sie hastete die Kellertreppe hinunter, öffnete die nächstbeste Tür und huschte hinein. Ein Gymnastikraum. Zum Glück leer. In der Mitte stand ein seltsames lederbezogenes Gerät, das mit den Steigbügeln an seinen Seiten wie ein künstliches Pferd aussah, allerdings nur auf einem einzigen Stahlbein stand.

Charly lauschte. Oben schienen sich Menschen zu unterhalten. Sie schlüpfte durch einen Vorhang in eine Nische, in der sich diverse Turngeräte stapelten, und versteckte sich hinter einem Kasten. Kurz darauf öffnete sich die Tür zum Gymnastikraum, Charly hörte zwei, drei Schritte, dann eine Meldung. »Hier ist nichts, Leutnant.«

»Gut, im Keller scheint sie nicht zu sein. Postieren Sie dennoch oben eine Wache, für den Fall, dass die Dame doch hier sein sollte. Dann sitzt sie in der Falle.«

Die Tür wurde wieder geschlossen. Charly atmete heftig.

Dann sitzt sie in der Falle. Also gab es nur diese eine Treppe in den Keller.

Was nun, Charlotte Rath? Nun bist du mit deinem Latein am Ende, was?

Zu Reinhold Gräf würde sie nicht mehr vordringen können. Und Andreas Lange würden sie wahrscheinlich auch nicht zu Göring lassen, nun, da seine vorgebliche Stenotypistin abgehauen war.

Dann kam ihr eine Idee. Es gab noch etwas, was sie tun konnte.

Sie wagte sich aus ihrem Versteck. Öffnete die Tür und lugte um die Ecke. Im Kellergang war alles still und leer. Sie schienen wirklich nur eine Wache oben an die Treppe gestellt zu haben.

Charly ging, so leise sie konnte, in die andere Richtung und öffnete vorsichtig jede Tür, an der sie vorüberkam. Sie entdeckte eine Trinkstube, eine Kegelbahn, eine Kühlkammer und mehrere Vorratsräume. Bis sie endlich gefunden hatte, wonach sie suchte. Auf der Tür prangte ein Totenkopf.

58

Irgendwas war da los, draußen. Reinhold Gräf stand von seinem Sofa auf und schaute aus dem Dachfenster, konnte aber außer dem Reetdach des gegenüberliegenden Gebäudeflügels nichts erkennen. Er meinte, eine Trillerpfeife gehört zu haben. Vielleicht trieb die Wachmannschaft draußen irgendwo Sport. Hier in Carinhall war ja für alles gesorgt, die jungen Soldaten des

Regiments General Göring rissen sich geradezu um den Dienst im hiesigen Wachbataillon. Weil es in der Schorfheide viel weniger zu tun gab als im Ministerium oder am Haus der Flieger.

Er meinte auch, Laufschritte irgendwo im Haus zu hören, aber da es Göring nicht interessierte, interessierte es ihn auch nicht. Wahrscheinlich die Hektik der Dienstboten, die den abendlichen Imbiss vorbereiteten. Schon sechs Uhr durch, er konnte durchaus eine Kleinigkeit vertragen. Aber erst einmal mussten die großen Jungen mit der Eisenbahn spielen.

»Wir haben noch ein zweites Steuerpult«, sagte Göring gerade. »Dottore Attolico – wenn Sie oder einer der Herren gern möchten ...«

Das ließ sich der Botschafter nicht zweimal sagen. Er ging zum anderen Ende der Anlage und schaute sich die Trafos an, die dort auf einem ähnlichen Blechschrank standen wie die Hauptsteuerung, an der Göring sich postiert hatte.

»Ist genug Platz für alle«, meinte Göring. »Sechshundert Meter Schienen sind hier verlegt.«

»Un momento«, meldete sich ein Herr in Uniform, der noch mitten in der Anlage stand. »Non sono ancora pronto! Solo questo treno!«

Die Umstehenden lachten.

»Presto, Generale Rossi«, sagte der Botschafter. »Vogliamo iniziare!«

General Rossi plazierte eine Lokomotive und drei Güterwaggons auf der Autobahnbrücke direkt vor Görings Nase. Dann stakste er vorsichtig über ein Miniaturdörfchen, argwöhnisch beäugt vom Hausherrn, der die Modellhäuschen, wie er vorhin erzählt hatte, selbst gebaut haben wollte. Der italienische General schaffte es unfallfrei und ohne sich die Feindschaft von Hermann Göring zuzuziehen, wieder von der Anlage herunter.

Göring legte einen Schalter an seinem Steuerpult um.

»So, nun steht die Anlage unter Strom«, sagte er. »Ich darf die Herren bitten, nicht mehr in die Schienen zu greifen, das könnte unangenehm sein.«

Wieder lachten alle, auch die Italiener, nachdem der Dolmetscher übersetzt hatte.

»Dottore Attolico, sehen Sie die Transformatoren vor sich?

Wählen Sie einen aus, und drehen Sie den Drehregler vorsichtig nach rechts.«

Bernardo Attolico, der offensichtlich zum ersten Mal in seinem Leben mit einer Modelleisenbahn konfrontiert wurde, tat wie geheißen. Vorsichtig und mit spitzen Fingern. Langsam setzte sich ein Personenzug am anderen Ende der Platte in Bewegung. Ein Raunen ging durch die Gäste, das zugleich ein wenig enttäuscht klang, denn der Zug schlich im Schneckentempo übers Gleis.

»Drehen Sie den Trafo ein bisschen höher, Dottore«, sagte Göring. »So können Sie durch den Bahnhof schleichen, aber nicht auf einer Expressstrecke! Stellen Sie sich vor, Ihr Duce säße in einem solchen Zug, dann wäre er ja in einer Woche noch nicht in Berlin!«

Gräf wusste nicht, was der Dolmetscher den Italienern übersetzte, jedenfalls wurde Görings Witz mit höflich zurückhaltendem Lachen quittiert.

»Drehen Sie hoch, Dottore! Sie haben ja noch keine fünf Volt erreicht! Pronto!«

Der Botschafter zeigte ein süßsaures Lächeln, dann wandte er sich wieder seinem Trafo zu. Attolico machte ein Gesicht, als würde er die ganze Anlage mit seinem Zug am liebsten in die Luft jagen.

Doch irgendwas musste er falsch gemacht haben, denn mit einem Mal gingen alle Lichter aus, und der eben noch langsam dahinschleichende Personenzug blieb vollends stehen.

»Verdammt«, hörte man Göring fluchen. »Was haben Sie denn jetzt gemacht?«

Gräf schaute nach draußen. Auch im Hof war das Licht ausgegangen, überall war es dunkel. Nur das dünne Licht der Abenddämmerung ließ ihn noch die Konturen der Diplomaten und Militärs erkennen, die ratlos in der Gegend herumstanden und ihren Botschafter wahrscheinlich gerade für einen Vollidioten hielten, der nicht einmal ein Kinderspielzeug bedienen konnte.

Da hörte er, wie irgendwo im Haus ein Schuss losging.

59

Dass der Tag so enden würde, hätte er sich heute morgen, als er Robert Lembeck in Moabit besuchte, nicht vorstellen können. Aber nun saß er hier, im innersten Kreis der Macht des Dritten Reiches, im Arbeitszimmer von Hermann Göring in Carinhall. Dass sein Kopf immer noch schmerzte, hatte Andreas Lange darüber beinahe vergessen.

Göring wirkte aufgeräumt. Rotwangig und feist saß er hinter seinem Schreibtisch, auf einem Stuhl, der mehr einem Thron glich. Der Stuhl, auf dem Lange saß, war nur unwesentlich kleiner, er fühlte sich wie ein Kind, das auf die Möbel der Erwachsenen gekrabbelt war. Auch Charlotte auf dem Stuhl neben ihm wirkte darin zierlicher und zerbrechlicher als sonst. Sie trug eine weiße Küchenschürze und eine ebenso weiße Haube; Lange hatte zweimal hinschauen müssen, um sie zu erkennen. Der vierte Mensch im Raum trug Uniform. Es war der Wachoffizier, der mit dem Polizeipräsidium telefoniert hatte. Bevor Charlotte seine Wachtruppe ausgetrickst hatte.

Lange war froh, dass er nun hier saß und man ihm sogar eine Tasse Tee serviert hatte. Nach dem Chaos, das ausgebrochen war, als das Licht ausging, hatten ihn die zwei Soldaten, die ihn festhielten, seit die Suche nach Charlotte losgegangen war, in eine Arrestzelle in der Adjutantur gesperrt. Sie hatten ihm draußen schon Handschellen angelegt, als sei er ein Verbrecher, und Lange war sich reichlich schutzlos vorgekommen, als die Scheinwerfer, die den Ehrenhof und die Einfahrt von Carinhall taghell beleuchteten, mit einem Mal erloschen.

Dann war irgendwo ein Schuss gefallen, und sie hatten ihn in die Zelle gebracht, so rabiat, dass er sich an einem Türpfosten den Kopf gestoßen hatte. Hatten ihn angeschnauzt, hatten von ihm wissen wollen, was geschehen war, aber das wusste er ja auch nicht. Ahnte höchstens, dass Charlotte damit zu tun haben musste.

Nach einer kleinen Ewigkeit, während der er sich die allergrößten Sorgen um Charlotte gemacht hatte, war das Licht wieder angegangen, der Strom zurückgekehrt. Und noch eine Ewigkeit später hatten sie ihn aus der Zelle geholt und zu Göring gebracht. Wo Charlotte bereits gewartet hatte.

Der Hausherr saß vor einem riesigen Gobelin, der aussah, als habe man ihn aus dem Mittelalter gestohlen. Überhaupt wirkte der Raum mit seinen schweren Möbeln, der hölzernen Kassettendecke, den großen Kronleuchtern und den Teppichen am Boden und an den Wänden wie die Residenz eines mittelalterlichen Herrschers. Hätte Göring einen Hermelinmantel und eine Krone getragen, Lange hätte sich nicht gewundert. Stattdessen trug der Generaloberst jedoch eine seiner schneeweißen, ordenbehangenen Uniformen.

»So, Leutnant Hagemann, dann klären Sie mich mal auf. Wenn ich es richtig verstanden habe, sind wir nur knapp einer Katastrophe entgangen.«

»Jawohl.« Der Wachoffizier stand stramm und schlug die Hacken zusammen. »Wie ich Herrn Generaloberst schon berichtet habe, ist die Platte der Modellbahn auf ihrer gesamten Fläche mit einer Schicht Sprenggelatine gefüttert, ein Sprengstoff, der nicht auf Erschütterung reagiert, sondern auf elektrische Zündung. Es handelt sich um identisch denselben Sprengstoff, der vor einem Jahr beim Anschlag auf die Schlafgemächer des Herrn Generaloberst am Leipziger Platz ...«

»Ach, erinnern Sie mich nicht daran!« Göring winkte ab. »Sind es denn womöglich dieselben Kreise?«

Diese Frage war eindeutig an den Kriminalkommissar gerichtet. Göring schaute Lange an. Der fühlte sich unbehaglich.

»Nun«, begann er, »dazu kann ich aus polizeilicher Sicht nicht viel sagen, Herr Reichsminister. Die Ermittlungen stehen ja erst ganz am Anfang. Zunächst einmal galt es, eine akute Gefahr zu beseitigen. Wie ich dem Herrn Leutnant bereits mitgeteilt habe, hat sich die Kenntnis der heutigen Gefahrensituation aus der Vernehmung eines Mordverdächtigen ergeben.«

»Um welchen Mordverdächtigen handelt es sich?«, fragte Göring, mit einer Stimme, so freundlich und sanft, als erkundige er sich nach einem alten, lieben Freund. Dabei wusste jeder im Raum hier, nicht nur Andreas Lange, dass dem Mann, dessen Namen er nun nennen musste, die Rache Hermann Görings sicher war.

Und obwohl Andreas Lange wusste, dass Robert Lembeck ein Mörder und Attentäter war, dass er zudem versucht hatte, Charlotte zu töten, fiel es ihm schwer, den Namen auszusprechen. Er schaute Charlotte an, deren Blick stur auf eine der protzigen Lampen auf Görings Schreibtisch gerichtet war, und sagte: »Lembeck. Robert Lembeck.«

»Lembeck? Der Elektriktüftler? Ausgerechnet der Mann, der mir für die Modellbahnanlage empfohlen wurde?«

»Wir haben die Sprengfalle noch nicht in allen Details untersuchen können, Generaloberst«, meldete sich der Wachoffizier. »Aber nach dem jetzigen Kenntnisstand wäre der Zünder spätestens bei einer Spannung von fünfzehn bis zwanzig Volt ausgelöst worden, erzeugt von einem beliebigen Steuertrafo der Anlage.«

»Also hätte uns der italienische Botschafter, ohne es zu wissen, alle in die Luft gejagt, wenn der Strom nicht ausgefallen wäre.«

»So ist es, Generaloberst.«

»Aber die Anlage steht bereits seit zwei Monaten und war seitdem schon einige Male in Betrieb. Warum ist sie nicht vorher explodiert? Gleich am Tag der Übergabe habe ich sie ausprobiert.«

»Ich kann es mir nur so erklären, Generaloberst, dass der Anschlag nicht allein Herrn Generaloberst galt, sondern auch jemand anderem im Modellbahnraum.«

»Den Italienern«, rief Göring aus. »Der Anschlag galt den diplomatischen Beziehungen zwischen dem Deutschen Reich und dem Königreich Italien.«

»Wie gesagt«, schaltete sich Andreas Lange wieder ein, »welche Hintergründe der Attentatsversuch hatte, das müssen die polizeilichen Ermittlungen erst ergeben.«

»Aber Sie wussten davon, Kommissar, dass die Bombe heute erst scharf gestellt wurde?«

»Wir haben es vermutet«, sagte Lange.

Der Wachoffizier hüstelte. »Nun, Generaloberst, für eine genauere Erklärung reicht mein technisches Verständnis nicht, aber nach dem, was Oberfunkmeister Jancker erklärt …«

»Der Leiter Ihrer Fernmeldeeinheit?«

»Genau. Demnach wurde der mit den Steuertrafos gekoppelte Zündmechanismus heute erst scharf gestellt. Also: über Funk.«

»Wie? Lembeck hat ein Funkgerät eingebaut?«

»So etwas in der Art. Einen Empfänger, wenn ich das richtig verstanden habe, ausgelöst durch ein spezielles Funksignal.«

»Und das funktioniert?«

»Wenn man den passenden Sender besitzt. Und sich dem Empfänger auf wenige Kilometer nähert.«

»Dem Empfänger. Also Carinhall?«

»Richtig, Generaloberst.«

»Dann ist der Mann in der Nähe? Mit dem Sender? Lassen Sie ihn suchen!«

»Wir haben bereits Suchtrupps ausschwärmen lassen, um sämtliche verdächtige Personen im Umkreis von Carinhall zu überprüfen.« Der Offizier machte eine Pause und merkte vorsichtig an. »Lembeck selbst kann es nicht gewesen sein, Generaloberst. Er liegt mit einem Oberschenkelsteckschuss in der Krankenabteilung von Moabit.«

»Also hat er einen Komplizen?«

Wieder schaute Göring Andreas Lange an.

»Es ist zu vermuten.«

Lange wusste nicht, ob das die Antwort war, die Göring hören wollte, er fürchtete, eher nicht. Aber er konnte jetzt nicht noch einen Namen nennen und damit den Anwalt Doktor Runge in den sicheren Tod schicken. Sie mussten erst einmal ermitteln.

Der preußische Ministerpräsident, Reichsluftfahrtminister und Generaloberst der Flieger, ließ seinen Blick lange auf dem Kommissar ruhen und zog die schmalen Lippen dabei noch etwas schmaler.

»Dafür, dass Sie sich doch auf recht viele Vermutungen stützen, Kommissar, ist Ihr beherztes Handeln umso mehr zu würdigen.«

»Ich habe nur meine Pflicht getan, Herr Minister«, sagte Lange und kam sich im selben Moment total dämlich vor.

»Und die junge Dame?«, meinte Göring und schaute Charlotte an. Die vermied es, dem Minister allzu lange in die Augen zu blicken.

»Ich darf Herrn Generaloberst darauf aufmerksam machen«, schaltete sich der Wachoffizier wieder ein, »dass es bei der Berliner Polizei keine Stenotypistin namens Charlotte Rath gibt. Die Dame hat uns von Anfang an getäuscht. Auch ihre Bitte, den Abort betreten zu dürfen, entsprang allein ihrem Wunsch, den Wachen zu entkommen.« Er bedachte Charlotte mit einem bösen

Seitenblick. »Die Suchaktion nach der Flüchtigen hat im Haupthaus viele Kräfte gebunden. Erst im Transformatorraum, gleich neben dem Heizungskeller, haben wir sie schließlich gefunden. Das flüchtige Subjekt hatte den Hauptschalter umgelegt und den Waldhof samt Adjutantur von der Stromversorgung abgeschnitten. Bei ihrer Festnahme gebärdete sie sich wie wild und verlangte, unverzüglich zu Herrn Generaloberst geführt zu werden.«

»Und wer hat geschossen?«

»Der Gefreite Schurig, Generaloberst. Das flüchtige Subjekt hatte sich losgerissen und versucht, über die Treppe nach oben zu entkommen. Schurig hat vorschriftsmäßig einen Warnschuss abgegeben, der die Flüchtige jedoch nicht aufgehalten hat. Glücklicherweise hatte ich den Obergefreiten Wetzlaff oben an der Treppe postiert, dem es gelang, das verdächtige Subjekt zu überwältigen.«

Lange schaute Charlotte an. Die sagte nichts zu ihrer Verteidigung, sondern starrte mit unbewegter Miene auf den riesigen Schreibtisch von Hermann Göring.

Lange wollte in die Bresche springen, aber da hatte Göring seine Stimme schon erhoben.

»Leutnant Hagemann, nun lassen Sie die Kirche mal im Dorf!« Der Dicke schaute den Leutnant vorwurfsvoll an und schüttelte den Kopf. »Sie sprechen hier von der Dame, die, wenn ich es richtig verstehe, uns allen durch ihren beherzten Eingriff das Leben gerettet hat.«

Trotz des Kompliments blieb das Gesicht von Charlotte versteinert.

»Ich muss gestehen, junge Frau«, fuhr Göring fort und legte allen Charme, der ihm zur Verfügung stand, in seine Stimme, »ich bin begeistert von Ihrem Mut und Ihrer Entschlossenheit. Sie haben wahrhaft nationalsozialistische Tugenden gezeigt!«

Charlotte sagte nichts, und Lange sprang ein, bevor das Schweigen peinlich wurde.

»Frau Rath hat schon einmal bei der Polizei gearbeitet, als Stenotypistin und Kommissaranwärterin, den Dienst aber quittiert, als sie im Mai dreiunddreißig geheiratet hat.«

»Rath?« Göring horchte neugierig nach. »Hieß so nicht der Kriminalkommissar, der vor einem Jahr ...«

»Ganz recht. Frau Rath ist die Witwe von Oberkommissar Gereon Rath.«

Göring schwieg nachdenklich. »Dann bin ich Ihnen zu doppeltem Dank verpflichtet, Frau Rath. Auch Ihr Mann hat sich schon dem Kampf gegen das Weltjudentum gewidmet und ist ihm zum Opfer gefallen.«

Lange sah, wie es in Charlotte bebte, sie war kurz davor, die Beherrschung zu verlieren. Glücklicherweise wandte sich Göring jetzt wieder an ihn.

»Wie kommt es, dass Frau Rath mit Ihnen zusammen nach Carinhall gefahren ist, Kommissar?«

»Nun, das ... das war Zufall«, stammelte Lange. »Wir kennen uns privat, und sie hat mir einen Besuch abgestattet, just in dem Moment, in dem die Zeugenbefragung den Attentatsverdacht ergeben hatte. Da die Zeit drängte und es zu lange gebraucht hätte, einen Wagen der Fahrbereitschaft zu organisieren, habe ich Frau Rath gebeten, mich zu fahren.«

»Und warum haben Sie mich nicht einfach telefonisch gewarnt, Kommissar?«

»Weil mir Ihre Wachen niemals geglaubt hätten, Herr Minister. Wir dachten, persönlich wäre es überzeugender. Aber es war leider nicht so einfach, zu Ihnen vorzudringen.«

Göring lachte laut auf. »Ja, das stimmt«, sagte er. »Und das ist auch gut so.«

Dann schaute er wieder ernst, beinahe misstrauisch. »Schon ein seltsamer Zufall, nicht wahr, Herr Kommissar?«

»Herr Minister?«

»Dass es sich um den gleichen Sprengstoff handelt wie vor einem Jahr. Dass die Witwe des damals ermittelnden Oberkommissars mir heute das Leben rettet.«

»Kein Zufall, Herr Minister. Charlotte Rath wurde von dem Attentäter selbst bedroht. Er hat einen Anschlag auch auf sie verübt.«

»Dann gibt es da einen Zusammenhang?«

Lange fühlte sich unbehaglich.

»Nun ja, soviel wir bislang wissen, muss Lembeck schon vor einem Jahr den Sprengstoff bereitgestellt haben. Für diesen Amerikaner, Abraham Goldst...«

»Sie meinen: für diesen Juden. Diesen Terroristen.«

»Natürlich, Herr Minister.« Lange merkte, wie er zu schwitzen begann, obwohl es im Raum eher kühl war. »Aber wie gesagt: Wir stehen noch am Anfang der Ermittlungen. Wenn Sie wünschen, kann ich veranlassen, dass Herr Minister regelmäßig über den Fortlauf der Ermittlungen in Kenntnis ...«

»Da müssen Sie nichts veranlassen. Wenn ich über Ihre Ermittlungen unterrichtet zu werden wünsche, dann wird dies auch ohne Ihre werte Mitwirkung geschehen, Kommissar.«

»Selbstverständlich.«

Lange lächelte, obwohl ihm nicht nach Lächeln zumute war.

»Gut.« Aus Görings Stimme war alle Schärfe verschwunden. »Dann werde ich mich mal wieder meinen Gästen zuwenden.«

»Der italienischen Delegation ist im Wintergarten ein Imbiss serviert worden, Generaloberst«, meldete Leutnant Hagemann. »Als Grund für das Malheur mit dem Strom wurde ein Defekt in der elektrischen Eisenbahn benannt. Sollen wir es dabei belassen?«

»Selbstverständlich. Morgen früh trifft der Duce mit dem Zug in München ein. Wir dürfen die Italiener doch nicht verunsichern kurz vor dem Staatsbesuch.«

»Natürlich nicht.«

»Gut. Dann veranlassen Sie alles Nötige. Vor allem, dass der Herr Kommissar und Frau Rath hier ins Bild gesetzt werden. Von wegen Geheimhaltung und so.« Göring unterstrich den letzten Satz mit einer Drehbewegung seines Zeigefingers.

Dann stand er auf, und Lange sprang eilfertig von seinem Stuhl auf. Charlotte erhob sich nur langsam, provozierend langsam, wie Lange fand.

Göring schien es nicht zu bemerken.

»Meine Dame«, sagte er und reichte ihr die Hand, »ich bin Ihnen zu großem Dank verpflichtet. Wenn ich mich irgendwie erkenntlich zeigen kann, lassen Sie es mich wissen.«

Charlotte nickte. Und schüttelte nach kaum merklichem Zögern die dargebotene Hand. Immerhin. Sonderlich enthusiastisch wirkte sie nicht.

Lange wusste, dass sie mit der Regierung auf Kriegsfuß stand, aber konnte sie sich nicht ein bisschen zusammenreißen? Er selbst war doch auch kein Nazi, aber immerhin standen sie hier vor dem preußischen Ministerpräsidenten.

Als Göring sich bei ihm bedankte, begegnete er dem Minister mit einem festen Händedruck und einem zackigen, respektvollen Nicken. Zum Glück unterließ der Mann den Hitlergruß. Lange wusste, dass Charlotte den unter allen Umständen verweigerte.

Als Göring verschwunden war, führte Leutnant Hagemann sie nach draußen. In der Empfangshalle machte er Charlotte darauf aufmerksam, dass sie noch eine Küchenschürze und eine Haube aus dem Inventar von Carinhall trage. Sie nahm beides ab und gab es dem Offizier, der nicht wusste, was er damit anfangen sollte, und die Kleidungsstücke einfach auf eine Truhe in der Halle legte.

Ihr Gesichtsausdruck setzte sich aus einer eigenartigen Mischung zusammen, in der Teilnahmslosigkeit, Angewidertheit und Trauer eine merkwürdige Verbindung eingingen. Jedenfalls wirkte sie nicht wie jemand, der gerade einem Dutzend Menschen das Leben gerettet hatte.

Der Ehrenhof war wieder hellerleuchtet, die bronzene Amazone im Seerosenbecken glänzte im Scheinwerferlicht. Lange musste blinzeln, dann trat er hinter Hagemann auf den Kiesweg. Charlotte trottete schweigend neben ihm her. Seit er sie in Görings Arbeitszimmer wiedergesehen hatte, hatten sie noch kein Wort miteinander gesprochen. Sie hatte überhaupt noch nichts gesagt, zu niemandem. Als habe sie ihre Stimme verloren.

Während sie dem Leutnant folgten, befiel Lange wie aus dem Nichts die Furcht, man werde sie nun als Mitwisser erschießen oder etwas in der Art. Nach der Unterredung in Görings Arbeitszimmer, die sich angefühlt hatte wie die Audienz bei einem Gangsterboss, hätte er sich darüber jedenfalls nicht gewundert. Aber ganz so mafiös ging es in Carinhall dann doch nicht zu. Leutnant Hagemann führte sie lediglich zu ihrem Auto, schärfte ihnen dringlichst ein, über das heute Erlebte Stillschweigen zu bewahren, und gab den Wachen Bescheid, sie vom Gelände zu leiten. Der schwarze Mercedes stand immer noch da, wo Charlotte ihn vor zwei, drei Stunden hingestellt hatte.

60

Eigentlich hätte er eine Flasche Champagner mitbringen sollen. Das letzte Mal zum Rapport in diesem Büro, das allerletzte Mal. Was aber natürlich nur er wusste.

Na gut, feiern konnte er auch morgen abend in Prag. Zusammen mit Berthold Weinert, der ihn vom Bahnhof abholen wollte. Jetzt galt es, das letzte Gespräch mit seinem verhasstesten Vorgesetzten so gut wie möglich über die Bühne zu bringen.

Obersturmbannführer Tornow saß hinter seinem Schreibtisch und ging mal wieder eine Unterschriftenmappe durch, während Reinhold Gräf in seiner schwarzen Obersturmführeruniform strammstand. Ein letztes Mal. Ein allerletztes Mal.

Schließlich klappte Sebastian Tornow die Mappe zu und schaute Gräf an. »Obersturmführer. Schön, dass Sie Zeit finden. Viel zu tun, hört man. Voller Terminkalender.«

»Jawohl, Obersturmbannführer.«

»Einladung bei Generaloberst Göring in Carinhall. Alle Achtung.«

»Na, Sie wissen ja. Das Attentat vor einem Jahr.«

»Ja, ich weiß. Das Attentat, zu dessen Verhinderung *ich* Sie geschickt hatte.«

Gräf sagte lieber nichts mehr. Er wusste, wie empfindlich Sebastian Tornow in dieser Angelegenheit war. Aber nicht Tornow, sondern Reinhold Gräf hatte Abraham Goldstein erschossen, und das war es, was für Göring zählte.

»Es soll einen Zwischenfall gegeben haben, hört man.«

»Nur ein Stromausfall, Obersturmbannführer.«

»Ein Stromausfall, so, so.«

Gräf fragte sich, warum Tornow davon erfahren hatte. Die Angelegenheit hatte lediglich dazu geführt, dass die italienischen Gäste, insbesondere Botschafter Attolico, nicht mehr in den Genuss der Modellbahnanlage gekommen waren und der abendliche Imbiss eine halbe Stunde später als geplant serviert worden war. Das war alles.

»Wann waren Sie denn das letzte Mal bei der Witwe Rath, Obersturmführer?«

Hätte er sich ja denken können. Wieder die alte Leier. Immer derselbe Grund, warum Tornow ihn sprechen wollte.

»Am elften September, Obersturmbannführer.«

»Ich habe noch gar keinen Bericht von diesem Besuch, Obersturmführer.«

»Wie gesagt, ich hatte viel zu tun. Außerdem gibt es leider nichts Berichtenswertes.«

»Keine Spur von Gereon Rath.«

Gräf schüttelte den Kopf. »Nach wie vor nicht.«

Tornow stand auf und öffnete einen Schrank hinter dem Schreibtisch.

»Sie kennen diese Geräte, Obersturmführer.«

»Ein AEG-Magnetophon, Obersturmbannführer. Modell K drei.«

»Sehr gut. Haben Sie auch schon für Überwachungen verwendet, nicht wahr?« Tornow drückte einen Knopf. »Passen Sie mal auf.«

Mit einem Klacken begann das Band zu laufen. Aus dem Lautsprecher rauschte es. Dann hörte Gräf eine Stimme, die er kannte. Charlys Stimme.

Er hat Marlow hinter Gitter gebracht? Wie denn das? Ist er in New York bei der Polizei gelandet?

Sicherlich nicht. Ich glaube auch nicht, dass er legal und unter seinem Namen eingereist ist. Er weiß doch, dass er als tot zu gelten hat, dass Tornow nicht herausfinden darf, dass er noch lebt.

Gräf schluckte. Das war seine Stimme. Die Schweine hatten ein Mikrophon in Charlys Krankenzimmer in der Charité installiert.

Tornow drückte einen Knopf, und das Band stoppte.

»Was sagen Sie dazu, Obersturmführer? Es gibt da noch einiges zu hören, aber das erspare ich uns. Vorerst.«

Gräf schwieg.

»Sie haben die Witwe Rath also am elften September das letzte Mal gesehen. Ist Ihnen Ihr Besuch in der Charité am zwanzigsten September entfallen?«

»Nein, Obersturmbannführer.«

»Sie haben mich also angelogen.«

»Jawohl, Obersturmbannführer.«

»Und Sie haben mir nicht nur verschwiegen, dass Gereon Rath

noch lebt. Sie wussten es die ganze Zeit. Sie haben meinen Befehl nicht ausgeführt.«

Gräfs Knie waren so weich, dass er Mühe hatte zu stehen.

»Sie wissen, dass ich Ihnen damit gnadenlos den Prozess machen könnte? Derart, wie Sie mich und die ganze Schutzstaffel hintergangen haben? Unsere Ehre heißt Treue. Und wenn wir untreu werden, haben wir auch keine Ehre mehr.«

»Jawohl, Obersturmbannführer.«

»Sie arbeiten beim Sicherheitsdienst, Sie wissen aus erster Hand, wie es ehrlosen SS-Männern ergeht. Schutzhaft in Sachsenhausen. Liebling der Wachmannschaft. Dem ehemaligen SS-Mann Rösler ist das nicht gut bekommen. Es hat fast ein halbes Jahr gedauert, ehe der Tod ihn endlich erlöst hat.«

Gräf schwieg. Er hatte von Röslers Schicksal gehört.

»Obersturmführer, Sie werden es mir vielleicht nicht glauben, aber ich schätze Sie und Ihre Arbeit. Das Einzige, woran es Ihnen mangelt, ist Loyalität. Leider ist genau das eine der wichtigsten Eigenschaften, über die ein SS-Offizier verfügen sollte. Unsere Ehre heißt Treue.«

Gräf schöpfte ein wenig Hoffnung.

»Diese Treue, Obersturmführer«, sagte Tornow, »ist in den seltensten Fällen angeboren. Man kann sie aber auch anderweitig erreichen. Und wenn Sie mich fragen, ist das viel effizienter.«

Gräf ahnte, worauf es hinauslief. Genauso hatte sich der Obersturmbannführer damals Gereon Rath gefügig gemacht.

Sebastian Tornow war ein hinterhältiger Erpresser, nichts anderes.

»Fortan, Obersturmführer Gräf«, fuhr Tornow fort, »sind Sie mir und ganz allein mir verpflichtet, ganz gleich, wohin Ihre Karriere Sie noch spülen sollte. Haben Sie das verstanden?«

Gräf zögerte mit der Antwort, doch er wusste, dass ihm keine andere Wahl blieb.

»Jawohl, Obersturmbannführer.«

Er musste an seine Bahnfahrkarte denken, an Prag und Berthold Weinert. Im Ausland würde Sebastian Tornow ihn nicht erpressen können. Die Menschen dort würden ihn dafür feiern, dass er einem Mordauftrag nicht nachgekommen war und dass er seinen Vorgesetzten darüber belogen hatte.

Streng genommen würde Tornow ihn womöglich nicht einmal im Inland damit erpressen können. Tornows Mordauftrag an Gereon Rath war ein mit niemandem abgestimmter Geheimauftrag, und Heinrich Himmler sah solche Eigenmächtigkeiten in seinem schwarzen Corps gar nicht gern. Nein, Sebastian Tornow würde mit den Tonbändern, die sich beim ersten Eindruck so verräterisch anhörten, nicht viel anfangen können.

Was hatte er Charly sonst noch im Krankenzimmer erzählt? Eine ganze Menge Dienstgeheimnisse. Damit, so schmutzig die auch waren, würde Tornow ihm schon Probleme bereiten können.

Nein, es half nichts, er musste ins Ausland. Sich dem Einflussbereich Sebastian Tornows entziehen. So wie Gereon Rath es gemacht hatte.

»Ach so, Obersturmführer«, sagte Tornow. »Sollten Sie irgendwelche Reisepläne hegen, darf ich Sie bitten, davon Abstand zu nehmen. Deutschland braucht Sie hier. In Berlin.«

Verdammt! Hatte er im Krankenhaus auch über seine Ausreise gesprochen? Wie konnte er nur so unvernünftig sein? Er wusste doch, dass Tornow vor nichts zurückschreckte, auch nicht davor, ein Krankenzimmer abzuhören.

»Aber heute abend, habe ich gedacht, sollten Sie im Zeichen der Familie verbringen. Ich habe mir erlaubt, jemanden herzubestellen, der Ihnen sehr am Herzen liegt.«

Er drückte irgendeinen Knopf auf dem Schreibtisch, und Tornows Adjutant öffnete die Tür. Klingenstein schob eine zierliche grauhaarige Dame über die Schwelle, die schüchtern und ein wenig stolz lächelte.

Reinhold Gräf konnte es nicht fassen. Und wusste in diesem Augenblick, dass er nicht nach Prag gehen konnte. Dass er Tornow ausgeliefert war. Mit Haut und Haaren.

»Mutter«, sagte er. »Was machst du denn hier?«

61

Rath genoss den Feierabend und den Blick über den Hudson River auf die große Stadt. Er hatte es sich gerade auf seiner Bank am Ufer bequem gemacht und eine *Camel* angesteckt, als sich jemand neben ihn setzte. Er hasste Gesellschaft, er rauchte seine obligatorische Feierabendzigarette lieber allein und schaute in die andere Richtung. Aber da hörte er seinen Namen.

»Mister Rhodes, I presume?«

Eine warme Frauenstimme. Er musste seinen Kopf nicht zur Seite drehen, um zu wissen, wer es war.

»Frau Jawlenka! Das ist aber ein Zufall!«

»Das ist kein Zufall. Ich habe Sie gesucht.«

»Warum? Weil Sie hart arbeitende Männer gern bei ihren Pausen stören? Ich dachte, wir wollten uns nie wiedersehen.«

»Eine Zeit lang habe ich tatsächlich geglaubt, Sie hätten es nicht geschafft.« Die Gräfin Sorokina sagte das so, als spräche sie von einer Erkältung und nicht von einem Verbrennungstod. »Hartmut Oswald ist verschollen, wissen Sie? Mein Verlobter. Nach dem Absturz der Hindenburg hat man weder ihn noch seine Leiche irgendwo gefunden.«

»Man sollte die Toten in Frieden lassen.«

»Dann sollten die Lebenden aber auch keine Fehler machen.«

»Was meinen Sie?«

»Ich habe weder nach Gereon Rath noch nach Hartmut Oswald gesucht, wissen Sie. Sondern nach Gerald Rhodes. Dieselben Initialen, ich hätte es mir eigentlich denken sollen. Habe es aber erst verstanden, als ich Sie hier sitzen gesehen habe.«

»Und was war mein Fehler?«

»Mister Rhodes, Sie sind außer seinem Anwalt der einzige Mensch, der Johann Marlow jemals im Gefängnis besucht hat.«

»Sie waren in Rahway?«

»Waren *Sie* es, der ihn in den Selbstmord getrieben hat?« Sie schaute ihn an, als wolle sie die Wahrheit in seinen Augen lesen. »Sich selbst mit einer Glasscherbe die Halsschlagader durchtrennen … Um so zu sterben, muss ein Mensch schon sehr verzweifelt sein, meinen Sie nicht?«

Rath schwieg. Er hatte vor wenigen Tagen erst vom Tod Johann Marlows gehört und war sich ziemlich sicher, dass das kein Selbstmord sein konnte. Allerdings wusste er sich auch nicht zu erklären, wer dahinterstecken mochte. Aber wenn er ehrlich zu sich war, war es ihm auch egal. Marlow war ein Gangster, und er war umgekommen wie ein Gangster. Er nahm einen tiefen Zug von seiner Zigarette und setzte sich aufrecht.

»Warum interessiert Sie der Tod von Johann Marlow? Woher wissen Sie überhaupt davon?«

»Man hat mich informiert.« Die Gräfin holte ihr winziges silbernes Etui aus der Handtasche und klaubte eine *Marlboro* heraus. »Wir waren einmal Geschäftsfreunde, schon vergessen?«

Rath hatte es nicht vergessen. Marlow hatte der Gräfin Sorokina geholfen, den Goldschatz ihrer Familie nach Berlin zu schmuggeln und in Devisen umzuwandeln. Er gab ihr Feuer.

»Und nach all den Jahren stehen Sie noch auf der Liste der Personen, die bei seinem Ableben zu informieren sind?«, fragte er. »Trotz Ihres neuen Namens?«

»Johann Marlow war jederzeit über meinen Aufenthaltsort und meine Identität informiert. Immerhin hat er einen Teil meines Vermögens für mich in die Staaten transferiert und hier verwaltet.«

»Wie bitte? Sie haben Johann Marlow Ihr Geld anvertraut?«

»Längst nicht alles, wie Sie wissen. Aber einen großen Teil, den er für mich gewinnbringend anlegen sollte.«

Rath pfiff durch die Zähne. »Ihr Vertrauen ehrt sie.«

»Johann Marlow war ein äußerst vertrauenswürdiger Geschäftsmann.« Sie schaute ihn an. »*Ihnen* habe ich zehntausend Dollar gegeben. Und was ist daraus geworden?«

Rath zuckte mit den Schultern.

»Verbrannt«, sagte er. »In Lakehurst.«

»Sehen Sie. Da ist Marlow mit meinem Geld sorgsamer umgegangen.« Sie zog an ihrer Zigarette. »Allerdings habe ich jetzt, nach seinem Tod, Probleme daranzukommen. Ich weiß nicht, an wen ich mich wenden soll. Sein Büro in der Kent Avenue ist leergeräumt, die Firma Marlowe Imports aufgelöst.«

Sie schaute Rath erwartungsvoll an, doch der schwieg.

»Ich dachte, vielleicht können Sie mir dabei helfen, Mister Rhodes.«

»Wie kommen Sie darauf?«

»Sie haben Marlow im Gefängnis besucht. Was hatten Sie mit ihm zu besprechen?«

»Das waren rein private Dinge. Nichts Geschäftliches.«

Wieder lag Misstrauen in ihrem Blick.

»Hören Sie, Miss Jawlenka, ich kann Ihnen nicht helfen. Ich habe mit Johann Marlow seit Jahren nichts mehr zu schaffen. Keine Ahnung, was für Geschäfte er betrieben hat und wer ihn beerbt.«

»Ich würde mich erkenntlich zeigen, Mister Rhodes. Sie sehen aus, als könnten Sie Geld gebrauchen. Wie viel verdient denn so ein Postbote?«

Rath nahm einen letzten Zug und schnippte seine Zigarette bis an den Rand der Kaimauer.

»Genug, um anständig und unbehelligt zu leben.«

»Keine hundert Dollar im Monat, vermute ich. Wie wär's? Ich gebe Ihnen tausend. Hier und jetzt.«

Rath hasste es, wie diese Frau mit dem Geld um sich warf.

»Wie haben *Sie* die Katastrophe eigentlich überlebt?«, fragte er, um das Thema zu wechseln.

Sie zog an ihrer Zigarette. »Erst einmal habe ich Ihnen das Leben gerettet«, sagte sie.

»Wie?«

»Sie sind mir buchstäblich vor die Füße gefallen. Können Sie sich nicht erinnern?«

Rath schwieg. Er hatte keine Erinnerung, nur die wirren Bilder, die ihn Nacht für Nacht heimsuchten.

»Plötzlich lagen Sie vor mir, Ihr Mantel brannte, ich habe Ihnen das Ding vom Leib gerissen und Sie aus der Gefahrenzone gezerrt. Gerade noch rechtzeitig, bevor das brennende Luftschiff uns begraben hätte. Sie waren völlig orientierungslos, kaum bei Bewusstsein, ich habe Sie an den nächstbesten Sanitäter übergeben. Es musste sich ja jemand um Sie kümmern.«

»*Sie* haben mir den Mantel ausgezogen?«

»Natürlich. Er stand in Flammen, Sie wären sonst verbrannt.«

Der Mantel mit dem Geld. Zehntausend Dollar, ein kleines Vermögen, sein Startkapital für die Staaten. Sie hatte es ihm gegeben, sie hatte es ihm wieder genommen. Wie sollte er sich da beschweren? Sie hatte ihm das Leben gerettet. Und nun bot sie ihm wieder Geld.

»Da bin ich Ihnen wohl zu großem Dank verpflichtet«, sagte er und zündete sich noch eine *Camel* an. »Und Sie? Sie haben Lakehurst mit all Ihrem Geld verlassen können?«

Anstelle einer Antwort pustete sie eine Rauchwolke in die Abendluft. Auf dem Hudson River trötete eine Schiffssirene.

»In welche Ecke dieses schönen, großen Landes hat es Sie denn verschlagen?«, fragte er.

»Ich lebe an der Westküste. Mehr müssen Sie nicht wissen.«

»Hollywood? Singen Sie wieder?«

»Wie gesagt: Mehr müssen Sie nicht wissen.«

Mehr *wollte* Rath auch gar nicht wissen, wenn er ehrlich zu sich war. Aber es beruhigte ihn, einen ganzen Kontinent zwischen sich und dieser Frau zu wissen. Und je schneller sie die Sache mit dem Geld geregelt hätte, das Marlow ihr schuldete, desto eher würde dieser Kontinent auch wieder zwischen ihnen liegen.

»Hören Sie«, sagte er, »das Einzige, was ich Ihnen sagen kann: dass Marlow in Brooklyn mit der Firma Epstein and Berkowicz zusammengearbeitet hat, mit Salomon Epstein. Vielleicht wenden Sie sich an den.«

Wieder schaute sie ihn so prüfend an, als wolle sie in seinem Gesicht lesen, ob er die Wahrheit sagte. Die Prüfung schien zu seinen Gunsten ausgefallen zu sein. Sie zog einen braunen Briefumschlag aus der Tasche, in dem es knisterte. Rath schaute hinein und war zufrieden.

»Kennen Sie François Delacroix?«, fragte sie unvermittelt. »Oder Frank Delacroix? Genannt Frenchie?«

»Nie gehört.«

»Marlows Leibwächter. Nach dem Tod von Liang.«

Rath zuckte die Achseln.

»Wissen Sie, warum Marlow verhaftet wurde? Könnte Delacroix dahinterstecken?«

»Wie gesagt: Ich weiß nichts von Marlows Geschäften. Gehen Sie nach Brooklyn. Fragen Sie Salomon Epstein. Der findet für alles eine Lösung.«

Endlich gab sie sich zufrieden und stand auf.

»Also dann: Goodbye, Mister Rhodes«, sagte sie und trat ihre

Zigarette aus. Rath legte zwei Finger an seine Hutkrempe und schaute ihr nach, als sie zum Lackawanna Terminal hinüberging. Immer noch eine schöne Frau, zweifellos, aber eine, die er nicht in seinem Leben haben wollte.

Er lehnte sich zurück und nahm einen tiefen Zug von seiner *Camel*. Eine Feierabendzigarette, die er in Ruhe und unbelästigt rauchen konnte, die hatte er sich jetzt verdient.

Für den Heimweg zum nördlichen Ende der Washington Street brauchte er eine knappe halbe Stunde, der braune Umschlag in seiner Brusttasche ließ bei jedem Schritt ein beruhigendes Knistern hören. Schon von Weitem sah er einen Mann auf der Außentreppe seines Apartmenthauses sitzen. Es war sein Bruder. Severin sah blass aus. Und durcheinander. In der rechten Hand hielt er einen Brief.

»Endlich«, sagte er. »Hat Moltisanti dir Überstunden aufgebrummt?«

Rath setzte einen Fuß auf die untere Treppenstufe und schüttelte den Kopf. »Hab mich nach Feierabend ein bisschen festgequasselt. Was ist denn passiert?«

Severin stand auf und reichte ihm den Umschlag.

»Der lag heute bei mir im Briefkasten. Vor zehn Tagen aus Deutschland abgeschickt. Ist für mich. Geht aber auch dich etwas an.«

Charly! Das war das Erste, was Rath dachte. Wer sollte es sonst sein, wenn es auch ihn etwas anging? Er nahm den Umschlag in die Hand und befürchtete das Schlimmste. Das Papier sah sauberer aus, als man es bei einem Brief, der so einen weiten Weg hinter sich hatte, erwartet hätte.

Dann erblickte er den Absender auf der Rückseite des Umschlags, und seine Aufregung verpuffte. Der Brief kam nicht aus Berlin, er kam aus Köln.

Ursula Hamann.

Ihre kleine Schwester.

»Ulla schreibt dir?«, fragte Rath, während er den Brief aus dem Kuvert fingerte.

»Erst der zweite Brief, den ich von ihr bekomme. Der erste war der mit der Nachricht deines Todes.«

»Dann ist es etwas Wichtiges?«

»Lies. Und sag mir, was ich tun soll. Und was du tun wirst.«

Rath überflog das Schreiben. Ulla hielt ihn immer noch für tot, das wurde schon in den ersten Zeilen deutlich, dennoch hatte Severin recht: Dieser Brief ging zweifellos auch ihn etwas an.

Ostpassage

Schnelldampfer Bremen
Position 41° 44′ N, 49° 57′ W
Kurs Ostnordost
Zielhafen Bremerhaven
Montag, 11. Oktober 1937

Marion Goldstein stand am Bug des Schiffes und ließ den Wind in ihr Haar fahren. Sie spielte gedankenverloren mit Abes Feuerzeug und schaute auf die ruhige See, die der Rumpf des Schiffes durchpflügte. Ein seltsames Gefühl überkam sie. Als wäre sie genau hier, genau an diesem Ort, schon einmal gewesen. Dabei fuhr sie auf diesem Schiff zum allerersten Mal über den Atlantik.

Aber sie *fuhr* wieder über den Atlantik.

Vor einem Jahr noch hätte sie nicht gedacht, jemals wieder nach Deutschland zurückzukehren, jedenfalls nicht in diesen Zeiten, aber so schnell konnte es gehen.

Alles hier kam ihr bekannt vor. Das Schiff, das sie nach Hause brachte, hieß *Bremen* und war das Schwesterschiff der *Europa*, mit der sie von der Olympiade in die Staaten zurückgekehrt war. Ohne Abe.

Vielleicht war schon das ein Fehler gewesen: ohne Abe zurückzukehren. Ihren Mann in Berlin zu beerdigen und dann allein nach Brooklyn zurückzukehren. Zu den Gangstern zurückzukehren, mit denen er zusammengearbeitet hatte.

Sie war kein Gangster, das wusste sie nun. Olympia Morgan dagegen schon, die Witwe aus Chicago, die sie an Bord der *Europa* kennengelernt hatte.

Natürlich hatte Marion gewusst, dass es nicht einfach werden würde, im Heroingeschäft in Manhattans Westen mit Johann Marlow zu konkurrieren. Aber Abe hatte genau das gewollt, bevor dieser deutsche Bulle ihn erschossen hatte: ein eigenes Unternehmen aufziehen, eine Produktlinie, die vom Säen und Ernten des Rohopiums über eine sorgfältige Acetylierung bis zum Endverkauf alles kontrolliert. Diesen seinen Traum wollte Marion verwirklichen. Den Chemiker, den Abe zu diesem Zweck angeworben hatte, hatte sie an Bord; was ihr fehlte, waren Kontakte.

Und genau die hatte Olympia Morgan. Jede Menge Kontakte, dank ihrer Konservenfabriken. Zu den Gemüsefarmern im mittleren Westen, in Pennsylvania und Ohio, denen man den Anbau von Schlafmohn schmackhaft machen konnte, zu den Truckern ihrer Firma, die den Transport besorgten, und nicht zuletzt zu den Gangstern vom Chicago Outfit, die sich um den Verkauf kümmerten. Eine Geschäftsfrau, die den Betrieb ihres verstorbenen Mannes übernimmt und es, solange man Geld verdienen kann, mit dem Gesetz nicht allzu genau nimmt – in gewisser Weise hatte Marion in der Witwe Morgan, die in ihren Gesprächen an Bord der *Europa* so entwaffnend ehrlich war, eine Leidensgenossin erkannt.

Wie man sich täuschen konnte.

Natürlich, Olympia Morgan hatte ihre Gemüsefarmer Mohn anbauen lassen und das Labor für Werner eingerichtet. Aber schon bald hatte sie sich nicht mehr in New York blicken lassen. Hatte ihre Geschäftspartnerin kaum noch zu Rate gezogen, wenn es irgendwelche Entscheidungen zu treffen gab. Sondern einfach gemacht. Hatte den Kampf gegen Marlow aufgenommen, ohne dass der es gemerkt hatte. Hatte ihn vergiftetes Heroin stehlen lassen und in Kauf genommen, dass ein Haufen Unschuldiger daran hätte krepieren können. Hatte Dinge angeordnet, zu denen Marion Goldstein nie ihre Zustimmung gegeben hätte.

Marion hatte lediglich versucht, Johann Marlow hinter Gitter zu bringen, was ja auch funktioniert hatte. Mit der Hilfe von Gereon Rath. Und Sal Epstein.

Dass Sal schon länger hinter ihrem Rücken mit Misses Morgan zusammenarbeitete, das hatte Marion erst gemerkt, als er angerufen hatte, um ihr den Tod von Johann Marlow zu verkünden. Den Selbstmord hatte sie ihm keine Sekunde geglaubt. Dahinter steckte die Witwe Morgan. Und Sal selbst. Schon von dem vergifteten Heroin musste er gewusst haben.

Menschen starben in diesem Geschäft. Und es würde nicht aufhören.

Sie hatte mit Sal darüber gesprochen, und er hatte nur mit den Achseln gezuckt. »That's part of the business«, hatte er gesagt.

Und dann war da noch diese Russin aufgetaucht, die irgendwelche Ansprüche auf Marlows Vermögen stellte. Die Dinge wurden nicht einfacher, sie wurden komplizierter, und Marion war geradezu erleichtert, als Sal den Vorschlag machte, ihr Abes Anteil am gemeinsamen Unternehmen auszuzahlen und dazu noch eine großzügige Abfindung für ihren Ausstieg aus dem Geschäft mit Olympia Morgan.

Sie hatte nicht lange überlegen müssen, um einzuschlagen.

Sie störte die Kreise von Sally Epstein und Olympia Morgan nur, sie war kein Gangster. Und es war immer noch besser, das Geld anzunehmen, anstatt sich eines Tages eine Kugel einzufangen oder ungewollt Selbstmord zu begehen.

Sie hatte sich dieses Leben nicht ausgesucht. Sie hatte Abe geliebt und, zugegeben, auch das Leben im Luxus. Aber das Leben an der Seite eines Gangsters hatte sie niemals angestrebt, und noch viel weniger ein Leben *als* Gangster. Das war sie einfach nicht. Immerhin auch eine Erkenntnis.

Auf der *Europa* war sie noch erster Klasse gereist, auf der *Bremen* war es nur die zweite. Nicht dass sie sich die erste nicht hätte leisten können, aber sie wollte nicht angeben. Ihr neues Leben würde bescheidener sein.

»Hier treibst du dich also herum!«

Sie drehte sich um.

»Musste mal ein bisschen allein sein«, sagte sie.

»Gar nicht so einfach auf so einem Schiff.« Er umfasste sie mit seinen Armen. »Und ich habe immer gedacht, ich bleibe ewig in Amerika«, sagte er.

»Ich auch.«

»Immerhin sind wir amerikanische Staatsbürger. Wir können zurück, wann immer wir wollen.«

»Ich hoffe, ich lerne deinen Vater noch kennen.«

»Wünsch dir das nicht. Er ist ein Stinkstiefel.«

»Aber er ist dein Vater.«

»Ist er das? Er hat einmal gesagt, ich sei nicht mehr sein Sohn.«

»Und trotzdem fährst du zu ihm.«

»Vielleicht, weil ich ihn sterben sehen will. Dann kann ich in Ruhe zurück in die Staaten.«

»Das meinst du nicht ernst.« Sie lachte. Bei ihm wusste sie tatsächlich nie, was er ernst meinte und was nicht. Vielleicht war es gerade das, was sie an ihm so liebte.

»Wo ist eigentlich dein Bruder?«, fragte sie.

»Gereon? Wo soll er sein? Im Rauchersalon.«